Título original: *Someone to watch over me*
Traducción: Nora Watson
Ante la imposibilidad de contactar con el autor de la traducción, la editorial
pone a su disposición todos los derechos que le son legítimos e inalienables.
1.ª edición: marzo 2012

© Eagle Syndication, Inc., 2003
© Ediciones B, S. A., 2012
  para el sello B de Bolsillo
  Consell de Cent, 425-427 - 08009 Barcelona (España)
  www.edicionesb.com

Printed in Spain
ISBN: 978-84-9872-629-9
Depósito legal: B. 2.758-2012

Impreso por NEGRO GRAPHIC, S.L.
Comte de Salvatierra, 309, 5-3
08006 BARCELONA

# Alguien que cuide de mí

**JUDITH McNAUGHT**

*Para Spencer Shelley*

Querido Spencer:

Siguiendo la tradición, quisiera darte un consejo como el que le escribí a tu hermano en la dedicatoria de mi último libro. Pero no puedo hacerlo. Estoy tan fascinada con tu encanto y tan extasiada con tu risa que estoy deseando que crezcas de una buena vez para poder pedirte yo consejo. ¿Cómo haces para que la gente sonría cada vez que te ve? Sé de dónde sacaste esos ojos tuyos, pero ¿de dónde te viene tu alegría? ¿De quién heredaste toda esa *magia*?

Tengo tantas preguntas que hacerte, pero como sólo tienes dos años tendré que esperar un poco para oír tus respuestas. Lo único que sé con certeza es que tú elegirás tu propio camino en la vida. Y si ese camino llega a provocar gran perturbación en el corazón de tus padres, puedes estar seguro de que yo me ocuparé de suavizarlo todo. Mientras tanto, esta abuela te dará un pequeño consejo: no permitas que ninguno de nosotros te cambie.

# Agradecimientos

Yo escribo novelas acerca de hombres excepcionales, hombres de gran carácter, ingenio, compasión y fuerza. En la vida real he conocido hombres así. Uno de ellos era Gayle Schroder; fue mi amigo. El otro era Michael McNaught; fue mi marido. Todos los que amamos a estos dos hombres extraordinarios los extrañamos terriblemente. En vida, fueron admirados y atesorados por nosotros; ahora es su recuerdo el que ilumina nuestra vida... y nuestro camino. Qué afortunados somos de haberlos conocido.

Escribir una novela representa, para mí, un esfuerzo prolongado y solitario. Sobrevivo sólo gracias al apoyo y la comprensión de mi familia y de mis amigos más cercanos. Gracias, Clay, Whit y Rose, por entender la falta de llamadas telefónicas y visitas, y no quejarse nunca. ¡No sabéis cuánto os quiero por eso! Gracias, Carole LaRocco y Judy Schroder y Cathy Richardson, por vuestra amistad inquebrantable.

Escribir una novela como ésta también requiere el asesoramiento y la ayuda de muchas personas con conocimientos acerca del tema elegido... o quizá solamente la de una persona con vastos conocimientos, muchos contactos y una paciencia ilimitada. En este caso, Steve Sloat. Steve, has sido un príncipe para mí y no tengo palabras para agradecértelo.

# 1

—Señorita Kendall, ¿me oye? Soy el doctor Metcalf y estamos en el Hospital del Buen Samaritano, de Mountainside. Ahora vamos a sacarla de la ambulancia y llevarla a emergencias.

En medio de un temblor incontrolable, Leigh Kendall reaccionó a la insistente voz masculina que trataba de sacarla de su estado de inconsciencia, pero no lograba reunir la fuerza necesaria para abrir los ojos.

—¿Me oye, señorita Kendall?

Con esfuerzo, ella finalmente consiguió abrir los ojos. El médico que le había hablado estaba inclinado sobre ella, examinándole la cabeza, y junto a él, una enfermera sostenía una bolsa plástica con suero fisiológico.

—Vamos a bajarla ahora de la ambulancia —repitió él mientras le iluminaba las pupilas con el haz de una pequeña linterna.

—Necesito... decirle... a mi marido que estoy aquí —logró balbucear Leigh con un hilo de voz.

Él asintió y le oprimió la mano para tranquilizarla.

—La policía estatal se ocupará de eso. Mientras tanto, le advierto que usted tiene una cantidad de admiradores en el Buen Samaritano, que me incluye a mí, y vamos a cuidarla muy bien.

Una serie de voces e imágenes comenzaron a flotar hacia Leigh desde todas direcciones mientras la camilla era bajada de la ambulancia. Luces rojas y azules pulsaban frenéticamente contra el cielo grisáceo del amanecer. Personas de uniforme pasaron frente a su campo visual: policías del estado de Nueva York, sanitarios, médicos, enfermeras. Unas puertas se abrieron, el pasillo voló junto a ella y muchas caras la rodearon y la acribillaron a preguntas.

Leigh trató de concentrarse, pero sus voces se transformaron en un murmullo incomprensible y las facciones de esas personas se deslizaban de sus caras y se disolvían en la misma oscuridad que ya había devorado el resto de la habitación.

Cuando Leigh volvió a despertar estaba oscuro afuera y caía una nieve suave. Mientras se esforzaba por librarse de los efectos de las drogas que le inyectaban en el brazo desde la bolsa sujeta por encima de su cabeza, observó como entre una niebla lo que parecía ser una habitación de hospital repleta de una increíble cantidad de flores.

Sentada en una silla cerca del pie de la cama y flanqueada por una enorme canasta de orquídeas blancas y un florero lleno de rosas amarillas, una enfermera de pelo entrecano leía un ejemplar del *New York Post* en cuya portada había una foto de Leigh.

Leigh volvió la cabeza todo lo que le permitía el collarín que le rodeaba el cuello, en busca de alguna señal de Logan, pero por el momento ella estaba a solas con la enfermera. A modo de experimento movió las piernas y los dedos de los pies, y la alivió comprobar que todavía los tenía sujetos al resto de su persona y que le funcionaban bien. Tenía los brazos vendados y la cabeza envuelta con algo ajustado, pero siempre y cuando no se moviera, su incomodidad se limitaba a un dolor generalizado en todo el cuerpo, un dolor un poco más fuerte en las costillas y la garganta tan seca que parecía llena de serrín.

Estaba viva, y eso en sí mismo era un milagro. El hecho de que también estuviera completa y relativamente ilesa llenó a Leigh con una sensación de gratitud y de alegría rayana en la euforia. Tragó y se obligó a susurrar con esa garganta reseca:

—¿Puede darme un poco de agua?

La enfermera levantó la vista y enseguida su rostro se iluminó con una sonrisa profesional.

—¡Está despierta! —exclamó mientras cerraba deprisa el periódico, lo plegaba por la mitad y lo dejaba debajo de la silla.

El nombre que figuraba en una placa en el uniforme de la enfermera era «Ann Mackey. Enfermera Particular», advirtió Leigh mientras la observaba verter agua en un vaso con una jarra de plástico rosado que había sobre la bandeja, junto a la cama.

—Debería tener una pajita. Iré a buscar una.

—Por favor, no se moleste. Tengo una sed terrible.

Cuando la enfermera comenzó a acercarle el vaso a la boca, Leigh se lo quitó.

—Yo puedo sostenerlo —le aseguró y enseguida la sorprendió cuánto le costaba levantar el brazo vendado y sostener el vaso con firmeza. Cuando finalmente se lo entregó vacío a la enfermera, el brazo le temblaba y el pecho le dolía muchísimo. Preguntándose si no tendría un problema más serio de lo que había creído, Leigh dejó caer la cabeza sobre la almohada y reunió la fuerza suficiente para preguntar:

—¿Cuál es en realidad mi estado físico?

La enfermera Mackey parecía ansiosa por compartir con ella sus conocimientos, pero vaciló.

—Eso debería preguntárselo al doctor Metcalf.

—Lo haré, pero me gustaría oírlo ahora, de labios de mi enfermera particular. No le contaré que usted me dijo algo.

Era todo el estímulo que ella necesitaba.

—Cuando la trajeron, usted se encontraba en estado de shock —le confió—. Tenía contusiones, hipotermia, costillas rotas y la sospecha de lesiones en las vértebras cervicales y los tejidos adyacentes, o sea, lisa y llanamente un golpe tremendo. Tiene varias heridas en el cuero cabelludo y también laceraciones en brazos, piernas y torso, pero muy pocas en la cara, y tampoco son lesiones profundas, lo cual es una bendición. También tiene magulladuras y abrasiones en todo...

Sonriendo tanto como se lo permitían sus labios hinchados, Leigh levantó una mano para detener esa letanía de lesiones.

—¿Tengo algún problema que exija cirugía?

Sorprendida por la actitud animada de Leigh, la enfermera respondió:

—No, no hará falta ninguna operación. —Y luego palmeó suavemente a Leigh en el hombro.

—¿Y fisioterapia?

—No lo creo. Pero sí estará muy dolorida durante varias semanas, sobre todo en las costillas. Los cortes y las quemaduras requerirán mucha atención, y será preciso ocuparse de la recuperación y las cicatrices...

Leigh interrumpió con una sonrisa esta nueva catarata de deprimentes detalles médicos.

—Tendré mucho cuidado —dijo y pasó después al único otro tema que le rondaba la mente—. ¿Dónde está mi marido?

La enfermera Mackey vaciló y después volvió a palmearle la espalda.

—Iré a averiguarlo —prometió y se fue deprisa, dejando a Leigh con la impresión de que Logan estaba en algún lugar cercano.

Agotada por hechos tan sencillos como haber bebido agua y haber hablado, Leigh cerró los ojos y trató de revivir mentalmente lo que le había sucedido desde el día anterior, la mañana en que Logan se despidió de ella con un beso...

Estaba tan entusiasmado cuando abandonó el apartamento de ambos situado en el Upper East Side, tan ansioso de que ella se reuniera con él en las montañas y pasaran allí la noche juntos. Durante más de un año él había estaba buscando el lugar perfecto para el refugio de ellos en la montaña, un lugar retirado que complementaría la amplia casa de piedra que él había diseñado para ambos. Encontrar el lugar adecuado era complicado por el hecho de que Logan ya había terminado los planos, de modo que el lugar debía adaptarse a esos planos. El jueves finalmente encontró una propiedad que satisfacía todas sus expectativas, y estaba tan impaciente de que ella la viera que insistió en que ambos pasaran la noche del domingo —la primera noche disponible para ambos— en la cabaña que existía en ese terreno.

—La cabaña no ha sido utilizada en muchos años, pero yo la limpiaré y la pondré en condiciones mientras espero tu llegada —prometió, con un entusiasmo enternecedor hacia una tarea que siempre había evitado—. No tiene electricidad ni calefacción, pero encenderé un buen fuego en el hogar y dormiremos en los sacos de dormir frente a ese fuego. Cenaremos a la luz de las velas. Por la mañana, contemplaremos la salida del sol por sobre las copas de los árboles. Nuestros árboles. Será muy romántico, ya lo verás.

El plan de su marido llenaba a Leigh de un temor casi divertido. Ella era la protagonista de una obra de teatro nueva que había estrenado en Broadway la noche anterior, y sólo había podido dormir cuatro horas. Antes de emprender el viaje a las montañas debía actuar el domingo en una función de matinée, seguida por un viaje en coche de tres horas hacia una cabaña de piedra inhabitable y helada, en la que deberían dormir en el suelo... y levantarse al día siguiente al amanecer.

—Estoy deseando estar allá —mintió convincentemente, pero lo que en realidad deseaba era volver a dormirse. Eran apenas las ocho de la mañana. Dormiría hasta las diez.

Logan no había dormido más que ella, pero ya estaba vestido e impaciente por partir hacia la cabaña.

—No es un lugar fácil de encontrar, así que te dibujé un mapa detallado con bastantes señales para que no te pierdas —dijo y puso un trozo de papel sobre la mesilla de noche—. Ya cargué el coche. Me parece que tengo todo lo que puedo necesitar —continuó, mientras se inclinaba sobre ella y la besaba en la mejilla—: planos de la casa, estacas, cordel, un travesaño, sacos de dormir. Pero tengo la sensación de que me olvido de algo...

—¿Una escoba, un estropajo y un cubo? —se burló Leigh con voz soñolienta mientras se daba la vuelta para quedar boca abajo en la cama—. ¿Cepillos y detergente?

—Aguafiestas —bromeó él y le frotó el cuello con la nariz, donde sabía que ella tenía cosquillas.

Leigh comenzó a reírse, tomó la almohada que tenía detrás de la cabeza y siguió dictando la lista de compras para su marido:

—Desinfectante... trampas para ratones...

—Suenas como una estrella malcriada de Broadway —dijo él, tentado de risa y le tapó la cara con la almohada para que no pudiera continuar con la lista de compras—. ¿Qué fue de tu amor por la aventura?

—Sólo llega hasta un Holiday Inn —respondió ella con una risa contenida.

—Solía encantarte ir de camping. Tú fuiste la que me enseñó todo lo referente a acampanadas. ¡Si hasta sugeriste que nuestra luna de miel la pasáramos en una tienda!

—Porque no teníamos dinero para ir a un Holiday Inn.

Con una carcajada, él le quitó la almohada de la cabeza y comenzó a despeinarla.

—Te pido que emprendas el viaje directamente desde el teatro. No te demores. —Se puso de pie y enfiló hacia la puerta del dormitorio—. Sé que me olvido de algo...

—¿Agua potable, velas, una cafetera de latón? —entonó Leigh con tono juguetón—. ¿Comida para la cena? ¿Una pera para mi desayuno?

—Basta de peras. Te has convertido en una adicta —bromeó él

por encima del hombro—. De ahora en adelante tu desayuno será copos de trigo y ciruelas.

—Sádico —murmuró ella contra la almohada. Un momento después oyó el ruido de la puerta que se cerraba detrás de su marido y se tendió de espaldas y sonrió mientras miraba por los ventanales del dormitorio que daban a Central Park. El entusiasmo de Logan por esa propiedad en la montaña era contagioso, pero lo que más le importaba a Leigh era verlo tan animado y alegre. Los dos eran tan jóvenes y tan pobres cuando se casaron, trece años antes, que trabajar duro era una necesidad que luego se convirtió en hábito. El día de la boda, el capital combinado de ambos era de ochocientos dólares en efectivo, a lo que se sumaba el reciente título de arquitecto logrado por Logan, las relaciones sociales de la madre de él y el talento actoral de Leigh, todavía no puesto a prueba; eso y la profunda fe que cada uno tenía en el otro. Solamente con esas herramientas habían construido una vida maravillosa juntos, pero durante los últimos meses estuvieron tan concentrados en sus respectivos trabajos que la vida sexual de ambos había sido casi inexistente. Ella estaba inmersa en la locura del estreno de una nueva obra teatral y Logan, en las interminables complejidades de su último y más importante y arriesgado proyecto.

Mientras seguía recostada, observando las nubes que comenzaban a cubrir ese cielo de noviembre, Leigh decidió que le encantaba la perspectiva de pasar la noche frente a un fuego, sin otra actividad posible que hacer el amor con su marido. Los dos querían tener un hijo, y de pronto ella cayó en la cuenta de que incluso el momento era perfecto esa noche para quedar embarazada. Imaginaba entre sueños lo que sería esa velada cuando Hilda entró en el dormitorio con la chaqueta puesta y llevando la bandeja con el desayuno.

—El señor Manning me dijo que estaba despierta, así que le traje el desayuno antes de irme —explicó. Aguardó a que Leigh se incorporara en la cama y entonces le entregó la bandeja que contenía su desayuno ritual: queso cottage, una pera y café—. Ya ordené todo después de la fiesta. ¿Desea que haga algo más antes de irme?

—No, nada. Disfrute de su día libre. ¿Piensa quedarse esta noche a dormir en casa de su hermana en Nueva Jersey?

Hilda asintió.

—Mi hermana me comentó que ha tenido muy buena suerte últimamente en Harrah's. Se me ocurrió que podíamos ir allí juntas.

Leigh reprimió una sonrisa porque, por lo que sabía, Hilda no tenía ninguna debilidad humana... salvo las máquinas tragaperras de Atlantic City.

—Nosotros no regresaremos hasta bien entrada la tarde de mañana —dijo Leigh como si se le acabara de ocurrir—. Yo tendré que ir directamente al teatro y el señor Manning deberá asistir a una cena que durará hasta muy tarde. En realidad no hace falta que venga mañana por la noche. ¿Por qué no pasa los dos días con su hermana y prueba suerte en las máquinas de otros casinos?

La sola idea de dos días libres seguidos generó en Hilda un conflicto interior que se reflejó en su rostro y que hizo que Leigh reprimiera otra sonrisa. En la Guerra Contra la Suciedad y el Desorden, Hilda Brunner era un general militante e incansable que marchaba hacia la batalla cotidiana armada con una aspiradora, toda clase de implementos de limpieza y una expresión decidida que presagiaba un certero ataque contra toda partícula extraña. Para Hilda, tomarse dos días libres seguidos equivalía a un retiro voluntario, y eso era algo virtualmente impensable. Por otro lado, si aceptaba la sugerencia de Leigh podría pasar dos días completos con su hermana frente a las máquinas tragaperras. Paseó la vista por ese dormitorio inmaculado —que era su campo de batalla personal— para tratar de evaluar de antemano la gravedad del daño que podría presentar si ella estuviera ausente dos días completos.

—Me gustaría pensarlo.

—Por supuesto —dijo Leigh, tratando de mantenerse seria—. Hilda —llamó cuando la alemana se encaminaba hacia la puerta.

—¿Sí, señora Manning?

—Usted es un verdadero tesoro.

Leigh había confiado en que podría abandonar el teatro a las cuatro de la tarde, pero el director y el autor de la obra quisieron hacer algunos pequeños cambios en dos de sus escenas después de ver la función de la matinée, y luego mantuvieron una discusión interminable con respecto a cuáles serían esos cambios, para lo que probaron primero una variación y luego otra. Como resultado, eran más de las seis de la tarde cuando Leigh finalmente logró emprender el viaje a las montañas.

La niebla en algunas zonas y una nevada suave hicieron que tardara más tiempo en salir de la ciudad. Leigh trató dos veces de hablar con Logan por su móvil para avisarle que llegaría más tarde, pero sin duda él había dejado su teléfono en algún lugar donde no podía oírlo o bien la cabaña estaba fuera de cobertura. Así que le dejó mensajes.

Cuando finalmente llegó a las montañas nevaba fuerte y el viento arreciaba. El sedán Mercedes de Leigh era pesado y funcionaba bien, pero conducirlo en esas circunstancias era peligroso, pues la visibilidad era tan escasa que ella sólo alcanzaba a ver hasta poco más de cuatro metros más allá del capó. A veces era imposible ver los enormes carteles viales y mucho menos descubrir los pequeños puntos de referencia que Logan había anotado en su mapa. Los restaurantes y las estaciones de servicio que normalmente estarían abiertos a las diez de la noche se encontraban cerrados, y sus aparcamientos estaban vacíos. En dos oportunidades Leigh retrocedió, convencida de que se le había pasado por alto un punto de referencia o un camino. Pero al no haber ningún lugar para detenerse y pedir indicaciones, no le quedó más remedio que seguir conduciendo y estar bien alerta.

Cuando ya debía encontrarse a pocos kilómetros de la cabaña, dobló por un sendero sin carteles indicadores, con una valla que lo cruzaba y encendió la luz interior del coche para estudiar una vez más las indicaciones de Logan. Estaba casi segura de haber pasado por alto un desvío ubicado tres kilómetros antes, el que Logan le había descrito que estaba «sesenta metros al sur de una curva pronunciada del camino, justo después de un pequeño granero rojo». Con un manto de nieve de por lo menos quince centímetros que lo cubría todo, lo que a ella le había parecido un pequeño granero bien podría haber sido un enorme cobertizo negro, un silo bajo o un grupo de vacas congeladas, pero decidió que debía retroceder y descubrir si era así.

Accionó la palanca de velocidades del Mercedes y describió un cauteloso giro en U. Cuando encontró la curva pronunciada que estaba buscando redujo aún más la marcha y trató de descubrir un camino de entrada de grava, pero la pendiente era demasiado escarpada y el terreno, demasiado abrupto para que alguien hubiera hecho allí un sendero. Acababa de levantar el pie del pedal del freno y comenzaba a acelerar cuando el haz de un par de faros largos brotó de la oscuridad detrás del coche al girar en la curva y con aterradora velocidad cubrió la distancia que lo separaba de ella. En ese camino cubierto de nieve Leigh no podía acelerar y el otro conductor tampoco parecía poder frenar. Giró hacia el carril contrario para evitar embestirla, perdió el control del vehículo y se incrustó en el Mercedes justo detrás de la portezuela de Leigh.

El recuerdo de lo que ocurrió a continuación fue horripilante: la explosión de los airbags, el ruido del metal que se quebraba y de los cristales que estallaban cuando el Mercedes arrolló la baranda de protección y se precipitó por ese terraplén escarpado. El coche se estrelló contra el tronco de varios árboles y después contra unas rocas en una prolongada serie de estallidos ensordecedores que terminaron en un único golpe repentino y explosivo cuando más de dos mil kilos de acero destrozado detuvieron su caída.

Sujeta a su cinturón de seguridad, Leigh colgaba cabeza abajo, como un murciélago aturdido en una cueva, mientras una luz comenzaba a explotar alrededor de ella. Luz intensa. Luz colorida. Color amarillo, anaranjado y rojo. ¡Fuego!

Un terror cerval agudizó sus sentidos. Encontró la hebilla del cinturón de seguridad, la accionó y cayó con fuerza sobre el techo del automóvil volcado y, entre gemidos, trató de salir por el agujero que había sido la ventanilla del acompañante. Sangre, pegajosa y húmeda, le cubría los brazos y las piernas y le goteaba en los ojos. Su abrigo era demasiado grueso para permitirle pasar por la abertura y se esforzaba por quitárselo cuando lo que había detenido la caída del vehículo cedió. Leigh descubrió que gritaba a voz en cuello cuando el coche en llamas cayó hacia delante, rodó y después pareció volar por el aire antes de iniciar una caída vertical que terminó en un golpe ensordecedor y en la entrada de agua helada.

Acostada en la cama de hospital y con los ojos cerrados, Leigh revivió esa caída y su corazón se aceleró. Momentos después de chocar contra el agua, el coche había iniciado una veloz zambullida vertical hacia el fondo y, aterrorizada, ella trató de golpear contra cualquier superficie que sus puños alcanzaran. Localizó un agujero por encima de ella, una abertura grande, y con pulmones que parecían estar a punto de estallar, se abrió camino y luchó con la poca fuerza que le quedaba para tratar de llegar a la superficie. Le pareció que transcurría una eternidad antes de que una ráfaga de viento helado le golpeara la cara y ella pudiera aspirar aire.

Trató de nadar, pero tenía la sensación de que un cuchillo se le clavaba en el pecho con cada respiración, y sus brazadas eran demasiado débiles y poco coordinadas como para permitirle avanzar algo. Siguió manoteando en esa agua helada, pero sintió que el cuerpo comenzaba a congelársele y que ni el pánico que sentía ni su decisión le proporcionaban suficiente fuerza y coordinación como para nadar. Su cabeza ya se deslizaba por debajo de la superficie del agua cuando su mano dio con algo duro y áspero: el tronco de un árbol caído y parcialmente sumergido. Se aferró a él con todas sus fuerzas y trató de usarlo como una balsa, hasta que se dio cuenta de que esa «balsa» estaba inmóvil. Se propuso trepar al tronco, y el agua comenzó a retroceder hasta sus hombros, después a la cintura y finalmente a sus rodillas.

Temblando y llorando de alegría, espió por entre la cortina de densa nieve mezclada con viento en busca del camino que el Mercedes debía de haber tallado por entre los árboles después de precipitarse por el terraplén. No lo halló. Tampoco había ningún saliente ni ningún terraplén. Sólo un frío que la calaba hasta los huesos y afiladas ramas que la abofetearon y la arañaron cuando trató de subir por una pendiente empinada que no alcanzaba a ver, hacia un camino que tampoco estaba segura de que estuviese allí.

Tenía un vago recuerdo de haber alcanzado finalmente la parte superior de la pendiente y de haberse acurrucado sobre algo chato y mojado, pero todo lo que sucedió después estaba envuelto en una nebulosa total. Todo, excepto una luz rara y enceguecedora y un hombre, un hombre furioso que la llenó de imprecaciones.

A Leigh la hizo volver abruptamente al presente una voz masculina insistente que procedía de un costado de su cama de hospital.

—¿Señorita Kendall? Señorita Kendall, lamento despertarla, pero hemos estado esperando para hablar con usted.

Leigh abrió los ojos y vio a un hombre y una mujer que tenían en el brazo gruesas parkas de invierno. El hombre tendría poco más de cuarenta años, era bajo y corpulento, y tenía pelo negro y tez morena. La mujer era notablemente más joven, un poco más alta y muy bonita, con pelo negro y largo sujeto en una cola de caballo.

—Soy el detective Shrader, del Departamento de Policía de la Ciudad de Nueva York —dijo el hombre—. Y ésta es la detective Littleton. Necesitamos hacerle algunas preguntas.

Leigh supuso que querían hacerle preguntas acerca del accidente, pero se sentía demasiado débil para describirlo dos veces: una vez para ellos y otra para Logan.

—¿Podrían esperar hasta que vuelva mi marido?

—¿Volver de dónde? —preguntó el detective Shrader.

—De donde está en este momento.

—¿Y usted sabe dónde se encuentra?

—No, pero la enfermera fue a buscarlo.

Los detectives Shrader y Littleton intercambiaron una mirada.

—A su enfermera le dieron instrucciones de que nos avisaran cuando usted recobrara el conocimiento —explicó Shrader. Después, dijo sin rodeos—: Señorita Kendall, ¿cuándo fue la última vez que vio a su marido?

Una inquietante premonición llenó de miedo a Leigh.

—Ayer, por la mañana, antes de que él partiera hacia las montañas. Yo planeaba reunirme con él en cuanto terminara mi función dominical, pero no llegué a la cabaña —agregó innecesariamente.

—Ayer fue lunes. Hoy es martes por la noche —dijo Shrader con cierta cautela—. Usted ha estado aquí desde las seis de la mañana de ayer.

El miedo hizo que Leigh olvidara su cuerpo dolorido.

—¿Dónde está mi marido? —preguntó mientras se incorporaba, se apoyaba en los codos y jadeaba por el intenso dolor que sentía en las costillas—. ¿Por qué no está aquí? ¿Cuál es el problema? ¿Qué sucedió?

—Probablemente nada —se apresuró a decir la detective Littleton—. En realidad, lo más probable es que esté preocupadísimo, preguntándose dónde estará usted. El problema es que no hemos podido ponernos en contacto con él para informarle de lo que le pasó a usted.

—¿Cuánto hace que lo intentan?

—Desde ayer a primera hora de la mañana, cuando la patrulla de caminos del estado de Nueva York solicitó nuestra asistencia —contestó Shrader—. Inmediatamente despachamos a uno de nuestros agentes al apartamento que ustedes tienen en el Upper East Side, pero no había nadie allí.

Hizo una pequeña pausa, como para estar seguro de que ella seguía su explicación. Después continuó:

—El agente habló con el portero del edificio y se enteró así de que ustedes tienen una sirvienta llamada Hilda Brunner, y le pidió al portero que le avisara en cuanto ella regresara.

Leigh tuvo la sensación de que la habitación comenzaba a balancearse hacia delante y hacia atrás.

—¿Alguien habló ya con Hilda?

—Sí. —Shrader extrajo una libreta del bolsillo de su camisa de franela y consultó sus anotaciones—. El portero vio a la señorita Brunner entrar en el edificio a las catorce y veinte de esa tarde. Se lo notificó al agente Perkins, quien entonces regresó al edificio a las catorce y cuarenta y habló con ella. Lamentablemente, la señorita Brunner no sabía con exactitud dónde planeaban usted y su marido pasar la noche del domingo. El agente Perkins le pidió entonces a la señorita Brunner que revisara los mensajes que había en el contestador telefónico, cosa que ella hizo. Diecisiete mensajes se habían acumulado entre el sábado a las trece y catorce y el lunes a las catorce y cuarenta y cinco, pero ninguno era de su marido.

Cerró su libreta.

—Hasta el momento, me temo que no hemos podido hacer mucho más que eso. Sin embargo —agregó enseguida—, tanto el alcalde como el capitán Holland quieren que usted sepa que el Departamento de Policía de Nueva York la asistirá en todo lo que esté a nuestro alcance. Por eso estamos aquí.

Leigh se recostó contra las almohadas y trató de digerir lo que parecía ser una situación aterradoramente extraña.

—Ustedes no conocen a mi marido. Si me creyera desaparecida, no perdería tiempo en llamar a nuestro departamento. Llamaría a la policía estatal, al gobernador y a todos los departamentos de policía en un radio de doscientos cincuenta kilómetros. Saldría él mismo a buscarme. Algo le ha sucedido, algo suficientemente terrible como para...

—Está haciendo demasiadas suposiciones —la interrumpió con firmeza la detective Littleton—. Tal vez a él le fue imposible usar un teléfono o salir a buscarla. La tormenta de nieve inutilizó el servicio telefónico y eléctrico en un radio de ciento sesenta kilómetros, y todavía no se ha restablecido en muchas zonas. Cayeron alrededor de cuarenta y cinco centímetros de nieve, que todavía no ha comenzado a derretirse. En algunos lugares los bancos de nieve alcanzan los dos metros y medio de altura, y las máquinas sólo han podido despejar las rutas principales. Los caminos laterales y los privados están en su mayor parte intransitables.

—La cabaña no tiene electricidad ni servicio telefónico, pero sin duda Logan llevó su móvil —le dijo Leigh, cada vez más frenética—. Siempre lo lleva consigo, pero él no trató de llamarme ni de aconsejarme que me quedara en casa, aunque tiene que haber sabido que yo me vería obligada a conducir en medio de una fuerte tormenta. Es rarísimo que no lo haya hecho, que no haya tratado de llamarme.

—Lo más probable es que no haya podido usar su móvil —dijo la detective Littleton con una sonrisa tranquilizadora—. El mío no funciona demasiado bien aquí arriba. Usted dijo que la cabaña no tiene electricidad, de modo que si el móvil de su marido funcionaba, es posible que decidiera dejarlo en un cargador dentro del coche, en lugar de llevarlo a la cabaña. No olvide que la tormenta de nieve se produjo de manera muy repentina. Si su marido estaba durmiendo la siesta o haciendo alguna otra cosa en el momento en que empezó a nevar, y cuando se dio cuenta de que existía un problema quizá ya era demasiado tarde para que llegara a su coche. Las tormentas de nieve son increíbles.

—Tal vez esté en lo cierto —dijo Leigh, aferrándose con todas sus fuerzas a la teoría apenas plausible de que Logan se encontraba a salvo pero imposibilitado de usar su móvil o de sacar a su jeep de debajo de la nieve.

Shrader sacó un bolígrafo del bolsillo y volvió a abrir su libreta.

—Si usted nos dice dónde está esa cabaña, iremos allá a echar un vistazo.

Leigh miró a los dos detectives cada vez más alarmada.

—Yo no sé dónde está. Logan me dibujó un mapa para que yo pudiera encontrarla. No tiene una dirección precisa.

—De acuerdo. ¿Dónde está ese mapa?

—En mi coche.

—¿Y dónde está su coche?

—En el fondo de un lago o una represa, cerca del lugar donde me encontraron. Un momento... yo puedo dibujarles otro mapa —agregó rápidamente y extendió el brazo para tomar la libreta del detective Shrader.

La debilidad y la tensión hicieron que la mano de Leigh temblara al dibujar primero un mapa y luego otro.

—Creo que el segundo es el correcto —dijo—. Logan escribió anotaciones en el mapa que él me dibujó —añadió al pasar la página y escribir esas indicaciones para los detectives.

—¿Qué clase de indicaciones?

—Puntos de referencia para ayudarme a comprobar cuándo me estaba acercando a la salida de la ruta.

Cuando terminó, le entregó la libreta a Shrader, pero le habló a Littleton.

—Tal vez no estuve muy exacta en las distancias. Quiero decir, no estoy segura de si el mapa de mi marido decía que debía seguir avanzando mil trescientos metros después de pasar por una vieja estación de servicio y entonces doblar a la derecha o si eran, en cambio, novecientos cincuenta metros. Como comprenderá, estaba nevando —dijo Leigh mientras las lágrimas le cerraban la voz— y yo no pude ubicar algunos de los puntos de referencia.

—Nosotros los encontraremos, señorita Kendall —dijo Shrader en forma automática, cerró la libreta y se la puso en el bolsillo—. Mientras tanto, el alcalde, el jefe de policía y nuestro capitán le envían sus respetos.

Leigh apartó la cara para ocultar las lágrimas que comenzaban a brotar de sus ojos.

—Detective Shrader, le agradecería mucho que me llamara señora Manning. Kendall es mi nombre artístico.


Ni Shrader ni Littleton hablaron hasta que entraron en el ascensor y las puertas se cerraron.

—Apuesto a que Manning salió a buscarla en medio de la tormenta de nieve —dijo Shrader—. Si lo hizo, ya estará convertido en un témpano.

Samantha Littleton pensó que había otras explicaciones posibles y menos funestas para la ausencia de Logan Manning, pero que no valía la pena exponérselas a su compañero. Shrader estaba de mal humor desde hacía dos días, desde que Holland lo sacó de los casos de homicidio en que estaba trabajando y los envió a él y a Sam a las montañas. Ella no culpaba a Shrader por estar furioso y sentirse insultado por haberse convertido en lo que él consideraba algo así como «un niñero de celebridades». Shrader era un detective de homicidios tenaz, responsable y trabajador en exceso, y poseía una marca notable en cuanto a resolver los casos que se le asignaban. Ella, en cambio, era nueva en Homicidios y, en realidad, sólo la habían transferido a la Comisaría Dieciocho dos semanas antes, momento en que fue transitoriamente asignada a Shrader hasta que su compañero habitual regresara de una licencia por enfermedad. Sam entendía y hasta compartía la urgencia de Shrader con respecto a los casos que se estaban apilando en la Dieciocho, pero se ufanaba de su propia habilidad para enfrentar frustraciones sin descargarlas en los otros. Los desplantes masculinos de irritabilidad e indignación, como los que Shrader venía teniendo desde hacía dos días, le resultaban divertidos, adolescentes y en ocasiones un poco irritantes; y, a veces, las tres cosas juntas.

Ella había elegido una carrera en un campo dominado por los hombres machistas, a muchos de los cuales les seguía cayendo mal la intromisión de mujeres en lo que había sido su dominio exclusivo. Pero, a diferencia de otras mujeres que pertenecían a las fuerzas del orden, Sam no se sentía obligada a tratar de que sus colegas varones la aceptaran ni a demostrar que era capaz de competir con ellos en su propio nivel. Ella ya sabía que podía hacerlo.

Había crecido junto a seis hermanos pendencieros y a los diez años comprendió que cuando uno de ellos la empujaba era inútil tratar de darle un empujón incluso más fuerte. Era mucho más fácil, y muchísimo más satisfactorio, sencillamente dar un paso al costado y, después, adelantar un pie.

De adulta, había convertido esa táctica en una estrategia mental que era incluso más fácil de ejecutar porque la mayoría de los hombres quedaban tan desarmados con su rostro bonito y su voz suave que tontamente la tomaban por una mujer dulce, vistosa y fácil de dominar. El hecho de que los hombres la subestimaran, sobre todo al principio, no la preocupaba en absoluto. Le resultaba divertido y le proporcionaba una ventaja.

A pesar de todo eso, a Sam realmente le gustaban los hombres y respetaba a la mayoría. Pero también los entendía, y eso le permitía permanecer serena frente a sus flaquezas y manías. Era poco lo que podían decir para escandalizarla o enojarla. Ella había sobrevivido a la vida con seis hermanos mayores. Ya lo había oído y visto todo.

—¡Maldición! —gritó de pronto Shrader y golpeó la pared del ascensor con la mano para dar más énfasis a sus palabras.

Sam siguió cerrándose la parka. No le preguntó qué le sucedía. Era un hombre que acababa de lanzar una imprecación y de golpear un objeto inanimado. Era evidente que a continuación se sentiría impelido a explicar lo inexplicable. Cosa que, desde luego, hizo.

—Tendremos que subir de nuevo. Olvidé pedirle una descripción del automóvil de su marido.

—Es un jeep Cherokee blanco, flamante, registrado a nombre de Urbanizaciones Manning —le dijo Sam mientras sacaba los guantes de los bolsillos—. Llamé a la Dirección de Tránsito hace un rato, por si la señora Manning no estaba en condiciones de hablar mucho cuando recuperara el conocimiento.

—¿Llamaste a la Dirección de Tránsito por tu móvil? —se burló Shrader—. ¿El teléfono que no funciona aquí arriba, en las montañas?

—El mismo —reconoció Sam con una sonrisa cuando se abría la puerta del ascensor—. La señora Manning necesitaba alguna explicación por la ausencia de su marido, y eso fue lo más tranquilizador que se me ocurrió en ese momento.

El vestíbulo del Hospital del Buen Samaritano se encontraba desierto, salvo por dos hombres de mantenimiento que estaban puliendo el suelo de mármol. Shrader levantó la voz para ser oído por encima de esas máquinas ruidosas.

—Si te vas a ablandar y a poner almibarada cada vez que hablas con la familia de una víctima, te juro que no durarás ni dos meses en Homicidios, Littleton.

—Yo ya los cumplí hace dos semanas —fue la respuesta jovial de ella.

—Si no te hubieran transferido a Homicidios, yo estaría de vuelta en la Dieciocho, haciendo mi trabajo en lugar de estar perdiendo tiempo aquí arriba.

—Es posible, pero si no me hubieran transferido, nunca habría tenido la oportunidad de trabajar con alguien como tú.

Shrader le lanzó una mirada recelosa y trató de detectar en ella algún indicio de sarcasmo, pero la sonrisa de Sam era sencillamente cordial.

—Logan Manning ni siquiera llena los requisitos necesarios para ser considerado una persona desaparecida. Es, más bien, una persona extraviada.

—¿Y tú crees que es culpa mía que el capitán Holland nos haya enviado aquí?

—Exactamente —dijo él, empujó con el hombro la puerta de salida y la fuerza de una ráfaga de viento ártico estuvo a punto de arrojarlos hacia atrás—. Los Manning son VIP. El alcalde y el jefe de policía Trumanti son amigos personales de ellos, así que Holland decidió que era mejor enviar a alguien que tuviera un poco de «tacto y roce social» para tratar con la señora Manning.

Sam lo tomó como una broma.

—¿Y él cree que yo tengo eso?

—Eso fue lo que dijo.

—Entonces, ¿por qué te mandó también a ti?

—Por si hacía falta realizar un auténtico trabajo. —Shrader esperó a que Sam le devolviera el insulto y, cuando ella no lo hizo, se sintió un imbécil malhumorado. Para contrarrestar esa maldad, decidió burlarse de sí mismo—. Y también porque él piensa que yo tengo un gran trasero.

—¿También te dijo eso?

—No, pero noté que me lo miraba con insistencia.

Sam no pudo reprimir la risa. Shrader sabía que su aspecto distaba mucho de ser atractivo; de hecho, intimidaba a los desconocidos. Aunque sólo medía poco más de un metro sesenta y cinco, tenía hombros que eran desproporcionadamente grandes para su baja estatura, y a esto se sumaban su cuello grueso, su cabeza cuadrada con mandíbulas fuertes y unos ojos de color bastante oscuro de mirada penetrante. Cuando se ponía ceñudo, a Sam le recordaba a un rottweiler enojado. Y cuando no estaba de mal humor, seguía pareciéndole un rottweiler. En privado, ella lo había apodado «Triturador».

Mientras tanto, en el segundo piso del hospital, un joven médico se encontraba al pie de la cama de Leigh, leyendo su hoja de control de parámetros vitales. Después, se fue en silencio y cerró la puerta a sus espaldas. La morfina adicional que había ordenado ya estaba fluyendo dentro de las venas de Leigh y aliviaba los dolores que ella sentía en todo el cuerpo. Ella buscaba refugio del tormento que acosaba su mente pensando en la última noche que había pasado con Logan, cuando todo parecía tan perfecto y el futuro, tan brillante. Sábado por la noche. Su cumpleaños. Y el estreno de la nueva obra de teatro de Jason Solomon.

Logan había ofrecido después una gran fiesta para celebrar los dos acontecimientos...

## 2

—¡Bravo! ¡Bravo!

Seis salidas a escena a saludar y los aplausos seguían siendo ensordecedores. Todo el elenco se encontraba en el borde del escenario, saludando de uno en uno, pero cuando Leigh dio un paso adelante los aplausos aumentaron en un notable *crescendo*. Las luces de sala estaban encendidas y Leigh podía ver a Logan en la primera fila, de pie y aplaudiendo con un entusiasmo lleno de orgullo. Ella le sonrió y él le hizo con la mano la señal de triunfo.

Cuando cayó el telón, Leigh se dirigió a bambalinas, donde Jason se encontraba de pie, resplandeciente por el éxito de su obra.

—¡Somos un verdadero éxito, Jason! —le dijo ella y lo abrazó.

Jason habría querido seguir saludando desde el escenario toda la noche, hasta que el último espectador abandonara su butaca.

—No —le dijo Leigh con una sonrisa—. Los dos ya hemos saludado lo suficiente.

Él le tironeó la mano, una criatura feliz de treinta y cinco años, brillante, insegura, sensible, egoísta, leal y temperamental.

—Oh, vamos, Leigh —insistió él con tono zalamero—. Un saludito más. Nos lo merecemos.

Mientras tanto, los espectadores comenzaron a gritar:

—¡Que salga el autor! ¡Que salga el autor!

La sonrisa de Jason se ensanchó.

—¿Lo ves? Ellos realmente quieren verme de nuevo.

Estaba eufórico y Leigh lo miró con una mezcla de comprensión maternal y admiración temerosa. Jason Solomon podía a veces deslumbrarla con su intelecto, herirla con su insensibilidad y reconfortarla con su dulzura. Los que no lo conocían lo consideraban un excéntrico encantador. Para quienes lo conocían mejor, por lo general era una persona brillante y exasperantemente ego-céntrica. Para Leigh, que lo conocía bien y le tenía mucho afecto, él presentaba una dicotomía total.

—Escucha esos aplausos —dijo Jason y le dio otro tironcito a la mano—. Salgamos...

Incapaz de resistirse más, Leigh se ablandó, pero dio un paso atrás.

—Sal tú —dijo—. Yo me quedaré aquí.

Pero, en lugar de soltarle la mano, Jason se la oprimió con más fuerza y la arrastró hacia el escenario. Ella perdió el equilibrio cuan-do emergieron de bambalinas y su sorprendida resistencia fue evi-dente para el público, al que le pareció maravilloso ese imprevisto desconcierto de ellos. Contribuyó a que los dos nombres más im-portantes de Broadway mostraran una faceta humana que los hizo más queribles, y a los aplausos clamorosos se agregaron carcajadas.

Jason habría intentado tratar de convencer a Leigh de que sa-lieran a saludar todavía una vez más, pero esta vez ella le soltó la mano y, riendo, dio media vuelta.

—No olvides ese viejo adagio —le recordó por encima del hombro—. Siempre hay que dejarlos queriendo más.

—Eso no es más que un tópico sin fundamento —le retrucó él, indignado.

—Pero de todos modos cierto.

Él vaciló un momento y después la siguió hacia bambalinas y por un pasillo repleto de miembros del elenco y técnicos, que trataban de felicitarse y agradecerse unos a otros. Jason y Leigh se detuvieron varias veces para participar de esas felicitaciones y abrazos.

—Te dije que el 28 ha sido siempre mi día de suerte.

—Y tenías razón —le contestó Leigh. Jason insistía en estre-nar todas sus obras en esa fecha, incluso *Punto ciego*, aunque, por lo general, en Broadway las obras de teatro nunca se estrenaban los sábados.

—Tengo ganas de tomarme una copa de champán —anunció Jason cuando ya se acercaban al camerino de Leigh.

—También yo, pero primero tengo que cambiarme de ropa y sacarme este maquillaje. Nos espera una fiesta y me gustaría llegar a ella antes de la medianoche.

Un crítico teatral estaba felicitando al director de la obra, y Jason lo miró un momento con atención.

—A nadie le importará si llegamos tarde.

—Jason —le recordó Leigh con una paciencia divertida—. Yo soy la invitada de honor. Me parece que corresponde que trate de llegar antes de que la fiesta haya terminado.

—Supongo que sí —convino él y apartó la vista del crítico. La siguió al camerino repleto de flores, donde una asistente la aguardaba para ayudarla a sacarse la falda y la blusa de algodón barato que había usado en el último acto.

—¿Quién te mandó éstas? —preguntó Jason al acercarse a una canasta gigantesca de enormes orquídeas blancas—. Deben de costar una fortuna.

Leigh miró ese ramo inmenso.

—No lo sé.

—Tiene una tarjeta —dijo Jason y tomó el sobre del florista—. ¿Quieres que te la lea?

—¿Podría yo impedir que lo hicieras? —bromeó Leigh. La curiosidad de Jason era ya legendaria. Detrás del biombo, Leigh se sacó la ropa y se puso una bata; después se acercó al tocador y se sentó frente al gran espejo con luces.

Con el sobre abierto en la mano, Jason miró la imagen de Leigh en el espejo y le dedicó una sonrisa socarrona.

—Por lo visto, te has conseguido un pretendiente ricachón. Vamos, cuéntame, querida. ¿Quién es? Sabes que puedes confiarme tus secretos más sórdidos.

Esta última frase hizo reír a Leigh.

—No has guardado un secreto en toda tu vida, sórdido o de cualquier clase —le dijo al reflejo de Jason en el espejo.

—Es verdad, pero igual dime quién es él.

—¿Qué dice la tarjeta?

En lugar de decírselo, Jason se la entregó para que ella misma pudiera leerla. «ÁMAME», decía. El breve gesto de confusión que apareció en el rostro de Leigh se convirtió en una sonrisa cuando ella dejó la tarjeta sobre el tocador y comenzó a quitarse el maquillaje.

—Es de Logan —le dijo a Jason.

—¿Por qué habría tu marido de enviarte orquídeas por valor de mil dólares, con una tarjeta pidiéndote que lo ames?

Antes de contestar, Leigh terminó de untarse la crema en toda la cara y comenzó a quitársela con toallitas de papel tisú.

—Cuando Logan le dijo al florista qué debía escribir en la tarjeta, sin duda olvidó poner la firma.

Una botella de Dom Pérignon se enfriaba en un cubo con hielo y Jason la vio.

—¿Cómo es posible que Logan olvidara una cosa así? —preguntó mientras levantaba la botella de su nido congelado y comenzaba a quitarle el papel plateado del cuello.

—Creo que yo tengo la culpa de eso —reconoció ella y le lanzó una mirada apesadumbrada—. El proyecto Crescent Plaza lo ha tenido agotado durante meses y yo le pedí que aflojara un poco. Así que Logan está intentando ser más juguetón y espontáneo para darme el gusto.

Jason lanzó una carcajada burlona.

—¿Logan espontáneo y juguetón? No puedes decirlo en serio. —Sirvió el champán en dos copas aflautadas y puso una sobre la mesa del tocador para Leigh y después se instaló en el pequeño sofá que estaba a la izquierda, apoyó las piernas en la mesa baja y cruzó los pies en los tobillos—. Por si no lo notaste, para tu marido, un restaurante cuatro tenedores no es más que una sala de reuniones mal iluminada y con cubiertos. Opina que un maletín es un accesorio indispensable de la moda, y menosprecia sus palos de golf.

—Deja de criticar a Logan —le dijo ella—. Es un brillante hombre de negocios.

—Es un brillante pelmazo —le retrucó Jason, obviamente disfrutando de esa poco frecuente oportunidad de bromear acerca de alguien al que admiraba e incluso envidiaba—. Si buscabas espontaneidad y carácter juguetón en un hombre, deberías haber tenido una aventura conmigo en lugar de tratar de encontrar esos rasgos en ese proveedor de orquídeas.

Ella lo miró con picardía y afecto y pasó por alto su referencia a las orquídeas.

—Pero tú eres gay, Jason.

—Bueno, sí —dijo él con una mueca—. Supongo que ése habría sido un impedimento para nuestra relación.

—¿Cómo está Eric? —preguntó Leigh, cambiando deliberadamente de tema. Eric era la pareja de Jason desde hacía más de seis meses; casi un récord de duración en lo que concernía a Jason—. Esta noche no lo vi.

—Estaba allí —dijo Jason con tono indiferente. Trasladó el peso del cuerpo a un lado y al otro y se puso a observar sus zapatos negros de charol—. También Eric se ha convertido en alguien bastante aburrido, si quieres que te diga la verdad.

—Parece que te aburres con mucha facilidad —dijo Leigh con voz cómplice.

—Tienes razón.

—Si quieres saber mi opinión...

—Que, por supuesto, no necesito —la interrumpió Jason.

—Y que, por supuesto, te daré igual. Si quieres que te diga mi opinión, creo que deberías tratar de encontrar a alguien que no se parezca tanto a ti que te resulte previsible y aburrido. Para variar, trata de salir con alguien que menosprecie sus palos de golf.

—¿Alguien tan encantador que haga que yo pase por alto sus rasgos aburridos? ¡Pues me parece que conozco a alguien así!

Se estaba mostrando tan agradable que Leigh le lanzó una mirada recelosa antes de arrojar un pañuelo de papel al cesto y comenzar a ponerse su maquillaje habitual.

—¿Ah, sí?

—Desde luego que sí —respondió Jason con una sonrisa traviesa—. Tiene pelo grueso y castaño con zonas más claras por el sol del verano, ojos hermosos y un físico estupendo. Para mi gusto, su aspecto es demasiado de «señorito», pero tiene treinta y cinco años, una buena edad para mí. Pertenece a una antigua familia aristocrática de Nueva York que se quedó sin dinero mucho antes de que él naciera, de modo que le tocó a él recuperar la fortuna de la familia, cosa que logró hacer sin ayuda...

Leigh comprendió que Jason estaba describiendo a Logan, y se echó a reír con ganas.

—Estás completamente loco.

La escasa concentración mental de Jason hizo que pasara del tema romántico al de negocios sin ninguna pausa en el medio.

—¡Qué noche! —exclamó con un suspiro y apoyó la cabeza contra el respaldo del sofá—. Tuve razón en cambiar tu parlamento en la última escena del segundo acto. ¿Notaste la forma en que reaccionó el público? Todos reían como locos hasta que se dieron cuenta de lo que estabas por hacer y terminaron llorando. En apenas un par de líneas, pasaron del regocijo a las lágrimas. Eso, querida mía, es escribir como un genio y también, desde luego, una actuación brillante. —Hizo una pausa para beber un sorbo de champán y, después de un momento de silencio pensativo, agregó—: Mañana, después de ver la matinée, tal vez quiera cambiar un poco el diálogo entre tu personaje y Jane en el tercer acto. Todavía no lo decidí.

Leigh no dijo nada; rápidamente se aplicó el resto del maquillaje, se cepilló el pelo y desapareció detrás del biombo para ponerse el vestido que había llevado al teatro. Fuera del camerino, el nivel del ruido había aumentado muchísimo cuando los actores, los miembros del equipo técnico y la gente con suficiente influencia como para obtener permisos para entrar en esa zona comenzaron a abandonar el teatro por la puerta de atrás, riendo y hablando mientras se dirigían a celebrar el triunfo de esa noche con sus amistades y su familia. Por lo general Jason y ella hacían lo mismo, pero ese día Leigh cumplía treinta y cinco años y Logan estaba decidido a que ese hecho no ocupara el segundo lugar con respecto al estreno de la obra de teatro.

Emergió de detrás del biombo ataviada con una túnica de seda roja engañosamente sencilla, con breteles angostos con abalorios, zapatos de tacón alto haciendo juego y un bolso de noche enjoyado, marca Judith Leiber, que le colgaba de los dedos con una cadena angosta.

—¿Rojo? —preguntó Jason y sonrió al ponerse lentamente de pie—. Nunca antes te vi usar ropa de ese color.

—Logan me pidió específicamente que esta noche usara algo rojo para la fiesta.

—¿Ah, sí? ¿Por qué?

—Probablemente porque es juguetón —respondió Leigh con aire de suficiencia. Pero de pronto su expresión denotó incertidumbre—. ¿Estoy bien con este atuendo?

Jason paseó la vista por su pelo castaño cobrizo que le llegaba a los hombros, sus enormes ojos color aguamarina y sus pómulos altos; después bajó la mirada hacia su cintura angosta y sus piernas largas. Llegó a la conclusión de que era bonita, pero no despampanante y ni siquiera hermosa. Y, sin embargo, en un salón lleno de mujeres que sí lo eran, Leigh Kendall habría sobresalido y atraído la atención en cuanto se moviera o hablara. En un intento por definir su fuerte presencia en el escenario, los críticos la comparaban con una Katharine Hepburn joven o una Ethel Barrymore también joven, pero Jason sabía que estaban equivocados. En el escenario, tenía el resplandor incomparable de Hepburn y la profundidad legendaria de Barrymore, pero tenía también algo más, algo infinitamente más atractivo y propio: un carisma que hipnotizaba y que era igualmente fuerte allí, en el camerino, esperando su opinión con respecto a su atuendo. Era la actriz más serena y cooperadora que había conocido jamás; y, sin embargo, existía un misterio alrededor de ella, una barrera, que no le estaba permitido a nadie cruzar. Leigh se tomaba muy en serio su trabajo, pe-ro no se tomaba en serio a sí misma y, a veces, su humildad y sentido del humor lo hacían sentir un reverendo egoísta temperamental.

—Comienzo a desear llevar puestos un par de vaqueros y una camiseta —bromeó ella para recordarle que estaba esperando su opinión.

—De acuerdo —dijo él—, aquí va la verdad sin tapujos: aunque no eres tan hermosa como tu marido, eres notablemente atractiva por ser mujer.

—En el poco probable caso de que tu intención fuera elogiarme —dijo Leigh riendo; abrió la puerta del armario y tomó su abrigo—, muchísimas gracias.

Jason quedó realmente sorprendido por la falta de perspectiva de Leigh.

—Por supuesto que fue un elogio, Leigh, pero ¿por qué te importa tanto tu aspecto en este momento? Lo importante es que hace una hora convenciste a cuatrocientas personas de que en realidad eres una mujer ciega de treinta años que, sin saberlo, tiene la clave para resolver un asesinato atroz. Tuviste a cada uno de esos espectadores clavados en su butaca y aterrorizados. —Jason levantó las manos, indignado—. Por Dios, ¿por qué razón a una mujer capaz de hacer una cosa así le importa cómo le queda un vestido de cóctel?

Leigh abrió la boca para responderle, pero en cambio sonrió y sacudió la cabeza.

—Es algo propio de nosotras, las chicas —dijo secamente y consultó su reloj.

—Bien. —Jason abrió la puerta del camerino y se hizo a un

lado en un exagerado gesto de galantería—. Después de ti —dijo, le ofreció el brazo y ella se lo tomó, pero cuando caminaban por el pasillo hacia el hall posterior, él se puso serio—. Cuando lleguemos a la fiesta le voy a preguntar a Logan si él te envió esas orquídeas.

—Preferiría que ni tú ni Logan se preocuparan esta noche por eso —dijo Leigh, procurando tratar el asunto como algo trivial—. Aunque no haya sido Logan el que me las mandó, no tiene importancia. Hemos tomado precauciones: ahora tengo un chófer que es también mi guardaespaldas. Matt y Meredith Farrell me lo prestaron por seis meses mientras ellos están de viaje. Cuando se encuentran en Chicago él es también algo así como un miembro de la familia. Estoy muy bien protegida.

A pesar de esas palabras tranquilizadoras, Leigh no pudo evitar sentir cierta inquietud con respecto a las orquídeas. Recientemente había recibido algunos regalos anónimos, todos ellos caros y algunos con evidentes alusiones de orden sexual, como un portaligas y un corpiño de encaje negro de Neiman Marcus y un camisón transparente y sumamente seductor de Bergdorf Goodman. Las pequeñas tarjetas blancas que acompañaban esos regalos llevaban mensajes cortos y crípticos como «Ponte esto para mí» y «Quiero verte usando esto».

El día siguiente a la llegada del primer regalo al teatro, había recibido una llamada telefónica en su domicilio particular:

—¿Llevas puesto mi regalo, Leigh? —preguntaba una voz suave y lisonjera en el contestador telefónico.

La semana anterior, Leigh había ido a Saks, donde compró una bata para Logan y un pequeño prendedor esmaltado para ella, que puso después en un bolsillo de su abrigo. Cuando estaba a punto de cruzar la esquina de las calles Cinco y Cincuenta y Uno junto a una multitud de otros peatones, la mano de un hombre se materializó desde detrás de ella con una pequeña bolsa de Saks.

—Se le cayó esto —dijo con tono cortés. Sobresaltada, Leigh tomó automáticamente la bolsa y la dejó caer en la más grande, que contenía la bata para Logan, pero cuando volvió la cabeza para agradecer ese gesto sin duda él se había quedado atrás y mezclado con la muchedumbre o era el hombre que vio caminando deprisa por la calle, con el cuello del abrigo levantado hasta las orejas y la cabeza inclinada contra el viento.

Cuando llegó a su casa con las compras, Leigh comprobó que su pequeña bolsa de Saks con el prendedor seguía estando en el bolsillo del abrigo, donde ella la había puesto. La que el hombre le entregó en la calle contenía un anillo angosto de plata, parecido a una alianza matrimonial. La tarjeta decía: «Eres mía.»

A pesar de todo eso, ella estaba segura de que las orquídeas que estaban en su camarín habían sido enviadas por Logan. Él sabía que eran sus flores preferidas.


En el callejón de detrás del teatro, el nuevo chófer-guardaespaldas de Leigh estaba de pie junto a la puerta abierta de una limusina.

—¡La función fue todo un éxito, señora Manning, y usted estuvo estupenda!

—Gracias, Joe.

Jason se instaló en ese lujoso automóvil y asintió con satisfacción.

—Todo el mundo debería tener su propio chófer-guardaespaldas.

—Tal vez no pienses lo mismo dentro de un instante —le advirtió Leigh con una sonrisa compungida en el momento en que el chófer se sentaba detrás del volante y arrancaba el vehículo. De pronto el coche se lanzó hacia delante a toda velocidad, arrojó a los dos contra sus asientos y se mezcló con el tráfico.

—¡Está completamente loco! —gritó Jason y se agarró al apoyabrazos con una mano y con la otra a la muñeca de Leigh.

# 3

El apartamento de Leigh y Logan ocupaba la totalidad del piso veinticuatro. Tenía un ascensor privado que se abría a un vestíbulo exterior de su apartamento, y Leigh introdujo su llave en la cerradura del ascensor para que las puertas se abrieran en su piso.

En cuanto se abrieron las puertas, el barullo de una gran fiesta en pleno apogeo los recibió desde más allá de la puerta principal del apartamento.

—Parece una gran fiesta —comentó Jason mientras la ayudaba a quitarse el abrigo y se lo entregaba a la sirvienta de Leigh, quien apareció para tomarlos.

—Feliz cumpleaños, señora Manning —dijo Hilda.

—Gracias, Hilda.

Juntos, Jason y Leigh entraron en el vestíbulo elevado de mármol, que ofrecía una visión perfecta de salones repletos de personas animadas, hermosas y elegantemente vestidas, que reían, bebían y comían canapés de las bandejas que un batallón de camareros de esmoquin pasaban entre los invitados. Jason enseguida localizó a gente que conocía y descendió por los escalones, pero Leigh permaneció donde estaba, maravillada de pronto por la belleza del espectáculo que veían sus ojos, una prueba del éxito y la prosperidad que Logan y ella habían forjado juntos, cada uno en su carrera. Alguien la vio y dio inicio a un exultante coro de *¡Feliz Cumpleaños!*

Logan apareció junto a ella con una copa que le puso en la mano y un beso que le depositó en la boca.

—Estuviste fantástica esta noche. Feliz cumpleaños, mi amor

—dijo. Y, mientras los invitados observaban, él metió la mano en un bolsillo del esmoquin y extrajo un paquete pequeño de Tiffany con un lazo de seda—. Vamos, ábrelo —insistió.

Leigh lo miró y vaciló.

—¿Ahora? —Por lo general, Logan prefería la privacidad para los momentos sentimentales, pero esa noche exhibía una actitud casi adolescente.

—Sí, ahora —dijo y sus ojos sonrieron en los de ella—. Absolutamente, ahora.

Leigh supuso que no se trataba de un anillo ni de aros, a juzgar por el tamaño y la forma del estuche de cuero color crema que encontró en el interior del paquete azul. Dentro había una gargantilla espectacular de rubíes y diamantes en forma de corazón. Entendió entonces por qué él había querido que usara un vestido rojo.

—Es magnífica —dijo Leigh, muy emocionada al pensar en el dinero que él había gastado en ese regalo. Por mucho dinero que Logan ganara, siempre se sentía culpable si llegaba a gastarlo en algo que no representara una buena inversión o, al menos, pudiera deducirse de los impuestos.

—Te ayudaré a sujetártela —dijo y tomó la gargantilla de su estuche—. Date la vuelta. —Cuando terminó, la hizo girar para que los invitados pudieran contemplar la magnífica gargantilla que lucía. Esto generó aplausos y gritos de aprobación.

—Gracias —dijo Leigh en voz baja y con un brillo especial en los ojos.

Él le pasó el brazo por los hombros y, riendo, comentó:

—Espero un agradecimiento especial más tarde, cuando estemos solos. Esa chuchería me costó doscientos cincuenta mil dólares.

Sorprendida y divertida, Leigh le susurró al oído:

—No estoy segura de saber cómo expresar un agradecimiento por valor de un cuarto de millón de dólares.

—No será fácil, pero tengo algunas sugerencias y recomendaciones que te haré más tarde esta noche.

—Te lo agradecería mucho —bromeó ella, la vista fija en la expresión sexy y llena de afecto de su marido.

Él suspiró, le puso una mano debajo del codo y juntos bajaron los escalones de mármol hacia el living.

—Lamentablemente, antes de que podamos atender ese asunto tan importante, nos quedan algunas horas de sociabilidad obligatoria. —En el peldaño inferior, se detuvo un momento y miró en todas direcciones—. Está aquí alguien que quiero que conozcas.

Mientras se abrían paso lentamente por entre los salones saludando a sus invitados, para Leigh fue una sorpresa notar la diferencia abismal y casi cómica que existía entre los amigos y los conocidos de negocios de Logan y los de ella. La mayor parte de las amistades de Logan eran integrantes de las familias más antiguas e influyentes de Nueva York; eran banqueros y filántropos, jueces y senadores, todos pertenecientes a familias adineradas. Sus atuendos eran caros pero a la vez conservadores, y su conducta era impecable, con esposas que armonizaban a la perfección con ellos.

En comparación con esas personas, los amigos de Leigh parecían absolutamente extravagantes; eran pintores, actores, músicos y escritores, para quienes «adaptarse al medio» equivalía a no ser tenidos en cuenta, y eso era despreciable para ellos. Los dos grupos no se evitaban, pero tampoco se juntaban. Mientras Theta Berenson, la amiga de Leigh, le exponía a su grupo los méritos de una nueva exposición de pintura, las plumas amarillas de su sombrero rozaban todo el tiempo la oreja del banquero especializado en inversiones que se encontraba detrás de ella. El banquero, que era amigo de Logan, apartó las plumas con fastidio mientras continuaba hablando de una nueva estrategia para inversiones con Sheila Winters, una terapeuta muy famosa. Leigh y Logan habían tenido varias sesiones con Sheila un año antes, para suavizar conflictos propios de su relación, y en ese tiempo ella se había convertido en una querida amiga de ambos. Cuando en determinado momento volvió la cabeza y vio a Leigh, le sopló un beso y la saludó con la mano.

Aunque Logan y Leigh se detenían cada tanto para conversar con sus invitados, Logan no permitió que su mujer permaneciera mucho tiempo junto a ellos. Buscaba a la persona que quería presentarle.

—Allí está —dijo finalmente y enseguida comenzó a guiar a Leigh hacia un hombre alto y de pelo oscuro que se encontraba completamente solo de pie en el extremo más alejado del living, observando un cuadro al óleo que colgaba de la pared. Su expresión aburrida y distante demostraba a las claras que no sentía ningún interés por esa obra de arte ni por la fiesta.

Leigh lo reconoció enseguida, pero su presencia en su casa era algo tan inverosímil que no podía creer lo que veían sus ojos. Se paró en seco y miró fijo a Logan con una expresión de horror e incredulidad.

—¡Ese hombre no puede ser quien creo que es!

—¿Quién supones que es?

—Michael Valente.

—Y tienes razón. —La instó a adelantarse, pero Leigh parecía clavada al suelo, mirando estupefacta a Valente—. Él quiere conocerte, Leigh. Es un gran admirador tuyo.

—¿Quién lo dejó entrar en mi casa?

—Yo lo invité —le explicó pacientemente Logan—. No te lo había mencionado antes porque el negocio todavía no está en firme, pero Valente piensa invertir *la totalidad* de su capital público en el proyecto Crescent Plaza. He tenido varias reuniones con él. Tiene una habilidad especial para generar negocios sumamente lucrativos.

—Y para evitar después ser enjuiciado —le retrucó Leigh—. Logan, ¡es un delincuente!

—Sólo fue declarado culpable una vez —dijo Logan, riendo por la reacción indignada de su esposa—. Ahora es un respetable multimillonario con antecedentes increíbles de convertir proyectos comerciales arriesgados, como el de Crescent Plaza, en un triunfo resonante que hace ganar fortunas a quienes participan en ellos.

—¡Es un criminal!

—Eso fue hace mucho tiempo, y lo más probable es que haya sido una acusación falsa.

—¡No lo fue! Leí que él se declaró culpable.

En lugar de enojarse, Logan la miró con una admiración divertida.

—¿Cómo lo haces?

—¿Hacer qué?

—Conservar los mismos valores maravillosos y rígidos que tenías cuando nos conocimos.

—Eso de rígidos no me suena nada bien.

—En ti —dijo él en voz baja—, «rígidos» es algo maravilloso.

Leigh casi no lo oyó mientras paseaba la vista por la habitación. Vio al juez Maxwell y al senador Hollenbeck de pie contra la pared que había detrás del buffet... físicamente tan lejos como podían del lugar donde se encontraba Valente.

—Logan, no hay en esta casa nadie cerca de Michael Valente. Han procurado estar lo más lejos posible de él.

—Maxwell no es ningún santo, y en la casa de Hollenbeck no hay suficientes armarios para guardar todos sus secretos —dijo Logan enfáticamente, pero al mirar en todas direcciones llegó a la misma conclusión que Leigh—. Probablemente no fue prudente invitar a Valente.

—¿Qué te llevó a hacerlo?

—Lo hice movido por un impulso. Esta tarde lo llamé por teléfono para hablar de algunos detalles contractuales del Crescent Plaza y le mencioné que tu obra de teatro se estrenaba esta noche y que después ofreceríamos una fiesta. Sabía que las entradas para el estreno estaban agotadas, así que en cambio lo invité a la fiesta. Tenía tantas cosas en la cabeza que no me detuve a pensar que su presencia aquí podía resultar incómoda, en particular para Sanders y Murray. ¿Me harás un favor, querida?

—Sí, por supuesto —respondió Leigh, aliviada de que Logan por lo menos reconociera que existía un problema.

—Yo ya hablé esta noche con Valente. Si no te importa presentarte a él, yo trataré de aplacar la sensibilidad ofendida de Sanders y Murray. Valente bebe Glenlivet, sin hielo ni agua. Procura que le sirvan una copa y juega un rato con él a la dueña de casa. Es todo lo que tienes que hacer.

—¿Y después, qué? ¿Lo dejo solo? ¿A quién puedo presentarle?

El áspero sentido del humor de Logan hizo que sus ojos brillaran al escrutar el salón en busca de posibles candidatos.

—Es fácil. Preséntale a tu amiga Claire Straight; ella siempre está impaciente por hablarle de su divorcio a quien esté dispuesto a escucharla. Jason y Eric ya parecen a punto de estrangularla. —En ese momento, Claire, Jason y Eric levantaron la vista, y Logan y Leigh los saludaron con la mano—. Claire —gritó Logan—, no olvides hablarles a Jason y a Eric de tu abogado y cómo te traicionó. Pregúntales si no deberías hacerle juicio por mala práctica profesional.

—Eres un hombre malvado —le dijo Leigh entre risitas.

—Por eso me amas —explicó Logan—. Es una lástima que Valente no sea gay —bromeó—. Si lo fuera, podríamos emparejarlo con Jason. Y, así, Jason terminaría con un amante y un productor permanente para todas sus obras de teatro. Por supuesto, eso pondría celoso a Eric y acentuaría sus tendencias suicidas más de lo habitual, así que, pensándolo mejor, me parece que no sería tan buena idea. —Retomó su revisión de los invitados hasta que el sombrero con plumas amarillas de Theta captó su atención—. Supongo que podríamos presentarle a Theta. Ella es fea como el demonio, pero Valente posee una fabulosa colección de arte y ella es pintora... al menos se supone que lo es.

—Su última tela se vendió por ciento setenta y cinco mil dólares. En eso no hay nada de «supuesto».

—Leigh, la pintó con los codos y una escoba.

—No digas disparates.

Logan se estaba divirtiendo de lo lindo, y lo disimuló llevándose la copa a la boca.

—Te juro que sí lo hizo, mi amor. Ella misma me lo contó. —De pronto su mirada se posó en una rubia atractiva que estaba de pie junto al mismo grupo—. El problema Valente acaba de ser resuelto. Presentémosle a tu amiga Sybil Haywood. Ella puede adivinarle el futuro...

—Sybil es astróloga, no adivina —dijo Leigh con firmeza.

—¿Cuál es la diferencia?

—Depende de a quién se lo preguntes —respondió Leigh, un poco molesta por la forma en que Logan se burlaba de sus amigos y de Sybil en particular. Leigh hizo una pausa para saludar con la cabeza y sonreírles a dos parejas cercanas. Después, agregó—: Sybil tiene muchos clientes famosos, entre ellos Nancy Reagan. Al margen de que tú creas o no en la astrología, Sybil es una profesional muy responsable con respecto a su campo de acción y sus clientes, del mismo modo en que tú lo eres con los tuyos.

Logan enseguida se arrepintió de su actitud.

—Estoy seguro de que es así. Y gracias por no decir que mis amigos y yo somos mortalmente aburridos y que nuestras conversaciones son previsibles y tediosas. Ahora bien, ¿te parece que Sybil nos sacará a Valente de las manos como un favor especial y estará algún tiempo junto a él esta noche?

—Lo hará si yo se lo pido —dijo Leigh y decidió que el plan era viable.

Satisfecho de que se hubiera logrado una fórmula de transacción, Logan oprimió los hombros de Leigh con el brazo.

—No estés mucho tiempo lejos de mí. Ésta es tu gran noche, pero me gustaría compartirla contigo lo máximo posible.

Era una declaración tan palmariamente sentimental que enseguida Leigh lo perdonó por tomar en solfa a sus amigos e incluso por invitar a Valente a la fiesta. Mientras Logan le estampaba un beso fugaz en la mejilla, Leigh miró en dirección al lugar donde estaba Valente y descubrió que él ya no contemplaba la tela. Había dado media vuelta y los miraba a ellos sin disimulo. Con cierta desazón se preguntó cuánto de la discusión había oído y si habría adivinado que él era la causa. Leigh decidió que para ello no habría hecho falta demasiada imaginación por parte de él. Sospechó que cada vez que Valente conseguía inmiscuirse en reuniones sociales de gente respetable, lo más probable era que la dueña de la casa reaccionara con el mismo disgusto y fastidio que ella sentía en ese momento.

# 4

Disimulando enseguida la expresión de disgusto de la cara, Leigh avanzó por entre los invitados hasta llegar al grupo de Sybil Haywood.

—Sybil, necesito que me hagas un favor —dijo y se llevó aparte a la astróloga—. Tengo un desagradable problema social...

—No me cabe duda —dijo Sybil con sonrisa de suficiencia—. Los de Virgo son muy difíciles de tratar, en especial cuando Plutón y Marte están...

—No, no. No es un problema astrológico. Necesito que alguien en quien confío se ocupe de un hombre en particular...

—Que resulta ser de Virgo —afirmó Sybil con decisión.

Leigh adoraba a Sybil, pero en ese momento la fijación de su amiga con la astrología la estaba volviendo loca.

—Sybil, por favor. No tengo idea de cuál es su signo astrológico. Si me lo sacas de las manos y conversas con él durante algunos minutos, podrás preguntarle su...

—Valente es de Virgo —la interrumpió Sybil con tono paciente.

Leigh parpadeó.

—¿Cómo lo supiste?

—Lo sé porque, cuando el senado lo estaba investigando en septiembre, se le pidió a Valente que diera su nombre completo y su fecha de nacimiento. El *Times* publicó su testimonio y el periodista comentó que Valente estaba prestando testimonio el día que cumplía cuarenta y dos años. Eso me dijo que era de Virgo.

—No, me refería a cómo supiste que Valente era mi «desagradable problema social».

—Oh, eso —dijo Sybil y soltó una carcajada mientras recorría con la vista a todos los invitados que tenía cerca—. Él se hace notar en medio de este gentío de políticos, banqueros y hombres de negocios importantes. Aquí no hay ningún otro delincuente con el que él podría conversar... Bueno, probablemente haya muchos, pero todavía no los han pescado y enviado a prisión como a él.

—Podrías estar en lo cierto —dijo Leigh con aire ausente—. Primero me acercaré y me presentaré. ¿Podrías conseguirle una copa y llevársela dentro de algunos minutos para que yo pueda escapar con cierta elegancia?

Sybil sonrió.

—¿Me estás pidiendo que converse con un hombre alto, antisocial y no del todo bien parecido, quien resulta que tiene un pasado sombrío, un presente cuestionable y una fortuna de quince mil millones de dólares, probablemente cosechada de manera ilícita?

—Sí, más o menos eso —reconoció Leigh, apesadumbrada.

—¿Qué se supone que debo llevarle para beber? ¿Sangre?

—Glenlivet —dijo Leigh y le dio un rápido abrazo—. Sin hielo ni agua ni sangre.

Observó a Sybil acercarse a una de las barras y, de mala gana, Leigh se pintó una sonrisa en el rostro y se dirigió hacia Valente. Él la observó con helada curiosidad mientras ella se le acercaba, y su expresión era tan desagradable que Leigh dudó de que fuera un «admirador» suyo o siquiera que tuviera deseos de conocerla. Cuando estuvo tan cerca como para extenderle la mano, notó que él tendría una estatura de por lo menos un metro noventa; tenía hombros sumamente anchos y musculosos, pelo negro y grueso, y ojos color ámbar de mirada dura y penetrante.

Leigh le tendió la mano.

—¿Señor Valente?

—Sí.

—Soy Leigh Manning.

Él sonrió apenas, con una extraña sonrisa especulativa que no le llegó a los ojos. Sin dejar de mirarla fijamente, le tomó la mano con demasiada fuerza y durante demasiado tiempo.

—¿Cómo está usted, señora Manning? —dijo con una espléndida voz de barítono mucho más educada de lo que Leigh esperaba.

Ella ejerció suficiente presión como para indicarle que deseaba que le soltara la mano y él lo hizo, pero sin dejar de mirarla, mientras decía:

—Esta noche disfruté mucho de su actuación.

—Me sorprende que haya asistido a la función —dijo Leigh sin pensarlo demasiado. Basándose en lo que sabía de él, Valente no parecía el tipo de persona con la sensibilidad suficiente como para disfrutar de una obra de teatro dramática y llena de sutilezas.

—¿Tal vez me imaginó, en cambio, emborrachándome en un bar?

Eso estaba demasiado cerca de la verdad como para que Leigh quedara expuesta, y no le gustó nada.

—Lo que quise decir fue que era casi imposible conseguir entradas para la noche del estreno.

La sonrisa de él de pronto abarcó también sus ojos y caldeó un poco su mirada.

—No fue eso lo que quiso decir, pero igual me fascina que lo haya dicho.

Leigh se aferró al primer tema común de interés que se le cruzó por la cabeza. Con una gran sonrisa, dijo:

—Tengo entendido que usted está contemplando la posibilidad de participar en una suerte de aventura financiera con mi marido.

—Usted no lo aprueba, desde luego —dijo él secamente.

Leigh sintió que estaba siendo llevada hacia una serie de rincones bien incómodos.

—¿Qué lo hace pensar eso?

—La estuve observando hace unos minutos, cuando Logan le dijo que yo estaba aquí y cuál era la razón para ello.

A pesar de los antecedentes deshonrosos de ese hombre, él era un invitado en su casa y a Leigh la mortificó un poco haber permitido que sus sentimientos negativos hacia él resultaran tan obvios. Confiando en el viejo adagio de que la mejor defensa es un buen ataque, dijo con cortesía pero también con firmeza:

—Usted es un invitado en mi casa y yo soy actriz, señor Valente. Si yo tuviera sentimientos negativos con respecto a alguno de mis invitados, incluyéndolo a usted, jamás lo sabría porque yo jamás permitiría que se me notaran.

—Eso me tranquiliza mucho —dijo él.

—Como ve, estaba completamente equivocado —añadió Leigh, complacida con su estrategia.

—¿Significa entonces que no desaprueba que su marido tenga negocios conmigo?

—Eso no fue lo que dije.

La sorprendió que él sonriera frente a su respuesta evasiva; fue una sonrisa lenta, extrañamente seductora y significativa, que hizo que los ojos le brillaran debajo de sus párpados pesados. Quizás otros no habrían notado los matices de esa actitud, pero la carrera de Leigh estaba basada en sutilezas de expresión y enseguida ella percibió el peligro que acechaba detrás de esa sonrisa. Era la sonrisa peligrosamente seductora de un depredador despiadado; un depredador que quería que ella sintiera su poder, su actitud de desafío del orden social, y que quedara seducida por lo que él representaba. En cambio, Leigh sintió rechazo. Apartó la vista y señaló el cuadro que colgaba de la pared, una tela que, en circunstancias ordinarias, Logan no habría permitido que estuviera siquiera en un armario.

—Noté que admiraba esta pintura.

—En realidad lo que admiraba era el marco, no el cuadro.

—Pertenece a comienzos del siglo XVII. Estaba en el estudio del abuelo de Logan.

—No puede referirse a esa pintura —dijo él con tono despreciativo.

—Me refería al marco. La tela —le dijo con un dejo de divertida venganza— fue pintada por la abuela de mi marido.

Valente miró de reojo el cuadro y, después, a ella.

—Podría haberme ahorrado ese papelón.

Tenía razón, pero la llegada de Sybil salvó a Leigh de tener que contestarle.

—Aquí hay alguien que quiero que conozca —dijo, casi con demasiada vehemencia y los presentó—. Sybil es una famosa astróloga —añadió Leigh, y enseguida advirtió, con fastidio, la mirada burlona de él.

Impertérrita y sin darle importancia a esa reacción, Sybil sonrió y le extendió la mano derecha, pero él no se la pudo estrechar porque en esa mano ella traía un vaso.

—Estaba deseando conocerlo —dijo ella.

—¿Ah, sí? ¿Por qué?

—Todavía no estoy segura —respondió Sybil y le acercó más la mano—. Esto es para usted. Scotch. Sin hielo y sin agua. Es así como le gusta.

Él la miró con recelo y tomó el vaso con desgana.

—¿Se supone que debo creer que usted sabe qué bebo yo porque es astróloga?

—¿Me creería si le dijera que es así?

—No.

—En ese caso, lo cierto es que sé qué le gusta beber porque la dueña de la casa me lo dijo y me pidió que se lo trajera.

La mirada de Valente perdió algo de su frialdad al mirar a Leigh.

—Muy amable de su parte —dijo.

—En absoluto —dijo Leigh y miró por encima del hombro, deseando poder irse de una vez. Sybil le dio la excusa que ella necesitaba.

—Logan me pidió que te dijera que te necesita para que intervengas en una especie de debate acerca de la obra que estrenaste esta noche.

—En ese caso, será mejor que vaya a ver qué sucede. —Le sonrió a Sybil, evitó estrecharle la mano a Valente y, en cambio, inclinó la cabeza hacia él con cortesía—. Me alegra haberlo conocido —mintió. Al alejarse, oyó que Sybil decía:

—Busquemos un lugar para sentarnos, señor Valente, así me cuenta todo lo referente a su persona. O, si lo prefiere, yo puedo contarle todo lo referente a usted.


Cuando el último invitado se fue eran más de las cuatro de la mañana. Leigh apagó las luces y los dos cruzaron juntos el living oscurecido, Logan con el brazo alrededor de la cintura de su mujer.

—¿Qué se siente al ser llamada «la actriz más dotada y talentosa que han visto los escenarios de Broadway en los últimos cincuenta años»? —le preguntó él con ternura.

—Maravillosamente bien. —La excitación de Leigh había ido en aumento hasta que entraron en el dormitorio, pero al ver la cama con dosel y con su acolchado de duvet, su cuerpo pareció perder toda su fuerza. Comenzó a bostezar antes de entrar en el vestidor y estaba en la cama antes de que Logan saliera de ducharse.

Sintió que el colchón se movía apenas cuando él se acostó, y lo único que ella tuvo fuerzas de hacer fue sonreírle cuando él la besó en la mejilla y le susurró en tono de broma:

—¿Es así cómo le agradeces a un hombre el regalo de una fabulosa gargantilla de rubíes y diamantes?

Leigh se acurrucó contra él y le sonrió, ya medio dormida.

—Sí —murmuró.

Él rio por lo bajo.

—Supongo que tendré que esperar hasta esta noche, en las montañas, para que me expreses tu gratitud como es debido.

Leigh tuvo la sensación de que apenas habían transcurrido cinco minutos cuando se despertó y vio a Logan ya vestido e impaciente por partir hacia las montañas.

Eso había sido el domingo por la mañana.

Ahora era la noche del martes.

Y Logan estaba perdido en alguna parte en medio de la nieve... probablemente esperando que ella hiciera algo para rescatarlo.

## 5

A las diez y media del miércoles por la mañana la ansiedad de Leigh había llegado a un nivel casi intolerable. La detective Littleton la había llamado por teléfono tres horas antes para decirle que, aunque el mapa que Leigh había dibujado no había sido de mucha utilidad la noche anterior, ella y el detective Shrader ya estaban de nuevo en el camino, siguiéndolo por entre las montañas. Prometió volver a comunicarse con ella en cuanto tuvieran alguna novedad.

Todas las demás llamadas que llegaron obviamente fueron retenidas por la central telefónica del hospital, porque en algún momento durante la noche alguien había puesto una pila de mensajes sobre su mesilla de noche. Sin otra cosa en qué ocupar su tiempo, Leigh releyó esos mensajes que apenas había hojeado más temprano.

Jason había llamado seis veces; el penúltimo mensaje era frenético y seco: «La central telefónica del hospital está reteniendo tus mensajes y no puedes recibir visitas. Diles a tus médicos que me dejen subir a verte. Yo podría estar allí dentro de tres horas. Llámame, Leigh. Llámame primero. Llámame. Llámame.» Evidentemente había vuelto a llamar en cuanto cortó la comunicación, porque la hora que figuraba en el siguiente mensaje era de dos minutos más tarde. Esta vez quería tranquilizarla con respecto a la obra: «Jane te está reemplazando bien, pero no está a tu altura. Trata de no preocuparte demasiado con respecto a la obra.» Leigh no había pensado siquiera en la obra ni en su suplente, y su única reacción al mensaje de Jason fue una sensación de estupor por el hecho de que él pudiera pensar siquiera que a ella le preocuparía algo relativo a la obra teatral en ese momento.

Además de los mensajes de Jason, había docenas de telegramas y llamadas telefónicas de compañeros de trabajo y amigos de Logan y de ella. Hilda había llamado, pero no había dejado ningún mensaje largo, sólo: «Póngase bien.» Tanto la publicista como la secretaria de Leigh habían llamado y le pedían que se comunicara con ellas con instrucciones en cuanto se sintiera en condiciones de hacerlo.

Leigh siguió hojeando los mensajes y la preocupación evidenciada por todas esas personas representó cierto consuelo para ella... hasta que llegó al mensaje de Michael Valente. Decía: «Pienso mucho en usted. Llámeme a este número si puedo serle de alguna ayuda.» De pronto ese mensaje le resultó demasiado personal, demasiado pretencioso y totalmente inadecuado, pero comprendió que su reacción se basaba más en el rechazo que sintió hacia su persona que en el contenido del mensaje.

Harta ya de seguir soportando esa inactividad, Leigh soltó los mensajes, apartó la mesa donde estaba la bandeja del desayuno que ni siquiera había probado y tomó el teléfono. La operadora de la central telefónica del hospital pareció sorprenderse muchísimo cuando ella se identificó.

—Lamento haberla sobrecargado con tantas llamadas —comenzó a decir Leigh.

—No es ningún problema, señora Manning. Para eso estamos aquí.

—Gracias. La razón por la que acudo a usted —explicó Leigh— es que quería estar segura de que no está reteniendo llamadas procedentes del Departamento de Policía o de mi marido.

—No, no, desde luego que no. Le pasaríamos enseguida las llamadas de la policía, y aquí todos sabemos que su marido está desaparecido. Nunca retendríamos su llamada. Su médico y los dos detectives de la policía de Nueva York nos dieron instrucciones muy detalladas con respecto a ese tema. Debemos pasar las llamadas de cualquier persona que afirme tener información con respecto a su marido, pero tomar mensajes de todas las otras personas, excepto los periodistas. A estos últimos debemos transferirlos a la oficina de nuestro administrador, para que él les dé respuesta.

—Gracias —dijo Leigh con gran decepción—. Lamento causarle tantos problemas.

—He rezado mucho por usted y por su marido —dijo la operadora.

La sinceridad y simplicidad de esas palabras casi la hicieron llorar.

—Siga haciéndolo —logró decir, con la voz tomada por el miedo y la gratitud.

—Lo haré, se lo prometo.

—Necesito hacer algunas llamadas de larga distancia —dijo Leigh con voz temblorosa—. ¿Cómo puedo hacerlo desde este teléfono?

—¿Tiene una tarjeta telefónica de crédito?

Las tarjetas de crédito de Leigh, su billetera y su agenda electrónica habían quedado en el bolso dentro del coche, pero ella sabía de memoria el número de la telefónica porque la usaba con frecuencia.

—Sí, tengo una.

—Entonces todo lo que tiene que hacer es marcar nueve para tener línea y usar su tarjeta de la manera habitual. —A pesar de lo que los detectives habían dicho, Leigh trató de comunicarse con Logan por su móvil. Cuando él no contestó, llamó a Hilda para ver si tenía alguna novedad, pero la preocupada sirvienta se limitó a repetirle lo que les había dicho a los detectives.

Leigh estaba por llamar a Jason cuando una enfermera entró en la habitación y la interrumpió.

—¿Cómo se siente esta mañana, señora Manning?

—Muy bien —mintió Leigh mientras la enfermera revisaba los catéteres y recipientes conectados a su cuerpo.

—¿No ha estado usando el goteo de morfina? —preguntó con expresión de desconcierto y censura.

—No lo necesito. Me siento muy bien. —En realidad, cada centímetro del cuerpo, desde las puntas de los pies al pelo, le dolía o le pulsaba, y era obvio que la enfermera lo sabía. Miró a Leigh con el entrecejo fruncido y expresión de incredulidad, hasta que por último Leigh se dio por vencida y añadió—: No quiero recibir morfina porque esta mañana necesito estar alerta y bien concentrada.

—Para que su cuerpo pueda sanar es preciso que esté libre de dolor y que descanse y se sienta cómoda —argumentó la enfermera.

—La recibiré más tarde —prometió Leigh.

—También tiene que comer —ordenó y empujó hacia la cama la mesa con el desayuno de Leigh.

En cuanto la mujer se fue, Leigh apartó la bandeja y tomó el teléfono. Despertó a Jason.

—¿Leigh? —farfulló él con voz de dormido—. ¡Leigh! ¡Dios Santo! —murmuró a medida que despertaba—. ¿Qué demonios pasa? ¿Cómo estás? ¿Has tenido noticias de Logan? ¿Él está bien?

—No se sabe nada de Logan —respondió Leigh—. Yo estoy bien. Un poco dolorida y magullada, eso es todo. —Le parecía sentir lo mucho que le costaba a Jason luchar contra su apremiante necesidad de preguntarle cuándo podría volver a trabajar en la obra—. Necesito que me hagas un favor.

—Lo que quieras.

—Es posible que quiera contratar por mi cuenta a gente que ayude a localizar a Logan. ¿A quién podría llamar? ¿A detectives privados? ¿Conoces alguno?

—Querida, no puedo creer que tengas alguna duda al respecto. ¿Cómo crees que pesqué a Jeremy traicionándome? ¿Cómo crees que evité pagarle a ese charlatán que aseguraba...?

—¿Me podrías dar el nombre de la firma y el número de teléfono? —lo interrumpió Leigh.

Cuando Leigh logró sacar un bolígrafo del cajón de la mesa que tenía junto a la cama y escribió el número de teléfono en la parte de atrás de un telegrama, estaba tan dolorida que casi no podía pensar. Colgó el teléfono, se recostó contra las almohadas y se concentró en respirar sin intensificar el dolor que sentía en las costillas. Seguía haciéndolo cuando la enfermera que había estado un rato antes volvió y vio que en la bandeja con el desayuno todo permanecía intacto.

—Realmente tiene que comer, señora Manning. No ha comido nada en días.

La enfermera particular de Leigh había sido mucho más fácil de manejar, pero se había vuelto a su casa a dormir y no volvería hasta la noche.

—Lo haré, pero no ahora...

—Insisto —la contradijo la enfermera y movió la mesa portátil hasta ubicarla sobre las piernas de Leigh. Quitó las tapas de plástico de los platos—. ¿Qué le gustaría primero? —preguntó con tono cordial—. ¿La compota de manzana, el germen de trigo con leche descremada o el huevo escalfado?

—Creo que no podría tragar ninguna de esas cosas.

De mala gana, la enfermera miró la pequeña lista que había junto a la bandeja.

—Esto es lo que usted pidió anoche.

—Debo de haber estado delirando.

La enfermera cedió un poco, pero estaba decidida a no dejar que alguien le impidiera lograr su objetivo.

—Puedo enviar a alguien a la cafetería. ¿Qué come usted habitualmente para el desayuno?

Esa pregunta sencilla hizo que Leigh añorara tanto su antigua vida, su rutina segura y hermosa, que sintió que los ojos se le llenaban de lágrimas.

—Por lo general como fruta. Una pera... y café.

—Eso puedo conseguirlo —dijo la enfermera, ya más animada—. Y tampoco tendré que enviar a alguien a la cafetería del subsuelo.

Acababa de salir de la habitación cuando los detectives Shrader y Littleton entraron. Leigh se incorporó en la cama.

—¿Encontraron la cabaña?

—No, señora. Lo lamento. No tenemos ninguna novedad que informarle, pero sí algunas preguntas que hacerle —dijo Shrader. Señaló con la cabeza la bandeja con el desayuno—. Si estaba a punto de comer, siga adelante. Nosotros podemos esperar.

—La enfermera fue a traerme algo diferente —dijo Leigh.

Dicho y hecho, la enfermera llegó empujando un carrito con un gigantesco canasto forrado en satén dorado, repleto de peras y con lazos también dorados.

—Este canasto estaba en la sala de enfermeras. Una voluntaria lo subió y dijo que era para usted. Éstas no son sólo peras, ¡son obras de arte! —exclamó con entusiasmo, tomó una pera enorme y brillante de su nido dorado y la levantó para que la admiraran. Observó el canasto desde todos los ángulos—. No parece haber tarjeta. Debe de haberse caído. Voy a ver si la encuentro —dijo al entregarle la pera a Leigh—. Ahora la dejaré sola con sus visitas.

La pera que tenía en la mano le recordó a Leigh su última conversación acerca del desayuno con Logan, y sus ojos se llenaron de lágrimas. Cubrió la pera con las manos y pasó las yemas de los dedos sobre su piel suave mientras pensaba en la piel de Logan, en su sonrisa; después se la llevó hacia el corazón, donde tenía almacenados todos sus otros recuerdos de Logan, a salvo y con vida. Dos lágrimas se deslizaron de sus pestañas.

—¿Señora Manning?

Mortificada, Leigh se enjugó las lágrimas.

—Lo siento... Es sólo que mi marido siempre se burla de mí porque dice que soy adicta a las peras. Hace años que casi todos los días como una para el desayuno.

—Supongo que mucha gente lo sabe, ¿no?

—No es ningún secreto —dijo Leigh y apartó la pera—. Cada tanto él me hace bromas al respecto en público. Sin duda estas peras me las mandó mi criada o mi secretaria o, más probablemente, la tienda que me las consigue cuando estoy en casa. —Hizo un gesto hacia dos sillas marrones de vinilo—. Por favor, siéntense.

Littleton acercó las sillas a la cama de Leigh mientras Shrader explicaba la situación.

—Su mapa no nos resultó tan útil como esperábamos. Las indicaciones eran un poco contradictorias, los puntos de referencia faltaban o estaban ocultos por los bancos de nieve. Estamos chequeando con todos los agentes inmobiliarios de la zona, pero hasta el momento ninguno de ellos sabe nada de la casa y la propiedad que usted describió.

De repente a Leigh se le cruzó algo por la cabeza, una solución tan obvia que no entendía cómo ellos no la habían pensado.

—Sé que estaba cerca de la cabaña cuando tuve el accidente. ¡Quienquiera que me haya encontrado en el camino tiene que saber con exactitud dónde era eso! ¿Han hablado con esa persona?

—No, todavía no lo hemos hecho... —reconoció Shrader.

—¿Por qué no? —preguntó Leigh—. ¿Por qué andan de un lado para otro por las montañas, tratando de seguir mi mapa, cuando lo único que tienen que hacer es hablar con quien me rescató?

—No podemos hablar con él porque no sabemos quién es.

A Leigh comenzó a dolerle la cabeza por la furia y la frustración que sentía.

—No puede ser difícil de localizar. Por favor, pregúntenles a los conductores de la ambulancia que me trajo aquí. Ellos tienen que haberlo visto y hablado con él.

—Trate de tranquilizarse —le dijo Shrader—. Entiendo que esté perturbada. Permítame que le diga quién la rescató.

Intuyendo que la situación era más compleja de lo que creía un momento antes, Leigh trató de hacer lo que se le pedía.

—De acuerdo, estoy tranquila. Por favor, cuénteme.

—El hombre que la encontró el domingo por la noche la bajó de la montaña y la llevó a un pequeño motel que hay en las afueras de Hapsburg, llamado Venture Inn. Despertó al gerente nocturno del motel y le pidió que llamara al número de emergencias. Después lo convenció de que usted estaría mejor en una habitación con calefacción y mantas hasta que llegara la ambulancia. Después de que entre los dos hombres la transportaron a una habitación, el individuo que la rescató le dijo al gerente que iba a su automóvil a buscar las pertenencias de la accidentada. Pero nunca volvió. Cuando el gerente del motel salió a buscarlo un momento después, su vehículo había desaparecido.

La furia de Leigh se fue desvaneciendo y la dejó vacía y abatida. Cerró los ojos y se recostó contra las almohadas.

—Es una locura. ¿Por qué alguien habría de hacer una cosa así?

—Hay varias explicaciones posibles. La más probable es que él fuera la misma persona que la embistió y la sacó del camino. Después se sintió culpable así que volvió para ver si podía encontrarla. Cuando la halló comenzó a preocuparlo la idea de ser culpado por el accidente, así que primero se aseguró de que usted estuviera en buenas manos en el motel y después se hizo humo antes de que llegaran la policía y la ambulancia. Fuera o no la misma persona que provocó el accidente, decididamente tenía una buena razón para no querer hablar con la policía.

»El gerente del motel nos dijo que el hombre conducía un sedán cuatro puertas color negro o marrón oscuro —pensaba que un Lincoln—. Algo antiguo y en bastante mal estado. El gerente tiene más de setenta años y no notó más detalles porque estaba ocupado tratando de sacarla a usted del vehículo. Recuerda un poco más del conductor y aceptó trabajar mañana en la ciudad con uno de nuestros dibujantes. Con suerte, lograrán un retrato decente que podremos usar si su marido todavía no ha aparecido.

—Entiendo —susurró Leigh y volvió la cabeza. Pero lo único que en realidad veía era la expresión feliz de Logan cuando le dio un beso de despedida el domingo por la mañana. Él estaba allá fuera en alguna parte, herido o sepultado en la nieve, o ambas cosas. Ésas eran las únicas alternativas que Leigh estaba dispuesta a tomar en cuenta. La idea de que Logan estuviera ya fuera de toda posibilidad de ayuda o de rescate era demasiado espantosa para pensarla siquiera.

La detective Littleton habló por primera vez, y su tono fue vacilante.

—Hay una cosa más acerca de lo cual queríamos preguntarle... —Leigh parpadeó para contener las lágrimas que le quemaban los ojos, y se obligó a mirar a esa muchacha trigueña—. Esta mañana el agente Borowski volvió a estar de servicio después de sus días habituales de licencia, y nos informó que usted denunció en septiembre que alguien la seguía. El agente Borowski fue quien tomó la denuncia y le pareció que nosotros debíamos estar enterados de ese hecho. ¿Ese problema persistió?

El corazón de Leigh comenzó a latir con fuerza y con un terror que le repercutió en todo el cuerpo, y el miedo hizo que su voz temblara tanto que resultaba casi inaudible.

—¿Ustedes piensan que un acosador puede haberme embestido y sacado del camino y que puede haberle hecho algo a mi marido?

—No, de ninguna manera —dijo la detective Littleton con una sonrisa cálida y confiada—. Sólo tratamos de ayudar. Ahora los caminos principales han sido despejados. El servicio telefónico y eléctrico se ha restablecido, salvo en unas pocas zonas aisladas, en las que todavía se está trabajando. Sin duda su marido aparecerá en cualquier momento. Pensamos que a usted le gustaría que nosotros supiéramos todo lo que es posible averiguar con respecto a la identidad de esa persona que la acosaba mientras estamos trabajando con usted. Si usted no desea que nosotros...

—Les agradecería mucho que lo hicieran —dijo Leigh, aferrándose a la explicación de la detective Littleton, porque quería creer en ella.

—¿Qué puede decirnos del hombre que la acosaba?

Leigh describió los acontecimientos que la habían preocupado.

—Usted dijo que él le envió orquídeas —comentó Littleton cuando Leigh terminó su descripción—. ¿Ha revisado las tarjetas que venían con todas estas flores?

—No.

Littleton se puso de pie y se acercó primero a las orquídeas blancas.

—Las envió Stephen Rosenberg —dijo, leyendo la tarjeta.

—Es uno de los patrocinadores de la obra de teatro —le informó Leigh.

Uno por uno, Littleton le leyó los mensajes y nombres que figuraban en las otras tarjetas. Cuando estaba a mitad de camino señaló con la cabeza la pila de mensajes telefónicos y telegramas que había en la mesilla de noche de Leigh.

—¿Leyó ésos con atención?

—La mayoría —respondió Leigh.

—¿Le parece bien que el detective Shrader los revise mientras yo sigo con esto?

Leigh estuvo de acuerdo, pero a Shrader no pareció entusiasmarlo demasiado la tarea al empezar a trabajar con la pila de papeles. Cuando el nombre del último ramo era uno que Leigh también reconoció, Littleton cogió su parka y Shrader también se levantó y trató de finalizar su tarea de pie. Estaba leyendo uno de los últimos mensajes cuando en su actitud se operó un cambio súbito y desagradable. Miró a Leigh y la escrutó como si la viera bajo una nueva luz, nada atractiva.

—¿Debo suponer, entonces, que Michael Valente es un buen amigo suyo?

La expresión de su cara y hasta la de Littleton hizo que Leigh se sintiera mancillada.

—No, no lo es —afirmó Leigh enfáticamente—. Lo conocí el sábado por la noche en una fiesta en la que se celebraba el estreno de la obra de teatro. —No quiso decir más ni mencionar que la fiesta se había llevado a cabo en su propia casa y, en especial, no quería que ellos supieran que Logan estaba en tratos comerciales con Valente. No quería decir nada que hiciera que esos detectives pensaran que Logan era otra cosa que un hombre de negocios intachable y un marido amante que había desaparecido. Cosa que era cierta.

Los dos detectives parecieron aceptar su explicación.

—Supongo que, por ser una gran estrella, a usted se le acerca mucha gente rara y desagradable.

—Eso viene con mi trabajo —dijo Leigh tratando de adoptar un tono de broma, pero fracasando por completo.

—Ahora la dejaremos descansar —dijo él—. Usted tiene los números de nuestros móviles si necesita comunicarse con nosotros. Trataremos de volver a seguir las indicaciones de su mapa.

Normalmente, es sencillo ubicar el lugar de un accidente como el suyo, pero hay tanta nieve acumulada a los costados del camino que resulta difícil encontrar los puntos de referencia que buscamos.

—Llámenme si encuentran algo... por pequeño que sea —les suplicó Leigh.

—Lo haremos —prometió Shrader. Reprimió su irritación cuando Littleton se detuvo en la sala de enfermeras y preguntó acerca de la tarjeta que faltaba en el canasto con las peras. Siguió conteniéndose mientras la enfermera la buscaba y no lograba encontrarla, pero cuando los dos llegaron al sector de ascensores, volcó su mal humor en Sam.

»¡Lo que hiciste allá dentro fue imperdonable! Asustaste a esa pobre mujer con esa mierda del acosador. Ella creyó las razones que le diste para hacerle esas preguntas. Sabía exactamente qué estabas pensando.

—No tiene un pelo de tonta. Muy pronto habría recordado a esa persona, y entonces sí que la habría aterrorizado la posibilidad de que él fuera el responsable de lo sucedido —le contestó Sam—. Es mejor que sepa que nosotros ya lo pensamos y estamos siguiendo esa línea de investigación.

—¿Siguiendo qué línea de investigación? —se mofó Shrader—. El hombre que la persigue está todavía en la etapa romántica de darle regalos, y lo más probable es que siga así hasta que otra persona le llame la atención. En segundo lugar, los acosadores no son espontáneos: fantasean con el momento en que dejarán de esconderse. Planean su estrategia y fantasean, y no les gusta que nada los desvíe de esos planes. Ellos no deciden tomar la iniciativa en medio de una inesperada tormenta de nieve, a menos que también pudieran planear eso, lo cual es imposible.

La llegada del ascensor lo distrajo y cuando Sam vio que estaba vacío, trató de explicar su razonamiento.

—¿No te parece raro que su marido haya desaparecido la misma noche en que ella casi pierde la vida... y es rescatada misteriosamente? Son demasiadas coincidencias.

—¿Me estás sugiriendo que un acosador está detrás de todo eso? ¿Cuántos hombres crees que la persiguen?

Sam no prestó atención a su sarcasmo.

—Creo que es posible que él haya estado siguiéndola cuando

vio que su auto se despeñaba, y permaneció allí para rescatarla.

—Al decirlo en voz alta, Sam deseó no haber abierto la boca, porque incluso a ella le sonó descabellado.

—¿Ésa es tu teoría? —se burló Shrader—. ¿La de un acosador que se transforma en un caballero de brillante armadura? —Sin aguardar una respuesta, continuó—: Ahora deja que te exponga mi teoría. Manning quedó atrapado por la tormenta de nieve y por una u otra razón no puede salir. La señora Manning perdió el control de su vehículo en la misma tormenta y se desbarrancó. Y ésta es la razón por la que mi teoría me gusta: *¡Lo mismo les sucedió a cientos de personas durante la tormenta del domingo!* Por eso no me gusta tu teoría: es improbable. De hecho, es absurda. Más que eso: apesta.

En lugar de sentirse agraviada por ese resumen preciso de su compañero, Sam lo miró un momento y después se echó a reír.

—Tienes razón, pero por favor no suavices tus opiniones por mí.

Shrader era hombre y, por consiguiente, que le dijeran que «tenía razón» era al mismo tiempo un elogio —cosa que inmediatamente lo puso de buen humor— y significaba ponerlo en una posición de privilegio.

—Deberías haber hablado conmigo de tu teoría antes de decírselo a la señora Manning —le señaló, pero con tono más agradable.

—Se me ocurrió sólo cuando llegamos aquí —reconoció Sam mientras las puertas del ascensor se abrían en la planta baja—. Fueron las peras las que me llevaron a pensar en esa dirección. Representan estar al tanto de los hábitos de la señora Manning —poseer información «de dentro» —y no llevaban una tarjeta. Además, vi la forma en que ella reaccionaba frente a esas peras...

—Ella te dio la razón por la que había reaccionado de esa manera.

Estaban en la mitad de la recepción cuando Sam decidió tomar un desvío, que Shrader equivocadamente supuso que era al baño de damas.

—Nos reuniremos en el coche —le dijo ella.

—¿Problemas de próstata? —bromeó él—. Ya hiciste una parada cuando estábamos arriba.

Sam se encaminó al escritorio de recepción, donde varios arreglos florales nuevos aguardaban para ser llevados a las habitaciones de los pacientes. Le mostró su placa a una voluntaria de edad avanzada y pelo matizado de azul y cuyo prendedor decía que se trataba de la señora Novotny.

—¿Esta mañana trajeron aquí un canasto con peras? —le preguntó Sam.

—Ah, sí —respondió la voluntaria—. Recuerdo que nos maravilló el tamaño de esas peras hermosas.

—¿Por casualidad no vio el camión o el coche que lo trajo?

—En realidad, yo lo noté. Era un coche negro, como el que conducen las estrellas de cine. Lo sé porque dos adolescentes estaban sentados allí en ese momento, admirándolo. ¡Uno de los muchachos comentó que debía de costar por lo menos trescientos mil dólares!

—¿Mencionaron qué clase de automóvil era?

—Sí. Dijeron que era un... —Calló un momento, muy concentrada, y después su cara se iluminó—. ¡Dijeron que era un Bentley! También puedo describir al hombre que lo conducía: usaba un traje negro y una gorra negra con visera. Él trajo las peras aquí y las puso sobre mi escritorio. Dijo que eran para la señora Leigh Manning y me pidió que por favor me ocupara de que las recibiera lo antes posible. Le dije que lo haría.

Sam sintió que era una tonta rematada por obsesionarse con lo que a todas luces era un inofensivo y costoso canasto con frutas entregado por el chófer de un Bentley. Shrader tenía toda la razón del mundo.

—Muchísimas gracias, señora Novotny. Ha sido usted de gran ayuda para mí —le aseguró en forma automática, porque estaba convencida de que era importante hacer que los ciudadanos que tenían una actitud de cooperación sintieran que su aporte había sido valioso. Era una manera de decir «gracias por aceptar estar involucrada».

La señora Novotny se sintió tan halagada que trató de ser incluso más útil.

—Si quiere saber algo más acerca del hombre que conducía ese coche, podría preguntárselo a la persona que envió las peras, detective.

—No sabemos quién las envió —dijo Sam por encima del hombro—. No traía ninguna tarjeta.

—El sobre se cayó.

Algo en la forma en que lo dijo hizo que Sam se detuviera y volviera la cabeza.

La señora Novotny tenía en la mano un sobre cuadrado.

—Pensaba enviarlo arriba a la señora Manning con una voluntaria, pero todas han estado muy atareadas esta mañana. Casi todas las camas están ocupadas debido a la tormenta de nieve. Muchas personas se cayeron o tuvieron accidentes automovilísticos o sufrieron un infarto de tanto palear nieve.

Sam volvió a agradecerle, tomó el sobre y cruzó el vestíbulo. Abrió el sobre, no porque esperara descubrir algo significativo en el interior sino porque ya se había malquistado con Shrader y había perturbado a la señora Manning con lo del canasto de frutas al que ese sobre debía de estar adherido. Extrajo una pequeña hoja plegada de papel fino y leyó el mensaje manuscrito que contenía. Entonces frenó en seco y volvió a leerlo dos veces más.

Shrader había sacado el coche del aparcamiento y lo había detenido junto al bordillo, frente a las puertas del hospital. Pequeñas nubes de vapor brotaban del tubo de escape y una delgada capa de escarcha ya se había formado en el parabrisas. Él la estaba retirando con su tarjeta de crédito, una tarea nada sencilla con los limpiaparabrisas funcionando a toda velocidad y sus nudillos desnudos. Sam esperó en el coche hasta que él subió y comenzó a soplarse las manos heladas y a frotárselas, y sólo entonces ella le pasó la nota plegada.

—¿Qué es eso? —preguntó él entre un soplido y otro a sus dedos.

—La nota que llegó con las peras para la señora Manning.

—¿Por qué me la das a mí?

—Porque tienes frío —respondió ella—. Y creo que esto, bueno, te electrificará.

Era evidente que Shrader pensaba que tal cosa era poco probable, y lo demostró al no prestar atención a la nota y seguir frotándose las manos. Cuando terminó, puso la palanca de cambios en primera, miró por el espejo retrovisor y alejó el coche del bordillo. Por último, tomó la nota, la abrió con indiferencia con el pulgar y, cuando llegaron a un semáforo en rojo, finalmente se dignó mirar de reojo su contenido.

—¡Dios santo! —Clavó el freno con tanta fuerza que el cinturón de seguridad de Sam se trabó y el coche patinó sobre la calle cubierta de hielo. Leyó de nuevo el mensaje y después lentamente levantó su gran cabezota oscura y la miró a ella, sus ojos castaños brillantes por la sorpresa y la anticipación: un rottweiler feliz al que acaban de darle un trozo de carne bien jugoso. Sacudió la cabeza como para aclararse las ideas.

—Tenemos que llamar al capitán Holland —dijo y llevó el vehículo hacia el bordillo. Riendo entre dientes, marcó los números en su móvil—. ¡Qué golpe de suerte, Littleton! Si Logan Manning no aparece pronto sano y salvo, acabas de darle al Departamento de Policía de Nueva York un caso que te convertirá en heroína y a Holland, en el próximo jefe de policía. Y Trumanti podrá morir siendo un hombre feliz. —En el teléfono, ladró—: Habla Shrader. Necesito hablar con el capitán. —Escuchó un momento y luego dijo—: Díganle que es una emergencia. Aguardaré en línea.

Alejó el teléfono de la oreja el tiempo suficiente para oprimir el botón de *mute*, momento en que anunció:

—Si tú ya no fueras el ángel de pelo rubio de Holland, lo serías de ahora en adelante.

Sam reprimió una oleada de alarma.

—¿Qué quieres decir con eso de que yo soy su «ángel»?

Shrader le dirigió una mirada un poco avergonzada.

—Olvida que lo dije. Lo que sucede entre Holland y tú no es asunto mío. Ahora no cabe ninguna duda de que lo tuyo no es sólo belleza. Tienes mucho instinto, tenacidad y una gran capacidad de trabajo. Eso es lo que importa.

—Lo que a mí sí me importa en este momento es que hayas dado a entender que el capitán Holland siente cierta preferencia por mí, y quiero saber qué te hace pensarlo.

—¡Diablos, si en la Dieciocho todo el mundo lo piensa!

—Vaya. Eso me hace sentir mucho mejor —dijo ella con ironía—. Ahora responde a mi pregunta o te demostraré algo de «tenacidad» como nunca has...

La persona que estaba del otro lado de la línea dijo algo y Shrader levantó una mano para silenciar a Sam.

—Sí, seguiré aguardando —dijo. Después miró a Sam, calibró el grado de decisión que expresaba su rostro y decidió creer en su amenaza—. Piensa en las pruebas —dijo, después de volver a oprimir el botón *mute*—. Eres una detective novata, pero querías trabajar en Homicidios en la Comisaría Dieciocho y te asignaron a Homicidios. Tenemos miles de casos, pero Holland te elige uno especial para que te inicies. Tienes que tener un compañero permanente, pero Holland no te asigna cualquiera. Él quiere elegir *personalmente* a tu compañero...

Sam apeló a la única explicación, aunque algo débil, que se le ocurrió en ese momento.

—Holland se ocupa en este momento de todas las asignaciones, ya que el puesto del teniente Unger todavía está vacante.

—Sí, pero Holland no te asignó compañero porque quiere estar seguro de que sea alguien agradable, alguien compatible contigo.

—Entonces, ¿cómo te eligió a ti?

Shrader sonrió ante el sarcasmo de Sam.

—Porque sabe que yo te cuidaré.

—¿Él te pidió que me cuidaras? —preguntó Sam, atónita y disgustada.

—Sí, con esas palabras exactas.

Sam digirió ese hecho un momento; después, se encogió de hombros con simulado desinterés.

—Bueno, si eso es lo único que hace falta para que todo el mundo piense que algo extraño está ocurriendo, entonces vosotros sois un puñado de viejas chismosas.

—¡Basta, por favor, Littleton! Mírate: no eres exactamente la mujer policía típica. No dices palabrotas, no te enojas, eres demasiado decorosa y femenina y no tienes aspecto de policía.

—No me has *oído* decir palabrotas —lo corrigió Sam—. Y todavía no me has visto enojarme. Y ¿qué tiene de malo mi aspecto?

—Nada. Pregúntaselo a Holland y a algunos de los otros muchachos de la Dieciocho: todos piensan que eres espléndida. Por supuesto, las únicas otras detectives de la Dieciocho son mucho mayores que tú y veinticinco kilos más gordas, así que no pueden hacerte sombra.

Sam sacudió la cabeza, fastidiada, y ocultó su alivio, pero lo que él dijo a continuación la enfureció y puso fin a ese alivio efímero.

—Puesto que quieres saber toda la verdad —dijo él—, según los rumores del Departamento, tú tienes amigos en lugares importantes o algo así.

—Típico —dijo Sam y logró poner cara de mezcla de desprecio y diversión—. Cada vez que una mujer comienza a tener éxito en una profesión dominada por los hombres, vosotros preferís atribuir su éxito a cualquier cosa que no sea su capacidad.

—Bueno, tú tienes mucho de eso —dijo Shrader y la sorprendió. Pero calló de pronto cuando finalmente Holland tomó su llamada y, evidentemente, comenzó por reprender severamente a Shrader por haberse mantenido tanto tiempo en línea y aumentar así la factura de su móvil.

—Sí, capitán, ya lo sé... probablemente cinco minutos.

»Sí, capitán, pero la detective Littleton descubrió algo que me pareció que usted querría saber inmediatamente.

Puesto que Shrader era el detective más antiguo en el caso, y también estaba «a cargo de ella», Sam supuso que él se adjudicaría el crédito de ese descubrimiento o, al menos, reclamaría para sí la satisfacción de informárselo personalmente a Holland, pero para sorpresa de Sam, Shrader le guiñó un ojo y le pasó el teléfono.

—Holland dice que más vale que la información sea buena.

Cuando Sam cortó la comunicación, no tenía la menor duda de que el capitán Thomas Holland pensaba que su información justificaba una llamada telefónica onerosa.

De hecho, Holland creyó que justificaba el empleo pleno e inmediato de la totalidad del personal disponible y los recursos del Departamento de Policía de Nueva York.

—¿Y bien? —preguntó Shrader con una sonrisa cómplice—. ¿Qué dijo Holland?

Sam le devolvió el teléfono y le resumió la conversación.

—Básicamente, dijo que la señora Manning va a recibir más ayuda del Departamento de Policía de Nueva York en la búsqueda de su marido de lo que jamás se imaginó.

—O quiso —añadió Shrader. Miró hacia el segundo piso del hospital y sacudió la cabeza—. ¡Vaya si es buena actriz esa mujer! Me engañó por completo.

Automáticamente, Sam le siguió la mirada.

—También a mí —confesó Sam con el entrecejo fruncido.

—Arriba ese ánimo —le aconsejó él cuando se alejaban de allí en el automóvil—. Has convertido a Holland en un hombre feliz y seguro que en este momento está hablando por teléfono con Trumanti y convirtiéndolo también a él en un hombre feliz. Esta noche, Trumanti hará otro tanto con el alcalde. El mayor problema para todos nosotros —dijo— será mantener en secreto lo que sabemos. Si los Federales llegan a enterarse, tratarán de encontrar la forma de participar en el caso. Durante años han intentado apresar a Valente por una docena de cargos, pero nunca lo consiguieron. No les gustará nada que el Departamento de Policía tenga éxito allí donde ellos fallaron.

—¿No es un poco temprano para tanta alharaca? —preguntó Sam—. Si Logan Manning aparece con vida y bien, no habrá ningún caso.

—Es verdad, pero algo me dice que eso no sucederá. Es hora de almorzar —agregó después de mirar el reloj del tablero—. Te debo una disculpa por haber tratado de hacer trizas tu teoría. Te compraré una hamburguesa para el almuerzo.

Ese ofrecimiento extraordinario hizo que Sam tuviera una reacción tardía. Shrader era tan tacaño que en la Dieciocho todos le hacían bromas por ello. En los pocos días transcurridos desde que recorrían juntos las montañas, él ya le había hecho pagar varias tazas de café y comestibles en las máquinas expendedoras del hospital. En vista de esto y de su actitud anterior con respecto a su «teoría», Sam decidió vengarse en una forma que lo torturaría.

—Me debes un bistec para la cena.

—Ni loco.

—Conozco el lugar perfecto. Pero, primero, el capitán Holland quiere que hagamos algunas llamadas telefónicas a las autoridades locales.

# 6

Incapaz de soportar la sola idea de comer o de recibir más reprimendas sobre el tema por parte de su enfermera, Leigh escondió dos tostadas y la pera en el cajón de la mesilla de noche; después se recostó y se puso a pensar en lo que los detectives habían dicho y hecho. Al cabo de unos minutos tomó una decisión y llamó por teléfono a su secretaria.

Brenna contestó a la primera llamada al teléfono del apartamento de Leigh en la Quinta Avenida.

—¿Hay alguna noticia del señor Manning? —preguntó Brenna en cuanto Leigh terminó de tranquilizarla con respecto a su propio estado.

—No, todavía no —respondió Leigh, tratando de no sonar tan desalentada como se sentía—. Necesito algunos números de teléfono. No están en el ordenador sino en una pequeña agenda que hay en el cajón de la derecha del escritorio de mi dormitorio.

—De acuerdo. ¿Qué números? —preguntó Brenna y Leigh imaginó a esa rubia eficiente con un bolígrafo en la mano, siempre lista para responder a cualquier petición suya.

—Necesito el de la línea directa del alcalde Edelman en su oficina y el de su casa. También necesito el número de la oficina y el particular de William Trumanti. Figurará o bien por su nombre o bajo «jefe de policía». Aguardaré en línea hasta que los encuentres.

Brenna estaba de vuelta en línea tan rápido que Leigh supo que se había desplazado a la carrera.

—¿Hay algo más que pueda hacer? —preguntó Brenna.

—No por el momento.

—Courtney Maitland ha estado aquí varias veces —dijo Brenna—. Está absolutamente convencida de que estás muerta y de que las autoridades lo están ocultando.

En circunstancias normales, la mera mención de la adolescente sin pelos en la lengua que vivía en el edificio de Leigh la habría hecho sonreír, pero no entonces.

—Dile a Courtney que la última cosa de la que ella y yo hablamos fue con respecto a qué siente ella acerca de la nueva esposa de su padre. Eso debería convencerla de que estoy viva y puedo hablar.

—La llamaré ya mismo —dijo Brenna—. Te conseguí una enfermera particular en cuanto me enteré de tu accidente. ¿Ya se ha presentado por allá?

—Sí, gracias. La despaché esta mañana, pero debería haberla conservado un día más.

—¿Porque todavía no te sientes del todo repuesta?

—¿Qué? —Leigh ya estaba concentrada en las llamadas telefónicas que quería hacer—. No. Porque me costaba menos intimidarla que a la enfermera del hospital.


El alcalde Edelman ya salía para una reunión cuando Leigh le telefoneó, pero su secretaria le avisó que Leigh lo buscaba y él tomó enseguida la llamada.

—Leigh, no sabe cuánto lamento lo sucedido. ¿Cómo está?

—Estoy muy bien, alcalde —contestó Leigh, luchando por mantener un tono de voz sereno—. Pero todavía no hay noticias de Logan.

—Ya lo sé. Le hemos pedido ayuda a la policía del estado y están haciendo todo lo que está a su alcance, pero van de cabeza allí arriba. —Hizo una pausa y dijo, con afecto—: ¿Hay alguna otra cosa que yo pueda hacer?

—Me doy cuenta de que esto es una imposición, que ni siquiera es responsabilidad del Departamento de Policía de la Ciudad de Nueva York, pero aquí hay sólo dos detectives buscando a Logan, y el tiempo pasa. ¿Sería posible que viniera más gente a ayudar en la búsqueda? Con todo gusto reembolsaré a la ciudad por la mano de obra adicional o por cualquier gasto que sea necesario. Lo que pueda costar no es problema.

—No se trata por completo de una cuestión de costes. Existen algunas cuestiones de jurisdicción desde el punto de vista del Departamento de Policía. El jefe de policía Trumanti no puede enviar una «partida de invasión» a los Catskills si las municipalidades locales que tienen jurisdicción allí no lo invitan a participar en la búsqueda.

Para Leigh, eso era pura burocracia, la «etiqueta» de las fuerzas del orden, y ella no tenía tiempo para eso.

—Afuera la temperatura es de casi ocho grados bajo cero, alcalde, y mi marido está perdido en alguna parte. El FBI tiene jurisdicción en todas partes. Estoy pensando en recurrir a ellos.

—Desde luego que puede intentarlo —dijo él, pero por su tono, Leigh supo que él no creía que existiera ninguna posibilidad de conseguir que el FBI se involucrara en la búsqueda—. Tengo entendido que hay mucha gente desaparecida en esa tormenta de nieve, Leigh, pero creemos que está a salvo y sencillamente no consigue llegar a los caminos principales o utilizar un teléfono. ¿Por qué no llama a Bill Trumanti y le pide que la ponga al día con respecto a la situación?

—Precisamente pensaba llamarlo después de hablar con usted. Muchas gracias, alcalde —dijo Leigh, pero en realidad no se sentía demasiado agradecida. Estaba frenética y necesitaba algo más que preocupación y excusas. Necesitaba ayuda o, al menos, sugerencias acerca de cómo conseguir más ayuda.

Trumanti no estaba cuando ella lo llamó, pero le devolvió la llamada una media hora más tarde. Para enorme sorpresa y alivio de Leigh, Trumanti le ofreció mucho más que meras sugerencias: estaba dispuesto a proporcionar el apoyo completo y los recursos del Departamento de Policía de Nueva York para ayudar a encontrar a Logan.

—Las cuestiones jurisdiccionales mencionadas por el alcalde se están resolviendo en este preciso momento —dijo. Calló un momento, cubrió con la mano el micrófono, intercambió unas palabras ininteligibles con quienquiera que estuviera allí y después volvió a hablar con Leigh—. Me acaban de informar que los detectives del capitán Holland que están en la zona se han puesto en contacto con los municipios locales y todos han aceptado permitir que el Departamento de Policía participe de la campaña de búsqueda y rescate. De hecho, su actitud es «cuanta más ayuda, mejor». Como sabe, Leigh, fue una tormenta fortísima y todos los servicios y las autoridades locales han trabajado sin descanso las veinticuatro horas para asistir a los damnificados.

Para Leigh el alivio fue tal que tuvo ganas de llorar.

—Según el pronóstico meteorológico —continuó él—, muy pronto mejorará el tiempo. Acabo de aprobar el uso de helicópteros del Departamento de Policía para que empiecen a buscar la cabaña en cuanto el cielo se despeje un poco y la visibilidad mejore a un nivel de mayor seguridad. Hay una zona muy grande para cubrir, así que no espere resultados demasiado pronto. Mientras tanto, tiene usted a los dos excelentes detectives del capitán Holland allá arriba en este momento, quienes harán el seguimiento de cualquier pista que llegara a aparecer.

—Realmente, no sé cómo agradecerle —dijo Leigh con emoción. Ella y Logan conocían socialmente al jefe de policía Trumanti y su esposa, pero no tanto como conocían al alcalde, y éste no le había ofrecido casi ninguna ayuda. En vista de ello, Leigh había esperado menos ayuda y no más de parte del inspector Trumanti. Sin embargo, él se estaba convirtiendo en un enérgico aliado, un verdadero regalo de Dios. Leigh decidió preguntarle si creía que ella debería contactar también con el FBI.

»Le comenté al alcalde Edelman que estaba pensando en la posibilidad de pedir ayuda al FBI... —comenzó a decir.

La reacción de Trumanti fue tan negativa que Leigh se preguntó si lo habría tomado como un insulto al Departamento de Policía de Nueva York o a él personalmente.

—Estaría perdiendo su tiempo, señora Manning —la interrumpió él y su actitud se volvió fría y formal—. A menos que haya algo que usted no les ha dicho a nuestros detectives, no existe la menor prueba, ni siquiera un ínfimo detalle, que lleve a pensar en alguna clase de delito en relación con la desaparición de su marido, y mucho menos un delito *federal* que justificaría recurrir al FBI.

—Un hombre ha estado siguiéndome... —comenzó a decir Leigh.

—Quien tengo entendido que ha limitado sus actividades, por cierto mínimas, a un sector geográfico que se encuentra por completo dentro de la jurisdicción del Departamento de Policía. No ha violado ninguna ley *federal*. De hecho, no creo que el Departamento de Policía podría acusarlo de un cargo más serio que el de convertirse en una auténtica molestia.

Cada vez que Trumanti enfatizaba la palabra «federal», Leigh tenía la sensación de estar siendo severamente reprendida, y nada menos que por la persona cuya ayuda y lealtad le resultaba más necesaria.

—Entiendo. Sólo trataba de pensar en maneras de ayudar en la investigación —dijo ella con deliberada humildad. Habría sido capaz de arrastrarse hasta Trumanti de rodillas si con ello lograra asegurar su ayuda para encontrar a Logan—. ¿Tiene alguna otra sugerencia con respecto a lo que yo podría hacer?

En el tono de Trumanti se operó un decidido cambio favorable.

—Sí —respondió—. Quiero que usted descanse todo lo posible y cuide mucho de su persona, para que cuando encontremos a Logan él no nos eche la culpa de haberla preocupado.

—Trataré de hacerlo —le prometió Leigh—. Es posible que mañana me vaya a casa.

—¿Se siente suficientemente bien como para abandonar el hospital? —preguntó él, sorprendido.

Leigh evadió esa pregunta pero le confesó otra verdad:

—Los hospitales me hacen sentir desvalida y deprimida.

Él se echó a reír.

—También a mí. Detesto esos lugares. Y no empiezo a sentirme bien hasta que vuelvo a casa.

Tardíamente, Leigh recordó que Trumanti libraba una prolongada batalla contra un cáncer de próstata, una lucha que, se rumoreaba, estaba perdiendo. Trató de pensar en algo adecuado para decirle y tuvo que conformarse con un:

—Muchísimas gracias por todo. Es usted increíblemente bondadoso.

## 7

—Quiero irme a casa mañana —le dijo Leigh a su médico cuando él entró a verla a las cinco de esa tarde.

Él estudió la planilla de control de sus parámetros vitales y su expresión fue tan implacable como la de ella.

—Eso no es posible.

—Pero hoy me levanté varias veces y esta tarde caminé por el pasillo. Estoy segura de que ya no necesito este collarín ortopédico. Estoy bien —insistió Leigh.

—No está bien. Tuvo una contusión muy seria, tiene costillas fracturadas y todavía no sabemos si sigue necesitando ese collarín.

—Ya casi no tengo dolores.

—Eso se debe a que le estamos administrando analgésicos muy fuertes. ¿Se ha mirado el cuerpo debajo de esa bata de hospital? —preguntó.

—Sí.

—¿Vio su cara en el espejo?

—Sí.

—¿Cómo describiría lo que vio?

—Tengo el aspecto de alguien que ha tenido un accidente.

—Lo que parece es una berenjena. —Al ver que la expresión de Leigh seguía siendo la de una persona empecinada, él cambió de táctica—. Abajo hay una cantidad de periodistas y fotógrafos que confían en poder verla. Supongo que no desea que nadie la vea con ese aspecto, ¿verdad? Usted tiene una imagen pública que preservar.

Leigh no estaba de humor para oír un sermón sobre la importancia de su imagen pública. Ya era miércoles y, si el clima no mejoraba, los helicópteros tampoco podrían iniciar la búsqueda al día siguiente. Ella quería que la policía estrechara la búsqueda localizando el lugar donde su coche se despeñó. No podía soportar otro día de impotente inactividad y cama forzada. Le dolía todo el cuerpo, pero tenía la mente despejada y necesitaba poder actuar.

El médico confundió su silencio con asentimiento.

—Usted sabe bien que lo que me mueve es sólo lo que más conviene a su salud. Sencillamente, no se encuentra bien como para ser dada de alta.

—Supongamos que no soy una actriz famosa sino una humilde obrera —le propuso Leigh—. Tengo que mantener a mi familia y no tengo dinero para cubrir lo que mi programa social de salud no pagará. Si eso fuera cierto, doctor Zapata, ¿cuándo me daría de alta?

Las cejas entrecanas del médico se juntaron.

—¿Habría sido ayer? —sugirió ella.

—No —respondió él.

—Entonces, ¿cuándo? —insistió.

—Esta mañana —dijo él—. Logró lo que quería, señora Manning.

Enseguida, Leigh se sintió una especie de bruja.

—Lo lamento. Estuve un poco grosera.

—Por desgracia, sus argumentos fueron contundentes. Firmaré los papeles del alta después de pasar a verla por la mañana... siempre y cuando acepte irse de aquí en ambulancia.

En cuanto el médico se fue, Leigh trató de hablar por teléfono con Brenna, pero su secretaria ya había vuelto a su casa. Con una hora sin nada que hacer, Leigh bajó con dificultad de la cama, se sentó en la silla y comenzó a hojear las revistas y periódicos que le había pedido a un voluntario que empujaba un carrito con material de lectura. Leigh procuraba recuperar sus fuerzas.

A las seis y media apartó los periódicos, volvió a meterse en la cama y llamó a Brenna a su número particular.

—Tengo que pedirte un favor —le dijo—. Es un poco fuera de lo común...

—No importa —la interrumpió enseguida Brenna—. Sólo dime qué puedo hacer por ti.

—Por la mañana me van a dar el alta. ¿Podrías traerme ropa limpia?

—Por supuesto que sí. ¿Alguna otra cosa?

—Sí, que alquiles un cuatro por cuatro y lo traigas aquí. Apárcalo en cualquier parte cerca del hospital y después toma un taxi el resto del camino. Me exigen que salga de aquí en ambulancia —explicó Leigh—, pero no pienso quedarme mucho tiempo en ella. Abandonaremos la ambulancia cuando lleguemos al vehículo alquilado.

—Y, después, ¿qué? —preguntó Brenna con desazón—. Quiero decir, si necesitas una ambulancia para salir del hospital, ¿no deberías quedarte en ella durante el viaje de vuelta a la ciudad?

—No vamos a volver directamente a la ciudad. La policía no consigue nada con el mapa que yo les tracé, pero yo me creo capaz de encontrar el lugar donde mi coche se salió de la ruta. La cabaña en la que se suponía que me reuniría con mi marido tiene que estar muy cerca de ese lugar.

—Entiendo —dijo Brenna—, pero me preocupas y...

—¡Brenna, por favor! Necesito tu ayuda —dijo Leigh, y su voz se quebró por el agotamiento y el miedo. Y cuando Brenna la oyó, capituló enseguida.

—Yo me ocuparé de todo —prometió con vehemencia—. Antes de que cuelgues —agregó—, hay algo que quiero decirte. Y espero que no lo tomes a mal.

Leigh recostó la cabeza contra las almohadas y se preparó para enterarse de algo que no deseaba oír... algo que, en su experiencia, solía venir siempre después de una frase que empezaba con *espero que no lo tomes a mal*.

—¿De qué se trata?

—No hace mucho que trabajo contigo y sé que tienes cientos de amigos a los que podrías recurrir, así que estoy muy complacida... bueno, halagada... de que cuentes conmigo... cuando tienes tantas otras personas...

—Brenna —dijo Leigh con una sonrisa cansada—, lamento decepcionarte, pero tengo cientos de *conocidos* en los que no puedo confiar, y sólo unos pocos amigos en los que sí puedo confiar por completo. Dos de ellos se encuentran en la otra mitad del globo terráqueo, y uno de ellos está perdido en las montañas. Los demás —amistades casuales, conocidos y personas que nunca conocí— ya están asediados por los medios. Los periódicos están llenos de información equivocada, especulaciones e insinuaciones descabelladas, y obtienen ese material de mis supuestas amistades y conocidos cercanos.

Brenna permaneció en silencio, sin duda tratando de encontrar otra explicación, pero no la había.

—Eso es muy triste —dijo en voz baja.

Era, también, la menor de las preocupaciones de Leigh.

—No le des importancia. Es nada más que la clase de vida de las personas como yo.

—Gracias por confiar en mí; eso era todo lo que quería decir.

Leigh cerró los ojos.

—Gracias por ser... por ser como eres.

Cuando Brenna cortó la comunicación, Leigh apeló a lo que le quedaba de fuerzas e hizo la última llamada telefónica de la noche. Fue a su encargada de publicidad, Trish Lefkowitz. Le dio a Trish un informe rápido y nada dramático de la situación. Después de ofrecerle palabras de simpatía y aliento, Trish fue directamente al grano.

—¿Te sientes en condiciones de darme instrucciones acerca de cómo quieres que yo controle a los de la prensa? Hasta ahora he estado eludiéndolos.

—Precisamente por eso te llamo. Me darán el alta por la mañana, pero no iré directamente a casa y no quiero que los periodistas me sigan. Brenna y yo iremos a las montañas a buscar el lugar donde tuve el accidente.

—Es una locura. No puedes estar todavía en condiciones de...

—Si logro encontrar ese lugar, eso contribuirá a reducir el área de la búsqueda.

—¡Hombres! —explotó Trish. La larga lista de relaciones insatisfactorias de la publicitaria estaba haciendo que directamente detestara a los hombres—. Lo más probable es que Logan esté acampando en alguna acogedora cabaña bloqueada por la nieve, con la esposa de un granjero cocinándole bizcochos, mientras todos se vuelven locos de preocupación y tú tratas de rescatarlo.

—Espero que tengas razón —dijo Leigh.

Trish suspiró.

—Yo también. Ahora, déjame pensar cómo puedo distraer a los medios para que puedas escapar del hospital.

Mientras Leigh aguardaba, imaginó a la publicitaria echándose hacia atrás su pelo renegrido y largo y luego retorciendo lentamente el extremo de un mechón mientras examinaba la situación. En épocas más felices, Leigh le había advertido en son de broma que algún día ese mechón terminaría por caerse.

—Muy bien, ésta es la mejor forma. Yo me pondré en contacto con el portavoz del hospital, que es el doctor Jerry algo. Le pediré que avise a los integrantes de la prensa que merodean por el hospital que te darán el alta por la mañana y regresarás a casa en ambulancia. Después haré los arreglos necesarios para que una ambulancia vacía abandone el hospital y, con suerte, ellos la seguirán hasta la ciudad de Nueva York. ¿Cómo te suena?

—Me suena bien. Una cosa más: informa a los medios de que ofreceré una conferencia de prensa en casa mañana por la noche.

—¡Bromeas! ¿Te sientes capaz de hacer una cosa así?

—No, pero necesito la ayuda y cooperación de ellos. Un dibujante de la policía está realizando un bosquejo del hombre que me encontró después de mi accidente. Podremos entregarles ese dibujo, si es que está listo. También quiero tratar de poner punto final a los rumores que leí en dos diarios esta noche, en el sentido de que la desaparición de Logan no es más que el resultado de alguna suerte de pelea matrimonial. El Departamento de Policía de Nueva York se ha ofrecido a participar activamente en la búsqueda, pero artículos periodísticos como ésos harán que parezca que, bueno, que la policía está haciendo un triste papel.

—Lo entiendo. ¿Puedo preguntarte qué aspecto tienes?

—Mi aspecto está perfectamente bien.

—¿No tienes morados en la cara o algo así? Estoy pensando en las cámaras.

—Necesito un foro público: no importa qué aspecto tengo.

El silencio de Trish en el otro extremo de la línea puntuó su desacuerdo total con esa afirmación, pero intuyó que era inútil discutir.

—Te veré mañana por la noche —dijo.

## 8

Las llamadas telefónicas habían agotado a Leigh, pero también habían mantenido su mente ocupada. Sin embargo, cuando apagó las luces y cerró los ojos, su imaginación hizo presa de ella y la atormentó con los horrores que podían haberle ocurrido a Logan. Lo vio atado a una silla, siendo torturado por algún acosador demente... Lo vio muerto y congelado dentro de su automóvil... con los labios azules, los ojos vidriosos y la mirada fija.

Incapaz de soportar la agonía de esas imágenes, trató de extraer fuerza y esperanza de los recuerdos del pasado. Recordó el sencillo casamiento de ambos frente a un aburrido juez de paz. Leigh había usado su mejor vestido y una flor en el pelo. Logan estaba de pie junto a ella. Parecía elegante, apuesto y seguro de sí mismo, a pesar de usar un traje gastado y de que las fortunas combinadas de ambos apenas sumaban ochocientos dólares.

La abuela de Leigh no había podido reunir el dinero para un billete de avión para asistir a la boda, y la madre de Logan se había opuesto tanto a ese casamiento que ellos se lo anunciaron al día siguiente. Pero, a pesar de todo eso, a pesar de la virtual pobreza de ambos, a pesar de la ausencia de amigos y familia y a pesar del futuro incierto que los esperaba, ese día se sintieron muy felices e infinitamente optimistas. Cada uno creía en el otro. Creían en la fuerza del amor. Durante los años que siguieron, eso fue todo lo que tuvieron: un amor muy grande.

Imágenes de Logan desfilaron por la mente de Leigh como diapositivas en un proyector... Logan cuando se conocieron, joven, demasiado flaco, aplomado, mundano y más sabio de lo que se podía esperar a su edad. En la primera cita, él la llevó a un concierto. Era la primera vez que ella asistía a uno, y durante una pausa de la música, ella aplaudió demasiado pronto, creyendo que la pieza había terminado. La pareja sentada en la fila de delante volvió la cabeza y le lanzó una mirada tan despectiva que aumentó su mortificación, pero Logan no permitió que las cosas quedaran así. En el intermedio, se inclinó hacia delante y habló con esa pareja de personas mayores. Con su forma de hablar educada y seductora, les dijo:

—¿No es maravilloso el momento en que nos presentan algo que amamos? ¿Recuerdan lo bien que se sintieron en ese instante?

La pareja volvió la cabeza, y su expresión de desaprobación y desagrado se trocó en sonrisas que le dirigieron a Leigh.

—Al principio a mí no me gustaban las sinfonías —le confió el hombre—. Mis padres tenían abono a los conciertos y me arrastraron a uno. Confieso que me llevó un tiempo tomarle gusto a la música clásica. —Los dos pasaron el intermedio con Leigh y Logan e insistieron en invitarlos con una copa de champán para celebrar el primer concierto de Leigh.

Muy pronto Leigh descubrió que Logan tenía una manera especial de tratar a la gente esnob, estirada y crítica, una manera que los desarmaba y los transformaba en amigos y admiradores. La madre de Logan decía con frecuencia que «no existe ningún sustituto para los buenos modales», y Logan los tenía en abundancia; era una actitud natural y nada afectada.

Para la segunda cita, Logan le sugirió a Leigh que eligiera cómo quería pasar la velada. Ella decidió que le gustaría ir al teatro a ver una obra poco conocida, escrita por un joven dramaturgo llamado Jason Solomon. Logan cerró los ojos y dormitó durante el tercer acto.

Como Leigh estudiaba arte dramático en la Universidad de Nueva York, pudo conseguir pases para ir a los camerinos.

—¿Qué les pareció la obra? —les preguntó Jason Solomon cuando Leigh terminó de presentarlos.

—Me encantó —dijo Leigh, en parte por cortesía y en parte debido al amor que sentía por todo lo que tuviera que ver con el teatro. En realidad, le pareció que la obra en sí era excelente, pero que la interpretación era floja y que la iluminación y la dirección dejaban mucho que desear.

Satisfecho, Jason miró a Logan esperando más elogios.

—¿Y a ti qué te pareció?

—Yo no sé mucho de teatro —contestó Logan—. Leigh es la experta en ese campo. Estudia arte dramático en la Universidad de Nueva York. Si mi madre hubiera estado aquí esta noche, podrías haberle preguntado su opinión. Sería mucho más valedera que la mía.

Sintiéndose insultado por la falta de entusiasmo de Logan, Jason levantó la barbilla y lo miró con desdén.

—¿Y tú piensas que la opinión de tu madre tendría peso porque es... qué? ¿Una dramaturga exitosa? ¿Una crítica teatral?

—No. Porque entre su círculo de amigos hay varios mecenas de las artes. —En ese momento, Leigh no lo advirtió, pero Logan le estaba dando a entender a Jason la leve posibilidad de un apoyo financiero. Lo único que Leigh supo fue que de pronto Jason cambió de actitud y, a pesar de su resentimiento, intentó congraciarse con Logan.

—Trae a tu madre a ver mi obra —dijo—. Avísame cuándo piensas venir y yo me ocuparé de que tengan asientos en la primera fila.

Cuando salieron del teatro, Leigh preguntó:

—¿Realmente crees que a tu madre le gustaría esa obra?

Sonriendo, Logan le pasó un brazo por los hombros. Era la primera vez que la tocaba de una manera personal.

—Creo que mi madre no pisaría este teatro a menos que la ciudad de Nueva York se estuviera incendiando y éste fuera el único edificio a prueba de fuego.

—¿Entonces por qué se lo insinuaste a Jason Solomon?

—Porque tú eres una actriz talentosa y él es un dramaturgo que necesita gente que sepa actuar. Me pareció que tú podrías venir de nuevo al teatro la semana próxima, siempre y cuando la obra no baje antes de cartel, y ofrecer tus servicios con carácter voluntario.

Entusiasmada por sus elogios y distraída por el roce de su mano, Leigh de todos modos se sintió obligada a señalar una verdad:

—Tú no sabes si en realidad actúo bien o no.

—Sí que lo sé. Tu compañera de cuarto me comentó que tienes mucho talento. En realidad, dijo que eres una especie de prodigio y la envidia de toda la clase.

—Aunque todo eso fuera cierto, y no lo es, Jason Solomon no me tomaría. Yo no tengo antecedentes profesionales.

Logan rio entre dientes.

—Por el aspecto de este lugar y la calidad de las interpretaciones, él no puede darse el lujo de contratar a alguien *que tenga* antecedentes profesionales. Y, además, yo dije que te ofrecieras con carácter de voluntaria, o sea, sin cobrar. Después de eso, tendrás tus credenciales.

No era tan sencillo y tampoco era ése el método adecuado, pero Leigh ya se estaba enamorando de Logan Manning, y por lo tanto esa noche no quería discutir con él acerca de ningún tema.

Una vez fuera del teatro, él llamó un taxi y, mientras el conductor se concentraba en sortear el tráfico, Logan volvió a pasarle un brazo alrededor de los hombros, la acercó y le dio el primer beso. Fue un beso maravilloso, excitante, un beso experto que la dejó no sólo atontada, sino también con plena conciencia de que en ese terreno, como en todos los demás, Logan Manning tenía mucha más experiencia que ella y era mucho más mundano.

Él la acompañó al deprimente edificio de la calle Great Jones, donde ella compartía un apartamento de un dormitorio en el quinto piso. En la puerta del apartamento, él volvió a besarla, esta vez con un beso más prolongado y más profundo. Cuando la soltó, Leigh se sentía tan eufórica que supo que tardaría horas en poder conciliar el sueño. Se quedó pegada a la puerta, escuchando a Logan bajar por las escaleras; sólo entonces abrió la puerta y, como en un sueño, bajó por las mismas escaleras por las que él había descendido.

Logan no la había llevado a comer algo después de la función de teatro, una omisión cuyo motivo ella se preguntaría más tarde, pero en ese momento lo único que sabía era que se sentía delirantemente feliz y muy hambrienta. El negocio de comestibles de la esquina estaba a apenas algunos metros y permanecía abierto toda la noche, y hacia allí se dirigió Leigh.

El colmado Angelini era un lugar angosto pero muy profundo, con viejísimos suelos de linóleo, pésima iluminación y un olor penetrante a encurtidos y carne en conserva *kosher* que emanaba de un mostrador de comidas para llevar que ocupaba la totalidad de la pared izquierda. La pared derecha estaba cubierta de estantes, del suelo al techo, que contenían latas y cajas de alimentos.

En el centro, había cajones de madera con productos frescos y cajas con gaseosas, lo cual dejaba sólo un pasillo a cada lado para llegar a las neveras y los freezers del fondo del local. A pesar del aspecto nada atractivo, las pastas italianas y las carnes del sector de comidas para llevar eran una exquisitez, como también lo eran las pizzas caseras congeladas.

Leigh tomó la última pizza de camarones que había en el freezer, la puso en el horno de microondas del negocio y después se acercó a los cajones del centro en busca de peras.

—¿Encontró su pizza de camarones? —le preguntó la señora Angelini desde detrás de la caja registradora en el mostrador de comidas para llevar.

—Sí, y estoy calentándola. Era la última que quedaba —dijo Leigh al ubicar el cajón de madera con las peras—. Siempre encuentro la última... supongo que soy una persona afortunada —agregó, pero pensaba en Logan, no en la pizza.

—No tan afortunada —dijo la señora Angelini—. Yo sólo preparo una pizza de camarones por vez. Y las hago para usted. Usted es la única persona que las pide.

Leigh levantó la vista con una pera en cada mano.

—¿En serio? Qué bondadoso de su parte, señora Angelini.

—No se moleste en mirar esas peras; tenemos otras mejores. Falco se las traerá. —Levantó la voz y llamó a Falco en italiano.

Un momento después, Falco emergió del almacén con un delantal manchado sobre la camisa y los vaqueros y con una pequeña bolsa en las manos. Pasó junto a Leigh sin mirarla siquiera y le entregó la bolsa a su madre, de la que ella sacó dos enormes peras.

—Éstas son para usted —le dijo a Leigh la señora Angelini—. Son las mejores de todas.

Leigh sacó la pizza caliente del microondas, la deslizó dentro de su caja de cartón y la cubrió con su envoltura plástica original; entonces se encaminó a la caja registradora, donde admiró esas peras tan preciosas que parecían lustradas.

—Usted es siempre tan bondadosa conmigo, señora Angelini —dijo con una sonrisa, tratando de transmitirle algo de afecto y alegría a esa mujer tan sufrida. Angelo, el hijo mayor de la señora Angelini, había muerto en una pelea de pandillas mucho antes de que Leigh se mudara a ese vecindario. Dominick, el hijo menor de la señora, era un muchacho agradable y sociable que solía ayudar todo el tiempo en el colmado hasta que, un día, desapareció. La señora Angelini decía siempre que Dominick estaba en el colegio, pero la compañera de cuarto de Leigh —una neoyorquina— le contó que, en ese vecindario, «en el colegio» significaba «en Spofford», el Centro de Detención de Jóvenes de Nueva York, o en una de las prisiones estatales.

Poco después de que Dominick se fuera «al colegio», Falco comenzó a trabajar con su madre, pero lo único que Falco Angelini tenía en común con su comunicativo hermano menor era haber estado preso; y no precisamente en Spofford. A juzgar por lo que la compañera de cuarto de Leigh había oído decir en la tienda cierto día, Falco había pasado varios años en Attica por haber matado a alguien.

Aunque Leigh no lo hubiera sabido, Falco siempre le habría hecho sentir una gran desazón. Silencioso y amenazador y con más de un metro ochenta de estatura, Falco se movía por el local como un inmenso espectro próximo a recibir su condena, con una expresión fría y distante y con hombros tan anchos que parecían abarcar esos pasillos tan estrechos. En flagrante contraste con sus cejas y su barba renegridas, su piel exhibía una palidez espectral que la compañera de cuarto de Leigh decía que se debía a tantos años de cárcel. Su voz —en las raras ocasiones en que hablaba— era áspera y brusca. Le producía a Leigh tanta inquietud que ella evitaba en lo posible mirarlo, pero había veces en que lo pescaba observándola y eso la hacía sentirse incluso más incómoda.

Sin embargo, la señora Angelini parecía no advertir en absoluto las facciones feroces y la actitud intimidatoria de Falco. Le daba órdenes como un sargento de instrucción y se refería a él en forma cariñosa y posesiva como «mi Falco», «mi *caro*» y «mi *nipote*». Leigh supuso que, puesto que ya había perdido a sus otros dos hijos, era natural que la señora Angelini atesorara al único que le quedaba, a pesar de sus evidentes problemas de carácter y su falta de sociabilidad.

Como si la señora Angelini supiera lo que Leigh estaba pensando, le sonrió con pesar al contar el cambio de Leigh.

—Si Dios me hubiera dado una opción —confesó y movió la cabeza hacia el frente del negocio, donde Falco reponía latas en los estantes—, creo que le habría pedido hijas mujeres. Las hijas son más fáciles de criar.

—No creo que muchas madres estén de acuerdo con usted —bromeó Leigh, sintiéndose un poco incómoda. El tema le resultaba embarazoso; sentía pena por la tristeza de la señora Angelini y estaba eternamente desconcertada por la presencia de Falco Angelini. Leigh tomó sus compras, cortésmente se despidió de la señora Angelini y después se despidió de Falco con voz temerosa, no porque deseara hablar con él sino porque tenía un poco de miedo de desairarlo y, por consiguiente, ofenderlo. Leigh era oriunda de una pequeña ciudad tranquila de Ohio y no tenía ninguna experiencia con los ex convictos, pero le pareció que ofender deliberadamente a un ex convicto, sobre todo a alguien que había estado preso por matar a una persona, era probablemente una equivocación poco prudente, incluso peligrosa.

La preocupaban estos pensamientos cuando salió de la tienda y echó a andar por la calle, así que fue una sorpresa total para ella que dos jóvenes de aspecto amenazador se materializaran desde las sombras y le cortaran el paso.

—Bueno, bueno, miren quién ha salido —dijo uno de ellos y metió la mano en el bolsillo de su chaqueta—. Y está a punto para pelarla y comérsela.

*¡Una navaja! ¡Tiene una navaja!* Leigh quedó petrificada como un ciervo hipnotizado por los faros de un automóvil que se acerca. Su único pensamiento idiota fue que no debía permitir que la mataran en ese momento, justo cuando acababa de encontrar a Logan. De pronto, Falco Angelini salió del colmado, detrás de ella, y comenzó a burlarse del muchachito que tenía la navaja y a incitarlo.

—¿Veo una navaja? —se mofó—. ¿Sabes cómo usarla, pedazo de idiota? —Falco abrió los brazos e invitó al supuesto atacante de Leigh a atacarlo—. No te harás famoso por apuñalar a una chica. Trata de hacérselo a un hombre adulto. Apuñálame a mí. Vamos, gilipollas, ¡inténtalo!

Como hipnotizada, Leigh vio que el segundo muchacho sacaba una navaja del bolsillo en el momento en que el primero se lanzaba hacia Falco. Angelini lo esquivó, tomó el brazo de su atacante y lo arrojó por encima del hombro con un ruido a huesos rotos hacia el callejón, gritando de dolor. El segundo atacante era más hábil y menos atropellado que su compañero, y con horror Leigh vio que rodeaba a Angelini agazapado, y su navaja brilló debajo del farol de la calle. De pronto la hoja afilada se proyectó hacia arriba, Angelini dio un paso atrás y el muchacho lanzó un grito de dolor y cayó de rodillas, aferrándose la entrepierna.

—¡Hijo de puta! —gimió y fulminó con la mirada a Angelini, mientras intentaba rodar de costado e incorporarse.

Mientras él trataba de ponerse de pie, Falco asió el brazo de Leigh y la arrastró hacia atrás, en dirección al interior de la tienda. Ella permaneció allí, paralizada, hasta que los dos muchachos desaparecieron por un callejón.

—Tendríamos, tendríamos que llamar a la policía —tartamudeó ella.

Angelini frunció el entrecejo y se quitó el delantal que llevaba puesto.

—¿Por qué?

—Bueno, porque podríamos reconocerlos en las fotografías del archivo policial. No estoy segura de poder hacerlo yo sola, pero entre los dos quizá lograríamos identificarlos.

—Para mí todos los matones son iguales —dijo él y se encogió de hombros—. No distingo a uno de otro.

Desairada, Leigh se inclinó hacia delante y con un poco de miedo miró hacia su edificio.

—No veo señales de ellos. Lo más probable es que ya estén a un kilómetro de aquí. —Miró con incomodidad a Angelini, tratando de ocultar el miedo que le daba caminar sola hacia su casa—. Gracias por venir a salvarme —dijo y, cuando él no le respondió, salió a la calle.

Para su enorme alivio, también él salió.

—La acompañaré a su casa —dijo. Esperó un momento a que ella reaccionara y confundió su silencio nervioso con un rechazo—. Tal vez preferiría ir sola —dijo y dio media vuelta.

Completamente acobardada, Leigh lo tomó del brazo.

—¡No, aguarde! ¡Sí me gustaría que me acompañara! Es sólo que no quería causarle más problemas, Falco.

Su gesto involuntario pareció divertirlo, o quizá lo que lo divirtió fue lo que ella dijo.

—Usted no me causó ningún problema.

—Fuera de hacer que casi lo mataran.

—Yo no corría ningún peligro de que me mataran esos... —Calló y reprimió la palabrota que estaba por decir.

Alentada por la comunicación que habían establecido, Leigh dijo:

—Realmente creo que deberíamos llamar a la policía.

—Como quiera, pero déjeme a mí fuera. No tengo tiempo para gastarlo con los policías.

—¿Cómo espera que la policía nos proteja si los ciudadanos no cooperamos? Entre otras cosas, es deber de cada ciudadano...

Él le lanzó una mirada tan llena de desprecio que Leigh deseó que la tierra la tragara.

—¿De qué planeta es usted?

—Soy de Ohio —contestó Leigh, tan atónita que le resultó imposible elaborar una respuesta mejor.

—Eso lo explica —dijo él sin rodeos, pero por segunda vez en los últimos minutos a Leigh le pareció percibir un dejo de diversión en su voz.

Él caminó con ella hacia su edificio, subió los cuatro tramos de escaleras hasta la puerta del apartamento y la dejó allí.


El hecho de haber escapado rozando de la violencia esa noche puso fin de manera definitiva a los viajes nocturnos y solitarios de Leigh al colmado Angelini, pero ella siguió yendo durante el día a comprar sus provisiones. En su siguiente visita, le contó a la señora Angelini su experiencia con el peligro, pero en lugar de sentirse orgullosa por la actitud de Falco, la pobre mujer se sintió trastornada.

—Desde chico, él siempre se busca problemas y los problemas lo buscan a él.

Un poco desconcertada, Leigh paseó la vista por el local en busca de su salvador y lo ubicó en el interior del almacén, en el fondo de la tienda, apilando cajas.

—Yo quería agradecerle como es debido —anunció y se acercó a él. Falco se tensó y quedó como atontado; después giró lentamente y la miró, las cejas negras unidas en un gesto impaciente de severidad, el resto de su cara oculta por una espesa barba negra.

—¿Por qué? —se limitó a preguntar.

De alguna manera, le pareció más distante e impávido que nunca, su cuerpo más alto y más compacto que antes, pero Leigh estaba decidida a no permitir que nada de eso la perturbara. Ex convicto o no, él había arriesgado su vida para salvarla y, después, la había acompañado a su casa para estar seguro de que llegaba sana y salva. Leigh pensó que eso era auténtica galantería, y cuando esa palabra brotó en su mente, sus labios la pronunciaron.

—Por ser tan galante —explicó.

—¿Galante? —repitió él con ironía—. ¿Eso es lo que cree que soy?

A pesar de la decisión de Leigh de mantenerse en sus trece y no permitir que le impidieran expresar su gratitud, dio un pequeño y cauteloso paso adelante antes de afirmar enfáticamente:

—Sí, eso es lo que creo.

—¿Cuándo la dejaron salir del parque? ¿Ayer?

Frustrada, Leigh levantó una mano para que Falco no continuara burlándose de ella.

—Estoy decidida. No trate de hacerme cambiar de idea, porque no podrá. Tome —le dijo y extendió una mano—. Esto es para usted.

Él miró la caja envuelta para regalo que ella le ofrecía como si contuviera veneno para ratas.

—¿Qué es eso?

—Un recuerdo de la ocasión. Abra el paquete más tarde y descúbralo usted mismo. —Cuando él se negó a tomarlo, ella lo rodeó y lo puso en el peldaño inferior de una vieja escalera de madera, junto a algunos libros de texto.

—¿Esos libros son suyos? ¿Qué estudia?

—Derecho —contestó él sarcásticamente, y Leigh reprimió la risa por miedo de que esa risa diera a entender que ella estaba enterada de que él había estado preso. Y, lamentablemente, él lo notó.

»Si terminó de divertirse —dijo secamente—, tengo trabajo que hacer.

—Yo no quise... —dijo ella mientras retrocedía—. Lamento haberlo interrumpido. Bueno, entonces...

—¿Se irá? —sugirió él.

Leigh nunca supo si él había abierto el regalo que ella le había dado. Pero tenía la sensación de que si lo había abierto, no le había gustado la pequeña figura en peltre de un caballero con armadura que ella había encontrado en el local de un anticuario. Falco nunca le dijo nada después de esa oportunidad, pero al menos cuando la veía la saludaba con la cabeza y reconocía su presencia. Si ella le hablaba primero, él le contestaba, y Leigh siempre le sonreía y lo saludaba.

Algunas semanas después de que Falco asustó a sus atacantes, Leigh y Logan fueron al colmado Angelini bien entrada la noche para comprar comestibles. Leigh presentó a Logan a la señora Angelini; después vio a Falco y también presentó a los dos hombres. Después de eso, la señora Angelini siempre le preguntaba a Leigh cómo estaba su «joven hombre». Falco nunca se refirió a Logan por nombre ni por descripción, y no pasó mucho tiempo antes de que desapareciera por completo. La señora Angelini dijo que Falco había «vuelto al colegio».

Recostada en la cama del hospital, Leigh pensó en todo eso porque la noche en que casi fue atacada había sido la experiencia más aterradora de su vida... hasta ahora, que Logan había desaparecido. En aquel entonces, como ahora, ella experimentó la misma sensación de impotencia aterradora, la sensación de que debería haber estado más preparada, debería haber podido anticipar lo que sucedería y salvaguardar así a Logan y a sí misma.

# 9

El médico de Leigh, su enfermera y el administrador del hospital la escoltaron en su silla de ruedas a una ambulancia estacionada en la entrada posterior del hospital. Brenna la aguardaba allí, con un abrigo pesado y un gorro rojo de lana.

—Los de seguridad dicen que no hay moros en la costa —le dijo a Leigh.

El guardia de seguridad que estaba de pie junto a ella asintió.

—La mayoría de los periodistas se fueron cuando supieron que le darían el alta esta mañana —le dijo a Leigh con una sonrisa—. Pero dos de ellos se quedaron con la esperanza de poder verla. Me dieron diez dólares para que les dijera cuándo partiría, así que yo les señalé la ambulancia vacía que usted pidió; entonces ellos saltaron a sus coches y la siguieron. Supongo que a estas alturas estarán como a cien kilómetros de aquí.

Leigh le pidió a Brenna que le diera veinte dólares más al guardia por su cooperación. Dos sanitarios trataron de ayudarla a levantarse de la silla de ruedas, pero ella los alejó con una seña.

—Puedo hacerlo sola —insistió y con una mueca de dolor se fue incorporando lentamente hasta quedar de pie. Lo único que había hecho esa mañana era firmar autógrafos para el personal de su piso, ducharse y vestirse, pero ya se sentía débil y temblorosa. Sin embargo, mentalmente estaba alerta y decidida. La perspectiva de desandar su camino y encontrar a Logan en las próximas horas la entusiasmaba y la llenaba de esperanzas.

Brenna subió a la ambulancia detrás de ella y el vehículo comenzó a avanzar lentamente por el camino de entrada.

—¿Dónde está nuestro coche? —preguntó Leigh.

—A unos tres kilómetros por la ruta, en el American Legion Hall. Ya le pedí al conductor de la ambulancia que nos lleve allí a recoger mi coche. Él sabe dónde queda.

Poco después, la ambulancia redujo la marcha y entró en un aparcamiento tan lleno de baches que sacudieron el vehículo e hicieron que Leigh apretara los dientes por el dolor.

—¿Te sientes bien? —preguntó Brenna, preocupada.

Lentamente, Leigh soltó el aire y asintió.

—En el hospital me dieron algunos analgésicos para que me llevara, pero no quiero usarlos porque me aturden un poco. Y en este momento necesito estar completamente concentrada y con la mente despejada. ¿Me ayudas a levantarme? —preguntó Leigh cuando el vehículo se detuvo.

Uno de los sanitarios se apeó y se dirigió a la parte posterior de la ambulancia para ayudar a Brenna a bajar. Abrió las puertas, vio a las dos mujeres de pie y dio un paso atrás sin dejar de mirarlas.

—Yo prometí abandonar el hospital en una ambulancia —le explicó Leigh al joven—. Y eso es exactamente lo que hicimos. Sin embargo, no prometí permanecer en la ambulancia durante todo el trayecto a Manhattan.

—¡No puedo permitir que usted haga esto, señorita Kendall!

Leigh sonrió y extendió la mano hacia él como pidiéndole ayuda.

—Me parece que no tiene otra opción.

—Pero...

—Si me obliga a bajar de aquí de un salto —le advirtió con tono superficial—, lo más probable es que el impacto me mate. —Dio un paso adelante y entonces, sin poder hacer otra cosa, el sanitario levantó los brazos para ayudarla. El chófer de la ambulancia rodeó el vehículo para ver qué estaba provocando la demora, y Leigh levantó una mano para detener su reacción.

—No tiene sentido discutir ahora —le dijo.

La ayudaron a subir al Chevrolet Blazer plateado que Brenna había alquilado.

—Mi secretaria tiene los nombres de ustedes —les dijo Leigh con una sonrisa de gratitud—. Ella se ocupará de que reciban cuatro entradas para la función de *Punto ciego* del sábado por la noche.

Normalmente, la promesa de entradas para una función de teatro de Broadway con las localidades agotadas hacía que hasta el más cansado neoyorquino se sintiera extremadamente feliz, así que fue comprensible que Leigh se sorprendiera cuando vio que los hombres parecían un poco decepcionados.

—Si no tiene inconveniente —dijo el chófer después de intercambiar una mirada con su compañero—, preferiríamos esperar a que usted vuelva a protagonizar la obra, señorita Kendall.

Eran tan jóvenes y su profesión los obligaba a ser testigos de tanto sufrimiento y horror, que Leigh tuvo que reprimir el impulso de acariciarles la mejilla.

—Entonces, haré los arreglos necesarios —prometió—. Brenna los llamará cuando... cuando todo vuelva a su ritmo normal —concluyó. *Normal...*

Leigh se aferró con vehemencia a ese concepto; era algo que anhelaba con todas sus fuerzas, algo por lo que rezaba mientras Brenna encendía el motor del Blazer.

## 10

Los bancos de nieve se alzaban hasta la altura del capó del Blazer y, en algunas zonas, hasta su techo, flanqueaban las rutas principales y hacían que los caminos secundarios fueran tan angostos que con frecuencia resultaba difícil el paso de dos automóviles que avanzaban en dirección contraria.

Durante la primera hora, nada le resultó particularmente conocido a Leigh salvo algunos puntos de referencia que había advertido poco después de llegar a las montañas, lugares que ya le eran familiares por sus viajes anteriores a los Catskills. Sin embargo, cuanto más se internaban en las montañas, más desconocido le resultaba el panorama y menos segura se sentía con respecto a las indicaciones que Logan le había dado. Tres horas después de comenzar la búsqueda, Brenna insistió en que se detuvieran a almorzar y entró en el aparcamiento de un McDonald's.

—¿Algo te resultó familiar desde que pasamos esa estación de servicio? —le preguntó mientras esperaban que les entregaran el pedido por la ventanilla para automovilistas.

—Aquella noche fue como si hubiera estado manejando por un túnel y con los ojos vendados —dijo Leigh, desolada—. La visibilidad era tan escasa que sólo alcanzaba a ver unos metros más allá de los faros. —Se llevó las manos a las sienes y comenzó a masajeárselas para tratar de eliminar la tensión y la ansiedad que hacían que sintiera que la cabeza estaba por explotarle—. Yo debería haber prestado más atención a las indicaciones de Logan, pero estaba totalmente concentrada en mantener el automóvil en el camino. Y las instrucciones de Logan no eran como las que normalmente se le dan a alguien. Estaba tan excitado con nuestro «escondite en las montañas», que el mapa y las indicaciones que me dio eran más las de una búsqueda del tesoro...

Leigh calló un momento para no repetirle una vez más la explicación a Brenna.

—Aun así, yo debería recordar si debía doblar a la derecha seiscientos metros o seis kilómetros después del semáforo de Ridgemore. Cuando el martes escribí las indicaciones para los detectives, me pareció que recordaba todo lo que era importante. Pero ahora no estoy tan segura de eso ni de ninguna otra cosa.

—Tienes que dejar de censurarte —le advirtió Brenna.

Leigh no podía, pero al menos trató de no hacerlo en voz alta, para complacer a Brenna.

Después de dos horas más de búsqueda y de retroceder cada vez que Leigh creía haber reconocido algo, todo empezó a parecerle familiar. Desesperada, comenzó a explorar en forma sistemática los caminos secundarios y los privados, en busca de la cabaña descrita por Logan. Estaba decidida a investigar cada sendero cubierto de hierba o con huellas profundas que podría haber sido un camino de entrada mucho tiempo antes, pero la nieve lo imposibilitaba.

Varias veces estuvieron a punto de quedar atascadas, pero Brenna tenía una habilidad sorprendente para conducir esa pesada camioneta cuatro por cuatro, una habilidad que ella dijo haber adquirido en su infancia en la granja de sus padres. La destreza de Brenna para maniobrar el Blazer por entre los bancos de nieve y el cambio que se operó en el clima esa tarde fueron los únicos dos eventos positivos de un día frustrante en todos los demás sentidos. Poco después de que se detuvieran a almorzar, salió el sol. En el lapso de una hora, las pesadas nubes se abrieron, el cielo volvió a lucir un azul intenso, la temperatura subió un poco y la nieve comenzó a derretirse.

Además de llevarle a Leigh algo de ropa, Brenna también había puesto en su bolso algunas otras cosas que encontró en el apartamento. Las gafas de sol resultaron muy útiles porque ocultaban las lágrimas que comenzaban a acumularse en los ojos de Leigh y cada vez con más frecuencia le rodaban por las mejillas a medida que transcurría la tarde.

—Si quieres llegar a tiempo para tu conferencia de prensa de esta noche —dijo Brenna—, debemos dar la vuelta y enfilar hacia la ciudad muy pronto.

Leigh la oyó, pero en ese momento estiraba el cuello para observar bien un carril en el que había una bajada pronunciada.

—Por favor, reduce la marcha —dijo, muy excitada, y Brenna pisó el pedal del freno y fue deteniendo el Blazer—. Allá abajo hay una casa. Alcanzo a ver el techo. —Al fondo de un sendero escarpado, Leigh vio con dificultad una casa vieja y grande con techo verde, pero Logan había dicho que la única vivienda de la propiedad era una diminuta cabaña de tres habitaciones con techo de pizarra gris—. No, no es ésa —dijo Leigh, apenada. En medio de su frustración y su decepción, Leigh sintió una furia tremenda—. No hay señales de los helicópteros que supuestamente el inspector Trumanti iba a enviar a aquí hoy. ¿Qué espera? ¿La llegada del verano?

—El cielo podría estar lleno de helicópteros —le señaló Brenna con suavidad—, pero si estuvieran más allá de la próxima montaña o del otro lado de la próxima curva, lo más probable es que no podríamos verlos.

—¿Estás segura de que tu móvil está encendido? —preguntó Leigh.

Brenna reprimió el deseo de señalarle que ya habían tenido esa misma conversación varias veces en el día.

—Totalmente segura. Volví a revisarlo cuando nos detuvimos para ir a los servicios.

—Me gustaría llamar al detective Shrader y a la detective Littleton. Esta mañana les dejé mensajes en el contestador con el número de tu móvil, pero quizá no los recibieron.

—Mi móvil está dentro de mi bolso, que está en el asiento de atrás. —Mientras lo decía, Brenna trató de extender el brazo derecho entre las dos butacas de adelante, pero no pudo alcanzar el bolso—. Tendré que detener el vehículo —dijo, mientras miraba por el espejo retrovisor.

—No lo hagas, yo lo buscaré —dijo Leigh—. Sigue. —Leigh hizo una inspiración profunda, se preparó para soportar el dolor en las costillas, y lenta y torpemente logró girar el cuerpo e intentar alcanzar el bolso. Éste era un bolso grande, pero el teléfono estaba en la parte superior. La mano de Leigh tembló cuando oprimió las pequeñas teclas y se llevó el teléfono al oído.

El detective Shrader contestó enseguida.

—¿Tiene alguna noticia de mi marido? —preguntó ella sin ningún preámbulo.

—No. Si la hubiéramos tenido, la habríamos llamado al número que nos dejó esta mañana en el contestador. ¿Dónde se encuentra usted ahora?

—En las montañas, tratando de encontrar los caminos que tomé el domingo.

—¿Tuvo algo de suerte?

Le llevó a Leigh varios segundos reconocer la verdad en voz alta.

—No tengo idea de dónde estuve ni de dónde se suponía que debía estar.

En lugar de hacer un comentario al respecto, Shrader dijo:

—En el mensaje que nos dejó esta mañana, usted mencionó que estaba planeando ofrecer una conferencia de prensa esta noche en su apartamento. ¿Eso sigue en pie?

Cuando Leigh respondió de manera afirmativa, él le dijo que el dibujante de la policía tenía listo un boceto aproximado del hombre que la había rescatado y que se les entregaría a los medios durante la conferencia.

—La detective Littleton y yo podríamos estar allí esta noche y llevar ese dibujo —dijo Shrader—. Creo que sería conveniente que hubiera allí representantes del Departamento de Policía de Nueva York...

—No había pensado en eso —confesó Leigh, pero decidió rechazar la propuesta—. Realmente aprecio su ofrecimiento de estar en la conferencia de prensa, pero yo preferiría que se quedaran en las montañas buscando a mi marido.

—La detective Littleton y yo podemos ir a la ciudad esta noche y volver aquí a primera hora de la mañana para retomar la búsqueda. No tenemos inconveniente en trabajar horas extra.

—En ese caso, gracias, sí me gustaría que estuvieran en la conferencia de prensa. Una cosa más —se apresuró a decir Leigh—. El jefe Trumanti dijo que enviaría helicópteros para colaborar en la búsqueda, pero yo no he visto ninguno.

—Dos han estado en el aire desde el mediodía y más llegarán mañana, pero hasta que la nieve se derrita los helicópteros no pueden cubrir tanto terreno como usted cree. El problema es que todos los techos cubiertos de nieve tienen el mismo aspecto desde el aire, y eso los obliga a volar bajo y lentamente.

—No había tenido eso en cuenta —dijo Leigh, pero no pudo

evitar cierto tono de abatimiento en la voz. También la naturaleza parecía haberle declarado la guerra el domingo.

—Por si no tuvo oportunidad de oír los últimos informes meteorológicos, se supone que el sol seguirá brillando durante uno o dos días más. Tenemos un equipo de hombres que buscan en las orillas de los caminos señales de que un vehículo se despeñó, y mañana llegarán más hombres a apoyarlos. Si la nieve sigue derritiéndose como lo hizo hoy, deberíamos poder encontrar rápidamente ese lugar. Y cuando lo encontremos, los helicópteros podrán limitar la búsqueda de la cabaña. Trate de no preocuparse tanto —concluyó—. Su marido planeaba quedarse en una casa vieja sin electricidad ni teléfono. Si el camino que conduce a ella está intransitable, entonces seguro que hizo un buen fuego en la chimenea y está esperando que nosotros resolvamos cómo sacarlo de allí.

Leigh pensó que ésa no sería en absoluto la actitud de Logan. Él habría caminado a través de la nieve hasta la ruta principal a la mañana siguiente, aunque sólo fuera porque se sentía preocupado por Leigh.

—Probablemente tenga razón —mintió.

—Sería mejor que emprendieran ya mismo el regreso a la ciudad —dijo Shrader—. Si su intención es estar cuando comience la conferencia de prensa, no les queda demasiado tiempo.

Totalmente deprimida, Leigh tocó la tecla roja en el móvil de Brenna.

—El detective Shrader dijo que tenemos que regresar enseguida —comentó, la mirada perdida en las montañas cubiertas de nieve y puntuadas por altísimos pinos. En alguna parte de esas montañas, ella había perdido su coche y a su marido, y casi su propia vida. Tuvo la sensación de que estaba también peligrosamente cerca de perder el juicio.

—¿Te sientes bien? —le preguntó Brenna en voz baja.

—Sí, estoy muy bien —mintió Leigh—. Todo saldrá bien —agregó, tratando de convencerse ella misma—. Logan se encuentra a salvo y todos nos reiremos de esto algún día.


Un kilómetro y medio detrás de ellas, en un Ford sin identificación, Shrader miró a Sam Littleton.

—Ella va a regresar a su casa. —Un momento después, el Blazer plateado pasó avanzando en dirección contraria y enfilando hacia la ciudad. Por el espejo retrovisor, Shrader observó el Blazer hasta que dobló en una curva; después, hizo un giro en U y condujo el vehículo a una marcha cómoda, sin seguir ya al otro coche—. Teniendo en cuenta todas las veces que hoy nos pasaron en la ruta —dijo con una sonrisa presumida—, es sorprendente que no nos hayan visto.

—Ese Blazer es uno de los pocos vehículos limpios de los Catskills —murmuró Sam mientras estudiaba el mapa que tenía en la falda y que Leigh Manning les había dado el martes por la noche—. El resto de nosotros parecemos todos iguales: sucios. —Con un suspiro, plegó el mapa y lo puso dentro de una bolsa transparente para pruebas—. Esta mañana ella parece haber tratado de seguir las mismas indicaciones que nos dio en el hospital. Después, a eso del mediodía, comenzó a desandar el camino y a trazar círculos más grandes en la zona.

—Sí, y después de eso comenzó a exhibir una actitud más turística. Supuso que hoy podríamos seguirla, de modo que decidió embaucarnos. A propósito, me debes veinticinco centavos.

Extendió la mano y Sam observó su palma abierta y, después, su perfil orondo.

—¿Por qué motivo?

—Porque yo dije que seguirla no nos iba a llevar a ninguna parte, pero tú opinabas que podría rendirnos algún fruto.

—Llámame desconfiada, pero cuando veo que una mujer muy lesionada, supuestamente frenética, se baja de una ambulancia en un aparcamiento desierto y después sube a un vehículo que se dirige al norte en lugar de al sur, es natural que eso haya despertado mi interés.

—¿Dónde están mis veinticinco centavos? —insistió él.

—Lo deduciré de los siete dólares con cuarenta y tres centavos que me debes por los M&M y las latas de Coca-Cola que consumiste en este trayecto.

—¿Qué? —exclamó él y le dirigió una mirada de perro feroz—. Yo no te debo siete con cuarenta y tres, Littleton. Te debo seis con cuarenta y tres.

Sam le sonrió.

—De acuerdo, tienes razón. Y no lo olvides.

## 11

Trish Lefkowitz aguardaba en el vestíbulo exterior del apartamento cuando Leigh y Brenna finalmente salieron del ascensor, cinco minutos después de la hora fijada para la conferencia de prensa.

—¡Dios mío! —gritó la publicitaria y corrió a tomar del brazo a Leigh—, tienes un aspecto espantoso. Lo cual, en cierto modo, es perfecto —añadió, siempre poniendo las relaciones públicas por encima de todo lo demás—. Con sólo mirarte, esos periodistas morirán por ayudarte.

Leigh casi no la oyó. Miraba ese vestíbulo elegante de mármol negro, con sus mesas talladas doradas a la hoja y sus sillas Luis XIV tapizadas en seda. Todo estaba exactamente igual que cuando ella lo había dejado el domingo, excepto que ahora Logan faltaba de su vida. De modo que nada estaba igual.

Una puerta oculta en el extremo izquierdo del vestíbulo, para los proveedores, conducía directamente al sector de la cocina. Brenna, Trish y Leigh utilizaron esa puerta para entrar en el apartamento. Hilda llevaba vasos en una bandeja y estuvo a punto de dejarla caer al ver el rostro amoratado de Leigh y su aspecto desaliñado.

—Oh, señora Manning... —exclamó—. Dios mío...

—Estoy bien, Hilda. Sólo tengo que peinarme —declaró Leigh mientras con cuidado sacaba los brazos del abrigo. A juzgar por el barullo procedente del living, Leigh sacó en conclusión que había muchos representantes de la prensa.

—Un poco de lápiz de labios no te vendría nada mal —dijo Trish y buscó el espejo y los cosméticos que había llevado a la cocina con ese propósito.

—Sólo quiero cepillarme el pelo —dijo Leigh con aire ausente y alisó las arrugas del pantalón negro y el suéter que llevaba puestos—. Muy bien, estoy lista —dijo, después de unas pasadas de cepillo.

Escoltada por Trish de un lado y Brenna del otro, Leigh entró en el living. Apenas seis noches antes, estaba lleno de gente que reía y que se encontraba allí para celebrar con ella una de las noches más maravillosas de su vida. Ahora, la habitación estaba llena de desconocidos que habían venido a curiosear, a observar, a registrar y después a relatar al público los detalles más espeluznantes de la pesadilla que ella estaba viviendo. Todos ellos desconocidos, excepto los detectives Shrader y Littleton, que acababan de llegar.

—¿Cómo se siente usted, señorita Kendall? —preguntó un periodista,

—Dennos un momento para que nos instalemos —les dijo Trish a todos.

Ella había colocado una silla para Leigh frente al hogar, y Leigh se desplomó en ella, no porque físicamente le fuera imposible permanecer de pie sino porque todo su cuerpo comenzaba a estremecerse. De alguna manera, la presencia de los periodistas y fotógrafos en su casa hacía que la desaparición de Logan pareciera incluso más macabra y más... real. Los miró y de mala gana dio comienzo a la entrevista diciendo:

—Les agradezco que hayan venido...

Sus palabras generaron una andanada de flashes enceguecedores y de preguntas:

—¿Ha tenido noticias de su marido?

—¿Hay algún fundamento en el rumor de que lo han secuestrado?

—¿La policía sabe quién chocó con usted y la sacó del camino?

—¿Cómo se siente usted, señorita Kendall?

—¿Es verdad que ustedes dos habían estado hablando de divorcio?

—¿Qué medidas está tomando la policía?

—¿Tienen algún sospechoso?

—¿Quién la encontró la noche del accidente?

—En su opinión, ¿lo que le ocurrió fue un accidente o algo deliberado?

—¿Cuándo piensa volver a interpretar su papel en *Punto ciego*?

Leigh levantó una mano para hacerlos callar.

—Por favor, sólo escuchen lo que tengo que decir. Les diré todo lo que sé con la mayor rapidez posible. —En la habitación reinó un silencio total, salvo por el zumbido de las videocámaras. Ella les dijo por qué conducía el coche hacia las montañas el domingo por la noche y les dio los detalles del accidente—. Como saben, la policía no ha podido identificar al hombre que me encontró, pero tienen un boceto de esa persona realizado por un dibujante de la policía, y le entregarán a cada uno de ustedes una copia.

—¿Por qué la policía no pudo encontrar todavía su coche?

—Dejaré que ellos se lo expliquen —dijo Leigh con voz débil cuando tuvo un fuerte mareo. Trató de enfocar la vista en Shrader y vio que asentía como diciéndole que él se ocuparía de las preguntas con respecto a la investigación policial—. Los invité a venir aquí no sólo para responder a sus preguntas —continuó Leigh—, sino también porque necesito la ayuda de ustedes. Por favor, pongan ese dibujo frente al público. Sin duda, alguien reconocerá a ese hombre. Él sabe dónde ocurrió el accidente o lo que fuera y ese lugar está muy cerca de donde yo debía reunirme con mi marido... —Leigh hizo otra pausa. Se sentía muy rara, tenía la piel muy pegajosa, y le envió un ruego silencioso de ayuda a la detective Littleton, quien se encontraba de pie detrás de los periodistas, con una expresión que a Leigh le pareció una mezcla de curiosidad y vigilancia—. Por favor, deles a estas personas la información que ustedes poseen acerca del coche de Logan y cualquier otro dato que necesiten para poder ayudarnos.

—Desde luego que sí, señora Manning —dijo enseguida la detective Littleton, y cosechó varias miradas de admiración por parte de los hombres que había en la habitación.

De allí en adelante, los detectives Littleton y Shrader se hicieron cargo de todo y durante los siguientes diez minutos contestaron preguntas. Leigh escuchó hasta que todo terminó, pero hasta el final se aferró con fuerza a los apoyabrazos de la silla y trató de mantenerse serena mientras la habitación comenzaba a adelantarse, alejarse y girar. Se llevó una mano temblorosa a la frente justo en el momento en que un periodista de uno de los periódicos de pronto se dirigió a ella.

—Señorita Kendall, ¿se le ocurre alguna razón por la que su

marido pueda no querer que lo encuentren? ¿Problemas de negocios o...?

Leigh lo fulminó con la mirada y trató de mantener su cara en foco.

—Eso es ridículo.

—¿Y qué me dice de los rumores de que el matrimonio de ustedes no era tan idílico como les gustaba que el público creyera? ¿Que, en realidad, él estaba involucrado con otra mujer?

Leigh apeló a todas sus fuerzas y le clavó la mirada.

—Mi marido es un hombre maravilloso y un marido fiel y amante. —Con serena dignidad, agregó—: No puedo creer que usted se proponga manchar su reputación o lastimarme y humillarme deliberadamente en este momento, al hacer comentarios acerca de lo que sólo son rumores desagradables e infundados.

Trish Lefkowitz decidió que había llegado el momento de poner fin a la conferencia de prensa.

—Muy bien —anunció—, esto es todo por esta noche. Muchas gracias por venir. En este momento, la señora Kendall necesita descansar.

Varios periodistas trataron de hacer una pregunta más, pero Trish se mantuvo firme y los cortó en seco pero con tono cortés.

—Basta de preguntas por esta noche. Yo me pondré en contacto con ustedes para ponerlos al día cada vez que tengamos algo que informarles. —Después de lo cual se dirigió a la puerta principal del apartamento, la abrió y permaneció allí de pie mientras los periodistas guardaban sus grabadoras, libretas y cámaras, y se iban.

Con la mano sobre el respaldo de la silla como punto de apoyo, Leigh logró ponerse de pie y agradecer a cada uno su presencia, pero cuando Trish finalmente cerró la puerta detrás del último, volvió a desplomarse en la silla. Shrader hablaba por su móvil, así que Leigh se dirigió a Littleton.

—Gracias por estar aquí y por... por todo. ¿Le gustaría un té o un café? —agregó—. Yo tomaré una taza con ustedes.

—Muchas gracias, un café sería fantástico —contestó la detective Littleton, y a Leigh le maravilló lo descansada y fresca que parecía siempre esa bonita trigueña. Paseó la vista por el salón en busca de Hilda y la vio de pie a un costado, inspeccionando los daños sufridos por su living perfecto.

—Hilda, ¿nos podrías traer un café a todos?

Shrader cerró su móvil.

—Olvídese del café para nosotros —le dijo a Hilda—. Lo que tomaremos en cambio son nuestros abrigos. —Miró a Leigh con una expresión intensa y llena de energía—. Parece que un policía estatal ha localizado el lugar de su accidente. Esta noche le estaba poniendo una multa a un automovilista por violar el límite de velocidad cuando por casualidad advirtió al costado de la carretera una serie de ramas de árboles rotas. En los lados del camino había mucha nieve y eso le impidió ver huellas de coche o inspeccionar el posible daño en la baranda de valla, pero él sabe que allá abajo, en el fondo, hay una vieja cantera.

Hizo una pausa para ponerse el grueso abrigo que Hilda le sostenía.

—En este momento tenemos ya un par de unidades del Departamento de Policía de Nueva York —añadió—. Y yo me ocuparé de que haya más a primera hora de la mañana. Littleton y yo dormiremos un par de horas y estaremos allá cuando las cosas comiencen a ocurrir. La llamaremos en cuanto sepamos algo.

A Leigh no le interesaba recuperar su coche; le interesaba recuperar a su marido.

—Si ése es el lugar donde tuve el accidente, entonces la cabaña no debe de quedar lejos. No entiendo por qué todo tiene que esperar hasta mañana.

—Porque está demasiado oscuro para hacer algo más esta noche —le señaló pacientemente Shrader—. El policía trató de bajar por el terraplén con su linterna, pero era demasiado profundo y el suelo estaba demasiado traicionero, sobre todo por la noche. En cuanto haya un poco más de luz, podremos decir con total certeza si él encontró el lugar de los hechos. Y si no es así, nuestros equipos comenzarán a peinar la zona circundante por aire y tierra.

—Pero estamos perdiendo mucho tiempo si esperamos a la mañana —insistió Leigh y se retorció las manos.

—Unas pocas horas no harán ninguna diferencia si su marido encontró refugio de la tormenta.

—¿Y si no es así? —argumentó Leigh.

La respuesta de Shrader hizo que ella deseara no haberlo preguntado.

—En ese caso —respondió él como si tal cosa—, después de cinco días unas pocas horas más no cambiarán nada. —Miró con impaciencia a la detective Littleton, quien lentamente se estaba poniendo la chaqueta, la vista fija en Leigh.

»Si la policía estatal encontró el lugar donde usted se despeñó —agregó Shrader camino ya a la puerta, seguido por Littleton—, entonces el mapa que usted nos dio en el hospital era completamente incorrecto. El lugar hallado esta noche por el policía se encuentra por lo menos a más de treinta kilómetros de donde sus indicaciones nos enviaron. Por otro lado, cabe la posibilidad de que no sea el lugar que buscamos, así que no se haga demasiadas ilusiones.

Littleton subió los escalones del vestíbulo poniéndose los guantes; después se detuvo junto a la puerta y se volvió para decirle a Leigh:

—Lo mejor que puede hacer usted ahora, señora Manning, es meterse en la cama y quedarse allí hasta tener noticias nuestras por la mañana. Esta noche, en varias ocasiones, pareció estar a punto de desmayarse.

—Es verdad —dijo Trish tan pronto la puerta se cerró detrás de los dos detectives—. Brenna y yo nos vamos ahora a casa —anunció, camino ya del perchero—. Y tú vas a comer algo y a acostarte enseguida. Brenna me dijo que prácticamente no probaste bocado hoy.

—Es así —confirmó Brenna. Después se volvió hacia Hilda y encomendó a Leigh al cuidado de la fiel criada—. Ella no ha comido, Hilda, y tampoco ha tomado los calmantes. Están en su bolso.

—Yo la cuidaré —prometió Hilda. Acompañó a Brenna y a Trish a la puerta; después se acercó a Leigh, quien de nuevo estaba instalada en su silla—. Ya he preparado la cena y se la llevaré, junto con sus medicamentos, cuando usted esté acostada. Permítame que la ayude a levantarse, señora Manning.

—Gracias, Hilda —dijo Leigh, demasiado exhausta y débil para protestar. Se puso de pie y avanzó lentamente detrás de la enérgica sirvienta.

—Primero le abriré la cama —le dijo Hilda por encima del hombro.

Abrir la cama requería sacar primero los elaborados almohadones que cubrían casi la mitad del lecho y ocultaban bastante la cabecera estilo reina Ana. Normalmente, Hilda convertía el hecho de quitar los almohadones todas las noches en una suerte de procesión ceremonial que divertía y fascinaba a Leigh. Primero, se llenaba los brazos con los que tenían flecos y los ponía en el armario de la ropa blanca, a continuación los que tenían borlas y, luego, los adornados con galones, trencillas o cordones. Por la mañana, toda esa procesión ceremonial volvía a iniciarse, sólo que en orden inverso.

Sin embargo, esa noche Hilda rompió con la tradición en una forma que hizo que Leigh comprendiera lo apenada que estaba la asistenta por su situación.

—Le sacaré los almohadones del camino —anunció Hilda; después se inclinó sobre la cama, puso las manos en la pila y con un único movimiento envió a la mayoría al suelo del lado opuesto. Se ocupó de los pocos que quedaban apoyando la rodilla en el colchón y arrojándolos al suelo; después se enderezó y echó hacia atrás el edredón de plumas.

—Le calentaré la cena mientras usted se prepara para la cama —dijo, y Leigh asintió, camino ya al vestidor.

Demasiado agotada como para contemplar la posibilidad de ducharse, Leigh se quitó los pantalones y el suéter. Estaba por tomar el camisón cuando Hilda pasó frente a la puerta abierta llevando las almohadas que se usaban en la cama por la noche. La sirvienta frenó en seco y se le escapó un gemido angustioso al ver el cuerpo magullado de Leigh.

—¡Oh, no! ¡Oh, señora Manning! ¡Pobrecita... debería estar en el hospital!

—Estoy llena de morados, eso es todo —dijo Leigh. Se sentía tan conmovida con la expresión angustiada de Hilda que estuvo a punto de abrazarla; después cambió de idea por miedo de que las costillas rotas le dolieran demasiado. Con mucha cautela, Leigh levantó los brazos y comenzó a deslizarse el camisón por la cabeza. Cuando pudo ver de nuevo, ya Hilda había desaparecido. Aliviada al no tener que disimular lo difícil y doloroso que le resultaba el sencillo acto de caminar, Leigh se rodeó las costillas con el brazo derecho y luego renqueó lentamente y con torpeza por la habitación hacia la cama.

Sola en el lecho que siempre había compartido con Logan,

observó esa habitación dolorosamente familiar y recordó la última vez que él estaba allí con ella. Cerró los ojos y lo visualizó de pie junto a la cama, exactamente como había estado el domingo por la mañana, su voz burlona mientras le daba un beso de despedida en la mejilla. *Ya cargué el coche. Creo que tengo todo lo que necesito: los planos de la casa, estacas, cordel, un travesaño, sacos de dormir. Pero tengo la sensación de que me olvido de algo...*

«*¿Una escoba, un estropajo y un cubo?... ¿Desinfectante? ¿Trampas para ratones?*»

Él se acurrucó contra su cuello para hacerle cosquillas, y ella se tapó la cabeza con la almohada para impedírselo.

*Sal del teatro en cuanto termine la función. No tardes*, dijo él mientras se encaminaba a la puerta.

Pero Leigh siguió burlándose de él y canturreando otros artículos de necesidad básica.

*Agua potable... comida para la cena...*

El recuerdo de esa mañana feliz y apacible hizo que Leigh perdiera el control férreo que tenía sobre sus emociones, y las lágrimas comenzaron a brotar a raudales y a rodar por sus mejillas.

—Oh, mi amor —sollozó y apoyó la cara en las almohadas—. Dondequiera que te encuentres, espero que estés sano y salvo para mí. Por favor, por favor, mantente sano y salvo.

Ella nunca supo si Hilda le llevó o no la bandeja con la cena, pero en algún momento durante la noche le pareció sentir que alguien la cubría con las mantas y se las alisaba y le apartaba el pelo de la cara. Deseaba que fuera Logan, necesitaba que fuera Logan, así que se convenció de que había sido él durante un momento muy breve. Después de todo, simular cosas era lo que mejor sabía hacer.

## 12

El sonido de la campanilla del teléfono despertó y sobresaltó a Leigh a las ocho de la mañana siguiente. En otro sector de la casa, Hilda respondió a la segunda llamada y Leigh miró fijamente la pequeña luz roja que brillaba en el teléfono que tenía al lado de la cama.

Todos los teléfonos del apartamento tenían tres líneas separadas: una principal, una línea privada de Leigh y la línea privada de Logan, y esa llamada había entrado por la línea principal. Puesto que la policía tenía el número de su línea privada, Leigh supo que no se trataba de ellos, pero igual se aferró a la esperanza de que alguien llamaba con noticias de Logan. Rogando que esa lucecita comenzara a titilar, lo cual indicaría que Hilda había puesto al que llamaba en modo de espera y se dirigía hacia ella, Leigh aguardó, la mirada fija en esa luz. Un momento después la luz se apagó y ella se levantó de la cama, frustrada y con creciente tensión.

Cuando terminó de ducharse y de lavarse la cabeza, la campanilla del teléfono sonaba de manera incesante y cada llamada le crispaba un poco más los nervios. La cara que le devolvió la mirada en el espejo del tocador era pálida, estaba magullada y llena de zozobra. Era su cara y, al mismo tiempo, no lo era; era otro rostro que le resultaba familiar, pero también completamente ajeno, tal como le pasaba ahora con su vida y con cada día desde que despertó en el hospital.

Los puntos que le habían dado en el cuero cabelludo y la falta de flexibilidad de sus brazos hacían que el simple acto de pasarse el secador de pelo se convirtiera en un desafío incómodo y difícil que parecía no terminar nunca. Frente al armario, tomó el primer suéter que encontró en el estante más próximo, uno de color marrón; después vaciló. En el estante contiguo había uno de color cereza. Logan le había pedido que usara algo rojo para la fiesta del domingo por la noche porque le había comprado rubíes, que por supuesto eran también rojos. Leigh decidió usar rojo ese día. Tal vez si lo hiciera de alguna manera la vida de ambos recomenzaría allí donde la habían dejado ese domingo por la noche. Quizá si se ponía algo alegre y de color vivo, su suerte cambiaría. Se puso el suéter rojo y los pantalones de lana haciendo juego.

A las ocho y cuarenta y cinco, cuando Leigh abandonó el dormitorio, la campanilla del teléfono no dejaba de sonar. Normalmente, el hecho de ver su living, con sus suelos de parqué lustrados, las altas columnatas de mármol y la maravillosa vista de Central Park le levantaba el ánimo a Leigh, pero esa mañana era sólo un espacio vacío y extraño por la desaparición de uno de sus dueños. Leigh oyó la voz de Brenna procedente de la cocina, en el otro extremo del apartamento, de modo que hacia allí se encaminó.

La cocina era un ambiente amplio y agradable, con una isla en el centro y un amplio ventanal. Las paredes de ladrillo y el hogar en forma de arco la hacían parecer un lugar acogedor y rústico, a pesar de los artefactos eléctricos de acero inoxidable que cubrían las paredes. Brenna estaba de pie cerca de la nevera, hablando por teléfono y escribiendo en una libreta; Hilda estaba frente a la cocina y revolvía algo en una cacerola. Vio a Leigh en el vano de la puerta e interrumpió esa tarea para servirle una taza de café.

—Le estoy preparando el desayuno —dijo.

Cuando Brenna terminó de hablar, Leigh le hizo señas de que se sentara a la mesa junto a ella. Al verle la libreta de espiral en la mano, le preguntó:

—¿De qué novedades tengo que enterarme?

Brenna comenzó a revisar esas páginas repletas de anotaciones prolijamente escritas.

—Sybil Haywood me pidió que te dijera que está trabajando en tu carta natal y que muy pronto tendrá elementos que te servirán de guía. Courtney Maitland quiere venir a verte en cuanto estés en condiciones de «soportar visitas». El senador Hollenbeck llamó para decirte que está a tu disposición para lo que necesites. El juez Maxwell llamó para decir... —Leigh dejó de prestar atención mientras Brenna le recitaba esa larga lista de mensajes de aliento, pero volvió a escuchar con cuidado cuando esa lista llegaba a su fin y Brenna dijo—: La doctora Winters llamó ayer y nuevamente esta mañana muy temprano. Me pidió que te dijera que no deja de pensar en ti y que le gustaría venir a verte para ayudarte a «mantener la vigilia» cuando necesites estar acompañada. También te recetó un medicamento y quiere que comiences a tomarlo inmediatamente.

—¿Qué medicamento?

Brenna dudó un poco y luego dijo, con firmeza:

—Dijo que es un ansiolítico. Dijo que sabía que no te haría nada de gracia, pero que te ayudará a pensar con claridad y a mantener la calma, en un momento en que lo que más necesitas son esas dos cosas.

—Estoy tranquila —dijo Leigh.

Brenna no estaba tan convencida al respecto y su mirada se posó en las manos de Leigh sobre la mesa. Las tenía entrelazadas con tanta fuerza que los nudillos estaban blancos. Leigh se apresuró a soltarlas. Brenna continuó:

—Envié a Joe O'Hara a la farmacia a recoger el medicamento.

Le llevó a Leigh un momento comprender que Joe O'Hara era su nuevo chófer y guardaespaldas. En el caos de los últimos días no sólo había olvidado su nombre sino también que Matt y Meredith Farrell habían insistido en prestárselo antes de emprender un crucero por todo el mundo. Él se alojaba en el apartamento de ellos de Nueva York, pero se suponía que debía conducir a Leigh a todas partes en la limusina de los Farrell y protegerla de la cercanía de su acosador.

—Más vale que te prevenga —agregó Brenna con un suspiro—, que él está bastante molesto porque ayer no le pedimos que conduje el Blazer.

Leigh levantó las manos en un gesto que implicaba reconocer que había estado mal.

—Ésa habría sido una muy buena idea. Sólo que yo, bueno, olvidé que él existía.

—Si quiere saber mi opinión —anunció Hilda, enojada—, ¡ese hombre no conoce su lugar! Se supone que debe conducirla cuando *usted* lo desea, no cuando *él* decide que debería hacerlo. —Golpeó una cacerola para darle más fuerza a su opinión—. Después de todo, no es más que un chófer.

Leigh se obligó a enfocarse en lo que estaba sucediendo antes de que se transformara en más desarmonía en su vida ya carente de toda armonía.

—Entiendo lo que dice, Hilda, pero él no está acostumbrado a ser «nada más que un chófer». Hace años que trabaja para los Farrell y ellos lo consideran un leal miembro de la familia. Le pidieron que cuidara de mí mientras durara su ausencia, y lo más probable es que él se tomará esa responsabilidad muy a pecho, sobre todo ahora que todo está tan embarullado. —Estaba por decir algo más cuando se abrió la puerta de servicio que conectaba la cocina con el vestíbulo del ascensor y Leigh se incorporó y reprimió un grito.

—Lo siento, supongo que debería haber llamado a la puerta —dijo Joe O'Hara y entró en la cocina con un pesado abrigo negro con el cuello levantado hasta cubrirle las orejas.

O'Hara, un hombre corpulento y de hombros grandes y una estatura de alrededor de un metro ochenta, tenía el andar lento de un oso y una cara casi fea que parecía haber recibido muchos golpes en el cuadrilátero de boxeo o en peleas callejeras. Su aspecto no amedrentó a Hilda, quien lo fulminó con la mirada por encima del hombro y le espetó:

—¡No se le ocurra entrar en mi cocina sin limpiarse primero los pies en el felpudo!

Un relampagueo de sorprendida furia hizo que el chófer tuviera un aspecto casi amenazador cuando le lanzó una mirada feroz a esa mujer enojada que estaba en el otro extremo de la habitación y, después, contempló sus propios zapatos lustrosos. Encogiéndose de hombros, decidió olvidar el asunto, colgó su abrigo en el perchero y se acercó a la mesa de la cocina con una pequeña bolsa blanca de la farmacia local en su puño sólido.

—Señora Manning —dijo con una voz grave teñida de decisión—. Me doy cuenta de que usted no me conoce y probablemente no necesita el estorbo de un desconocido en un momento como éste, pero tanto su marido como Matt Farrell me pidieron que la cuidara y que me asegurara de que siempre estuviera a salvo de cualquier peligro.

Leigh debía inclinar la cabeza hacia atrás para poder mirarlo, y puesto que ese movimiento le producía dolor en el cuello, le hizo señas de que se sentara junto a Brenna.

—Cuando usted entró aquí hace un momento, me sobresaltó. No es que yo no quiera que usted esté aquí —declaró.

—No hace falta que se disculpe —le dijo él y tomó asiento en una silla que parecía demasiado pequeña para su corpachón—. Pero debo decirle que si me hubiera permitido conducirla a las montañas el domingo pasado, en lugar de ir sola y por su cuenta, tal vez no estaría aquí apretando los dientes para que nadie advierta el dolor intenso que siente.

—Gracias por demostrarme que mi esfuerzo era innecesario —le contestó Leigh, no del todo segura de si ese hombre le gustaba o no.

Su reprimenda no hizo mella en el chófer.

—Ayer, usted debería haberme llamado y permitido que yo condujera el coche. Es insensato que dos mujeres solas anden conduciendo por las montañas en medio de la nieve. ¡Podrían haberse quedado atascadas!

—Bueno, es evidente que eso no sucedió —señaló Brenna.

—Sí, fue una suerte para ustedes. Pero si hubiera pasado, ¿qué habría hecho usted? ¿Parar a algún coche por el camino pidiendo ayuda mientras la señora Manning permanecía dolorida y enferma y tratando de combatir el frío después de que se quedaran sin combustible?

—Ellas se las habrían arreglado perfectamente bien —le informó Hilda con brusquedad mientras revolvía el contenido de la cacerola que estaba sobre el hornillo.

Leigh observó ese intercambio acalorado y nada cordial que tenía lugar entre sus tres empleados como si ocurriera a una gran distancia, pues todo su ser estaba concentrado en el teléfono y en el reloj de la pared opuesta. Cuando la luz de la línea privada de Logan se encendió y la campanilla del teléfono comenzó a sonar, empujó a Brenna y corrió hacia el teléfono, olvidada ya de sus lesiones.

—Hola —dijo, casi sin aliento.

La voz masculina del otro lado de la línea era grave y desconocida para ella,

—¿Señora Manning?

—Sí, ¿quién habla?

—Michael Valente.

Leigh se apoyó en la pared, incapaz de disimular su decepción.

—¿Sí, señor Valente?

—Lamento molestarla. Por el sonido de su voz, doy por sentado que todavía no tiene noticias de Logan.

—No, absolutamente ninguna.

—Lo lamento —repitió él. Vaciló un momento y luego agregó—: Sé que éste no es un buen momento, pero Logan tiene algunos documentos que yo necesito. Los tenía en su casa cuando me llamó desde allí el sábado por la tarde. Estoy muy cerca. ¿Sería posible que pasara por su casa a buscarlos?

—Yo no tengo la menor idea de dónde están —dijo Leigh, nada feliz con la idea de que alguien revisara las cosas de Logan sin que él estuviera presente.

—Son planos y folletos de otro proyecto mío que Logan me pidió prestados.

De modo que los documentos eran suyos, no de Logan. Eso lo estaba poniendo bien en claro, aunque cortésmente. Leigh se tragó su resentimiento y lo mucho que la había decepcionado que la llamada no fuera de Logan o acerca de él.

—Entiendo. Entonces venga y lléveselos.

—Muchísimas gracias. Estaré allí dentro de veinte minutos.

Con esfuerzo, Leigh se apartó de la pared, colgó el teléfono y miró a los ocupantes de la cocina. Apenas momentos antes, ellos sólo eran empleados que parecían discutir por nada, pero cuando ahora miró esos rostros que exhibían ansiedad, comprensión y preocupación por ella, se le derritió el corazón. A esas personas realmente les importaba lo que le estaba pasando a ella y querían ayudarla en lo que estuviera a su alcance. Leigh tenía cientos de conocidos, pero sabía que no podía contar con su discreción ni con su silencio. Sabía, por experiencia, que Hilda y Brenna eran totalmente fieles, y tenía la sensación de que lo más probable era que Joe O'Hara también lo fuera. En ese momento, esas tres personas eran sus aliados y sus amigos más cercanos: su familia.

Les dedicó una débil sonrisa, pero la decepción sufrida por la llamada telefónica hizo que su rostro estuviera aún más pálido, y Brenna lo advirtió. Abrió la bolsita de la farmacia, retiró el frasco y se lo acercó a Leigh.

—Leigh, la doctora Winters insistió en que tomaras este medicamento.

Con suavidad, pero también con firmeza, Leigh apartó el frasco.

—No me gustan las drogas que me embotan la mente. No las necesito. Más adelante, si creo que me hará bien, la tomaré. Lo prometo.

Satisfecho porque el problema de las píldoras parecía estar resuelto, O'Hara sacó a relucir el tema que más lo preocupaba.

—Si tiene un cuarto adicional que yo podría usar, me parece que sería una buena idea que me alojara aquí hasta que las cosas se tranquilizaran.

El apartamento de Leigh tenía dieciséis habitaciones, que incluían dos pequeñas suites cuya finalidad era ser utilizadas como «habitaciones de servicio» y una de las cuales ocupaba Hilda. La otra estaba vacía, pero Leigh sintió la repentina y casi supersticiosa necesidad de dejar todo exactamente como estaba antes de que Logan desapareciera. En la medida en que todo siguiera estando igual, la ausencia de su marido sería sólo transitoria; pero hacer un cambio... bueno, eso tal vez implicaría que sería permanente.

—Es muy amable de su parte, pero yo no estoy sola. Hilda vive aquí.

La contestación de O'Hara hizo que Hilda girara en redondo y lo mirara con furia.

—Estoy seguro de que Hilda es capaz de preparar una omelette o de eliminar el polvo de una alfombra —se burló él—, pero hasta que su marido regrese, realmente creo que usted necesita un hombre aquí para enfrentar los problemas que se le crearán con las personas. El vestíbulo está repleto de periodistas, en la acera hay filas de admiradores y hay alguien que la acosa y que sabe que ahora su marido no está. Es imposible saber si alguien le pagará una buena cantidad de dinero a su portero o encontrará otra manera de colarse aquí, pero tarde o temprano eso sucederá. —Al intuir que Leigh titubeaba, O'Hara se apresuró a jugar su carta de triunfo—: Estoy seguro de que su marido querría que yo me quedara aquí y protegiera a las mujeres de la casa —dijo enfáticamente y, para sorpresa de Leigh, paseó la vista por la habitación y su mirada benévola incluyó a la indignada y autosuficiente Hilda y a la molesta e independiente Brenna en la categoría de «mujeres de la casa» que él se sentía obligado a proteger.

En alguna parte de su mente frenética Leigh advirtió que O'Hara poseía un sorprendente talento para la diplomacia y para una artera persuasión, porque ganó la batalla en cuanto hizo que sus deseos fueran los deseos de Logan.

—Es probable que tenga razón, señor O'Hara. Se lo agradezco mucho.

—De nada. Y, por favor, llámeme Joe —le recordó él—. Es así como me llama Meredith, quiero decir la señora Farrell.

Leigh asintió y desplazó su atención a Hilda, que estaba colocando dos boles sobre los individuales que ella tenía delante.

—¿Qué es esto? —preguntó Leigh, la vista fija en un bol que contenía una sustancia blanca y espesa que parecía una pasta arenosa. El otro bol, más pequeño, contenía unas cosas redondas y marrones que le revolvieron el estómago.

—Son copos de trigo y ciruelas —dijo Hilda—. Le oí decir al señor Manning que eso era lo que comenzaría a comer en adelante para el desayuno. —Cuando Leigh siguió mirándola con cara de no entender, Hilda agregó—: Se lo oí decir el domingo por la mañana, justo antes de que saliera para ese lugar en las montañas donde se suponía que usted se reuniría con él.

Ese recuerdo a la vez dulce y doloroso recorrió el cuerpo de Leigh. *Basta de peras*, bromeó Logan. *Eres una adicta. De ahora en adelante, serán copos de trigo y ciruelas.* Las lágrimas emborronaron la visión de Leigh, quien, sin darse cuenta de lo que estaba haciendo, puso los brazos sobre la mesa y rodeó los dos boles con las manos, como para tratar de proteger así ese recuerdo feliz. Su cabeza cayó hacia delante y sus hombros comenzaron a sacudirse mientras un llanto indefenso la hacía sentir incómoda y alarmaba a las personas que estaban en la cocina. Tratando de recuperar el control y de comprender algo de lo que acababa de suceder, apartó la cara y se secó las lágrimas con la mano derecha. Con la izquierda extendió el brazo hacia Brenna y abrió la mano. Brenna entendió el significado del gesto y le puso una de las píldoras recetadas por Sheila Winters.

—Lo siento —les dijo a los tres, quienes la miraron con un afecto tan intenso que Leigh tuvo que parpadear para contener un nuevo acceso de llanto.

—Le prepararé su desayuno habitual —anunció Hilda, confiando, como era su costumbre, en que las cuestiones domésticas lograrían recuperar el equilibrio en un mundo desequilibrado y desordenado.

—Creo que hoy comeré esto —dijo Leigh mientras Brenna se ponía de pie para contestar otra llamada que entraba por la línea principal.

## 13

Con la vista fija en el reloj de la cocina, Leigh se obligó a comer parte del desayuno mientras trataba de calcular cuánto tiempo les llevaría a Shrader y Littleton determinar si el policía estatal había encontrado en realidad el lugar del accidente.

En la oficina de Brenna del cuarto contiguo, el teléfono seguía sonando incesantemente y cada vez que ella contestaba una llamada, Leigh se tensaba y aguardaba... Cuando Brenna finalmente apareció en la cocina con un teléfono inalámbrico en la mano, Leigh se levantó de un salto y estuvo a punto de derribar la silla, pero Brenna se apresuró a sacudir la cabeza y a explicarle:

—Es Meredith Farrell. Se acaban de enterar del accidente y de todo lo demás. Me pareció que podrías querer hablar con ella.

Leigh asintió y tomó la llamada. La comunicación por satélite desde el barco era bastante deficiente y existía esa leve demora que hacía que las personas que estaban en el extremo de cada línea encimaran la conversación o esperaran innecesariamente para comprobar si la otra persona había terminado de hablar. Meredith se ofreció a cancelar el viaje de ambos y a tomar un vuelo a Nueva York, y Matt Farrell ofreció los servicios de una importante firma de investigadores, que era una de sus compañías. Leigh rechazó los dos ofrecimientos y les agradeció sinceramente. Estaba segura de que la propuesta de los Farrell de cancelar el viaje había sido una cortesía que sabían que ella rechazaría, a pesar de lo cual quedó sorprendida y conmovida.

Después de esa llamada, Leigh fue al living y se sentó frente a su escritorio, esperando que sucediera algo. Un momento después Brenna se acercó para darle la noticia que ella no quería oír.

—Acaba de llamar Horace, de recepción, para informar que el señor Valente ha llegado. Le dije a Horace que lo enviara aquí. ¿Quieres que yo vaya a la habitación de al lado y lo atienda?

Eso era precisamente lo que más le habría gustado hacer a Leigh, pero no quería que nadie tocara nada en el estudio de Logan sin que ella lo supervisara.

—No, yo me ocuparé —respondió en el momento en que una chicharra anunciaba la llegada a su puerta de ese visitante no deseado.

Brenna le abrió la puerta y automáticamente se ofreció a tomarle el abrigo. Para decepción de Leigh, él se lo quitó y se lo entregó, lo cual evidentemente significaba que se proponía quedarse más tiempo del que le llevaría encontrar los papeles e irse. Leigh no tenía la menor intención de recibir de Michael Valente una visita social, pero cuando él entró y cruzó el living a grandes zancadas hacia ella, a Leigh le resultó difícil creer que ese hombre alto, de cuerpo atlético e inmaculadamente acicalado que caminaba hacia ella fuera un delincuente. Ataviado con un impecable traje azul oscuro, camisa blanca y corbata de seda azul y dorada, con un diseño de espiga, parecía un banquero de Wall Street con ropa muy cara. Pero, bueno, eso no quería decir nada.

A medida que se fue acercando, hizo objeto a Leigh del mismo escrutinio intenso de aquella noche en la fiesta, y a ella le resultó igualmente desagradable y abiertamente personal. Se mantuvo rígidamente de pie hasta que él terminó de inspeccionar cada facción de su cara a poca distancia, pero no le tomó las manos cuando él se las tendió y le preguntó:

—¿Cómo está llevando las cosas?

—Tan bien como cabía esperarse —respondió Leigh en forma cortés pero impersonal.

Él metió sus manos rechazadas en los bolsillos del pantalón. En las comisuras de su boca se insinuó una sonrisa extraña y no dijo absolutamente nada, lo cual hizo que Leigh se sintiera torpe, grosera e incómoda. En ese estado de momentánea vacilación, se sintió obligada a decir algo:

—Estoy mejor de lo que parezco.

—No me cabe ninguna duda —dijo él con ese esbozo de sonrisa—. He visto caras con peor aspecto que la suya... pero sus dueños no respiraban.

Leigh supuso que probablemente él había visto a muchas personas muertas, al menos a una a quien personalmente había matado, y se dirigió abruptamente al estudio de Logan.

—No estoy segura de qué es exactamente lo que usted busca, pero...

—¡Leigh! —exclamó Brenna corriendo hacia Leigh por el living, mientras Hilda y Joe O'Hara se instalaban junto a la puerta de la cocina—. Te llama el detective Shrader y dice que es importante.

Leigh tomó el teléfono que tenía más cerca, el que estaba sobre una mesita auxiliar junto al sofá del living.

—¿Detective Shrader?

—Señora Manning, estamos bastante seguros de haber encontrado el lugar donde su vehículo se precipitó. Hay algunas rocas grandes cerca de la parte superior de un terraplén que presentan unas marcas recientes de pintura negra, y por el terraplén se ve un sendero de árboles y arbustos con las ramas rotas. En el fondo, hay un pequeño claro y acabamos de comprobar que debajo de la nieve y del hielo hay agua. También detectamos una gran masa de metal en el agua y hemos mandado pedir camiones con grúas...

—¿Qué hay de mi marido? —estalló Leigh—. ¡Tiene que estar cerca de allí!

—Tenemos equipos de búsqueda que se dirigen a la zona; comenzarán a revisar en círculos...

—Voy para allá. ¿Dónde están ustedes?

—Mire, ¿por qué no se queda junto al teléfono? Llevará varias horas...

—¡Quiero estar allí!

Michael Valente le tocó una manga.

—Yo tengo un helicóptero...

El momentáneo fastidio que Leigh sintió por su interrupción fue reemplazado por una gratitud instantánea.

—Detective Shrader —dijo en el teléfono—, tengo la oportunidad de ir allá en helicóptero. Dígame dónde está... —Mientras hablaba, Leigh miró en todas direcciones en busca de papel y bolígrafo. Valente tomó el teléfono con una mano y con la otra sacó un bolígrafo del bolsillo.

—Yo recibiré las indicaciones —le dijo—. Vaya a prepararse para partir. —Mientras corría hacia el dormitorio, Leigh le oyó decir—: ¿Exactamente dónde se encuentra usted, detective?

Leigh tardó varios minutos en ponerse las botas y, cuando emergió con el abrigo y los guantes en la mano, Valente ya estaba de pie con el abrigo puesto, flanqueado por Brenna e Hilda. Frunció el entrecejo al verla caminar hacia él y después le tomó el abrigo.

—Quédese quieta y permítame que yo haga todo el trabajo —le dijo y le fue deslizando cada brazo dentro de la manga, en lugar de meramente sostenerle el abrigo.

Ese procedimiento llevó sólo un momento, pero a Leigh le pareció eterno. Estaba con él junto a la puerta cuando les dijo por encima del hombro a Brenna y a Hilda:

—Las llamaré por teléfono en cuanto sepa algo.

—No te olvides de hacerlo —le recomendó Brenna.

En el ascensor, Leigh sintió los ojos de Michael Valente enfocados en ella, pero le estaba tan agradecida que pudo no prestar atención a su escrutinio y hasta logró dedicarle una leve sonrisa al decirle:

—Muchísimas gracias por lo que está haciendo.

Él le restó importancia con un gesto.

—Un par de periodistas estaban en la puerta del edificio —dijo en cambio—. Así que le pedí a su secretaria que llamara por teléfono a mi chófer y le dijera que llevara mi automóvil a la entrada de servicio. ¿Dónde está? —le preguntó cuando bajaban del ascensor.

—Sígame. —Los ascensores estaban ocultos a la vista de las personas que caminaban por la calle por un auténtico bosque de plantas en macetones ubicadas en el vestíbulo, y Leigh cuidadosamente se mantuvo detrás de ellas al doblar a la derecha hacia la parte de atrás del edificio. Emergieron a un callejón cerrado por dos limusinas Mercedes negras idénticas, con sus respectivos chóferes de pie junto a la puerta del pasajero abierta.

El automóvil de Valente era el que estaba más atrás. Su chófer era un hombre prolijo, de poco más de treinta años, con el aspecto de un agente del servicio secreto que debería estar conduciendo el coche de un dignatario. Joe O'Hara, con su cuerpo grande y su cara magullada de boxeador profesional, parecía más el chófer de un ex convicto. Valente comenzó a guiar a Leigh hacia su propio coche, pero O'Hara le cortó el paso.

—Yo soy el chófer de la señora Manning —le informó a Valente.

—Yo tengo mi propio automóvil y mi propio chófer —le dijo secamente Valente y comenzó a rodearlo.

—Entonces puede llevarse su coche y puede abrir la marcha, pero la señora Manning viajará conmigo.

Frente a ese tono y a esa actitud de enfrentamiento, el chófer de Valente dio un paso adelante e intervino:

—¿Algún problema, señor Valente?

—Lo habrá —advirtió O'Hara con voz sorprendentemente amenazadora.

—Hágase a un lado —dijo Valente con voz grave y explosiva.

—¡Por favor! —exclamó Leigh—. Estamos perdiendo tiempo. —Miró a Michael Valente con expresión suplicante. Su vida se había transformado en un mar oscuro, peligroso y desconocido en el que ella debía navegar, y en ese momento O'Hara era la única persona levemente familiar en él. Prefería tenerlo a él cerca—. Mi marido le encomendó a O'Hara la misión de protegerme y acompañarme. Me gustaría permitirle hacerlo.

Para su sorpresa y alivio, Valente capituló enseguida, pero la mirada que le lanzó a O'Hara fue muy desagradable.

—Métase en el coche y conduzca —se limitó a decir, mientras le sostenía abierta la puerta a Leigh.

## 14

Sentada junto al piloto de Valente, con gruesos y acolchados auriculares para amortiguar el rugido de los rotores, Leigh escudriñaba la escena de abajo. La policía estatal había bloqueado el camino de montaña; había hombres por todo el terraplén empinado cubierto de nieve y en el arcén había camiones con grúas. Patrulleros del Departamento de Policía de Nueva York y de la policía estatal flanqueaban ambos lados de la carretera, y varios helicópteros policiales volaban en círculo sobre las colinas cercanas, sin duda buscando la cabaña que Leigh creía que estaba cerca del lugar del accidente.

La voz de Valente resonó por los auriculares, calma, desapasionada y extrañamente tranquilizadora.

—Han encontrado algo en el agua allá abajo, y ya le engancharon las cadenas de las grúas. —Al piloto, le dijo—: Bájenos a la carretera, detrás de los camiones grúa.

—Va a ser un poco difícil, señor Valente. Hay un espacio un poco más amplio ochocientos metros más atrás, donde los árboles no están tan cerca de la carretera.

—La señora Manning no puede caminar esa distancia. Bájenos detrás de los camiones —ordenó Valente.

Los rotores del helicóptero seguían arrojando nieve en un remolino blanco cuando Valente se acercó a Leigh y la ayudó a apearse. Los ojos de él se entrecerraron cuando ella se inclinó hacia delante y él la tomó de la cintura.

—¿Le duelen mucho las costillas?

—No demasiado —mintió Leigh, tratando de recuperar el aliento—. Son fracturas pequeñas. —Con O'Hara a su izquierda y Valente a su derecha, Leigh buscó con la mirada a los dos detectives de la ciudad de Nueva York. La detective Littleton estaba de pie en la carretera, con un móvil apretado contra la oreja, una mano oprimiendo la otra y su cola de caballo ondeando al viento. Shrader estaba en el arcén, del otro lado de los camiones grúa, hablando con un agente de la policía de Nueva York. Vio a Leigh, puso fin a la conversación y se encaminó hacia ella.

—Buenos días, señora Manning —dijo cortésmente. Pero después, al reconocer a Valente, su expresión se volvió claramente hostil.

—¿Alguno de sus helicópteros encontró señales de la cabaña? —preguntó Leigh.

—No —respondió Shrader secamente, la vista fija en el rostro de Michael Valente. Cuando finalmente centró su atención en Leigh, la miró con un desprecio tan glacial que ella tuvo la sensación de que había cometido un crimen solamente por estar en compañía de Valente.

—¿Están seguros de haber encontrado mi automóvil? —preguntó ella.

Él volvió a mirar a Valente.

—En este momento —le informó con tono sarcástico—, no estoy seguro de nada. —Sin una palabra más, giró sobre sus talones y se dirigió a los camiones grúa, pero primero se detuvo para decirle algo al agente con quien había estado hablando antes. El agente asintió y fue hacia donde estaba el helicóptero de Valente.

Desalentada por la actitud de Shrader, Leigh permaneció donde estaba, parcialmente escudada del viento por Joe O'Hara y Valente, mientras las grúas de ambos camiones hacían descender sus cadenas, se detenían y luego volvían a moverse en forma abrupta mientras lentamente arrastraban el peso muerto de un objeto que todavía no podía verse por entre los árboles y lo izaban por el terraplén. Leigh pensó en aproximarse al borde del camino para poder ver lo que sabía iba a ser su automóvil, pero se quedó donde estaba, renuente a acercarse a Shrader por el mal humor que había exhibido. Observó a los helicópteros buscar en las pendientes a su derecha; después miró hacia la izquierda y vio al agente de policía en plena conversación con el piloto del helicóptero de Valente. El piloto buscaba libros y documentos del interior del helicóptero y después se los mostraba.

—¿Qué está haciendo? —le preguntó a Valente señalando al agente.

Valente miró en la dirección que ella le señalaba.

—Está fastidiando a mi piloto —le respondió él.

Basándose en su actitud, Leigh dio por sentado que ser fastidiado por la policía debía de ser una rutina habitual para él.

—Ah —dijo ella.

—Señora Manning... —Shrader le hizo señas a Leigh de que lo siguiera—. ¿Ése es su vehículo?

Con una inexplicable sensación de miedo, Leigh avanzó lentamente hacia el borde del terraplén y miró hacia abajo en dirección a los restos de metal retorcidos que alguna vez fueron su automóvil. Nada quedaba de su diseño oblongo ni de su pintura negra reluciente; el Mercedes estaba totalmente quemado en algunos trozos y convertido en una forma que nada tenía que ver con el original.

—Sí —respondió ella—. Ése es mi coche.

Valente se acercó a ella y miró hacia abajo.

—¡Por Dios! —dijo en voz baja.

Leigh apartó la vista de ese vehículo que había estado a punto de convertirse en su féretro provisional y la centró en los helicópteros que realizaban la búsqueda a lo lejos.

—¿Cuánto tiempo cree que pasará antes de que encuentren el lugar donde yo debía reunirme con mi marido?

—Es difícil saberlo. Podría ser un minuto, horas o incluso más.

Antes de que ella tuviera tiempo de decir nada, uno de los policías gritó que Shrader tenía una llamada por radio y él dio media vuelta y se alejó. Rogando que la llamada tuviera que ver con noticias de Logan, Leigh observó a Shrader dirigirse hacia un patrullero, meter el brazo por la ventanilla abierta y tomar el radiotransmisor policial. Escuchó durante un momento; después giró bruscamente el cuerpo y levantó la vista hacia el horizonte en dirección al nordeste. Leigh le siguió la mirada. Uno de los helicópteros había estrechado los círculos y bajaba cada vez más en espiral.

—¡Han encontrado algo! —gritó ella hacia el helicóptero lejano—. Está volando bajo, y los otros helicópteros se le están acercando. Encontraron a Logan. ¡Creo que encontraron a Logan!

Shrader terminó de hablar por el radiotransmisor y lo arrojó a los asientos delanteros del coche; después trotó hacia Leigh.

—Uno de nuestros pilotos cree haber encontrado la cabaña. Es una pequeña cabaña de piedra con techo de pizarra gris. También le parece divisar un aljibe de piedra cerca de la cabaña. ¿Su marido le mencionó la existencia de un aljibe?

—¡Sí! —exclamó Leigh—. Sí, lo hizo. ¡Lo había olvidado por completo!

—Muy bien, entonces —dijo él. Giró para decirle a Littleton—: ¡Vamos! —Se dirigió al coche y Littleton trotó también hacia el vehículo desde la dirección opuesta y se sentó en el asiento del conductor.

Leigh trató de correr detrás de él y casi se desmayó con el tercer paso por el dolor que sintió en las costillas.

—Aguarde —le gritó a Shrader y se oprimió las costillas con la mano—. Yo quiero ir con ustedes.

Shrader frunció el entrecejo por la demora que eso implicaría, como si hubiera olvidado que ella tenía un fuerte interés personal en la búsqueda.

—Sería mejor que aguardara aquí.

—Quiero ir con ustedes —repitió Leigh con furia.

Él miró en todas direcciones, vio al agente que momentos antes había estado «fastidiando» al piloto de Valente y le hizo señas de que se acercara. Después de una breve conversación, Shrader siguió avanzando hacia su propio vehículo y el agente se acercó a Leigh. En la chaqueta tenía una placa identificatoria que decía: «Agente Damon Harwell.»

—El detective Shrader dice que usted puede venir conmigo —anunció Harwell y después le dirigió una mirada mordaz a Valente.

»Usted ya no tiene nada que hacer aquí, Valente. Saque ese pájaro del camino antes de que yo lo secuestre.

Leigh se sintió un poco incómoda con la forma en que Harwell trataba al hombre que bondadosamente la había llevado hasta allí, pero toda su concentración estaba fija en Logan. Logan estaba cerca. Estaba cerca.

O'Hara, en cambio, estaba pendiente de Leigh.

—Yo iré con la señora Manning —le advirtió al policía—. Soy su guardaespaldas.

—Está bien —dijo Harwell, se encogió de hombros y empezó a andar.

Leigh tenía mucha prisa por partir, pero cuando volvió la cabeza para agradecerle a Valente y despedirse de él, comprobó que había permanecido inmune a las amenazas de Harwell. Sus siguientes palabras lo confirmaron.

—¿Le gustaría que yo la acompañara? —preguntó con mucha calma.

Lo último que Leigh quería era someterlo a más humillaciones o tener problemas con la policía.

—Estaré bien —dijo—. Muchísimas gracias por todo.

Sin prestar atención a su gratitud ni a su afirmación de que estaría bien, él siguió mirándola y repitió la pregunta.

—¿Le gustaría que yo la acompañara?

Lo cierto era que a Leigh le habría gustado llevarse a todo un ejército con ella; cuanto mayor fuera la cantidad de hombres capaces de encontrar a Logan y sacarlo de allí, mejor. Miró con cierta zozobra a Harwell, quien ya había subido al patrullero policial y encendido el motor.

—No me parece una buena idea —afirmó.

—Pues a mí me parece que sí —dijo él, adivinando la razón de la resistencia de ella y sin prestarle atención.

Leigh decidió que él tenía razón y, mientras se instalaba en el asiento posterior del automóvil del agente Harwell, dijo, con el tono más cortés que pudo:

—Agente Harwell, el jefe Trumanti me aseguró que yo tendría la cooperación total de todos los integrantes del Departamento de Policía de Nueva York. Y el señor Valente viene conmigo.

Harwell no dijo nada hasta que estaban ya en el camino; entonces hizo sonar la sirena y miró a Valente por el espejo retrovisor:

—Usted debe de sentirse muy a gusto allí atrás, Valente —dijo con una sonrisa malévola—. Sólo que por lo general viaja esposado, ¿no?

Demasiado horrorizada como para disimular su reacción, Leigh miró a Valente, quien muy tranquilo estaba llamando por el móvil a su piloto para darle instrucciones, pero su mirada estaba fija en la nuca de Harwell, y la expresión de su cara era letal.

## 15

Uno después de otro, los vehículos policiales procedentes del lugar del accidente de Leigh pasaron junto a ellos, con las luces encendidas y las sirenas ululando, camino a la cabaña. Leigh se inclinó hacia delante y con indignación le preguntó a Harwell:

—¿El detective Shrader le dijo que avanzara así de despacio o lo está haciendo por pura maldad?

—Son órdenes del detective Shrader, señora —fue la respuesta de Harwell, pero Leigh vio su sonrisa presumida por el espejo retrovisor y supo que él disfrutaba con su frustración, probablemente porque ella lo había obligado a llevar también a Michael Valente.

—¿Por qué le dio semejante orden?

—No sabría decirlo.

—¿Y si lo intentas? —saltó O'Hara.

—De acuerdo. En mi opinión, el detective Shrader no sabe con qué se encontrará o si encontrará siquiera algo, y quiere tener un poco de tiempo para observar todo y evaluar la escena. Los familiares y los civiles siempre estorban un poco. —Mientras hablaba, accionó las luces de giro—. Aquí es.

Un kilómetro y medio después del desvío, detuvo el vehículo en mitad de un angosto camino de montaña repleto de automóviles policiales, incluyendo algunos de las comunidades cercanas. Ahora la cabaña estaba a la vista, y un sendero angosto y muy escarpado conducía a ella desde el camino, por entre los árboles, y después desaparecía en una curva.

Harwell se apeó del auto.

—¡Usted quédese aquí! —le ordenó a ella, gritando a voz en cuello para ser oído por encima del rugido de un helicóptero que sobrevolaba el lugar y del ulular de la sirena de una ambulancia que se acercaba—. Le comunicaré qué han encontrado.

Los policías que avanzaban por entre la nieve, que les llegaba a la cintura, habían creado con sus cuerpos una suerte de pasaje, y Leigh permaneció de pie flanqueada por O'Hara y Valente, observando cómo Harwell descendía por ese canal profundo y resbaladizo. Más agentes de policía llegaron y avanzaron por la nieve, pero ninguno reapareció después de doblar por la curva allá abajo.

Leigh contó cada segundo, aguardando que alguien subiera y le dijera algo, y cuando nadie lo hizo, comenzó a tener la sensación de que iba a explotar en un millón de pedazos.

Junto a ella, Valente tenía la vista fija en el sendero y fruncía el entrecejo. Después maldijo entre dientes y le preguntó a Leigh:

—¿Cuán grave son sus lesiones?

—¿Qué?

—Me refiero a sus costillas —le aclaró—. ¿Cree poder soportar el dolor si la alzo y la bajo en brazos?

—¡Sí! —exclamó Leigh—. Pero no creo que usted...

Antes de que ella pudiera terminar la frase, Valente le puso un brazo detrás de las rodillas, curvó el otro alrededor de sus hombros y la levantó. Miró a O'Hara y asintió en dirección a ese sendero escarpado.

—Usted baje primero y yo pisaré en sus huellas. Si comienzo a resbalar, trate de sujetarme.

El plan funcionó y algunos minutos más tarde Leigh finalmente pudo ver la totalidad de la escena. La pintoresca cabaña de piedra se encontraba en un claro al final del sendero, tal como Logan se la había descrito. Cincuenta metros más allá de la cabaña, el terreno descendía casi verticalmente, y una horda de policías lentamente trataba de bajar por entre los árboles.

Otro policía se encontraba en el porche de la cabaña y miraba hacia el interior a través de una puerta abierta. Se volvió, sorprendido, cuando Valente dejó a Leigh en el suelo detrás de él.

—Nadie puede entrar —le informó a Leigh—. Son órdenes del detective Shrader.

—Soy la señora Manning —alegó Leigh—. ¡Quiero saber si mi marido está dentro! —Estaba decidida a entrar a la fuerza, pero la detective Littleton apareció junto a la puerta y respondió a su pregunta.

—Dentro no hay nadie, señora Manning. Lo lamento —agregó—. Mi intención era decírselo personalmente, en cuanto finalizáramos una búsqueda preliminar en la zona.

Desolada, Leigh se dejó caer contra el marco de la puerta.

—Éste debe de ser un lugar equivocado...

—No lo creo. Dentro hay algunas cosas que pueden pertenecer a su marido. Me gustaría que me dijera si identifica alguna. —Al dar un paso hacia dentro para permitir que Leigh entrara, miró a Valente y dijo, con tono cortés—: Usted tendrá que esperar aquí afuera, señor.

En el interior de esa pequeña cabaña vacía hacía un frío glacial, parecido al interior de un frigorífico y casi había la misma oscuridad. La humedad había permeado los suelos y las paredes de piedra, y la única luz que había entraba por una pequeña ventana tiznada, a la derecha de Leigh, quien parpadeó y trató de adaptar la vista a esas tinieblas después de soportar la intensa claridad de fuera.

A la izquierda, dos puertas se abrían a una cocina y un baño y, frente a Leigh, una tercera puerta, en un rincón, conducía a un cuarto que ella supuso que era un dormitorio. A la derecha, junto a esa puerta, y ocupando casi toda la pared que tenía delante, había una chimenea con piedras ennegrecidas por décadas de hollín acumulado. Apoyada en el suelo frente al hogar, Leigh vio un saco de dormir de color verde oscuro, todavía hecho un rollo y prolijamente atado. Corrió hacia él y se inclinó para verlo mejor; entonces miró por encima del hombro a Littleton y Shrader, quienes estaban de pie junto a ella.

—¡Éste parece uno de los nuestros!

—¿Está segura de que es suyo? —preguntó Shrader.

Para Leigh, todos los sacos de dormir eran parecidos y en realidad ella no había visto ése en años.

—Creo que sí, pero no estoy al cien por cien segura.

—¿Usted y su marido tienen más de un saco de dormir?

—Sí, tenemos dos. Son idénticos.

En busca de algo más identificable, Leigh se puso de pie y entró en el dormitorio vacío; después le echó un vistazo al cuarto de baño, que también estaba vacío. Sin tener conciencia de lo atentamente que la observaban, a continuación entró en la cocina. Una enorme y antigua pila de loza con patas de acero se encontraba apoyada contra la pared más lejana, y debajo de ella había una bolsa de papel abierta. Diseminadas sobre la mesa, había cosas que Logan había comprado para ese día. Leigh sintió un nudo en la garganta al ver las cajas de las galletitas favoritas de Logan, un paquete abierto de queso y un sándwich todavía envuelto en plástico. Además de las botellas de agua que Leigh había pedido, Logan también había llevado una botella de champán y otra de chardonnay. Porque quería celebrar la ocasión con ella...

Apilados en el antepecho de la ventana, sobre la pila, había un rollo de toallas de papel, una botella de detergente líquido, una caja de fósforos de madera y una lata de insecticida. Una escoba nueva estaba apoyada contra la pared, cerca de la puerta de atrás, y todavía tenía la etiqueta con el precio.

Todo lo que Leigh veía le recordaba intensamente a Logan y a la conversación que habían mantenido la mañana en que él partió, pero hasta que se acercó a la pila y la miró más de cerca, ella se había aferrado a la débil esperanza de que ése fuera el lugar equivocado, de que Logan estuviera sano y salvo en alguna otra cabaña. Dos copas de cristal para vino hicieron trizas esa última fantasía consoladora.

Miró a Shrader y a Littleton con los ojos llenos de angustia.

—Las copas son nuestras. —Movida por una necesidad apremiante y repentina de buscar a Logan y rescatarlo ella misma, pasó junto a los dos detectives y regresó al dormitorio. Estaba a punto de abrir la puerta del armario, cuando Shrader le ladró:

—¡No toque nada, señora Manning!

Leigh echó hacia atrás la mano.

—¿Miraron en el armario? A lo mejor Logan...

—Su marido no está allí adentro —le aseguró la detective Littleton.

—No, por supuesto que no —dijo Leigh, pero comenzó a murmurar cosas y a hablar sin cesar para no tener que pensar en lo impensable—. ¿Por qué tendría Logan que esconderse en un armario? Sin embargo, es obvio que estuvo aquí, y él... —Calló cuando se le ocurrió algo que le dio una esperanza momentánea—. Pero su coche no está aquí. Debe de haber ido a algún otro lugar...

Shrader demolió cruelmente toda esa lógica y esa esperanza.

—Su marido conducía un jeep blanco, ¿no es así? —Cuando Leigh asintió, él se encogió de hombros y dijo, como de pasada—: Pues bien, cuando yo me paro allí en la puerta y miro hacia fuera, lo único que veo son una serie de colinas blancas. Un jeep blanco, cubierto de nieve, podría tener el mismo aspecto.

Eso era lo último que Leigh quería oír. Se rodeó el cuerpo con los brazos y se concentró en no perder el control de sus emociones. Una vez en la sala, se acercó a la ventana y vio a los policías inspeccionando las laderas arboladas. Comprendió que en realidad no estaban buscando a Logan allí. Logan había desaparecido hacía casi seis días. Lo que buscaban era su cuerpo.

Su propio cuerpo comenzó a temblar con tanta intensidad que tuvo que aferrarse del marco de la ventana para no caer al suelo.

—Hacía tanto frío la noche de la tormenta de nieve —susurró—. ¿Tenía él leña para encender la chimenea? No he visto ningún leño. Espero que no haya tenido frío...

—Hay suficiente leña apilada al otro lado de la puerta de la cocina —trató de tranquilizarla la detective Littleton.

Pero Leigh no se tranquilizó. Acababa de comprender las implicaciones de la advertencia de Shrader.

—¿Por qué no quiere que yo toque nada? —le preguntó en voz baja.

—Puesto que no tenemos idea acerca de qué le sucedió a su marido —respondió Shrader—, estamos siguiendo los procedimientos habituales...

Fue Michael Valente el que perdió el control y su cólera tuvo como blanco a Shrader cuando pasó junto al sorprendido agente apostado en el porche.

—¡Usted es un sádico o un imbécil! —dijo al entrar en la casa y acercarse a Leigh—. Escúcheme —le dijo a ella—. Ese idiota sabe tan poco como usted de lo que le ha ocurrido a Logan. Existe la posibilidad de que esté atascado en alguna otra parte, esperando que alguien lo ayude a salir. Tal vez se hirió y no puede caminar por su cuenta. Cualquiera que sea la razón, lo mejor que usted puede hacer ahora es permitir que yo la lleve de vuelta a su casa. Deje que la policía haga lo que crea que debe hacer aquí.

Sorprendentemente, la detective Littleton apoyó esa idea.

—Él tiene razón, señora Manning. Lo mejor sería que se fuera ahora mismo. Tenemos que rastrear una zona muy amplia y la llamaremos por teléfono a la ciudad tan pronto encontremos una pista de lo que sucedió aquí.

Leigh la miró, muerta de miedo de que Valente hubiera enfadado de manera tan completa a ambos detectives que ellos jamás le dirían nada.

—¿Promete llamarme, sea lo que fuere?

—Lo prometo.

—¿Aunque sólo sea para decirme que no tienen novedades?

—Aun en ese caso —convino Littleton—. La llamaré esta noche. —Se acercó a la puerta y aguardó a que Leigh y Valente salieran al porche, después asintió en dirección a uno de los agentes de policía apostados allí—. El agente Tierney los llevará en el coche hasta el helicóptero. Díganle dónde está.

Cuando ellos se fueron, Sam Littleton llamó por señas a otro agente del Departamento de Policía de Nueva York que se encontraba cerca, sacudiéndose la nieve de las piernas.

—Consiga algunos rollos de cinta de escena del crimen y comience a bloquear la zona desde aquel punto... —Señaló el final del sendero visible desde la casa.

—¿No quiere cercar también arriba, en el camino?

—No, sólo despertaría la curiosidad de la gente y atraería su atención, pero quiero un agente apostado allá arriba las veinticuatro horas hasta que una Unidad de Escena del Crimen haya estado aquí y se haya ido. Nadie baja aquí sin permiso del detective Shrader o mío.

—Entendido —contestó el policía y comenzó a girarse para cumplir las órdenes.

—Una cosa más: pregúntele a uno de los departamentos locales si nos pueden prestar un generador. Vamos a necesitar luces y calefacción aquí abajo.

—¿Alguna otra cosa?

Sam le dedicó una sonrisa seductora.

—Puesto que me lo pregunta, dos cafés serían una espléndida idea.

—Veré qué puedo hacer.

Shrader hablaba por teléfono con Holland a fin de hacer los arreglos necesarios para que enviaran una Unidad de Escena del Crimen lo antes posible a la cabaña. Cuando cortó la comunicación, miró a Sam con una expresión de furia que, en el rostro de Shrader, se parecía tanto a su cara de felicidad que Sam no supo bien si estaba divertido o enojado.

—¡Valente me llamó imbécil! —exclamó, y Sam comprendió entonces que en realidad estaba encantado.

—Así es —dijo ella—, y así te portaste.

—Tal vez, pero ¿sabes qué descubrí?

Sam metió las manos en los bolsillos y sonrió.

—¿Que también piensa que eres un tarado y un sádico?

—Además de eso.

Sam inclinó la cabeza.

—Me doy por vencida. ¿Qué otra cosa descubriste?

—Los del FBI llaman a Valente el Hombre de Hielo, pero yo descubrí que tiene un punto débil, blando y sensible: la señora de Logan Manning. Los nuestros van a comprobar que eso es algo muy interesante. —Se acurrucó frente a la chimenea y sacó un bolígrafo del bolsillo—. No entiendo cómo llegó ella a ser una actriz de teatro.

—¿No crees que sepa actuar? —le preguntó Sam, sorprendida.

Shrader se echó a reír.

—Demonios, sí, ¡ya lo creo que sabe actuar! Nos dio una interpretación que merecía un Oscar en el hospital, y volvió a hacerlo aquí. El problema es que no parece recordar su libreto. En el hospital, el miércoles por la mañana, adoptó una actitud virtuosa e indignada cuando le pregunté acerca del mensaje telefónico de Valente. Hoy, dos días más tarde, se presenta en el helicóptero privado de Valente y él la baja hasta aquí en brazos.

Puesto que ya habían agotado ese tema en el camino desde el lugar del accidente, Sam no dijo nada.

—Para poder ser un buen mentiroso es preciso tener una buena memoria —declaró Shrader al mover las cenizas con el atizador—. Esto me parece ceniza común y corriente de madera, probablemente de roble. El problema con la señora Manning —continuó— es que no sólo tiene mala memoria sino también una falta total de sentido de la orientación. Estaba a veinte kilómetros de aquí cuando su coche se despeñó, y se dirigía al sur, no al norte. Eso significa... ¿qué? —Miró a Sam por encima del hombro y levantó las cejas, esperando que ella respondiera a esa pregunta.

—¿Esto es una adivinanza? —preguntó ella, divertida—. Significa que parecería que ella estaba camino de regreso a su casa, no hacia aquí, cuando cayó por el terraplén.

—Correcto. Ahora bien, ¿qué te molesta de este lugar? ¿Alguna cosa en especial?

Sam cayó en la cuenta de que ése era el primer caso que habían iniciado juntos, y de que Shrader realmente trataba de averiguar hasta qué punto ella era observadora.

—Son varias las cosas que llaman la atención. En primer lugar, alguien barrió muy bien el suelo recientemente, que es la razón por la que no te molestaste en prohibir a la gente que entrara. Tú ya sabías que la Unidad de Escena del Crimen no podría obtener ninguna huella en este suelo de piedra, no sólo porque ha sido barrido sino porque es demasiado irregular.

—Bien. ¿Qué más?

—Dejaste que Valente entrara aquí, con la esperanza imposible de que la Unidad de Escena del Crimen pudiera levantar una huella parcial de sus zapatos y que coincidiera con alguna otra huella del suelo de piedra de aquí adentro.

—De modo que soy un iluso.

—A propósito, por si no lo notaste, la señora Manning dejó por lo menos una huella parcial en esa ventana.

Él se puso de pie, se sacudió las manos y metió el bolígrafo en el bolsillo.

—Sí. Ella puso la mano sobre el marco de la ventana, no en el cristal. Yo la estaba mirando.

—Creo que deslizó la mano sobre el cristal cuando dio media vuelta.

Shrader entrecerró los ojos.

—Si estás segura, anótalo e infórmalo.

—Lo haré. —Sam se dio la vuelta y se dirigió a la cocina—. ¿Vas a decirle algo a Tierney? Él le permitió entrar a Valente.

—¡Ya lo creo que lo haré!

Sam pensaba en las copas que había en la pila de la cocina. Esas copas la intrigaban tanto como a Shrader lo desconcertaba ese único saco de dormir, y se lo dijo en voz alta.

—¿Qué es lo que te preocupa de esas copas? —preguntó él.

—¿Por qué estaban en la pila? Las botellas de agua no estaban abiertas, como tampoco la de champán ni la de chardonnay. De modo que si las copas no habían sido usadas, ¿por qué estaban en la pila?

—Probablemente él pensó que estarían más seguras allí, que así era menos probable que se rompieran.

Sam no se lo discutió.

## 16

El breve júbilo que le causó pensar que había encontrado a Logan, seguido por la frustrante realidad de hallar solamente una cabaña desierta, había agotado la fuerza mental y física de Leigh de manera casi total. Recostada en un sofá del living, envuelta en una manta, observaba el informativo de la CBS, que hablaba del descubrimiento de la cabaña realizado ese día...

«La policía ha cercado la zona y en ella se está llevando a cabo una investigación a fondo», informó Dana Tyler, una de las presentadoras del noticiario. «En el ínterin, las posibilidades de encontrar a Logan Manning con vida e ileso son cada vez más escasas. Jeff Case, nuestro periodista, estuvo esta tarde en One Police Plaza, donde William Trumanti, el jefe del Departamento de Policía de Nueva York, dijo estas palabras en lo relativo a la investigación...»

Leigh escuchó con la esperanza de enterarse de algo nuevo, pero Trumanti se limitó a decir que se estaban siguiendo varias pistas y que se había descartado el secuestro porque no se había pedido ningún rescate. *Pistas*, pensó Leigh con desaliento. No tenían ninguna pista. Shrader y Littleton carecían de pistas como todos los demás. El jefe Trumanti terminó su breve comentario, pero los periodistas no habían agotado sus preguntas.

—¿Es verdad que Leigh Kendall voló esta mañana al lugar en un helicóptero?

—Así es.

—¿Y que el helicóptero en cuestión pertenece a Michael Valente, que la acompañó en ese vuelo?

Frente a la mención de Valente, la expresión de Trumanti se endureció.

—Eso tengo entendido.

—¿Qué papel juega Valente en todo esto?

—Todavía no lo sabemos —respondió Trumanti, pero tanto sus palabras como su tono parecían implicar que allí donde Valente estaba involucrado, siempre había algo siniestro que necesitaba ser investigado.

A Leigh le indignó lo injusto de ese comentario, pero su capacidad de enojo ya se había agotado al leer los rumores sin fundamento y las especulaciones sensacionalistas publicadas en los diarios. Esa mañana, el *New York Times* había publicado un artículo junto con una fotografía de Logan y ella en una reunión para recaudar fondos de una institución de caridad, con un título que decía: «La desaparición de Manning: ¿tragedia, traición o drama?» El artículo incluía comentarios de «una fuente oficial» que sugería la posibilidad de que la desaparición de Logan no era más que una maniobra publicitaria.

El *Post* había averiguado la existencia de alguien que acosaba a Leigh y lanzaba la hipótesis de «secuestro por parte del acosador». Para promocionar el interés en esa teoría y darle crédito, el *Post* incluía un «perfil» detallado del acosador de Leigh creado por algún experto.

*National Enquirer* tenía otra teoría, que ocupaba la primera plana de su última edición como si fuera un hecho y no una ficción inventada por ellos: «EL MATRIMONIO MANNING-KENDALL EN PROBLEMAS ANTES DE LA DESAPARICIÓN DE MANNING.» Según las «fuentes no reveladas» del *Enquirer*, Leigh había estado planeando iniciar un juicio de divorcio porque «estaba harta de las infidelidades de Logan». En el mismo artículo, se citaban las palabras de «un amigo cercano a la pareja», que afirmaba que Logan se había negado a renunciar a la mujer con la que estaba teniendo una aventura.

El *Star* favorecía esa teoría, pero afirmaba que el amante secreto de Logan era un hombre, no una mujer, y que los dos habían sido vistos de la mano en Belice.

Hasta esa mañana, al menos los medios se habían visto obligados a limitar sus especulaciones y sus calumnias con respecto a Logan y Leigh, pero ahora tenían material abundante centrado en Michael Valente, y se estaban haciendo un festín con él. Las fotografías de Valente ocupaban las primeras planas de los periódicos de la noche, junto con las de Logan y de ella. Los artículos sobre Valente se centraban en sus deshonrosos antecedentes y en sus enfrentamientos pasados con el sistema judicial, pero también se referían a sus relaciones con mujeres. Según un artículo, había estado involucrado con la hija del jefe de una de las mafias neoyorquinas antes de embarcarse en relaciones muy ocultas con «mujeres de la sociedad casadas».

La única reacción de Leigh a todo eso fue una vaga sensación de culpa por el hecho de que él hubiera sido arrastrado a una situación desagradable meramente por haber cometido un acto impulsivo de bondad, con el fin de ayudar a una virtual desconocida. Una prueba más de que ningún acto bondadoso queda impune.

Leigh empuñó el mando y apagó el televisor; tomó entonces la gran fotografía enmarcada que antes había puesto sobre la mesa baja para poder verla.

La cara atractiva de Logan le sonrió desde la cubierta de un velero de trece metros de eslora que había alquilado el último verano por un fin de semana para celebrar el aniversario de ambos. Leigh estaba frente a él, junto al timón, lista para su primera lección de navegación. Una vela estaba desplegada, él tenía las manos sobre el timón junto a las de ella y la brisa los despeinaba. En la fotografía, los dos sonreían porque Logan había convencido a alguien que pasaba por allí de que les sacara la fotografía y, aunque parecía que estaban navegando, lo cierto era que el barco todavía estaba amarrado al muelle.

Con ternura, Leigh deslizó un dedo sobre la imagen de ese rostro amado y recordó cómo se sentía su piel con el roce. Ese fin de semana él no se había afeitado y, ahora, debajo de su dedo, ella casi podía sentir la curva de su mandíbula y la textura áspera de su piel con esa barba de dos días.

Le parecía oír su risa de aquel feliz día de verano, cuando él estaba parado detrás de ella, junto al timón. «¿Adónde vamos, capitana?», le había preguntado él mientras le daba un beso en la nuca.

Leigh cerró los ojos para contener las lágrimas tibias que allí se agolpaban y oprimió la foto contra su corazón.

—A cualquier lugar donde tú estés, mi amor —susurró.

# 17

A las once y cuarto de la mañana del sábado, Hilda estaba subida a una escalera, quitando el polvo a la parte superior del marco de una puerta, cuando sonó el teléfono, de modo que fue Joe O'Hara quien contestó desde la cocina la llamada de la doctora Sheila Winters. Reconoció su nombre enseguida, en parte porque ella había dictado por teléfono una receta para Leigh Manning algunos días antes, pero también porque Brenna se había referido a ella varias veces como una amiga cercana de los Manning.

—Quisiera hablar con la señora Manning —le dijo la doctora Winters.

O'Hara titubeó y luego, de mala gana, recitó la excusa que tanto a Hilda, a Brenna y a él les habían pedido que dijeran a cualquiera que llamara con una petición similar.

—Lo siento, doctora Winters, pero la señora Manning hoy no recibe llamadas telefónicas. Está descansando.

Los que llamaban —excepto los periodistas— siempre aceptaban esa excusa y solían dejar mensajes corteses, pero eso no sucedió en este caso. Como si hubiera percibido la vacilación de O'Hara al dar esa excusa, ella comenzó a conversar con él.

—¿Con quién estoy hablando?

—Soy Joe O'Hara, el chófer de la señora Manning.

—¡Imaginé que sería usted! También es un guardaespaldas, ¿verdad?

—Si es necesario, sí.

—Leigh y Logan me contaron lo felices que estaban de tenerlo por algunos meses. Y, tal como están las cosas en este momento, me alegra de manera especial que usted esté allí. —Estuvo tan afectuosa y parecía tan auténticamente preocupada, que a Joe instinti-vamente le cayó bien y confió en ella—. ¿Leigh realmente está des-cansando? —preguntó abruptamente la doctora Winters.

Joe se echó un poco hacia atrás y miró hacia el living, donde el blanco de esa conversación observaba una fotografía enmarcada de su marido en un velero y su expresión era tan tensa y desesperan-zada que resultaba conmovedora.

—No está descansando, ¿verdad? —adivinó la doctora Win-ters por la vacilación de Joe.

—No.

—Me gustaría ir a verla esta mañana. ¿Le parece una buena idea?

—Tal vez —respondió él. Recordó entonces que Brenna había dicho que ojalá le hubieran permitido a la doctora Winters venir el día anterior, y eso reafirmó su respuesta—. Sí —dijo—, creo que sí.

—¿Cómo podríamos hacerlo?

Joe acercó la boca al teléfono y bajó la voz

—Bueno, si usted me dijera que vendría esta mañana de visita y que no aceptaría un no como respuesta cuando llegara aquí, en-tonces yo tendría que decírselo a la señora Manning, y no creo que ella esté en este momento en condiciones de entrar en una discu-sión.

—Entiendo —dijo la doctora Winters con una sonrisa en la voz. Después se volvió muy seria y fríamente profesional—. Ha-bla la doctora Winters —le informó como si no hubieran estado hablando antes— y le aviso que iré dentro de unos minutos a ver a la señora Manning. Por favor, dígale que no toleraré que nadie se oponga a mi visita.

—Muy bien, señora. Le daré ese mensaje —dijo O'Hara. Es-taba colgando el teléfono cuando la voz áspera de Hilda lo hizo volverse por la sorpresa.

—¿Con quién hablaba?

—Con la doctora Winters. Insistió en venir y aseguró que nada la haría cambiar de idea.

Hilda le lanzó una mirada llena de furia y de desdén.

—Por supuesto, y este paño que tengo es en realidad un títere de mano.

O'Hara se enfureció.

—¿Me está llamando mentiroso?

—¡Lo estoy llamando entrometido! —replicó ella, pero lo rodeó y avanzó por el hall de atrás hacia el lavadero sin amenazar con ponerlo en evidencia ni arruinarle los planes.

O'Hara entró en el living y carraspeó.

—Lamento molestarla, señora Manning —mintió.

La mujer, que estaba en el sofá, se apresuró a secarse las lágrimas de las mejillas antes de volver la cabeza y mirarlo.

—¿Sí, Joe? —dijo y trató inútilmente de sonreír un poco y de parecer tranquila.

—Acaba de llamar la doctora Winters. Dijo que vendrá dentro de unos minutos...

—¿No le dijo que yo no recibía a nadie y que estaba descansando?

—Sí, se lo dije. Pero ella me contestó que no toleraría que nadie se lo impidiera.

Por un momento, Leigh se sintió sorprendida; después, enojada y, finalmente, resignada.

—Típico de Sheila —dijo con un suspiro. Y, cuando lo notó preocupado, añadió—: No se preocupe. Yo debería haber hablado con ella hace días. Es una amiga muy querida.

—Le hará mucho bien hablar con una buena amiga —predijo Joe.

Leigh no creía que nada podría hacerle demasiado bien, pero Sheila era la única persona con la que ella podía ser completamente sincera. Entre otras cosas, Sheila Winters había conocido los escollos a que Logan y ella se enfrentaban en su relación, y los había ayudado a franquearlos.

En los primeros años del matrimonio de ambos, era Leigh la que ganaba casi todo el dinero, mientras que Logan contribuía con su pertenencia a la alta sociedad y con un fuerte deseo de verla triunfar que era más intenso incluso que el de Leigh misma. Después de echar mano de todas las conexiones sociales de su familia para que Leigh entrara en contacto con gente influyente en el teatro de Broadway, Logan se dedicó incansablemente a recuperar la fortuna de la familia Manning, que había sido dilapidada por su abuelo a lo largo de toda una vida con deudas de juego y aventuras comerciales descabelladas.

El amor por el juego era un rasgo típico de la familia Manning, pero, con excepción del abuelo de Logan, los hombres que llevaban ese apellido poseían también un juicio sensato con respecto a los negocios. El tatarabuelo de Logan, Cyrus Manning, se había labrado un pequeño y cómodo imperio en la industria de la elaboración de conservas e invirtió todo su dinero en un negocio arriesgado en la industria textil, seguido por otro incluso más arriesgado en la petrolera. Igual que él, Logan siempre estaba dispuesto a apostar a la siguiente y más importante aventura comercial. Y, también al igual que el viejo Cyrus, las apuestas de Logan Manning casi siempre pagaban buenos dividendos.

Cuando él y Leigh celebraron el undécimo aniversario de bodas, Logan había logrado triunfar más allá de cualquier expectativa, y la carrera teatral de Leigh la había convertido en una estrella internacional. Ella deseaba tomarse más tiempo libre entre una obra y la siguiente, y reducir sus apariciones en escena, pero Logan no podía entender su lógica, más allá de cuán bien anduvieran sus negocios, siempre sentía la necesidad de expandirse, de reinvertir ese dinero en otra aventura comercial, con frecuencia más temeraria. No podía parar y no estaba dispuesto a bajar su ritmo. Esa necesidad de triunfar tenía en él un enorme coste personal, y el precio que debía pagar Logan eran días de dieciséis horas de trabajo, meses sin siquiera una corta vacación y semanas sin hacer el amor.

Cuando uno de sus negocios más pequeños no salió bien, poco después del undécimo aniversario de bodas, Logan quedó tan estresado por ese fracaso que Leigh finalmente insistió en que buscaran ayuda profesional. La terapeuta que ella eligió fue la doctora Sheila Winters, una atractiva rubia de treinta y siete años que había cosechado una excelente clientela en su consultorio de Park Avenue al especializarse en el tratamiento de personas muy exitosas y también muy estresadas, incluyendo a varios conocidos de Logan y Leigh.

Para satisfacción de Leigh, Sheila Winters estaba a la altura de su reputación de profesional inteligente, perceptiva, con sentido del humor y rápidas soluciones creativas a la medida de la idiosincrasia especial de sus ilustres clientes.

Al cabo de apenas unas pocas sesiones, les dijo que debían tomarse un fin de semana de vacaciones, como una cura parcial y práctica para la incapacidad de Logan de distenderse.

—Logan, usted es una de esas personas que necesitan un cambio total de escenario a fin de poder sacarse el trabajo de la cabeza —dijo la psiquiatra—. Pero si está a poca distancia de su oficina en la ciudad, a Leigh le costará mucho impedir que vuelva. Una casa en la playa de Long Island significaría un buen cambio de ambiente, pero queda demasiado cerca de la ciudad y facilita demasiado que Logan pase sus días en el club de la playa o en el campo de golf hablando de negocios con las mismas personas que ve en Manhattan durante la semana. —Después de pensar un momento, les dijo a los dos—: Si yo fuera ustedes, pensaría en algún lugar al norte... tal vez en las montañas.

Desde el principio fue evidente que Sheila admiraba a Logan y le tenía afecto, y que de alguna manera comprendía y compartía su deseo constante de tener éxito, de modo que para Leigh no fue ninguna sorpresa que la psiquiatra recomendara que Leigh asumiera la mayor parte de la responsabilidad de tomar la iniciativa en el romance de ambos.

—Encienda algunas velas, ponga música suave y lléveselo a la ducha en cuanto vuelve a casa —le dijo a Leigh con una sonrisa—. Él es inteligente y entenderá enseguida. Logan no tiene problemas sexuales, fuera de un trabajo excesivo.

Volvió la cabeza y miró a Logan con severidad.

—Durante las primeras semanas, Leigh tendrá a su cargo recordarle que en la vida hay más cosas para disfrutar que el trabajo, pero depende de usted aprovechar las oportunidades de intimidad que ella le ofrece. Entiendo que lograr un gran éxito financiero requiere una enorme dedicación y la férrea voluntad de tomar la clase de riesgos capaces de ocupar todos sus pensamientos. Incluso admiro muchos de los sacrificios que usted ha estado dispuesto a hacer para triunfar, pero es un grave error hacer peligrar su matrimonio para lograr sus metas financieras. —El sentido del humor que la hacía particularmente popular con sus clientes de pronto salió a relucir—. ¿Sabe, Logan, que los hombres que descuidan a su esposa porque están demasiado ocupados ganando dinero por lo general terminan sin esposa... y con sólo *la mitad* de su dinero?

A diferencia de algunos terapeutas que se negaban a atender por separado a los miembros de una pareja, Sheila prefería darles a sus pacientes algunos minutos con ella individualmente, antes o después de cada sesión. En la sesión siguiente, cuando Leigh estaba a solas con ella, Sheila la sorprendió al revelar algunas cosas de sí misma:

—Es posible que yo parezca un poco demasiado tolerante con la necesidad imperiosa que siente Logan de triunfar, y tal vez lo sea —dijo—. Si es así, es porque yo tengo antecedentes similares. De acuerdo con lo que tú me dijiste, Leigh, creciste en una familia en la que nunca había suficiente dinero, pero tus compañeros de colegio no estaban en mejores condiciones que tú. Como resultado, no creciste con un profundo sentido de vergüenza e inferioridad por no estar a la altura de tus pares. Logan y yo sí crecimos así. Los dos pertenecemos a familias antiguas y respetadas de Nueva York, ambos asistimos a los colegios privados «correctos», pero después del colegio volvíamos a casa a una vida que, en el mejor de los casos, era apenas decorosa, y todo el mundo lo sabía. No podíamos irnos de vacaciones con nuestros compañeros de clase, no podíamos vestirnos como ellos ni parecernos de ninguna manera a ellos. Psicológicamente, a los dos nos habría ido muchísimo mejor estudiando en escuelas públicas y si se nos hubiera permitido codearnos con chicos comunes y corrientes pertenecientes a familias comunes y corrientes como la tuya.

La sesión había terminado y las dos se pusieron de pie. Leigh le sonrió con afecto e impulsivamente la abrazó.

—Tú nunca podrías haber sido una persona «común y corriente», Sheila.

—Gracias. Qué bonito cumplido viniendo de labios de una mujer extraordinaria como tú. —Volvió la cabeza y miró hacia la agenda, que estaba abierta sobre el escritorio—. No es necesario que tú vuelvas a verme, pero si pudieras convencer a Logan de que viniera algunas veces más, me gustaría tratar de aliviarle parte de la culpa que ha estado arrastrando desde su infancia.

—Le insistiré para que lo haga —prometió Leigh.

Le había llevado a Logan dos años diseñar la cabaña de fin de semana de sus sueños y, después, encontrar el lugar perfecto para ella, pero a Leigh no le importó en absoluto. Las horas interminables que habían pasado hablando y planeando y revisando los bosquejos los habían unido mucho más. Los fines de semana pasados en busca del lugar perfecto significaron un precioso cambio para ambos, que era en realidad lo que Sheila quería.

Durante ese tiempo, algo más había pasado: los éxitos de Logan se incrementaron. Varios años antes, él había ramificado su actividad dedicada a la arquitectura residencial para incluir urbanizaciones o construcciones comerciales, pero la mayor parte de su dinero procedía siempre de inteligentes inversiones en los negocios de otras personas. De pronto, los clientes formaban fila en su puerta. Había agregado seis arquitectos a los cuatro que ya empleaba para que pudieran ocuparse de los trabajos de rutina que él no disfrutaba. Duplicó y triplicó sus precios, y de todos modos sus clientes volvían por más, con gigantescos cheques en las manos. Logan decía que era porque finalmente había aprendido a no obsesionarse tanto y permitir que las cosas vinieran a él. A Leigh eso le pareció sensato.

Aunque no volvió a atenderse profesionalmente con Sheila, Leigh la veía con frecuencia en eventos sociales y en reuniones de comités de asociaciones de beneficencia. Después de una reunión particularmente frustrante, las dos decidieron cenar juntas y terminaron riendo y conversando durante horas. A partir de ese encuentro nació entre ambas una fuerte amistad, que incluía muchas confidencias compartidas, no sólo por parte de Leigh, sino también de Sheila.

# 18

Joe O'Hara estaba en lo cierto: Leigh se sintió mejor minutos después de que Sheila se sentara junto a ella. Vestida con un elegante traje de lana negra y con su pelo rubio peinado en un moño, Sheila era como una ráfaga de aire fresco y tonificante.

Práctica, compasiva y sabia, Sheila escuchó con atención mientras Leigh le contaba todo lo que había sucedido desde el domingo por la mañana. Logró hacerlo sin derrumbarse, pero cuando llegó al final —y había llegado el momento de entrar en el tema más obvio—, de pronto tuvo la sensación de que un puño le cerraba las cuerdas vocales y un océano de lágrimas se acumulaba en sus ojos. El problema de haberse desahogado con Sheila residía en que ahora era virtualmente imposible evitar enfrentar la realidad. En medio de un silencio angustioso, Leigh se quedó mirando, indefensa, la expresión comprensiva de su amiga; después se apresuró a apartar la mirada y trató de concentrar sus pensamientos en otra cosa.

La puerta abierta que daba a una amplia habitación con revestimiento de madera oscura y paredes cubiertas de estantes con libros atrajo su mirada. Logan solía usar ese lugar como su oficina. Ahora, tenía las luces apagadas, de modo que estaba oscura y vacía.

Su propia vida era también oscura y vacía. También en ella se había apagado la luz.

Logan ya no estaba.

Y no volvería.

Tragó saliva y las palabras le salieron como un susurro, arrancadas de su alma.

—Se ha ido, Sheila. Ya no volverá.

—¿Por qué dices eso?

Lentamente, Leigh volvió la cabeza y miró a su amiga a los ojos.

—Hace una semana que se fue. Sé que, si todavía estuviera con vida, a esta altura ya habría encontrado la manera de que yo me enterara. Tú lo conoces.

—Así es —dijo Sheila con firmeza—. También sé que es un hombre sensato y con muchos recursos. Estaba vivo y bien el domingo, y hoy es sábado por la mañana. Eso significa que ha estado ausente cinco días completos, no una semana. Un hombre puede vivir mucho más de cinco días en peores condiciones que una tormenta de nieve.

La esperanza se encendió como un cohete en Leigh. Sheila vio el cambio en sus facciones y sonrió.

—Pensarías lo mismo que yo si no hubiera sido por tu accidente. No sólo padeciste un doble trauma mental, sino también un severo trauma físico. Tenemos que tratar de reconstruir tus fuerzas. Empecemos por hacer algunas caminatas cortas juntas. Los lunes yo no veo pacientes. Para entonces estarás en condiciones de hacer un poco de ejercicio, ¿verdad que sí?

En realidad, a Leigh no le interesaba nada que no tuviera que ver con encontrar a Logan, pero sabía que Sheila estaba en lo cierto. Ella necesitaba hacer ejercicio para reconstituir sus fuerzas y recuperar la energía.

—Una caminata muy corta y muy *lenta* —estipuló.

—Gracias a Dios —dijo Sheila entre risas y colocó su taza sobre el platillo—. La última vez que hicimos ejercicios juntas, después yo no podía cruzar las piernas sin gemir de dolor. Mis pacientes comenzaron a darme *a mí* consejos sobre el ejercicio. ¡Así que, además de sentirme mortificada, tuve miedo de que ellos esperaran un descuento en mis honorarios!

Leigh logró esbozar una sonrisa y Sheila consultó su reloj; luego rápidamente tomó su bolso y se puso de pie.

—Dentro de quince minutos tengo a un paciente que llega crónicamente tarde a todas partes. Espero no haberlo curado todavía de eso. —Se inclinó y besó a Leigh en la mejilla—. Te envié la receta de un ansiolítico. ¿Lo estás tomando?

—Tomé una de esas píldoras.

—Tómalas tal como te lo indiqué en la receta —dijo Sheila con firmeza—. Te ayudarán. No nublarán tus pensamientos; simplemente te permitirán pensar con más normalidad.

—No hay nada de «normal» en las cosas que están sucediendo —señaló Leigh y después cedió, porque le resultaba más fácil—. Está bien, comenzaré a tomarlas.

—Espléndido... y, por favor, habla con Jason. Me llamó ayer dos veces. Está enloquecido porque no te ha visto todavía y no sabe cuándo piensas reintegrarte al teatro.

Esa información hizo que Leigh se sintiera al mismo tiempo culpable e injustamente acosada.

—No hablo con él desde que salí del hospital, pero él me deja mensajes todos los días. Dijo que Jane Sebring está haciendo un trabajo excelente interpretando mi personaje.

Ante la sola mención de la hermosísima coestrella y reemplazante de Leigh, Sheila hizo una mueca de disgusto y enojo.

—Debe de estar desolada porque no moriste en el accidente. Detesto pensar que ella se esté beneficiando con tu desgracia.

Leigh se quedó mirándola boquiabierta. No era propio de Sheila hacer afirmaciones como ésa: era terapeuta y, por consiguiente, siempre buscaba explicaciones para las actitudes de las personas, en lugar de condenarlas por sus sentimientos.

—No me hagas hablar de esa mujer... —Sheila volvió a consultar su reloj—. Llegaré tarde; tengo que correr. Ya sabes cómo comunicarte conmigo, de día o de noche.


El teléfono había estado sonando sin cesar mientras Sheila estaba de visita. Cuando la psiquiatra se fue, Hilda le llevó a Leigh la lista de los mensajes que había apuntado, y ella los hojeó. Entre las llamadas había dos que Leigh sintió que debía devolver: una era de Michael Valente y la otra, de Jason.

La mujer que contestó en el número de Valente tenía una actitud muy desagradable. Además de mostrarse fríamente formal, era innecesariamente inquisitiva y notablemente desconfiada con respecto a las respuestas que Leigh daba a sus preguntas. No sólo insistió en saber por qué asunto era la llamada de Leigh, sino que insistió en que ella le diera su número de teléfono y dirección, y después, abruptamente, puso la llamada en espera y así la dejó. Puesto que el nombre de Leigh había aparecido en las noticias durante casi una semana y se la relacionaba con Valente desde el día anterior, costaba un poco creer que esas preguntas fueran realmente necesarias. Si la mujer era su empleada, entonces había recibido órdenes férreas de filtrar todas las llamadas, sin ninguna excepción. Si la mujer era su novia con «cama dentro», entonces sin duda sentía muchos celos e inseguridad con respecto a toda mujer que llamara. En cualquiera de los dos casos, Leigh comprendió que Michael Valente debía de ser un hombre muy difícil de contactar.

La dejaron en espera durante tanto tiempo que ya se estaba sintiendo cansada y exasperada; estaba a punto de cortar la comunicación cuando él finalmente apareció en línea.

—¿Leigh?

Por alguna razón, el sistema nervioso de Leigh reaccionó con una sacudida ante el sonido de su voz y el uso familiar de su primer nombre. Había en ello algo muy... perturbador.

—Gracias por soportar la inquisición y esperar a que yo respondiera a su llamada —dijo—. Mi secretaria creyó que usted era otra periodista que había ideado una nueva estratagema para traerme al teléfono. Cuando más temprano yo la llamé a usted, sin duda estaba preocupado por alguna otra cosa o le habría dado el número de mi línea privada, que es lo que haré ahora mismo. ¿Ha tenido alguna noticia de Logan?

—No, ninguna —dijo ella, y se preguntó si siempre sufriría el acoso de los medios o si, Dios no lo quisiera, su situación era el resultado de su bondad para con ella. Leigh tenía la terrible sensación de que era por esto último.

—¿Leigh?

Ella suspiró.

—Lo siento. Usted debe de tener la sensación de que le está hablando a un teléfono mudo. Espero que el asedio que sufre por parte de la prensa sea algo habitual y no por mi culpa. —Tan pronto lo dijo, comprendió que su esperanza era absurda y, peor aún, que acababa de referirse groseramente a su desagradable reputación con la ley y los medios. Ella apoyó la frente en la mano y cerró los ojos—. Lo siento tanto —susurró con un hilo de voz—. No fue mi intención que sonara así.

—No tiene nada de qué disculparse —dijo él, pero su tono se volvió frío y enérgico—. Me preguntaba si podría pasar en algún momento de mañana por la oficina de Logan para recoger los documentos que necesito. Con las prisas de ayer, me olvidé de llevármelos.

«Con las prisas» él había cancelado sus propios compromisos, localizado a su piloto, soportado la discusión con O'Hara, prestado su helicóptero, permanecido con ella en medio de ese frío polar, tolerado ser humillado por la policía y la había bajado en brazos por un terraplén resbaladizo y nevado hacia la cabaña. En su debilitado estado emocional, Leigh no parecía poder perdonarse su falta de gratitud ni pasar por alto la reacción de Valente.

—Realmente... lo siento muchísimo —repitió, con lágrimas en los ojos.

—¿Por qué? —preguntó él secamente—. ¿Por leer acerca de mí en los periódicos? ¿O por creer lo que lee?

Leigh levantó la cabeza, frunció el entrecejo y algo le molestó en algún rincón de la mente. Algo que la atribuló.

—Por todo —respondió con aire ausente.

—¿Qué hora le resultaría conveniente para que yo pasara por su casa mañana?

—Me da lo mismo. Yo estaré en casa todo el día a menos que tenga noticias de Logan.

Cuando cortó la comunicación, Leigh se quedó un momento mirando el teléfono y tratando de localizar la causa de su desazón. Era algo con respecto a la voz de Valente. Voces sin caras... Una voz de hombre, agradable en ese momento, pero asociada en su mente luego con desasosiego, con peligro... *Perdón, se le cayó esto...*

Leigh se sacudió de la mente el recuerdo de aquel hombre en el exterior de Saks. Ese hombre no era Valente. No podría haber sido Valente. Era una idea descabellada... y una prueba de que estaba al borde de un colapso mental y físico.

Decidió contestar la llamada de Jason y se sintió regocijada con su familiar energía frenética y con su auténtica preocupación.

—No haces más que decirme que estás bien —proclamó él hacia el final de la conversación—, pero yo quiero verte con mis propios ojos, querida. ¿A qué hora quieres que vaya allá mañana?

—Jason, realmente no soy una buena compañía.

—Pero yo sí lo soy siempre y voy a compartirlo contigo mañana. ¿Digamos al mediodía?

Leigh se resignó a que él fuera a verla, lo quisiera ella o no, pero también comprendió que sería una alegría verlo. Se estaba muriendo de soledad.

—El mediodía me parece perfecto —aceptó.

## 19

Sobre la calle Setenta y Dos Este, en el Upper East Side, la Comisaría Dieciocho tenía una ubicación más elegante que cualquiera de las otras veintitrés de Manhattan.

En un intento por procurar que la parte exterior no desentonara en ese vecindario lujoso, el edificio tenía un par de puertas pesadas y adornadas, flanqueadas a ambos lados por antiguos faroles de gas. Pero dentro, el lugar era poco atractivo y estaba atestado de gente, como cualquier otra comisaría del Departamento de Policía de Nueva York.

Shrader ya esperaba de pie junto a la puerta de la oficina del capitán Holland cuando Sam llegó el sábado al mediodía. Parecía cansado, desgreñado y de mal humor.

—Maldición —dijo con un bostezo—, esperaba tener uno o dos días libres mientras la Unidad de Escena del Crimen revisaba la cabaña. Fue fantástico dormir anoche en mi propia cama. ¿A qué hora te llamó Holland esta mañana para decirte que vinieras?

—Un poco antes de las ocho —contestó Sam.

—Ese hombre nunca duerme. Está siempre aquí. Vive para su trabajo —dijo Shrader.

En opinión de Sam, lo más probable era que Thomas Holland viviera para su siguiente trabajo. Todos sabían que habría una vacante para el cargo de jefe de policía suplente, y se rumoreaba que Thomas Holland era el candidato más probable.

—Steve Womack vuelve a trabajar el lunes —agregó Shrader con otro bostezo—. Dice que ya tiene el hombro bien cicatrizado después de la operación y que no aguanta más en su casa.

La noticia de que el compañero habitual de Shrader regresaba significaba que Sam sería asignada a otra persona, y se le vino el alma a los pies al pensar que quedaría fuera de la investigación del caso Manning.

—Supongo que entonces ésa es la razón por la que estoy aquí... —dijo ella en voz alta—. El capitán Holland quiere que los dos le demos un informe verbal y después me volverá a asignar a otra persona.

Shrader sonrió.

—Será mejor que pongas cara de contenta, Littleton, o pensaré que me vas a echar de menos.

Sam no lo confirmó ni lo negó.

—Voy a echar de menos estar en el caso Manning —le dijo en cambio—. Suponiendo que exista un caso.

La puerta de la oficina de Holland se abrió de pronto y el capitán les hizo señas de que entraran.

—Gracias por venir en un día libre —dijo y cerró la puerta detrás de ellos—. Tengo que firmar unos papeles y después hablaremos. Tomen asiento —agregó e indicó con la cabeza dos sillas que había frente a su escritorio, mientras lo rodeaba y tomaba un bolígrafo.

Como capitán de la Comisaría Dieciocho, Holland tenía una oficina situada al fondo de un largo pasillo, algo alejada del caos general, y era más amplia que las otras oficinas diseminadas en las cuatro plantas atestadas de ese viejo edificio. Poseía, además, algunos toques personales insólitamente bonitos, como los antiguos sujetalibros de cuero que había sobre su escritorio y el globo terráqueo que, sobre un vistoso pie de bronce, estaba en el rincón, junto a las ventanas. Las piezas no parecían costosas, pero Sam sabía que lo eran, y le conferían a esa oficina un toque sutil de elegancia. La finalidad era que fueran apreciadas por los escasos visitantes con suficiente buen gusto como para valorarlas e ignoradas por aquellos que carecían de refinamiento. Igual que la ropa costosa que usaba, pero que deliberadamente no lo parecía, la oficina de Thomas Holland poseía la misma distinción sutil del apuesto hombre que la ocupaba.

Al igual que sus tíos y su abuelo, había convertido a las fuerzas del orden en su carrera, pero a diferencia de ellos, él tenía un doctorado, un fondo fiduciario y la fundada esperanza de llegar a ser jefe de policía. A los cuarenta y un años, no sólo tenía un legajo impecable como policía y uno incluso mejor como administrador, sino que también poseía el aspecto refinado y el barniz educado que el alcalde Edelman necesitaba para mejorar la imagen pública del Departamento de Policía de Nueva York.

Firmó el último papel, apartó el bolígrafo y miró a Shrader.

—Ha habido novedades en la investigación del caso Manning —dijo bruscamente y hubo algo en su tono que le dio a Sam la impresión de que esas novedades no le gustaban nada—. El jefe Trumanti quiere que trabaje en el caso un equipo de cuatro investigadores y ha elegido a dedo al jefe de ese equipo. Usted y Womack estarán en ese equipo.

—¿Quién es el jefe? —preguntó enseguida Shrader.

—Su nombre es McCord. Trumanti quería trasladar la investigación al cuartel central, pero éste es *nuestro* caso, y potencialmente es una bomba. Convencí a Trumanti de que nosotros podemos mantener un mayor control con respecto a las filtraciones, si la investigación sigue en nuestras manos. El FBI nunca pudo encarcelar a Valente, pero *nosotros* apresaremos a ese hijo de puta y lo meteremos en prisión. Gracias a la prensa, el FBI ya sabe que está involucrado en este caso, y busca la oportunidad de participar de la investigación, pero eso no sucederá. El único punto en que Trumanti y yo coincidimos es que queremos que esto se mantenga bien en secreto mientras descubramos exactamente en qué medida está involucrado Valente. Nadie, y quiero decir nadie —enfatizó, finalmente mirando a Sam—, habla con la prensa o con cualquier otra persona que no esté directamente involucrada en la investigación. ¿Entendido?

Sam asintió.

—Entendido —dijo Shrader.

—Cualquier cosa que necesiten —continuó Holland—, me la piden a mí y la tendrán: tiempo extra, más hombres, órdenes de allanamiento, lo que sea. La oficina del fiscal de distrito nos conseguirá lo que nosotros no podamos obtener por nuestros propios medios. —Se puso de pie para indicar que la reunión había llegado a su fin—. McCord utilizará la oficina vacante del teniente Unger durante la investigación. En este momento se encuentra allí y quiere conocerlos a la una menos cuarto. Sam, he recomendado que McCord la nombre cuarto miembro del equipo. Si existe un caso es gracias a usted; sin embargo, la decisión final depende de él. ¿Alguna pregunta?

Shrader habló antes de que Sam tuviera tiempo de agradecerle al capitán.

—¿McCord? —repitió—. No se referirá a Mitchell McCord, ¿verdad, capitán?

Holland asintió.

—El mismo.

—Gracias, capitán Holland —dijo finalmente Sam.

Shrader se encaminó a la puerta, pero Holland le hizo señas a Sam de que se quedara un momento. Esperó a que Shrader no pudiera oírlo; después bajó la voz y dijo, con una sonrisa:

—Buen trabajo encontrar esa nota que Valente le escribió a la señora Manning. Su padre va a estar muy orgulloso de usted.

—Yo no he hablado con mi padrastro acerca de nada de esto —dijo ella, recordándole sutilmente cuál era su relación presente con aquel hombre—. Él y mi madre están muy ocupados en esta época del año, y yo he estado un poco preocupada.

—Lo entiendo —dijo él. Después la despidió con un rápido movimiento de asentimiento con la cabeza y una fugaz sonrisa—. Cierre la puerta cuando se vaya.

Sam hizo lo que le pedían.

Tom Holland decidió hablar con el padrastro de Sam. Tomó el teléfono y le dijo al empleado que estaba fuera de su oficina:

—Trate de localizar al senador Hollenbeck.

## 20

Como era de prever, Shrader estaba enojado por no ser el jefe del equipo de investigación del caso Manning, pero lo que sorprendió a Sam fue que también lo entusiasmaba la perspectiva de trabajar junto a Mitchell McCord.

—Ese tipo es una leyenda —le dijo a Sam mientras introducía una moneda en una máquina expendedora de la cantina del segundo piso.

—¿Por qué?

—Por muchas razones, algunas de las cuales nadie conoce.

—Muy informativo —dijo Sam con una sonrisa.

Desafiado a fundamentar su afirmación de que McCord era realmente una leyenda, Shrader aportó algunos detalles:

—Hace diez años, cuando integraba la Brigada de Casos Importantes, trabajó en el secuestro Silkman. Joey Silkman era el chico que fue enterrado vivo durante cuatro días en una caja de madera, ¿recuerdas?

Sam asintió.

—El equipo de McCord atrapó a uno de los secuestradores cuando trataba de recoger el dinero del rescate, pero el tipo no quiso hablar. Pasaron dos días, luego tres, y entonces McCord hizo que se lo entregaran en custodia y se lo llevó a dar una vuelta en el coche y a tener una conversación privada con él. Y, de pronto, el tipo desembucha todo y lleva a McCord al lugar del entierro. Los dos desenterraron juntos al chico.

—¿Me estás sugiriendo que McCord le sacó la información a golpes?

—No. El tipo no tenía ni una marca en el cuerpo. Se declaró

culpable, consiguió que el juez tomara en cuenta su ayuda en el rescate y quedó prisionero con una condena de veinticinco años. A sus dos compañeros les dieron cadena perpetua. —Shrader aguardó la reacción de Sam mientras rasgaba la parte superior de su paquete de M&M.

—Suena impresionante —dijo ella y depositó sus monedas en una de las máquinas expendedoras de gaseosas—, pero eso no basta para convertirse en una leyenda.

—Hay mucho más, ya verás. Oh, sí, McCord encabezó el Equipo de Negociación de Rehenes cuando cuatro psicópatas se apoderaron de un campamento de verano para chicos y amenazaron con matar uno por hora.

—¿Y él los rescató a todos sin usar su arma ni levantar la voz? —bromeó Sam.

—No. El primer chico recibió un disparo en la cabeza mientras el equipo de McCord estaba llegando a la escena y poniéndose en posición.

Sam se puso seria.

—¿Entonces qué sucedió?

—Como te dije, su gente seguía llegando, de modo que nadie vio exactamente cómo sucedían los hechos. Hubo muchos informes contradictorios por parte de los testigos. Básicamente, McCord perdió la paciencia. Resueltamente, entró en el claro donde tenían a los chicos, extendió los brazos y dijo algo como: «¿Por qué perder tiempo con chicos de doce años cuando pueden matar a un policía?»

A pesar de su escepticismo original, Sam estaba cautivada.

—¿Y entonces qué sucedió?

—McCord les dijo a los chicos que se tiraran al suelo para que pudiera empezar el tiroteo. Ésa es una versión. Otra versión es que McCord les gritó a los chicos: «¡Cuerpo a tierra!»

—¿Y?

—Los psicópatas les gritaron a los chicos que se quedaran de pie.

—¿Y?

—Sin duda los chicos pensaron que McCord estaba más loco y era más peligroso que sus secuestradores, porque todos terminaron hechos una pila en el suelo, y los tiradores de la policía abrieron fuego. Cuando el humo se disipó, había cuatro secuestradores muertos. Fue entonces cuando lo ascendieron a sargento. No... lo ascendieron cuando resolvió un caso de soborno y extorsión en el que estaban involucrados unos funcionarios importantes. Hace un par de años él entró a trabajar en el Departamento de Control del Crimen Organizado, y allí también batió todas las marcas; después lo transfirieron de vuelta al Comando Borough y también lo ascendieron.

»Tiene alrededor de cuarenta y cinco años, y todos supusieron que en un par de años más llegaría a ser capitán de división y, tal vez después, jefe de detectives, pero eso no sucedió.

—¿Qué pasó entonces? —preguntó Sam y consultó su reloj. Todavía les quedaban quince minutos libres antes de presentarse ante McCord.

—Nada. Hace un año dijo que había decidido jubilarse cuando cumpliera veinte años de trabajo, que se cumplen ahora. El mes pasado oí decir que ya estaba jubilado, pero que quizá tenía mucho tiempo de vacaciones acumulado y había decidido usarlo. —Shrader hizo un gesto en dirección a las mesas de metal vacías diseminadas alrededor—. Más vale que nos quedemos aquí sentados en lugar de estar parados junto a la puerta de McCord como un par de sirvientes que aguardan tener una audiencia con el papa.

Normalmente la cantina estaba llena de gente a esa hora del día, pero era obvio que todos los que estaban de servicio ese sábado habían comido más temprano, porque las superficies de las mesas redondas estaban llenas de platos con restos de comida. Sam buscó la mesa que tuviera menos platos de cartón usados, servilletas de papel arrugadas y sustancias pegajosas encima, pero Shrader no tenía tantos remilgos. Se sentó frente a la que tenía más cerca y se echó más M&M en la palma de la mano.

—¿Qué haces?

—Busco algo con qué limpiar esta silla —contestó ella sin pensarlo siquiera. Shrader soltó una risotada.

—Littleton, ¿cómo vas a soportar escarbar en volquetes llenos de basura en busca de pruebas?

—Me propongo usar guantes, como lo hace todo el mundo —le informó ella al sentarse.

Shrader generosamente extendió la mano con una serie de coloridos M&M en la mano.

—Toma algunos.

Tenían buen aspecto.

—¿Con esa mano has tocado alguna otra cosa además del respaldo de la silla?

—No preguntes.

Sam lo miró con un silencio cargado de reprobación mientras una leve sonrisa se le dibujaba en las comisuras de la boca. El silencio tenía como finalidad desalentar comentarios de esa naturaleza en el futuro; la sonrisa era un reconocimiento de que, esta vez, ella inadvertidamente le había dado pie para decir exactamente eso.

Shrader entendió la sutileza que se ocultaba detrás de esos dos gestos y decidió regalarle más anécdotas de las hazañas de McCord en el campo de las fuerzas del orden.

Cuando finalmente se pusieron de pie, Sam estaba impaciente por conocer a ese hombre que, a todas luces, poseía el instinto de un clarividente, el intelecto de un científico especializado en naves espaciales y la persistencia de un toro de lidia.

—Aguarda un segundo —dijo Shrader cuando pasaron frente a los cuartos de baño camino a la oficina de McCord—. Quiero entrar allí.

Mientras ella esperaba a Shrader, varios hombres y mujeres pasaron junto a ella por el hall, policías y empleados y detectives que ella había visto antes en la comisaría, pero en lugar de burlarse de ella como lo habían hecho antes, casi todos la saludaron con una inclinación de cabeza o le murmuraron un saludo. Un cambio se estaba operando en la actitud general de la gente hacia ella, y Sam se dio cuenta de que era porque Shrader se había ocupado de estar seguro de que Holland —y varios de los policías de los Catskills— supieran que ella había logrado encontrar por su cuenta pistas importantes en el caso Manning.

A pesar de su físico corpulento y su aspecto feroz que en un primer momento le habían recordado a un rottweiler y la habían hecho pensar en él como «triturador», ella tuvo la sensación de que en Shrader había una veta de bondad que él ocultaba tras una máscara de ceñuda brusquedad. Cuando él finalmente salió del baño, Sam olvidó todo eso y reprimió una sonrisa. Él se había mojado el pelo negro corto con un poco de agua, se había metido la camisa dentro del pantalón y enderezado la corbata.

—Estás muy elegante —bromeó ella—. McCord va a quedar deslumbrado cuando te vea.

Sam en realidad no esperaba que Mitchell McCord le cayera bien, pero ahora estaba doblemente impaciente por conocer al hombre capaz de conseguir que Shrader tuviera conciencia de su propio aspecto. En los Catskills, Shrader había usado las mismas tres camisas y los mismos pantalones durante una semana. Aunque sólo se había referido a las hazañas y logros de McCord, Sam se preguntó si Shrader se habría preocupado por «arreglarse un poco» en ese momento porque también sabía que McCord tenía fama de darle mucha importancia al aspecto exterior de una persona. A juzgar por el rápido ascenso logrado por McCord en la pirámide del departamento central de policía, Sam dio por sentado que era no sólo un hombre talentoso, sino también políticamente astuto, probablemente arrogante, y que posiblemente vestía muy bien.

## 21

El sector principal del segundo piso era la sala del escuadrón, un ambiente amplio repleto de escritorios metálicos y archivadores del mismo material, utilizados las veinticuatro horas del día por tres turnos diferentes de detectives, incluyendo a Shrader y Sam. Siempre había allí gente trabajando, y ese sábado por la tarde no era una excepción. Varios detectives redactaban informes y hablaban por teléfono, dos detectives de la división de robos entrevistaban a un grupo de turistas indignados que habían presenciado un atraco, y una mujer con una criatura que lloraba lastimeramente en su falda estaba haciendo una denuncia contra su marido.

La oficina que había sido del teniente Unger se encontraba en el extremo más alejado del piso, frente a la sala general.

McCord no estaba en la oficina cuando Sam y Shrader llegaron, pero las luces se encontraban encendidas y la transformación que se había operado allí hizo evidente que ahora tenía un nuevo dueño. Al igual que cualquier espacio vacío en un edificio atestado de gente, la antigua oficina de Unger había sido rápidamente utilizada para una variedad de usos diferentes y no autorizados, incluyendo una cantina auxiliar, un sector para reuniones y un depósito de muebles rotos. Pero todo eso había cambiado abruptamente.

Ya no estaban allí los retratos del alcalde, el gobernador y el jefe de policía, que Sam había visto colgados en la pared, detrás del escritorio; habían desaparecido las placas, las menciones, los certificados y los encomios que antes cubrían el resto de la pared. Tampoco estaba el viejo tablero de noticias del lado izquierdo de la habitación, junto con los avisos, los recortes y las novedades adheridos a él. La polvorienta pizarra del lado derecho del cuarto era el único adorno que había sobrevivido sobre cualquiera de las paredes, pero ahora se encontraba inmaculadamente limpia. La bandeja de madera adherida a la parte inferior ya no tenía borradores viejos y trozos de tiza usada; en cambio, había una única caja de tizas y un nuevo borrador ubicado justo en el centro.

El único mueble que había en la habitación era un escritorio metálico enfrentado a la puerta, con una estantería detrás y dos sillas delante para las visitas.

—Todo parece indicar que a McCord le gusta tener las cosas un poco más ordenadas que a Unger —susurró Shrader mientras ocupaban las dos sillas que había delante del escritorio.

Sam pensó que eso era quedarse corto. El escritorio metálico no sólo había sido limpiado a fondo y reposicionado, sino que estaba perfectamente centrado y alineado con respecto a las paredes. La estantería de detrás del escritorio de McCord estaba vacía, salvo por dos pantallas de ordenador: uno estaba encima de una *laptop* que sin duda era de su propiedad; la otra era un monitor voluminoso que seguramente pertenecía al departamento. La *laptop* estaba ubicada directamente detrás de la silla de McCord, y en su pantalla color azul oscuro aparecían dos palabras centelleantes de color blanco: «Ingresar contraseña.» La pantalla más grande había sido movida hacia la izquierda y estaba apagada. Cuatro pilas cuidadosamente etiquetadas de carpetas estaban sobre el escritorio: una pila en cada rincón, una etiqueta de color distinto en cada pila. En el centro del escritorio, directamente frente a la silla giratoria ahora vacía, había un bloc amarillo sin estrenar y un bolígrafo amarillo. Debajo del bloc había dos carpetas, tapadas por accidente o intencionalmente, con etiquetas parcialmente visibles.

Sam no se habría sentido tan fascinada con todo ese orden si McCord hubiera intentado crear un ambiente más personalizado para él durante una investigación que podía durar semanas o incluso meses. Pero nada de eso se veía allí. No había ni una sola fotografía de una esposa, una novia o una criatura; ninguna jarra personal para café ni pisapapeles ni alguna clase de recuerdo. Ni siquiera la placa con su nombre que todo policía se llevaba consigo y colocaba en el escritorio que tuviera en ese momento.

A pesar de las anécdotas que acaba de oír acerca del coraje viril y las hazañas de McCord, Sam decidió que el héroe de Shrader poseía o bien una veta remilgada y quisquillosa o bien una abierta neurosis. Estaba a punto de comentárselo a Shrader cuando alcanzó a leer el nombre que estaba escrito en la etiqueta de una de las carpetas que estaban debajo del bloc de papel y comprendió que McCord había requisado los legajos personales de ellos dos.

—Shrader, tu primer nombre es... ¿*Malcolm*?

—¿Tengo cara de Malcolm? —le contestó él, indignado, pero Sam era capaz de detectar una negativa movida por la vergüenza.

—Es un nombre como cualquier otro. ¿Por qué negarlo? Tú te llamas Malcolm Shrader.

—En ese caso —la interrumpió Mitchell McCord al entrar en la oficina—, usted debe de ser Samantha Littleton.

La sorpresa, y no el protocolo, hizo que Sam se pusiera de pie de un salto junto con Shrader para intercambiar apretones de mano.

—Y si no me he equivocado hasta ahora —añadió McCord secamente—, entonces yo debo de llamarme McCord. —En un único movimiento rápido les indicó que se sentaran, lo hizo él también y tomó el teléfono—. Tengo que hacer una breve llamada y después nos pondremos manos a la obra.

Aliviada por tener un momento para tranquilizarse, Sam observó la mejilla de Mitchell McCord llena de cicatrices y las aristas de sus facciones, que parecían talladas a hachazos, y enseguida descartó su teoría de remilgado, pero no encontró las palabras adecuadas para clasificarlo. Nada en él parecía adecuarse a la impresión general que daba. Era alto y se movía con la agilidad de un hombre en excelente estado físico, pero era más delgado de lo que debería ser. Tenía alrededor de cuarenta y cinco años, pero su pelo era entrecano y estaba cortado en un estilo que le recordó un poco a George Clooney. Vestía bien, sobre todo para ser detective; sus pantalones marrones estaban recién planchados, el cinturón de cuero tenía el tono justo de marrón y su camisa del mismo color era inmaculada... pero la chaqueta marrón de tweed que usaba le quedaba demasiado grande, sobre todo en los hombros.

Desde luego, nada de eso importaba. Sam sabía que era imposible averiguar demasiado acerca de un hombre por su atuendo; pero esa cara suya era un asunto completamente distinto y, en cierto sentido, igualmente enigmático. Su cara exhibía un bronceado invernal, una señal de que tenía no sólo el dinero sino el temperamento necesario para pasar semanas en países tropicales, tomando el sol en alguna playa. Era obvio que poseía las dos cosas, pero no había nada de ocioso ni de hedonista en ese rostro rudo con esa cicatriz de seis centímetros que le cruzaba la mejilla derecha y la cicatriz más gruesa que le cortaba la ceja de ese mismo lado. Además de las cicatrices, también tenía surcos profundos a los costados de la boca, arrugas en la frente y surcos entre las dos cejas.

La cara de Mitchell McCord no era joven ni atractiva. De hecho, distaba mucho de ser atractiva. Pero poseía tanto carácter y llevaba grabada tanta experiencia que era, sin la menor duda, el rostro más carismático y seductor que ella había visto en un hombre.

Cuando el siguiente pensamiento que se le cruzó por la mente fue lamentarse por no haberse lavado la cabeza ni haberse puesto ropa más atractiva que un suéter y vaqueros, Sam frunció el entrecejo con disgusto y se controló.

McCord cortó la comunicación un momento después y dirigió sus comentarios a Shrader, no a Sam, lo cual era apropiado dado el rango superior y la mayor experiencia de Shrader.

—Muy bien, póngame al día con rapidez. Deme un informe minuto a minuto, golpe por golpe, de todo lo que sucedió hasta ahora. —Miró a Sam—. Si él se olvida de algo, dígalo enseguida, no espere y no oculte ningún detalle, por pequeño que sea.

Sin más, tomó el bloc amarillo y el bolígrafo del escritorio, hizo girar el sillón a un costado, apoyó el tobillo sobre una rodilla y se puso el bloc sobre las piernas. Comenzó a tomar notas tan pronto Shrader empezó a hablar.

Sam hizo también varias anotaciones mentales, pero tenían que ver con la cara y el lenguaje corporal de McCord, y con el hecho de que sus mocasines estaban lustrados y brillantes. Después de eso, centró su atención en el tema que se estaba tocando y, en el proceso, consiguió olvidar lo extrañamente atractivo que McCord le parecía. Tuvo tanto éxito en su intento que, cuando él la miró de costado y le disparó su primera pregunta, ella le contestó con serenidad y concisión.

—En el hospital —le preguntó—, ¿le creyó usted a Leigh Manning cuando dijo que no conocía a Valente, que lo había visto por primera vez en la fiesta de la noche anterior?

—Sí.

—En ese momento, ¿estaba usted también convencida de que la preocupación de ella con respecto a su marido era auténtica?

—Sí —volvió a decir Sam y asintió con la cabeza para darle mayor énfasis a su respuesta.

—Retrospectivamente, ahora que sabe que ella mentía, ¿recuerda usted alguna cosa que ella haya hecho o dicho que la habría puesto en evidencia si usted hubiera estado más atenta?

—No.

Él percibió su vacilación e insistió.

—¿No «qué»?

—No —dijo Sam. Y, de mala gana, añadió—: Y no estoy segura de que haya mentido con respecto al temor de que a su marido le hubiera pasado algo. La primera noche que la vimos en el hospital, ella estaba medicada y se sentía confundida y desorientada, pero quería ver a su marido y parecía convencida de que él podía estar cerca, en algún otro sector del hospital. A la mañana siguiente ya no estaba desorientada, pero parecía frenética y también que se esforzaba por controlar su pánico. No daba la impresión de estar actuando para nosotros. De hecho, parecía estar haciendo todo lo contrario.

—¿En serio? —dijo él, pero era obvio que su actitud era condescendiente, y Sam lo notó.

Después de hacerle muchas más preguntas a Shrader y ninguna otra a ella, finalmente McCord llegó al final de su cuestionario y puso el bloc sobre la mesa. Abrió con llave un cajón del escritorio y sacó el sobre para pruebas que Harwell había firmado en las montañas y entregado al capitán Holland, siguiendo las instrucciones de Shrader. McCord retiró la bolsa plástica transparente que había dentro y que tenía la nota manuscrita de Valente. Sonriendo, la hizo girar entre los dedos y luego leyó en voz alta lo que decía:

—«El sábado por la noche me costó mucho más de lo que suponía simular que no nos conocíamos.»

Sin dejar de sonreír, miró a Sam.

—Usted pensó que la persona que supuestamente la acosaba era la que le envió la canasta con las peras, y por eso anduvo a la caza de esta nota, ¿verdad que sí?

—Sí.

—¿Por qué le molestaron las peras?

—Porque la señora Manning mencionó que siempre las come para el desayuno y que su marido le hacía bromas al respecto. La canasta con las peras era un regalo elaborado, y di por sentado que quienquiera que se lo había enviado tenía que conocer sus hábitos personales.

—¿No se le ocurrió que podía habérselas enviado su marido? Él había desaparecido en forma misteriosa y de pronto aparecen las peras sin una tarjeta. Podría haber sido una comunicación privada entre los dos. ¿Lo pensó usted?

—No, en ese momento no. Si no hubiera encontrado la nota de Valente, me lo habría preguntado, sobre todo si Logan Manning no aparecía con vida.

—Él no va a aparecer con vida. Valente se asegurará de ello. Lamentablemente esta nota a Leigh Manning no es una prueba incontrovertible de una conspiración de asesinato. Él negará haberla escrito; conseguiremos peritos calígrafos que atestigüen que sí lo hizo; entonces sus abogados conseguirán peritos calígrafos que refutarán a los nuestros. Los jurados no suelen considerar que el análisis de la escritura sea una ciencia legítima, y los peritos calígrafos por lo general son testigos muy poco convincentes. En lo referente al papel en que fue escrita la nota, los abogados de Valente alegarán que alguien con una impresora de doscientos dólares podría haberla escrito, incluyendo a algún enemigo de Valente que quería incriminarlo.

Contenta por tener la oportunidad de contribuir con algo de valor a la discusión, Sam dijo:

—El nombre de Valente no está impreso en ese papel. Está grabado. Eso significa que un impresor profesional hizo el trabajo.

—¿En qué lo nota?

—Dé vuelta al papel y pase suavemente el dedo por el dorso; detrás de cada letra de su nombre hay una leve depresión.

—Tiene razón, así es. —Ella no supo bien si McCord había quedado impresionado con esa información que, en realidad, era algo bien conocido por las mujeres que habían elegido papel para cartas o para invitaciones en alguna papelería, pero no sintió la necesidad de mencionarle ese hecho. Tenía la fuerte sensación de que él se sentía un poco ambivalente con respecto a permitir que ella formara parte de su equipo.

—Muy bien, sabemos que con un poco de esfuerzo deberíamos poder probar que ella ha estado teniendo una aventura con Valente, y también sabemos que su accidente ocurrió cuando conducía el auto de regreso a la ciudad, no hacia las montañas.

McCord la miró fijamente y Sam comenzó a desear que él no lo hiciera, en particular cuando formuló la siguiente pregunta:

—¿Qué opina usted de la forma en que estamos reuniendo las pruebas hasta este momento?

Sam se preguntó si la estaría examinando al hacerle una pregunta tramposa, porque, hasta ese momento, no había pruebas.

—¿Cuáles pruebas? —contestó, cautelosamente.

—Basándose en lo que usted ha visto y oído hasta ahora —le aclaró con impaciencia—, ¿cuál es su teoría?

—No tengo ninguna teoría. No existen hechos para fundamentar ninguna teoría. Sabemos que la señora Manning y Valente se conocían antes de la última semana y que querían mantenerlo en secreto.

»Fuera de eso, lo único que sabemos es que la señora Manning quería llegar a la cabaña lo más rápido posible la semana pasada, y que estaba dispuesta a ser vista con Valente a fin de conseguirlo. ¿Acaso queremos procesarlos por adulterio? Porque si es así, no podríamos hacerlo con lo que nosotros...

La mirada que le lanzó McCord hizo que Sam sintiera que iba descaminada en ese examen —un examen que había confiado en aprobar— y se calló en mitad de la frase, completamente confundida. Él tomó el bloc, volvió a hacer girar la silla y apoyó el bloc sobre las rodillas.

—¿Me está diciendo que en la última semana no vio ni oyó nada que le produjera sospechas?

—Por supuesto que tengo sospechas.

—Entonces oigamos su opinión.

—Todavía no me he formado una opinión que valga la pena divulgar —dijo Sam, empecinadamente.

—Los norteamericanos tienen opiniones acerca de todo, detective —dijo él con impaciencia—. No importa que esa opinión no esté bien informada, sea parcial o interesada, sienten la compulsión no sólo de compartirla sino también de tratar de imponerla. Es un pasatiempo nacional. Es una obsesión nacional. Ahora bien —dijo con severidad—, se supone que usted es detective. Por definición, eso significa que es observadora e intuitiva. Demuéstremelo. Deme algunas cosas que haya observado, si es que no puede darme opiniones.

—¿Acerca de qué?

—¡Acerca de cualquier cosa! De mí, por ejemplo.

Los seis hermanos mayores de Sam se habían pasado la mayor parte de la vida tratando de fastidiarla y hacía mucho tiempo que ella se había vuelto impermeable a la agresividad masculina. Pero en ese preciso momento no estaba tan insensible. En ese momento su sistema de defensas estaba sufriendo un inesperado asedio y lo único que ella podía hacer era negarle la única satisfacción que los hombres más querían en un momento como ése: la satisfacción de saber que habían logrado enfurecerla. Por esa razón, ella abrió más los ojos y le sonrió con calidez cuando él le espetó:

—Si usted tiene al menos conciencia de que estoy aquí, detective, oigamos sus observaciones acerca de mi persona.

—Sí, señor, por supuesto. Su estatura es de aproximadamente un metro ochenta; su peso, de alrededor de setenta y siete kilos; y su edad, de unos cuarenta y cinco años.

Ella calló un momento, esperando que él aflojara y sabiendo que no lo haría.

—¿Eso es lo mejor que puede ofrecerme? —se burló él.

—No, señor. No lo es. Usted hizo cepillar cada uno de estos muebles, no meramente que les quitaran el polvo, lo cual significa que es insólitamente exigente o sencillamente neurótico.

—O podría significar que no me gusta que haya cucarachas en los cajones de mi escritorio.

—Usted no encontró cucarachas en el escritorio. La cantina está en el otro extremo de este piso y si hubiera cucarachas, es allí donde estarían. Pero no están, posiblemente porque todo este piso fue fumigado hace menos de dos semanas. Lo sé porque soy alérgica a esas sustancias químicas.

—Continúe.

—Usted no tolera el desorden y tiene una obsesión con el orden. En esta oficina, los muebles están centrados con precisión respecto de las paredes; las carpetas que tiene sobre el escritorio están dispuestas de manera simétrica. Si tuviera que adivinar, diría que probablemente usted es adicto al control, y eso generalmente es sintomático en un hombre que no se siente capaz de controlar su propia vida, de modo que trata de controlar cada detalle de lo que lo rodea. ¿Quiere que me detenga?

—No, por favor continúe.

—Lleva puestos mocasines marrones, pantalones marrones y un cinturón marrón. Tiene la cara bronceada, y eso lo hace parecer saludable, pero últimamente ha perdido peso, posiblemente debido a una enfermedad que le exigió tomarse suficiente tiempo libre como para obtener ese bronceado.

—¿Qué la hace pensar que he perdido peso?

—Que la chaqueta que lleva le queda demasiado grande, en especial en los hombros.

—Lo cual podría significar que anoche me quedé a dormir en casa de mi hermana y le pedí prestado la chaqueta a mi cuñado cuando caí en la cuenta de que hoy tenía que venir aquí.

—Usted jamás usaría la ropa de otra persona; ni siquiera le gusta usar la oficina de otra persona. —Calló un momento y preguntó con una mansedumbre convincente—: ¿Qué tal voy hasta ahora?

Él miró el bloc y su cicatriz se hizo lo suficientemente profunda como para darle a Sam la impresión de que podía estar sonriendo.

—Nada mal. Continúe.

—En lugar de enfrentar a la gente, usted se sienta de costado en su sillón. Eso podría significar que lo cohíben sus cicatrices, cosa que dudo mucho. También podría significar que tiene problemas de audición y que ese problema disminuye cuando dirige el oído sano hacia quienquiera que le está hablando, pero no me parece plausible. Es posible que usted se siente así porque tiene un problema en la espalda o porque le permite concentrarse mejor.

—¿Y a usted cuál le parece la más correcta de esas teorías acerca de la razón por la que me siento de esa manera?

—Ninguna en especial —dijo Sam empecinadamente, pero con una expresión inocente y atribulada.

—Escoja una.

Amablemente, ella inclinó la cabeza, como rindiéndose a su rango y su derecho a dar órdenes.

—Creo que usted se sienta así para poder mantener el bloc fuera de la vista y que nadie vea lo que está escribiendo. También creo que puede haberle sido necesario por alguna razón en el pasado, pero que ahora lo hace más por una cuestión de hábito.

—¿De qué color son mis calcetines?

—Son marrones.

—¿Cuál es el color de mis ojos?

—No tengo idea —mintió Sam—. Lo lamento. —Él tenía ojos color azul acero, pero ella ya había ganado el torneo, juego, set y partido. ¡No pensaba permitir que él se anotara un punto para su ego en tiempo suplementario!

Sin embargo, su seguridad en sí misma comenzó a disminuir mientras esperaba a que él terminara de escribir algo en su bloc amarillo: una evaluación de sus observaciones, una estimación de ella, una nota. Instintivamente sabía que él se proponía hacer exactamente eso: lo sabía con la misma seguridad con que sabía que después de que él escribiera su evaluación y su decisión con respecto a mantenerla o no en su equipo, arrancaría la hoja del bloc y la pondría en la carpeta que estaba cerca de su codo y que llevaba su nombre. Lo que ella no entendía del todo era por qué seguía sentado allí, con el bolígrafo en la mano y tardando tanto en decidirse.

Observó su perfil inescrutable y deseó vehementemente que escribiera algo. Lo miraba con tanta atención que alcanzó a ver que el músculo de la comisura de los labios se movía antes de que el movimiento insinuara una sonrisa, y él finalmente comenzó a escribir en el bloc.

¡Por la expresión de McCord, Sam supo que ella permanecería en el equipo! Ahora deseó más que nada saber qué estaba escribiendo.

—¿Siente curiosidad? —preguntó él al levantar la vista.

—Desde luego.

—¿Cree tener alguna posibilidad de leer lo que estoy escribiendo aquí acerca de usted?

—Más o menos la misma que tengo de ganar la lotería. —La sonrisa de él se hizo más profunda.

—Tiene razón. —Dio vuelta a la hoja y escribió varias otras notas en la hoja siguiente. De pronto arrancó las dos hojas e hizo girar la silla hasta quedar de frente. Puso la primera hoja en la carpeta que llevaba el nombre de Sam y la segunda, en el cajón superior del escritorio.

—Bueno, empecemos —dijo McCord abruptamente—. Sobre mi escritorio hay cuatro pilas de carpetas. Las que tienen las etiquetas azules contienen toda la información que tenemos sobre Logan Manning. La segunda pila con las etiquetas verdes cubre todo lo que sabemos de Leigh Manning. Las de las etiquetas amarillas tienen que ver con los amigos y conocidos de la pareja. Y las de las etiquetas rojas contienen la punta del iceberg con respecto a Valente. He ordenado hacer copiar todos sus expedientes y que los envíen aquí, pero eso llevará algunos días. Calculo que la semana próxima aquella mesa estará cubierta con expedientes sobre Valente.

»Cada uno de nosotros tomará una pila y leerá cada hoja de papel que haya en cada carpeta. Los documentos que hay en las carpetas son fotocopias, de modo que pueden llevárselos a su casa. Cuando hayan terminado de revisar todas las carpetas de su pila, empiecen con otra. Hacia finales de la semana que viene quiero que cada uno de nosotros esté perfectamente familiarizado con cada documento de cada carpeta de esas pilas. Ah, y otra cosa: estas pilas son parciales, todavía estamos buscando los expedientes de cada uno, salvo los de Valente. Ya sabemos todo lo que hay que saber sobre él. ¿Alguna pregunta? —dijo y miró a Shrader y luego a Sam.

—Yo tengo una pregunta —dijo Sam al ponerse de pie y tomar la pila de carpetas sobre Logan Manning—. Había dos palabras garabateadas en la parte de abajo de la nota de Valente, escritas en lo que supongo es italiano. Para Shrader y para mí no parecen tener sentido. Queríamos verificarlo. ¿Podría tener yo una copia de la nota?

—No. A nadie le está permitido mirar esa nota o saber siquiera lo que dice hasta que estemos listos para mostrarla. La última vez que el FBI trató de apresar a Valente hubo tantas filtraciones que sus abogados presentaban solicitudes para que se eliminaran elementos de prueba en un juicio penal por haber sido obtenidos ilícitamente, mientras los del FBI todavía trataban de imaginar qué pruebas tenían y qué podría significar eso. Nunca hay que subestimar a Valente —advirtió McCord— y tampoco subestimar su influencia y sus conexiones. Sus conexiones llegan hasta la cima. Y ésa es la razón —dijo— de por qué estamos manteniendo este caso aquí, en la Dieciocho, en el escalón inferior de la escalera de la justicia. Valente no buscará nada aquí, y confiamos en que no podrá conseguir nada fácilmente.

Cuando él terminó, miró a Shrader y a Sam.

—¿Qué es lo que les molesta?

—En lugar de hacer una copia de la nota, ¿podría escribir las dos palabras?

McCord se inclinó sobre el escritorio, escribió las dos palabras en su bloc amarillo, arrancó la hoja y se la entregó.

—Ya las hemos pasado por el sistema. «Falco» apareció como un alias que él usó antes. Es un apodo habitual entre los italianos. Todavía estamos verificando las asociaciones relacionadas con la otra palabra. —Miró a Shrader—. ¿Algún comentario o pregunta, Malcom?

—Sí, uno —respondió Shrader con aspecto feroz—. Le agradecería mucho que nunca volviera a llamarme así, teniente.

—Entonces no lo haré.

—Detesto ese nombre.

—A mi madre le gustaba. Era su apellido de soltera.

—Lo detesto de todas maneras —anunció Shrader y tomó su pila de carpetas.

En cuanto transpusieron la puerta y McCord no podía oírlos, Shrader la miró y sacudió su cabezota.

—Tú sí que tienes mucha suerte, Littleton. Te juro que cuando le dijiste que era un monstruo neurótico obsesionado con el orden, empecé a transpirar como loco.

A Sam le pareció conmovedor que Shrader se hubiera preocupado por ella. Lo que pensó a continuación fue que ella debería haberle agradecido a McCord por permitirle seguir formando parte del equipo. Por donde se lo mirara, era para ella la oportunidad de su vida. En realidad, era una neófita que no debería haber recibido esa oportunidad. Por otro lado —se recordó—, si ella no hubiera encontrado la nota de Valente, no existiría ningún «equipo». Dejó caer las carpetas sobre su escritorio, le pidió a Shrader que se las cuidara por un momento y regresó a la oficina del teniente.

McCord estaba recostado en su silla, leyendo una carpeta con etiqueta roja, con un bloc junto al codo y un bolígrafo en la mano, listo para tomar notas. Parecía rudo y fascinante también cuando leía. Ella golpeó cortésmente sobre el marco de la puerta y, cuando él levantó la vista, ella dijo:

—Quería agradecerle por haber tenido suficiente fe en mí como para permitirme trabajar en este caso.

Él la miró fijamente y con expresión divertida.

—No me lo agradezca a mí. Agradézcaselo a las cucarachas.

Sam vaciló un instante y le sostuvo la mirada, tratando de no echarse a reír.

—¿Hay alguna cucaracha en particular a la que debería agradecérselo?

McCord volvió a centrar su atención en la carpeta y pasó una hoja.

—La que encontré en el cajón de mi escritorio y es suficientemente grande como para conducir un Volvo. Sus primos viven en la cantina.

## 22

—No puedo creer que hayas mantenido lejos a tus amigos durante tanto tiempo —le recriminó Jason a Leigh en cuanto Hilda lo dejó entrar la tarde del domingo. La energía y el entusiasmo que él transmitía hicieron que Leigh se sintiera al mismo tiempo animada y exhausta, pero le costó mucho ocultar su desagrado cuando él giró para entregarle a Hilda su abrigo y ella se dio cuenta de que no estaba solo. Detrás de Jason estaba Jane Sebring.

Con la cara roja por el frío y una impaciencia de adolescente por acercarse, Jason dejó a Jane en el vestíbulo y corrió a plantarle a Leigh un beso en la mejilla.

—No pude evitar que viniera —le susurró—. Ella insistió y se metió en el taxi conmigo, pero no se quedará mucho tiempo. Tiene que estar de vuelta en el teatro para la matinée. Yo, en cambio, ¡tengo toda la tarde libre! —Se enderezó y escrutó la cara de Leigh, mientras la suya revelaba un nada disimulado horror—. ¿Cuánto tiempo pasará antes de que vuelvas a ser la de antes?

—No mucho —respondió Leigh con una mueca mientras él se instalaba junto a ella en el sofá, pero Leigh tenía la vista fija en Jane, que se había detenido frente a un espejo para inspeccionar su rostro impecable.

Al igual que los Barrymore, cuatro generaciones sucesivas de la familia Sebring se habían convertido en leyendas del teatro. Jane era la primera integrante de esa familia ilustre en ser considerada extraordinariamente hermosa; era también la primera integrante de su familia en haber sido ferozmente vituperada por los críticos de teatro en su primera aparición en los escenarios de Broadway.

En realidad, ella sencillamente había debutado en un papel principal que era demasiado difícil para una actriz inexperta de veintiún años, pero le dieron esa oportunidad porque era una Sebring. Y, porque era una Sebring, los críticos le habían exigido que estuviera a la altura de las interpretaciones estupendas ofrecidas por sus más experimentadas pero menos bonitas antecesoras.

Dos semanas después del estreno de la obra, ella la abandonó y se fue a Hollywood. Allí, los contactos de su familia le abrieron las puertas y su estupenda figura y su hermoso rostro hipnotizaron a las cámaras. Con una buena dirección y un buen montaje, sus interpretaciones fueron mejorando al igual que los papeles que le dieron, y su carrera culminó con un Oscar de la Academia como mejor actriz de reparto el año anterior.

El Oscar le dio a Jane la posibilidad de actuar en películas importantes, algo jamás logrado por sus antepasados en sus carreras en el cine, pero eso no le bastó. Al parecer, todavía herida por la humillación anterior sufrida en Broadway, había rechazado dos oportunidades en cine y una fortuna en dinero a fin de actuar en *Punto ciego*.

—¡Mi pobrecita! —exclamó Jane al acercar su mejilla a la de Leigh y soplarle un beso al aire; después se enderezó y realizó su propio inventario de los morados y las heridas de la cara de Leigh—. Has tenido que soportar tantas cosas desde la noche del estreno...

Esperando poder evitar preguntas desagradables acerca de los detalles de la odisea que había tenido que pasar, Leigh apeló a formalidades al preguntarles si Hilda podía traerles algo para beber.

—Yo tomaré lo de siempre —dijo Jason mirando por encima del hombro a Hilda, pues sabía por experiencia que debía de andar revoloteando cerca, lista para ofrecerles bebidas—. Vodka martini —aclaró—, con dos aceitunas.

—¿Jane?

—Yo no bebo alcohol —le recordó Jane, y su expresión fue de suave censura por haberlo olvidado. Aunque las pasadas generaciones de la familia Sebring habían destacado tanto por sus vicios como por su talento, Jane Sebring no poseía la predilección de ellos por los excesos. No bebía ni fumaba, detestaba las drogas y era fanática de la gimnasia y el buen estado físico—. Tomaré agua mineral, si es que tienen.

—Tenemos —dijo Leigh.

—Yo prefiero Weltzenholder —añadió Jane—. Se embotella en los Alpes. Sólo exportan mil cajones por año a Estados Unidos. Yo suelo comprar cien por vez.

—Lo lamento, pero las otras novecientas cajas no nos llegaron a nosotros —dijo Leigh—. ¿Qué otra cosa querrías?

—Pellegrino estaría bien.

Leigh asintió y miró a Hilda.

—A mí me gustaría un té, Hilda. Gracias.

Jason se quedó mirando a Hilda como para asegurarse de que no pudiera oír cuando él le hiciera una pregunta a Leigh, pero Hilda era una mujer de total confianza. Jane era la fascinada extraña que exageraría y repetiría a sus amistades, a desconocidos y periodistas todo lo que allí oyera. Leigh tuvo ganas de estrangular a Jason por haberla traído a su casa.

—¿Qué novedades tienes acerca de Logan? —le preguntó a Leigh tan pronto como Hilda transpuso la puerta y desapareció.

—Ninguna. Tú sabes tanto como yo.

Él pareció auténticamente escandalizado.

—Querida, ¡eso es algo increíble, imposible! ¿Qué puede haberle sucedido?

*Murió... lo sé... Murió... lo sé...* Leigh tensó todo el cuerpo en un intento por bloquear esa terrible cantilena que le martilleaba en el cerebro.

—No lo sé.

—¿Hay algo que yo pueda hacer?

Leigh negó con la cabeza.

—La policía está haciendo todo lo posible. El jefe Trumanti envió helicópteros, patrulleros y detectives a las montañas para buscarlo.

—¿Y tú? ¿Cómo te sientes?

—Estoy tensa y dolorida y tengo un aspecto espantoso, pero eso es lo único que me pasa. Fuera del hecho de que mi marido está... ha desaparecido. —Se esforzó por recuperarse de otra oleada de desaliento y de tristeza.

Jason permaneció callado, y su aspecto fue de desolación y empatía pero sólo por un momento. Su expresión cambió casi enseguida y entonces sacó a relucir un tema que afectaba su propio bienestar personal y, por consiguiente, era de máxima importancia para él.

—¿No crees que te ayudaría volver a trabajar pronto?

—Físicamente, lo más probable es que estaría lista para hacerlo la semana próxima...

—¡Fantástico! ¡Ésa es mi chica! Eres increíble. Yo sabía que podía contar contigo...

—Pero no mentalmente —lo interrumpió Leigh con vehemencia—. No puedo pensar en nada salvo en Logan. Ni siquiera podría recordar mis parlamentos.

—Los recordarías en cuanto salieras a escena.

—Tal vez —dijo Leigh y miró a Jane—, pero no me queda ni una pizca de emoción para volcar en las palabras. Tú lo entiendes, ¿verdad que sí, Jane?

—Perfectamente —contestó Jane—. Yo traté de explicarle a Jason cómo te estarías sintiendo en este momento, pero ya sabes lo importante que es la obra para él. —Para sorpresa de Leigh, la actriz parecía disgustada al añadir, sin remilgos—: A Jason no le importaría que estuvieras conectada a un respirador si pudieran desconectarte el tiempo suficiente para que dijeras tus parlamentos.

—Eso no es del todo cierto —dijo Jason, herido—. Yo modificaría tus escenas para que pudieras decir tus parlamentos acostada. —Hizo una pausa el tiempo suficiente para tomar su copa de la bandeja que Hilda le ofrecía—. Soy un egoísta hijo de puta —declaró con una sonrisa nada arrepentida—. Pero tienen que admitir —agregó y le guiñó un ojo a Leigh— que soy un egoísta hijo de puta brillante.

Leigh dio por sentado que lo que Jason se proponía en ese momento era divertirla un poco y distraerla, y ella logró dedicarle una leve sonrisa.

Al no recibir ninguna respuesta verbal de Leigh que alentara su actitud burlona, Jason dejó de hablar de sí mismo y comentó las críticas fabulosas que recibió la obra, el éxito de taquilla, los problemas de iluminación, y continuó con una descripción airada de su más reciente pelea con el director de la obra. Leigh lo dejó hablar, pero en ningún momento registró sus palabras. Reclinada contra el apoyabrazos del sofá, observó cómo él movía la boca y miró automáticamente a Jane cuando la otra mujer habló, pero no tenía la menor idea de lo que estaban diciendo y tampoco le interesaba.

Cuando Jane finalmente se puso de pie para irse, Leigh comprendió que iba a tener que tolerar a Jason a solas y casi lamentó la partida inminente de la actriz.

—Robert y Lincoln me pidieron que te transmitiera su afecto —le dijo Jane.

En ningún momento Leigh había pensado siquiera en ninguno de los demás actores de *Punto ciego*.

—Por favor, envíales un beso de mi parte. ¿La mujer de Robert ya tuvo su bebé?

—Sí, es una niña.

Para apresurar la partida de Jane, Jason se encaminó al lugar donde Hilda había colgado los abrigos de ambos. Sacó el de Jane de la percha y se lo sostuvo como un matador hace flamear su capa.

—Jane, ¡vas a llegar tarde a la matinée! —Sacudió el abrigo para dar más énfasis a sus palabras—. Querida, mete de una buena vez tu famoso trasero en el abrigo y vete.

—¿Siempre fue tan detestable? —le preguntó Jane a Leigh cuando le estrechó la mano para despedirse.

Sorprendida por el tono de auténtica animosidad que percibió en la voz de Jane, Leigh dijo:

—En este momento, Jason padece una gran tensión. No lo tomes como algo personal. Él tiene una obra con dos roles femeninos fuertes y sólo una actriz para interpretarlos.

En lugar de contestar, Jane vaciló, miró a Jason y después dijo, con cierta torpeza:

—En realidad, hoy vine aquí porque había algo que quería decirte cara a cara. Quiero que sepas que lamento muchísimo tu accidente. No simularé que no me moría por interpretar tu papel desde que leí la obra, pero quería ganármelo por mis propios méritos, no por suplirte ni porque se haya producido una tragedia.

Para sorpresa de Leigh, ella le creyó. Jane era una persona notoriamente ambiciosa y egocéntrica, pero en ese momento no transmitía su habitual y seductora confianza en sí misma. Parecía tensa y un poco cansada y, en realidad, hizo una mueca cuando miró la cara de Leigh.

—Al menos no necesitarás cirugía.

—No, y estoy segura de que tendrás muchos papeles protagónicos si te quedas en Nueva York en lugar de regresar a Hollywood.

No fue sino después de que Jane se hubiera ido que Leigh cayó en la cuenta de que ella había empleado la palabra «tragedia» para describir la desaparición de Logan.

—Ahora —dijo Jason con entusiasmo en cuanto cerró la puerta detrás de Jane—, ahora podemos charlar, charlar y charlar.

Honestamente, Leigh no sabía cómo haría para soportar otros dos minutos de las bromas incesantes de Jason y mucho menos otra hora de semejante catarata verbal. No sabía cómo era posible que Jason supusiera que a ella le interesaba todo lo que estaba diciendo y tampoco sabía cómo haría para concentrarse en ese relato. El anuncio de Hilda le ofreció una solución inesperada.

—Courtney Maitland quiere subir a verla —dijo desde la puerta de la cocina—. Es muy insistente. Dice que va a robar una llave del ascensor para subir y que montará una tienda en el vestíbulo si usted no la deja entrar por algunos minutos.

De hecho, Leigh sonrió ante la probabilidad de que Courtney fuera capaz de hacerlo. Por otro lado, si Courtney entraba, ello lograría desviar parte de la conversación de Jason.

—Dile que suba, Hilda.

—¿Quién es Courtney Maitland? —preguntó Jason. No parecía nada complacido frente a la perspectiva de tener que compartir con otra persona la compañía de Leigh.

—Es una adolescente que se aloja con una familia, en mi edificio, mientras sigue un curso especial. La conocí hace varias semanas.

—Detesto a los chicos en general —fue la respuesta de Jason— y a los adolescentes en particular.

—Esta adolescente «en particular» tiene el coeficiente intelectual de un genio y me parece maravillosa.

## 23

Cuando Courtney Maitland llegó, Jason estaba en la cocina mostrándole a Hilda cómo preparar lo que él deseaba comer para el almuerzo, de modo que Joe O'Hara fue a abrirle la puerta.

—Le diré a Courtney que su visita sea breve —comentó a Leigh.

—No, no lo haga. Me gustaría que se quedara un rato.

—Pero no se le ocurra permitir que la convenza de jugar al gin rummy —dijo mientras abría la puerta—, porque hace trampa.

—No es cierto —le dijo Courtney al entrar.

Por encima del hombro, Leigh le sonrió a ese exponente de lo último en la moda que era esa criatura de dieciséis años. Alta, delgada y con pecho chato, llevaba su pelo oscuro siempre peinado en una cola de caballo sobre su oreja izquierda, una bufanda roja de lana alrededor del cuello, un jersey con leyenda que decía «Nirvana», vaqueros con enormes agujeros en las rodillas y medias, y un par de borceguíes, con los cordones sueltos. Como aros, había elegido lo que parecían ser alfileres de gancho de oro de siete centímetros y medio de largo.

—No sabía que tú y Joe se conocían —dijo Leigh.

—Yo anduve mucho por aquí mientras tú estabas en el hospital —explicó Courtney—. Era la única manera de poder averiguar algo.

Frente al sofá, Courtney observó la cara de Leigh y era la primera vez que Leigh la veía con aspecto solemne, pero su comentario fue típica y refrescantemente irreverente.

—Vaya —dijo—. Cuando vi por televisión las fotos de tu coche siendo acarreado hacia aquí por un camión grúa, pensé que tendrías el aspecto de haber estado en un accidente muy grave.

—¿Y qué aspecto tengo?

—El de que te pasaron por encima de la cara con un par de patines —dijo con una sonrisa traviesa.

Leigh se echó a reír, y el sonido de su propia risa le resultó extraño y ajeno.

—¿Estás con visitas? —preguntó Courtney al oír la voz de Jason proveniente de la cocina—. Si es así, puedo volver más tarde.

—No, no te vayas. En realidad, si te quedaras me harías un favor. El hombre que está en la cocina es un buen amigo mío que cree que la conversación es justo lo que necesito, pero te aseguro que en este momento me cuesta bastante concentrarme en los temas que a él le interesan.

O'Hara había permanecido de pie muy cerca, esperando preguntarle a Courtney si deseaba beber algo.

—¿Por qué no le pide a Courtney que juegue al gin rummy con él? —dijo, fastidiado—. Él quedará totalmente desplumado en media hora y tendrá que pedir prestado dinero para el taxi.

Courtney lo miró, disgustada.

—Me portaré como una dama —le prometió a Leigh—. Lo escucharé con muchísima atención y haré los comentarios apropiados.

—Sé tú misma. No me preocupa nada que puedas decir. Más me preocupa lo que Jason pueda decir delante de ti.

—¿En serio? Vaya cambio. Por lo general mi padre tiembla cada vez que entro en una habitación donde hay desconocidos.

A O'Hara le dijo:

—Si quieres tratar de recuperar tu dinero, más tarde te daré la revancha en la cocina.

—Mientras tanto, iré a buscar un cajero automático. ¿Quieres que te traiga lo de siempre, o sea, una Coca con cerezas al marrasquino y un toque de salsa de chocolate?

—¡Por Dios, eso sí que suena repugnante! —dijo Jason al entrar en el living con un plato en la mano derecha y un martini en la izquierda.

Leigh los presentó.

—Courtney participa de un programa especial de Columbia para los estudiantes más avanzados de secundaria —le dijo a Jason en cuanto él apoyó el plato y la copa en la mesa baja. De un solo vistazo él se fijó en los vaqueros de la adolescente, en sus borceguíes gastados y se encogió de hombros.

—Bien —dijo, sin una pizca de interés.

Leigh se estremeció frente a esa grosería.

—Courtney, éste es Jason Solomon, el autor de *Punto ciego*.

—Esa obra tuvo unas críticas buenísimas cuando Leigh la protagonizó —dijo la muchacha y se sentó cuidadosamente en el sofá de Leigh.

Jason frunció el entrecejo al oír que esa chiquilina llamaba a Leigh por su nombre de pila y después se dirigió a ella con el tono de superioridad de un adulto que sermonea a un chico retrasado de ocho años.

—*La señorita Kendall* —recalcó— es una excelente actriz, pero hace falta algo más que buenas interpretaciones para convertir a una obra de Broadway en un éxito de crítica.

En lugar de responder, Courtney chasqueó los dedos, se levantó de un salto y se fue a la cocina.

—Olvidé decirle a O'Hara que no le pusiera hielo a mi Coca.

En cuanto Jason creyó que Courtney estaba suficientemente lejos como para no oírlo, se inclinó hacia delante y dijo:

—¿Conoces a la pareja con la que ella se aloja aquí, en tu mismo edificio?

—No.

—Bueno, creo que deberías advertirles. Conozco otra pareja de personas ricas que permitieron que una estudiante pobre se quedara en casa de ellos mientras duraban sus estudios. La muchacha sedujo al hijo de la pareja, quedó embarazada y les costó una fortuna pagarle para que desapareciera. ¡La chica quería que el muchacho se casara con ella! Las personas como Courtney tienen grandes ambiciones sociales. Estudian gracias a becas y tratan de congraciarse con familias ricas y confiadas, como la pareja con la que esta chica vive... —Miró por encima del hombro, vio que Courtney se acercaba con una Coca en la mano y no terminó la frase.

Por un momento Leigh pensó en contradecirlo, pero se sentía tan decepcionada por sus conjeturas que decidió permitir que Courtney misma manejara la situación o bien dejar que él siguiera pensando lo que quisiera. Le sonrió a Courtney cuando la muchacha se sentó en el sofá.

—¿Ya averiguaste cuál será el tema que te asignarán en tu clase de periodismo, el tema que representará la mitad de tus calificaciones finales?

Courtney asintió.

—Tenemos que entrevistar a la persona más famosa o influyente a la que podamos acercarnos y, por lo general, cuanto más difícil resulte entrevistar a esa persona, más altas serán nuestras notas. La nota también se basará en la importancia del entrevistado, la originalidad del enfoque que adoptemos para la entrevista, la importancia de la información nueva o insólita que logremos extraer de esa persona y la calidad general de nuestro trabajo. Sólo darán un sobresaliente. Hasta ahora yo tengo el promedio general más alto de nuestro curso, pero no un margen demasiado grande, de modo que me siento bastante presionada.

—¿Ya sabes a quién deseas entrevistar?

Le dedicó a Leigh una sonrisa culpable.

—Tú fuiste la primera persona en la que pensé, pero, bueno, se supone que debemos escarbar en busca de información nueva, secretos bien ocultos, cosas que nadie más logró descubrir en sus entrevistas. Aunque tú tuvieras secretos sombríos y recónditos, yo no querría traicionarte al revelarlos.

—Te lo agradezco —dijo Leigh con un suspiro de alivio—. ¿A quién más tienes en mente?

—Todavía a nadie. Camille Bingley entrevistará al arzobispo Lindley, que es amigo de su padre. Cree poder conseguir que él revele aspectos nuevos de los problemas actuales de la Iglesia católica. El padre de Brent Gentner es amigo del senador Kennedy, y Brent está convencido de que conseguirá entrevistarlo. —Hizo una pausa para beber un sorbo de su gaseosa—. Para poder superar a Camille y Brent, yo tendría que entrevistar al Papa o al Presidente.

La voz de Jason sonó divertida:

—¿Y te parece que lo conseguirás?

—Sí, si me lo propusiera. El problema es que el Papa está muy enfermo y el Presidente ya da demasiadas entrevistas...

—Aun en el caso de que eso no fuera cierto, podría ser un objetivo bastante difícil de alcanzar —señaló Jason con tono condescendiente.

Courtney lo miró, boquiabierta, como si no pudiera creer que alguien fuera tan torpe.

—Yo no los llamaría personalmente por teléfono. Llamaría a Noé y le pediría que él lo hiciera.

—¿Noé el del arca y el diluvio?

—Noé mi hermano.

—Entiendo. Tu hermano. ¿Acaso Noé tiene una línea directa con el Papa y el Presidente?

—Con respecto al Papa, no estoy muy segura. Nosotros no somos católicos, pero Noé donó los terrenos donde...

De pronto Jason sumó dos más dos y juntó el nombre de pila del hermano de Courtney con el apellido de ella, con lo cual llegó al nombre completo de un famoso multimillonario de Florida.

—¿Tu hermano es Noé Maitland? —preguntó.

—Sí.

—¿El famoso Noé Maitland?

—Estoy segura de que habrá otros. No creo que mi hermano posea la propiedad intelectual de su nombre. Aunque es probable que lo haya intentado —agregó con una sonrisa irreverente.

Leigh se preparó para lo que sabía que vendría a continuación. Jason era un eximio artífice de la palabra, pero había cometido el error de exhibir una actitud condescendiente con una chiquilla de dieciséis años que tenía el coeficiente intelectual de un genio y ninguna inhibición de tipo social que le impidiera decir lo que se le cruzara por la mente para escandalizar a su adversario y dejarlo sin habla. Leigh había visto a Courtney en acción en algunas otras ocasiones.

—¿El Noé Maitland de Palm Beach? —insistió Jason.

—Sí.

Jason miró, boquiabierto, la cara juvenil y pecosa de Courtney y su figura todavía no muy desarrollada.

—¿Cómo es posible?

—De la misma manera en que ocurre siempre: el esperma se encuentra con el óvulo, se produce la fertilización...

—Quiero decir —la interrumpió Jason—, que yo tenía la impresión de que Noé Maitland tenía más de cuarenta años.

—Y así es. Noé y yo tenemos el mismo padre pero diferentes madres.

—Ah —dijo Jason y enseguida se concentró mentalmente en la posibilidad de obtener un patrocinador para una futura obra de teatro, un personaje con bolsillos sin fondo. Tratando de reparar su evidente desinterés anterior en ella, comenzó a formularle la clase de preguntas que supuso que otras personas debían de hacerles a las muchachitas de dieciséis años—. ¿Tienes otros hermanos o hermanas?

—No, pero mi padre tuvo cuatro esposas, de modo que estoy segura de que lo intentó.

—Debes de haberte sentido terriblemente sola en tu infancia —dijo Jason, con tono comprensivo.

—De ninguna manera. Dos de las esposas de mi padre tenían casi mi misma edad y yo solía jugar mucho con ellas.

Jason la miró con los ojos desorbitados y la boca entreabierta, y Leigh buscó la mano de Courtney y le dio un apretoncito afectuoso.

—Courtney, creo que no te has dado cuenta, pero ésta es una ocasión trascendental. Normalmente, Jason es responsable de decir la clase de cosas que hacen que la gente tenga el mismo aspecto que él tiene ahora.

Jason llegó a la misma conclusión y por un momento miró fijamente a Courtney con lo que parecía ser una mezcla de desagrado y de respeto. Después se echó hacia atrás en su asiento y le sonrió.

—Apuesto a que eres una auténtica «malvada».

—No —lo corrigió ella con orgullo—. Soy una «malvada» de primera.

Puesto que Jason y Courtney parecían haber llegado a una tregua razonablemente cordial, Leigh se echó hacia atrás en el sofá y puso una manta de cachemira color melocotón sobre la que la cubría hasta ese momento.

Las voces de ambos se fueron opacando y desdibujando.

Leigh cerró los ojos...

Despertó sobresaltada cuando O'Hara le dio un beso en la mejilla.

—Me voy. Mi ego no puede soportar otra afrenta. No sólo mi anfitriona se quedó dormida mientras yo hablaba, sino que esa chiquilina insolente me acaba de sacar cincuenta dólares en dos manos de gin rummy que jugamos en la cocina.

Cuando él se hubo ido, Leigh escuchó durante un rato a O'Hara y Courtney que jugaban a las cartas en la cocina; después se obligó a ponerse de pie. Michael Valente llegaría en cualquier momento, así que decidió salpicarse un poco de agua fría en la cara y cepillarse el pelo. Durante casi una semana la tensión le había impedido dormir y la había hecho estremecerse exterior e interiormente. Ahora casi no podía poner un pie delante del otro.

# 24

El día después de la localización de la cabaña, les llevó a Shrader y a Littleton sólo una hora en el juzgado del condado obtener una copia de los registros impositivos de la propiedad, con el nombre del propietario y su última dirección conocida.

Después, les llevó los siguientes dos días ubicar al heredero del dueño, que había fallecido: su nieto, que en ese momento navegaba por el Caribe en su velero. El domingo, a las siete de la mañana, él finalmente devolvió la llamada de Shrader desde su radio. Le dijo a Shrader todo lo que recordaba con respecto a la propiedad de su abuelo en los Catskills, incluyendo la existencia de un estrecho garaje construido en la parte posterior de una colina durante comienzos de la década de 1950. Originalmente pensado como un refugio contra bombas, había sido excavado en las rocas, sostenido con vigas y cubierto con estantes donde en una época se habían almacenado provisiones y suministros de emergencia.

Después de eso, hizo falta sólo menos de una hora para que un alguacil del condado localizara la entrada de ese garaje y refugio contra bombas. Las puertas se abrían hacia dentro y en la colina la nieve se había deslizado hacia abajo y creado un ventisquero en la base, que fue preciso eliminar antes de poder abrir esas puertas. Al cabo de una hora de trabajar con palas, el alguacil pudo finalmente abrir una puerta lo suficiente para que el haz de luz de su linterna horadara la negrura de esa cavidad en la ladera de la montaña.

Cuatro letras cromadas brillantes saltaron a la luz: JEEP.

# 25

Shrader recogió a Sam en su apartamento una hora después de que se descubriera el jeep, pero el médico forense y la Unidad de Escena del Crimen ya estaban en la escena cuando él y Sam llegaron. Él detuvo el vehículo detrás de varios otros estacionados en el camino principal y, con Sam delante, fueron descendiendo por ese sendero resbaladizo pisoteado desde el viernes por un desfile de pies cubiertos con botas.

La cabaña estaba acurrucada contra una colina alta cubierta de árboles en su parte posterior, una posición que le confería protección desde atrás, al tiempo que permitía una visión abierta de ese panorama de montañas por el frente. El garaje y refugio contra bombas estaba en la ladera posterior de la misma colina.

—¿Quién podía imaginar que allá atrás había un agujero en la maldita colina? —comentó Shrader cuando pasaron frente a la cabaña siguiendo un sendero que rodeaba la colina y en el que se notaban huellas frescas.

McCord se encontraba de pie junto a las puertas abiertas del garaje, observando cómo una Unidad de Escena del Crimen del Departamento de Policía de Nueva York revisaba metódicamente el interior del refugio, tomaba muestras y sacaba fotografías. Otros dos miembros de la unidad se encontraban de pie junto a él, esperando entrar cuando hubiera más lugar.

—¿Qué tenemos? —le preguntó Shrader a McCord.

McCord empezó a contestarle, pero el forense, un hombre corpulento con mejillas rojas y orejeras azules transpuso en ese momento la puerta y supuso que la pregunta estaba dirigida a él.

—Tenemos un cadáver, Shrader —dijo Herbert Niles con aire

jovial—. Un cadáver bonito y perfectamente conservado, gracias a este frigorífico bajo tierra en el que estaba depositado. Ahora no es tan bien parecido como en su licencia para conducir, pero es definitivamente Logan Manning.

Mientras hablaba, el forense entró en el garaje, se inclinó hacia el interior del jeep y con cuidado levantó primero una muñeca y luego la otra del muerto y tomó muestras del dorso y los dedos de cada una con unas almohadillas pegajosas, utilizadas para recoger rastros de nitratos hallados en los residuos de pólvora.

—También tenemos lo que parece ser una herida de bala autoinfligida en la sien derecha...

Sam se movió a un lado y pudo ver la totalidad del cuerpo de ese hombre acurrucado parcialmente entre el volante y la puerta del conductor del vehículo, en cuya ventanilla se observaban salpicaduras de sangre y de masa encefálica; la ventanilla de la puerta del acompañante estaba parcialmente abierta e intacta.

—¿Y el arma? —insistió Shrader.

—Cerca de los pies de la víctima hay una treinta y ocho especial, recientemente disparada y dos cartuchos vacíos en la recámara. —Niles hizo una pausa para depositar la última almohadilla pegajosa en una bolsa para pruebas y escribir a qué parte de la mano correspondía—. Un disparo penetró en el cráneo y salió por el lado izquierdo, pasó por la ventanilla del conductor y se incrustó en la pared izquierda.

—¿Y el segundo disparo?

—Creo que podemos sacar en conclusión que él no disparó el segundo después de haberse volado los sesos. Eso podría significar que le erró a su cabeza la primera vez o, más probablemente, y ésta es la teoría que a mí más me gusta, que disparó el primer tiro hace un año para derribar una lata de cerveza vacía que había puesto en la parte superior de una cerca.

Desde que la transfirieron a Homicidios, Sam había trabajado sólo con otros dos forenses, los dos tan carentes de sentido del humor como la tarea a la que estaban dedicados. Herbert Niles estaba a cargo de la oficina de médicos forenses y, a pesar de sus comentarios y de su locuacidad, se decía que era incluso más aplicado que el más serio y formal de los médicos forenses que él tenía bajo su mando. Sam miró a McCord, pero él miraba en ese momento a los de la Unidad de Escena del Crimen, que habían dejado de tomar fotografías y utilizaban una linterna para inspeccionar las viejas latas y contenedores que había sobre los estantes de acero. Buscaban ese segundo proyectil.

Niles se alejó del jeep y se quitó los guantes de goma.

—La luz es pésima en esta cueva y la batería del jeep está agotada, así que no podemos emplear sus faros. Los de la Unidad de Escena del Crimen tienen más luces, pero aquí no hay lugar para ellos hasta que saquemos el vehículo. —Miró a los hombres que aguardaban afuera junto a McCord—. Yo ya terminé. Saquen el jeep; luego meteremos en una bolsa al señor Manning y yo lo llevaré de vuelta a casa. Después de eso, este lugar es de ustedes.

Miró a McCord.

—Supongo que querrás saber qué hay en esas muestras a primera hora de la mañana, ¿verdad, Mack?

En lugar de contestarle, McCord levantó las cejas.

Niles suspiró.

—Correcto... te avisaré dentro de unas cuatro horas. Eso me dará tres horas y media para el regreso y media hora para estudiar las muestras en el microscopio. Suponiendo que tu cadáver no se haya calentado durante la última semana, cualquier residuo de pólvora debería estar todavía en sus manos, y las muestras deberían haberlos recogido. Tendrás que esperar hasta mañana para que nosotros podamos comparar las huellas y comenzar el resto de los procesos. El cuerpo de Manning está perfectamente conservado y no presenta ninguna señal aparente de deterioro.

—Ningún problema —dijo McCord—. La detective Littleton ya calculó la hora de la muerte de Manning. —Era la primera vez que miraba a Sam desde que habían llegado allí—. ¿No es así?

Sam se bajó un poco las gafas por la nariz y lo miró con expresión de censura por encima del armazón por someterla a ese interrogatorio inesperado.

—Calculo que murió el domingo pasado, entre las tres de la tarde y las tres de la mañana siguiente... más probablemente cerca de las tres de la tarde del domingo.

—¿Cómo llegó a esa conclusión? —preguntó Niles.

—Había unos seis centímetros de nieve sobre el jeep en el garaje, lo cual significa que Manning entró allí el vehículo en algún momento después de las dos de la tarde, cuando la nieve realmente empezó a caer con fuerza. A las tres de la tarde había sobre la tierra alrededor de cuarenta y cinco centímetros de nieve, de manera que la nieve que descendía por la ladera habría formado una barricada contra la puerta, impidiéndole entrar o salir con el coche. Las puertas seguían obstruidas por la nieve esta mañana, y eso significa que él estuvo allí adentro todo este tiempo.

—A mí me parece bien —dijo Niles mientras hacía anotaciones con respecto al cálculo de tiempo de Sam.

McCord quería echar un vistazo en el interior de la cabaña.

—Toda la última semana estuve viendo las fotografías tomadas por la Unidad de Escena del Crimen —le dijo a Littleton—, pero me gustaría que usted y Shrader me mostraran lo que vieron y me señalaran dónde estaba todo.

Algunos minutos después se encontraban de pie en la habitación principal hablando de las copas en la pila de la cocina y la presencia de solamente un saco de dormir cuando uno de los integrantes de la Unidad de Escena del Crimen asomó la cabeza por la puerta entreabierta.

—Encontramos el segundo proyectil, teniente.

Los tres volvieron la cabeza enseguida.

—¿Dónde estaba? —preguntó McCord.

—Incrustado en los maderos de la pared de la derecha del garaje.

Habían sacado el jeep y lo estaban revisando en busca de huellas y fibras, lo cual dejaba lugar dentro del garaje para las luces de alto voltaje operadas por batería, pertenecientes a la Unidad de Escena del Crimen.

—Lo habríamos encontrado antes si hubiéramos podido meter nuestras luces más pronto. —Se acercó a la pared de la derecha y señaló un orificio en la madera ubicado a más o menos un metro cuarenta del piso.

—¿Había alguna otra cosa delante, sobre el estante? —preguntó Sam.

—No. Nadie trató de ocultarlo. Sucedió que no pudimos verlo hasta que iluminamos el lugar.

En silencio, Sam calibró la altura del orificio recién encontrado y la comparó con la altura de la ventanilla abierta de la puerta del acompañante del jeep.

—Interesante, ¿no? —dijo Shrader al llegar a la misma conclusión que Sam.

—Supongo que la ventanilla del lado del acompañante estaba baja cuando ustedes llegaron aquí, ¿verdad? —le preguntó Shrader al de la Unidad de Escena del Crimen.

—Si ahora está baja, entonces también lo estaba cuando llegamos.

—El comando para subir y bajar las ventanillas es eléctrico, y la batería está agotada, así que debía de estar baja cuando ellos llegaron —señaló Sam en voz baja.

—Eso ya lo sé —dijo Shrader, irritado—. Es sólo que no quiero escuchar respuestas estúpidas en mi día libre.

—Decididamente estaba baja cuando llegamos, detective —fue la respuesta más respetuosa.

—Gracias —le dijo Shrader.

Una hora después de que Niles partiera con el cuerpo de Manning, Sam y Shrader subieron a pie al camino principal detrás de McCord.

—Son las dos y media —dijo McCord—. Cuando lleguemos a la ciudad ya Niles debería saber si Manning empuñaba esa treinta y ocho cuando se disparó. Una vez que sepamos eso, podemos ir a ver personalmente a su viuda y observar cómo toma la noticia.

—Dejaré que ustedes dos se ocupen de eso —le dijo Shrader—. Hoy tuve que faltar a la fiesta de cumpleaños de mi nieta y me gustaría ir a verla antes de que se duerma. ¿Hay algún problema en que Sam vuelva con usted?

—Ninguno —contestó McCord.

La inesperada atracción hacia McCord que había sentido el día anterior sorprendió y preocupó tanto a Sam que la llevó a hacer un esfuerzo deliberado —y exitoso— de racionalizarlo y eliminarlo antes de acostarse. Como resultado, pudo pasar tres horas y media en el coche con él, hablando de nada en particular, sin experimentar más que un levísimo si bien inapropiado escozor de naturaleza sexual. En el viaje de regreso a la ciudad no hubo más chanzas, ninguna réplica aguda ni ningún comentario personal.

Sólo dos cosas molestaban a Sam en ese sentido. Una, que extrañaba esa clase de cosas, y dos, que no creía que McCord hubiera reparado siquiera en esa ausencia.

Poco antes de las seis de la tarde McCord detuvo el coche en un minimercado para comprarse un sándwich y, mientras Sam aguardaba en el coche, Herbert Niles llamó por teléfono. Estaba reexaminando todavía la última muestra bajo un microscopio electrónico de escaneo, pero se sintió impaciente por comunicarle a Sam sus hallazgos en cuanto ella tomó el móvil de McCord, que estaba en el asiento del coche y contestaba.

—No había ningún residuo de pólvora en la palma de la mano derecha de Manning —le dijo Niles—, así que él no estaba levantando la mano en una actitud defensiva cuando se hizo el disparo. Obtuve residuos en los dedos de la mano derecha, así que no cabe duda de que tenía la mano sobre el arma cuando se disparó al menos uno de esos proyectiles. Pero ¿sabe dónde más pensé que debía de encontrar residuos si él disparó esa arma sin ninguna «ayuda»?

Sam nombró entonces el único otro lugar de donde él sin duda había tomado muestras.

—En el dorso de la mano.

—Así es. En este momento estoy examinando la muestra del dorso de su mano derecha, y está perfectamente limpia. Tienen en sus manos un homicidio, no un suicidio, detective.

Sam trató de no sonar tan sorprendida como se sentía cuando le transmitió a McCord los hallazgos de Niles algunos minutos después.

—Llamó Niles. La mano de otra persona estaba cubriendo la de Manning y sosteniendo la treinta y ocho cuando se disparó.

—¿No había residuos de pólvora en el dorso de la mano? —La sonrisa de McCord fue lenta y complacida.

Sam negó con la cabeza.

—No. El único residuo estaba en los dedos de la mano derecha.

—Lo sabía —dijo McCord en voz baja—. Sabía que las cosas iban a dar este giro en cuanto los de la Unidad de Escena del Crimen extrajeron el segundo proyectil de la pared. Nunca dejan de sorprenderme...

—¿Qué cosa?

—Los errores estúpidos que cometen los asesinos.

## 26

Courtney miró el reloj de la cocina.

—Son casi las seis y tengo mucho que hacer para la clase de mañana.

—¿O sea que quieres terminar? —preguntó O'Hara con alivio mientras contaba los puntos de la partida—. ¿Por qué cortar ahora, cuando todavía me queda algo de dinero en mi fondo de pensión?

—Llámame blanda de corazón.

—Lo que eres es una especialista en cartas. ¿También sueles desplumar a esas personas en cuya casa vives?

Ella sonrió mientras deslizaba el mazo de cartas de vuelta en el estuche.

—Los Donnelly siempre están ausentes o durmiendo... —En ese momento sonó el teléfono y, puesto que Hilda se había ido al cine, O'Hara se levantó para contestar. Cuando un momento después cortó la comunicación, tenía el entrecejo fruncido.

—¿Era alguna noticia del señor Manning? —preguntó Courtney, preocupada.

—No. Era Michael Valente. Está en el vestíbulo. La señora Manning lo espera.

—¿Cómo es él?

—Lo único que sé es que representa un gran problema para la señora Manning. Ya viste lo que pasó cuando los reporteros descubrieron que ella había estado con él el viernes en las montañas. Cualquiera diría que ella ha estado durmiendo con ese demonio o algo así. Yo estuve con los dos en todo momento y no pasó nada semejante. Nada. La señora Manning ni siquiera lo llama por su nombre de pila.

—Yo ni siquiera lo conocía de nombre hasta que leí todo eso sobre él esta semana en los informativos —reconoció Courtney—. Supongo que es realmente famoso.

—Sí, por todas las cosas malas que hizo. Bueno, te debo dieciséis dólares. —Metió la mano en el bolsillo, sacó el dinero y lo puso sobre la mesa.

—¿El día que estuviste con él te pareció un mal tipo?

—Te lo diré de este modo: no me gustaría tenerlo cerca si alguna vez pierde la chaveta. Ese día los policías lo acosaron bastante, en especial uno llamado Harwell, y a Valente no le gustó nada. Pero él se quedó tranquilo, muy tranquilo... y en sus ojos apareció una expresión helada, realmente helada... ¿Entiendes lo que quiero decir?

Courtney estaba intrigada.

—Era una mirada... ¿qué...?, ¿asesina?

—Sí, se podría decir que sí.

—Tal vez yo debería quedarme aquí mientras él está, sólo para asegurarme de que Leigh está bien, ¿te parece?

Sonó el timbre de la puerta principal y O'Hara descartó la sugerencia de Courtney.

—Yo estaré aquí, muy cerca de ella, mientras él esté, pero no creo que haya nada de qué preocuparse. Por lo que he leído a lo largo de los años, él está involucrado en muchos negocios sucios, pero no ha hecho nada violento en mucho tiempo.

—Vaya, entonces me siento tranquila —dijo Courtney con sarcasmo.

—Bueno, quizás esto te tranquilizará más... —dijo él y le guiñó un ojo—. Aquel día en las montañas, los policías le dijeron a la señora Manning que se quedara arriba, en la carretera, mientras ellos revisaban la cabaña. Cuando nadie volvió a subir para informarnos algo, Valente alzó a la señora Manning y la bajó en brazos a través de la nieve, hasta la cabaña. Después hizo otro tanto y la subió hasta el camino. Cuando está cerca de la señora Manning él se convierte en un caballero andante.

—¿En serio? —dijo Courtney—. *Muy interesante.*

—Te llamaré cuando sepamos algo del señor Manning —prometió O'Hara mientras caminaba hacia el living.

En lugar de salir por la puerta de servicio de la cocina, Courtney se acercó a la puerta que daba al comedor. Con un hombro apoyado contra el marco, espió a ese hombre alto y de hombros anchos que desde el vestíbulo avanzaba hacia el living. Según lo que había leído y oído decir acerca de él esa semana, Michael Valente era tan experto en eludir a los periodistas como lo era para eludir los intentos de encerrarlo en la cárcel.

Era, sin ninguna duda, un hombre de «perfil alto», en especial en ese momento.

Ella ya había tenido acceso a algunos hechos «nuevos e insólitos» acerca de él.

Como sujeto de una entrevista sería mucho más interesante que el Papa o el Presidente.

Estudió su sonrisa solemne cuando extendió los dos brazos hacia Leigh y dijo:

—He estado muy preocupado por usted.

Su voz sobresaltó a Courtney. Era sorprendentemente grave y distinguida. Si no hubiera elegido ser un delincuente, podría haber sacado partido de esa voz en la radio o la televisión.

Se apartó del camino de O'Hara y su mirada se centró en la caja blanca y chata que Valente le había entregado cuando entró. Debajo del brazo de O'Hara había una bolsa de papel marrón, en la que Courtney supuso que había una botella de algo con contenido alcohólico.

—¿Todavía estás aquí? —le preguntó O'Hara, sorprendido.

—Ya me voy, pero primero quería echarle un vistazo a Valente, en persona —contestó ella y lo siguió a la cocina—. ¿Qué hay en esa caja?

—No lo sé —respondió él y la colocó sobre una mesa—. Pero si me pides mi opinión, diría que es una pizza.

—¿Él le trajo *una pizza*? —exclamó Courtney reprimiendo la risa—. *¿Una pizza?* Es dueño de un helicóptero y de manzanas enteras de edificios en la ciudad de Nueva York... yo habría imaginado más bien que la llevaría a una cena de siete platos en Le Cirque, por ejemplo, con quizás una pulsera de diamantes como servilletero.

—¿Ah, sí? Supongo que sabes más de él que yo.

—Yo no sé nada sobre él, pero pienso hacer una investigación. —Levantó la tapa de la caja blanca y plana y se estremeció de repugnancia—. ¡Aj!

Mientras trataba de descubrir cómo encender uno de los hornos, O'Hara miró por encima del hombro para ver a qué se debía esa exclamación.

—Es una pizza cruda —dijo ella y señaló acusadoramente la caja—, cubierta con enormes camarones. —Volvió a estremecerse—. Más italiano, imposible.

—No sé. Yo prefiero la de salchichón.

—Yo detesto los mariscos, en todas sus variedades. —Abrió la bolsa de papel marrón, extrajo la botella de vino tinto que contenía y examinó la etiqueta—. Este tipo es bien raro. Bebe vino tinto que cuesta trescientos dólares con pizza de camarones.

A O'Hara le preocupaba más la tarea que tenía entre manos.

—Valente me dijo que la pusiera en el horno. Normalmente, yo le diría que se ocupe de sus propios asuntos, pero la señora Manning no ha comido nada en días. ¿Sabes cómo encender este horno?

—No creo que pueda ser tan difícil —contestó Courtney y cambió de lugar con O'Hara, quien comenzó a descorchar el vino en la mesa central. Durante un instante ella estudió el conjunto de diales y botones que había sobre cuatro hornos de acero inoxidable empotrados en la pared de ladrillos mientras su mente ágil calculaba las probabilidades—. Es ésta —dijo enfáticamente y cambió la hora del *timer*.

## 27

—Ignoro dónde guarda Logan sus cosas aquí —le explicó Leigh a Michael Valente al encender las luces del estudio de Logan. Se acercó al escritorio y se sentó en el sillón de cuero. Ese estudio era tan intensamente de su marido que Leigh casi sintió culpa por estar sentada frente a su escritorio tallado del siglo XVIII.

Trató de no pensar en eso y tomó el tirador del cajón central. El cajón estaba cerrado con llave. Trató de abrir los cajones del lado derecho; también estaban cerrados con llave. Lo mismo ocurrió con los de la izquierda. Incómoda, levantó la vista.

—Yo... bueno, lo siento. No sabía que estaban cerrados con llave. —Con un movimiento de cabeza Leigh indicó el mueble archivo empotrado en la pared y con frente de roble, y se puso de pie—. Tal vez la carpeta que usted busca esté allí.

—Tómese su tiempo; no tengo ninguna prisa —dijo él cortésmente, pero Leigh sintió su mirada fija en ella cuando atravesó la habitación, y eso la inquietó. La voz de Valente la inquietaba. O, quizá, lo que la hacía sentir desasosiego era tenerlo allí cuando comprendió, por primera vez, que su marido había empezado a mantener todo cerrado con llave en su propia casa.

También el mueble archivo estaba cerrado con llave.

—Creo que Brenna, mi secretaria, puede saber dónde guarda Logan las llaves.

Se volvió a sentar frente al escritorio de su marido y llamó a Brenna por su teléfono. Brenna estaba en casa y sabía que Logan siempre tenía su escritorio y sus archivos bajo llave, pero ignoraba dónde podría encontrar Leigh esas llaves.

—Me sabe mal que usted tenga que irse de aquí por segunda

vez con las manos vacías —dijo Leigh y calló un momento mientras apagaba las luces del estudio.

—No se sienta mal. Puedo esperar a tener esos documentos que necesito hasta que usted encuentre las llaves.

Leigh regresó al living y se detuvo un instante frente al sofá, sin saber si invitarlo a sentarse por unos minutos o acompañarlo a la puerta si se proponía irse.

—No recuerdo si le agradecí por facilitarme el uso de su helicóptero la semana pasada y por bajarme y subirme por el terraplén cubierto de nieve.

Valente se pasó las manos por los costados de la chaqueta deportiva y luego se las metió en los bolsillos del pantalón.

—En realidad, hay una manera en que puede demostrarme su gratitud. ¿Cuándo comió usted por última vez?

—No he tenido mucho apetito.

—Lo supuse. Como forma de agradecimiento, me gustaría que cenara conmigo esta noche.

—No. Yo...

—Yo no he comido desde el desayuno —la interrumpió él—. Y traje la comida. ¿Dónde está la cocina?

Leigh lo miró boquiabierta, sorprendida y al mismo tiempo fastidiada por su altanería. Su corte de pelo costoso, su chaqueta a medida y su corbata de trescientos dólares le conferían un barniz de prosperidad y de refinada elegancia, pero nada podía contrapesar la fuerza granítica de sus facciones, el severo desafío de su fuerte mandíbula ni el brillo helado y depredador que ella había percibido en sus ojos color ámbar cuando Harwell lo insultó. Logan había tomado a Michael Valente por un hombre de negocios dócil y previsible, pero él no lo era. No lo era en absoluto.

Por otro lado, la semana anterior se había tomado el trabajo de ayudarla mucho, de modo que se dirigió a la cocina seguida por Valente.

La amplia cocina se encontraba desierta, pero los cuatro hornos estaban encendidos y había dos copas de vino sobre la mesa central, junto a platos, servilletas y un cuchillo grande. Valente se quitó la chaqueta y la puso sobre el respaldo de una silla; después le entregó a Leigh una de las copas con vino.

—Beba un poco —le ordenó cuando ella sacudió la cabeza y comenzó a poner la copa sobre la mesa—. La ayudará.

Leigh no estaba segura con respecto a qué cosas creía él que mejorarían si bebía vino, pero bebió un pequeño sorbo sencillamente porque estaba demasiado agotada para oponerse a algo, en particular a algo tan poco importante. Un momento después comenzó a sentir los efectos de ese vino potente.

—Beba un poco más. Hágalo por mí.

Ella bebió otro sorbo.

—Señor Valente, esto es muy agradable de su parte, pero no siento demasiado apetito ni sed.

Él la miró con un silencio especulativo, con una copa de vino en la mano derecha y la mano izquierda en lo más profundo del bolsillo del pantalón.

—Dadas las circunstancias, creo que sería mucho más adecuado que usted me tuteara.

A Leigh se le hizo un nudo en el estómago. Su voz... esos ojos... su actitud.

—Bueno, sucede que en realidad soy una persona bastante formal.

En lugar de responder, él se dio media vuelta y se acercó a los hornos. Se inclinó un poco y estudió lo que contenía uno a través del vidrio de la puerta.

—Siento curiosidad con respecto a algo —dijo, dándole la espalda.

—¿Qué cosa?

—Yo le envié al hospital una canasta con peras. ¿Las recibió?

Perturbada e incómoda, Leigh se quedó mirándole la espalda.

—Sí, las recibí, pero no llevaban tarjeta. Lo lamento. No me di cuenta de que había sido usted el que las envió.

—Eso lo explica —dijo él.

—Me encantan las peras... —comenzó a decir Leigh, con la intención de agradecerle ese regalo.

—Ya lo sé.

La inquietud de Leigh aumentó.

—¿Cómo lo sabe?

—Yo sé muchas cosas sobre usted. Beba un poco más de vino, Leigh.

Las señales de alarma comenzaron a sonar en el cerebro de Leigh. Esa voz. ¡Ella conocía esa voz! Mentalmente repasó esas órdenes breves, junto con otras parecidas: *Use esto por mí... Beba esto... Ámeme... Hágalo por mí...*

—Sé que le gustan las peras, que le encanta la pizza de camarones y que detesta casi todos los vegetales —prosiguió él sin dejar de darle la espalda—. Sé que se broncea con facilidad y que no le gustan los jabones muy perfumados. También sé que no es usted una persona muy formal. —Calló un instante para tomar dos agarraderas que había junto a los hornos.

Detrás de él, Leigh aferró el cuchillo grande que había sobre la mesa central y sintió que el corazón le latía con fuerza por el miedo y la furia. Alcanzaba a oír el sonido leve de un televisor —probablemente un programa de carreras de coches— procedente de la habitación de O'Hara ubicada al fondo de un pasillo. No creía que Joe pudiera oírla si ella comenzaba a gritar.

—Lo cierto es —continuó Valente mientras sacaba la pizza del horno y la apoyaba sobre la mesa de granito— que usted es una persona innatamente bondadosa y espontánea. Se toma tiempo para hablar con cualquier persona que usted piensa que se siente sola o que necesita que le levanten el ánimo; no tolera herir los sentimientos de nadie y es capaz de hacer un gran esfuerzo para encontrar algo bueno prácticamente en todo el mundo, incluyéndome a mí.

Giró y la vio con el cuchillo en la mano.

—¡Fuera de aquí! —le susurró Leigh con furia salvaje—. Salga de mi casa antes de que grite pidiendo ayuda y llame a la policía.

—¡Baje el cuchillo! ¿Qué demonios le pasa?

—¡Usted me ha estado persiguiendo! ¡Era usted! Conozco su voz. Usted es el que me manda flores, y los regalos...

—Yo no soy su acosador...

Leigh comenzó a retroceder hacia el teléfono de pared que había cerca del pasillo y él la siguió, paso a paso.

—Peras —le gritó Leigh con tono acusador—. ¡Peras y pizza y jabón!

—Yo solía observarla comprar comestibles.

—¡Usted lo hacía mientras me seguía!

—¡Baje el maldito cuchillo! —le ordenó él cuando ella chocó contra la pared.

—Llamaré a la policía. —Leigh giró sobre sus talones y tomó el teléfono.

—¡No hará nada semejante! —Colgó el teléfono, lo cubrió con una mano y aplastó su cuerpo contra el de Leigh, aprisionándola a ella y al cuchillo entre la pared y su propio cuerpo—. Ahora suelte el maldito cuchillo —le ordenó en un susurro horrible contra la oreja—. No me obligue a lastimarla al quitárselo.

En lugar de dejarlo caer, Leigh sujetó el mango con más fuerza. El destino ya había hecho todo lo posible para atormentarla. Ya no temía miedo de nada que él pudiera hacerle.

—Váyase al demonio —gimoteó.

Increíblemente, eso lo hizo reír por lo bajo.

—Me alegra comprobar que usted ya no se paraliza cuando está en peligro, pero yo estoy demasiado viejo para exhibir mis habilidades combativas de nuevo frente a usted y, además, tengo miedo de que si la suelto, me cortará en pedacitos con ese maldito cuchillo antes de que yo tenga tiempo de decirle quién soy.

—¡Ya sé quién es usted, maldito hijo de puta!

—¡Quiere escucharme un momento!

Leigh seguía contra la pared, con una mejilla aplastada contra el muro.

—¿Acaso tengo otra opción?

Esa pregunta le resultó muy divertida a Valente.

—Usted es la que tiene el cuchillo. La persona que tiene el cuchillo es la que por lo general decide qué sucede a continuación. Ésas son las reglas.

—¿Lo aprendió en la cárcel? —saltó ella, pero comenzaba a sentirse casi tan tonta como enojada.

—No, lo supe mucho antes de eso —le contestó él—. Y lo recordé hace catorce años, cuando usted salió del colmado de Angelini tarde, por la noche, con algunas peras y una pizza de camarones. Dos matones la amenazaron en la calle. Más tarde, yo la acompañé a su casa.

Todo el cuerpo de Leigh se tensó.

—¿Falco? —murmuró al cabo de un instante de azoramiento—. ¿Usted es Falco?

Él dio un paso atrás para que ella pudiera volverse y Leigh, maravillada, escrutó su cara. Él le tendió una mano.

—¿Ahora podría entregarme ese cuchillo... no por la punta afilada? —bromeó.

Leigh se lo dio, pero no podía dejar de mirarlo. Él era parte de su pasado y sintió una oleada de emoción porque él había vuelto a entrar en su vida en el peor momento y había estado tratando de «rescatarla» una vez más... con muy poco agradecimiento por parte de ella. Inconscientemente extendió las manos hacia él y se sintió casi maternal cuando él se las tomó.

—¡No puedo creer que seas tú! No puedo creer que escondieras una cara como ésa debajo de esa horrible barba. Y te cambiaste el nombre. ¿Cómo está tu madre?

Él sonrió frente a esa catarata de comentarios, y fue una sonrisa rápida y sorprendentemente atractiva que transformó sus facciones e hizo que Leigh recordara que estaban tomados de las manos.

—¿Así que mi barba te parecía horrible?

Ella apartó enseguida las manos, pero no hizo ningún intento de cerrarse a lo emotivo del momento.

—Supuse que detrás de ella ocultabas algo terrible.

—¿Un mentón débil? —sugirió él. Tomó la pizza de la mesa contigua a los hornos y la llevó a la mesa central. Allí, comenzó a cortarla con el mismo cuchillo con el que ella lo había amenazado momentos antes.

Leigh se aferró a ese breve respiro de su angustia con respecto a Logan y tomó la copa de vino para ayudarse a mantener esa actitud.

—La posibilidad de que tuvieras un mentón débil nunca se me cruzó por la cabeza. Pensé que podrían ser cicatrices de...

Él la miró, aguardando.

—Bueno, de alguna pelea... por estar preso.

—Está bien —fue la respuesta seca de Valente—. ¿Así que no pensaste que tenía un mentón débil?

—¿Cómo está tu madre?

—Está muerta.

—Cuánto lo lamento. Yo le tenía mucho afecto. ¿Cuándo sucedió?

—Cuando yo tenía diez años.

—¿Qué?

—Mi madre y mi padre murieron cuando yo tenía diez años.

—Entonces... ¿quién es la señora Angelini?

—La hermana de mi madre. —Tomó los platos y Leigh llevó las copas de vino y las servilletas a la mesa—. Los Angelini me adoptaron cuando mis padres murieron y me criaron con sus propios hijos.

—Ah. Entonces, ¿cómo está tu tía?

—Está muy bien. Ella misma hizo esta pizza para ti, y me pidió que te saludara en su nombre.

—Qué atentos... los dos —dijo Leigh.

Él no le dio importancia y no comentó nada. Buscó el interruptor de la luz y disminuyó un poco la potencia de las luces del techo antes de sentarse frente a ella.

—Come —le ordenó, pero Leigh notó que él tomó su copa de vino y no su porción de pizza. No era cierto que tuviera apetito, como había dicho más temprano. No había sido más que una estratagema para asegurarse de que ella comería algo. Leigh se emocionó tanto que trató de comer y trató de no pensar en la razón por la que a él eso le parecía necesario.

—¿Te cambiaste el nombre de Falco Nipote a Michael Valente? Él sacudió la cabeza.

—Es al revés.

—¿Quieres decir que tu nombre era Nipote Falco?

—No. Quiero decir que yo no me cambié el nombre. *Tú* lo cambiaste.

—Pero ésos son los nombres con que te llamaba la señora Angelini.

—*Nipote* es la palabra italiana para «sobrino». Y *falco* significa «halcón» en italiano. En el antiguo vecindario, todos teníamos apodos. A mi primo Angelo lo llamaban «Dante» porque detestaba que lo llamaran Ángel y porque, decididamente, no era un ángel. Dominick era «Sonny» porque era... —Hizo una pausa para pensar cuál era la razón y sacudió la cabeza—. Porque siempre lo llamaban Sonny, incluso mi tío lo hacía. —Buscó con la mirada la botella de vino y se dio cuenta de que seguía en la mesa y se puso de pie para buscarla.

—¿Por qué te apodaban Halcón? —le preguntó Leigh cuando él volvió a verter vino en las copas.

—Angelo empezó a llamarme de ese modo cuando éramos chicos. Él tenía tres años más que yo, pero yo siempre quería acompañarlo en sus proezas. Para librarse de mí, me convenció de que yo tenía una mirada especial —ojos como de halcón— y que sus compañeros necesitaban que yo fuera su «campana». Yo cumplí con ese papel hasta caer en la cuenta de que ellos se estaban divirtiendo de lo lindo y yo no.

—¿A qué clase de diversión te refieres?

—No preguntes.

Ella se puso seria. Él tenía razón: ella no quería preguntar.

—Gracias por todas las cosas bondadosas que has hecho por mí, el viernes y esta noche. Es casi imposible creer que te has tomado semejante trabajo por mí.

—¿Por qué lo dices?

—Porque, hace catorce años, ni siquiera te molestabas en contestarme cuando yo te hablaba.

—Era mi intención acercarme a ti.

—¿Y qué te lo impidió?

*Logan me lo impidió*, pensó Michael Valente, pero no lo dijo. No quería romper el hechizo mencionando al marido que ella nunca volvería a ver con vida.

—Tal vez mi timidez.

Ella lo descartó con un movimiento de cabeza.

—Me lo pregunté en aquella época, pero las personas tímidas no son deliberadamente groseras. Cuanto más amable era yo contigo, más seco y grosero te mostrabas. Después de un tiempo, fue obvio que no me tolerabas.

—¿Eso era obvio?

Leigh percibió la divertida ironía en su tono, pero la preocupaban preguntas más acuciantes.

—¿Por qué no me dijiste quién eras el sábado pasado por la noche, durante la fiesta? —Ante la mención de esa fiesta, Leigh ya no pudo impedir que la macabra realidad del presente irrumpiera en sus pensamientos. Olvidó la pregunta que había hecho y miró por la ventana que tenía al lado mientras luchaba por reprimir el llanto.

Como si él hubiera intuido lo que acababa de sucederle, evitó el tema de la fiesta.

—Yo te dije quién era en la nota que fue con las peras.

Leigh trató de concentrarse nuevamente sólo en ese tema.

—Debes de haber pensado que yo era increíblemente grosera al no mencionártelo cuando me llevaste a las montañas o cuando ayer te llamé por teléfono. O incluso esta noche.

—Supuse que no habías leído la nota o que sí lo habías hecho y preferías no reconocer cualquier relación anterior conmigo.

Leigh lo miró fijo.

—Yo jamás haría una cosa así.

Él le sostuvo la mirada.

—A menos que, en los últimos catorce años, te hubieras transformado en «una persona bastante formal».

Ella reconoció esa suave «burla» con una leve sonrisa; después tuvo que morderse el labio para no llorar. Las lágrimas estaban tan cerca de la superficie cada minuto del día que cualquier cosa —incluso las cosas bonitas y llenas de sentido del humor— podía hacerla llorar sin aviso previo.

## 28

Joe O'Hara entró en la cocina justo en el momento en que Michael vertía lo último que quedaba de vino en la copa de Leigh. En una única mirada sorprendida, vio la media luz reinante y la intimidad que trasuntaba la escena, y trató de salir de allí.

—Perdón...

—Aguarde, Joe... no se vaya —dijo Leigh, impaciente por corregir la impresión que sin duda había recibido Joe—. Quiero presentarle como es debido al señor Valente...

—Pero si nosotros ya nos conocemos, señora Manning. ¿No lo recuerda? ¿El viernes pasado?

A pesar de la seriedad del momento, Leigh no pudo evitar sonreír al ver la expresión azorada de Joe.

—Por supuesto que lo recuerdo. Lo que trato de decirle es que yo no recordaba que conocía al señor Valente cuando lo vi el viernes. Hace muchos años, cuando yo era estudiante universitaria y vivía en el centro, él trabajaba en la tienda de su familia de la esquina, y yo solía hacer allí mis compras. Él tenía barba y yo no conocía su nombre, pero su tía —bueno, alguien que yo creí que era su madre hasta esta noche— preparaba pizzas de camarones ¡sólo para mí!

La mirada acusadora de O'Hara pasó de la botella de vino vacía a la cara de Michael Valente.

—¿Cuánto de ese vino le dio a la señora Manning?

—Yo no estoy borracha, Joe. Estoy tratando de explicarle por qué no reconocí a Michael hasta esta noche. Cierta noche, él me salvó de ser asaltada, o algo mucho peor, en la calle.

—¿Y debo suponer que después usted olvidó preguntarle cómo

se llamaba? —sugirió Joe O'Hara, pero en lugar de parecer escéptico, el chófer leal dio la impresión de querer creer lo increíble. Se acercó a la mesa, listo para reconocer la presentación formal que Leigh, en su presente estado de ánimo, creía absolutamente necesaria.

—En aquella época yo conocía su nombre —explicó Leigh—, pero en el vecindario de Michael todos tenían apodos. A él lo llamaban Halcón —*falco* en italiano—, y Falco es el único nombre por el que lo conocí hasta esta noche.

O'Hara extendió el brazo para estrechar la mano de Michael Valente, pero su gesto llevaba implícita una advertencia al otro hombre.

—En nuestro vecindario también todos teníamos apodos —dijo Joe bruscamente—. El mío era Matón.

Leigh reprimió la risa frente a lo que respondió Michael, muy serio:

—Lo tendré muy en cuenta.

Cuando Hilda regresó de su tarde libre poco tiempo después, Joe O'Hara le pasó la misma información acerca de Valente mientras Leigh y Michael lo observaban. Fue el único alivio de la angustia y el suspenso que Leigh había tenido en una semana. Pero terminó abruptamente cuando sonó el teléfono.

Hilda contestó, dijo unas pocas palabras y regresó lentamente a la mesa de la cocina.

—La detective Littleton y un tal teniente McCord vienen para aquí.

Leigh dio un salto y corrió al living, llena de esperanzas y de miedo.

En la cocina, Hilda miró a O'Hara muy preocupada y bajó la voz.

—La detective Littleton quería estar segura de que la señora Manning no estaba sola. Quería tener la certeza de que alguien estaría aquí con ella...

—Eso no suena nada bien —dijo O'Hara y giró automáticamente hacia Michael Valente para oír su opinión—. ¿No le parece?

—Así es —dijo Valente, muy tenso—. No suena nada bien. —Con la cabeza indicó la puerta que daba al living—. Ustedes dos deben ir allá y estar con ella.

O'Hara no sugirió que Valente los acompañara. Ya había visto cómo era tratada Leigh por la policía cuando estaba con él. En cambio, Joe tomó a Hilda del brazo y los dos se encaminaron al living.

Michael Valente permaneció fuera de la vista, escuchando las voces procedentes del living, incapaz de proteger a Leigh —o incluso de estar junto a ella— cuando le daban una noticia que él sabía que iba a herirla más profundamente que la navaja de cualquier asaltante...

Leigh miró la cara de los dos detectives y mentalmente trató de rechazar lo que ellos le estaban diciendo.

—¡Están equivocados! Él no estaba en la cabaña. Yo estuve allí. ¡Encontraron a otra persona!

—Lo lamento, señora Manning —dijo la detective Littleton—. No cabe la menor duda. Su cuerpo fue descubierto dentro de su coche en un garaje excavado en la colina detrás de la casa.

Sus ojos, brillantes por las lágrimas, se abrieron con una expresión de angustiada acusación.

—Él murió de frío mientras ustedes perdían tiempo...

—No murió congelado —le dijo fríamente el hombre llamado McCord—. Su marido murió de un disparo en la cabeza. El arma estaba en el suelo del coche.

Leigh sacudió la cabeza con vehemencia.

—¿Ha perdido el juicio? ¿Me está diciendo que encontró a un hombre que se mató de un disparo en su coche y ustedes creen que es mi marido? ¡Logan jamás haría una cosa así! ¡Nunca, nunca, *nunca* haría una cosa así!

Leigh no creía nada de lo que le decían, nada en absoluto... salvo que Logan estaba muerto. Por mucho que permaneciera allí, de pie, tratando de negarlo, ya sabía que estaba muerto. Él habría regresado a ella días antes si hubiera estado con vida. Sintió que Hilda le pasaba el brazo por los hombros y retorció el dobladillo de su suéter como una criatura frenética que trata de entender por qué los grandes la están castigando.

—Él... les juro que no se mató, ¿me han entendido? —exclamó—. Mienten. ¿Por qué me están mintiendo?

—Nosotros no creemos que su marido se haya quitado la vida —le dijo McCord—. Sabremos más mañana, pero en este momento tenemos motivos para creer que otra persona fue la que disparó su revólver.

La imaginación frondosa de Leigh eligió ese momento para

desplegar una escena macabra: Logan, con el cañón de un arma apoyado en la cabeza por otra persona. Esa persona que dispara y termina con su vida. Y también con la vida de ella. La habitación comenzó a girar y a balancearse, y Leigh se aferró a la manga de Hilda. Con lágrimas en los ojos, miró a la más bondadosa de los dos detectives e inclinó la cabeza, como si al asentir en dirección a Sam Littleton pudiera obligarla a asentir también, a mostrarse de acuerdo con ella.

—Él está equivocado, ¿verdad que sí? Lo está. Dígame que está equivocado. —Le tendió la mano—. Por favor. Dígamelo.

La voz suave de la detective Littleton fue comprensiva pero firme.

—No, señora Manning, él no está equivocado. Lo lamento muchísimo...


Esa noche, Hilda la acostó. O'Hara preparó dos bebidas fuertes y obligó a Hilda a beber una. Él terminó la suya y escoltó a la asistenta a su habitación; después se dirigió a la suya y bebió dos copas más, dejando que Michael Valente saliera del apartamento por su cuenta.

A las once de la noche, Joe se levantó para cerciorarse de que todo estuviera cerrado con llave. Estaba a mitad de camino de ese living silencioso cuando comprobó que Valente no se había ido: estaba sentado en una silla incómoda de respaldo recto en un extremo de la habitación, junto al pasillo que conducía al dormitorio principal. Tenía la cabeza inclinada, los antebrazos apoyados en los muslos, las manos entrelazadas. Escuchaba el llanto angustiado de la mujer que ocupaba el dormitorio del fondo del pasillo.

Se había apostado allí como un centurión.

Cuando Joe silenciosamente se le iba acercando, y trataba de decidir qué decirle, Valente se frotó la cara con las manos.

—¿Piensa quedarse aquí sentado toda la noche? —preguntó Joe en voz baja.

El otro hombre apartó las manos y levantó la vista.

—No —respondió.

Si Joe no hubiera bebido esas copas, habría guardado para sí lo que pensaba de los motivos de ese hombre; pero había estado bebiendo, así que dijo:

—Me parece que podría irse a su casa y dormir un poco, Halcón. No hay nada que pueda hacer para protegerla de lo que está padeciendo esta noche.

Valente no confirmó ni negó la interpretación que hizo Joe de sus motivos para estar allí. En cambio, se incorporó y lentamente se puso la chaqueta que había dejado en el respaldo de la silla.

—En ese caso, Matón, la dejaré a su cuidado.

## 29

—Sé que es un momento difícil para usted, señora Manning —le dijo Sam Littleton cuando ella y McCord se encontraban sentados en el living a la mañana siguiente. Shrader estaba en la cocina entrevistando a la sirvienta, el chófer y la secretaria—. Trataremos de que esta visita sea lo más breve posible —continuó Sam—. Hay varias preguntas que necesitamos hacerle, y algunas de ellas pueden parecerle ofensivas o incluso crueles, pero le aseguro que son sólo rutina. Son las mismas preguntas que le hacemos a cada cónyuge después de un homicidio.

Sam hizo una pausa, a la espera de alguna respuesta por parte de esa mujer pálida y destrozada sentada frente a ella.

—¿Señora Manning? —la urgió Sam.

Leigh apartó la mirada de la gran estrella de mar de cristal que había sobre la mesa, junto al codo de McCord. Logan se había enamorado de esa preciosa pieza de cristal en Newport, el verano anterior, y ella lo había sorprendido con ese regalo cuando volvieron a casa.

—Lo siento, estaba pensando en otra cosa. ¿Qué era lo que quería preguntarme?

—Ahora que tuvo algunas horas para adaptarse a la trágica noticia de la muerte de su marido, ¿se le ocurre alguna razón por la que alguien puede haber querido matarlo?

«Algunas horas para adaptarme», pensó Leigh con incredulidad. Necesitaría más bien varias vidas para adaptarse a esa realidad.

—Bueno, yo... estuve despierta toda la noche, pensando en eso, y lo único que tiene algún sentido para mí es que se trató de un hecho espantoso pero no planeado. Quizás algún vagabundo lunático vivía allí y sentía que ese lugar le pertenecía. Entonces, cuando vio que Logan entraba sus cosas en la casa y guardaba el coche, sacó su revólver y... y lo mató.

—Lamentablemente, los hechos no corroboran esa teoría —dijo Sam—. El revólver calibre treinta y ocho hallado en el suelo del coche de su marido estaba registrado a nombre de él. —Cuando Leigh se quedó mirándola, Sam preguntó—: ¿Sabía que su marido tenía un arma?

—No. No tenía ni idea. —Leigh no podía, *no quería* pensar que alguien hubiera planeado de antemano asesinar a su marido, así que trató de que los nuevos hechos calzaran en su teoría.

—Si en esa cabaña vivía un psicópata, entonces es posible que haya seguido a mi marido hasta el coche. Cuando Logan extrajo el arma, hubo una lucha, un forcejeo, y el revólver se disparó accidentalmente.

Era obvio que la detective Littleton pensaba que la teoría de Leigh era demasiado descabellada como para ser tomada en cuenta, porque la pasó por alto y le hizo otra pregunta.

—¿Se le ocurre alguna razón por la que su marido haya considerado necesario llevar un arma?

Leigh trató de pensar en una explicación, por absurda que pareciera. Al cabo de un momento, dijo en voz baja:

—En los últimos años Logan entró en el ramo de la construcción. Sé que hay involucrados algunos sindicatos y, por lo que he leído, las cosas pueden ponerse bastante... —Leigh calló un momento—. No, espere. A mí me estaban persiguiendo. Ésa debe de haber sido la razón por la que Logan compró un revólver.

—¿Cuándo cobró usted conciencia de que la seguían?

—Hace un par de meses. Hicimos la denuncia en la policía. Esa denuncia tiene que estar registrada.

Sam hizo una anotación mental al respecto, pero ya sabía que la denuncia se había registrado en septiembre, seis meses *después* de que Logan Manning comprara el arma.

—¿Cómo describiría su relación con su marido? ¿Era un matrimonio feliz?

—Sí, muy feliz.

—¿Él confiaba en usted?

—Por supuesto.

—Piénselo bien. ¿Le mencionó, por ejemplo, que estaba preocupado por algún problema de negocios?

—A Logan le iba extremadamente bien en los negocios. Sobre todo en los últimos dos o tres años. No tenía ningún problema en ese sentido.

—¿Lo notó preocupado?

—No más que de costumbre.

—¿Le importaría que habláramos con la gente de su oficina? —La pregunta era meramente retórica, pues McCord ya había averiguado los nombres de todos los empleados y los había dividido entre Sam, Shrader y él mismo para interrogarlos.

—Por favor, hablen con quienes quieran —respondió Leigh—. Hagan lo que consideren necesario.

—¿En quién más confiaba su marido, además de usted?

—En nadie.

—¿No tenía buenos amigos?

—Los dos lo éramos. Cada uno era el mejor amigo del otro.

—Ajá. Entonces, ¿tampoco usted tiene amigas íntimas? ¿Personas en quienes confía?

Lo dijo de una manera que tenía como propósito hacer que Leigh se sintiera una persona antisocial y solitaria si no nombraba por lo menos a una amiga. La estratagema rindió sus frutos.

—Estoy en el negocio del espectáculo y mis amistades pertenecen, en su mayor parte, al mundo de las artes y del entretenimiento. Tienden a ser personas que disfrutan más de la publicidad que de la privacidad, así que no destacan por guardar secretos: los suyos ni los míos. He aprendido a no confiarle a nadie las cosas que no quiero que aparezcan en la columna de Liz Smith ni en el *Enquirer*.

La detective Littleton asintió como si la entendiera perfectamente, pero sus palabras demostraron que era decididamente pertinaz:

—Según una nota que leí en la página seis del *Post* acerca de su fiesta de cumpleaños, eran más de trescientas personas las que se encontraban allí para festejarlo con usted. ¿Su marido no conocía a ninguna de esas personas lo suficiente como para confiarle algo, en algún momento?

Leigh comprendió que si no le daba algunos nombres a Sam Littleton, lo más probable era que la detective siguiera presionándola con ese tema hasta la noche, así que mentalmente repasó durante varios minutos su fiesta de cumpleaños y le dio a Sam Littleton el nombre de las primeras personas que se le cruzaron por la mente.

—Jason Solomon es amigo mío.

—¿Personal?

—Sí. Sybil Haywood es otra amiga; lo mismo que Theta Berenson...

—¿La pintora?

—Sí. Ah, y Sheila Winters. La doctora Winters es amiga mía y también de mi marido.

Sam hizo una anotación.

—¿La doctora Winters? ¿Acaso su marido tenía algún problema grave de salud?

—No. Sheila es psiquiatra.

McCord habló por primera vez.

—¿Ustedes fueron pacientes de ella?

Esa pregunta incomodó a Leigh. Tuvo la sensación de que ella misma se había tendido una trampa.

—La vimos por un período muy breve hace varios años, como pacientes. Ahora es sencillamente una buena amiga nuestra.

—¿Quién necesitó un psiquiatra? —preguntó McCord con rudeza—. ¿Usted o su marido?

Leigh estaba a punto de decirle que se metiera en sus propios asuntos, y lo habría hecho si Sam Littleton no se hubiera apresurado a decir:

—No tiene por qué responder esa pregunta, señora Manning, si la hace sentirse incómoda. El teniente McCord y yo no hemos trabajado juntos antes, pero a juzgar por la pregunta que le hizo, apuesto a que es uno de esos hombres que se enorgullecen por preferir que un simple resfriado se transforme en neumonía con tal de no consultar a un médico. Lo más probable es que él mismo cambie el aceite de su coche y se arranque su propia muela en lugar de ir a un dentista. —Le sonrió afectuosamente a Leigh—. A diferencia del teniente, yo sé que las personas inteligentes y activas, que pueden costeárselo, por lo general prefieren ganar tiempo y esfuerzos al consultar a especialistas en todos los campos, se trate de mecánica de coches, informática o —transfirió su sonrisa al hombre que tenía al lado— medicina.

Leigh estaba tan de acuerdo con Sam que se sintió impulsada a probar la veracidad de la teoría de la detective Littleton, y para ello le explicó al teniente McCord cuál había sido el motivo trivial por el que Logan y ella habían consultado a Sheila.

—Logan no sabía cómo disminuir su ritmo de trabajo y disfrutar de la vida. Sheila lo ayudó muy rápido a comprender que se estaba perdiendo las mejores cosas de la vida al exigirse tanto.

La detective Littleton se inclinó hacia delante y preguntó:

—¿Cabe la posibilidad de que su marido le haya confiado a la doctora Winters, como amiga suya, que había comprado un arma y la razón que lo movió a hacerlo?

—No lo sé. Lo dudo. Sheila y Logan almorzaban juntos cada tanto, pero era algo puramente social. Ambos tenían historias de vida similares y muchos conocidos en común. Yo llamé por teléfono a Sheila esta mañana y le conté lo que le había ocurrido a Logan. Estoy segura que si él le hubiera mencionado alguna vez que había comprado un arma, ella me lo habría contado.

—Tal vez no creyó que podía o debía hacerlo. ¿Tiene inconveniente en que nosotros hablemos con ella?

Leigh negó con la cabeza.

—No, pero estoy segura de que Logan compró el arma por lo del hombre que me perseguía.

La expresión de la detective Littleton se volvió sombría.

—Yo confiaba en no tener que decirle esto, señora Manning, pero su marido compró el revólver en marzo, vale decir, seis meses antes de que su acosador entrara en escena. —Mientras Leigh quedaba aturdida por esa información, la detective Littleton dijo—: ¿Entiende ahora por qué es importante que hablemos con la doctora Winters? Si su marido temía por su propia vida, es posible que, inadvertidamente, le haya dado alguna idea de qué era lo que temía... o *a quién* le temía.

—Entonces, decididamente, hablen con ella.

—Necesitaremos su autorización escrita, y estoy segura de que la doctora también nos la exigiría antes de sentirse con derecho a quebrar el secreto profesional. ¿Estaría usted dispuesta a darnos ese permiso?

—Sí, si me prometen mantener en reserva esa información.

—Seremos muy, muy discretos —le prometió la detective Littleton mientras arrancaba una pequeña hoja de papel de su libreta y se la entregaba a Leigh, junto con su bolígrafo—. Sólo escriba algo en el sentido de que autoriza a la doctora Winters a facilitarnos información acerca de su marido.

Leigh lo hizo automáticamente, dejándose llevar... o empujar. Cuando le devolvió el papel a Sam Littleton, dijo:

—Pienso todo el tiempo en la persona que aquella noche hizo que mi coche se despeñara. Quizás es la misma persona que asesinó a mi marido.

—Lo estamos buscando, y hemos redoblado nuestros esfuerzos desde que ayer encontramos a su marido. Nos gustaría también su permiso no sólo para hablar con los empleados de su marido, sino también para llevarnos e inspeccionar cualquier registro que creamos que puede ser pertinente para este caso. Nos ocuparemos de que no se pierdan. ¿Está usted de acuerdo?

—Sí.

Sam cerró su libreta y miró a McCord.

—¿Usted tiene alguna otra pregunta, teniente?

McCord sacudió la cabeza y se puso de pie.

—Lamento mi reacción a la mención de la doctora Winters. La detective Littleton me tiene bien fichado: yo todavía cambio el aceite de mi propio coche y el ordenador de casa hace dos años que no funciona porque no permito que ninguna otra persona lo repare. El único dentista que conozco es el que estoy investigando en este momento.

Leigh aceptó su disculpa, pero la sorprendió su tono humilde porque estaba en abierta contradicción con su expresión fría y su sonrisa mecánica.

—El médico forense debería estar en condiciones de liberar mañana el cuerpo de su marido —agregó McCord—. Infórmenos acerca de los servicios fúnebres. Con su permiso, nos gustaría que nuestra gente estuviera presente en esos servicios.

Leigh se apoyó en el respaldo del sofá pues temblaba frente a la forma indiferente y cruda en que él se había referido al «cuerpo de su marido» y a los «servicios fúnebres». Logan estaba muerto. Nunca volvería a sonreírle ni a estrecharla fuerte contra su cuerpo en la cama mientras dormía. Su cuerpo estaba en la morgue. Ella todavía no había pensado en los arreglos fúnebres, aunque Brenna había tocado el tema con delicadeza esa mañana cuando Trish Lefkowitz telefoneó para ofrecer su ayuda.

—¿Por qué quieren tener a su gente allí? —preguntó cuando pudo confiar de nuevo en su voz.

—Como precaución, eso es todo. A usted alguien la ha estado persiguiendo y su marido ha sido asesinado.

—Hagan lo que consideren necesario.

McCord miró hacia la cocina por encima del hombro.

—Veré si el detective Shrader ya terminó.

El detective Shrader no sólo había terminado sino que disfrutaba de una taza de café y de un bizcocho casero mientras el chófer conversaba con él sobre fútbol.

Los tres detectives bajaron en el ascensor en total silencio. Por razones de seguridad, a todos los visitantes al edificio de los Manning se les exigía registrarse en enormes libracos cuando llegaban y también firmar cuando se retiraban. El custodio de ese registro de visitantes era un portero uniformado de cierta edad, cuya placa lo identificaba como «Horace». Estaba sentado frente a un escritorio negro y curvo de mármol ubicado en el centro del hall.

—Qué pena tan grande lo del señor Manning —dijo Horace y le entregó a Shrader un bolígrafo para poder firmar la salida de ellos tres en el gran libro encuadernado en cuero en el que había firmado más temprano.

En lugar de tomar el bolígrafo, Shrader tomó el libro y le entregó una orden judicial plegada al portero.

—Esta orden nos permite llevarnos este libro como prueba —le anunció al más que sorprendido portero—. ¿Usted tiene otro igual que puede usar?

—Bueno, sí, pero no se supone que empecemos a usarlo hasta enero, y estamos apenas en diciembre.

—Empiece a usar el nuevo ya mismo —le ordenó Shrader—. Y si alguien le pregunta qué fue de éste, sólo diga que alguien le volcó algo encima. ¿Puede hacerlo?

—Sí, pero mi jefe...

Shrader le entregó su tarjeta.

—Dígale a su jefe que se comunique conmigo.

## 30

Shrader conducía el coche, así que Sam tomó el libro de registro de visitantes y se instaló en el asiento de atrás, dejando que McCord se sentara delante, junto a Shrader. Tenía el libro abierto antes de que el coche arrancara, y comenzó a revisar los nombres a partir del primero de noviembre.

—¿Qué consiguió sonsacarle a la sirvienta? —preguntó McCord a Shrader.

—Según Hilda Brunner, los Manning eran una pareja «perfecta». Nada de peleas, ni siquiera una riña ocasional. A veces el señor Manning regresaba tarde a casa, pero en esos casos siempre llamaba por teléfono para avisar y siempre estaba en casa a más tardar a las once o doce de la noche. Hizo algunos viajes cortos de negocios. La señora Manning nunca pasó una noche fuera de casa sin él en los tres años que hace que Brunner trabaja para ellos.

»Ella confirmó que Manning salió del apartamento el domingo por la mañana alrededor de las ocho, y que hizo dos viajes hasta el coche con las cosas que llevaba a las montañas. Entre esas cosas estaban dos copas de cristal, una botella de vino, una botella de champán y... —dejó la frase sin terminar para lograr mayor efecto antes de añadir con una sonrisa triunfal— *dos* sacos de dormir, porque ella tuvo que ayudarlo a encontrarlos en el fondo de un armario, y ella lo vio llevárselos.

—¿Alguna otra cosa? —preguntó McCord, complacido.

—Sí. Me dio un bizcocho sensacional y me advirtió que no debía perturbar a la señora Manning ni dejar caer migas en el suelo.

—¿Y qué me dice del chófer?

—Se llama Joseph Xavier O'Hara y no me dio ninguna información. Absolutamente nada. En realidad trabaja para otra pareja, Matthew y Meredith Farrell, de Chicago. Hace un par de semanas partieron en un crucero alrededor del mundo. Cuando los Farrell se enteraron de que supuestamente alguien perseguía a Leigh Manning, les «prestaron» O'Hara a los Manning hasta su regreso.

—¿Eso es todo?

—No. O'Hara sabe algo, algo acerca de lo cual no quiere hablar.

—¿Valente?

—Podría ser. Probablemente lo sea. Me dijo que no mencionara a Valente, de modo que no le hice a O'Hara ninguna pregunta sobre él, pero él tampoco comentó nada voluntariamente.

—¿Eso es todo lo que consiguió de O'Hara?

—No, también recibí una advertencia —dijo Shrader con una mueca de desagrado—. Me dijo que no trastornara a la señora Manning y que lo olvidara si pensábamos que ella tenía algo que ver con la muerte de su marido. O'Hara no es ingenuo y tampoco es sólo un chófer. Es un guardaespaldas y tiene permiso para portar armas.

—¿Y qué me dice de la secretaria? —preguntó McCord.

—Brenna Quade —dijo Shrader—. En este momento trabaja en forma casi exclusiva para la señora Manning, y confirmó lo dicho por la criada. Aseguró que los Manning eran una pareja muy feliz. Me dio una copia de la lista de invitados para la fiesta de hace una semana. —Metió la mano en el bolsillo y extrajo varias hojas de papel con una lista de nombres cuidadosamente escritos a máquina y en orden alfabético—. Otra copia se la entregó al portero para que supiera quiénes eran los invitados. ¿A que no adivina qué nombre no estaba en la lista original?

—Valente —dijo McCord mientras desplegaba la lista y revisaba los nombres.

—Acertó. Su nombre fue agregado en bolígrafo la tarde de la fiesta, a petición de Logan Manning. ¿Y usted? —le preguntó Shrader a McCord—. ¿Descubrió algo interesante?

McCord inclinó la cabeza hacia el asiento de atrás, donde Sam examinaba el registro de visitantes.

—Bueno, descubrí que la detective Littleton cree que soy un reaccionario sureño de clase baja, viejo y desdentado, de cuyo bolsillo pende un trapo lleno de aceite y que tiene una actitud nada educada hacia toda clase de médicos y, en particular, psiquiatras.

Sam no se molestó en defenderse ni en explicar sus actos, y quedó bastante sorprendida cuando McCord lo hizo por ella.

—Littleton se dio cuenta de que yo había espantado a la señora Manning, así que tomó la pelota y hasta se mostró agresiva conmigo, frente a ella. En consecuencia, consiguió que la mujer firmara un permiso para que la psiquiatra de los dos hablara libremente con nosotros. Yo no podía creer que Littleton lo hubiera logrado, y con tanta facilidad.

—Siempre es fácil persuadir a las personas inocentes y no involucradas para que hagan lo correcto —murmuró Sam y pasó la página—. No estoy diciendo que estoy totalmente convencida de que ella es inocente, pero hay algo en esa mujer que me impide imaginarla siendo cómplice del asesinato de su marido. Anoche —continuó, dirigiendo la explicación a Shrader—, cuando le informamos que habíamos encontrado a su marido muerto de un disparo, Leigh Manning extendió la mano hacia mí y me suplicó que dijera que McCord estaba equivocado. Por Dios, yo casi me eché a llorar y... —Sam calló, la vista fija en el nombre escrito en el registro de visitantes de la noche anterior; después cerró con fuerza el libro—. ¡Maldición! ¡No puedo creerlo!

—¿Qué es lo que no puedes creer? —preguntó Shrader y la miró por el espejo retrovisor.

El tono de voz de McCord fue una mezcla de diversión y cinismo.

—Creo que la detective Littleton acaba de descubrir que Valente estaba en el apartamento de los Manning anoche, fuera de nuestra vista, mientras la viuda le dedicaba su actuación a Littleton y casi la hacía llorar.

La furia de Sam hacia sí misma comenzó a manifestarse, esta vez hacia un nuevo blanco: Mitchell McCord.

—¿Cómo lo supo? —preguntó con una calma que no sentía.

—Anoche vi el nombre de Valente en el registro cuando firmé nuestra entrada y nuestra salida.

Eso era exactamente lo que Sam sospechaba que él diría. Furiosa y decepcionada con McCord, puso el pesado libro sobre el asiento contiguo y comenzó a mirar por la ventanilla mientras obligaba a sus facciones a adoptar una máscara agradable e indiferente. Cuando algunos minutos después McCord le preguntó si quería acompañarlo al departamento de forenses para verificar las pruebas que le habían hecho a Manning, ella dijo, con la mejor de las sonrisas.

—Desde luego.

Sheila estaba con un paciente cuando Leigh la llamó, pero le devolvió la llamada pocos minutos más tarde.

—Sólo quiero hacerte una pregunta breve —le explicó Leigh—. ¿Sabías que Logan se había comprado un arma?

—No.

—Lo supuse, pero la policía te lo va a preguntar de todos modos. Piensan que Logan podría habérselo confiado a una persona amiga.

## 31

Balística confirmó que el proyectil que había penetrado en el cerebro de Logan Manning y se había alojado en la pared izquierda del garaje procedía del 38 especial hallado en su coche. Lo mismo podía decirse del recuperado en la pared de la derecha.

El forense todavía no había completado su informe escrito, pero Herbert Niles estaba dispuesto a adelantarles a Sam y a McCord los hallazgos principales de la autopsia.

—Logan Manning decididamente se marchó de este mundo muy alegre —anunció, con regocijo.

—Sí, claro. Qué comentario tan encantador, Herb —le dijo McCord con impaciencia.

—Nada de encantador. Lo que dije fue literal. La causa de muerte fue una herida de bala de revólver en la sien derecha, que sucedió menos de una hora después de haber ingerido prácticamente toda una botella de vino. Diría que fue vino blanco chardonnay.

# 32

El funeral de Logan Manning fue un acontecimiento mediático, al que asistieron quinientos magnates de los negocios, líderes de la política y la comunidad, así como también integrantes eminentes del mundo del espectáculo. Doscientos de los asistentes participaron después de la procesión fúnebre al cementerio y permanecieron de pie en medio del frío y la niebla para ofrecerle una despedida final a ese hombre de sociedad asesinado y presentarle sus respetos a su famosa viuda.

Notable ausente de esos servicios fue Michael Valente y, aunque los medios lo comentaron en su cobertura informativa de la noche, centraron su atención en los rostros familiares y los nombres reconocidos entre los presentes. Los fotógrafos que flanqueaban la capilla y luego siguieron la procesión fúnebre hasta el cementerio no gastaron película en una mujer elegantemente vestida, de pelo entrecano y poco más de setenta años, que fue la última en la fila para hablar con la viuda junto a la tumba.

Nadie le prestó atención cuando la mujer tomó la mano de Leigh y sólo Leigh pudo oír lo que ella le dijo:

—Mi sobrino pensó que su presencia aquí hoy sólo entorpecería esta ocasión solemne. Yo vine en cambio como representante de nuestra familia.

Aunque tenía un aspecto parecido al de las parientas ricas y de edad de Logan, su mirada era más compasiva y su voz poseía un muy leve acento italiano que enseguida hizo que Leigh recordara la calidez con que siempre era recibida en el colmado Angelini años antes.

—¿Señora Angelini? —dijo Leigh y le oprimió las manos enguantadas—. ¡Qué amable de su parte haber venido! —Leigh creía que se le habían acabado las lágrimas, pero la bondad que vio en los ojos de esa mujer, el hecho de que estuviera allí de pie en medio de ese frío glacial, hizo que Leigh volviera a echarse a llorar—. Aquí afuera hace demasiado frío y hay demasiada humedad para usted.

Ninguna de las personas mayores presentes en el servicio fúnebre había desafiado el clima inhóspito del cementerio. Se habían vuelto a su casa o al apartamento de Leigh, donde personal especializado servía comida. Leigh invitó a la señora Angelini a ir a su casa, pero ella rechazó la invitación.

—¿Puedo dejarla en alguna parte? —le preguntó Leigh mientras avanzaban por entre el mar de lápidas hacia la fila de automóviles estacionados en la calle.

—Yo tengo coche —dijo la señora Angelini y señaló con la cabeza a un chófer uniformado que mantenía abierta la portezuela trasera de un Bentley negro. Leigh reconoció enseguida al chófer.

—Por favor, dígale a Michael que lo llamaré pronto —agregó Leigh cuando la señora Angelini se deslizó en el asiento trasero del vehículo.

—Se lo diré. —Vaciló un instante como sopesando con mucho cuidado sus palabras—. Leigh, si llegas a necesitar algo debes decírselo. Él no te fallará como otros lo han hecho.

## 33

Brenna había arreglado que Payard, el *bistrot* y *pâtisserie* francés, proporcionara la comida en el apartamento después del funeral. Cuando Leigh llegó, los invitados ya se habían distribuido en los mismos grupos que en la fiesta de más de una semana antes, salvo que ahora el principal tema de conversación era la identidad del asesino de Logan.

Leigh se movió mecánicamente de un grupo al otro, aceptando condolencias y escuchando las cosas trilladas que la gente dice en un intento inútil por contribuir a que la peor de las experiencias humanas parezca menos trágica. Las amistades y la familia de Logan eran del tipo *«¡Arriba ese ánimo!»* y *«Mantén la compostura»*. El juez Maxwell le palmeó el hombro y le dijo, solemnemente:

—Tal vez no te lo parezca ahora, pero te esperan días más felices. La vida continúa, querida mía.

El senador Hollenbeck dijo:

—Eres fuerte, lograrás salir adelante.

Su esposa se mostró de acuerdo con él, pero de una manera más personal:

—Yo creí que mi vida había terminado cuando murió mi primer marido, pero salí adelante y lo mismo harás tú.

La anciana tía abuela de Logan, una de las supervivientes de su familia inmediata, apoyó su mano cruzada por venas azules sobre la manga de Leigh, la miró solemnemente por un rato y le dijo:

—¿Cómo te llamabas, querida?

Las amistades de Leigh tendían a demostrar su empatía describiendo el efecto que la muerte de Logan tenía sobre ellas. Como grupo, su actitud era: *Ésta es una tragedia para ti y para todos los que conocíamos a Logan.* Theta Berenson había usado uno de sus sombreros más sobrios y conservadores: negro, con una enorme ala adornada con fruta hecha con seda blanca y fresas negras, pero sin plumas.

—Estoy sencillamente *desolada* por ti —le dijo la pintora a Leigh—. Totalmente *desolada.* No hago más que pensar en la semana que pasamos juntos en Maine, y decidí pintar la escena del muelle tal como la recuerdo. Y quiero que tengas ese cuadro cuando esté terminado.

Claire Straight, que estaba librando una batalla amarga de divorcio, abrazó a Leigh y dijo, indignada:

—¡No hay justicia en este mundo! Logan está muerto, mientras que Charles, ese reverendo hijo de puta, sigue con vida. Estoy tan furiosa con el destino que no puedo sacármelo de la cabeza. Comencé a ver a Sheila Winters para que me ayude a controlar mi furia.

Jason estaba con Jane Sebring y Eric, y parecía más perturbado de lo que Leigh lo había visto jamás.

—Querida, esto que te está pasando me está destrozando. Tienes que volver a trabajar pronto. Logan querría que continuaras con tu vida.

Jane Sebring había estado llorando. Su cara estaba pálida, la expresión de sus ojos era sombría, no estaba maquillada y se sentía lo suficientemente trastornada como para que su aspecto no le importara.

—No puedo creer que esto sea cierto —le dijo a Leigh—. Tengo pesadillas sobre todo esto y cuando despierto pienso que no fue más que un mal sueño, pero no es así.

Sybil Haywood, la que había liberado a Leigh de Michael Valente la noche de la fiesta, estaba muerta de tristeza y de culpa.

—Yo soy la culpable de que haya pasado esto —le dijo a Leigh con vehemencia.

—Sybil, eso es ridículo...

—¡No lo es! Si yo hubiera sido una verdadera amiga, la que mereces tener, habría terminado tu carta natal a tiempo para tu cumpleaños. No habría permitido que los negocios interfirieran en la amistad. Pues bien, ahora la terminé y estaba todo allí: la tragedia y la violencia. Yo podría haberte prevenido...

La astróloga estaba tan llena de culpa que Leigh trató de consolarla.

—Te contaré un pequeño secreto —le dijo y le pasó un brazo por la cintura—. Si hubieras terminado mi carta natal y me la hubieras dado, eso no habría modificado en absoluto lo que sucedió.

—¿Qué quieres decir?

—Logan pensaba que la astrología era una farsa. Yo creo *en ti*, y en tu honestidad y dedicación a tu trabajo, pero, bueno... —Calló un momento para elegir con cuidado sus palabras—. Te confieso que mi actitud es un poco ambivalente con respecto a la astrología.

En lugar de representar un consuelo, aquello hirió y decepcionó a Sybil.

Sheila Winters fue la única luz que brilló durante todo ese día. Estaba con frecuencia junto a Leigh, intuyendo cuándo la necesitaba. Llegó justo cuando Leigh terminó de hablar con Jane, y se quedó allí durante todos los comentarios de Sybil.

—Ahora necesitas algunos minutos sola —dijo—. Te lo has pasado dando más consuelo del que recibes de muchas de esas personas.

—Descansaré más tarde —dijo Leigh. Se sentía agotada, pero no quería irse, ni siquiera por unos pocos minutos. Las personas que estaban allí habían venido movidas por el respeto y el afecto que sentían por Logan, y ella amó a cada una ese día por tomarse el trabajo de hacerlo.

Quienes estaban eximidos del afecto y la benevolencia de Leigh eran la media docena de detectives de civil, incluyendo a Littleton, McCord y Shrader, quienes habían asistido al funeral y se encontraban ahora apostados en distintas partes del apartamento. Los detectives Littleton y Shrader la habían convencido de que el asesino de Logan podría estar entre los presentes. Sin decirlo, daban a entender que también la vida de Leigh podría estar en peligro a manos del asesino. A Leigh esa idea le pareció absurda, pero todavía no tenía la fuerza suficiente para discutir con nadie acerca de nada. Hasta el día anterior, se había convencido de que el homicidio de Logan había sido un caso de identidad equivocada o, más probablemente, el acto de alguien que había estado viviendo cerca de aquella propiedad en la montaña y sentía que le pertenecía.

Cada vez que se topaba con uno de los detectives lo saludaba cortésmente con la cabeza. Nadie sabía que estaban allí y nadie advirtió siquiera su presencia, excepto Courtney Maitland. Para gran sorpresa de Leigh, la adolescente los individualizó a todos, incluyendo a Sam Littleton, y llegó junto a Leigh con una fuente de comestibles y una serie de observaciones astutas.

—Yo cuento seis policías —le susurró a Leigh—. ¿Acerté o se me pasó alguno por alto? —Courtney había estado con Logan sólo un rato cuando se lo presentaron. No estaba desolada por su muerte y era demasiado auténtica y directa como para poner cara de velatorio. Leigh la abrazó con fuerza.

—Acertaste. ¿Cómo lo supiste?

—Bromeas, ¿no? —dijo Courtney con una sonrisa.

—No, hablo en serio.

—¿Quiénes que no fueran policías asistirían a una reunión como ésta sin hablar con nadie ni buscar a nadie con quien hablar? No comen nada, no están tristes y no... —Calló.

—¿No qué?

—Digamos que tampoco se esfuerzan demasiado por estar a la moda. Ese tipo alto del pelo entrecano es interesante —dijo e indicó con un gesto a McCord, y Leigh le siguió la mirada, sobre todo porque era un alivio hablar de cualquier otra cosa—. Es interesante porque tiene esas cicatrices grandes y esa cara afilada y fuerte. La trigueña es la que más me costó identificar como policía.

—¿Porque es mujer?

—No. Porque usa zapatos Bottega Veneta, que cuestan setecientos dólares.

## 34

Sheila se quedó después de que todos se fueron, y mientras Hilda y los del servicio de comida limpiaban y ordenaban todo, las dos mujeres entraron en el dormitorio de Leigh. Ésta se acurrucó en uno de los sofás que había cerca de la ventana y apoyó la cabeza contra el respaldo. Sheila hizo lo mismo en el otro.

—Jane Sebring estaba realmente apenada por todo esto —comentó Leigh al cabo de un momento.

—No me sorprende. Probablemente piensa que ella es la viuda.

Leigh la miró con severidad. Aunque el traje de lana color chocolate de Sheila no tenía ni una arruga y en su cabellera rubia peinada con un moño no había ni un pelo fuera de lugar, sí tenía ojeras y en su voz se notaba agotamiento y enojo.

—¿Por qué lo dices?

—Porque me resulta perfectamente obvio que Jane Sebring quiere ser tú. No puede tolerar ser la segunda en nada. Cuando no logró tener éxito en Broadway se fue a Hollywood, se quitó la ropa y ganó un Oscar de la Academia. Pero eso no le bastó. Ahora volvió a Broadway a reclamar lo que considera es su derecho de nacimiento, y tú te pusiste en su camino. Para ella, tú le «robaste» lo que legítimamente le corresponde. Ella se siente con derecho a tener tu enorme talento, tu éxito en el teatro y todo lo demás que tú tienes.

—Lamentablemente, esa actitud no es algo fuera de lo común en mi medio, Sheila.

Sheila cruzó las piernas y suspiró.

—Ya lo sé. Sé que ella es sumamente codiciosa y competitiva. Nunca entenderé cómo se le ocurrió a Jason ponerla en su obra.

Jane tiene fama de causar problemas con todos los que ha trabajado.

—La razón fue el dinero —le dijo Leigh—. Los que financian a Jason querían que la incluyera porque Jane asegura un gran éxito de taquilla.

—No como tú.

—Ella atrae al teatro a los que admiran sus películas, que es algo que yo no hago. Tiene otra cosa: es una póliza de seguro que los patrocinadores querían.

Sheila no dijo nada después de eso y Leigh cerró los ojos y trató de no preguntarse, de no pensar, de no atribuirle ningún significado particular a lo que Sheila acababa de decir. Pero le resultó imposible. Hizo una inspiración profunda y mantuvo los ojos cerrados, pero su voz fue decidida.

—¿Sheila?

—¿Sí?

—¿Estás tratando de decirme algo que crees que debo saber...?

—¿Como qué?

—¿Como que Logan estaba teniendo una aventura con Jane Sebring?

Enseguida Sheila se disculpó.

—Tendría que haberme dado cuenta de que las dos estamos demasiado exhaustas para ser coherentes o sumar dos más dos. Yo no trataba de decirte nada por el estilo. De hecho, la estuve mirando un momento la noche de tu fiesta. Estaba colgada de Logan, pero él hacía todo lo posible por tranquilizarla, salvo arrojarle el hielo que tenía en su vaso.

Leigh tragó saliva y se obligó a que las palabras traspasaran el nudo que tenía en la garganta.

—Te lo preguntaré de otra manera: ¿crees que es posible que Logan estuviera viviendo una aventura con ella?

—Cualquier cosa es posible. Es posible que Logan decidiera dedicarse al ala delta la semana próxima o unirse a un circo ambulante. ¿Por qué insistes con esto, Leigh?

Leigh abrió los ojos y miró directamente a Sheila.

—Porque la última vez que le tuviste una fuerte antipatía a una mujer que todos conocíamos socialmente, resultó que Logan estaba teniendo una aventura con ella y tú lo sabías.

Sheila le devolvió la mirada sin pestañear.

—Ésa fue una aventura sin importancia y tú entendiste por qué sucedió. Vosotros dos lo elaborasteis juntos.

Leigh apartó de su mente ese recuerdo tan penoso. Aquella aventura de Logan no le había parecido a ella «sin importancia».

—He tratado de convencerme de que el asesinato de Logan fue un acto cometido por algún individuo demente y sin techo de la zona, que creía que Logan estaba invadiendo sus dominios o algo por el estilo —dijo Leigh—. Pero hay algo en esa teoría que no funciona.

—¿Qué cosa?

—El arma que encontraron en el coche de Logan estaba registrada a su nombre. Él la había comprado en el mes de marzo. ¿Por qué tendría que comprar un revólver y llevarlo encima? ¿Es posible que haya estado en problemas de alguna clase?

En lugar de responderle, Sheila la miró fijamente y le hizo, a su vez, una pregunta.

—¿En qué clase de problemas podría haber estado involucrado?

Leigh levantó las manos, con las palmas hacia arriba.

—No lo sé. Estaba metido en docenas de negocios arriesgados, pero no parecía estar particularmente preocupado por ninguno de ellos. Aun así, últimamente hubo momentos en que lo noté preocupado por algo.

—¿Le preguntaste qué le ocurría?

—Desde luego. Él me contestó que no estaba preocupado. Quizá «preocupado» no sea la palabra más adecuada. Él parecía muy intranquilo.

Sheila sonrió con perspicacia.

—¿Dirías que era insólito que Logan estuviera preocupado acerca de negocios o de dinero?

La intención de Sheila era tranquilizarla, y Leigh lo sabía, pero en su estado actual de confusión mental, no era capaz de encontrar alivio en nada.

—No, por supuesto que no. Tú y yo sabemos que no hay suficiente dinero en el mundo capaz de hacer que Logan se sienta absolutamente seguro.

—Debido a su infancia —le recordó Sheila.

—Ya lo sé. Pero ¿alguna vez Logan dijo o hizo algo que podría haberte hecho pensar que...?

—Soy psiquiatra, no adivina. Deja que la policía resuelva esto. Ni tú ni yo estamos capacitadas para hacerlo.

—Tienes razón —dijo Leigh, pero poco después de la partida de Sheila, se sentó a solas en la oscuridad y se hizo preguntas que no podía responderse, torturada por el miedo de que nunca tendría esas respuestas.

Por alguna razón, Logan había comprado un arma y la llevaba encima.

Por alguna razón, alguien lo había asesinado a sangre fría.

Leigh necesitaba razones. Necesitaba *respuestas*. ¡Necesitaba *justicia*!

Pero, más que nada, absolutamente más que nada, quería lo mismo que Jane Sebring. Quería despertar y descubrir que todo eso era sólo una pesadilla.

## 35

McCord deslizó una cinta de vídeo del servicio fúnebre de Logan Manning en un video incluido en el armario que había detrás de su escritorio, oprimió la tecla para adelantar la cinta con rapidez y encendió el monitor.

—Como sabemos, Valente no estaba allí ayer, pero resulta que envió a un emisario que pasó junto a nosotros sin que nos diéramos cuenta. —Mientras hablaba les entregó tres copias de un fotomontaje a Sam, Shrader y Womack—. Éste es su primo, Dominick Angelini —dijo.

El fotomontaje contenía varias fotografías de un hombre de entre treinta y cinco y cuarenta años, todas tomadas desde distintos ángulos y en diferentes momentos. En una de las fotografías él llevaba un maletín y subía por la escalinata del edificio de la corte federal. Sam no lo reconoció, y ella no sólo había asistido a todo el servicio fúnebre sino que también había visto la cinta antes de volver a su casa por la noche.

—La fotografía de él frente al edificio de la corte federal fue tomada en agosto, y es la más reciente —dijo McCord—. Un gran jurado federal lo había citado para testificar con respecto a las prácticas contables y de negocios de Valente.

—No recuerdo haber visto ayer a este individuo —dijo Womack. A los cincuenta años, Steve Womack era un hombre de alrededor de un metro setenta de estatura, pelo entrecano más bien ralo, cuerpo delgado y musculoso y una cara totalmente olvidable, salvo por un par de ojos celestes de mirada inteligente que parecían incluso más sagaces detrás de los poderosos cristales de sus gafas con armazón plateada. A pesar de su insistencia en el sentido de que estaba listo para volver al trabajo después de la reciente cirugía a que había sido sometido, Sam notó que se frotaba con frecuencia el hombro izquierdo, como si le doliera. Era retraído pero astuto, y Sam le tenía bastante afecto.

—Yo tampoco lo vi —dijo ella.

—No estaba allí —aseguró enfáticamente Shrader.

—Tienes razón, no estaba —dijo McCord al pasar páginas que sólo contenían firmas—. Con el gentil permiso de la viuda de Manning —explicó—, ayer me traje el libro del registro de invitados y lo fotocopié anoche. Me pareció que nos resultaría útil como lista de los amigos y conocidos de Manning, pero si miran la página catorce, creo que encontrarán un nombre que ahora les resultará interesante.

Sam vio la firma al mismo tiempo que Shrader.

—¿Mario Angelini? —dijo él.

—Eso fue lo que también leí yo, así que esta mañana miré la grabación en vídeo de cada persona que firmaba el libro de invitados, mientras iba tildando sus nombres, y esto fue lo que descubrí... —Miró hacia la casetera. La cinta de vídeo ya se había detenido al final, y él la rebobinó en tiempo rápido; después la encendió mientras decía—: Ésta es la mejor imagen que tenemos del emisario de Valente: la señora *Marie* Angelini. —La grabación mostraba a una mujer canosa y muy bien vestida, que estrechaba las manos de Leigh Manning.

—¿Qué relación existe? —preguntó Shrader.

—Marie Angelini es la tía de Valente. Ella lo crio junto a sus hijos Angelo y Dominick. Angelo murió en una riña hace veinticinco años, cuando tenía poco más de veinte años. Dominick, cuya fotografía tienen ustedes, se convirtió en un contable y tiene su propia empresa. ¿A que no adivinan quién es su principal cliente?

—Valente —dijo Womack.

McCord asintió.

—Correcto. Valente, con todas sus muchas y variadas compañías. Una de esas compañías, entre las de menor tamaño, es un restaurante y colmado en el East Village, llamado Angelini's. De acuerdo con los registros que existen en la Secretaría estatal en Albany, Marie Rosalie Angelini es la única dueña, pero cuando el FBI investigó a Valente descubrió que él había aportado la totalidad del capital del restaurante y la expansión de la tienda original contigua. Él es también el propietario de los edificios en que se encuentran esos locales.

—Yo he oído hablar de Angelini's —tartamudeó Sam—. Es un restaurante muy famoso. Hacen falta semanas de anticipación para conseguir reservar mesa.

—Tanto la tienda como el restaurante son negocios que trabajan en efectivo —comentó Womack—, lo cual los convierte en lugares perfectos para que Valente lave dinero.

—Eso es lo que los fiscales estatales creen, pero no han podido probarlo. —McCord hizo una pausa para apagar la casetera; después miró a los que rodeaban su escritorio—. Hablemos ahora de lo que sabemos y de lo que necesitamos averiguar. En este momento, lo único que sabemos es que alguien sostuvo el treinta y ocho contra la sien derecha de Manning y le voló los sesos. Después borró sus huellas dactilares del arma, oprimió la mano de Manning alrededor del revólver y disparó otro proyectil, esta vez a través de la ventanilla abierta del lado del acompañante del vehículo.

»El laboratorio todavía está trabajando con las fibras, los pelos y las partículas que la Unidad de Escena del Crimen recogió del vehículo y la casa, pero eso llevará tiempo y no espero que nos brinde ninguna revelación significativa. Creo que es posible, incluso probable, que Valente y Leigh Manning estuvieran juntos en la cabaña en algún momento, limpiándolo todo. Sabemos que Manning bebió vino con alguien antes de morir, pero *las dos* copas habían sido lavadas —con nieve, supongo— y después cuidadosamente limpiadas para eliminar huellas. El suelo del armario estaba cubierto de polvo, pero el resto del suelo fue barrido para que no quedara ninguna huella de pies.

Tomó un bloc amarillo y observó sus notas antes de decir:

—Eso es todo lo que sabemos por el momento. A fin de reunir pruebas contra Valente necesitamos establecer que él está involucrado con Leigh Manning. También necesitamos averiguar si Logan Manning lo sabía. Si él sospechaba que su esposa se acostaba con Valente, entonces es probable que se lo haya dicho a alguna otra persona. Debemos descubrir a quién se lo contó y qué fue lo que le dijo. Me gustaría saber por qué de pronto invitó a Valente a su casa para la fiesta, y también cuál fue la verdadera razón por la que compró esa arma. Creo que es posible que lo haya hecho a causa de Valente. Es incluso posible que él haya invitado a Valente a la cabaña en las montañas y que lo haya amenazado con el arma o que haya tratado de usarla contra él.

»Leigh Manning no nos va a hablar de Valente, pero apuesto a que le ha confiado algunos de los detalles románticos de su aventura a otra persona, probablemente a una mujer. Nunca conocí a ninguna mujer capaz de mantener en secreto absoluto una aventura extramatrimonial. Necesitamos averiguar con quién habló y qué fue lo que dijo.

»Por otro lado, puedo garantizar que Valente no habló con nadie de nada, así que no tiene sentido buscar a sus confidentes. Estoy tratando de conseguir el registro de las llamadas telefónicas de Valente, pero no espero ver en ellas ninguna llamada a Leigh Manning. Él es demasiado astuto para eso. Sin duda usó un teléfono en el que es imposible rastrear la llamada hacia él.

Womack se frotó el hombro y dijo:

—Quiero tener bien en claro qué es lo que estamos buscando, teniente. Obviamente, queremos endilgarle a Valente el homicidio de Manning. Pero cuando esta mañana hablé con el capitán Holland, tuve la impresión de que también estamos tratando de usar la investigación del homicidio de Manning como una forma de investigar a Valente también en otros aspectos.

—La respuesta a esa pregunta tiene tres partes, así que escúcheme con mucha atención, Womack. Primero, queremos atribuirle el asesinato de Manning a quienquiera que lo haya matado y a quienquiera que conspiró con el homicida. No tengo ninguna duda de que Valente conspiró con Leigh Mlanning en ese asesinato. Segundo, queremos usar la investigación de ese homicidio como un medio para investigar a Valente desde todos los ángulos posibles. Eso nos debería resultar más fácil a nosotros que al FBI, porque en el proceso de investigar un asesinato a nivel local, estaremos en condiciones de conseguir que los jueces locales nos autoricen a intervenir líneas telefónicas, nos firmen órdenes de allanamiento y cualquier otra cosa que necesitemos. Tercero, y esto es tan importante como los puntos primero y segundo, el capitán Holland no es el que manda en esta investigación: soy yo. Yo debo responder directamente ante el jefe de policía Trumanti y, durante todo el curso de esta investigación, ustedes deben responderme ante mí, no ante el capitán Holland. ¿Está claro?

Womack pareció fascinado y conforme, pero no demasiado intimidado.

—Sí, lo oí, teniente.

—Bien. En el futuro, si tiene otras preguntas o comentarios, tráigamelos a mí, no al capitán Holland. Yo lo mantendré informado cuando lo considere necesario. ¿Esto también le queda claro?

Womack asintió y McCord pareció satisfecho.

—Ya hemos tenido un fracaso con Valente.

—¿A cuál fracaso se refiere? —preguntó Shrader.

—Desde que los medios descubrieron que Leigh Manning estaba con Valente en su helicóptero la semana pasada, han estado haciendo especulaciones e investigaciones por su cuenta y, por consiguiente, armando un escándalo. Valente lo sabe y se mostrará incluso más cuidadoso que de costumbre. Nuestra tarea es obtener información acerca de su persona a través de testigos, sin que parezcamos demasiado interesados en él.

—Es una lástima que no hayamos podido pedirles a los medios que no intervinieran —dijo Shrader.

En la cara de McCord se dibujó una sonrisa sin alegría.

—Ni se le ocurra pedirles una cosa así. Si les pide a los periodistas que no intervengan en una investigación como ésta, ellos no sólo la intensificarán sino que comenzarán a investigarlo a usted en busca de una conexión o complicidad.

Se acercó a la pizarra y tomó un trozo de tiza amarilla.

—Muy bien, empecemos a hablar con la gente. Gracias a la señora Manning tenemos carta blanca para interrogar a todos los que ella y Manning conocían, incluyendo a su psiquiatra y los socios de negocios de Manning. Comencemos con los nombres que ella mencionó, redactemos una lista preliminar y veamos adónde nos lleva.

Escribió cuatro nombres en el rincón superior izquierdo. *Jason Solomon, Sheila Winters, Theta Berenson, Sybil Haywood.*

—Como es natural, querremos hablar también con las personas de la oficina de Manning. —Mientras lo decía escribió *Urbanizaciones Manning* debajo de *Sybil Haywood*. Calló un momento y miró por encima del hombro—. Hay una persona más con quien deberíamos hablar pronto. —Escribió el nombre de Jane Sebring en el pizarrón, luego se volvió y dijo—: Anoche estuve mirando el vídeo y tuve la impresión de que la señorita Sebring parecía insólitamente apenada y perturbada para ser una diosa del sexo ambiciosa y egocéntrica, con fama de usar a todos los que conoce para obtener sus fines.

—¿De dónde sabe tanto sobre ella? —preguntó Shrader con el entrecejo fruncido.

—La semana pasada salió en el *Enquirer*.

Shrader largó una carcajada.

—¿Usted lee el *Enquirer*, teniente?

—Por supuesto que no. Por casualidad vi la nota en la portada —al decirlo miró a Sam y sonrió como si estuviera compartiendo una broma privada con ella— mientras hacía cola en el súper.

En lugar de compartir esa broma, Sam levantó las cejas y lo miró con una expresión que quería decir: «¿Y con eso?»

Él pareció un poco desairado por la actitud distante de Sam.

—Shrader —continuó—, usted y Womack comiencen ya a entrevistar a la gente de la oficina de Manning... —Calló para contestar el teléfono—. McCord —dijo, fastidiado, pero su expresión cambió un momento después. Cortó la comunicación y miró a los tres detectives—. El buen samaritano que rescató a Leigh Manning la noche del accidente acaba de aparecer.

—¿Dónde está? —preguntó Shrader.

—En el piso de abajo con su abogado. Quiere que hagamos un trato antes de hablar con nosotros.

—¿Qué clase de trato? —preguntó enseguida Womack.

—No lo sé, pero averigüémoslo.

## 36

Shrader y Womack observaron a través del espejo unidireccional al buen samaritano, que se encontraba sentado con su abogada en la sala de entrevistas. McCord y Littleton se sentaron a la mesa frente a ellos.

—Yo soy Julie Cosgrove —dijo la abogada— y éste es el señor Roswell. —Roswell tenía alrededor de sesenta y cinco años, una cara curtida y disoluta, malos dientes y una sonrisa nerviosa y culpable. Tenía la chaqueta rota en el codo derecho y la gorra que cortésmente se quitó al sentarse proclamaba que era un aficionado de los Coor.

»El señor Roswell tiene respuestas para todas sus preguntas —continuó la abogada—. Sin embargo, queremos tener la seguridad de que si declara, nada de lo que les diga aquí será utilizado para procesarlo.

McCord se inclinó hacia atrás en la silla y comenzó a golpear el bolígrafo contra el bloc amarillo que había llevado a la sala de entrevistas, hasta que Roswell empezó a moverse en su silla y a mirar con desasosiego a su abogada.

—¿Exactamente por qué razón piensa él que podríamos procesarlo? —dijo finalmente McCord—. Fuera de retener información y de abandonar la escena de un accidente.

—Él no abandonó la escena del accidente. Llevó a la víctima a un lugar seguro y le pidió a alguien que llamara solicitando ayuda. En cuanto a retener información, la Quinta Enmienda le otorga el derecho a retener información que podría autoincriminarlo. Él está aquí ahora porque al señor Manning lo encontraron asesinado y en los informativos se dijo que usted pensaba que podía existir una conexión entre el homicidio y quienquiera que encontró a la señora Manning esa noche y después desapareció.

—¿Cuál es la razón por la que él teme que podamos procesarlo? —repitió McCord, implacable.

La abogada carraspeó.

—Por manejar un coche sin tener una licencia de conductor válida en Nueva York la noche del 25 de noviembre.

En comparación con las cosas que Sam se había estado imaginando, ésa era una infracción tan poco importante que ese temor le resultó absurdo, y apretó los labios para reprimir una sonrisa. Hasta la voz de McCord perdió su tono airado.

—Puesto que ese delito no se cometió en mi jurisdicción, no puedo garantizarle eso. Sin embargo, sí puedo garantizarle que no me sentiré obligado a informar lo que ahora sé a las autoridades locales de los Catskills ni a la policía estatal. ¿Bastará eso?

La abogada miró a su cliente y lo tranquilizó con la mirada.

—Adelante, Wilbur, diles lo que sucedió aquella noche.

Roswell hizo girar nerviosamente la gorra entre sus dedos callosos y su mirada pasó del rostro de McCord al de Sam porque, obviamente, ella le resultaba menos intimidante.

—Aquella noche yo conducía el coche por la carretera poco después de las once, pero no había estado bebiendo, ni una gota, lo juro. —Levantó la mano derecha para darle énfasis a su juramento—. Nevaba con fuerza y de pronto vi un bulto oscuro y grande al costado del camino, que casi colgaba en parte sobre un montón de nieve. Me acerqué y vi que se trataba de un cuerpo.

Bajó la vista hacia la mesa.

—Yo no debía estar conduciendo un coche porque mi licencia había sido suspendida por conducir bajo los efectos del alcohol, así que al principio decidí no detenerme, pero, bueno, no podía dejarla allí para que muriera congelada. Así que frené y la subí al coche; después la llevé a un motel. Desperté al gerente y él me ayudó a llevarla a una habitación. Él opinaba que yo debería quedarme allí hasta que llegara la policía o la ambulancia, pero yo sabía que, si llegaba la policía, me pediría el nombre y la dirección y la licencia de conducir. Así que le dije que él se quedara con ella en la habitación mientras yo iba al coche a buscar sus pertenencias, pero en lugar de eso me marché.

Puesto que él le había hablado directamente a ella y evitado a McCord, Sam tomó las riendas del interrogatorio.

—Usted la ayudó, sabiendo incluso que corría peligro —resumió ella con una sonrisa—. Eso dice mucho sobre la clase de hombre que es usted, señor Roswell.

Después de vivir con seis hermanos, Sam conocía bien la diferencia entre un hombre que sencillamente se sentía incómodo frente a un cumplido y otro que se sentía culpable porque sabía que no se lo merecía. En cuanto Roswell apartó la mirada, ella supo que caía en la segunda categoría y que su intuición original con respecto a su historia era correcta. Sin modificar su tono bondadoso y alentador, le hizo una pregunta:

—¿Usted dijo que la razón por la que se detuvo fue porque no podía dejarla al costado del camino y que muriera de frío?

—Sí. Quiero decir, sí, señora.

—Estaba oscuro y nevaba. ¿Cómo supo usted que ese «bulto grande y oscuro» era una mujer y no un hombre?

—Bueno, no lo supe hasta estar bien cerca.

—Pero cuando detuvo el coche para ayudar, sí sabía que la persona que yacía en el camino todavía estaba con vida, ¿no? Por eso tenía que parar y ayudar, por eso no podía dejar a esa mujer allí para que se muriera de frío, ¿no es así? Usted tiene un problema de alcoholismo y perdió su licencia de conductor por esa razón, pero básicamente es un hombre decente, incluso valiente, ¿verdad que sí?

—No lo sé, puesto que nunca antes nadie me llamó decente ni valiente —dijo, perturbado—. Nadie me lo dijo.

—Tengo muy buenas razones para decirlo, señor Roswell. Cuando se detuvo para ayudar a la señora Manning y la llevó a ese motel, usted no sólo tenía miedo de que la policía averiguara que estaba conduciendo un coche sin licencia. Tenía miedo de que examinaran su vehículo, comprobaran que había estado involucrado en ese accidente e incluso lo culparan por ello. Fue mucho lo que usted arriesgó aquella noche para ayudar a la señora Manning, ¿no es así?

Su cara se puso ceniciente.

—Yo... —comenzó a decir, pero su abogada le puso una mano sobre el brazo para hacerlo callar—. No digas nada más, Wilbur. Ni una palabra más.

A Sam le dijo:

—El señor Roswell les ha dicho todo lo que él sabe sobre esa noche.

Sam no le prestó atención y miró a Wilbur Roswell. Con voz suave y una leve sonrisa continuó:

—Entonces permítame que le diga algo que él *no* sabe. La señora Manning nos dijo que aquella noche prácticamente había detenido su coche en una curva peligrosa y cerrada en condiciones climáticas extremadamente adversas. Yo misma vi esa curva y si hubiera estado conduciendo el coche del señor Roswell esa noche, tampoco habría podido frenar a tiempo. Si alguien es responsable del accidente, me atrevería a decir que probablemente fue la señora Manning.

—Sin embargo —insistió la abogada con serenidad—, mi cliente no tiene nada más que decir. Si él conducía el otro coche involucrado en ese accidente, y eso no es lo que tengo entendido, entonces su afirmación de que la culpable del accidente fue la señora Manning no significa nada. En el mejor de los casos, ella podría discrepar o podría tratar de iniciarle juicio en un juzgado civil, y usted podría tratar de procesarlo por abandonar la escena de un accidente.

Sam apoyó los codos sobre la mesa y apoyó el mentón en sus manos entrelazadas.

—Su abogada tiene razón, señor Roswell. Sin embargo, si usted no estuvo bebiendo aquella noche...

—¡No estuve bebiendo y puedo demostrarlo!

—Le creo. Y, si puede demostrarlo, yo testificaré a su favor en cualquier juicio civil que la señora Manning pueda iniciarle, alegando que el accidente era inevitable. Además, conozco a la señora Manning y realmente no creo que ella sea la clase de persona que le inicia un juicio al hombre que le salvó la vida y se arriesgó a ir a la cárcel por hacerlo. Por otro lado, ella no necesita dinero, así que no tendría sentido que lo enjuiciara. Si usted puede presentar pruebas de que no había bebido, creo que puedo ratificar la promesa que el teniente McCord le hizo hace un rato en el sentido de no notificar a ninguna de las otras fuerzas del orden lo que usted nos ha dicho aquí ni procesarlo por dejar la escena ni por ninguna otra cosa. —Sam había estado tan embalada hasta ese momento que virtualmente había olvidado que McCord estaba presente o que tal vez necesitaría su ayuda. Lo miró entonces y le rogó con la mirada que no le arruinara el pastel—. ¿Usted estaría de acuerdo con todo esto, teniente?

Para su gran sorpresa, McCord sonrió un poco y su sonrisa se volvió cómplice cuando se la transfirió a Roswell.

—No sé usted, Wilbur, pero a mí me cuesta muchísimo decirle que no a cualquier mujer que me mira de esa manera, ¿no está de acuerdo conmigo?

Wilbur vaciló; después le sonrió a McCord.

—Vaya si es bonita —dijo—. Y también muy agradable.

La única persona que tenía reservas en ese sentido era la abogada, lo cual era lógico. Frunció el entrecejo.

—¿Ése fue un «sí», teniente McCord? ¿Acepta usted extender su promesa de no procesar al señor Roswell si él admite ser el conductor del otro coche en ese accidente?

—Siempre y cuando él pueda probar que no bebió esa noche. En caso contrario, no hay trato.

—¡Yo no bebí alcohol esa noche! Estuve toda la noche en Ben's Place bebiendo Coca-Cola y jugando un poco al pool. Ben lo confirmará, lo mismo que todos los demás con quienes estuve.

—¡Excelente! —exclamó Sam—. Ahora bien, es importante que dejemos de dar vueltas y que nos diga si esa noche usted conducía el otro coche que participó en el accidente. Todos hemos estado pensando que la misma persona que mató al señor Manning tal vez intentó también matar a la señora Manning haciendo despeñar su coche. Si fue sólo un accidente, entonces necesitamos descartar esa teoría y empezar a buscar enseguida otros sospechosos, antes de perder más tiempo.

Wilbur Roswell se enderezó en su silla y golpeó la gorra sobre la mesa.

—Fue solamente un accidente —proclamó—. Yo avanzaba con mi coche esa noche. Pueden revisarlo y ver las consecuencias de ese choque.

Sam asintió y se puso de pie.

—Buscaré a alguien que tome su declaración. —Rodeó la mesa y le tendió la mano—. No me equivoqué con usted —le dijo con una sonrisa—. Usted es un hombre bueno y decente. Y valiente.

Después le estrechó la mano a Julie Cosgrove.

—Gracias por alentar al señor Roswell a venir hoy aquí. Fue la decisión correcta.

Sam se estaba abriendo camino por la sala cuando McCord

emergió y se unió a Shrader y Womack frente al espejo unidireccional. Shrader miró a McCord y rio por lo bajo.

—¿Cuándo fue la última vez que usted fascinó a un testigo y después le estrechó la mano a él y a su abogado?

—Yo no creo poseer tanto encanto —dijo McCord.

—Ella sí que tiene labia y es convincente —acotó Womack—. Tenía a la abogada comiéndole de la mano.

—Lo cual no es ninguna sorpresa —dijo McCord—, puesto que Littleton prácticamente le dijo que la señora Manning era más culpable del accidente que su cliente. Y, mientras nosotros estamos aquí, esa abogada está redactando mentalmente una carta a la compañía de seguros de Leigh Manning exigiéndoles dinero por daños al coche de su cliente, etcétera.

Shrader saltó en defensa de Sam.

—Littleton es novata en este trabajo. Denle tiempo para aprender que por lo general es un error suministrar cualquier información en las entrevistas. A ella se le fue un poco la mano, eso es todo.

McCord lo miró con expresión escéptica.

—A Littleton no se le fue la mano accidentalmente. Lo hizo deliberadamente.

## 37

—¿Lo hizo a propósito? —le preguntó McCord cuando estuvieron en el coche de él camino al apartamento de Jason Solomon en West Broadway, Soho.

—Roswell y su abogada tenían derecho a saber qué información nos había dado la señora Manning en su primera declaración acerca del accidente. Ya vio cómo estaba vestido. Apuesto a que no tiene dinero para hacer arreglar su auto, y estoy segura de que sufrió daños bastante importantes en el accidente. Shrader y yo vimos el lugar donde sucedió, y yo conduje el coche por esa carretera. Es una curva ciega y ella virtualmente detuvo el vehículo ahí. El milagro es que los dos no se hayan precipitado por el terraplén. Además —concluyó Sam y se encogió de hombros—, estoy segura de que el seguro de la señora Manning cubrirá los gastos que exija Roswell.

McCord la miró con curiosidad.

—¿Pensó que mi pregunta implicaba una crítica?

Eso era exactamente lo que Sam había pensado. Lo miró, como sorprendida.

—De ninguna manera. ¿Por qué?

—No sé. Tengo la sensación de que está... —McCord iba a decir «enfadada conmigo», pero enseguida reprimió ese impulso absurdo. De ninguna manera iba a permitir que Sam pensara que lo afectaba el hecho de que ella estuviera enojada con él. Y lo cierto era que *no* le importaba, porque jamás *permitiría* que le importara.

El ingenio desenvuelto de Littleton lo divertía, su inteligencia lo fascinaba, y su cara elegante de huesos delicados y boca suave eran un regalo para sus ojos. Cada uno de estos rasgos le interesaban en un nivel impersonal, casi intelectual, pero, combinados, creaban una totalidad que, en un nivel completamente distinto, le resultaba desconcertantemente deseable. Aun así, él era demasiado sabio, estaba demasiado cansado y era demasiado experimentado para permitir que una mujer así descubriera que podía sacarlo de quicio... sobre todo en el trabajo.

Ella había elegido una carrera en las fuerzas del orden; eso significaba que debía llevar su propio peso, enfrentar sus propios problemas, tomar sus propias iniciativas y abrir sus propias puertas. Él sabía cómo hacer su trabajo; ella necesitaba aprender cómo hacer el suyo. Ella era su compañera —transitoriamente—, pero *no* era su igual.

McCord sabía que Littleton había tomado como una crítica su pregunta acerca de Roswell, pero ése era un problema de ella, no suyo. También estaba seguro de que Littleton estaba fastidiada con él por algo más, pero aunque sintió el inapropiado impulso de aclararlo con ella, también sabía que sería una pérdida total de tiempo. Sam Littleton era una mujer hermosa que trataría de emplear triquiñuelas femeninas. Eso significaba que si él le preguntaba si estaba enojada con él por algún motivo, ella haría lo que las mujeres hacen en esas ocasiones: negar que sucediera algo y después seguir actuando como si algo estuviera mal, con la esperanza de que él hiciera lo que hacen todos los hombres en esas ocasiones: rogar una explicación, atormentarse por la respuesta, pedir indicios y después atormentarse un poco más. Lamentablemente para ella, cuando se trataba de esa clase de juegos entre los sexos, Sam Littleton tampoco era su igual. Él ya conocía bien todos esos juegos y ya no representaban un desafío para él: eran previsibles y aburridos. También eran peligrosos y estaban fuera de lugar en el trabajo.

Había un aparcamiento muy cerca del edificio de Solomon, y McCord condujo el coche hacia allí y centró su atención en ubicarlo bien.

Junto a él, Littleton había notado que McCord no había terminado la frase y, cortésmente, se la repitió, cosa que le hizo pensar que Sam lo consideraba un viejo olvidadizo de por lo menos cien años.

—¿Usted tiene la sensación de que yo estoy... qué?

Él miró sus celestiales ojos castaños y por primera vez advirtió los reflejos dorados que tenía.

—Tengo la sensación de que está enfadada conmigo —dijo él y después no pudo creer que lo hubiera dicho. Disgustado consigo mismo, aguardó la inevitable desmentida.

—Lo estoy —dijo ella en voz baja.

—¿Ah, sí? —Él quedó tan estupefacto ante el hecho de que Sam lo hubiera admitido y sin nada de rencor, que la miró fijamente en silencio.

Al cabo de un momento, ella sonrió un poco y le brindó otra ayuda.

—¿Le gustaría que le dijera por qué?

Una sonrisa se dibujó en la cara de McCord.

—Oigámoslo.

—Tengo plena conciencia de que soy una neófita y de que debo sentirme sumamente afortunada por estar trabajando en este caso con usted. En realidad no esperaba quedar tan impresionada con usted el primer día, pero lo estuve. Además de ser una persona muy organizada —dijo con una fugaz sonrisa— me dio la impresión de ser un líder que merecer serlo. No sólo eso, sino que honestamente pensé que iba a resultar ser uno de esos raros líderes que también trabajan con su equipo.

McCord se habría sentido más halagado con sus comentarios si no se hubiera dado cuenta de que Sam deliberadamente se proponía aumentarle la autoestima porque quería estar segura de que cayera a tierra con fuerza cuando ella se la pinchara. Decidió que, por lo visto, era muy habilidosa en ese juego.

—¿Y ahora, por alguna razón, se dio cuenta de que soy un reverendo imbécil?

—No, en absoluto —dijo ella y lo miró a los ojos con una expresión desconcertantemente sincera—. Pero usted es un tipo al que le gustan los juegos, del mismo modo que todos los otros tipos tratan de jugar conmigo. Y yo soy sólo una mujer que equivocadamente esperaba que usted fuera mejor que eso.

—¿Qué demonios hice yo para caer tan bajo en su estima?

—Usted sabía que Valente estaba con Leigh Manning la noche que le informamos que habíamos encontrado a su marido muerto, pero no me lo dijo. Ésa era una información importante, pero la retuvo y dejó que yo me enterara accidentalmente al día siguiente.

—Yo quería que lo descubriera por sí misma.

—¿Por qué? —preguntó ella—. ¿Para que usted estuviera en

lo cierto y yo ingenuamente estuviera descaminada con respecto a Leigh Manning durante veinticuatro años más?

—Yo quería que descubriera por sí misma que había sido ingenua y andaba descaminada.

—¿En serio? —dijo ella—. ¿Considera que ésa es una técnica de liderazgo eficaz en una importante investigación de homicidio? ¿Le habría hecho eso a Shrader?

—No —fue la respuesta lacónica de él.

—¿Se lo habría hecho a Womack?

Él sacudió la cabeza.

—Entonces sólo puedo suponer que lo hizo porque soy mujer y quería «darme una lección» para ponerme en mi sitio.

McCord la miró durante tanto tiempo que Sam empezó a pensar que él no le iba a contestar. Cuando sí lo hizo, ella quedó sin habla.

—Se lo hice porque nunca he visto un detective más promisorio que usted. Tiene más talento, intuición y... —titubeó, buscando la palabra apropiada, y encontró una que parecía inadecuada para esa circunstancia— ... y más corazón del que he encontrado jamás. Yo quería que aprendiera una lección dura pero indolora acerca de involucrarse emocionalmente con alguien a quien está investigando.

Calló un momento y luego dijo:

—Sin embargo, eso no cambia el hecho de que usted está en lo cierto y yo estaba equivocado en la forma en que lo manejé. Nunca le hice eso a un detective varón. En cuanto salimos del edificio esa noche, le habría dicho que él acababa de presenciar una actuación convincente de una mujer cuyo amante estaba escondido en la habitación contigua.

Ella lo miró con una mezcla de admiración y de sorpresa, como si él fuera algo así como un héroe por reconocer que se había equivocado y, para disgusto de McCord, él descubrió que le gustaba bastante que Sam lo mirara de esa manera.

—Me disculpo —dijo él, casi con brusquedad—. No volverá a suceder.

—Gracias —dijo ella sencillamente y después le dedicó una sonrisa repentina e incómoda—. En realidad, creo que tal vez le he dado a esto demasiada importancia. No esperaba que usted fuera tan justo y razonable.

McCord se echó a reír y tomó la manija de la portezuela del coche.

—Acepte la disculpa, Sam, y no se retracte ahora. Ganó la partida.

Se apeó del coche y ella también lo hizo. McCord estaba tan complacido con el resultado de la conversación que no cayó en la cuenta de que la había llamado Sam hasta que caminaron por la acera. Se dijo que, aun así, eso no significaba nada. Ahora todo estaba bien; todo seguía exactamente como antes. Nada había cambiado en esos pocos minutos de conversación sincera. Eran detectives compañeros, nada más.

Cuando llegaron al edificio de Solomon, él se adelantó y cortésmente le abrió esa pesada puerta.

# 38

Jason Solomon los recibió con una toalla alrededor de los hombros y restos de crema de afeitar en la barbilla y el cuello.

—Pasen, pasen —dijo, mientras se quitaba la crema de afeitar con la punta de la toalla—. Denme diez minutos para terminar de vestirme y entonces hablaremos.

Les hizo señas de que entraran y Sam paseó la vista por ese loft espectacular que era tan teatral e interesante como el hombre al que pertenecía. Los suelos eran de roble, cubiertos con gruesas alfombras de color tostado y muebles elegantes y modernos tapizados en color caramelo. Una escalera curva con barandillas de acero lustrado ascendía a una segunda planta a la izquierda del living, al tiempo que a la derecha había un hogar de brillante cuarzo blanco que se elevaba hasta la segunda planta. Pero todo eso —los suelos, las paredes y los muebles monocromáticos— era sólo un telón de fondo para una de las más asombrosas colecciones de arte abstracto que Sam jamás había visto.

Fabulosas telas de Paul Klee, Jackson Pollock y Wassily Kandinsky colgaban en una pared, mientras que en la otra se observaba una serie de cuatro grandes retratos de Jason Solomon con reminiscencias del trabajo de Andy Warhol. Sam se acercó a ellos para mirar la firma de su autor. Le pareció familiar, pero no lo suficiente como para asociarlo con otras obras de arte moderno que había visto. Quienquiera que fuera «Ingram», era un pintor excelente, pero no demasiado original. El lienzo psicodélico que había sobre la chimenea era también de Ingram, pero ése sí era muy original y también representaba a Solomon, esta vez con carbones encendidos en lugar de ojos y fuego que le brotaba del cráneo.

Por encima de ese cuadro había un óleo que consistía en salpicaduras de colores primarios que Sam identificó enseguida como un trabajo de Theta Berenson.

McCord entró detrás de ella y se mantuvo tan cerca que Sam alcanzó a percibir vestigios de Irish Spring, el mismo jabón que ella usaba en la ducha. La voz de él fue un susurro cuando le preguntó:

—¿A usted le gustan estos cuadros?

—Sí, mucho.

—¿Qué se supone que son?

Sonriendo, ella volvió la cabeza.

—Lo que uno quiere que sean.

El comentario que hizo Jason Solomon al entrar en el living la hizo dar un respingo por sentirse sorprendida y un poco culpable.

—¿Interrumpo algo?

—Sí —dijo McCord con mucha calma—, una lección de arte moderno. La detective Littleton está embelesada con su colección. ¿Dónde podemos hablar? —preguntó abruptamente, poniendo así fin a esa charla social.

—Vayamos a la cocina. Eric está preparando el desayuno.

Solomon los condujo a una cocina enorme, soleada y ultramoderna de roble y acero inoxidable. Eric estaba de pie frente a la mesa, con una jarra con zumo de naranja en una mano y una botella de vino blanco en la otra, y vertía un poco de cada líquido en una copa. Eric era un hombre bien parecido de poco más de treinta años, levantó la vista cuando ellos entraron y los saludó con una cordial inclinación de cabeza.

—¿Les gustaría comer algo? —preguntó Solomon y se sentó frente a la mesa.

—No, sería demasiado cerca del almuerzo —respondió McCord.

—¿Entonces, alguna bebida? ¿Por ejemplo, una de las especialidades de Eric?

Sam miró la botella de vino y rechazó el ofrecimiento.

—No, es un poco demasiado cerca del desayuno para eso.

Satisfecho por haber cumplido con sus deberes de anfitrión, Solomon cruzó los brazos sobre la mesa y miró a McCord.

—¿Qué han descubierto con respecto a la muerte de Logan?

—En realidad, confiábamos en que usted respondiera a algunas preguntas que podrían ponernos en el camino adecuado. En este momento estamos reuniendo información, esperando que algo o que alguien nos oriente en la dirección correcta.

—Les diré todo lo que sepa.

—¿Cuánto hace que conoce a Leigh y Logan Manning?

Antes de que él pudiera responder, Eric se acercó a la mesa con una fuente con huevos revueltos, una tajada de melón, una tostada y un vaso de jugo de naranja.

—Éste es Eric Ingram —dijo Jason—. Eric es un cocinero fabuloso.

—¿Ingram? —repitió Sam—. ¿Usted es el autor de los retratos del señor Solomon que hay en el living?

Eric sonrió con un poco de incomodidad y asintió.

—Eric no suele hablar mucho y menos acerca de sí mismo —explicó Solomon con tono jovial—. Por eso nos llevamos tan bien: yo hablo por los dos.

Eric ya se había retirado al sector de la cocina, pero McCord lo miró por encima del hombro y le dijo:

—No dude en unirse al grupo, señor Ingram, si algo de lo que oye despierta algún recuerdo en usted. En mi experiencia, la gente que habla menos es la que con frecuencia advierte más. —A Solomon le recordó—: Usted iba a decirme cuánto hacía que conocía a Leigh y Logan Manning.

Solomon lo pensó mientras comía un poco de esos huevos revueltos.

—A ver, déjeme pensar. La primera vez que los vi fue cuando ellos asistieron a una obra que yo había escrito, *El tiempo y una botella*, que se representó en un teatro independiente. Fue uno de mis primeros trabajos y, aunque los críticos dijeron que yo representaba una gran promesa, la obra nunca prendió entre el público. Todavía me pregunto si...

—¿Cuándo fue eso?

—Hace trece, no, tal vez catorce años.

—Bien. Enfoquémonos ahora en los últimos meses. ¿Sabía usted que la señora Manning creía que alguien la estaba persiguiendo?

—Sí, desde luego. Leigh estaba muy asustada. Y Logan, más todavía, sólo que no quería que ella lo supiera.

—¿Qué le dijo ella acerca de la persona que la seguía?

—Leigh dijo que le había mandado algunos regalos y que le había telefoneado un par de veces. Logan y ella trataron de rastrear la segunda llamada, pero había sido hecha desde un teléfono público de Manhattan.

—Tal vez ella conocía a su acosador sin darse cuenta de ello. Es posible que él estuviera siempre cerca del teatro con alguna excusa o la esperara cuando ella salía. Además de su marido y de los integrantes del elenco y los técnicos del teatro, ¿ha visto usted a la señora Manning con otros hombres? No descarte ninguno —agregó McCord—, por irreprochable que le parezca.

McCord esperaba que saliera a relucir el nombre de Valente. Sam lo sabía y escuchó mientras Jason Solomon recitaba algunos nombres sin importancia, pero en el fondo ella no estaba convencida de que Leigh Manning hubiera colaborado a sabiendas en el asesinato de su marido. Sam había visto a Leigh Manning en el hospital, la había visto en la cabaña cuando su marido no estaba allí y, para ella, esa mujer había exhibido todas las señales de una esposa frenética, amante y aterrorizada.

El día del funeral de Logan Manning, Sam prácticamente no le quitó los ojos de encima a la nueva viuda, y lo que vio fue una mujer valiente que luchaba para actuar con dignidad aunque estuviera emocionalmente destruida y físicamente agotada. Sam estaba dispuesta a creer que Valente la deseaba lo suficiente como para librarse del marido, pero no podía creer que Leigh Manning supiera nada de las intenciones de Valente.

Además —se recordó Sam con severidad—, ella no creía que Leigh Manning estuviera teniendo una aventura con Valente. Pero todas las pruebas indicaban con claridad que la actriz había mentido acerca de la relación que mantenía con él y que trataba de ocultar de todo el mundo... Pero si Leigh Manning sencillamente quería librarse de su marido, ¿por qué asesinarlo?, se preguntó Sam. ¿Por qué, en cambio, no divorciarse de él? El asesinato de un cónyuge por lo general estaba motivado por furia, celos o venganza; sin embargo, por lo que sabían, Leigh Manning no tenía motivos para abrigar ninguno de esos sentimientos hacia su marido.

Por absurda que Sam supiera que era su actitud, no podía aceptar que Logan Manning hubiera sido asesinado por su esposa o por Valente, sencillamente porque era necesario tener otras razones para cometer un acto tan atroz.

A Solomon se le habían acabado los nombres y McCord adoptó otro enfoque con sus preguntas.

—¿Diría usted que los Manning se llevaban bien y eran una pareja feliz?

Solomon asintió.

—Se llevaban asquerosamente bien y eran nauseabundamente felices —declaró él con un intento de humor.

En ese momento Sam miró por casualidad a Eric y vio que su rostro se tensaba.

—¿Señor Ingram? —interrumpió ella—, ¿usted opina lo mismo? ¿Piensa que el señor Manning estaba consagrado a su esposa?

—Sí, detective, eso me pareció.

Sam pensó que esa respuesta daba lugar a cierta interpretación, pero a McCord no le interesaba Logan Manning sino su esposa.

—¿Y qué me dice de Leigh Manning? —le preguntó a Eric—. ¿Ella también estaba consagrada a su marido?

—Decididamente.

McCord se dirigió nuevamente a Solomon.

—Imagino que la señora Manning ha estado sometida a mucha presión estas últimas semanas, con un hombre que la seguía y el estreno de una nueva obra de teatro. ¿Advirtió usted algo inusual en su conducta que indicaría que estaba sometida a mucho estrés?

—¡Por Dios, sí! ¡Todos estamos terriblemente estresados! Lo sorprendería el esfuerzo que significa lanzar una nueva obra de teatro. La parte creativa no es el único aspecto involucrado. El aspecto financiero es una verdadera pesadilla: los patrocinadores quieren seguridades, tener rentas de sus inversiones, por exitosa que resulte la obra, se ponen mal cuando llega el momento de poner dinero para la siguiente pieza y uno tiene que tratar de conseguirlo por otro lado. Es exactamente eso lo que estoy haciendo en este momento...

—¿De modo que usted no financia sus obras con su propio dinero? —preguntó McCord como de pasada.

—Oh, sí. Yo invierto mucho dinero en cada obra, pero no soy el único en cargar con ese peso financiero. ¿Tiene alguna idea de cuánto cobran las actrices como Leigh Kendall y Jane Sebring? El representante de Leigh tuvo exigencias imposibles, como de costumbre, pero Logan lo persuadió de que se mostrara más razonable, gracias a Dios. De todos modos, antes de que los patrocinadores puedan recuperar su dinero, *Punto ciego* tendrá que representarse a sala llena durante un buen tiempo.

McCord miró el cielo raso, sin duda tratando de establecer una relación entre lo que estaba oyendo y lo que quería saber.

—¿Quiénes financian esta obra? —preguntó con aire ausente.

—Ésa es información confidencial.

Esa actitud evasiva despertó la curiosidad de McCord, quien bajó la vista y la enfocó en el dramaturgo, mientras una sonrisa asomaba en la comisura de sus labios.

—¿Cuándo podemos tener una lista?

En lugar de enfurecerse por la altanería de McCord, Solomon sonrió y se encogió de hombros.

—¿Mañana será suficientemente rápido para usted?

McCord asintió.

—¿Habrá en esa lista algún nombre que yo reconozca?

Sam se dio cuenta de que McCord ya quería llevar la conversación hacia Valente, y la respuesta de Jason Solomon la hizo tensarse.

—Decididamente reconocerá un nombre.

—¿Cuál?

—El de Logan Manning.

—¿Logan Manning? —repitió Sam—. ¿No es eso un poco extraño?

—¿En qué sentido?

Estaba jugando al gato y al ratón con ella, y a Sam no le gustó nada. Le hizo pagar por ello obligándolo a contestarle.

—Usted es el experto en el mundo del espectáculo. Dígamelo usted.

—Bueno, superficialmente parece existir cierto conflicto de intereses, eso se lo aseguro.

—¿Por qué razón? —insistió Sam.

—Porque, por un lado, Logan era responsable de lograr que Leigh aceptara recibir menos dinero por su actuación en la obra. Y por hacer eso, los que la financiaban ganarían más.

—Incluyendo a Logan Manning —concluyó Sam.

—Correcto.

—¿Leigh Manning sabía que su marido era uno de los que financiaban la obra?

—Por supuesto. El tema salió a relucir en una cena, alrededor de una semana antes del estreno. Ella pareció un poco sorprendida, pero no disgustada. —Jason levantó la copa y Eric apareció enseguida junto a él para volvérsela a llenar.

Como si tardíamente cayera en la cuenta de que los dos detectives podrían sacar una conclusión errónea de lo que acababa de decir, Jason Solomon añadió una explicación.

—Logan dijo que su decisión de ampliar sus ganancias como productor en lugar de tener esa misma ganancia con el sueldo de Leigh era algo que tenía que ver con una cuestión impositiva de ambos. Los impuestos sobre el sueldo de Leigh serían de un treinta y nueve punto seis por ciento. En cambio, el impuesto sobre las ganancias de capital en las inversiones —incluyendo la inversión en *Punto ciego*— es de sólo el veinte por ciento.

—¿Cuánto dinero invirtió él?

Solomon se encogió de hombros.

—Muy poco: doscientos mil dólares.

—Sólo una pregunta más —dijo McCord—. Usted es una persona muy creativa, lo cual me dice que es también sumamente intuitivo, y también está acostumbrado a trabajar con actores. Usted acaba de decir que Leigh Manning pareció «sorprendida» cuando en una cena se enteró de que la inversión de su marido había tenido como resultado una ganancia mayor para él, pero no para ella. También dijo que los Manning eran una pareja feliz. ¿Es posible que la señora Manning, que es una famosa actriz, estuviera sencillamente ofreciendo una actuación muy convincente, como cuando estaba en el escenario?

Solomon se sacudió las migas de la tostada de los dedos y se secó la boca con la servilleta; después se recostó en su silla, cruzó los brazos sobre el pecho y miró a McCord por un largo rato, como midiéndolo. Luego, con una voz sorprendentemente helada, dijo:

—¿Adónde quiere ir a parar? ¿Está sugiriendo acaso que existe la remota posibilidad de que Leigh haya matado a Logan?

—Yo no estoy sugiriendo nada en este momento, son sólo hipótesis.

Pero Jason Solomon no se lo creyó ni por un momento.

—Eso es exactamente lo que está sugiriendo. En cuyo caso, me siento obligado a darle el beneficio de mi opinión intuitiva y completa. Lo que piensa es una mierda. Está perdiendo su tiempo y me lo está haciendo perder también a mí.

—Excelente —contestó McCord con suavidad—. Ahora que dejamos de lado las formalidades de cortesía, ¿dónde estaba usted el domingo 29 de noviembre, desde las tres de la tarde hasta las tres de la mañana siguiente?

Jason quedó boquiabierto.

—¿Ahora cree que yo asesiné a Logan?

—¿Lo hizo?

—¿Qué razón podía tener para hacer una cosa así?

—Déjeme pensar... Para empezar, estoy seguro de que usted tiene una cuantiosa póliza de seguro sobre Leigh Manning. ¿Cuánto dinero recibiría usted si a ella la declararan mentalmente incapaz de encarnar nuevamente su rol? ¿Cuánto dinero se ahorraría si no tuviera que pagarle a Leigh Manning y si Jane Sebring continuara supliéndola?

—¡Esto es una locura! —saltó Jason, furioso. En ese momento sonó el timbre de la puerta y él miró a Eric—. Ve a abrir la puerta, maldito seas.

—Si mi hipótesis le parece demasiado descabellada —dijo McCord cuando Eric se hubo ido—, considere esta otra: usted es gay y no está en absoluto interesado en el pobre Eric, salvo como cocinero y sirviente. ¿Logan Manning le gustaba? ¿Acaso él lo rechazó cuando usted hizo un intento y eso le hirió el amor propio?

—¡Hijo de puta! —dijo Solomon en voz baja.

McCord reaccionó a esa calumnia sobre la moral de su madre con una actitud de serena diversión.

—Siempre me sorprende la cantidad de personas que conocieron a mi madre.

Solomon lo miró fijamente; después echó la cabeza hacia atrás y lanzó una carcajada.

—Usaré esa línea en mi próxima obra.

—Si lo hace, les diré a todos que es un plagiario.

—Puede llevarme a juicio. Yo... —Calló de pronto, sorprendido ante el sonido de una voz femenina en plena histeria procedente del living.

—¡Sal de mi camino, Eric! —gritó ella—. No me importa con quién está. ¡Y tampoco me importa que me oigan! Esta noche, ya todo el mundo sabrá que...

Jason se puso de pie de un salto y estuvo a punto de volcar la silla, en el momento en que Jane Sebring irrumpía en la cocina, sin maquillaje y con las mejillas cubiertas de lágrimas.

—Un periodista me llamó hace algunos minutos —anunció—. Quería una declaración mía antes de que lanzaran la noticia en el informativo de esta noche.

—Cálmate, querida —le ordenó Solomon, abrió los brazos hacia ella y le palmeó la espalda—. ¿De qué hablas?

—¡Hablo de Logan! —exclamó ella—. Un periodista sinvergüenza estuvo revisando mi basura y sobornó a mi portero.

Solomon se acercó más a ella y observó su cara húmeda.

—¿Y qué descubrió ese periodista?

—¡Descubrió que Logan y yo teníamos una aventura! —exclamó ella.

Con la cara blanca por la sorpresa, el horror y la furia, Solomon dejó caer los brazos y retrocedió. Sam miró a McCord, quien parecía fascinado; después observó a Eric Ingram.

Parecía disgustado, pero para nada sorprendido.


—Y bien, ¿qué piensa ahora? —le preguntó McCord a Sam mientras caminaban por la acera hacia el coche. Él se sentía muy complacido con la llorosa revelación de Jane Sebring—. Dígame, ¿Leigh Manning tenía o no motivos para asesinar a su marido?

Sam levantó la vista hacia el cielo azul y pensó. Hasta pocos minutos antes, no creía que Leigh Kendall hubiera participado en ningún plan de Valente para asesinar a su marido, pero la aventura de Logan Manning con Jane Sebring cambiaba las cosas...

—Antes de decidir, quiero respuestas a dos preguntas.

—¿Qué preguntas?

—Quiero saber si Leigh Manning estaba enterada de la aventura de su marido con la Sebring. También me gustaría verificar la coartada que Jane Sebring nos dio para la noche del domingo. Sabemos que Leigh Manning tuvo que quedarse después de la función de la matinée para modificar algunas escenas con Solomon. Pero Jane Sebring dice que abandonó el teatro inmediatamente después de la matinée y se fue directamente a su casa. Alega que se acostó, pero que se levantó más tarde, cenó sola y vio una película por televisión. No es una coartada demasiado convincente —señaló Sam.

—Ella nos dijo qué película vio, ¿qué otra prueba necesita?

—Si tuvo la lucidez necesaria para hacer que la mano de Logan Manning rodeara su arma después de que ella le volara los sesos, supongo que también tuvo la inteligencia necesaria para mirar una revista de televisión cuando volvió a su casa para saber qué película diría que vio. Oh... —dijo Sam, al ver la sonrisa presuntuosa de McCord—. Creí que hablaba en serio.

—Usted no quiere creer que Leigh Manning es culpable, ¿verdad?

—No tengo preferencias —protestó Sam—. Sólo quiero sentirme absolutamente segura.

—Verifique la coartada de Sebring. Utilizó un servicio de automóviles para llevarla a casa después de la matinée, así que en la agencia deben de tener un registro de ese viaje. Ella dijo que habló con su portero después de regresar de la matinée.

—¿El mismo portero que aceptó el soborno de un periodista para que revelara su aventura con Manning? Su integridad me resultaría admirable.

—Él no trabaja las veinticuatro horas del día. Quizás el que la vio llegar fue otro portero.

—Ella podría haber salido de nuevo sin que él la viera. Si salió enseguida, podría haber llegado a las montañas antes de que empezara a nevar realmente fuerte.

—Es verdad —dijo McCord y consultó su reloj—. Vayamos a la oficina de Manning y ayudemos a Shrader y a Womack a interrogar a los empleados.

# 39

La oficina de Urbanizaciones Manning se encontraba en el piso quince, justo al lado del ascensor, detrás de un par de imponentes puertas dobles que se abrían a un sector de recepción espacioso y circular, con oficinas y salas de reuniones rodeándolo. Grupos de sofás curvos y sillas redondeadas tapizados en color cereza y azul estaban situados entre columnas ornamentales de acero inoxidable.

Cuando Sam y McCord llegaron, el sector de recepción estaba desierto salvo por una recepcionista frente a un escritorio semicircular en el extremo derecho. Ella los dirigió a una oficina en el lado opuesto, donde Shrader y Womack estaban realizando las entrevistas.

—Hasta el momento, hemos tenido una mañana muy esclarecedora —dijo Shrader—. Womack acaba de ir a interrogar a la secretaria de Manning. ¿Ustedes lograron sacarle algo a Solomon?

McCord le informó lo que habían averiguado mientras estaban en casa de Solomon; a continuación, él le pidió a Shrader detalles de sus entrevistas.

—Creo que estamos de suerte —dijo Shrader—. Uno de los arquitectos que trabaja para Manning, George Sokoloff, me dijo que está a cargo de un importante proyecto llamado Crescent Plaza que Manning deseaba diseñar y construir. Consistía en dos torres residenciales gemelas unidas por un centro comercial. ¿A que no sabe quién era probablemente el «inversor secreto» de Manning?

—Valente —respondió McCord con tono satisfecho.

—Así es. Valente y Manning mantenían muchas conversaciones. Y esto es lo que hace especialmente interesante ese hecho:

Sokoloff me dijo que los bosquejos para Crescent Plaza eran realmente únicos, realmente espectaculares, y que Valente quedó encantado cuando los vio. Valente quería contratar a Manning como arquitecto supervisor, pero construir el Plaza él mismo. Sokoloff dijo que Manning rehusó aceptar ese trato y se mostró inflexible en el sentido de ser el socio principal en la fase de la construcción y el desarrollo y en ser en parte dueño del proyecto terminado.

—A Valente no le gusta tener socios. No es un jugador de equipo.

—Correcto —dijo Shrader—. Pero en realidad le gustó el Crescent Plaza, y Logan Manning no sólo era el propietario del diseño sino que también era dueño de una opción sobre el terreno en que se lo construiría. Supongo que Valente puede haber liquidado a Manning para poder conseguir a la esposa de Manning y el proyecto Crescent Plaza. Ahora que Manning está muerto, Valente podrá comprar los planos y el terreno, contratar a sus propios arquitectos supervisores y construirlo él mismo. Estoy seguro de que la viuda de Manning le facilitará mucho las cosas.

—¿Sabe? —dijo McCord con aire pensativo—, estoy comenzando a preguntarme si la detective Littleton no habrá estado en lo cierto desde el principio. Ella dijo todo el tiempo que no creía que Leigh Manning estuviera involucrada sexualmente con Valente.

—Yo no recuerdo haber dicho eso —acotó Sam.

—No hacía falta que lo dijera. Pone esa cara empecinada cada vez que alguien lo sugiere. En mi opinión, la alianza entre Valente y Leigh Manning puede haber sido sencillamente un arreglo de negocios. Valente quería el proyecto Crescent Plaza para él y ella quería sacarse de encima a su marido porque la estaba engañando.

Womack entró en ese momento y oyó el final de la frase.

—¿Cómo supo que Manning le estaba siendo infiel? —preguntó.

—Jane Sebring, la coestrella de Leigh, nos lo dijo esta mañana —contestó McCord.

—¿La coestrella sabía que Manning tenía relaciones con su secretaria?

—¿De qué habla?

Womack señaló la puerta con el pulgar.

—Manning se acostaba con su secretaria. Ella se llama Erin Gillroy. Acaba de estallar en llanto y de confesarlo. ¿De quién hablaba usted?

—De Jane Sebring.

Womack abrió los ojos de par en par y pareció a punto de echarse a reír.

—¿Así que Manning también se estaba acostando con ella? Demonios, si a mí se me diera una oportunidad con Jane Sebring, vaya si la aprovecharía. Esa mujer tiene... —Levantó las manos como si sostuviera pechos del tamaño de melones; después se detuvo y miró a Sam—. Littleton, ¿por qué no va a hablar con la secretaria y ve qué puede sonsacarle, además de lágrimas y mocos? Pero trátela con delicadeza, mire que se quiebra como un huevo crudo. Lo único que yo le pregunté fue cuánto tiempo hacía que trabajaba aquí y si estaba familiarizada con los hábitos personales de Manning. A la primera pregunta ella empezó a llorar y confesó antes de que yo terminara de hacerle la segunda.

—Me gustaría hablar con Sokoloff —dijo McCord y se puso de pie, pero Womack lo detuvo con una pregunta.

Puesto que no tenía prisa en hablar con una secretaria llorona, Sam avanzó muy lentamente por la oficina, y se detuvo cuando llegó a una puerta abierta que daba a una enorme sala para reuniones. En el centro, sobre una mesa, había una maqueta en escala del Crescent Plaza, con su plaza en forma de media luna con toques de Art Déco que adornaban dos altísimas torres circulares. El modelo medía alrededor de un metro y medio y estaba completo hasta en sus menores detalles, incluyendo plazas en miniatura, farolas ornamentales de calle, senderos y jardines.

Un hombre de aspecto estudioso y de cerca de cuarenta años estaba observando la maqueta, levemente inclinado, las manos entrelazadas a la espalda.

—¿Ése es el modelo del Crescent Plaza? —preguntó Sam al entrar en la sala de reuniones para ver mejor la maqueta.

El hombre volvió la cabeza y se colocó bien las gafas.

—Sí, así es.

—Yo soy la detective Littleton, del Departamento de Policía de Nueva York —explicó ella.

—Y yo soy George Sokoloff —dijo él.

La atención de Sam pasó a la maqueta que tenía delante.

—Es soberbio —dijo—. Las torres me recuerdan un poco a la parte superior del Edificio Chrysler. El señor Manning debe de haber sido un hombre increíblemente talentoso y debe de haberse sentido increíblemente orgulloso de esto.

Él abrió la boca para decir algo, pero enseguida volvió a cerrarla.

—¿Me equivoco?

—En parte —respondió él. Después cuadró los hombros y dijo, casi con amargura—: Logan estaba muy orgulloso del proyecto; sin embargo, ahora que está muerto, no veo la necesidad de seguir fingiendo que éste fue un trabajo que Logan y yo hicimos en colaboración. Tanto el concepto como el diseño son totalmente míos. En el pasado, acepté que la firma se llevara todo el crédito, en lugar de hacerlo yo. Esta vez, Logan me prometió que yo sería el arquitecto supervisor y que recibiría parte del crédito.

La voz de McCord se abrió paso en la conversación de ambos y los dos volvieron la cabeza hacia él.

—¿Qué sintió al dejar que Logan Manning se llevara todo el crédito, o se trata de algo habitual en los estudios de arquitectura?

Sam trató de no pensar en la maravillosa sensación que experimentó al ver a Mitchell McCord entrar en la habitación. Sus chaquetas deportivas ya no le quedaban demasiado grandes de hombros; él había remediado eso un par de días después de que comenzaron a trabajar juntos. Ahora le quedaban a la perfección, pero a ella le gustaba más con las camisas con el cuello abierto y la cazadora ribeteada de cuero que usaba a veces. Sam salió de la sala de reuniones y dejó a McCord con el arquitecto.

La oficina de Logan Manning estaba en un extremo del pasillo curvo que nacía en una pared decorativa de madera detrás del escritorio de la recepcionista. Erin Gillroy se encontraba de pie frente a su escritorio, la cabeza gacha y la mano llena de un puñado de pañuelos de papel. Levantó la vista cuando Sam entró.

—Señorita Gillroy, soy la detective Littleton.

—Hola —dijo ella con voz ronca, pero serena.

—¿No quiere tomar asiento?

—En realidad, no. Creo que me siento menos vulnerable y tonta si estoy de pie.

Sam se sentó en el borde del escritorio de Manning y sacó un bolígrafo y una libretita de su bolso.

—El detective Womack pensó que le resultaría más fácil hablar con una mujer.

—¿En serio? No me dio la impresión de ser un individuo demasiado sensible y comprensivo.

En contraste con la descripción que Womack le había dado de

Erin Gillroy, la impresión que recibió Sam de la joven fue que no era nada débil ni tímida.

—¿Cuánto hace que trabaja aquí?

—Casi dos años.

Sam se puso a escribir mientras decidía cómo enfocar el siguiente tema, pero no fue necesaria su preocupación, porque Erin Gillroy respondió a la pregunta sin que se la hiciera.

—Mi relación con Logan Manning comenzó —y terminó— hace seis meses.

Sam la observó en silencio y se preguntó por qué estaba tan dispuesta a confesarles todo a dos detectives que eran desconocidos para ella.

—¿Quién más lo sabía?

Ella apretó los puños.

—¡Nadie! La única persona a la que se lo conté fue Deborah, mi compañera de cuarto, pero anoche un periodista telefoneó y le dijo que sabía que yo había tenido una aventura con Logan Manning. Y a mi compañera de cuarto, mi *amiga* —dijo y enfatizó esa palabra con amargura—, le pareció que no sería honesto mentirle a él, así que se lo contó todo. —Miró a Sam y dijo con furia—: ¿Me puede explicar cómo es posible que alguien que lee la Biblia y la cita todo el tiempo, como lo hace Deborah, traicione a una amiga y rompa una promesa así como así, y lo haga en nombre de la honradez. Lo único que Deborah tenía que hacer era cortarle la comunicación a ese periodista o anotar un mensaje.

Miró a Sam esperando una respuesta, urgiéndola a responder, y Sam dijo lo primero que se le cruzó por la cabeza.

—Algunas de las personas más moralistas que conozco van a la iglesia todos los domingos y leen la Biblia. No sé cómo pueden disociar su propia crueldad y defectos de sus obligaciones y convicciones religiosas, pero muchas son capaces de hacerlo.

—Deborah es una de ellas.

—¿Cómo cree que ese periodista se enteró de su relación con Logan Manning?

—No creo que supiera nada en absoluto, ¡andaba a la pesca de información! Los periodistas han estado llamando a cuanta mujer conocía al señor Manning diciéndoles cosas así. Uno de ellos llamó anoche a Jacqueline Probst y le dijo lo mismo, pero Jacqueline lo amenazó con demandarlo si su nombre era mencionado y después le cortó la comunicación.

—¿Quién es Jacqueline Probst? —preguntó Sam.

—Una arquitecta del estudio. Los detectives ya hablaron con ella. Jacqueline Probst tiene sesenta y cuatro años, o sea que tiene suficiente edad para ser la abuela de Logan.

Sam deliberadamente cambió de tema por un momento.

—¿Usted manejaba toda la correspondencia y las llamadas telefónicas del señor Manning, tanto personales como de negocios?

—Sí.

—¿Guarda un registro de las llamadas?

Ella asintió.

—Me gustaría tener eso y también algunos otros registros. Tenemos el permiso de la señora Manning.

—Le conseguiré todo lo que quiera. —Distraídamente, deslizó un dedo sobre un pisapapeles dorado con forma de pirámide que había sobre el escritorio; después enderezó la bandeja de cuero para correspondencia—. Sigo sin poder creer que Logan haya muerto.

—¿Quién puso fin a la relación? —preguntó Sam—. ¿Usted o el señor Manning?

—En realidad, lo nuestro no fue tan importante como para ser llamado «relación» —contestó Erin y miró a Sam—. En la primavera pasada, yo estaba comprometida y por casarme en junio con una gran fiesta que mi familia había estado planeando durante un año. Un mes antes de nuestra boda mi novio me dejó plantada.

»Yo hice todo lo posible por que pasara de una vez el día de la boda. Empecé a correr, a meditar y traté de mantenerme realmente atareada trabajando aquí horas extra. La noche en que debería de haberse realizado el ensayo de la boda yo me ofrecí a trabajar hasta tarde y Logan también se quedó en la oficina. Hicimos que nos enviaran la cena, yo me eché a llorar y Logan trató de consolarme. Él sabía el significado que ese día tenía para mí. En ese sentido, Logan era bastante raro: a veces se mostraba totalmente desconsiderado y, sin embargo, recordaba pequeñas cosas que son importantes para la gente. Sea como fuere, me dijo que yo era demasiado buena para mi ex novio, me pasó el brazo por los hombros y las cosas se precipitaron y terminamos en ese sofá. Era tan increíblemente bien parecido que mi novio solía tenerle celos, y supongo que eso tuvo algo que ver con que yo me embarcara en esa aventura.

Cuando ella calló, Sam la acicateó un poco más.

—¿Y entonces qué sucedió?

—Un mes más tarde no tuve el período y una prueba casera de embarazo me dio un falso positivo. Estaba frenética. Deborah se había mudado conmigo apenas unas semanas antes, pero parecía tan agradable y yo estaba... histérica. Lo cierto es que ese día terminé contándole a Deborah todo el sórdido asunto.

—Que fue lo que ella le contó al periodista por teléfono anoche —terminó la frase Sam.

Erin asintió. Parecía sentirse físicamente mal.

—¿Le parece que ellos mencionarán esto, quiero decir a mí y a Logan, en los medios?

Sam vaciló y luego asintió.

—Creo que debería estar preparada para que eso ocurra. Pero, si le sirve de consuelo, no creo que sea la única mujer que ellos mencionen esta noche.

Erin echó la cabeza hacia atrás y cerró los ojos; su cara, una máscara de amargura y de miedo.

—Pobre señora Manning. Apuesto a que sé cuáles serán dos de esos otros nombres.

Sam mantuvo una expresión indiferente.

—¿A cuáles dos nombres se refiere?

—A Jane Sebring y Trish Lefkowitz.

—Trish Lefkowitz... ¿la encargada de relaciones públicas de la señora Manning?

Primero, Erin asintió; después negó con la cabeza.

—No lo sé. Lo de Trish Lefkowitz sucedió hace casi un año. Tal vez su nombre no saldrá a relucir; quizás ella sabrá cómo evitarlo. Por cierto que sabe muy bien cómo manejar a los de la prensa.

## 40

McCord estaba sentado frente a su escritorio, repasando los acontecimientos del día con Sam, Shrader y Womack. Los tres hombres estaban fascinados con las aventuras sexuales de Logan Manning.

—Erin Gillroy, Jane Sebring y Trish Lefkowitz —dijo Mc-Cord—. Una rubia animada, una pelirroja deslumbrante y una belleza de pelo renegrido. Manning no sólo era un hombre de gusto ecléctico en lo relativo a mujeres, sino que era un hombre de notable coraje.

—Yo no creo que la infidelidad sea admirable —dijo Sam y enseguida se preguntó de dónde diablos había salido esa reacción. Los muchachitos eran muchachitos y los hombres también lo eran. Ella lo sabía. Las aventuras clandestinas múltiples constituían algo así como una insignia de logro para los muchachitos y también para la mayoría de los hombres, lo reconocieran o no.

McCord la miró de reojo, divertido.

—Es obvio que no conoce a Trish Lefkowitz, pero nosotros la conocemos desde hace años. Me imagino a Manning ofreciéndole consuelo sexual a una secretaria bonita y abandonada por su novio prácticamente en vísperas de la boda; eso lo haría sentirse poderoso. Lo imagino seduciendo a una diosa sexual de Hollywood; eso lo haría sentirse especial. Pero ¿acostarse con Trish Lefkowitz? Para eso hacía falta mucho coraje. Tuvo suerte de que ella no lo convirtiera en una soprano. Esa mujer es como una araña viuda negra. Yo tendría miedo de cerrar los ojos si estuviera en la cama con ella.

McCord se interrumpió para contestar el teléfono y Sam se

puso de pie y se acercó a la mesa que contenía pilas de carpetas de distintos colores sobre Logan y Leigh Manning, Michael Valente y los amigos y conocidos del matrimonio Manning. Ahora también había cantidades de carpetas y documentos que ese día habían obtenido de las oficinas de Urbanizaciones Manning. Shrader, Womack y ella habían revisado sistemáticamente los archivos de cada individuo, tal como McCord les había dicho que hicieran. Shrader acababa de devolver las carpetas sobre Leigh Manning, de modo que Sam tomó esa pila para llevársela a su casa.

McCord cortó la comunicación con aspecto complacido.

—Era Holland —dijo—. Holland tiene la orden judicial que yo necesitaba para obtener los registros impositivos, personales y de negocios de Manning. Shrader, usted y Womack entréguensela mañana al contable de Manning. Una vez que consigan esos registros, hagan copias de cada uno. Guarden un juego para que nosotros podamos revisarlo, pero lleven el otro a un auditor especializado en fraudes para que lo examine. Si hay algo en la declaración de rentas de Manning que indique que hubo dinero que provino de cualquiera de las compañías de Valente o fue invertido en ellas, nuestros hombres lo encontrarán.

—¿Por qué hizo falta una orden judicial? —preguntó Womack—. Pensé que ya teníamos el permiso verbal de la señora Manning para hacer todo lo que creyéramos necesario.

—Es así, y ésa es una de las razones por las que resultó tan fácil obtener una orden judicial. Pero para proteger su propio trasero, el contable de Manning puede exigirnos algo escrito antes de entregarnos cualquier registro. Yo no quiero que llame a la señora Manning, porque siempre existe el riesgo de que él le aconseje no otorgar el permiso que ella ya nos dio. Tarde o temprano, ella lo revocará.

»Por eso tengo tanta prisa en visitar a la doctora Sheila Winters —continuó—. Tenemos el consentimiento escrito de Leigh Manning para que Winters viole el secreto profesional en lo que respecta a su tratamiento con Logan Manning. Cuando la señora Manning lo firmó, ella no limitó ese permiso solamente al tratamiento de su marido, de modo que la doctora Winters debería acceder a hablarnos acerca de cualquier cosa que haya dicho la señora Manning durante sus propias sesiones con la psiquiatra.

Shrader sacudió la cabeza, maravillado.

—Todavía no puedo creer que ella haya aceptado eso.

—Específicamente nos pidió que mantuviéramos confidencial esa información —les recordó Sam a los tres.

—Sí, es verdad —contestó McCord—, pero usted, detective Littleton, sólo prometió que seríamos muy discretos. De todos modos —concluyó—, pensando en que era preciso no perder tiempo, yo acepté la primera cita que la doctora Winters podía concedernos, que resultó ser mañana. —Miró a Shrader y a Womack—. Ustedes dos entréguenle mañana al contable de Manning la orden judicial y traigan todo lo que él les dé. Littleton y yo iremos a ver a la doctora Winters. No sé por qué, pero no creo que ella esté demasiado dispuesta a cooperar.

## 41

La predicción de McCord demostró ser acertada. Sam y él aguardaron durante cuarenta y cinco minutos en una sala de espera pequeña y elegante antes de ser finalmente recibidos en el consultorio de la doctora Winters, que estaba amueblado como una hermosa biblioteca, con alfombras orientales, suelo entarimado oscuro, sofás y sillones de orejas tapizados en cuero color verde jade.

Con su pelo rubio peinado en un elegante moño y su traje Chanel rosado, Sam pensó que Sheila Winters armonizaba a la perfección con ese entorno tan elegante.

—Lamento muchísimo haberlos hecho esperar —dijo la psiquiatra después de estrecharles la mano a los dos—. Esta mañana tuve una emergencia y eso retrasó mis compromisos.

—Apreciamos mucho que nos haya concedido hoy parte de su tiempo —dijo McCord—. El caso Manning se está convirtiendo en una farsa trágica, gracias a los medios.

—Tiene razón —dijo ella—. Pensé que las cosas no podían ser peores para Leigh, hasta anoche, cuando los medios comenzaron a divulgar todas esas historias acerca de los supuestos romances de Logan.

—¿Cómo lo está tomando la señora Manning? Supongo que usted ha hablado con ella, puesto que son muy amigas.

Con mucha cautela y muy claramente, Sheila Winters dijo:

—Como *muy amiga* de Leigh, puedo decirles que ella se siente como se sentiría cualquier otra mujer en estas circunstancias. Hace dos semanas, Leigh tenía una carrera maravillosa, una vida personal feliz y un futuro promisorio. Desde ese momento, su marido desapareció en forma misteriosa, ella sufrió un accidente casi fatal, después encontraron a su marido asesinado y ella se convirtió en viuda. Hace dos días sepultó a su marido con dignidad y comenzó el proceso de duelo por un hombre que ella amaba y respetaba. Gracias a los medios, el mundo entero presenció ese funeral, el mundo presenció su dolor y su dignidad y la gente la compadeció y la respetó.

La furia había inundado su voz y ella hizo una pausa, mientras hacía girar una pluma de oro entre sus largos dedos. Cuando volvió a hablar, su voz era serena y bien modulada.

—Pero desde ayer, gracias a esos mismos medios, el marido muerto de Leigh está siendo descrito como un tenorio compulsivo y ella, en consecuencia, como una mujer ciega, tonta y patética. Esto ha perjudicado incluso su carrera, porque ya no importa si Jane Sebring miente o no. ¿Cómo podrá Leigh compartir un escenario con esa mujer?

Cuando terminó de hablar miró a Sam, quien sacudió la cabeza.

—Yo no podría hacerlo —dijo—. No lo haría. Me sentiría tan furiosa, tan humillada y tan herida que creo que no podría ocultarlo.

Sheila Winters sonrió y levantó las manos para mostrar que coincidía con Sam.

—Usted acaba de describir cómo se siente Leigh. Y cómo me sentiría también yo si estuviera en su lugar.

—Siempre es un alivio saber que soy una persona normal a los ojos de una psiquiatra —dijo Sam.

Eso hizo reír a Sheila Winters.

—¿Qué le hace pensar que los psiquiatras son «normales», detective? —bromeó.

Satisfecha por haber logrado un acuerdo con Sam, Sheila miró al teniente.

—¿He respondido bien a su pregunta?

—Sí, pero ésa fue sólo mi pregunta «para romper el hielo» —le dijo McCord—. Tengo muchas otras.

—Me temo que no podré contestarlas. Ya les he dicho todo lo que legítimamente me está permitido. Cualquier otra cosa está incluida en el secreto profesional que rige entre el médico y su paciente.

McCord no le prestó atención.

—Logan Manning fue no sólo su paciente sino también su amigo —dijo.

La pluma de oro giró lentamente entre los dedos de Sheila Winters, pero su sonrisa cortés no se modificó. Ella no confirmó ni negó la afirmación de McCord.

—¿Cuándo fue la primera vez que él y la señora Manning la consultaron, y por qué motivo?

La pluma de oro siguió girando con lentitud entre los dedos de Sheila Winters y su sonrisa se volvió levemente menos cortés.

—Doctora Winters, lo lamento... olvidé darle esto. Debería haberlo hecho antes de hacerle ninguna pregunta. —Sam sabía que McCord no lo había olvidado. Por alguna razón, él quería formarse primero una impresión de Sheila Winters. Introdujo una mano en el bolsillo de su chaqueta deportiva color azul marino, extrajo el papel en el que Leigh Manning había otorgado su permiso y se lo pasó a la psiquiatra por encima del escritorio.

Sheila Winters lentamente dejó la pluma y tomó el papel. Lo miró y se lo devolvió.

—No voy a hacerlo —dijo lisa y llanamente—. En primer lugar, no sé si ésta es realmente la letra de Leigh.

—Tiene mi palabra como agente de las fuerzas del orden de que es su letra y de que ella nos dio personalmente este permiso hace cuatro días.

—Muy bien, le tomaré la palabra —dijo y se recostó en su asiento.

—¿Entonces contestará a mis preguntas?

Ella sonrió, como disculpándose.

—No.

La mirada de Sam pasó de uno a otro con una fascinación disimulada, porque tenía la intuición de que McCord se había encontrado con una rival a su medida, con su misma fuerza de voluntad y decisión.

—¿Por qué no?

—Porque es obvio que Leigh Manning se encontraba en un estado mental precario hace cuatro días. De no ser así, jamás habría aceptado escribir esto.

—¿Me está tratando de decir que ella no es mentalmente competente? —preguntó McCord.

—Desde luego que no, y no me arroje frases como «mentalmente competente», teniente. Sencillamente le estoy diciendo que hace cuatro días Leigh estaba en una situación mental extrema por motivos obvios, normales y comprensibles.

Sam sabía que lo que McCord temía se estaba haciendo realidad: en cualquier momento, Sheila Winters tomaría el teléfono, llamaría a Leigh Manning y le pediría que revocara su permiso.

—Permítame que le conteste con otra frase, doctora Winters, una con la cual me siento más cómodo. Se llama «obstrucción a la justicia». Usted está interfiriendo voluntariamente en la investigación de un homicidio. Yo no le he pedido sus registros, pero estoy preparado para hacerlo y aguardar aquí mientras la detective Littleton le lleva este trozo de papel a un juez y consigue una orden judicial.

Mentalmente, Sam declaró que se trataba de un empate, pero McCord prosiguió con su ofensiva. Le pasó el papel a Sam.

—Yo esperaré aquí acompañando a la doctora Winters. Vaya a ver a un juez, explíquele la situación y tráigame una orden judicial. De hecho, tráigame también una orden de allanamiento, por si la doctora Winters quiere llevar esta batalla hasta el final. Y traiga también a los detectives Womack y Shrader para que la ayuden a encontrar lo que sea que estamos buscando.

—Le ofrezco un acuerdo —dijo la doctora Winters con una leve sonrisa.

—No me interesa negociar.

—Lo que le propongo nos evitará mucho tiempo malgastado.

—A mí me encanta perder tiempo —fue la respuesta de McCord.

Esa respuesta la hizo echarse a reír.

—No es así, teniente. Usted es extremadamente impaciente incluso en circunstancias normales. Sin embargo, no sigo porque eso se acercaría demasiado a un análisis gratuito —bromeó—. Y eso viola mis principios. Esto es lo que me gustaría sugerir. En realidad, usted no tiene opción, porque Leigh Manning llegará aquí en cualquier momento. El secreto profesional entre médico y paciente es un privilegio sagrado, un concepto que repetidamente han defendido y protegido los juzgados de todo el país.

—Lo mismo que el concepto de obstrucción a la justicia.

—Yo no obstruiré su justicia. Cuando Leigh llegue aquí, le diré frente a usted que no le aconsejo autorizarme a violar ese privilegio. Si ella me escucha y revoca ese papel que tiene en la mano, estaría en su derecho, ¿no le parece?

Era así, y todos lo sabían.

—Si ella sigue queriendo autorizarme a revelarle información, entonces lo haré. ¿Trato hecho?

No tenía otra opción, y McCord lo sabía. Sonrió lentamente y la cicatriz de su cara se hizo más profunda.

—¿Cómo puedo discutir esa lógica impecable y una negociación razonable? —dijo—. Sin embargo, siento curiosidad...

—Apuesto a que sí —convino ella, sonriendo, y Sam se preguntó si estaría siendo testigo de una suerte de flirteo de alto nivel entre dos intelectos muy complejos e inescrutables. Se sintió un poco excluida. También tenía la plena seguridad de que Leigh Manning revocaría el permiso.

—Decía que siento curiosidad acerca de la razón por la que Leigh Manning vendrá hoy aquí.

—Bueno, ésa sí que es una pregunta que puedo responderle. Está siendo acosada por la prensa. Se han plantificado frente a su edificio y hace más de una semana que ella no ha podido salir, salvo para asistir al funeral de su marido. Yo amenacé con secuestrarla si hoy no almorzaba conmigo. Por razones comprensibles, ella no podía ir a un restaurante, así que le dije que haría que nos trajeran el almuerzo.

—Lamento estar arruinándole sus planes para el almuerzo, doctora —dijo McCord.

Ella sonrió ante esa respuesta tonta.

—No tendrá oportunidad de arruinarnos el almuerzo, teniente. A Leigh sólo le llevará dos minutos revocar su permiso.

Algunos minutos después, con sorpresa Sam comprendió que en eso se equivocaba la psiquiatra. Aunque Leigh Manning estaba mortalmente pálida y parecía tremendamente frágil, se negó a seguir el consejo de Winters. Con pantalones de color beige y camisa blanca de seda, se sentó en uno de los sofás de cuero y plegó las piernas, con lo cual su aspecto fue el de una muchacha joven y vulnerable, sin maquillaje ni jactancia. Su pelo cobrizo le caía sobre las mejillas translúcidas y sus enormes ojos eran del color de un mar azul verdoso en un día soleado.

—Ellos necesitan respuestas, Sheila. Diles todo lo que sabes.

—Leigh, te prevengo que me opongo terminantemente a esto. Tú no estás pensando con claridad.

—Hoy vine aquí porque yo también necesito respuestas. Por favor, diles a los detectives lo que quieran saber acerca de mi marido, y yo escucharé, porque tampoco sé ya quién era. No en realidad. Sólo creí conocerlo.

—Está bien. —Sheila Winters se frotó la frente y después miró a Leigh—. Permíteme que te exprese esto con las palabras más adecuadas.

—No te preocupes por herir mis sentimientos. Lo que tú no me digas, seguramente lo leeré en los diarios mañana o pasado. En el apartamento te pregunté si creías que Logan estaba teniendo una aventura con Jane Sebring y me respondiste que no.

McCord la interrumpió.

—¿Cuándo le preguntó eso a la doctora Winters?

Sheila Winters lo fulminó con la mirada, y ella misma contestó al unísono con Leigh Kendall.

—Después del funeral.

—¿Qué la hizo formular esa pregunta?

En lugar de ofenderse por su tono o por el hecho de que la hubiera interrumpido, Leigh lo miró a los ojos y le respondió con serena humildad, como si ya no advirtiera esas nimiedades ni les diera importancia.

—Los diarios estaban llenos de lo que me pareció que eran rumores malévolos acerca de esa relación.

—¡Teniente McCord! —le advirtió la psiquiatra—. Puede interrogar a la señora Manning como lo desee, yo no puedo impedírselo. Pero sí puedo impedir que lo haga en mi consultorio. Ahora bien, usted deseaba tener esta sesión de preguntas y respuestas, así que permítame darle las respuestas y terminar con esto de una buena vez. Le aseguro que esto es lo más difícil que he tenido que hacer en mi vida.

Después de decirlo, miró a Leigh Manning y su expresión se suavizó.

—Leigh, Logan era un hombre mucho más complejo de lo que yo creí en un principio, la primera vez que ustedes dos vinieron a verme. Él era más complejo, estaba más atribulado y, al mismo tiempo, era más... básico en su lógica de lo que imaginé. Estoy tratando de decir esto con los términos más simples en lugar de apelar a la jerga psiquiátrica.

De mala gana, Sheila Winters centró su atención en Sam y McCord, y explicó:

—Logan Manning provenía de una familia neoyorquina antigua, adinerada y aristocrática. Lamentablemente, cuando Logan nació su abuelo había dilapidado una fortuna importante y la familia Manning había quedado reducida a un estado de pobreza decorosa. Sin embargo, y gracias a las relaciones sociales de la familia, y algo de dinero proporcionado por una tía abuela rica, Logan fue enviado a los mismos colegios privados prestigiosos en los que habían estudiado sus antepasados. Pero hubo, sí, una diferencia importante: Logan era pobre en comparación con sus pares, y todos lo sabían.

»En su juventud, Logan no pudo tomarse vacaciones con sus compañeros de clase; ni siquiera podía llevarlos a su casa. Creció sintiendo vergüenza de quién era. Su padre murió cuando él era chico y su madre nunca se volvió a casar, de modo que no tenía ninguna figura masculina para alentarlo o fijarle sus prioridades. Lo que sí tuvo fue una provisión interminable de cuentos relatados por parientes acerca de la familia Manning en su mejor época, historias de mansiones fabulosas y antigüedades invaluables; acerca de hombres apuestos de la familia Manning que se hicieron famosos por sus éxitos en el juego, con las prostitutas y en los negocios.

»Desde que era un muchachito, Logan comenzó a tener sueños diurnos acerca de convertirse en uno de esos legendarios varones y de recuperar la fortuna y el prestigio de la familia Manning. Por cierto, había heredado el físico atractivo de ellos y, también, su inteligencia y ambición. Empezó a conseguir todo lo que se proponía...

Hizo una pausa y durante un buen rato miró a Leigh con pesar.

—Pero nunca era suficiente para hacerlo sentirse bien con respecto a sí mismo. Sus inseguridades eran tan profundas que necesitaba probarse una y otra vez en cada campo de acción. Tú misma dijiste que no había en el mundo suficiente dinero para que Logan se sintiera seguro, y no te equivocabas. Y, con una vuelta de tuerca irónica del destino, Leigh, tú fuiste en gran parte la razón por la que él siguió sintiéndose terriblemente inseguro.

—¿De qué manera?

—Por ser como eres. Por ser talentosa y admirada y famosa. Logan ayudó a que tú fueras el centro de atención, estuvieras bajo los reflectores, pero él terminó estando en las sombras en comparación contigo, y por momentos su ego era demasiado frágil para asimilar ese hecho. Así que necesitaba reforzar su ego.

—Con otras mujeres —admitió Leigh, temblorosa.

—Sí. El único aspecto en el que Logan se sentía realmente superior a ti y a todos los demás era en su apostura y su atractivo sexual.

Leigh dijo exactamente lo que Sam había estado pensando.

—Tú eres psiquiatra, conocías el problema y él acudió a ti en busca de consejo. ¿Por qué no pudiste ayudarlo?

—Ésa es una buena pregunta, simple y directa. He aquí la respuesta, en el mismo tono en que me lo preguntaste. Soy psiquiatra; por lo general puedo arreglar lo que está roto en un paciente, pero no puedo crear cualidades que no están allí y que el paciente no desea. Para decirlo lisa y llanamente, Logan tenía un carácter débil, Leigh. Cuando conceptos altruistas como la integridad y la lealtad se oponían a sus deseos personales, Logan era capaz de no prestar atención a esos conceptos. Si te sirve de consuelo, después él se sentía tremendamente culpable y juraba no repetir jamás ese acto. Pero cuando se le presentaba una oportunidad, si llegaba a coincidir con alguna necesidad suya, entonces esa necesidad venía primero. No siempre, pero con demasiada frecuencia.

A Sam se le partió el corazón cuando Leigh Kendall inclinó la cabeza, sintiendo una desesperación total y humillante. Se le quebró la voz al preguntar:

—¿Alguna vez Logan te habló de alguien... o de algo... que podría darnos una pista de por qué fue asesinado?

—No, Leigh, no lo hizo.

La viuda de Logan Manning se puso entonces de pie, su amor propio y su autoestima destruidos frente a dos extraños, su confianza traicionada, sus sueños hechos añicos y, mientras Sam la observaba, hizo un visible esfuerzo por enderezar los hombros y levantar su mentón tembloroso. Luchaba con tanta fuerza para mantener la compostura que Sam pensó que seguramente se iría de la oficina —tal vez corriendo—, pero, en cambio, se detuvo frente a los dos detectives y cortésmente les dijo:

—Ahora tengo que irme. ¿Tienen ustedes todo lo que necesitan?

—Sí, prácticamente sí, creo —dijo Sam, la vista fija en esos ojos verdes brillantes por las lágrimas.

Cuando Leigh se hubo ido, nadie habló durante varios minutos y Sam tuvo la sensación de que Sheila Winters luchaba por controlar sus propias emociones.

—Ella estará bien —dijo la psiquiatra, aunque Sam no sabía si trataba de convencerlos a ellos o a sí misma.

—¿Usted cree que ella sabía que él le era infiel? —preguntó McCord.

—Sabía que Logan era capaz de serlo, porque lo hizo algunos años antes y ella lo descubrió. Quedó destruida.

—¿Y recientemente? ¿Cree que ella sospechaba algo?

Sheila levantó la cara y lo miró con profundo disgusto.

—Usted la vio, ¿qué le parece?


Apenas habían salido de la oficina cuando Sam dijo, con furia:

—¡Creo que es una lástima que quienquiera que mató a Manning no lo haya torturado primero!

Una risa retumbó en el pecho de McCord, pero él tuvo el tino de no hacer ninguna broma.

—¿Sabe qué más creo? —preguntó Sam y lo miró a los ojos.

—No —contestó él y, por un segundo, Sam pareció notar que la mirada de McCord bajaba hasta su boca—. ¿Qué más cree, Sam?

—Creo que Leigh Manning no tuvo absolutamente nada que ver con la muerte de su marido. Nada.

—Es interesante que haya sacado esa conclusión de la entrevista que tuvimos arriba. ¿Sabe qué oí yo allá arriba? Oí motivos. Muchos motivos legítimos.

—Entonces, adelante, teniente. Pero mientras usted trata de que esa pieza encaje en su rompecabezas, yo trataré de que encaje en el mío.

## 42

Courtney Maitland observó las cartas que O'Hara acababa de darle y puso su primer descarte sobre la mesa de la cocina.

—¿Por qué te lo pasas mirando el reloj? —le preguntó.

O'Hara suspiró y se puso de pie.

—Supongo que estoy nervioso. Hice algo que quizá no debería haber hecho.

—Es así como yo vivo mi vida, O'Hara. En el límite. Me resulta excitante.

—No se trata de mi vida. Hoy me metí en la vida de la señora Manning. Han pasado dos semanas y media desde el funeral del señor Manning, y ella no quiere salir, no quiere ver a sus amigos ni hablar por teléfono con ellos. Habla con el señor Solomon cada tanto, pero salvo Hilda, Brenna, tú y yo, no ve a nadie más. Muchas personas siguen llamando y quieren hablar con ella. Creo que la mayoría sólo quiere tener tema para cotillear.

Courtney se puso seria.

—Leigh ya no sabe en quién puede confiar.

—Claro, ¿cómo culparla? —Sacó de la nevera una cerveza para él y una Coca-Cola para Courtney y regresó a la mesa.

Volvió a consultar su reloj.

—La señora Manning tenía cita a última hora con un médico que quería hacerle un chequeo general después del accidente. Son las cinco y calculaba que ya estaría de regreso.

—¿Por qué no la llevaste en el coche?

—Yo había ido a buscar algunas cosas para Hilda cuando la señora Manning recordó que tenía esa cita y se fue antes de que yo volviera.

Courtney esperó a que él bebiera un trago de cerveza antes de decir, con impaciencia:

—¿Qué tiene eso que ver con meterte en su vida?

—Porque hace un rato le dije a alguien que la señora Manning estaría aquí esta noche. Ese hombre llamó un par de veces, pero ella no quiso verlo y yo pensé que podría hacerle bien esa visita, así que le dije al individuo que viniera.

Courtney pareció preocupada.

—No sé si deberías haber hecho eso.

—Yo tampoco, pero cuando lo hice me pareció lo más atinado.

—Todas las cosas que hice mal siempre me parecieron lo acertado cuando las hice. —Recogió de nuevo sus cartas—. Ahora dime, ¿a quién invitaste a venir?

—A Michael Valente.

Ella lo miró, incrédula.

—¿Por qué hiciste eso? La última vez que él estuvo aquí, a nadie le hizo demasiada gracia. Tú mismo dijiste que Leigh ni siquiera conoce a ese tipo.

—Lo hice porque la última vez que vi sonreír a la señora Manning fue la noche en que él estuvo aquí. Sé que tiene mala reputación, pero la verdadera razón por la que decidí que él viniera fue...

—No puedo creer que hayas descartado ese seis de corazones cuando, hace un segundo, me viste recoger el seis de trébol. —Sin esperar una respuesta, tomó la carta que él había descartado y, simultáneamente, dijo—: ¿Por qué decidiste que él podía venir?

—Porque la vez que se apareció con la pizza, la señora Manning recordó que lo había conocido mucho tiempo antes. Cuando ella estudiaba en la universidad, Valente trabajaba en una tienda que quedaba cerca de donde ella vivía, y la tía de Valente solía prepararle a ella pizzas de camarones. Una noche, él incluso la salvó de ser asaltada.

—¿Por qué tardó tanto en reconocerlo o, al menos, en reconocer su nombre?

—Bueno, él usaba barba en aquel entonces, y ella sólo conocía su apodo. No recuerdo cuál era, pero significa «halcón» en italiano.

—¿En serio? —dijo Courtney, tomó una carta y la descartó—. Así que eso probablemente explique por qué él la bajó en brazos a la cabaña sobre la nieve aquel día, y por qué acudió en su ayuda enseguida con su helicóptero. Él es algo así como... ¿qué? ¿Un antiguo novio?

—Yo habría dicho que lo más probable era que sólo fueran viejos amigos, pero la noche que Valente estuvo aquí hizo algo que me dio que pensar.

Fascinada, Courtney lo acicateó a que siguiera cuando él calló un momento para estudiar sus cartas.

—¿Qué fue lo que hizo?

—Un par de horas después de que los policías le informaron a la señora Manning de las novedades con respecto a su marido, yo me levanté para apagar las luces y cerrar las puertas con llave. Creí que Valente se había ido mucho tiempo antes, pero no era así. Estaba sentado, solo, en una silla cerca del hall que conduce al dormitorio de la señora, y tenía la vista fija en el suelo, como si estuviera triste y muy cansado. Fue como si... qué se yo... estuviera montando guardia. —Tomó otra carta—. ¡Gin! —exclamó encantado, y al mismo tiempo sonó el teléfono.

Él corrió a atender y luego regresó a la mesa.

—Valente ya sube.

—Yo lo haré pasar mientras tú haces lo que tienes que hacer —dijo ella y ya estaba fuera de la cocina, camino a la puerta principal, antes de que él pudiera oponerse.

Con la prisa, Courtney abrió la puerta con suficiente fuerza como para transformar ese acto sencillo en un exagerado floreo teatral que hizo que Valente diera un paso atrás y por un momento mirara la puerta del apartamento como si se hubiera bajado en el piso equivocado.

—Soy Michael Valente —explicó.

—Sé quién es usted. Yo soy Courtney Maitland —dijo ella y le tendió la mano.

Por un momento dio la impresión de que él no se la iba a estrechar pero enseguida cambió de opinión y lo hizo.

—¿Cómo te va? —dijo mecánicamente.

—Muy bien —contestó ella—, aunque no tengo la menor idea de qué es lo que hago que está bien. La otra cosa que siempre me intriga es por qué muchas personas se hacen mutuamente esa pregunta. Siempre me parece vulgar y sin sentido. ¿A usted qué le parece?

Él se quedó mirándola por bastante tiempo, de pie en el vestíbulo, su abrigo en el brazo.

—A mí me parece vulgar y sin sentido.

—¿Por qué lo considera así?

—Porque —dijo él secamente— es vulgar y sin sentido.

Courtney se había preparado para que ese hombre le gustara o no le gustara, pero no había esperado encontrarlo... interesante. Rara vez conocía a alguien de más de treinta años que fuera interesante y, según su investigación preliminar, Michael Patrick Valente no sólo tenía más de treinta años sino que tenía uno más de cuarenta. Era también una cuarta parte irlandés —del lado de su abuela—, tenía una estatura de casi un metro noventa y prefería trajes hechos a medida de Savile Row. Tenía una mandíbula prominente, pelo oscuro y grueso, cejas rectas y ojos interesantes; ojos que en ese momento la miraban, entrecerrados.

—¿Estás pensando invitarme a pasar? —preguntó él.

—Ah, sí, por supuesto. Lo lamento. Pensaba en otra cosa. ¿Usted juega al gin?

—¿La señora Manning está en casa? —fue la respuesta de él.

—No todavía, pero O'Hara y yo estamos en la cocina. ¿Por qué no nos acompaña?

Él pareció aliviado con la mención de la presencia de O'Hara y, después de darle a ella su abrigo para que lo colgara, la siguió a la cocina. Courtney se detuvo frente a la puerta y dejó que él la precediera; después se recostó contra el marco de la puerta como lo había hecho la vez anterior que él estuvo allí y se puso a estudiar su perfil sin prisa. Sabía que él había estado preso cuatro años por homicidio culposo y que pasó su tiempo libre allí leyendo libros de abogacía en la biblioteca de la cárcel. También sabía que había pasado los siguientes seis años trabajando y estudiando administración de empresas y abogacía en la Universidad Estatal de Nueva York en Stony Brook, donde se licenció con excelentes calificaciones en ambas carreras. Y, dos años después, logró su maestría en Harvard.

O'Hara empezó a caminar hacia la puerta cuando vio a Valente entrar en la cocina, pero Valente le impedía ver a Courtney.

—Lo siento —dijo O'Hara—, pero la señora Manning no está en casa todavía, de modo que no pude avisarle que usted vendría.

—Ningún problema —dijo Valente—. No tengo nada planeado para esta tarde. —Extendió el brazo y estrechó la mano de O'Hara, con un asomo de sonrisa en los labios—. ¿Estos días desempeña el papel de ama de llaves, además de guardaespaldas y chófer, Matón?

—Ese sayo le cae mejor a Courtney —dijo Joe—. No, estoy jugando al gin rummy con ella y, por una vez, no me está ganando. Es posible que pase un rato hasta que vuelva la señora Manning. ¿Quiere un café, vino o alguna otra cosa?

—Un café estaría muy bien. Sin leche.

Joe sirvió café en una taza y se la pasó a Valente.

—¿Quiere esperar en el living?

—No, me gusta más aquí.

—Sí, es un lugar más acogedor —convino O'Hara. Miró con cierta vacilación la mesa donde había estado jugando a las cartas con Courtney, como si no pudiera decidir si era más apropiado sacar las cartas o invitar al visitante —que en realidad era un cómplice— a jugar a las cartas con Courtney y con él.

Courtney no tenía el menor interés en hacer lo apropiado y sí el fuerte deseo de capitalizar esa oportunidad dorada de pasar tiempo con un famoso multimillonario con antecedentes criminales y una historia de conflictos pasados y presentes con el sistema legal.

—¿Por qué no nos sentamos todos frente a la mesa? —sugirió.

Aliviado al ver que ella había tomado la decisión por él, O'Hara tomó su jarra de cerveza y se acercó a la mesa. Valente se sentó junto a él y apoyó un codo en el respaldo de su silla. Courtney se ubicó junto a Valente y frente a O'Hara. En el incómodo y breve silencio que siguió, ella decidió que la mejor manera de lograr su objetivo inmediato era, probablemente, obligar a los dos hombres a entrar en un estado de distendida afabilidad, lo desearan ellos o no. Tomó el mazo de cartas, lo barajó y dejó que las cartas cayeran en forma de cascada. Repitió el proceso dos veces más y le dio cartas a O'Hara.

—Continúen con su juego —instó cortésmente Valente al chófer—. No quisiera interrumpirlos.

—Usted puede jugar con el que gane —le informó Courtney a Valente, sin darle oportunidad de aceptar o no. Le daba cartas a O'Hara pero toda su conversación estaba dirigida a Valente—. Joe me estaba diciendo que usted y Leigh son viejos amigos.

Como Valente no le contestó, ella se vio obligada a levantar la vista de sus propias cartas. La única respuesta de Valente fue levantar una ceja.

—Si mi memoria no me falla —continuó ella un momento después—. Joe dijo que ustedes se conocieron cuando Leigh iba a la universidad. —Como él seguía sin responderle, ella lo miró de reojo y tomó una carta del mazo. Esta vez, él levantó las dos cejas y la miró con expresión de curiosidad.

»Creo que Joe mencionó que, en determinado momento, usted salvó a Leigh de un asalto. —Frustrada por el silencio de Valente, Courtney descartó una carta que pensaba conservar en la mano—. ¿Es así? —preguntó, con cierto fastidio, mirándolo a los ojos. La iluminación de la cocina no era intensa, pero había suficiente luz para que Courtney pescara un brillo divertido en los ojos de Valente. O'Hara tomó la siguiente carta del mazo; después Courtney tomó la suya, comenzó a descartarla, puso los ojos en blanco y, en cambio, golpeó la mesa con la mano y declaró—: ¡Gin!

Los hombros de Valente comenzaron a sacudirse de la risa. La confusión y la incertidumbre eran sentimientos que Courtney estaba acostumbrada a producir en otros, pero no a experimentarlos personalmente. La sensación era tan novedosa que casi admiró a Valente por sumergirla en ese estado emocional poco común; sin embargo, no tenía la menor idea de qué le resultaba a él tan divertido y no estaba dispuesta a permitir que ese *statu quo* continuara.

Tomó el mazo y lo barajó.

—Hagamos esto más interesante —le dijo a Valente y repartió las cartas con la habilidad y la velocidad de un jugador profesional.

Obligado a jugar gin con ella, Valente bajó el brazo del respaldo de la silla, levantó sus cartas y preguntó, como con indolencia:

—¿Cómo de interesante? —En ese momento justo su descarte tomaba contacto con el centro de la mesa.

Era muy rápido y trataba de confundirla y de obligarla a jugar con demasiada velocidad.

—Veinte dólares la partida —respondió ella, sin prestar atención al gemido horrorizado de Joe y haciendo su propio descarte.

—¿Puedes darte el lujo de perder esa cantidad?

—Sí —contestó ella y realizó su siguiente jugada—, ¿y usted?

—¿Qué crees?

Courtney robó una carta, pero hizo una pausa para poder mirar a Valente mientras le respondía:

—Creo que a usted no le gusta nada perder —le dijo—. Ni dinero ni en el juego ni en ninguna otra cosa. —Se descartó y esperó que él tragara el anzuelo y le dijera algo informativo.

Él miró la carta que ella había descartado y dijo:

—Gin.

—¡Qué! ¡No le creo! —exclamó Courtney y se inclinó hacia delante para mirar las cartas que él había puesto sobre la mesa en forma de abanico para que ella las examinara. Con incredulidad, se quedó mirando una mano que estaba lejos de ser ganadora—. ¿Qué se supone que es eso? —preguntó con severidad.

—A veinte dólares la partida, calculo que es un coche usado o un abrigo de piel para ti.

Courtney se quedó mirándolo con una mezcla de irritación y desconcierto.

—Yo no quiero un coche ni un abrigo de piel.

—¿Ah, no? —preguntó él con voz suave mientras empujaba las cartas hacia ella para que pudiera dar de nuevo si lo deseaba—. ¿Entonces por qué estamos jugando por veinte dólares la partida?

Sin quitarle los ojos de encima, Courtney lentamente recogió las cartas y se puso a barajarlas. Sonrió porque no podía evitarlo. Sonrió porque pensó que él era muy atractivo. Sonrió porque él era inescrutable, complicado, inteligente y, más que posiblemente, peligroso. Sonrió porque él era imponente y casi daba miedo. Pero de pronto un pensamiento le pasó por la mente y ella puso en suspenso esa opinión favorable que tenía de él, por lo menos hasta oír su respuesta.

—Veamos —dijo mirándolo con mucha atención mientras repartía las cartas—, ¿usted hizo eso porque creía que yo no podría pagarle veinte dólares por partida si perdía?

—No. Supongo que la mensualidad que recibes es lo suficientemente cuantiosa como para cubrir tus gastos de juego.

—Concretamente, ¿qué lo hace pensar eso? No puede ser por mi forma de vestir.

—¿Tú no eres la hermana de Noé Maitland?

Courtney asintió.

—¿Cómo lo supo?

—Conozco a tu hermano.

Un pensamiento horrible dejó helada a Courtney, un pensamiento que la hizo olvidar todo lo referente a los naipes.

—Dígame, ¿acaso Noé testificó contra usted o algo por el estilo?

Él se echó a reír y esa risa tuvo un sonido profundo pero al mismo tiempo un poco ronco, como si no se riera a menudo.

—No. Él y yo estuvimos envueltos en un negocio hace algunos años, y yo te vi cuando me encontraba con él en la casa que tenéis en Palm Beach.

Un suspiro de alivio brotó de labios de Courtney, quien entonces se puso a jugar al gin con un hombre que había resultado ser un desafío, un desafío difícil. Un desafío sorprendentemente difícil.

# 43

Al entrar en su apartamento y colgar el abrigo en el perchero, Leigh oyó la risa de Courtney procedente de la cocina. O'Hara también reía, y el sonido de esas voces alegres y fuertes le resultó extraño y fuera de lugar. La risa había estado ausente de su casa durante todo el mes desde que Logan partió para la cabaña en las montañas.

La Navidad había pasado dos días antes, sin que nada la marcara, ni siquiera un árbol de Navidad ni las guirnaldas adornadas con cintas que ella por lo general colgaba de la repisa de la chimenea en esa época. La repisa estaba ahora vacía salvo por las pilas de tarjetas de Navidad no leídas. Ella había ordenado regalos del catálogo de Navidad de Neiman Marcus para Hilda, Brenna, Courtney y O'Hara. No se había molestado en comprar regalos para nadie más.

Un silencio sombrío reinaba en su casa como un manto gigantesco o una mortaja, grueso y pesado, pero también protector, pues la aislaba de la necesidad de hablar o de expresar sus sentimientos o incluso reconocerlos. Ella ya no lloraba. No le quedaban lágrimas ni sentimientos capaces de subir repentinamente a la superficie, explotar y herirla. Ahora estaba atontada y a salvo. Serena.

Sin embargo, en ese momento, esa isla de silencio y de quietud estaba siendo quebrada por voces y risas en la cocina, y ella siguió el sonido.

O'Hara fue el primero en verla, se puso de pie de un salto, con culpa, y estuvo a punto de derribar la silla.

—¿Le gustaría un café caliente? —preguntó—. Tenemos visita. Mire quién está aquí...

Leigh se detuvo en seco, sorprendida al ver a Michael Valente, quien evidentemente había estado jugando a las cartas con su chófer y su vecina adolescente. Él se puso de pie lentamente, con una sonrisa solemne en el rostro; la de un hombre que sabía que no debería estar donde estaba, pero que de todos modos estaba decidido a quedarse allí. Leigh leyó todo eso, y aún más, en su expresión mientras él caminaba hacia ella, pero se sintió incapaz de hacer nada, salvo seguir allí de pie cuando él se paró frente a ella.

Él levantó una mano y ella empezó a levantar la suya para lo que creyó que sería un apretón de manos, pero la mano de él pasó por sobre la de ella y se le instaló debajo del mentón. Con los ojos entrecerrados, él le giró apenas la cara hacia la derecha, después hacia la izquierda, inspeccionándosela, y ella sencillamente dejó que lo hiciera, con los ojos abiertos de par en par y sin siquiera pestañear.

Él era un viejo amigo y, a esas alturas, ella ya estaba al tanto de lo que los viejos amigos —los verdaderos y los falsos— le decían cuando la veían. Esperó a qué él le dijera: «¿Cómo te sientes?» o «¿Cómo lo estás llevando?»

En cambio, él dejó caer la mano y se quedó allí parado, bloqueándole la vista de la habitación con sus hombros anchos; su voz grave teñida con cierto tono de ofensa.

—Hace semanas que no te veo. ¿No me vas a preguntar cómo estoy, Leigh?

Los ojos de ella se abrieron de incredulidad, y la conmoción rasgó en ella una respuesta olvidada. Leigh se echó a reír. Extendió las manos hacia él, pero su risa se disolvió con la misma rapidez con que había estallado, dejándole un impulso repentino e imperioso de llorar. Reprimió con fuerza ese impulso y se obligó a seguir sonriendo.

—Lo siento —dijo—. ¿Cómo estás? —Le llevó un momento darse cuenta de que él estaba intercambiando roles con ella.

—Como el demonio —dijo él con tono lúgubre—. Me duele todo, pero sobre todo en mi interior. Todo aquello en lo que creía resultó estar equivocado, y las personas en quienes confiaba me traicionaron... —Para su espanto, Leigh sintió que las lágrimas le brotaban de los ojos y se le deslizaban por las mejillas mientras él seguía diciendo—: No puedo dormir, porque tengo miedo de empezar a soñar...

Ella levantó la mano para secarse las lágrimas, pero él la abrazó y apretó la cara de Leigh contra su pecho.

—Llora, Leigh —le susurró—. Llora.

Un momento antes él la había hecho reír; ahora, se descubrió sollozando desconsoladamente, y hasta sus hombros se sacudían con la fuerza de tanta angustia reprimida. Ella habría debido apartarse y salir corriendo, pero los brazos de él la ciñeron con más fuerza cuando ella intentó hacerlo, y su mano le rodeó la cara y sus dedos le acariciaron suavemente la mejilla.

—Todo estará bien —le susurró cuando esa catarata de lágrimas finalmente comenzó a ceder—. Te lo prometo —agregó y con una mano le ofreció un pañuelo.

Ella lo tomó y se echó hacia atrás en el círculo de sus brazos y se secó las lágrimas, demasiado avergonzada para mirarlo.

—No creo que sea capaz de superar esto —confesó.

Él le puso una mano debajo del mentón y se lo levantó, obligándola a mirarlo a los ojos.

—Tú no sufres un cáncer terminal ni ninguna otra enfermedad incurable, así que puedes superarlo. Tienes el poder de decidir durante cuánto tiempo y con cuánta intensidad estás dispuesta a seguir sufriendo por las infidelidades de tu marido y por haber depositado tu amor en él.

Ella se sonó la nariz y se secó los ojos.

—A veces me he enfadado mucho, pero eso no me sirvió de nada.

—La furia no es más que una tortura autoinfligida.

—¿Entonces qué se supone que debo hacer?

—Bueno, por tu propia dignidad, creo que te sentirías mucho mejor si lucharas contra él y te desquitaras.

—¡Sí, claro! —dijo ella, llorosa—. ¡Entonces consigue una pala y lo desenterraremos!

Él se echó a reír, la abrazó y apoyó la mandíbula contra la coronilla de Leigh.

—Me gusta tu espíritu —dijo, divertido y con ternura—, pero empecemos con algo un poco menos ceremonioso.

De pronto consciente de estar allí de pie, abrazada a Valente, Leigh retrocedió un momento y logró esbozar una sonrisa no demasiado alegre.

—¿Qué me recomiendas?

—Te recomiendo que esta noche cenes conmigo.

—Está bien. Le pediré a Hilda que...

—No aquí.

—Ah, ¿te referías a ir a un restaurante? No me parece... En realidad, no...

Él la miró como si quisiera discutírselo, pero ella sacudió la cabeza, consternada ante la sola idea de tener que enfrentar la mirada curiosa de desconocidos y la inevitable jauría de periodistas que seguramente aparecerían antes de que ellos terminaran de comer.

—No a un restaurante. No todavía.

—Aquí, entonces —aceptó él.

—Me gustaría ducharme y cambiarme de ropa —dijo ella—. ¿Te importaría esperarme durante media hora?

La pregunta pareció divertirlo.

—Ningún problema —dijo con exagerada formalidad—. Por favor, tómate el tiempo que necesites.

Desconcertada por ese toque de humor burlón incluido en su respuesta, Leigh se encaminó al dormitorio, ubicado en el otro extremo del apartamento.

Michael la observó alejarse. *¿Le importaba esperarla media hora?*

La había estado esperando durante años.

Al recordar tardíamente que había estado jugando a las cartas con O'Hara y Courtney Maitland cuando Leigh entró en la cocina, de pronto Valente giró sobre sus talones. Courtney lo estaba mirando, fascinada; O'Hara estaba de pie junto a su silla, como congelado en la misma posición en que se encontraba cuando le anunció a Leigh que Michael estaba de visita.

Michael se metió las manos en los bolsillos del pantalón, levantó las cejas y les devolvió sus miradas sorprendidas en un reconocimiento implícito de que sabía lo que estaban pensando.

Courtney finalmente tomó su bolso y se puso de pie.

—Yo tengo... —Calló un momento para carraspear—. Ahora tengo que irme.

Sus palabras parecieron despertar a O'Hara de su parálisis.

—Le diré a Hilda que prepare una cena exquisita —dijo y atravesó la cocina en dirección al hall posterior.

Courtney comenzó a caminar hacia la puerta, pero al pasar junto a Michael se detuvo un instante y lo miró fijamente.

—¿Sí? —le preguntó él al cabo de un momento.

Ella se colgó el bolso del hombro y sacudió la cabeza como consecuencia de lo que fuera que estaba pensando.

—Buenas noches —dijo, en cambio.

Al llegar a la puerta de servicio que se abría al vestíbulo del ascensor, lo miró una vez más por encima del hombro y, cuando habló, ya no sonó como una adolescente petulante:

—Leigh me dijo en una ocasión que le encantaba sentarse frente a un hogar con un fuego crepitante.

## 44

Michael arrojó otro leño al fuego que había encendido en el hogar y usó el atizador para empujarlo hacia atrás. En el comedor, Hilda ponía la mesa para la cena. Michael se enderezó y se frotó las manos y se volvió justo en el momento en que Leigh entraba en el living con un vestido largo de lana color crema con cinturón y grandes botones forrados en el frente, cuello amplio y mangas largas.

Le recordó una bata elegante, hasta que cayó en la cuenta de que se debía sólo a las ganas que tenía de que fuera una bata.

—Preparaste un fuego —dijo ella mientras él le entregaba una copa de champán.

Llevaba su pelo cobrizo suelto hasta los hombros y con la luz del fuego del hogar se veía brillante y más rojo que marrón.

—¿Champán? —preguntó ella y lo miró.

—Me pareció lo más apropiado para una ocasión especial —respondió Michael.

—¿Y qué ocasión es ésa?

Como respuesta, él rozó su copa con la de ella e hizo un brindis:

—Por un nuevo comienzo. Por luchar y devolver golpe por golpe: Fase Uno.

—Por la Fase Uno —declaró ella con una sonrisa valiente y bebió un sorbo de champán—. Por favor, recuérdame cuál era la Fase Dos.

—Es el desquite.

Ella no le pidió detalles de la Fase Dos y él se alegró, porque Leigh no estaba lista para oírlos y mucho menos para llevarlos a la práctica.

—He estado pensando —dijo ella.

Michael miró esos ojos luminosos que lo habían hipnotizado catorce años antes y la vio levantar un brazo y apartarse el pelo de la frente con los dedos. Él recordaba ese gesto con la misma claridad con que recordaba que, a la luz del día, sus ojos eran color aguamarina, pero con cualquier otra luz —como en ese momento— se volvían del intenso color azul verdoso de los circones. Recordaba la atención con que ella siempre escuchaba, con la cabeza levemente inclinada hacia un lado, como estaba ahora. Miró su boca y recordó el aspecto que tenía un mes antes, acercándose a él con aquel vestido rojo, con sus piernas largas y su andar sofisticado y lleno de gracia.

—¿En qué has estado pensando?

—Me gustaría hacer un trato contigo —dijo ella mientras él se llevaba a la boca su copa de champán.

—¿Qué clase de trato? —preguntó él con cautela.

—Me gustaría que nos pusiéramos de acuerdo en que esta noche no hablaremos de Logan. Si yo empezara a hacerlo, querría que me lo impidieras. ¿Trato hecho?

La noche se estaba poniendo cada vez mejor.

—Trato hecho.

—¿Puedo elegir de qué hablaremos en cambio?

—Desde luego.

—¿Y podemos convenir que hablaremos abiertamente y con total franqueza?

—Sí.

—¿Lo prometes?

Michael se puso nuevamente en guardia, pero ya era demasiado tarde. Él ya lo había consentido.

—Cuando dije «sí», eso constituía una promesa.

Ella bebió un sorbo de champán para ocultar su sonrisa.

—Te noto sumamente intranquilo.

—Porque lo estoy. ¿Exactamente de qué quieres hablar?

—De ti.

—Era lo que me temía.

—¿Vas a echarte atrás?

Él la miró y dijo con firmeza:

—Sabes que no.

Ella miró hacia la mesa del comedor, donde Hilda estaba encendiendo una cantidad de velas.

—¿Qué tenemos para la cena, Hilda?

—Lasaña. Está en el horno. Como acompañamiento preparé una ensalada César.

—Nosotros mismos nos serviremos —le dijo Leigh—. No hace falta que haga nada más cuando termine de poner la mesa. —A Michael, le comentó—: La lasaña de Hilda es algo especial. Debe de haberla preparado en tu honor porque eres italiano.

—La hice para *usted*, señora Manning —dijo Hilda sin disimulo—, porque es el plato más nutritivo que se me ocurrió. ¿Señor Valente?

Michael volvió la cabeza para mirarla.

—¿Sí?

—Por favor, asegúrese de que el fuego de la chimenea esté apagado cuando se vaya —le advirtió—. Y de que no haya cenizas sobre la alfombra.

A Michael lo sorprendió y, al mismo tiempo, lo divirtió el tono de la mujer, y Leigh entendió la razón. Tan pronto Hilda hizo otro viaje hacia la cocina, Leigh bajó la voz y dijo:

—Hilda no permite suciedad en ninguna de sus formas, y nos da órdenes a todos en ese sentido. Además, me es totalmente fiel.

Michael se dio cuenta de que a Leigh la preocupaba lo que él sentía, y lo cierto era que él se moría de ganas de abrazarla. Incluso con su vida hecha pedazos, ella era atenta, bondadosa y valiente. Él quería decirle lo orgulloso que se sentía de ella. En cambio, ambos conversaron de temas intrascendentes hasta que Hilda anunció que podían sentarse a cenar cuando lo desearan y que ella se iría a su habitación a acostarse.

—¿Vamos a la cocina? —sugirió Leigh.

En la mesa del centro, Hilda había puesto un bol de langostinos sobre hielo, rodeado con trozos de limón y perejil. Leigh acercó las dos banquetas de hierro forjado que había debajo de la mesa y se instaló en una.

—Hilda ya no puede oírnos y tu tiempo de descanso expiró oficialmente —le advirtió con una sonrisa—. Ahora hablemos de ti.

El champán que Michael le había estado sirviendo comenzaba a tener en ella el efecto que él deseaba. Su sonrisa aparecía con más rapidez y sus ojos ya no tenían esa expresión herida.

—¿Por dónde quieres que empiece?

—Empieza cuando comenzaron a llamarte Halcón.

—Tú ya sabes cómo recibí ese apodo —le dijo Michael—. Fue porque yo hacía de campana. ¿Estás tratando de enterarte de mis comienzos como delincuente?

Ella vaciló y después asintió.

—Sí —dijo—. Supongo que sí.

Él se dirigió al lado opuesto de la mesa central y apoyó la cadera contra la mesa que tenía detrás.

—En ese caso, añadiré una rectificación a nuestro trato. —Indicó con la cabeza el bol de langostinos que ella tenía delante y dijo—: Yo hablaré de eso, pero tú tienes que comer mientras lo hago.

Ella tomó un langostino y lo sumergió en la salsa, y él cumplió con su parte del trato...

—Yo tenía alrededor de ocho años y mis padres todavía vivían cuando Angelo me dio ese apodo. Él tenía once y era un líder innato con un grupo de vehementes seguidores, incluyéndome a mí, y también a mi mejor amigo, Bill, que vivía en la casa de al lado. Bill y yo empezamos robando los tapacubos de las ruedas de los coches, pero tres o cuatro años más tarde ya ayudábamos a Angelo y a su banda a robar cualquier cosa en la calle, con tal de que fuera transportable y vendible. Pasábamos el resto del tiempo ayudándolos a «proteger nuestro territorio», al principio a puñetazos, pero, ya en la adolescencia, el arma elegida era, entre otras, la navaja.

Cuando él calló, Leigh se inclinó hacia delante.

—Prosigue con tu historia.

—Y tú, cómete otro langostino.

Ella obedeció automáticamente y Michael disimuló una sonrisa al ver lo interesada que estaba en lo que él le contaba.

—Cuando yo tenía alrededor de dieciséis años, hicimos una pequeña incursión en el territorio de una banda mucho más grande que la nuestra, y en la pelea que siguió yo terminé con bastantes tajos. Angelo me sacó a dos tipos de encima y estuvo a punto de morir por las heridas que recibió. Éramos los únicos que estábamos allí cuando llegó la policía y, por supuesto, nos arrestaron a los dos.

—¿Ésa fue la primera vez que te arrestaron?

—No, pero sí fue la primera vez que casi perdí la vida, y eso no me gustó nada. Se suponía que yo era el «hombre de las ideas», el cerebro de los operativos de Angelo, pero —reconoció Michael— yo no estaba hecho para ser un participante activo de la banda.

—¿Por qué dices eso?

—Porque detestaba ver sangre, sobre todo la propia, y me parecía insensato derramarla.

Leigh rio por lo bajo a pesar de sí misma, bebió otro sorbo de champán y mordisqueó otro langostino.

—En ese entonces vivías con tu tía y con tu tío. ¿Qué opinaban ellos de los problemas en que tú y Angelo os estabais metiendo?

—Mi tío murió de un infarto un año después de la muerte de mis padres, y mi tía era incapaz de controlarnos a Angelo y a mí. Ni siquiera creía que realmente hacíamos las cosas por las que nos arrestaban. Pensaba que la policía nos perseguía injustamente.

—¿Y los padres de Bill? ¿Qué hicieron cuando metieron en la cárcel a su hijo?

—Llamaron al tío de Bill, que era teniente en el Departamento de Policía de Nueva York, y él consiguió que soltaran a Bill y también se aseguró de que no quedara ningún registro de su arresto. Bill era el único de nosotros que no tenía ningún antecedente delictivo, gracias a su tío. Lo irónico de esto era que Bill era, probablemente, el más impetuoso y agresivo del barrio, pero como era más bien menudo y flaco, ni sus padres ni su querido tío podían creer que fuera tan malo como el resto de nosotros.

»A medida que fue pasando el tiempo, a Angelo empezó a enfurecerlo que todos tuviéramos una ficha policial, todos excepto Bill, así que comenzó a excluir a Bill de todo lo que hacíamos y después hacía correr la voz en la calle de que Bill era un ladrón y un soplón.

—¿Qué sentiste tú con respecto a esa exclusión de Bill de la banda?

—Mi reacción no fue tan hostil con él como la de Angelo.

—Porque tú eras... ¿qué? ¿Más razonable?

—No, porque en esos primeros años, el tío de Bill también me salvó a mí junto a Bill en varias ocasiones. Recuerda, antes de que mis padres murieran, la familia de Bill y la mía eran amigas. El tío de Bill todavía tenía recuerdos afectuosos de vernos a Bill y a mí jugando en el mismo parque mientras las dos familias cenaban juntas.

Leigh apoyó el mentón en la mano y ofreció una sentida explicación para justificar lo que él era en aquellos días.

—Había muy buenas razones por las que eras como eras y por las cosas que hiciste.

—No me digas —dijo él, fascinado—. ¿Cuáles eran esas razones?

—Bueno, perdiste a tus padres a edad muy temprana, y eras de un vecindario conflictivo. Allí había pobreza, malos colegios, malas compañías; fuiste privado de derechos civiles, privilegios e inmunidades...

—Leigh... —la interrumpió él.

—¿Qué?

—Yo era un matón. Y era un matón porque eso fue lo que elegí ser.

—Sí, pero la cuestión es: ¿qué te hizo elegir ese camino?

—Elegí ese camino porque quería cosas para mí, pero quería conseguirlas a mi manera, no a la manera del sistema.

—Prosigue con tu historia.

—Después de mi contacto cercano con la muerte decidí limitar mis incursiones con la banda de Angelo a alguna ocasional, en la que sería poco probable que me mataran o me arrestaran. También hice algunas investigaciones y descubrí que los maestros imbéciles de mi secundaria en realidad decían la verdad: sin una educación, no tenía ninguna posibilidad de acceder al dinero grande.

—De acuerdo, pero ¿seguías haciendo algunas cosas ilegales con Angelo y la banda después de eso? ¿Por qué no abandonaste ese camino y...? —Leigh dudó mientras trataba de pensar en el término adecuado.

—¿Y avanzar por el camino recto y estrecho? —sugirió él.

—Exactamente.

Él fingió una mirada horrorizada.

—¡Yo tenía una reputación que mantener! De todas maneras, todo terminó una noche de junio, cuando yo tenía diecisiete años.

—¿Cómo?

Michael tomó la botella de whisky que estaba sobre la bandeja de las bebidas y sirvió un poco en un vaso; después bebió un buen trago, como para barrer el gusto de lo que estaba diciendo o estaba a punto de decir:

—Por ese entonces Bill traficaba con drogas, pero también las consumía, y mi primo Angelo estaba tan drogado como él esa noche. Se trabaron en una pelea y Bill lo mató.

—Dios mío.

—La policía fue a informar a mi tía, que enloqueció de dolor.

—¿Qué hiciste tú?

—Fui a buscar a Bill. Lo encontré en menos de una hora, todavía drogado. No se había lavado las manos y las levantó y me las mostró. Estaban cubiertas con la sangre de Angelo.

—¿Y? —preguntó ella en un susurro.

Él se encogió de hombros y bebió otro sorbo de whisky.

—Y entonces yo lo maté.

Leigh lo miró con un silencio estupefacto, incapaz de asimilar la idea de que él hubiera podido hacer una cosa así, de que pudiera habérselo dicho con tanta frialdad, y después se hubiera encogido de hombros y hubiera bebido. Salvo —comprendió— que él hubiera bebido antes de contárselo. Él dejó sobre la mesa su vaso vacío, se cruzó de brazos y la miró como esperando escuchar su conclusión y como si ésta no le interesara demasiado, no importaba cuál fuera. Ya no era el hombre civilizado y compasivo en que se había convertido últimamente en la imaginación de Leigh; de pronto le recordó a alguien más...

Le recordó al joven frío y hostil que había conocido catorce años antes: un hombre rudo e indiferente que aquel día ni siquiera quiso darle la hora. Salvo que, evidentemente, ella le había importado lo suficiente como para recordar ahora que le encantaban las peras y la pizza de camarones.

Leigh lo miró, observó con atención esas facciones inescrutables y esa cara feroz, y de pronto se le ocurrió algo. Con vacilación, le preguntó:

—¿Realmente quisiste matarlo?

En lugar de contestar, él le hizo otra pregunta, pero su mandíbula se suavizó de manera apenas perceptible.

—¿Por qué razón podría yo no haber querido matarlo?

—Dijiste que era tu mejor amigo. Habíais compartido incluso un parque de niños. Dijiste que Angelo estaba drogado y que también lo estaba Bill. No me pareció que creyeras que Angelo era inocente.

—Tienes razón —dijo él con una expresión extraña en los ojos—. No fue mi intención matarlo. Pero tampoco me proponía ser blando con él. Lo más probable era que lo habría golpeado hasta dejarlo casi muerto si hubiera podido sacarle el revólver.

—Pero ¿no pudiste?

—Debería haber podido quitárselo. Yo era mucho más corpulento y fuerte que él, pero Bill estaba drogado y yo sentía una furia ciega. Me apuntó con el arma y yo me lancé contra él. El revólver se disparó en la lucha y Bill murió en mis brazos.

—¿Y por eso estuviste en la cárcel?

Él asintió y sirvió más whisky en su vaso.

—El funeral de Angelo se hizo el mismo día que el de Bill. Por desgracia, yo no pude asistir a ninguno de los dos.

—Pero lo que no entiendo es por qué te detuvieron por lo que hiciste. Fue en defensa propia.

—El tío de Bill no lo creyó así, y por ese entonces era el comisario. Tenía un buen argumento: que yo era mucho más corpulento que Bill y casi un año mayor que él. Me consideró completamente responsable de la muerte de su sobrino y del único hijo de su hermana. Me dijo que iba a pasarse el resto de la vida procurando que yo jamás disfrutara de la mía, y lo dijo en serio. William Trumanti es un hombre de palabra.

—¡William Trumanti! —exclamó Leigh y se inclinó hacia delante—. ¿Mataste al sobrino del jefe Trumanti?

—Así es.

—Por Dios...

—Por esa razón estuve preso cuatro años, y pasé cada minuto de mi tiempo libre estudiando en la biblioteca.

—¿Estudiando qué?

—Derecho —respondió él—. Supuse que, puesto que no hacía otra cosa que tener encontronazos con la ley, necesitaba descubrir cómo enfrentarme a ella. Más adelante decidí que había cosas más interesantes para estudiar. Cuando salí de la cárcel entré en la universidad y, después, hice un posgrado.

Leigh se puso de pie y destapó la ensalada César preparada por Hilda.

—Y, después, ¿qué? —preguntó.

—Descubrí que tenía talento para ganar dinero —legítimamente—, al principio, sobre todo en el terreno de la construcción. Yo había crecido en las calles y podía relacionarme bien con los obreros de la construcción en su propio nivel, pero también sabía cómo montar un negocio lucrativo y conseguir que siguiera siendo lucrativo.

»Durante los primeros años todo anduvo bien; de hecho, fue mejor aún. Y, después, mis negocios comenzaron a ampliarse y Trumanti se enteró. Y, antes de que me diera cuenta, me arrestaron por "intento de sobornar a un inspector de la ciudad". El resto es historia. Cuanto más importante me volvía yo, mayores y más lesivas eran las acusaciones.

Hizo una pausa y se miró las manos. Ella había tomado una cucharada de ensalada del bol y la sostenía en el aire, cautivada.

—¿Estás planeando poner eso en un plato?

—¿Qué? Ah, sí. Continúa. ¿Qué pasó después?

—Tú conoces el resto. Trumanti tiene amigos muy influyentes en el ámbito estatal y también en el federal, y con mi historia de arrestos no tiene ningún problema en convencer a un fiscal federal o a un fiscal de distrito de que inspeccionen mis negocios. He gastado millones de dólares en honorarios legales solamente defendiéndome en distintos juzgados. Se ha transformado en un juego en el que él y yo intervenimos, un juego sucio. Ahora él se está muriendo de cáncer, pero eso no ha suavizado en absoluto su actitud. *Vendetta* es una palabra italiana, y él cree en ella. Ahora —dijo por último—, ¿cumplí con mi parte del trato?

Leigh lo miró en silencio y asintió, mientras trataba de asimilar lo que él le había dicho. No tenía motivos para pensar que él le había dicho toda la verdad, pero sí le creía. Por alguna razón, le creía por completo. De pronto recordó lo ansioso que se había mostrado Trumanti por ayudarla, lo dispuesto que estuvo a poner a su disposición toda la policía de Nueva York en la búsqueda de Logan. En aquel momento, ella estaba tan enloquecida por el miedo como para poner en tela de juicio sus propios derechos o las acciones de Trumanti, pero ahora se preguntó si tal vez él no sabía que Logan se había estado reuniendo con Michael Valente, y si eso no habría tenido mucho que ver con su disposición a ayudarla.

Siempre en silencio, tomó los platos con la ensalada y él tomó la botella abierta de vino tinto que Hilda había dejado sobre la mesa. Cuando Leigh puso los platos en la mesa del comedor, se dio cuenta, tardíamente, de que él no le había preguntado si creía lo que acababa de contarle.

Lo observó servir el vino en las copas, su cara recia y orgullosa convertida en una máscara inexpresiva a la luz de las velas. Leigh comprendió que Valente no iba a preguntarle si le creía. Nunca se rebajaría a eso ni a tratar de persuadirla de que le creyera. Leigh recordó las cosas increíbles que él le había dicho cuando ella entró en la cocina. Cuando ella no había podido expresar sus sentimientos con palabras, él lo había intuido y lo había hecho por ella...

*Me duele todo, pero sobre todo en mi interior. Todo aquello en lo que creía resultó estar equivocado, y las personas en quienes confiaba me traicionaron.* Él la había obligado a llorar, pero ella necesitaba llorar, y después la abrazó y la sostuvo entre sus brazos, y acunó su cara contra su pecho, mientras con una mano le acariciaba la espalda. Él también había sostenido entre sus brazos a su mejor amigo cuando éste moría, y Leigh estaba segura de que en aquella oportunidad había demostrado tanta ternura como esa noche con ella.

Valente se detuvo delante de ella para apartarle la silla, y Leigh lo miró, sacudida por una miríada de emociones.

—¿Leigh? —dijo él y sus cejas se juntaron en un gesto de severidad—. ¿Estás llorando?

Falsamente, ella negó con la cabeza. Después, dijo, casi con ferocidad:

—¡Detesto a Trumanti!

Él lanzó una carcajada y la abrazó.

## 45

Una semana y media después, Michael se encontraba en el vestíbulo del apartamento de Leigh, junto a ella, esperando el ascensor que los llevaría a la planta baja.

—¿Seguro que no quieres que O'Hara lleve mi coche al callejón de atrás? —preguntó él.

—Estoy segura —contestó ella.

En la semana y media transcurrida desde que él le confió todo lo referente a su malgastada juventud, la policía había requisado todos los papeles de negocios de su marido, tanto de la oficina como de su casa y, en vísperas de Año Nuevo, un canal local de televisión reveló la historia de que supuestamente ella era considerada sospechosa del homicidio de su marido. Michael había presenciado su reacción: ella se puso de pie lentamente, los brazos cruzados sobre el pecho, su rostro con una palidez mortal. Valente le pasó un brazo por los hombros y ella se acurrucó junto a él, cerró los ojos y ocultó la cabeza en su pecho. Se había sentido destrozada, pero no lo suficientemente enojada como para defenderse ni para hacer una llamada telefónica a su favor.

A partir de entonces, las especulaciones de los medios enloquecieron por completo. Según qué periódico, revista o programa de noticias relataba la historia, todos eran sospechosos y, desde esa mañana, también Michael lo era. Hasta entonces, en la prensa se habían publicado breves menciones de sus idas y venidas, pero esa mañana el *Daily News* publicó un titular que decía:

VALENTE IMPLICADO EN EL ASESINATO
DE LOGAN MANNING

Según la nota que acompañaba ese titular, la policía tenía «nuevas pruebas» para sustentar la teoría de que Michael había asesinado a Logan Manning para liberar a Leigh de su marido infiel, apoderarse de sus negocios y, después, reclamar a Leigh para sí.

Antes de la aparición del artículo en el *Daily News*, Michael no había podido convencer a Leigh de que abandonara su apartamento y saliera por su propio bien, pero cuando ella leyó el titular del *Daily News* esa mañana, se enfadó tanto que lo telefoneó y lo invitó a salir a cenar. Estaba totalmente convencida de que William Trumanti era el responsable de esa filtración a la prensa.

—Se parece mucho a las cosas que te hizo en el pasado —le dijo por teléfono—, pero esta vez no se va a salir con la suya. Creo que lo peor que podemos hacer es escondernos de la gente como si tú fueras culpable de algo, ¿no opinas lo mismo?

Leigh se había sentido demasiado humillada y destrozada como para ponerse de pie y entablar la lucha sola, pero ahora estaba decidida a ser su defensora y esto llenó a Michael de ternura. A él le importaban un comino Trumanti y el artículo del *Daily News*, y se lo aseguró a ella, pero ahora Leigh tenía una nueva causa, algo que la distrajera de sus pesares, y él estaba dispuesto a dejar que ella abrazara esa causa.

—Sí, es verdad, ocultarnos sería un error.

—Creo que esta noche deberíamos salir a cenar juntos. Bueno, si no estás ocupado.

Él le aseguró que no estaba demasiado ocupado y le dijo que pasaría a buscarla a las ocho y que quería elegir el restaurante.

Pocos minutos después de las ocho ella salió de su dormitorio vestida para la lucha con una túnica negra de mangas largas y zapatos de tacón alto que le permitían lucir sus hermosas piernas largas. El color de su tez era intenso, su escote era bajo y sus ojos brillaban con fuerza.

—Trumanti no podrá incriminarte por esto. Yo no se lo permitiré —agregó Leigh mientras avanzaba y giraba hasta quedar de espaldas a él. Se le había trabado el cierre del vestido y necesitaba ayuda. De modo que se apartó el pelo del cuello para mostrarle el problema. La visión de su nuca desnuda hizo que a Michael se le secara la boca.

—¿Podrías hacer algo con este cierre? Se me trabó.

Encantado, Michael pensó que, tal como estaban las cosas, William Trumanti estaba resultando ser casi un aliado suyo.

En cuanto Leigh salió del ascensor y avanzó por el hall de la planta baja junto a él, se oyeron gritos desde la calle y los fotógrafos y los periodistas se agolparon junto a las puertas de cristal del edificio.

—¿Estás segura de querer hacer esto? —le preguntó él, preocupado.

Leigh lo miró. Su tez de porcelana y sus pómulos altos estaban teñidos de rosado, sus ojos verdes y de pestañas largas tenían una expresión incierta y su hermosa boca parecía suave y vulnerable y, en general, Leigh parecía demasiado frágil para cruzar el hall y acercarse a esa multitud de periodistas. Michael sabía que ella se sentía así por dentro. Entonces Leigh levantó apenas el mentón, movió casi imperceptiblemente la cabeza y, frente a la mirada de Valente, se transformó en un ser de una serenidad total. Majestuosa. Distante e intocable. Hipnotizado por el inesperado privilegio de ver cómo una incomparable actriz se preparaba para interpretar el papel importante que tenía que encarnar, él le ofreció el brazo, pero ella sonrió y sacudió la cabeza. Iba a salir al escenario sin ayuda, «sin red», para esa representación a favor de Michael. Menos de dos meses antes ella había sido la reina soberana de Broadway; ahora había abdicado, estaba destronada, pero emergía de su exilio autoimpuesto. Por él.

Michael se quedó un paso detrás de ella, lleno de orgullo, mientras Leigh avanzaba con garbo por entre la barrera enceguecedora de flashes de los fotógrafos y por entre el mismo tropel de periodistas de los que ella había estado escondida durante semanas.

—¿Adónde se dirige, señorita Kendall? —preguntó uno de ellos a gritos cuando Leigh estaba por subir al Bentley.

Ella no prestó atención a las otras preguntas que le gritaron, pero sí volvió la cabeza para contestarle a ése:

—El señor Valente y yo vamos a cenar fuera.

—¿Tiene algún comentario con respecto a la nota que salió publicada hoy en el *Daily News*? —preguntó el periodista de ese mismo diario.

—Sí —respondió ella con desdén—. Si el jefe de policía Trumanti o cualquiera de sus esbirros aprobó la calumnia que ustedes publicaron hoy, entonces él es tan responsable de un comportamiento criminal como su diario.

Después de haber dicho eso, subió al coche y se ubicó en el asiento de atrás, y Michael la siguió. Él no podía creer que Leigh hubiera osado acusar a un diario de difamación, al jefe de policía de negligencia criminal y a la totalidad del Departamento de Policía de Nueva York de complicidad. Michael sabía que ese enfrentamiento le había producido una gran conmoción a Leigh, pero ella lo ocultó detrás de una cara feliz.

—Bueno, creo que todo salió muy bien —dijo—, ¿no te parece?

Él reprimió una carcajada.

—Sí, no estuvo mal —dijo, con cara seria.

Pero él olvidó todo eso cuando O'Hara les habló desde el asiento delantero.

—Alguien nos sigue, señor Valente —dijo—. Un par de periodistas trataron de seguirnos en un taxi, pero conseguí perderlos en la segunda manzana.

Por el espejo retrovisor O'Hara levantó las cejas esperando instrucciones.

—Piérdelo —le ordenó Michael.

—Hecho.

Leigh lanzó un gemido y se aferró a la rodilla de Michael cuando O'Hara pisó el acelerador a fondo y condujo el Bentley por entre los carriles del tráfico y después dobló hacia un callejón. Al final del callejón dobló hacia la izquierda y Michael extendió un brazo por el respaldo del asiento y curvó la mano alrededor del brazo de Leigh para atraerla hacia su cuerpo.

—Me encanta cómo conduce —le dijo a O'Hara riendo por lo bajo.

O'Hara volvió a mirarlo por el espejo retrovisor y sonrió.

—Será mejor que se sujete a la señora Manning.

Dobló a toda velocidad por otro callejón, donde por poco chocó con varios volquetes, y Leigh miró a Michael con una mezcla de risa y de terror.

—¿A qué restaurante vamos?

—Es una sorpresa. Te gustará... confía en mí.

Ella asintió.

—Eso hago.

Michael sabía que ella sí confiaba en él. A pesar de todas las traiciones que había sufrido, ella confiaba por completo en él, y le gustaba tenerlo cerca, no sólo por esa confianza que le profesaba sino porque necesitaba con desesperación alguna clase de continuidad en su vida, y a él lo conocía desde hacía más tiempo que a ninguna otra persona en Nueva York. Un par de noches antes ella le había dicho que ahora confiaba en él porque su instinto había sido confiar en él muchos años antes, por la época en que era más seguro dejarse llevar por los instintos.

Michael también tenía instintos, y le advertían que no debía esperar demasiado para llevarla a la cama; que era un error permitir que ella creara para él el papel de «amigo querido y confiable», porque entonces Leigh trataría de mantenerlo encerrado en ese rol, sencillamente en aras de la seguridad y la continuidad.

Él quería llevarla a la cama antes de que las infidelidades de Logan y la humillación pública que estaba padeciendo por culpa de ellas la convencieran para siempre de que, de alguna manera, ella era culpable, de que era inadecuada como mujer y como esposa. Leigh ya había hecho comentarios que indicaban que comenzaba a pensar exactamente eso.

Más que nada, él quería llevársela a la cama... porque quería llevársela a la cama. Porque era lo que más deseaba.

La mano de Leigh estaba apoyada en la rodilla de Michael, y él se la cubrió con la suya; después entrelazó los dedos con los de ella y le sostuvo la mano sobre su muslo.

Ese gesto sorprendió a Leigh por un momento y la hizo mirar esa mano masculina que cubría la suya. Una sensación traicionera de seguridad le llegó con ese apretón de manos. Él era su amigo; ella lo sabía más allá de toda duda. En las últimas semanas ella había aprendido muchísimas cosas sobre él. Una y otra vez había tenido que enfrentarse a las autoridades de las fuerzas del orden, tanto locales como estatales e incluso federales, y no sólo les había ganado sino que, mientras lo hacía, había prosperado más allá de lo imaginable.

Había tolerado la persecución de Trumanti durante todos esos años y, sin embargo, ella tenía la sensación de que él ya no toleraría nada de nadie más. La violencia desatada que ella había presenciado catorce años antes, cuando él contraatacó a dos asaltantes que empuñaban navajas, se había transformado en una fuerza letal pero serena, que todavía estaba allí, reprimida pero igualmente potente.

La ropa que él usaba ahora era elegantemente sobria y estaba espléndidamente confeccionada a medida, pero los hombros de Michael seguían siendo poderosos y sus caderas, tan estrechas como cuando, mucho tiempo antes, usaba vaqueros ajustados y camisetas desteñidas.

Había cosas acerca de él que ella nunca había notado antes, como el sorprendente atractivo de su repentina sonrisa blanca o la sensualidad flagrante de la forma de su boca. Por aquel entonces, su barba oscura y su actitud hostil habían ocultado esos atributos particulares, y sus ojos color ámbar siempre habían tenido una mirada dura, salvo la noche de la pelea, cuando adoptaron un brillo helado y feroz.

Leigh recordó la noche de su fiesta, cuando por primera vez lo vio de pie y solo en un extremo de su living, con un aspecto fríamente imponente e inabordable con su traje oscuro como ella nunca lo había visto con su barba, vaqueros y camiseta. Sin embargo, lo que la sorprendía aun ahora fue que ella no hubiera reconocido instantáneamente su voz la noche de la fiesta. Esa voz única y plena de barítono solía provocarle un estremecimiento en aquellos días y seguía cautivándola cuando él hablaba.

La víspera de Año Nuevo estaban juntos y él le contó que había estado casado una vez, por corto tiempo, hacía mucho, pero cuando ella le preguntó al respecto, él inmediatamente puso un límite a la conversación.

Leigh intuyó que era un lobo solitario. Ella también ahora. Ella no quería más maridos, más amantes ni más novios.

Y, al mismo tiempo, se sentía increíblemente cerca de Michael Valente. Él había vuelto a entrar en su vida, esta vez no para salvarla sino para ayudarla a salvar su cordura. Si él le hubiera dado un riñón, no podría haber sido más esencial, y ella no podría habérselo agradecido tanto ni podría sentirse más cerca de él de lo que estaba ahora.

Él no había pronunciado palabra en muchos minutos, y Leigh apartó la vista de las manos entrelazadas de ambos y lo miró a los ojos. Michael la observaba con mucha atención.

—¿En qué piensas?

—En donantes de riñón —bromeó ella. Después sacudió la cabeza como para negar esa respuesta poco seria, y entonces le dijo la verdad—: Pensaba en ti. —La mano de él oprimió con más fuerza la suya.

Una vez en el East Village doblaron hacia la calle Great Jones y Leigh lo miró con desenfadada alegría.

—Debería haber adivinado que me traerías aquí. Yo sabía que este lugar había cambiado y pensaba venir a verlo con mis propios ojos alguna vez, cuando estuviera en el centro, pero nunca llegué a hacerlo. En mis recuerdos, era un lugar feo y en ruinas, pero ¡mí-ralo ahora! —Se inclinó hacia delante y se puso a observar un ve-cindario bonito con edificios del siglo XIX maravillosamente res-taurados, algunos de ellos convertidos en boutiques de moda y otros, en elegantes lofts y apartamentos.

El colmado Angelini seguía estando en la esquina, pero ya no era un local pequeño, oscuro y decrépito; una ampliación y una modernización lo habían transformado en una atractiva tienda. Junto a ella y extendiéndose a lo largo de la manzana había un mo-derno restaurante, con lámparas de gas fuera y el resplandor suave de farolas que iluminaban los escaparates desde dentro. Por enci-ma de la puerta, un discreto cartel de bronce indicaba «Angelini's» y cuando Leigh lo vio, se detuvo en seco.

—Yo sabía que existía un restaurante famoso que se llamaba Angelini's, pero como es un apellido bastante común, pensé que se trataba de un lugar un poco más al sur de aquí.

Ella le puso una mano en el brazo cuando él comenzó a cami-nar y pasó frente al colmado.

—Espera, entremos un minuto. Ha pasado tanto, tanto, tiempo.

Algunas personas aguardaban en fila frente a la caja registra-dora para pagar sus compras, pero nadie miró hacia ellos. Aliviada al comprobar que no iban a ser reconocidos, Leigh recorrió el pri-mer pasillo, después el siguiente y, por último el otro recordando los viajes que había hecho hasta allí cuando el dinero escaseaba tan-to, pero la vida no era tan complicada. Desde alguna parte a sus espaldas, oyó que Michael comentaba, con una sonrisa en la voz:

—Estabas exactamente aquí la primera vez que te vi.

Ella se volvió, sorprendida de que él recordara una cosa así.

—¿En serio? ¿Recuerdas eso?

—Con total claridad. —Se metió las manos en los bolsillos de su abrigo de cachemira—. Llevabas vaqueros y una camisa sin mangas y tenías los brazos llenos de latas y de naranjas. Una naranja se te cayó y cuando te inclinaste para recogerla cayó otra y después otra.

—¿Dónde estabas tú?

—Aquí mismo, detrás de ti.

—¿Me ofreciste ayuda?

En sus labios apareció una sonrisa pícara.

—¿Y arruinar ese maravilloso espectáculo? Tienes que estar bromeando.

Ajena por completo al terreno nuevo y peligroso en que se estaba internando, Leigh se echó a reír y puso los ojos en blanco.

—Debería haber sabido que no era mi cara lo que estabas admirando. Eras bastante degenerado en aquella época.

—No del todo. Finalmente quedé frente a ti cuando todo cayó al suelo.

—Qué galante de tu parte.

—No fue por galantería. Quería ver cuál era tu aspecto desde delante.

—¿Y qué viste?

—Pelo.

Ella se atragantó de la risa.

—¿Pelo?

Él asintió.

—Al final tuviste que apoyarte en las rodillas y en las manos para buscar algunas naranjas que habían rodado y se habían metido debajo del estante, y cuando levantaste la cabeza hacia mí, tu pelo también había caído hacia delante y te cubría una parte de la cara. Así que lo único que vi fue una cortina de pelo cobrizo brillante... y dos enormes ojos color verde Caribe llenos de picardía. —Sacudió la cabeza y dijo, como para sí—: Esos ojos traviesos me provocaron una reacción increíble.

—¿Qué clase de reacción?

—Bueno, sería un poco difícil de explicar —dijo Michael, tentado de risa. Después, consultó su reloj—. Vayamos al edificio de al lado. —Ella caminó con él hasta el final del pasillo; después se detuvo de pronto, la vista fija en el exhibidor de diarios y revistas.

### VALENTE IMPLICADO EN EL ASESINATO
### DE LOGAN MANNING

Debajo de ese espantoso titular del *Daily News* había grandes fotografías de Leigh y Michael de perfil, como si estuvieran mirándose.

Impactada por esa coincidencia, Leigh miró por encima del hombro hacia el pasillo en que él la vio por primera vez recogiendo naranjas.

—Piensa —le dijo con tono sombrío—, hace catorce años estábamos allá atrás. Y ahora —dijo e indicó con la cabeza las fotografías de ambos en la portada sensacionalista del *News*—, y ahora estamos allí.

—Juntos por fin —bromeó él y le pasó un brazo por los hombros.

La salida absurda de Michael provocó una carcajada de Leigh, quien sepultó la cara en el pecho de él, mientras sus hombros se sacudían con una alegría culpable y sus manos se le colgaban de las solapas.

Michael aumentó la presión de su brazo y le sonrió a la cabeza inclinada de Leigh. Finalmente había visto esos maravillosos ojos color azul verdoso encenderse de nuevo con risa, y a él le ocurría lo mismo.

# 46

El interior del restaurante Angelini's era tentadoramente sofisticado, con ladrillos vistos y argamasa en parte de las paredes y preciosos frescos con paisajes de la Toscana en otras. Las mesas estaban cubiertas con manteles de hilo fino, hermosas cerámicas italianas, velas delgadas y boles repletos de flores. Enrejados cubiertos de enredaderas en flor habían sido colocados a intervalos estratégicos para crear una atmósfera más íntima y acogedora en lo que, en realidad, era un restaurante muy grande.

Era obvio que los negocios andaban decididamente bien, con clientes esperando mesa junto al escritorio del maître y otros ubicados frente a la barra de un bar en el otro extremo. Michael le entregó los abrigos a una empleada y después apoyó una mano en la espalda de Leigh y la guio por entre la muchedumbre.

Cerca del fondo del restaurante había tres mesas vacías junto a una pared cubierta con frescos.

—Esto es perfecto —le dijo Leigh cuando él se sentó frente a ella a la mesa del centro. Al tomar la servilleta ella advirtió el diseño colorido de la bandeja que tenía delante.

»Hay una pequeña aldea de montaña en el norte de Italia donde hacen cerámicas como ésta —dijo Leigh y recordó haber estado allí con Logan. En aquella ocasión, después de dos semanas en Italia, Logan había perdido la paciencia con todo, incluso con la arquitectura de la iglesia medieval ubicada en el centro de la plaza. Detestaba viajar a cualquier lugar fuera de Estados Unidos porque se sentía demasiado alejado de sus negocios—. Yo estuve allí —agregó.

—También yo.

—¿De veras? ¿Cuánto tiempo estuviste en Italia?

—Un mes, la última vez —respondió él y calló un momento mientras un joven camarero les llenaba las copas con agua helada—. Lo combiné con un prolongado viaje de negocios a Francia.

A Leigh le resultaba fácil imaginarlo ahora como un viajero del mundo. Recostado en su silla, con el antebrazo apoyado en la mesa y un reloj de pulsera Patek Philippe de treinta mil dólares asomando por debajo del puño con monograma de su camisa, Michael era la personificación de la elegancia masculina distendida y también de su fuerza y su riqueza.

Leigh empezó a hacerle preguntas sobre sus viajes, pero su concentración se desvió por las voces excitadas de cuatro personas de la mesa del otro lado del pasillo que acababan de reconocerlos y hablaban del artículo publicado en el *News*. A Leigh se le cayó el alma a los pies.

—Hemos sido reconocidos —dijo ella, aunque sabía perfectamente bien que también Michael los oía.

—Era inevitable —dijo Michael y encogió los hombros como para indicar que, para él, los demás no eran más que motas de polvo sobre el suelo. Su actitud sorprendió y desconcertó a Leigh. Ella era actriz; podía fingir, pero la indiferencia de él no era fingida. Michael *era* indiferente. Él no tenía que rendirle cuentas a nadie sino sólo a sí mismo; era el único dueño de su propio destino.

El camarero, un hombre corpulento y jovial de algo más de sesenta años, se acercó a ellos con una botella de vino tinto que apoyó sobre la mesa mientras le estrechaba la mano a Michael y era presentado a Leigh como Frank Morrissey.

—Le diré a Marie que estás aquí —le dijo Frank a Michael—. Ella está en la cocina discutiendo con el chef. —Apoyó el sacacorchos sobre el corcho de la botella y comenzó a extraerlo con habilidad mientras con orgullo le explicaba a Leigh—: Conozco al Halcón desde antes de que tuviera edad suficiente para usar un tenedor. De hecho, yo estaba allí cuando él decidió beber su primera copa de vino.

Miró a Michael y rio por lo bajo mientras extraía el corcho.

—¿Recuerdas qué edad tenías cuando los pesqué a Billy y a ti con esa botella de vino?

—No, realmente no.

—¿Qué edad tenían? —preguntó Leigh con ansiedad al advertir la mirada apenada de Michael.

—Yo puedo decirle exactamente qué edad tenían —le confió Frank con una sonrisa—, porque eran demasiado bajitos como para alcanzarla sin treparse a un taburete.

Leigh se echó a reír y se maravilló al sentir una alegría que ya casi había olvidado.

—Leigh —dijo Michael con divertida exasperación—, por favor, no lo alientes.

Sin prestarle atención, ella miró a Frank y levantó las cejas. Fue todo el aliento que Frank necesitaba.

—Yo también estaba cuando el Halcón y Billy decidieron dar un paseo en el coche del tío de Billy —dijo y le sirvió un poco de vino a Michael para que lo probara—. Billy arrojó las llaves fuera y el Halcón se instaló detrás del volante. Sólo tenía alrededor de cinco años, así que tuvo que ponerse de pie para poder ver a través del parabrisas.

—¿Y qué sucedió? —preguntó Leigh y su mirada pasó de Frank a Michael.

—Puse en marcha el motor —dijo secamente Michael—. Y Billy encendió la sirena.

—¿Estaban tratando de robar un patrullero policial? —preguntó y se echó a reír.

—No íbamos a robarlo; nos lo íbamos a llevar prestado.

—Sí —interrumpió Frank—, pero algunos años después...

—... algunos años después lo robamos —terminó la frase Michael con un suspiro de frustración.

Leigh se cubrió la cara con las manos para ocultar su risa y lo miró por entre los dedos.

—Dios mío.

Justo en ese momento un hombre sentado frente a la mesa que estaba al otro lado del pasillo hizo un comentario en voz alta en el sentido de que Leigh era «una viuda muy alegre», y ella dejó caer las manos y se puso seria.

—Yo mismo me ocuparé de atenderlos, justo como tú querías —dijo Frank—. Iré a decirle a tu tía que estás aquí. —Se volvió para irse, pero Michael le dijo algo en voz baja y él asintió.

Leigh lo observó alejarse; después miró a Michael.

—El Billy de esas anécdotas era el sobrino de Trumanti, ¿no?

—Sí.

—¿Frank no sabe cómo murió?

—Desde luego que lo sabe.

—Entonces, no entiendo por qué Frank saca a relucir a Bill cuando es obvio que te tiene mucho afecto.

—Precisamente por eso lo hace —dijo Michael, impaciente por cambiar de tema antes de que el estado de ánimo de Leigh se modificara de manera irreparable—. Es su manera de probar que no tiene ninguna duda de que lo que sucedió entre Bill y yo fue un accidente. Dicho de otra manera, Frank cree que el hecho de ocultar algo implica culpa o, en este caso, creer en la culpabilidad de otro.

—Eso tiene bastante sentido... —comenzó a decir Leigh, pero no siguió al ver que dos camareros avanzaban por el pasillo llevando un gran enrejado de alrededor de un metro veinte de ancho y dos metros y medio de alto cubierto con hiedra de seda. Lo depositaron sobre el suelo, directamente junto a la mesa de comensales ubicados al otro lado del pasillo, que momentos antes habían estado hablando de Leigh. Esa suerte de biombo le impedía a ese grupo ver a Leigh, pero también los apretujaba bastante, lo suficiente para que uno de los hombres se quejara de que ni siquiera podía moverse en su silla.

—¿Así está mejor? —preguntó Michael.

Leigh apartó la vista de esa barrera cubierta de hiedra que él acababa de hacer instalar y después miró al hombre que lo había dispuesto, sin que le preocuparan en absoluto los derechos ni la comodidad de esos clientes que pagaban por estar allí. Todavía la intrigaba el que siguiera habiendo dos mesas vacías a cada lado de la de ellos, cuando por lo menos cincuenta personas esperaban encontrar ubicación. No tenía ninguna duda de que Michael había provisto el dinero para el restaurante y de que si Logan hubiera estado en el lugar de Michael, también él se habría sentido mal al verla a ella incómoda. Sin embargo, Logan jamás habría hecho algo que podría tener una repercusión económica negativa, incluyendo ofender a los clientes. Miró al hombre que se había autonombrado protector suyo y sintió una oleada de gratitud y de ternura que no intentó ocultar.

—Gracias —le dijo simplemente.

Michael miró esos ojos de mirada cándida y largas pestañas y se maravilló una vez más al comprobar que tanta fama y tanto éxito no la habían cambiado ni encallecido en absoluto. Leigh podía pasar junto a un batallón de periodistas con el porte y la gracia de una reina, pero cuando él hizo una broma acerca de las fotografías de ambos publicadas en la primera página del *Daily News*, ella había ocultado su cara sonriente en su pecho y se había colgado de sus solapas. Sentada frente a él, con una sofisticada túnica negra y una costosa gargantilla de oro, seguía teniendo la misma seducción sencilla y natural como cuando llevaba vaqueros y estaba agachada tratando de recuperar las naranjas. Él sonrió ante ese recuerdo y dijo:

—Es lo menos que te mereces.

Leigh registró un cambio nuevo y sutil en la voz de Michael, pero en lugar de reconocerlo como intimidad, decidió tomarlo como un tema de conversación.

—Entiendo por qué no reconocí tu cara cuando nos encontramos en la fiesta, pero todavía no puedo creer que no haya reconocido tu voz. Debería haber comenzado a darme cuenta de quién eras mientras hablabas. Tenías... tienes... algo muy especial en la voz.

—¿Qué tiene de especial?

Ella apartó la vista y trató de describírselo, sin prestar atención a cualquier doble significado que él podría inferir de su elección de palabras.

—Bueno, es muy suave. Muy... sexy. Muy, muy profunda.

Michael se echó hacia atrás en la silla y dejó que su mirada se deslizara por la curva elegante de la mejilla de Leigh y por la de sus pechos, mientras su dedo acariciaba con lentitud la curva de su propia copa.

Cerca de dos horas más tarde Leigh rechazó un postre mientras la señora Angelini le insistía en que lo probara.

—No puedo tragar un solo bocado más de comida —le dijo Leigh—. Realmente, no puedo.

La cena había estado maravillosa y lo mismo podía decirse de Michael. Él no trató de hacer que ella olvidara sus problemas, pero sí le hizo sentir que estaba completamente a salvo de ellos, como si nada pudiera herirla o tocarla porque él no lo permitiría. Era más que una sensación: era un hecho. Leigh lo sabía, con la misma certeza con que sabía que no quería examinar las razones de esa sensación.

La señora Angelini se agachó e impulsivamente le dio un gran abrazo.

—Es tan bueno verte sonriendo. Michael sabe cómo hacerte feliz y tú sabes cómo hacerlo feliz a él. La vida es bella.

Durante la cena, ella se había acercado a la mesa varias veces, revoloteando alrededor de ellos como si le resultara imposible alejarse de allí. Titubeó de nuevo, sabiendo que estaban a punto de irse.

—Hace mucho, mucho tiempo, cuando Michael fue a verte en esa obra de teatro, le aconsejé que te dijera lo que sentía por ti.

Con sus sentidos deliciosamente embotados por el vino fino, la excelente comida y la acogedora luz de las velas, la única reacción de Leigh fue de sorpresa al enterarse de que Michael la había visto actuar hacía «mucho, mucho tiempo».

—¿En qué obra me viste?

—En *Constelaciones*.

Azorada, Leigh estalló en carcajadas y su mirada pasó del rostro feliz de la señora Angelini al inescrutable de Michael.

—No hace falta que le pregunte qué opinó de esa pieza de teatro: ¡fue pésima! Ése fue mi primer trabajo profesional como actriz.

—La obra era mala —dijo él, impasible—. Tú, no.

De pronto, Leigh cayó en la cuenta de cuándo había sido eso.

—Pero... pero eso fue por la época en que tú trabajabas en el colmado. Yo no sabía que te gustaba el teatro. Nunca me lo dijiste. Bueno, en realidad —agregó, con una sonrisa acusadora—, tampoco me dijiste que no te gustaba. De hecho, prácticamente no me hablabas.

La señora Angelini levantó la vista al advertir la señal de un camarero y asintió.

—Tengo que ir adentro un momento —le dijo a Leigh—. Antes de que te vayas tienes que pasar por la tienda.

—Ya lo hicimos. Yo debería haber comprado peras allí —agregó Leigh—. Hay solamente otro lugar en Nueva York que tiene peras tan buenas como eran siempre las suyas, pero son muy caras.

—¿Dean y DeLuca? —preguntó la señora Angelini.

—Sí, así es...

Ella asintió.

—Es de allí de donde procedían siempre tus peras.

—¿Qué quieres decir?

—Todas las semanas, Michael iba a Dean y DeLuca a comprar tus peras. —Sacudió la cabeza al recordar—. Él iba al colegio y no tenía dinero, así que estiraba cada moneda así... —Hizo un movimiento como si tirara de una bandita de goma—. Pero quería que tuvieras las mejores peras. Para ti, sólo lo mejor.

Leigh miró a Michael, quien estaba echado hacia atrás en la silla con una expresión indescifrable en la cara, mezcla de resignación y diversión, y después se despidió de la señora Angelini y la observó alejarse.

Cuando volvió a mirar a Michael, él todavía seguía en la misma posición, pero ahora su mirada estaba fija en ella y sus dedos hacían girar lentamente la copa de vino.

—¿Ibas a Dean y DeLuca a comprar peras para mí? —preguntó ella.

Él asintió de manera imperceptible y su mirada siguió siendo inescrutable.

Leigh no podía creerlo: Michael había comprado esas peras e ido a verla en *Constelaciones*. Él recordaba el primer encuentro de ambos en la tienda, en el lugar preciso en que había ocurrido y qué ropa usaba ella. Catorce años antes, él la había rescatado de un ataque en la calle que era imposible que él viera desde el interior de la tienda, a menos que hubiera salido a la calle para mirarla. ¿Mirarla o protegerla? Siempre la había maravillado la increíble suerte que había tenido aquella noche. Y, ahora, Michael había vuelto a acudir en su ayuda, en el peor momento de su vida.

El corazón le dio un vuelco ante la única explicación posible, pero trató de evitar una situación embarazosa entre los dos al fingir confusión cuando lo miró. Después de todo, era actriz.

—No entiendo —dijo.

La voz profunda de Michael era serena, pero su respuesta no le permitía a ninguno de los dos seguir fingiendo.

—Creo que sí lo entiendes.

—No, no estoy segura de...

A él no le gustó que ella siguiera intentando evadir el tema, y lo demostró al apoyar la servilleta sobre la mesa y decir:

—¿Estás lista para irte?

—¡Michael, por favor! —Leigh se sintió reprendida, avergonzada, equivocada. Se inclinó hacia delante—. No puedes esperar que yo crea que, bueno, por aquella época estuvieras enamorado de mí...

Como respuesta, él enarcó las cejas y la miró en silencio.

Leigh todavía no podía creer que eso fuera posible. Sin verlo, fijó la mirada en un árbol del fresco que tenía al lado y se preguntó cómo era posible que al hombre con que se había casado le hubiera importado tan poco ella que consideraba el adulterio como un deporte recreativo. Mientras que el hombre con el que estaba...

Frente a ella, Michael dijo en voz baja:

—¿No has tenido en tu vida ya demasiadas mentiras y engaños?

Leigh asintió, pero se concentró en un punto ubicado a la derecha del hombro de Michael, porque no podía mirarlo a los ojos.

—No tiene sentido que niegues algo que tú sabes que es verdad, ¿no?

—No.

—Por otro lado —dijo él con una sonrisa en la voz—, eso fue hace mucho tiempo.

De pronto Leigh se sintió tonta por darle tanta importancia a una historia antigua.

—Sí, es verdad. —Con un suspiro tembloroso, se apartó el pelo de la frente y en su boca se dibujó una de esas sonrisas cálidas y grandiosas que hacían que Michael quisiera inclinarse hacia delante y cubrirle los labios con los suyos; después, agregó—: Gracias por insistir en que nos dijéramos la verdad y gracias por esta noche. Ha sido una velada maravillosa e inolvidable en todo sentido.

El cuerpo de Michael, lo mismo que su intelecto, tomó la decisión por él.

—La noche no ha terminado todavía.

—¿Qué quieres decir? —preguntó Leigh cuando él se puso de pie y se ubicó detrás de ella para apartarle la silla.

—Me gustaría que conocieras el lugar donde vivo.

El corazón de Leigh se estremeció dentro de su pecho.

## 47

Leigh subió al Bentley y se instaló en el asiento trasero junto a Michael; era el mismo lugar que había ocupado en el viaje hasta allí, pero esta vez él extendió un brazo en el respaldo del asiento, un gesto posesivo sólo si él la tocaba, pero no lo estaba haciendo. Eso le produjo a Leigh un profundo alivio, tan profundo como la confusión que sentía con respecto a cuáles serían las intenciones de Michael.

—¿Cómo estuvo la cena? —preguntó O'Hara.

—Excelente —contestó Michael después de una pausa que le indicó a Leigh que él esperaba que ella dijera algo.

Pero Leigh no se había dado cuenta. Le costaba digerir todas las implicaciones de los últimos diez minutos en el restaurante. No había podido adaptarse del todo a las cosas que la tía de Michael le había dicho, y tampoco supo asimilar la forma en que Michael actuó después de eso. En un primer momento él la había mirado en silencio, fijamente, sin disculparse ni aclarar lo que había hecho. Pero cuando ella trató de fingir que no entendía el significado de su conducta, él le había dejado bien en claro que no toleraría subterfugios. Por un lado, él no vaciló en hacer poner una pared en mitad del restaurante para protegerla y ahora también estaba dispuesto a demostrarle una bondad sorprendente, pero no a tolerar un engaño, por pequeño que fuera.

Ella no lo entendía en absoluto. Honestamente no podía creer que su intención fuera seducirla esa noche; ni siquiera podía imaginar por qué querría intentarlo. Y, sin embargo... había algo en la forma decidida en que dijo: «La noche no ha terminado todavía» y «Me gustaría que conocieras el lugar donde vivo», que seguía alarmándola. Michael era un hombre magnífico en muchos aspectos, y ella no quería que nada arruinara la maravillosa relación que tenía con él. No sabía si esa relación era ya lo suficientemente fuerte como para soportar un conflicto con respecto al sexo, y tampoco quería ponerla a prueba.

Leigh suspiró un poco y miró por la ventanilla. Como si él intuyera la confusión que reinaba en su mente, le pasó el brazo por los hombros y la atrajo hacia sí para darle un abrazo breve pero tranquilizador. La soltó casi enseguida, pero no le quitó la mano del antebrazo y con ella la fue acariciando para serenarla.

O'Hara detuvo el coche frente al edificio donde Michael vivía, ubicado en Central Park Oeste.

—¿Quiere que espere aquí? —le preguntó a Michael cuando éste ayudó a Leigh a bajar—. ¿O debería volver dentro de un rato?

—¿Nunca le dan una noche libre? —bromeó Michael.

La totalidad del cuerpo de Leigh pareció inclinarse hacia donde tenía lugar esa conversación.

—No, nunca. Estoy de servicio las veinticuatro horas del día. Es parte del trabajo.

—Entonces ésta es su noche de suerte —dijo Michael y cerró la portezuela del coche y la discusión—. Yo llevaré a Leigh a su casa en taxi y recogeré mi coche.

## 48

Tan pronto como Michael introdujo su llave en una ranura del interior del ascensor, Leigh se dio cuenta de que él era dueño del ático. Demasiado nerviosa para iniciar una conversación intrascendente, subió con él en silencio hasta el piso veintisiete.

Dentro del apartamento reinaba una oscuridad total, pero en lugar de encender las luces, él se detuvo justo detrás de ella y le puso las manos sobre los hombros.

—¿Puedo tomar tu abrigo?

Los dedos de Michael rozaron la piel desnuda de sus hombros cuando comenzó a quitárselo, y Leigh se estremeció y volvió a ponérselo.

—Creo que me lo dejaré puesto. Está un poco fresco aquí dentro.

—Subiré la temperatura del termostato —fue la respuesta firme de Michael.

Leigh finalmente se quitó el abrigo y trató de que sus ojos se adaptaran a la oscuridad mientras él abría la puerta de un armario y colgaba los abrigos de ambos.

—¿Lista? —preguntó.

—¿Para qué? —preguntó ella, intranquila.

—Para tu primer vistazo. —Se hizo a un lado y un instante después se encendieron una serie de luces que iluminaron lo que parecía como media hectárea vacía de suelos de mármol negro que estaban divididos en dos sectores circulares, cada uno de los cuales estaba ubicado sobre una suerte de estrado, rodeado de elegantes columnas blancas y arcadas.

¡No había ni un solo mueble! Ningún mueble... ninguna cama.

Ninguna cama... ningún peligro en esa relación extraordinaria que ella atesoraba más con cada día que pasaba.

—Todavía no me he mudado.

La tensión que sentía Leigh por las posibles intenciones de Michael se evaporaron y dieron paso a un alivio feliz.

—Esto es... sencillamente glorioso —logró decir ella mientras bajaba por los escalones del vestíbulo—. Desde allí se alcanza a ver el Hudson —dijo y señaló la inmensa plataforma de la izquierda y miró a Michael por encima del hombro.

—Ése es el comedor —le explicó él—. La plataforma de la derecha es el living.

Ella giró hacia él y observó la amplia escalinata curva que había cerca de la puerta del frente y con la vista fue siguiendo la intrincada balaustrada de hierro forjado que alguna vez había adornado alguna mansión palaciega de la antigua Nueva York y que conducía al balcón que había arriba.

—Es exquisita.

Desde allí, él la guio hacia un espacio amplio que había junto al comedor y los pasos de ambos retumbaron en ese ámbito de techos muy altos.

—Por lo visto no te gustan los espacios cerrados —dijo Leigh, sonriendo—. A mí me sucede lo mismo. —Una cocina grande y acogedora estaba abierta a una salita que, con dos paredes de cristal, una en cada extremo, tenía una vista del río Hudson hacia el oeste y de Central Park, hacia el este.

La pared que daba al sur tenía un precioso hogar de alabastro rodeado por paneles de madera y amplias molduras talladas, todo esto tan peculiar que Leigh lo reconoció enseguida.

—Esto procede de la mansión Sealy. —Entrelazó las manos en la espalda y le lanzó a Michael una mirada de profesional—. Tú fuiste el comprador anónimo en el remate, que pagó una fortuna para obtenerlo. —Se acercó a las ventanas que daban al este—. La vista que tienes desde tu apartamento es increíble. Hasta alcanzo a ver nuestro apartamento al otro lado del parque.

Mientras ella hablaba, Michael se acercó al bar que estaba empotrado en la pared que la salita compartía con el comedor. Se quitó la chaqueta y la corbata, que arrojó sobre un taburete del bar, después se soltó el botón de arriba de la camisa. Leigh fue a reunirse con Michael frente al bar, caminando con la misma gracia inconsciente que él siempre había admirado en ella. Leigh se había distendido en cuanto comprobó que el departamento no estaba amueblado, así que Michael se proponía darle una copa de coñac para ayudarla a distenderse más antes de que descubriera que la suite del dormitorio *sí* estaba amueblada.

Ella se sentó en un taburete, entrelazó las manos y apoyó en ellas el mentón.

—Esta noche lo he pasado tan, tan bien. Amo a tu tía. Debe de ser bonito vivir en el lugar donde uno pasó su infancia y poder departir con personas como Frank Morrissey, que has conocido de toda la vida.

—Y cuya meta fue y sigue siendo siempre hacer pedazos mi dignidad cada vez que se le presenta una oportunidad —bromeó Michael al tomar la botella de coñac—. La noche que te acompañé hasta tu casa me dijiste que eras de Ohio. ¿Fue allí donde naciste?

—No. Nací en Chicago. Mi madre era enfermera y yo viví con ella hasta los cuatro años.

—¿Y qué me dices de tu padre?

—Él la abandonó en cuanto mamá se quedó embarazada de mí. No estaban casados.

—¿Y cómo fue que terminaste en Ohio? —Michael se agachó y localizó algunas copas de coñac en las cajas de la mudanza que había detrás del bar; después se enderezó, pero lo que ella dijo a continuación lo hizo olvidar las copas que tenía en las manos.

—Cuando yo tenía cuatro años, a mamá le diagnosticaron lo que por aquel entonces era una forma de cáncer que se diseminaba con rapidez, así que me mandó a vivir con mi abuela en Ohio. Le pareció que me sería más fácil adaptarme a vivir permanentemente sin ella si lo hacía de esa manera, en etapas. Ella venía a visitarnos seguido, sobre todo al principio, mientras se sometía a un tratamiento experimental en el hospital, y siguió trabajando hasta que la enfermedad se lo permitió.

—¿Qué pasó después?

Leigh dejó caer las manos y las apoyó con las palmas hacia abajo y los dedos bien abiertos sobre el mostrador del bar, como si se preparara para lo que estaba a punto de narrar.

—Cierto día, cuando yo tenía cinco años, ella se despidió de mí con un abrazo y un beso y me dijo que volveríamos a vernos muy pronto. No se dio cuenta de que no tendría otra oportunidad de hacerlo.

Los ojos de Leigh, su cara, sus gestos eran tan expresivos que hicieron que Michael reviviera esa historia junto con ella, tal como esos mismos ojos fascinaban y atraían a un público que pagaba para verla actuar. Pero ahora ella no estaba actuando, lo que decía no era un guión, y él estaba muy lejos de ser un observador indiferente. Tuvo que bajar la vista y concentrarse en servir el coñac para romper el hechizo.

—¿La recuerdas bien?

—Sí y no. Recuerdo lo mucho que la amaba y la alegría que me daba verla. Recuerdo que me leía cuentos a la hora de dormir y —por extraño que te parezca en esas circunstancias—, la recuerdo feliz y alegre cuando estábamos juntas. Y, sin embargo, ella sabía que se estaba muriendo, que su vida terminaría antes de que tuviera oportunidad de comenzar.

Esta vez, él la miró a los ojos.

—Tú debes de haber heredado su talento.

—¿Qué talento?

—Su talento para actuar.

—Eso nunca se me había ocurrido. Gracias —dijo ella en voz baja—. Jamás lo olvidaré. La próxima vez que salga a un escenario recordaré que esa parte suya está allí, conmigo.

Un minuto antes, Leigh lo había hecho condolerse junto con ella; ahora le sonreía y lo hacía sentirse un rey. Amar a Leigh Kendall siempre había sido para él como viajar en una montaña rusa. Mucho tiempo antes él se había visto obligado a alejarse de ella y eso le había resultado muy doloroso. Ahora estaba con ella, y lo maravillaba tanto el vínculo que se estaba estableciendo entre los dos que era capaz de sentir lo que ella sentía.

—¿O sea que pasaste tu infancia en Ohio?

Ella asintió.

—En un pequeño pueblo del que nunca oíste hablar.

—¿Te sentías sola?

—No, en realidad, no. En el pueblo todos conocían a mi abuela y habían conocido a mi madre cuando era chica. Yo era casi una «huerfanita», así que prácticamente la mitad del pueblo me adoptó.

—Una hermosa huerfanita —comentó él.

—Nunca he estado ni siquiera cerca de ser bonita y, en especial, no en esos días. Tenía pecas y un pelo del color de los camiones de bomberos. Hay un retrato mío de cuando tenía alrededor de tres años, sentada en un sofá con mi muñeca andrajosa junto a la cara. —Muerta de risa, agregó—: ¡Si hasta parecíamos mellizas!

Su risa era tan contagiosa que él le sonrió.

—¿Y cómo fue que terminaste en Nueva York?

—Mi maestra del instituto descubrió que yo tenía talento para actuar y convirtió su misión en la vida en conseguirme una beca para la Universidad de Nueva York. Cuando me fui del pueblo, la mitad de sus habitantes fueron a la estación de autobuses a despedirme. Nunca dudaron de que yo triunfaría y, durante mucho tiempo, te confieso que yo me esforzaba en hacerlo más por ellos que por mí misma. Mi abuela murió hace dos años y yo dejé de ir a Ohio.

Michael le pasó la copa de coñac y tomó la suya.

—Ven conmigo —dijo— y te mostraré a qué se refieren los arquitectos cuando hablan del «refugio del dueño». —Esperó a que ella se pusiera de pie y bebiera un sorbo de coñac; después le apoyó una mano en la espalda. Había esperado demasiado tiempo para probar los labios suaves de Leigh.

Ella se estremeció y dijo:

—El primer sorbo de coñac siempre tiene gusto a gasolina.

Leigh vio que en la boca de Michael se dibujaba una leve sonrisa.

—¿Acaso dije algo divertido?

La leve sonrisa se transformó en una mueca perezosa.

—No.

—Entonces, ¿de qué te ríes?

—Te lo diré más tarde.

## 49

Impaciente por ver qué quería mostrarle Michael, Leigh caminó con él hacia el otro extremo del living. Ocultas por la curva de la escalera había un par de puertas que se abrían a un precioso sector de estar en desnivel, con grupos de lo que parecían ser cómodos sofás dispuestos frente a un hogar.

Un momento antes, la ausencia de muebles la había tranquilizado, pero después de la afinidad que habían sentido conversando en la salita, Leigh comprendió que su preocupación era infundada. Michael no le había hecho ninguna insinuación y ella se preguntó qué la había hecho suponer que él planeaba una cosa así. Después de la muerte de Logan, sus emociones no eran nada estables y era obvio que tampoco lo era su criterio para juzgar las cosas.

Mientras bajaba los escalones hacia la salita, paseó la vista por el lugar y dijo:

—Eres dueño de un trozo de cielo.

—¿Te gusta?

—Me encanta.

Sobre la derecha, del otro lado de una gran arcada, estaba lo que supuso que era un dormitorio, pero como a través de la habitación alcanzaba a ver los amplios ventanales con vista a Central Park, no estaba tan segura. Sin embargo, a la izquierda, por otra abertura similar veía armarios con frente de madera y cristal iluminados desde dentro, de modo que dio por sentado que ése debía de ser el estudio de Michael.

—Me pareció haberte oído decir que todavía no te habías mudado —dijo.

—No quise decir con ello que aún no vivía aquí. Hice amueblar esta suite hace dos semanas, precisamente para poder habitar este apartamento. El resto de mis pertenencias llegará la semana próxima, pero no son demasiadas cosas. Junto con mi otra vivienda vendí casi todo lo que había —explicó mientras se dirigía al estudio. Leigh puso su copa de coñac sobre la mesa baja y lo siguió—. Las únicas cosas significativas que conservé son mi escritorio, porque yo mismo lo diseñé, mis libros y algunas obras de arte y esculturas que tienen un valor especial para mí.

Tocó un interruptor y la luz oculta procedente del cielo raso aumentó. En el estudio, todo estaba cubierto con revestimiento de madera color caoba claro, incluyendo la moldura tallada del cielo raso.

Su escritorio era una pieza magnífica, grande sin llegar a ser pesada, con bordes redondeados. Estaba ubicado en el extremo más alejado de la habitación, frente a los armarios con puertas de cristal y los nichos con obras de arte. Leigh se acercó a admirarlo.

—Tú tienes muchos talentos —dijo ella al deslizar un dedo por esa suave madera taraceada.

Como él no contestó, ella miró por encima del hombro y lo vio todavía de pie en la entrada de la habitación, con la mano izquierda en el bolsillo y la copa de coñac en la derecha... observándola con expresión solemne y, al mismo tiempo, divertida. Intrigada, Leigh se puso a mirar los libros de los estantes que tapizaban la pared de la derecha, caminando con lentitud y fijándose en los títulos.

—¿Hay algo en el mundo que *no* te interese? —le preguntó con una leve sonrisa.

—Algunas cosas.

Una respuesta rara y lacónica, pensó Leigh. Tal vez se sentía cansado. Michael parecía poseer una provisión inextinguible de energía que le permitía trabajar todo el día y quedarse hasta tarde en el apartamento de ella cuando cenaban juntos.

—¿Estás cansado?

—En absoluto.

Ella siguió moviéndose entre los estantes con libros hasta llegar donde él estaba; entonces giró sobre sus talones y se encaminó a la pared de armarios con puerta de cristal y los nichos que enfrentaban el escritorio.

—Veamos ahora qué obras de arte y esculturas te gustan particularmente. —Su gusto era ecléctico y refinado: un fabuloso florero etrusco, un espléndido busto de mármol, un bol de lapislázuli, magníficamente tallado y taraceado con oro. Leigh llegó a un pequeño lienzo al óleo, enmarcado y ubicado en un atril detrás del vidrio con iluminación posterior—. Por favor, dime que no tuviste aquí este Renoir mientras había obreros por todas partes.

—Hasta el día de hoy estuvo en una bóveda, y el sistema de seguridad de esta habitación es mucho más elaborado de lo que parece.

Leigh miró el siguiente nicho, que era muy pequeño, y quedó atónita al ver lo que contenía: una figura diminuta y nada costosa de peltre, que representaba un caballero con armadura. Leigh se volvió y miró a Michael.

En respuesta, él enarcó las cejas y aguardó a que ella expresara su opinión. Interiormente, Leigh estaba desconcertada, pero decidió firmemente que esta vez dejaría que él le diera su explicación voluntariamente.

Michael sabía que ella se sentía auténticamente conmovida, pero en un abrir y cerrar de ojos Leigh se transformó en la actriz que era y caminó con indiferencia hacia el siguiente nicho, las manos entrelazadas detrás de la espalda.

—¿Esta escultura de cristal es obra de Bill Meeks?

—Sí —contestó él y reprimió la risa. Leigh no podría haber logrado que su actitud fuera más elocuente a menos que hubiera empezado a tararear alguna melodía, y tampoco podría haber sido más atractiva de lo que lo era con esa túnica negra de mangas largas que acentuaba las mismas curvas provocativas que ocultaban... transitoriamente. Transitoriamente.

—Me encantan los trabajos de Bill Meeks. Levantan el ánimo y son casi espirituales.

Michael decidió desenmascararla.

—¿Qué te pareció el caballero de peltre que viste antes?

Cortésmente ella se echó hacia atrás para volver a examinarlo y dijo, como si de veras tratara de encontrar algo para elogiarlo:

—Tiene una iluminación excelente.

Michael sintió una oleada de ternura hacia ella.

—Yo siempre admiré la sutileza de su mensaje.

—¿Cuánto dirías que vale esta pieza? —preguntó ella, fingiendo interés.

—Esta pieza en particular no tiene precio.

—Ajá. —Leigh se dirigió a otro nicho y él observó la forma en que el pelo de ella brillaba a la luz cuando se inclinaba un poco para estudiar la escultura más de cerca—. ¿Sabes? —dijo Leigh como si acabara de recordar el incidente—, hace mucho tiempo le regalé a un hombre un pequeño caballero de peltre parecido a ése.

—¿En serio?, ¿y cómo reaccionó él?

—No quiso aceptarlo. De hecho, no quiso tener nada que ver conmigo. Nunca me hablaba a menos que se viera obligado a hacerlo y, cuando lo hacía, era descortés o cáustico.

—Qué imbécil.

Ella se agachó un poco para ver el nicho que estaba debajo.

—Sí, lo era. Pero por razones que yo no podía entender, me molestaba que yo no le gustara. Y todo el tiempo trataba de hacerme amiga suya.

—Es probable que él se haya dado cuenta.

—Tal vez. Pero esto es lo realmente extraño. Años más tarde, descubrí que él se había gastado todos sus ahorros en comprarme peras especiales que no quiso darme personalmente... y que también fue a verme actuar en una obra de teatro. —Leigh pasó frente a la vitrina contigua, siguió hacia la siguiente y se detuvo; después llegó hasta el final y lentamente comenzó a desandar sus pasos—. Cierta noche, él arriesgó su vida para salvar la mía. ¿No te parece un poco raro?

—A primera vista, sí.

—¿Qué crees que debería hacer yo al respecto?

—En tu lugar —dijo Michael con un tono divertido y solemne, puso su copa sobre un estante y caminó hacia Leigh—, yo insistiría en que me diera una explicación de su conducta.

Ella lo miró de reojo.

—¿Tienes una explicación?

—Sí. —Michael apoyó la mano en el brazo de Leigh y la hizo girar y quedar cara a cara con él mientras le decía la verdad—. Hace catorce años yo quería que tuvieras las peras más hermosas del estado de Nueva York y quería ser el que te las conseguía. Quería que me hablaras y quería hablar contigo. Quería conservar el regalo que me diste y quería darte yo regalos. En suma —dijo finalmente—, te quería *a ti*.

Ella lo miró fingiendo que se esforzaba por entenderlo.

—¿Y pensabas que podías hacer que yo te quisiera portándote como una persona odiosa?

—No —dijo él y sacudió la cabeza con firmeza—. Yo tenía un pasado oscuro y un futuro gris por delante; no quería que tuvieras nada que ver conmigo. Quería para ti a alguien mucho mejor que yo. —En tono de reproche, añadió—: También quería para ti a alguien mucho mejor que ese petimetre imbécil y farsante del que te enamoraste. Me puse furioso cuando le dijiste a mi tía que estabas comprometida con él. No podía creer que te hubiera salvado de mí, sólo para que terminaras con Logan Manning.

Durante varios minutos, Leigh luchó contra el impulso simultáneo de reír, llorar y besarle la mejilla.

—Es la historia más estrafalaria que he oído en mi vida —le dijo por último con una sonrisa encantadora—. Y, posiblemente, la más dulce.

Michael le devolvió la sonrisa, le pasó un brazo por los hombros y empezó a caminar hacia la puerta mientras le decía algo tan conmovedor que ella le apoyó la cabeza en su hombro.

—He conservado ese caballero de peltre a la vista en cuanta oficina he tenido. Era mi guía. En los primeros años, si yo dudaba con respecto a una elección, miraba a ese pequeño caballero de peltre y recordaba que yo era «galante» a tus ojos y que era capaz de tomar la decisión más correcta y ética. —En son de broma, explicó—: Yo no tenía demasiadas oportunidades para ser «galante», así que en cambio me regí más bien por lo ético. —Se detuvo en la salita y apoyó una cadera en el respaldo de un sofá; después atrajo a Leigh contra sus piernas y le puso las manos en la cintura.

Leigh intuyó que lo que él quería decirle a continuación era muy importante, porque Michael parecía tomarse demasiado tiempo en pensarlo. Eso o él no sabía lo que quería decir. Leigh estiró un brazo, tomó la copa de coñac de la mesa, bebió un sorbo y notó lo atractivo que estaba Michael con esa camisa blanca con el cuello abierto. Su cara era una cara severamente bien parecida, por momentos más severa que bien parecida, pero infinitamente más «masculina» que la de Logan. Michael tenía fuerza tallada en la mandíbula y orgullo estampado en sus facciones toscas. Y tenía unos ojos maravillosos, ojos que podían tener una mirada severa o tierna, pero que siempre derrochaban conocimiento y sabiduría. Por lo general la mente de Logan estaba en otra cosa además de en la persona con quien estaba hablando; su mirada siempre se perdía junto con sus pensamientos.

Michael no notó que ella estaba analizando su cara; estaba tratando de decidir qué decir a continuación. Sabía con exactitud qué quería decir: *Estoy enamorado de ti. Ven a la cama conmigo y yo te haré olvidar todo lo que él te lastimó.* El problema era que la traición de su marido le impediría creerle si él le decía lo que sentía por ella, tal como le impediría querer acostarse con él en ese momento.

Estaba tan seguro de eso como de que lo que Leigh sentía por él era mucho más profundo de lo que ella quería admitir. Siempre había existido entre los dos un vínculo inexplicable; una comprensión esencial que se ponía de manifiesto en cuanto estaban juntos. Años antes, ella había visto algo bueno en él e instintivamente lo obligó a salir a la superficie. Incluso ahora, cuando, comprensiblemente, el mundo creía lo peor de él, cuando un diario lanzaba la teoría de que él había asesinado al marido de Leigh, ella —que precisamente debería haber sido la más suspicaz— era su defensora más tenaz.

Lamentablemente, ésos eran todos temas emocionales, y él no creía que Leigh estuviera lista para hablar de ellos, porque sus emociones ya estaban sufriendo una sobrecarga. Pero Michael decidió de todos modos elegir primero ese enfoque. Deslizó las manos hacia arriba en los brazos de Leigh y en voz baja le preguntó:

—¿Crees en el destino?

Ella se echó a reír y hubo un leve temblor en su voz.

—Ya no. —Al cabo de una pausa arrugó la nariz y preguntó—: ¿Y tú? —Ese temblor en la voz de Leigh lo hizo detestar a Logan Manning el doble de lo que ya lo odiaba.

—Soy italiano e irlandés —bromeó—. Mis antepasados inventaron la superstición y el folclore. Por supuesto que creo en el destino. —Ella sonrió al oírlo, así que él continuó con un tono superficial—: Creo que estabas destinada a regalarme ese caballero. Que estabas destinada a ser mi guía.

Michael percibió incertidumbre e incredulidad oscureciendo los ojos de Leigh, pero de todos modos siguió adelante, poniendo a prueba sus límites emocionales.

—Yo estaba destinado a protegerte. Estaba destinado a estar allí para ti cuando dos matones trataron de atacarte. También estaba destinado a tenerte —agregó, sin ambages—, pero fallé irremediablemente y permití que Logan Manning te tuviera. ¿Sabes qué otra cosa creo?

—Casi tengo miedo de preguntar.

*Maldito Logan Manning.*

—Creo que el destino me está dando otra oportunidad para cumplir mi tarea.

—Y... ¿cuál crees que es tu tarea? —preguntó ella, entre divertida y cautelosa.

—Ya te lo dije —respondió Michael, tratando de no sonar tan solemne como se sentía—, mi tarea es protegerte. Y en este momento parte de esta tarea es ayudarte a que te olvides de Logan. Es hora de que te tomes una revancha porque Logan te fue infiel y traicionó tu confianza. No vas a poder sentirte tú misma hasta que recuperes tu orgullo.

—¿Y cómo haría para tomarme una revancha?

Él la miró con una sonrisa pícara y juguetona.

—Ojo por ojo... —dijo—. Él te fue infiel, así que tú tienes que serle infiel ahora... a su recuerdo.

En los ojos de ella apareció tal alegría que tuvo que morderse el labio para no echarse a reír, pero en su voz existía un afecto inequívoco.

—¿Alguna vez pensaste en declararte demente cuando la policía te molesta? —preguntó Leigh—. Porque realmente creo que podríamos lograr tu libertad con...

—¿Nosotros? —repitió él, interrumpiéndola—. ¿Te fijaste con qué naturalidad formas un equipo conmigo? Tú no lucharías por ti, pero cuando ese diario dijo algo malo sobre mí, te pusiste furiosa con toda la gente involucrada. —Rio por lo bajo y sacudió la cabeza—. Hace catorce años habríamos formado un equipo increíble.

Con esfuerzo, él apartó de su mente ese pensamiento y se preparó para una breve escaramuza.

—Pero eso fue entonces y esto es ahora, y aquí me tienes... listo para cumplir con mi tarea y ayudarte a tomarte esta noche una revancha con Logan. Ofreciéndote voluntariamente a hacerlo. Ven a la cama conmigo.

Por primera vez Leigh cayó en la cuenta de que, a pesar de su tono, él hablaba en serio, muy en serio.

—¡No! ¡Absolutamente no! Es una locura. Cambiaría todo.

Después no seríamos los mismos. Me encanta la relación que tenemos en este momento. Y, además, no estaría bien, no sería justo.

—¿Para quién?

—¡Para ti! ¿Cómo pudiste pensar que yo podría... usarte... de esa manera? ¡Ni en sueños!

Él rio entre dientes.

—Quiero ser usado.

Él reía, pero no sólo lo decía en serio sino que estaba absolutamente decidido. Leigh lo percibía en su voz. La sola idea de acostarse con él, de exponerse tanto emocional como físicamente, la llenó de pánico. Ella lo perdería, junto con el poco autorrespeto que le quedaba.

—Por favor —dijo Leigh con dolor—, por favor, no me hagas esto. Deja que las cosas sigan como están. Yo no quiero... no quiero hacer eso. Con nadie.

Leigh se echó hacia atrás lo suficiente para dejar su copa en la mesa, pero las manos de Michael la aferraron con más fuerza y él se puso de pie cuando ella trató de liberarse.

—Vas a tener que decirme por qué... —una furia ciega contra Logan Manning recorrió las venas de Michael como ácido, pero él mantuvo su voz neutral— o no tomaré un no por respuesta.

La voz de Leigh se quebró.

—¡Maldito! ¿Por qué me estás haciendo esto? —Apoyó la frente contra el pecho de Michael y sus ojos se llenaron de lágrimas de humillación y de desesperación—. ¿No puedes dejarme un poco de orgullo?

Él miró por sobre la cabeza de Leigh y sus manos oprimieron con más fuerza su espalda con ademán de protección, mientras a propósito ponía a prueba sus heridas.

—Quiero que me digas por qué no quieres acostarte conmigo. Y quiero que me digas la verdad.

—¡Muy bien! —exclamó ella—. ¡Aquí tienes tu verdad! Todo el mundo sabe la verdad. Mi marido no me deseaba. No sé qué crees que sacarías en limpio al acostarte conmigo, pero no fue suficiente para él y tampoco lo será para ti. Yo lo amaba —dijo y tuvo que callar un instante—. Y yo no le importaba lo bastante como para que mantuviera las manos lejos de mis amigas o de mis colegas. Suéltame. ¡Quiero volver a casa! —Forcejeó con más intensidad y cuando los brazos de él la aprisionaron más contra su pecho,

Leigh se aflojó contra Michael entre sollozos—. Los nombres de sus amantes salieron publicados en todos los diarios...

—Ya lo sé —susurró él, intensificó su abrazo, apoyó la mejilla contra la parte superior de la cabeza de Leigh, le costó tragar por el nudo de emoción que tenía en la garganta, y sus manos acariciaron los costados y la espalda de Leigh mientras los hombros de ella se sacudían por lo angustioso de su llanto. Michael recordó la primera vez que esos ojos verdes lo miraron llenos de risa, enmarcados por una cortina de pelo cobrizo, y entonces cerró con fuerza sus propios ojos.

Esperó hasta que el llanto de Leigh comenzó a disminuir; después se sacudió con firmeza su propio pesar y resolvió hacerla reír.

—No te culpo por llorar. Quiero decir, ¿dónde encontrarás alguna vez otro hombre con tanta integridad, lealtad y ego? —Con un suspiro divertido, añadió—: Vas a tener que saltar por encima de mucha basura antes de poder encontrar una pila tan grande como la que tuviste.

Su cuerpo se tensó como si un golpe de electricidad la hubiera atravesado y, después de un momento de inmovilidad, sus hombros comenzaron a sacudirse de nuevo, sólo que con más fuerza. Sonriendo, Michael levantó la cabeza. Sabía que ella reía incluso antes de que la apartara de su cuerpo y la obligara a mirarlo a los ojos.

Leigh se secó los ojos con la punta de los dedos y asintió.

—Tienes razón. —Se sintió tan alegre y despreocupada que la experiencia casi la aturdió.

Él deslizó sus nudillos por la suave mejilla de Leigh y le secó una lágrima que todavía le quedaba allí.

—Yo le di a Logan mi chica —dijo con furia— y miren lo que le hizo. —Y luego agregó con intención—: Yo también necesito desquitarme de él.

Con una sonrisa interior de entrega, Leigh comprendió que Michael seguía decidido a llevarla a ese dormitorio, y también comprendió que ella quería ir allí con él. Lo deseaba mucho. Lo repentino de ese anhelo la sorprendió, pero no tanto como su ferviente deseo de que no se tratara de una broma de Michael. Por otro lado, sabía del afecto que él le profesaba, y eso era lo importante. Decidió seguir adelante.

En el instante en que Michael vio un brillo especial en los ojos de Leigh, supo que había ganado la partida y todo su cuerpo se tensó por el deseo apremiante de tomarla en sus brazos, pero tenía miedo de hacerlo hasta saber adónde iba ella a llevarlo.

—¿Sabes? —le señaló Leigh con mucha suavidad, como si tratara de no herir sus sentimientos—. En realidad, yo nunca fui tu chica. Yo era la chica de Logan.

Michael sonrió porque ella estaba flirteando con él, y se cruzó de brazos.

—Yo podría haberte apartado de él así como así... —dijo y chasqueó los dedos.

—¡Pues pareces muy seguro de ti mismo!

Él levantó las cejas y declaró, con arrogancia:

—Lo estoy.

—Y, dime, ¿cómo lo habrías hecho?

La voz grave de Michael de pronto se puso ronca y Leigh la sintió como una caricia sensual.

—Te habría hecho el amor, exactamente como pienso hacértelo esta noche, y entonces podrías haber comparado el desempeño de los dos.

Nada preparada para que mencionara una posible comparación, Leigh sintió que, por un instante, su altanería se quebraba, y que la realidad asomaba por esa grieta. Logan había sido un amante maravilloso... cuando se molestaba en ser su amante.

Para su horror, Michael no sólo adivinó lo que ella había estado pensando sino que decidió tocar el tema en voz alta. Sonriendo, estudió su expresión.

—¿Era *tan, tan* bueno?

Para tratar de hacerlo cambiar de tema, Leigh le lanzó una mirada severa y volvió la cabeza.

Pero eso no funcionó. Él se alejó un poco y se puso a estudiar el rubor que comenzaba a teñirle las mejillas.

—¿*Realmente*? —bromeó—. ¿Realmente era así de bueno?

—No puedo creer que esté teniendo esta conversación —le advirtió ella con tono sombrío.

Tampoco podía creerlo Michael, pero las cosas habían llegado al punto donde él quería, así que se puso de pie, le rodeó la cintura con un brazo y la dirigió firmemente hacia el dormitorio.

—Que comiencen las comparaciones —le dijo.

## 50

Una vez en el dormitorio, Leigh se apartó de Michael tan pronto él le quitó el brazo de la cintura, y después rodeó la cama hasta quedar en el extremo opuesto. De espaldas a él, se quitó un pendiente y lo puso sobre la mesilla de noche.

A pesar de su actitud sonriente y audaz de algunos minutos antes, era obvio que todavía se sentía incómoda con respecto a lo que estaban haciendo. Michael lo notó, de modo que le permitió la ilusión de cierta privacidad. Sin embargo, puesto que ella no le había pedido que no la mirara, él se instaló a los pies de la cama —donde podría detenerla si ella perdía coraje y trataba de irse— y, después, se permitió el exquisito placer de observar a la mujer que amaba preparándose para acostarse con él.

Ella se quitó el otro pendiente; después hizo lo mismo con el collar, mientras él se desabotonaba la camisa.

Leigh se quitó la pulsera y la puso también en la mesilla de noche; Michael se desabrochó los botones de los puños de la camisa.

Ella llevó las manos al cierre de su vestido; él comenzó a desabrocharse el cinturón.

Leigh vaciló, las manos detrás de la espalda, cerca del cierre; él tuvo miedo de que hubiera problemas, pero mantuvo su tono amistoso e informal.

—¿Necesitas ayuda?

—No.

Leigh finalmente se bajó el cierre; Michael se soltó el cinturón.

El vestido de Leigh subió y le pasó por encima de la cabeza; la mirada de Michael le recorrió la espalda, se la rozó apenas, la acarició. Ella lo sintió y se estremeció. Michael lo notó y sonrió.

Los pantis negros eran la última barrera entre los dos, el último refugio seguro de Leigh. Michael terminó de desvestirse y contuvo el aliento cuando Leigh vaciló un momento con las manos en el elástico de la cintura, incapaz de respirar siquiera cuando comenzó a bajárselos.

Ella se sentó en la cama para terminar la tarea y una pierna larga y torneada emergió, brillante y desnuda. Él ya casi lo había logrado. Una pierna más y Leigh sería suya. Ya no hacía falta fingir que hacer el amor era solamente el plan de él para disfrutar de una feliz diversión.

Pensativa, Leigh terminó lentamente de sacar la otra pierna de los pantis y se puso de pie para dejarlos sobre una silla, junto a su vestido. No podía creer que iba a permitir que eso sucediera; no podía creer en la influencia que Michael Valente siempre había ejercido sobre ella. Él lo había tomado como una broma y ella aceptó entrar en el juego, pero ya no le parecía divertido. Le parecía, más bien, algo solitario e impersonal.

Dejó caer la prenda en la silla y después jadeó cuando las manos de Michael le aferraron los brazos, la hicieron girar en redondo y la oprimieron casi con rudeza contra su pecho. Sobresaltada, Leigh abrió la boca; la boca de Michael se apoderó de la suya en un beso posesivo y salvajemente erótico que era, al mismo tiempo, asombrosamente personal.

Ella aterrizó de espaldas sobre la cama y Michael la siguió. Le extendió los brazos por encima de la cabeza, le entrelazó los dedos con los suyos y los mantuvo allí mientras él bajaba la cabeza, le saqueaba la boca y la atormentaba con su lengua. Él la hizo derretirse; ella lo incendió.

Michael levantó la cabeza y la miró a los ojos. Los de él estaban entrecerrados por el deseo; los de ella estaban abiertos de par en par por la maravilla. Michael volvió a inclinar la cabeza y Leigh se preparó para otro beso turbulento como los anteriores, pero la boca de él apenas rozó la suya. Incapaz de tocarlo, con las manos aprisionadas en las de él, Leigh le siguió el juego, frotó sus labios contra los de él y luego pidió más. Él se lo dio y ella lo tomó. Ella le ofreció y él probó. Y entonces la boca de Michael se abrió sobre la suya, una vez más ferozmente insistente y hambrienta, su lengua acarició la suya, y sus labios eran rudos y tiernos. Él la transformó en un cuerpo suave y dócil; pero ella no tuvo en absoluto el mismo efecto sobre él.

Michael apartó su boca de la de Leigh, le besó con suavidad la mejilla y siguió bajando hasta uno de sus pechos y, después, al otro. Se los acarició con la nariz y ella jadeó. Él hacía que le dolieran, que le dolieran mucho, hasta que gimió. Él la hacía desesperarse; ella hacía que su deseo fuera aún más intenso.

Él se detuvo y con mucha ternura le apoyó la mejilla contra su turbulento corazón, mientras lentamente le fue soltando las manos y abriéndoselas. Rozó con sus pulgares las palmas de las manos de ella en un toque como de exploración que a ella le resultó extrañamente excitante; luego él fue bajando los dedos hacia las muñecas y los antebrazos de Leigh y después volvió a subirlos y bajarlos en una caricia sabia. Fascinada, Leigh aprendió qué era ser deseada como un todo.

Ella levantó los brazos y le masajeó los anchos hombros mientras la cabeza de Michael continuaba descendiendo. Él le besó la cintura y después el ombligo. Eso le hizo cosquillas a Leigh, quien rio por lo bajo. Sin aviso previo, él bajó la cabeza aún más y ella gimió, primero por la sorpresa y después de puro placer.

Leigh le clavó las uñas en la espalda y le pasó los dedos por el pelo. Desesperada, obligó a que la boca de Michael volviera a estar sobre la suya, puso a Michael de espaldas y lo besó hasta quedar sin aliento.

Olvidó todo lo que Logan le había enseñado y cambió las técnicas por un deseo ardiente. Aplastó su boca contra los labios de Michael, le aplastó las manos con las suyas y le fue siguiendo los músculos de los brazos como él le había hecho a ella. Con tembloroso deleite, descubrió que los brazos de Michael eran duros como el acero y que su boca era un terciopelo ardiente. Le besó los ojos y lo hizo sonreír. Le acarició el pecho con la nariz y bajó incluso más. Lo hizo jadear. Él la hizo detenerse.

Él la puso de espaldas sin separar su boca de la suya y le abrió las piernas. Con sus caderas sobre las de Leigh y su cuerpo rígido listo para penetrarla... Michael se detuvo.

Leigh aguardó, respirando rápido y con el cuerpo en llamas. Abrió los ojos y lo miró. Los ojos de Michael parecían carbones incandescentes. Ella levantó las manos y, con cierto temor, le tocó la cara y con la punta de los dedos le recorrió los planos firmes de la mandíbula y las mejillas. Él la penetró un par de centímetros. Ella lo deseó más que nunca y levantó las caderas. Él inclinó la cabeza, le besó los labios y la penetró a fondo con una fuerza repentina que hizo que el cuerpo de Leigh se tensara como un arco.

El cuerpo de Leigh era el violín de Michael; un violín que él ejecutó sin pausa y con maestría hasta que los gemidos de ella se transformaron en la canción de él. Michael cambió esa melodía y su ritmo. Ella se retorció y se aferró a él con toda su alma; entonces Leigh ejecutó su crescendo salvaje, en un unísono perfecto con el suyo.

Consternada, Leigh se acurrucó en los brazos de Michael y sepultó la cara en su pecho. Su mente no hizo ninguna comparación, pero su corazón ya conocía la respuesta. Logan podía hacerla gemir. Pero Michael la hacía llorar de placer.

Él habló, y su voz profunda sonó como de terciopelo y cubrió el cuerpo desnudo de Leigh. Serena y solemnemente, él dijo:

—Estoy enamorado de ti.

Palabras dolorosamente conmovedoras. Demasiado pronto para oírlas de labios de otro hombre; demasiado pronto para pronunciarlas también ella. Él quería que ella le creyera —eso lo sabía bien Leigh—, y después quiso que ella se las repitiera. Leigh sentía las palabras pero no podía pronunciarlas. En cambio, le dio la mitad de lo que él quería.

—Ya lo sé —le susurró. Y en el tremendo silencio de espera que siguió a esa respuesta inadecuada, ella lo miró con su corazón en la mirada.

Michael vio en ellos maravilla y ternura. Él amaba esos ojos, y entendió. Le estaban diciendo todo lo que ella quería decir: que le pedía que esperara, apenas un poco más. Y entonces esa mirada bajó hasta la boca de Michael y los labios de ella rozaron suavemente los de él lenta e insistentemente. Leigh ya era de él.


De pie junto a las ventanas y rodeada por los brazos de Michael, Leigh vio que la luz del amanecer aclaraba el cielo sobre Central Park. Menos de doce horas antes, él la había sostenido así por primera vez. Desde entonces la había llevado a la cama, le había hecho el amor dos veces y le había robado el corazón. Ella se inclinó hacia atrás, hacia la solidez de su sexo, y la mano de él se deslizó sobre un pecho de Leigh en una caricia posesiva. A Leigh le pareció mal, tonto, negarle la verdad.

—Te amo —le dijo en voz baja.

Como respuesta, los brazos de Michael se cerraron con ferocidad alrededor de ella; entonces con el brazo izquierdo él le sujetó la cadera derecha y se esforzó por acercarla más a él, como si quiera soldar los dos cuerpos en uno.

—Ya lo sé —le susurró él al oído.

Leigh suspiró, satisfecha; al final, todo se había resuelto con serenidad. Él dejó que ella disfrutara un minuto de ese pensamiento antes de decirle con ternura, pero implacablemente:

—Cásate conmigo.

Leigh no podía aceptar eso. En el lapso de medio día, no podía pasar de estar de la mano con él a acceder a un compromiso permanente. Él no podía esperar una cosa así. Ni siquiera Michael Valente podía lograr que lo hiciera. Por otro lado, ella no quería vivir sin él, así que le ofreció una posibilidad intermedia.

—Creo que vivir juntos podría ser una buena idea.

—¿Antes o después de que nos casemos?

—Antes.

—Después —insistió él.

Leigh lo miró con incredulidad por encima del hombro.

—¿Me estás diciendo que no podemos estar juntos si no estamos casados?

Él la miró, sonriendo.

—¿Quieres que estemos juntos? —Ella asintió enfáticamente.

—¿Quieres mucho, mucho, que estemos juntos?

—Sí —contestó ella sin vacilar—. Eso quiero.

—Entonces esas dos últimas palabras serán las últimas que podrás decir.

Leigh dejó caer la cabeza hacia delante y la dejó así, colgando, para indicar su derrota.

—Una inclinación de cabeza no me basta —dijo él—. ¿Se suponía que eso era un sí?

Leigh siguió riendo y asintió.

—Puedo aceptar dos inclinaciones de cabeza —dijo él—. En los negocios, dos inclinaciones de cabeza equivalen a un apretón de manos, y un apretón de manos obliga lo mismo que un contrato. ¿Quieres elegir la fecha o prefieres que lo haga yo?

—Yo lo haré —prometió Leigh.

—Espléndido —dijo él, sonriendo junto a la mejilla de Leigh—. ¿Qué fecha has elegido?

—De alguna manera —dijo ella con una mezcla de risa y de suspiro—, sabía que me dirías algo así.

—Siempre ha existido entre los dos una conexión casi telepática. Ahora bien, y esto es una prueba: ¿qué crees tú que diré yo a continuación?

—¿Cuándo? —adivinó ella, con una total convicción.

—Esperaba que me lo preguntaras. Yo diría que... dentro de un mes a partir de hoy.

Leigh quedó horrorizada. No quería que iniciaran su matrimonio mientras existieran sospechas sobre los dos con respecto al homicidio de Logan. Incluso sin eso, en ese momento ella tenía tanto sueño que casi no podía tenerse de pie, y mucho menos decidir una fecha para la boda. Cerró los ojos y apoyó la cara contra el pecho de Michael, y la mano de él subió desde su pecho para apoyarle la mejilla contra su corazón.

—Supongo que podríamos hacerlo dentro de seis meses —le susurró ella, fascinada por la forma en que él la tocaba cuando no estaban haciendo el amor.

La palma de la mano de Michael, que había estado acunando la mejilla de Leigh, se desplazó un poco, dejando sólo la almohadilla de la mano en contacto con su mentón. Leigh percibió ese movimiento, pero estaba más concentrada en escuchar su respuesta. Cuanto más lo pensaba, más le parecía que seis meses era un tiempo demasiado largo para esperar, sobre todo si no estaban viviendo juntos. La sorprendió y la decepcionó un poco que él se mostrara dispuesto a esperar tanto tiempo. Leigh suspiró.

—¿Demasiado tiempo? —sugirió él con tono pícaro.

Leigh no pudo menos que echarse a reír.

—Sí.

—¿Quieres cambiar de idea?

—Sí.

—Abre los ojos.

Leigh abrió los ojos y vio la contraoferta que él había estado haciendo desde que movió la mano. Frente a los ojos de ella él sostenía dos dedos. Dos meses.

Con una sonrisa de derrota, Leigh volvió la cabeza y le besó la palma de la mano.

Él le levantó la cara mientras, por su parte, bajaba la cabeza.

—Un beso en la mano —le advirtió con ternura junto a la boca— equivale a dos inclinaciones de cabeza. Es algo muy, muy comprometedor.

## 51

Michael levantó la vista del escritorio cuando su secretaria entró en la oficina a las nueve y cuarto de la mañana. Él se había duchado y afeitado en el apartamento; después había llevado a Leigh a su casa e ido a las oficinas de la compañía para asistir a la reunión de las nueve y media.

—El señor Buchanan está aquí —le anunció Linda—. Dijo que había llegado un poco temprano.

—Hazlo pasar.

Un momento después, Gordon Buchanan entró portando su maletín. Buchanan, el socio senior de Buchanan y Powell, uno de los más prestigiosos estudios de abogados de Nueva York, vestía impecablemente y con ropa muy costosa. Tenía pelo entrecano, modales elegantes y una cara agradable y aristocrática. Socialmente, era un auténtico caballero; profesionalmente, era tan sigiloso y peligroso como una cobra.

—Buenos días —dijo Buchanan. Aunque su firma había representado con éxito a Michael Valente en todas las acciones legales que se iniciaron contra él a lo largo de la última década, los dos hombres no eran amigos; Valente no era un hombre de muchos amigos. Pero poseía dos cualidades poco frecuentes que lo convertían en un cliente único en la experiencia de Buchanan: nunca les mentía a sus abogados y nunca les hacía perder tiempo. A cambio, exigía que ellos tampoco se lo hicieran perder.

Por esa razón, Gordon entró de lleno en el tema sin la habitual conversación intrascendente preliminar.

—Organicé una reunión en Interquest esta mañana —dijo mientras se sentaba frente al escritorio de Valente—. Ellos tienen información para nosotros. ¿Le dijo usted a la señora Manning que no hablara de nuevo con la policía sin comunicarse antes conmigo?

—Se lo dije hace varios días —le respondió Michael—. Ellos no han vuelto a intentar hablar con ella desde que, con una orden judicial, se llevaron los registros personales de su marido del apartamento... —Se interrumpió y contestó con impaciencia el intercomunicador que tenía sobre el escritorio.

—Lamento interrumpirlo, pero Leigh Kendall está en su línea privada...

—¿Kendall? —repitió Michael y notó con satisfacción que Leigh había decidido usar su apellido de soltera después de la noche anterior.

—Es la señora Manning —le aclaró Linda, simulando con su irreprochable tono de negocios que no tenía idea de que él estuviera íntimamente asociado en algún sentido con la persona que llamaba—. Pero específicamente empleó el apellido Kendall, y por eso pensé que lo mismo debería hacer yo.

—Y tenía razón —dijo Michael, quien ya oprimía el botón de su línea privada y hacía girar su silla para hablar con un poco más de privacidad. Cuando ella respondió, él le habló con la misma voz que utilizaría con cualquier otra persona.

—Señorita Kendall, le habla Michael Valente.

Ella se echó a reír por la sorpresa.

—Suenas terriblemente frío y abrupto.

Él cambió y empleó la voz que usaba con ella.

—Estoy reunido con tu nuevo abogado. En su opinión, frío y abrupto son dos de mis rasgos más afectuosos.

Del otro lado del escritorio, Gordon Buchanan miró, boquiabierto, el respaldo del sillón de Valente. Le sorprendió oír a Valente en una conversación superficial con alguien, pero quedó atónito cuando Valente lo incluyó indirectamente a él en esa conversación.

—No quisiera tenerte... —se apresuró a decir Leigh.

—Sí que lo quieres —dijo Michael con una sonrisa en la voz—. Lo que es más, firmaste un contrato valedero y no negociable en ese sentido hace unas tres horas. ¿Por qué no estás durmiendo?

—Porque Jason Solomon acaba de llamar por teléfono y le insistió a Brenna que me despertara.

—¿Qué quería?

—Quiere que esta noche me reúna con él en el St. Regis para un cóctel. No me permitió negarme. Sé que él se propone insistirme hasta el cansancio que vuelva al teatro. Pero yo no puedo salir a escena con Jane Sebring, sabiendo que pareceré estar actuando en una especie de espectáculo sórdido para el público. Jason no lo entiende. Sea como fuere, tú mencionaste algo de cenar juntos esta noche, y quería pedirte que me pasaras a buscar por allá en lugar de por casa.

—¿A qué hora?

—¿Podría ser a las siete? Eso limitará a Jason a una hora de discusiones y de acoso.

—¿Quieres que en cambio yo me reúna con vosotros a las seis y sea tu refuerzo?

Michael percibió alivio y alegría en la voz de Leigh.

—¿Ser mi refuerzo forma parte también de tu trabajo?

—Absolutamente. Revisa el contrato que negociaste conmigo esta mañana y si te fijas en la Cláusula 1, Inciso C, bajo el título: «Alguien que me proteja», verás que se te han concedido plenos derechos a mis servicios diligentes en tal sentido.

—Michael —dijo ella con tono solemne.

—¿Qué?

—Te amo.

Todavía sonriendo, Michael cortó la comunicación y giró el sillón.

—¿Dónde estábamos? —le preguntó abruptamente a Buchanan.

Buchanan recobró la compostura.

—Yo estaba por preguntarle si la policía había intentado interrogarlo con respecto a su paradero a la hora del asesinato de Manning.

Michael sacudió la cabeza.

—No tienen idea de si yo puedo o no probar que no pude haberlo hecho.

—Entonces, la respuesta obvia es que ellos *no quieren* ninguna prueba de que usted no pudo haberlo hecho. Lo más probable es que hayan persuadido a un juez de que usted es un sospechoso probable del asesinato y consiguieron que él autorizara intervenir sus teléfonos o lo que se les antoje, para poder así buscar cualquier otro delito que puedan encontrar.

Permaneció callado un momento, dejando que su cliente asimilara sus palabras. Después, dijo:

—Antes de recomendarle un curso de acción, necesito conocer sus prioridades.

—Quiero que la policía descubra quién mató a ese hijo de puta. En lugar de hacerlo, están perdiendo tiempo y recursos en mí.

—Yo puedo obligarlos a cesar y abstenerse. —Gordon respiró hondo y se preparó para una reacción espectacularmente desagradable a lo que estaba por decir—. Sin embargo, para que yo lo haga, primero usted tendría que ofrecerle voluntariamente a la policía un detalle de su paradero a la hora del homicidio. Puesto que es evidente que ellos no quieren ninguna prueba de su inocencia, rehusarían una petición mía para una reunión informal, pero yo puedo amenazarlos con un diluvio de acciones legales si se niegan. Una vez que tengan en sus manos pruebas de su paradero, si no lo dejan tranquilo podemos hacer que las cosas sean muy desagradables para ellos en el juzgado.

La reacción negativa que Gordon anticipaba no fue vocal —como él esperaba—, pero la mandíbula de Valente se cerró con furia frente a la sugerencia de ofrecerle voluntariamente cualquier información a la policía. Para Valente, hacerlo equivalía a tratar de apaciguar a su enemigo, y eso era algo que él no haría en ninguna circunstancia. Una y otra vez él había elegido librar una costosa batalla en la corte antes que intentar evitar la batalla ofreciendo de antemano a los fiscales explicaciones y pruebas.

En todos los demás aspectos, Michael Valente era el hombre más fríamente racional que Gordon había representado jamás, pero no cuando se trataba de apaciguar al sistema judicial. Por esa razón, a Gordon lo sorprendió un poco ver que Valente asentía y decía, en voz baja y vehemente:

—Organice una reunión. —Inclinó la cabeza hacia la puerta de su oficina y añadió—: Puede usar la sala de reuniones para hacer la llamada, y que mi secretaria pase a máquina la lista que le di a usted de mis actividades ese domingo.

Gordon se puso de pie y le dio otra noticia que estaba seguro lo enfurecería todavía más.

—Trataré de que los detectives vengan aquí, pero seguro que ellos lo harán ir a la comisaría. Les da a ellos la ventaja de ser locales. Y —añadió—, sin duda, una pequeña satisfacción.

—No me cabe ninguna duda —dijo Michael con tono glacial, tomó un documento que estaba sobre el escritorio y buscó un bolígrafo.

—Hay otra cosa...

Dos helados ojos color ámbar levantaron la mirada del documento y se enfocaron en él.

—Si en esa reunión no logramos persuadirlos de que no tiene sentido que sigan dirigiendo la artillería hacia usted, entonces yo tendré que ir a la justicia para solicitar una orden de cesar y abstenerse. Eso llevará tiempo y tiempo es lo que usted no quiere perder. Hay también otro tema que es importante que tenga en cuenta...

—¿Cuál? —saltó Michael.

—Es obvio que la señora Manning es la principal sospechosa. Su marido le era infiel, de modo que ella tenía un motivo; tenía también la manera —el arma— y también la oportunidad. No dudo de que la policía tiene la teoría de que usted y ella estaban involucrados y planearon juntos el homicidio para librarse del marido. Si le llegan a hacer alguna pregunta acerca de su relación con ella ahora o en el pasado, le aconsejo que la responda. No diga nada voluntariamente, pero tampoco se niegue a contestar. Tengo la sensación de que la policía sospecha de su relación con ella, aunque ninguno de los dos la ha ocultado puesto que usted la llevó en el helicóptero al lugar del accidente.

—¿Por qué piensa eso?

—Porque usted dijo que ellos nunca la interrogaron oficialmente acerca de su relación con usted. Cuando la policía se abstiene de preguntar lo obvio, es porque cree saber algo y no quiere que se sepa.

Cuando Buchanan se hubo ido, Michael esperó algunos minutos mientras asimilaba lo que había aceptado hacer; después tomó el teléfono y marcó el número de Leigh, pero no el de su línea privada. Cuando Brenna respondió, Michael le pidió los números de teléfono de Jason Solomon y le solicitó que no le mencionara a Leigh esa llamada.

Le llevó a Michael menos de treinta segundos persuadir a Solomon de reunirse con él a las cinco y media en el St. Regis esa misma tarde para una conversación privada antes de la llegada de Leigh. Los primeros veinticinco segundos de ese tiempo los pasó evitando las ansiosas preguntas de Solomon con respecto a la relación de Michael con Leigh.

## 52

Con los codos sobre el escritorio y la cabeza apoyada en las manos, Sam se masajeó la nuca con los dedos mientras leía el último informe contenido en el registro de Leigh Manning: un aburrido impreso de ordenador con listas de nombres, direcciones y números de teléfono de cada vecino que Leigh había tenido en cada domicilio en que ella había vivido en Nueva York.

Sam ya había revisado una vez todos los expedientes, pero en sus momentos libres examinaba de nuevo los de Leigh Manning y Michael Valente, en busca de algo que los conectara a los dos antes del homicidio de Logan Manning. La nota manuscrita que Valente había enviado con el canasto de frutas era una prueba de ello, pero el fiscal de distrito quería tener pruebas más concretas contra Valente por homicidio en primer grado o complicidad para cometer un asesinato en primer grado. Sin embargo, al cabo de cinco semanas de investigación ellos seguían sin pruebas que indicaran que los supuestos conspiradores habían por lo menos hablado por teléfono antes del fin de semana en que murió Manning.

Shrader pasó junto al escritorio de Sam llevando su tentempié de todas las mañanas: dos rosquillas y una taza de café.

—Oye, Littleton —dijo al sentarse junto a ella frente a su propio escritorio—, ¿viste a tu viuda doliente anoche en el informativo? Estaba muy elegante y salía a cenar con su novio.

—Sí la vi —respondió Sam. Ella ya había pasado por esa misma rutina con Womack más temprano, y estaba dispuesta a aceptar que la conducta de Leigh Manning en el consultorio de la doctora Winters podía no haber sido otra cosa que una actuación sumamente convincente.

—Ahora se comporta con desfachatez, ¿no te parece? —ladró Shrader alegremente.

—Ninguno de los dos mantiene su relación en secreto —murmuró Sam y lo miró.

Shrader comió un trozo de la rosquilla y bebió un trago de café; después tomó un trozo de papel que tenía apoyado en el teléfono.

—Tengo aquí una nota de McCord que dice que quiere vernos en su oficina a las diez menos cuarto. ¿Tienes alguna idea acerca de qué se trata?

Sam asintió y pasó la última página del archivo más reciente sobre Leigh Manning.

—El tipo de fraudes especiales va a venir a decirnos lo que ellos descubrieron cuando hicieron una auditoría de los libros y registros contables de Manning. El Departamento de Forenses nos envió su informe escrito final sobre todo lo recogido en la cabaña, pero evidentemente no habrá en él nada que nosotros no sepamos por los informes preliminares. Después de eso, McCord quiere hacer con nosotros una revisión completa y al día del caso.

Después de haber terminado de leer la «historia de la vida» de Leigh Manning, Sam arrastró el grueso expediente sobre Michael Valente a su escritorio y lo abrió. Era difícil imaginar dos personas más distintas que las que parecían ser Valente y Leigh Manning. Leigh Manning ni siquiera había tenido que pagar nunca una multa por infracciones de tráfico, y era miembro de la comisión del alcalde para la lucha contra el crimen. Michael Valente había sido acusado de una serie de delitos y estaba en la lista personal del jefe de policía de criminales conocidos cuyas actividades él deseaba examinar con atención.

Junto a ella, Shrader llamó por teléfono a un fiscal de distrito suplente que quería prepararlo para un juicio de un caso de homicidio que se ventilaría pronto y que Shrader había manejado. Sam tomó un bolígrafo y comenzó a redactar una lista con la fecha de cada caso iniciado contra Valente, los cargos principales y el resultado de cada uno: un caso por línea.

Ella se puso a trabajar retrospectivamente comenzando con el caso más reciente, cada tanto refiriéndose a los datos adicionales que figuraban en las planillas de sumarios para esclarecer detalles de los delitos que supuestamente él había cometido contra la ciudad, el estado y las leyes federales. Una de las cosas que Sam advirtió fue que los fiscales frecuentemente habían recurrido al gran jurado para obtener un auto de acusación, lo cual por lo general significaba que no tenían pruebas suficientes para lograr que un juez firmara una orden de arresto.

Cuando terminó, Sam tenía una impresionante lista de arrestos y de autos de acusación del gran jurado a lo largo de los últimos diez años por delitos no violentos que incluían intento de soborno, fraude, intento de defraudación, robo de mayor cuantía, abuso de información privilegiada y evasión impositiva, junto con muchas variaciones sobre esos mismos temas.

La columna de la derecha, en la que figuraba el resultado de cada caso archivado, sólo exhibía tres resultados: «Caso desestimado», «Cargos retirados» e «Inocente».

En cada uno de esos casos, Valente había sido representado por el estudio jurídico más famoso de defensa penal de Nueva York, pero resultaba difícil creer que incluso Buchanan y Powell hubieran sido capaces de sacar en libertad a un hombre evidentemente culpable en cada caso en particular.

También hubo cargos ocasionales presentados contra él por ofensas menores, que incluían posesión de una sustancia controlada, conducir un vehículo en forma descuidada y perturbar la paz. Sam ya había leído los registros particulares de cada caso y, en su opinión, el de la sustancia controlada había sido especialmente descabellado. A juzgar por lo que había leído, era obvio que el arresto se había basado en el hecho de que Valente llevaba encima la receta médica de un analgésico cuando lo arrestaron por exceso de velocidad... a menos de diez kilómetros por encima del límite permitido.

Una vez más, la columna de la derecha exhibía sólo tres resultados en los casos menos graves: «Caso desestimado», «Cargos retirados» e «Inocente».

La que constituía la excepción era lo que figuraba en último término en su lista: un cargo de homicidio impremeditado en primer grado, presentado contra Valente cuando él tenía diecisiete años, por la muerte a tiros de William T. Holmes. A diferencia de los otros crímenes, ése había sido violento y Valente se había declarado culpable: la primera y última vez en hacerlo en lugar de luchar contra los cargos y ganar. Lo habían sentenciado a ocho años de prisión, con posibilidad de salir en libertad condicional después de cuatro.

Sam revisó las carpetas que tenía sobre el escritorio en busca de la que contenía el expediente de la condena por homicidio impremeditado, interesada en la razón por la que había cometido ese crimen y preguntándose si quizás, en aquella oportunidad, una mujer había sido responsable de alguna manera de ese único acto de violencia.

Como no pudo encontrar la carpeta se inclinó hacia el escritorio de Shrader, pero ninguna de sus carpetas tenía etiquetas rojas. El escritorio de Womack estaba justo detrás del de Shrader y ella giró la silla para acercarse.

—¿Qué buscas? —le preguntó Womack al regresar de la oficina de McCord con una pila de carpetas en las manos.

—El expediente de la condena de Valente por homicidio no premeditado —le contestó Sam.

—Yo no lo tengo —dijo Womack.

Sam se puso de pie y se encaminó a la oficina de McCord. Él no se encontraba allí, así que ella se acercó a la mesa donde el resto de las carpetas de Valente estaban prolijamente apiladas, pero al pasar junto al escritorio de McCord notó sobre él la presencia de una carpeta con etiqueta roja que claramente estaba fuera del orden geométrico que reinaba en las demás. En lugar de estar ubicada en un rincón o en el centro de la superficie del escritorio, parecía haber sido arrojada allí como al descuido. De hecho, no sólo no estaba en el centro sino que además varios papeles asomaban de su interior. Siguiendo una corazonada, Sam verificó la etiqueta de la carpeta y comprobó que era justamente la que estaba buscando. Le escribió a McCord en su bloc amarillo que se la llevaba y regresó a su escritorio.

En el interior de la carpeta, encontró el informe del agente que había practicado el arresto, pero lo único que decía era que Valente se había enzarzado en una pelea con Holmes y le había disparado un proyectil con un arma semiautomática, calibre cuarenta y cinco, sin registrar, que pertenecía a Valente. No había testigos del hecho, pero el agente que hizo el arresto conducía por allí cerca, oyó el disparo y llegó a la escena antes de que Valente tuviera tiempo de huir. McCord había trazado un amplio círculo alrededor del nombre del agente en cuestión y luego escribió una dirección debajo.

A juzgar por la información que figuraba en el expediente, William Holmes era un buen muchacho con excelentes antecedentes. Valente, en cambio, previamente había cometido algunas otras infracciones juveniles que el juez había tomado en cuenta, junto con la edad de Valente, cuando dictó la sentencia.

Sam cerró la carpeta y pensó que, a los diecisiete años, Valente se había cobrado una vida, lo cual significaba que era capaz de cometer ese acto, pero, basándose en los detalles que figuraban en el expediente, lo había hecho en el fragor de la furia. Un homicidio premeditado era un crimen completamente diferente.

Absorta en sus pensamientos, Sam se puso a hacer garabatos en un papel mientras trataba de hacerse una idea de quién era en realidad Valente, qué cosas lo movían, qué lo hacía volverse violento... y por qué Leigh Manning lo prefería a él más que a un marido infiel pero, en todos los demás sentidos, respetable.

Seguía reflexionando en ello cuando Shrader se puso de pie.

—Son las nueve y cuarenta —dijo. Y, luego, un poco en broma, agregó—: No nos demoremos para no darle de nuevo al teniente motivos para empezar el día de mal humor.

—Dios no lo permita —dijo Sam con tono afectado, dejó la carpeta de Valente sobre el escritorio, cogió una libreta y un bolígrafo y a continuación se puso de pie. El talante sombrío de McCord del día anterior había coincidido con una reunión que había tenido en la oficina del capitán Holland. Cuando regresó, le cerró la puerta en la cara a un empleado. Y, cuando salió, lo hizo dando un portazo.

—Por lo general este lugar es una nevera. Pero hoy hace calor —se quejó Shrader, se quitó la chaqueta y la arrojó cerca de una servilleta cubierta de migas. Sam, ataviada con una camisa de color rojizo claro, cinturón de gamuza y pantalones al tono, dejó su blazer sobre el respaldo de la silla y se dirigió a la oficina de McCord.

Pensó que el estado de ánimo tenso de McCord del día anterior podía haber sido el resultado de haber recibido una reprimenda de parte de algún superior debido a que la investigación no mostraba progresos con la rapidez esperada, pero cinco semanas no era un lapso excesivo para una investigación de homicidio, en particular una investigación llevada a cabo para cumplir con las increíblemente meticulosas exigencias de McCord en lo referente a documentación e investigación. Para McCord, todas las personas interrogadas eran o bien importantes testigos potenciales que podían ayudarlos o bien testigos con un potencial muy peligroso que podían ayudar a la defensa... y, sea lo que fuere, él quería saber todo lo que era posible saber.

Algunas semanas antes, cuando Womack le mostró al portero del edificio de Valente un retrato de Leigh Manning y le preguntó si alguna vez había visto a esa mujer en el edificio, el portero lo negó con vehemencia. Cuando Womack informó sobre los resultados de ese interrogatorio en una reunión varios días más tarde, McCord lo reprendió por no haberle preguntado al portero cuánta propina le daba Valente.

Womack volvió a interrogar al portero, regresó con el dato y le pasó el monto a McCord. McCord le ordenó entonces a Womack que revisara los antecedentes y las finanzas del portero a fin de conocer su estilo de vida, por si varios miles de dólares, en lugar de varios billetes de cien, habían cambiado de manos entre Valente y ese hombre de setenta y dos años.

## 53

Cuando McCord irrumpió en su oficina exactamente a las nueve y cuarenta y cinco, su humor no parecía haber mejorado demasiado. Saludó con la cabeza a los tres detectives sentados frente a su escritorio.

—Vamos a tener algunos huéspedes no invitados —comenzó a decir, pero se detuvo cuando el auditor de la Brigada Especial de Fraudes, un hombre calvo y sudoroso de algo más de cuarenta años, entró en la oficina haciendo malabarismos con una pila alta de grandes sobres de papel manila.

»¿Qué fue lo que descubrió? —preguntó McCord mientras el hombre buscaba un lugar para depositar su carga. Imprudentemente eligió dejarla caer sobre el escritorio de McCord, pero McCord estaba demasiado interesado en escuchar lo que él tenía que decir como para notarlo.

—Varias cosas —respondió el auditor—. En primer lugar, la víctima estaba gastando más dinero del que ganaba. En segundo lugar, o tenía un contable incompetente o estaba muerto de miedo de que le hicieran una auditoría, porque hay muchas deducciones que podría haber intentado hacer y no hizo. Tercero, sus hábitos en cuanto a gastos cambiaron hace un par de años. Cuarto —terminó el auditor levantando las cejas con incontenible júbilo—, ¡tiene una tarjeta de crédito de platino de un banco extraterritorial!

—¿Podría ampliar un poco el primer punto? —saltó McCord con impaciencia.

—Lo siento, teniente —dijo el hombre, sorprendido—. Quiero decir que, hasta hace un par de años, a Manning le iba extraordinariamente bien: varios de sus proyectos comerciales le significaron una buena ganancia y también estaba recibiendo carretadas de dinero en el mercado de valores. Pero el mercado comenzó a bajar casi al mismo tiempo que los negocios de Manning se estancaron, a pesar de lo cual él siguió adelante y trasladó sus oficinas a otro lugar. El alquiler del espacio al que mudó sus oficinas es impresionante, pero a Manning no pareció importarle. Entonces invirtió más de un millón de dólares en desmantelar el lugar, rediseñarlo y redecorarlo.

Calló un momento para abrir un sobre de papel manila que estaba en la parte superior de la pila; extrajo de él un informe escrito y lo miró como para confirmar lo que estaba por decir.

—En ese momento, Manning comenzó a dirigir su estudio de arquitectura como si fuera una suerte de «hobby» que no necesitaba dar réditos. Le estaba costando mucho mantener las puertas abiertas y decididamente estaba gastando más dinero del que entraba. Ahora bien, he aquí lo que hace que todo sea tan interesante...

Miró en silencio a su audiencia para reforzar la magnitud de su siguiente anuncio:

—Hasta hace un par de años, Manning ganaba mucho dinero y se mostraba muy conservador en sus gastos. De pronto, su actitud fue la contraria. Comenzó a gastar dinero como si tuviera una provisión ilimitada de ingresos. Sus hábitos en cuanto a gastos cambiaron, ¡y eso es precisamente lo que yo busco!

Sam estuvo a punto de preguntarle por qué el hecho de tener una tarjeta de crédito de un banco extraterritorial era tan significativo, pero Womack le evitó la necesidad de hacerlo y el auditor respondió a la pregunta.

—Digamos que usted tiene varios miles de dólares en efectivo que obtuvo ilegalmente —propuso el auditor—. Si acude a cualquier banco de Estados Unidos e ingresa más de diez mil dólares en efectivo, el banco está obligado a informar de su nombre y su número de seguro social a Hacienda. Pero usted no puede correr el riesgo de que Hacienda investigue cómo llegó ese dinero a sus manos, lo cual le deja a usted muy pocas opciones. Puede enterrar ese dinero en el jardín de su casa e ir gastándolo de a cien dólares por vez, o puede llevarlo a una institución bancaria legítima de un país cuyas leyes no exigen que sus bancos informen a las delegaciones de Hacienda. Los bancos de Nassau, de las islas Caimán y de Belice han adquirido mucha fama en tal sentido.

Paseó la vista por su audiencia y comprendió que todavía no les estaba diciendo nada que ellos no supieran ya, pero siguió adelante, con un entusiasmo creciente.

—Ahora usted tiene el dinero depositado en un bonito y seguro banco extraterritorial que le paga intereses, pero no puede gastar ese dinero aquí porque no puede extender un cheque de un banco extranjero para comprar cosas en Estados Unidos. *Pero* —dijo como si fuera algo de gran significación— si ese banco extraterritorial le da una tarjeta de crédito de platino con un límite alto o sin ningún límite, virtualmente la puede utilizar para comprar aquí lo que se le antoje. Logan Manning —terminó el auditor con aire triunfal— compró dos automóviles de lujo en dos años pagándolos con su tarjeta de crédito y varias semanas después los vendió, tomó el cheque con que le pagaron y lo ingresó en la cuenta de un banco local.

»Es lavado de dinero con un toque ingenioso. El único problema es que Hacienda acaba de anunciar que va a comenzar a realizar auditorías de los contribuyentes que poseen tarjetas de crédito de bancos extraterritoriales, de modo que Manning va a aparecer en las pantallas de sus radares.

—¿Encontró usted alguna irregularidad en las finanzas de Leigh Manning?

—No, pero las estrellas de Broadway no ganan tanto como yo creía. Según el contrato que tiene firmado con Solomon, ella recibe doce mil dólares por semana o el cinco por ciento de la recaudación, la cifra que sea mayor. Según mis cálculos, *Punto ciego* recibe por taquilla alrededor de quinientos mil dólares semanales, lo cual significa que Leigh Manning debería ganar alrededor de veinticinco mil dólares por semana, o sea un millón trescientos mil dólares por año. Lo verifiqué con un representante y él me dijo que esas cifras son las habituales para una estrella de Broadway en una obra no musical, aunque le pareció que un cinco por ciento era una cifra un poco baja para alguien como Leigh Manning. Ahora bien, si ella tuviera fama como estrella de Hollywood, entonces el porcentaje sobre las recaudaciones sería mayor.

Todos permanecieron varios minutos en silencio, procesando el inesperado descubrimiento de que un «ciudadano probo» y socialmente destacado como Manning, evidentemente había estado metiendo las manos en efectivo ilegal en alguna parte. Cómo lo había estado haciendo era todo un interrogante, y con quién lo hizo era un punto igualmente interesante. Valente, con su deshonrosa historia de acusaciones y cargos relacionados con dinero, era el primer socio de Manning en que pensó Sam. Era obvio que también McCord lo pensaba, porque la siguiente pregunta que le hizo al auditor fue:

—¿Encontró alguna conexión entre Manning y Valente?

—Ninguna —contestó el hombre—. Pero sí descubrí algo que puede resultarle incluso más interesante. De hecho, me reservé el mejor hallazgo para el final. Usted me dio algunos documentos y correspondencia de Manning que me pidió que revisara, junto con sus anotaciones con respecto a cada tema.

—Correcto —dijo McCord cuando el auditor hizo una pausa.

—Lo verifiqué todo, excepto una cosa: según sus notas, Manning invirtió doscientos mil dólares en la obra de teatro de Solomon. Los registros que usted me dio contienen el contrato entre Mannning y Solomon que indica que esos doscientos mil dólares realmente cambiaron de mano. Pero ¿sabe qué fue lo que no pude encontrar?

McCord asintió con lentitud y vehemencia, y sus labios se convirtieron en una línea dura.

—No pudo encontrar un *cheque* por doscientos mil dólares.

—Acertó. Manning debe de haberle dado a Solomon dinero en efectivo a cambio de un porcentaje sobre las ganancias de la obra.

—Y —McCord terminó la frase por él— Solomon indudablemente recibe una buena cantidad de efectivo mientras la obra está en cartel y lo ingresa en su propio banco sin levantar sospechas en Hacienda.

El auditor asintió.

—En mi opinión, sabiendo o sin saberlo, Solomon le lavó a Manning doscientos mil dólares.

McCord miró a Sam, sus cejas enarcadas en una pregunta silenciosa. *Usted estuvo allí cuando interrogamos a Solomon. ¿Qué opina?*

Al cabo de un momento de pensarlo, Sam le respondió en voz alta:

—Supongo que es posible. Aparentemente, Solomon es un bicho raro brillante y talentoso, pero creo que presenta una fachada detrás de la cual hay algo más. Se puso bastante agresivo con usted cuando se dio cuenta de que pensábamos en Leigh Manning como posible sospechosa.

—Solomon no es ningún tonto. Tiene suficiente inteligencia como para poner en escena las obras de teatro que escribe, conseguir patrocinadores y mantener el control sobre la producción. Por lo que he oído.

Con aire ausente, Sam se pasó la mano por la nuca mientras cavilaba; después sacudió la cabeza.

—Solomon se considera un renegado y dudo mucho de que lavar un poco de dinero para un amigo represente para él un dilema moral, pero, al mismo tiempo, no sé si haría algo por alguien capaz de ponerlo en peligro de terminar en la cárcel.

En lugar de mostrarse de acuerdo o de disentir, McCord miró a Shrader y a Womack.

—Ustedes ya hicieron una investigación sobre los antecedentes de Solomon, pero ahora quiero que los tres comiencen a reunir datos concretos sobre él y su amante. No se detengan hasta que puedan contarme la historia de la vida de ambos en detalle, incluso hasta cuál de ellos usa los pantalones del pijama y cuál, solamente la parte de arriba.

Un silencio prolongado siguió a la partida del auditor, mientras los cuatro automáticamente se centraban en la cuestión acuciante acerca de la procedencia del efectivo de Manning.

McCord rodeó el escritorio y se sentó frente a Sam. Ella perdió su concentración en el tema del dinero y su mente se enfocó, en cambio, en él. Parecía preocupado y distante: tenía el entrecejo fruncido y su mandíbula apretada como con decisión mientras reflexionaba acerca del juego de ajedrez humano en que todos estaban participando.

Él había invitado a Sam a salir a cenar la semana anterior y, de alguna manera, ella había reunido la fuerza suficiente para rechazar esa invitación. Para ese entonces, la atracción que ella sentía hacia él se había vuelto tan intensa que Sam debía concentrarse incluso para respirar en forma regular cuando él estaba cerca. Si le miraba la boca, se preguntaba qué se sentiría al tener esos labios masculinos esculpidos sobre los suyos. Si él estaba a pocos centímetros de ella, Sam experimentaba el descabellado impulso de deslizar la punta de un dedo sobre la cicatriz que tenía en esa mejilla bronceada; y, después, inclinarse hacia delante y besársela. Si no estaba cerca, ella anhelaba que lo estuviera.

El día en que él la invitó a cenar, ambos estaban en su oficina, revisando a fondo cajas llenas de carpetas y registros que una orden judicial les había permitido tomar del apartamento de los Manning. Antes de que Sam hubiera terminado de decir en voz baja «Creo que sería un error para los dos», ya estaba deseando borrar esas palabras. Se sintió mucho mejor cuando él dijo, con una leve sonrisa:

—Estoy seguro de que lo habría sido. —Y entonces, inexplicablemente, Sam se sintió mucho peor.

McCord tenía un encanto cauteloso y sardónico que cautivaba y desarmaba a Sam y, para complicar más las cosas, a ella le gustaba realmente y admiraba cada una de las cosas de él. McCord no se parecía a ninguno de los hombres que ella conocía; era más inteligente que ella y eso que ella lo era en grado sumo. Él era más fuerte, más rudo y más astuto que ella... y a Sam le encantaba que fuera así. Y, sobre todo, la fascinaba que —a diferencia de lo que les pasaba a sus hermanos—, McCord nunca sentía la necesidad de demostrar que era más fuerte, más rudo y más astuto.

Sonó el teléfono del escritorio de McCord y Sam observó cómo él tomaba el teléfono con sus dedos largos y contestaba. Tenía unas manos hermosas y fuertes, con dedos bien formados; manos que ciertamente buscarían cada punto vulnerable del cuerpo de Sam si ella le diera la oportunidad de hacerlo. Pero no se la iba a dar.

Él no había repetido la invitación a comer ni se había vuelto a referir a ella. Era como si nunca la hubiera hecho. McCord trataba a Sam exactamente como solía hacerlo antes de la invitación que ella rechazó. Ninguna señal de amor propio masculino herido. Ninguna forma de venganza sutil. Él seguía sonriéndole cuando la ocasión lo permitía y cada tanto seguía frunciendo el entrecejo con impaciencia.

Sam pensó que era un hombre espléndido por donde se lo mirara; un exponente perfecto de lo que significaba el término «viril». Era lo que se suponía que debían ser los hombres y rara vez lo eran. Tenía principios y una conducta ética. Dominaba sin ser jamás dominante; enseñaba sin dar sermones; guiaba, pero nunca se manejaba a empellones, aunque a veces daba pequeños empujoncitos.

Era un líder nato, un líder natural y talentoso. Pero Sam no tenía pasta de subalterna; nunca se permitiría tener semejante dependencia.

Él era duro como el granito y suave como un suspiro... o lo sería, de eso Sam estaba segura, si formara pareja con la mujer adecuada.

Pero ella no era esa mujer.

Permitir que entre ellos floreciera una relación habría sido una locura para los dos.

Sam pegó un respingo cuando se dio cuenta de que él había cortado la comunicación y les estaba hablando a ellos.

—Como empecé a explicarles hace un momento —dijo con la vista fija en Sam, aguijoneándola en silencio para que saliera de su ensimismamiento y prestara atención—, esta mañana vamos a recibir a una visita que no fue invitada. En realidad, se trata de una ocasión histórica, porque este visitante en particular ha convertido en hábito suyo arrojar todas nuestras invitaciones a la papelera cada vez que le hemos pedido que venga a conversar con nosotros.

—¿Qué? —preguntó Sam riendo por lo bajo frente a la insólita metáfora de McCord, cuando siempre solía ser tan directo y franco.

—Esta mañana, el abogado de Valente me llamó y nos propuso participar de una conversación *tête-à-tête* en la oficina de su cliente —aclaró McCord y Sam comprendió que lo que hacía que McCord evitara decir la verdad lisa y llana era la frustración que sentía—. Como es natural, yo rechacé la invitación, Buchanan sugirió entonces que, en cambio, nos reuniéramos aquí. Yo volví a rechazar la propuesta. Sin embargo, después de que él me advirtiera de los cansadores documentos legales que él presentaría si yo no lo invitaba a venir aquí, terminé por acceder. —Consultó su reloj y dijo abruptamente y con disgusto—: Estarán aquí muy pronto.

—¿Buchanan dijo qué demonios quería? —preguntó de pronto Womack mientras limpiaba las lentes de sus bifocales. A veces estaba tan quieto y silencioso que Sam casi olvidaba que estaba allí, pero cuando hablaba, lo hacía con sorprendente intensidad y, frecuentemente, de manera cáustica.

—Dijo —contestó sardónicamente McCord— que, en su opinión, su cliente estaba siendo objeto de nuestra investigación y que él deseaba evitarnos los inconvenientes y gastos innecesarios por aferrarnos a una teoría sin sentido.

—Me pregunto qué provocó todo esto —dijo Womack con las cejas juntas.

—Para empezar, Valente sabe que lo seguimos. Anoche logró que le perdiéramos el rastro después de que la señora Manning terminó de «charlar» con los periodistas y se subió al coche de él. Sin embargo —continuó—, uno de nuestros patrulleros vio por casualidad el Bentley de Valente frente a un restaurante que hay en la calle Great Jones. ¿A que no adivinan a qué restaurante la llevó él?

—Al de su tía —respondió Shrader.

—Sí, Angelini's —confirmó McCord y asintió con la cabeza—. Además, ella pasó después la noche con él. —McCord se echó hacia atrás en su sillón, tomó un bolígrafo y revisó su libreta—. No puedo creer que no hayamos podido relacionar a Valente con Leigh Manning antes de la fiesta de la noche del estreno teatral.

Leyó sus notas y fue tildando cada uno de los puntos a medida que fue cubriéndolos.

—Hemos verificado cada una de las llamadas telefónicas de Valente y también los del número de los Manning. Las únicas llamadas hechas a Valente fueron algunas desde la oficina de Logan Manning durante el mes previo a su muerte. La única llamada hecha a Valente desde la residencia Manning se produjo el día anterior a que él desapareciera, cuando la señora Manning estaba en el teatro preparándose para el estreno.

Levantó apenas la vista para comprobar si alguien tenía algo que añadir.

—Hemos verificado con los porteros de las dos residencias y también con los camareros de cada restaurante y bar en los que Valente pagó con tarjeta de crédito durante el último año. Nadie los vio jamás juntos, excepto en una fiesta ofrecida la noche anterior a la desaparición de Manning. Ahora, desde luego, son inseparables y se llaman mutuamente en forma regular.

Después de arrojar el bolígrafo sobre el escritorio, McCord se echó hacia atrás en su asiento.

—Por la nota de Valente sabemos que los dos fingían no conocerse aquella otra noche, pero ¿*cómo demonios hicieron* para mantenerse en contacto? ¿Cómo pueden dos personas vivir una aventura y mucho menos planear un asesinato sin dejar rastros de su vinculación? ¿Cuándo fue la primera vez que estuvieron juntos, cuánto hace que dura esa relación?

De pronto, Sam se tensó.

—¿En qué calle dijo que está Angelini's?

—En la calle Great Jones. Usted era la que sabía todo lo referente a ese restaurante —le recordó él, intrigado por su pregunta y su repentino interés.

—Sí, pero nunca estuve allí. ¿Cuál es la dirección exacta en la calle Great Jones?

—La calle es muy corta. ¿Qué importancia tiene eso?

Sam se echó a reír a carcajadas y se puso de pie.

—¡Se conocen desde siempre! —Sin más, Sam dio media vuelta y enfiló hacia su escritorio, donde había dejado la carpeta de Leigh Manning.

## 54

Varios minutos después y con expresión triunfal, Sam colocó la carpeta abierta de Leigh Manning frente a McCord y señaló una antigua dirección en la ciudad de Nueva York. Para que Shrader y Womack la oyeran bien, dijo en voz alta:

—Leigh Manning se mudó a la calle Great Jones cuando asistía todavía a la Universidad de Nueva York.

McCord miró la dirección que había en la carpeta mientras metía una mano en el cajón del escritorio y sacaba un índice telefónico.

—Yo ya lo verifiqué —dijo Sam al volver a su silla—. Allí figuran un restaurante Angelini y una tienda Angelini, y hace un momento me comuniqué con ellos por teléfono. La tienda está en la misma dirección desde hace cuarenta y cinco años, y a cien metros del domicilio anterior de Leigh Manning. También verifiqué los registros anteriores de empleo en la carpeta de Valente: él trabajó allí en forma intermitente durante el mismo período en que Leigh Manning vivía en esa calle.

Shrader le dedicó a Sam un movimiento de cabeza paternal y de aprobación por su hallazgo y, después, su actitud fue más profesional.

—¿Exactamente cuánto tiempo hace que ella vivió cerca de la tienda?

Cuando Sam se lo dijo, él volvió a inclinar la cabeza y miró fijamente el cielo raso, con los ojos entrecerrados para poder concentrarse mejor.

—De modo que cuando ella conoció a Valente, éste ya había estado preso por homicidio no premeditado... —En la pausa que siguió, nadie intentó confirmar esa aseveración, porque a esas alturas todos estaban tan familiarizados con la historia de la vida de Valente que cualquiera de ellos podía haber escrito su biografía.

—Pensemos en una hipótesis diferente para Valente y Leigh Manning y veamos si todo encaja —dijo Shrader—. Valente conoce a Leigh Kendall cuando ella vive en la misma calle donde él trabaja, y tienen una aventura. Como es natural, él le cuenta la historia de su vida y, puesto que Valente es un matón y se siente orgulloso de su pasado, incluye en el relato el tiempo que estuvo preso por homicidio no premeditado. Cuando la aventura termina, ella toma su camino y se casa con Manning, y Valente toma el suyo. Después de eso, Valente y Leigh Manning no vuelven a verse. Quiero decir, en realidad nunca tuvieron nada en común, ¿no es así?

—Correcto —dijo Womack—. Continúa. Yo te sigo.

—Transcurren catorce años —prosiguió Shrader— y, cierto día, Leigh Manning descubre que su marido le es infiel o que lava dinero ilegal o algo por el estilo, y decide que quiere librarse de él en forma definitiva. Ahora bien, ¿a quién recurriría en busca de asesoramiento para hacer una cosa así? ¿Y a quién conoce ella que tenga una experiencia de primera mano con un asesinato?

—Llamaría a su viejo amigo de la calle Great Jones —estuvo de acuerdo Womack.

—Exactamente. Ella lo llama desde un teléfono público, él la recoge en su automóvil y los dos conversan en el coche. Vuelven a reunirse de la misma manera otro día y urden sus planes, pero eso es *todo* lo que hacen. Eso explicaría por qué no podemos encontrar ninguna prueba de que estaban viviendo una aventura... porque *no* la estaban teniendo.

Hizo una pausa y volvió a fruncir el entrecejo.

—Cuando lo pienso, es igualmente probable que no haya llamado a Valente inesperadamente con su problema. La secretaria de Manning dijo que su jefe le había estado haciendo algunas propuestas de negocio a Valente en las semanas previas a su muerte. Quizá Manning le haya presentado a Valente a su esposa, y fue entonces cuando ella cayó en la cuenta de lo mucho que su viejo amigo la ayudaría a librarse de su marido. Pero eso no tiene importancia —dijo Shrader y sacudió la cabeza—. Sea como fuere, la noche anterior a la prevista para liquidar a Logan, éste de pronto decide que podía ganar algunos puntos con respecto a su inversor potencial en los negocios invitándolo a la fiesta de Leigh. La secretaria de la señora Manning —Brenna no sé cuánto— específicamente me dijo que Manning añadió él mismo en el último momento el nombre de Valente a la lista de invitados.

Womack parecía impresionado.

—De modo que Valente asiste a la fiesta pero, por razones obvias, él y la señora Manning fingen no conocerse. —Miró a Sam, quien estaba absorta en sus pensamientos—. ¿Tú tienes problemas con esta hipótesis?

—Estaba pensando en las peras que le envió al hospital —contestó Sam—. Siempre supuse que él sabía que le gustaba comer peras para el desayuno porque habían compartido muchos desayunos juntos, pero es perfectamente posible que Valente sencillamente recordara los hábitos de compras de ella en el colmado de su tía y, en un momento de nostalgia, le envió peras al hospital.

Satisfecho, Shrader se dirigió a McCord:

—¿Cómo le suena esto, teniente?

El teléfono que estaba sobre el escritorio de McCord había comenzado a sonar antes de que Shrader terminara de formular la pregunta. McCord atendió la llamada, escuchó durante un momento y luego dijo, secamente:

—Llévelos a una sala de entrevistas y dígales que esperen allí.

Cuando colgó, dijo:

—Valente y Buchanan están aquí. —Y luego se apresuró a sopesar la pregunta de Shrader—. Tengo solamente un problema importante con su hipótesis, y es éste: los del FBI llaman a Valente el Hombre de Hielo porque es el hijo de puta más calculador e impasible que han conocido jamás. A juzgar por lo que he oído, él no se mostraría dispuesto a ayudar a una antigua amante —o a cualquier otra persona— a menos que recibiera algo a cambio. Para que él aceptara liquidar a Logan Manning, arriesgándose así a recibir una inyección letal por tomarse ese trabajo, Leigh Manning tuvo que ofrecerle algo que él deseaba y mucho.

Womack enseguida ofreció una posibilidad viable:

—A lo mejor ella le ofreció el dinero sucio de su marido. No me da la impresión de ser el tipo de mujer capaz de ocuparse ella misma de esa tarea.

—Eso es algo que le resultaría atractivo a Valente, siempre y cuando hubiera un vagón de dinero involucrado —dijo McCord—.

Evidentemente, la señora Manning endulzó bastante el trato ofreciéndose ella misma, porque no cabe duda de que ahora hay entre los dos una relación de tipo sexual.

En el silencio que siguió, Sam sacudió la cabeza, como para oponerse.

—Lo lamento, pero no estoy de acuerdo con nada de esto.

—¿Cómo que «no está de acuerdo con *nada* de esto»? —dijo McCord y la miró con severidad—. Esto explica cosas que me han estado intrigando durante semanas con respecto a la relación que existía entre ambos. Tiene sentido.

—Pero sólo hasta cierto punto. Explica por qué y cómo dos conspiradores culpables mantuvieron en secreto que se conocían mientras planeaban asesinar a Manning. Pero lo que no explica es por qué abandonaron toda cautela, incluso antes de que el cuerpo de Manning fuera encontrado. ¿Por qué Valente habría de ser tan estúpido como para llevarla en su helicóptero a un lugar que sabía que estaría repleto de policías? ¿Por qué ahora ninguno de los dos se preocupa por mantener oculta su relación, cuando es tan importante que parezcan inocentes?

Sam les había estado hablando a los tres hombres, pero dirigió la última pregunta concretamente a McCord.

—Dijo que Valente era un hombre «calculador», a pesar de lo cual él la ha estado visitando abiertamente en su apartamento. Anoche la llevó a cenar —públicamente— y después pasó la noche con ella, aunque es evidente que sabe que está siendo vigilado. —Levantó las manos, con las palmas hacia arriba—. ¿Por qué razón un hombre frío y calculador habría de tener una conducta tan temeraria?

—Basándome en mis conocimientos de primera mano acerca de la naturaleza más baja del hombre —dijo McCord con una sonrisa burlona—, tendría que suponer que Leigh Manning se le ofreció a Valente como parte del trato, y que él se siente *extremadamente* impaciente por empezar a recibir los pagos.

—¿O sea que —preguntó Sam con una sonrisa— lo que dice es que está caliente con ella?

—Obviamente.

—Ajá —dijo secamente Sam—. ¿De modo que, al parecer, el «Hombre de Hielo» se siente tan «caliente» que está dispuesto a arriesgarse a una sentencia de muerte con tal de estar con ella?

McCord suspiró, pero no siguió discutiendo. No podía hacerlo.

—Yo no digo que Valente no haya asesinado a Logan Manning —agregó Sam—, pero yo lo conocí y *no* creo que sea un hombre tan inhumanamente frío y carente de emociones como a ustedes les han dicho. Lo estuve observando cuando tuvo oportunidad de ver por primera vez el Mercedes de la señora Manning colgando de la grúa. Estaba absolutamente conmovido y hasta descompuesto ante ese espectáculo. También lo vi llevarla a ella en brazos —por un terraplén escarpado y a través de una nieve profunda— de la cabaña a la carretera. Me interesa oír qué piensa *usted* de él —concluyó Sam.

McCord consultó su reloj.

—Entonces vayamos a conversar con él, para que yo pueda decidir por mí mismo. —Se comunicó con el empleado de Holland y le avisó que la entrevista estaba por comenzar, y después echó hacia atrás su silla.

—Si quieren saber qué opino yo —dijo Womack cuando todos se pusieron de pie para dirigirse a la sala de entrevistas—, a la detective Littleton le resulta muy atractivo el Hombre de Hielo.

Sam lo convirtió en una broma al tomar su libreta y su bolígrafo, aunque lo que dijo era lo que pensaba:

—Sí, creo que es muy atractivo, pero de una manera peligrosa y hostil.

Al terminar de hablar, miró de reojo a McCord, quien estaba rodeando el escritorio hacia ella, y se sintió momentáneamente penetrada por un par de ojos azules de mirada tan afilada como dagas.

—¿De veras lo cree? —preguntó en un tono deliberadamente informal que contradecía por completo la expresión de sus ojos.

—Bueno, no. No realmente —dijo Sam, vacilando... mintiendo involuntariamente. Sorprendida por su propia respuesta, atravesó la sala de la brigada en dirección a las salas de entrevistas detrás de Shrader y Womack, mientras se esforzaba por entender lo que acababa de suceder. Esa mirada en la cara de McCord se debía a que él pensaba que ella estaba a favor de un sospechoso, para colmo de asesinato, o a que se sentía celoso. Sam decidió que no, que no podía haber sido por celos. De ninguna manera. No McCord. Eso no era posible.

Después de examinar por un momento las razones de su propia reacción, Sam llegó a la conclusión de que ella había rechazado la opinión que había dado de Valente momentos antes porque no quería que McCord creyera que sus propias opiniones profesionales podían verse influidas por cualquier hombre, por atractivo que fuera, o —y a ella no le gustaba nada esta segunda posibilidad— porque los celos eran una sensación incómoda y desagradable, y ella no quería hacer nada, jamás, que hiciera que ese hombre sorprendente sintiera innecesariamente desagrado por algo. De ser así, eso indicaría que lo que ella sentía por él era un gran afecto y que McCord ya significaba para ella mucho más de lo que creía. Pero no era así. Ella nunca sería tan tonta como para permitir que sucediera una cosa así.

Al lado de ella, McCord le dirigió una sonrisita de soslayo y bajó la voz.

—Me parece que pasamos bastante bien nuestra peleíta de enamorados, ¿no le parece?

Sam giró con demasiada brusquedad en una esquina y casi dio contra la pared.

Él le evitó tener que contestar al cambiar de tema a medida que se acercaban a las salas de entrevistas ubicadas al fondo del siguiente pasillo.

—Shrader, ¿quiere asistir a la reunión o prefiere verla del otro lado del espejo?

—Puesto que no voy a participar, preferiría observarla desde fuera. Creo que desde allí tendré una visión total de la sala.

Cuando Womack respondió lo mismo, McCord miró a Sam.

—A mí me gustaría participar —dijo ella instantáneamente—. Me gustaría que, ya que está aquí, le preguntara sobre su relación con la señora Manning.

—Si él ha venido para presentarme una coartada sólida, entonces no tiene sentido preguntarle nada sobre ella ni acerca de ninguna otra cosa, porque me mandará a la mierda. Al señor Valente —prosiguió McCord con sarcasmo— no le gusta que metamos la nariz en sus asuntos. Recuerdo que en una oportunidad hizo que los fiscales estatales pasaran meses tratando de obligarlo a entregar algunos registros que ellos querían ver en relación con la acusación de fraude que tenían contra él. Los abogados de Valente primero le dieron largas al asunto, después discutieron, y luego siguieron peleando hasta llegar a la Corte Suprema. ¿Y sabes qué sucedió cuando la Corte Suprema finalmente lo obligó a entregarles a los fiscales los registros que ellos querían?

—No. ¿Qué pasó?

—Esos registros lo exoneraban por completo, cosa que Valente sabía. Si él llega a tener hoy una coartada irrefutable, entonces no me va a dar ni una molécula de información adicional. De hecho, todavía no puedo creer que quiera darnos algo voluntariamente. Creo que en su caso es toda una novedad.

## 55

Antes llamadas «salas de interrogatorios», las salas para entrevistas estaban ubicadas en el fondo del segundo piso, diagonalmente opuestas a la oficina de McCord, entre dos pasillos cortos que había en la parte posterior del edificio. El pasillo de delante tenía puerta de entrada a las salas y enormes ventanales por donde quienes pasaban pudieran ver y ser vistos. El pasillo del fondo tenía espejos unidireccionales que les permitían a los detectives y a los agentes de policía reunirse para observar y oír lo que estaba sucediendo en cada sala, sin ser observados.

En lugar de esperar en la sala de entrevistas como les habían indicado que hicieran, Michael Valente y su abogado se encontraban de pie fuera, en el hall, bebiendo café. Sam decidió que era una actitud de desafío, pequeña pero deliberada, que tenía como objeto establecer sutilmente una lucha por el control con McCord.

McCord lo tomó como tal y se vengó pasando junto a ellos sin siquiera mirarlos. Abrió la puerta de la sala de entrevistas y, con un movimiento nada cortés de la cabeza, les ordenó:

—¡Adentro!

Shrader y Womack ya se encaminaban al hall de atrás cuando el capitán Holland pasó frente a Sam con otros cuatro hombres, todos en la misma dirección. Sam comprendió que la aparición voluntaria de Valente en la comisaría ya estaba atrayendo a una multitud, y se preguntó cuántas personas más estarían reunidas fuera para observar el desarrollo de la entrevista por el espejo unidireccional.

Sam aguardó a que Buchanan y Valente la precedieran, luego entró en la sala detrás de ellos y cerró la puerta.

McCord se dirigió al lado derecho de la mesa oblonga que había en el centro de la habitación.

—Tomen asiento —les ordenó a sus adversarios e indicó con la cabeza las sillas que había a la izquierda de la mesa.

Valente se sentó con lentitud; después se desabotonó el abrigo, se echó hacia atrás en la silla y apoyó el tobillo derecho sobre la rodilla izquierda: una postura deliberadamente indolente que transmitía su total falta de respeto con respecto a la ocasión y los detectives presentes.

McCord movió su silla a un costado, se puso el bloc amarillo sobre las rodillas, miró a Valente por sobre el hombro derecho y con impaciencia comenzó a golpear el extremo del bolígrafo sobre la mesa. Aguardando.

Sam tomó mentalmente una fotografía de esos dos hombres callados y la subtituló: *Si no puedo ganar, no jugaré.*

Buchanan se sentó, abrió su maletín y quebró ese silencio electrizado diciendo:

—Tenemos entendido que el señor Valente es sospechoso en el homicidio de Logan Manning.

La mirada de McCord pasó a Buchanan y se encogió de hombros.

—Nadie lo ha acusado de eso.

—Es verdad. De hecho, nadie siquiera lo ha interrogado. ¿A qué se debe, teniente?

—Yo soy el que hace las preguntas —explicó McCord como si estuviera reprendiendo a un alumno grosero de cuarto grado— y usted es el que me da las respuestas. Ahora bien, usted solicitó esta reunión. Si tiene algo que decir, dígalo. De lo contrario —agregó con acidez McCord—, allí está la puerta.

El rostro aristocrático de Gordon Buchanan no perdió la compostura, pero Sam advirtió que un músculo comenzó a latir a un lado de la mandíbula cerrada de Valente.

—Para que conste, el señor Valente no podría ser el asesino. He aquí un detalle de su paradero durante aquel domingo, junto con nombres y números de teléfono de testigos que pueden verificar su presencia. Como descubrirá cuando lea esto, mi cliente estuvo en un almuerzo y luego en un partido de los Knock junto a tres socios de negocios. Después del partido los cuatro fueron al Century Club, donde estuvieron hablando de negocios hasta las seis. A las nueve de la noche mi cliente cenó en un restaurante en el que es conocido, junto a una mujer cuyo nombre está en esa lista. A la una de la madrugada volvió a su casa, donde hizo varias prolongadas llamadas telefónicas a socios de negocios de Asia. Los registros de su chófer, del portero de su apartamento y los de la compañía telefónica verificarán esta última parte.

McCord tomó el papel y luego deliberadamente no le prestó atención cuando lo tuvo en la mano.

—Me han dicho que al señor Valente no le gusta ofrecer información voluntariamente. Se podría decir que él siempre se las ingenia para no cooperar. Siento curiosidad con respecto a sus motivos para venir hoy aquí y ofrecer información para asistirnos en este caso *en particular*.

Buchanan cerró su maletín.

—Los motivos de mi cliente no son asunto suyo. El que supuestamente sí lo es, es que encuentre al verdadero asesino de Logan Manning.

—Suponga que le digo que la señora Manning es nuestra principal sospechosa —dijo McCord—. ¿Qué me diría entonces?

La voz salvaje de Valente fue como el chasquido de un latigazo.

—Entonces yo diría que usted está completamente loco.

McCord volvió la cabeza hacia Valente y Sam tuvo oportunidad de observar cómo dos adversarios se enfrentaban y se medían con los ojos: un cazador astuto y un peligroso depredador. Permanecieron en silencio durante un momento, cada uno como moviéndose en círculos alrededor del otro, hasta que el cazador sonrió.

—Yo tenía la impresión de que usted y la señora Manning eran perfectos desconocidos hasta la noche en que usted la conoció en la fiesta que ofreció ella. ¿Tiene usted un interés más que casual en ella?

—¡Basta de mentiras! —saltó Valente y se puso de pie con la gracia repentina y letal que le recordó a Sam a una pantera—. Usted nos tuvo bajo vigilancia a los dos durante semanas. Sabe perfectamente bien que anoche ella y yo pasamos la noche juntos.

Buchanan se apresuró a ponerse también de pie y a Sam le dio la impresión de que al abogado le preocupaba lo que su cliente podía hacer a continuación, pero McCord se preparaba para un nuevo ataque.

—Usted la conocía desde hacía mucho, ¿no? Desde hacía catorce años, para ser más exacto.

—¿Acaba de hacer ese cálculo? —Valente sacudió la cabeza como si no pudiera creer la estupidez con que tenía que enfrentarse; después salió de la habitación, seguido de muy cerca por Buchanan.

Durante un rato McCord los siguió con la mirada, la mandíbula apretada con una furia inexplicable; luego dijo, en voz baja, como para sí:

—¡Hijo de puta! Él estaba por empezar a hablar...

Miró a Sam y dijo, furioso consigo mismo:

—Debería haberlo calibrado mejor, pero creí saber todo lo que podía saberse sobre él por sus registros, así que lo aplasté contra la pared desde el principio. Le demostré lo recio que soy, de modo que él tenía que demostrarme que no le importaba un rábano. Tenía razón, Sam. El Hombre de Hielo tiene debilidad por Leigh Manning. Si yo no hubiera tratado de intimidarlo, si hubiera jugado limpio con él, creo que me habría dado algo que yo necesitaba saber. Él nunca nos dará otra oportunidad...

Sam se puso de pie de un salto y corrió hacia la puerta.

—¿Adónde va?

—¡A tratar de jugar limpio con él! —gritó por encima del hombro mientras volaba hacia el hall posterior y el hueco de la escalera. Pasó casi rozando al sorprendido capitán Holland y su grupo, quienes seguían de pie junto al espejo unidireccional, conversando acerca de la visita de Valente. Rezando que los ascensores fueran tan lentos y estuvieran tan atestados como siempre, Sam casi chocó contra la pesada puerta que conducía a las escaleras y bajó corriendo dos tramos, mientras sus pisadas resonaban con fuerza y los latidos de su corazón lo hacían casi con la misma intensidad.

## 56

La planta baja estaba repleta con la habitual mezcla de agentes de policía uniformados, ciudadanos comunes y abogados que se dirigían en distintas direcciones, pero por ninguna parte se veían Valente y Buchanan. Sam corrió hacia las puertas principales, abrió una y vio a los dos hombres bajando deprisa por los escalones hacia una limusina Mercedes negra que se acercaba a la acera.

—¡Señor Valente! —gritó Sam.

Los dos hombres volvieron la cabeza y la vieron correr hacia ellos. Buchanan, con una expresión de sorpresa; Valente, con un gesto de severa incredulidad.

El viento producía remolinos en la nieve cuando Sam se rodeó con los brazos y trató de controlar una situación para la que no estaba preparada y ni siquiera vestida.

—Señor Valente —comenzó a decir Sam—, hay algunas preguntas que yo...

Buchanan la interrumpió, y su tono fue tan helado como el viento que le pegaba la camisa delgada contra la piel.

—Usted ya tuvo su oportunidad arriba para hacer las preguntas que quisiera, detective. Éste no es el lugar apropiado para lo que tiene en mente.

Sam no le prestó atención a ese abogado furioso y centró toda la fuerza de su atractivo en su cliente cínico. Tratando de «jugar limpio» le dijo, sinceramente:

—Señor Valente, yo soy una minoría, sólo una persona, pero en ningún momento pensé que usted o la señora Manning asesinaron a su marido.

—Si ésta es una estratagema de policía-bueno, policía-malo

—dijo Valente con desdén—, le advierto que no lo hace nada bien.

—Deme tiempo, todavía soy nueva en mi trabajo —dijo Sam, temblando, y le pareció notar una leve y momentánea resquebrajadura en su expresión glacial. Apelando a un tono de inocente sinceridad que bordeaba lo ingenuo, Sam trató de penetrar por esa resquebrajadura de la resistencia de Valente—. Sólo soy detective desde hace algunas semanas, de modo que es posible que esté haciendo esto mal, pero si usted pudiera explicarme algo, entonces tal vez yo podría ayudar...

—Le repito, detective, que la acera no es el lugar adecuado para que usted interrogue a mi cliente —le advirtió Buchanan, muy enojado. A Valente, le dijo—: Llegaremos tarde. —El chófer se encontraba de pie junto a la parte de atrás de la limusina y abrió la puerta en cuanto Buchanan se volvió hacia él.

El abogado subió al vehículo y Valente se volvió para seguirlo, pero Sam lo siguió de cerca.

—Señor Valente, ¿por qué usted y la señora Manning fingieron no conocerse?

—Yo jamás fingí nada parecido —dijo Valente lacónicamente y subió al asiento trasero del coche.

Sam se dio cuenta de que eso era verdad al recordar su conducta con Leigh Manning cuando Sam los había visto juntos. Ella metió la cabeza en el coche para que el chófer no pudiera cerrar la puerta y, temblando, trató de razonar con Valente por última vez.

—Es verdad, no lo hizo... pero la señora Manning *sí* fingió, y eso es lo que está creando en nosotros dudas y sospechas. Si usted realmente quiere que miremos en otra dirección en busca de sospechosos, entonces tiene que contestar a mi pregunta. ¿Quiere que miremos en otra dirección —pensó decir «que no sea hacia usted y la señora Manning», pero decidió, en cambio, poner el acento en Leigh Manning— que no sea hacia la señora Manning?

Él vaciló y luego, para sorpresa de Sam, le dijo:

—Suba al coche.

Sam lo hizo y el chófer cerró la puerta.

—Gracias —dijo ella frotándose los brazos y tratando de impedir que le castañetearan los dientes. Abrió la boca para hacer una pregunta, pero calló, azorada, al ver que la limusina emprendía la marcha.

—Ya llego tarde a un compromiso en el centro —dijo Valente con tono seco—. ¿Quiere bajar? —la desafió—. ¿O prefiere acompañarme?

Sam pensó en la velada ironía contenida en esa pregunta y descartó varias respuestas ingeniosas que se le cruzaron por la mente. Sus instintos le advirtieron que no debía pelear con él en ningún nivel, porque tenía la sensación de que Michael Valente era un oponente mucho más temible de lo que su reputación daba a entender. Dudó un momento mientras se preguntaba si ella se atrevería a revelar algo acerca de la nota que él le escribió a Leigh Manning cuando le envió las peras; después decidió correr ese riesgo. Si él tenía una coartada, esa nota no le iba a servir en absoluto a McCord. Y aunque esa coartada no se viera confirmada, Buchanan se enteraría de la existencia de esa nota por las reglas que obligaban a las partes de un litigio a compartir información y pruebas relativas a dicho litigio.

—Estoy aguardando su respuesta, detective —dijo Valente con impaciencia.

Sam decidió optar por una sinceridad absoluta si él se lo permitía... y por una nueva carrera si la decisión que acababa de tomar era la equivocada.

—Cuando la señora Manning todavía estaba en el hospital —explicó—, el detective Shrader encontró un mensaje suyo, y entonces le preguntó a ella si lo conocía. La señora Manning mintió y dijo que lo había visto por primera vez en la fiesta, algunas noches antes. ¿Conoce usted la razón de esa mentira?

—Ella no mentía —le replicó Valente.

Sam comenzó a perder fe en el juicio de McCord en el sentido de que Valente estaba «listo para soltar la lengua». Sam lo miró con atención.

—¿Cuánto hace que conoce a la señora Manning?

—Catorce años.

A Sam se le escapó un casi imperceptible suspiro de alivio. Ésa era, al menos, una respuesta sincera, pero no le gustó tanto lo que ella había tenido que hacer para sonsacársela. Con mucha cautela para evitar que en su voz hubiera algún dejo de enfrentamiento, le dijo, con mucha serenidad:

—Si trata de vencer el fastidio comprensible de tener que responder a mis preguntas de orden muy personal y las contesta de manera íntegra, yo trataré de hacerle la menor cantidad posible. Y hasta contestaré las suyas. ¿De acuerdo?

Aunque Valente se negó a hacer ese «trato» con ella, al menos esclareció su última respuesta.

—Ella no me reconoció cuando me vio en su fiesta, porque no nos habíamos visto en catorce años. Cuando nos conocíamos, yo usaba barba.

—¿Me está diciendo que ni siquiera reconoció su nombre? —preguntó Sam con escepticismo.

—Ella me conoció por otro nombre.

—¿Cuál? ¿Por casualidad «Falco» o «Nipote»? —lo acicateó ella, atenta a su reacción.

Esa reacción fue una risa breve y sardónica.

—Usted tomó la nota que yo le envié a ella junto con las peras —dijo y sacudió la cabeza con disgusto—. Ustedes son increíbles.

Nada dispuesta a reconocer que ella tenía la nota si no era necesario, Sam dijo:

—¿Cómo llega a esa conclusión con respecto a una nota a partir de lo que yo le pregunté?

—Usted imagíneselo, detective.

—No, eso no servirá —dijo Sam, resignada pero con firmeza—. ¿Qué le parece si, en cambio, intercambiamos explicaciones? —Aguardó a que él aceptara la propuesta. Él, en cambio, levantó las cejas y la miró con expresión evasiva, de modo que Sam se aventuró y decidió ofrecerle igual sus explicaciones. Le explicó por qué la canasta con las peras la había preocupado y le relató con exactitud cómo fue que terminó encontrando y leyendo su nota. Cuando terminó, Sam calló un momento deliberadamente, a fin de darle más importancia a su siguiente comentario—: Señor Valente, ¿recuerda usted lo que escribió en esa nota?

Él asintió con rostro impasible, pero registró las implicaciones de sus palabras escritas —y lo que la policía deduciría naturalmente de ellas—, porque su expresión cambió: estaba un poco menos a la defensiva y distante que antes.

Sam sonrió un poco sin darse cuenta.

—¿Cómo llegó a la conclusión de que yo había encontrado la nota cuando mencioné esos dos nombres?

Él vaciló un momento y después le contestó con cierta renuencia:

—Específicamente escribí esos nombres en mi nota porque eran los únicos nombres por los que Leigh me conocía muchos años antes. Ahora le pido que se pregunte algo —le dijo—. ¿Cree usted que yo habría necesitado identificarme con esos otros nombres si ella ya supiera quién era Michael Valente?

Sam sacudió la cabeza.

—No —respondió, y luego continuó con su investigación—: ¿Exactamente cuándo se dio cuenta finalmente la señora Manning de que usted era su viejo amigo «Falco Nipote»?

Una sonrisa repentina y fugaz brilló en sus ojos dorados, le rozó las comisuras de los labios y suavizó momentáneamente las facciones de Valente de una manera que hizo que Sam contuviera el aliento frente a esa transformación.

—Por lo visto, yo debo de haber dicho algo muy gracioso —aventuró, tratando de mantener su tono calmo e indiferente.

Él inclinó la cabeza en una lenta señal de asentimiento, mientras en sus ojos se demoraban rastros de esa sonrisa, pero se mantuvo frustrantemente callado.

—¡Oh, vamos...! —bromeó ella antes de poder impedírselo.

Él se ablandó un poco más frente a esa petición medio en broma y le dio la respuesta esperada:

—*Falco* es la palabra italiana que quiere decir «halcón», que era mi sobrenombre en los viejos tiempos. Así solía oír Leigh que me llamaban.

—¿Y *Nipote*? —insistió Sam—. Es una palabra italiana que significa...

—Sobrino.

Los ojos de Sam se abrieron de par en par por la sorpresa.

—Eso fue lo que nos dijeron cuando lo verificamos con personas que hablaban italiano con fluidez, pero pensamos que debía de tener otro significado entre usted y la señora Manning. ¿Por qué habría ella de conocerlo como «sobrino»? —Sam supo la respuesta antes de formular la pregunta, pero igual esperó a que él se lo confirmara.

—Leigh oía que mi tía me llamaba así, y dio por sentado que era mi apellido.

—¿Ustedes no se conocían bien por aquella época?

—Rara vez nos hablábamos.

—Ajá. —Sam recordó la pregunta importante que la había hecho transitar por ese camino sorprendente, pero que todavía no había sido respondida—. ¿Cuándo se dio cuenta la señora Manning de que usted era su viejo amigo de la calle Great Jones? —preguntó en el momento en que el coche se acercaba a la acera a pocos metros de la esquina de Park Avenue y la calle Cuarenta y Ocho.

—La misma noche en que se enteró de que su marido estaba muerto. Yo había ido expresamente a verla para decirle quién era en realidad y para ver cómo se sentía.

—¿Estaba usted todavía en el apartamento de ella cuando estuvimos hablándole aquella noche? —preguntó Sam cuando el chófer se apeó y abrió la puerta posterior de la limusina. La frágil tregua que Sam había establecido con él se quebró en el instante en que ella hizo esa pregunta, porque él se dio cuenta de que ya no era sincera.

—Usted sabe perfectamente bien que yo estaba allí —replicó Valente. Después señaló con la cabeza la portezuela abierta del coche y dijo con brusquedad—: Aquí es donde nos bajamos.

Como no le quedaba más remedio que bajarse también del coche, Sam lo hizo y los dos hombres la siguieron a la acera y la dejaron allí. Valente se detuvo un momento para decirle algo a su chófer y después se alejó con Buchanan, cada uno con su maletín en la mano. Sam rodeó la limusina y estiró el cuello en busca de un taxi; después giró sobre sus talones para ver hacia dónde se dirigían Valente y Buchanan. No tenía chaqueta ni cartera; por consiguiente, tampoco dinero para un taxi, pero podría pagarlo cuando llegara a la comisaría.

Valente y Buchanan entraron en el inmenso edificio que ocupaba la totalidad de la manzana, y Sam, movida por un impulso, decidió seguirlos.

—¿Adónde va, señorita? —le gritó el chófer de Valente cuando ella pasó junto a él—. El señor Valente me dijo que la llevara de vuelta a la comisaría...

—Espéreme aquí o dé una vuelta a la manzana —le gritó a su vez Sam—. Olvidé preguntarle algo —mintió.

Entró corriendo en el edificio justo cuando las puertas del ascensor se cerraban detrás de Valente y su abogado. Sam dio un paso atrás y observó que las luces que estaban sobre la puerta del ascensor se iban encendiendo al pasar por los distintos pisos, y después se detenían y se ponían verdes en el piso dieciséis.

La lista de los moradores de los pisos estaba ubicada entre los ascensores y ella fue mirando los nombres que figuraban en las suites del piso dieciséis. Había sólo cuatro nombres, lo cual indicaba que se trataba de suites muy grandes. «Obstetricia y Ginecología Knightsbridge»; «Truman y Horn, contables»; «Aldenberry, Smith y Cromwell», un conocido estudio jurídico. Riendo por dentro, Sam descartó a los obstetras. Cuando Valente y McCord estuvieron juntos en la sala de entrevistas, la atmósfera había estado plagada de decidida virilidad y actitudes de «macho» y de «matón». Decididamente no se habían dirigido a ver a los obstetras. El primo de Valente le llevaba sus asuntos financieros, y Valente ya estaba siendo representado por uno de los estudios jurídicos más prestigiosos de Nueva York, de modo que también descartó las otras dos firmas. La cuarta suite de oficinas del piso dieciséis pertenecía a una compañía llamada Interquest Inc.

Sam se acercó al escritorio de recepción, mostró la placa identificatoria que le colgaba de una cadena alrededor del cuello y le dijo al guardia:

—¿Qué puede decirme acerca de Interquest?

—No mucho, detective. Lo único que sé es que se trata de una firma de investigadores privados del piso dieciséis, y que deben de cobrar honorarios muy altos porque no se imagina lo que es la suite que tienen.

—Muchísimas gracias —le dijo ella y vio que su placa de identificación decía «León».


Sumida en sus pensamientos, Sam miró por la ventanilla de la limusina de Valente el gentío que caminaba deprisa por la acera, la cabeza inclinada contra el viento, mientras ellos avanzaban por entre el tráfico de la hora del almuerzo.

Puesto que Valente y Buchanan habían solicitado una entrevista en la comisaría para hablar del homicidio de Manning y después se dirigieron directamente a una firma de investigadores privados, Sam tenía la corazonada de que Valente había contratado a sus propios investigadores para tratar de encontrar al asesino de Logan Manning. Una conducta muy extraña, por cierto, para un individuo si creyera que la mujer de la que estaba enamorado era la que había perpetrado el homicidio. O eso o el abogado de Valente buscaba sospechosos viables y alternativos para arrojarlos a McCord como señuelos, o para llevarlos más adelante al juzgado a fin de confundir a un jurado y hacerle creer que había otras personas, además de la señora Manning, con motivos y oportunidades para matar a Logan Manning.

Eso, desde luego, suponiendo que las coartadas de Valente se vieran corroboradas y lo eliminaran de la lista de sospechosos. Y, aunque fueran corroboradas, siempre existía la posibilidad de que Valente le hubiera pagado a alguna persona para eliminar a Manning.

Sam suspiró. Eso era algo perfectamente posible y hasta plausible. Lo que no era creíble era que Valente se hubiera molestado en enviarla de vuelta en esa limusina tan agradable y cálida.

En el piso dieciséis, Michael se encontraba de pie junto a los ventanales observando cómo su coche avanzaba por entre el tráfico con Sam Littleton dentro.

—Littleton nos siguió al interior del edificio —le comentó a Buchanan.

El fundador de Interquest, Stephen Wallbrecht, entró en su oficina y oyó el comentario de Michael.

—Samantha K. Littleton —dijo—, la integrante más joven y más inexperta del equipo que investiga el homicidio de Manning.

## 57

Wallbrecht, un hombre sutilmente dinámico, era alto y delgado, con una calvicie incipiente, ojos color gris claro muy inteligentes y un aura de competencia absoluta y energía inagotable.

—Lamento haberte hecho esperar, Michael —dijo, le estrechó la mano a él y luego a Buchanan. Se sentó detrás de su escritorio y sacó algunas carpetas del cajón de abajo a la derecha—. Como de costumbre, me gusta empezar por evaluar rápidamente a nuestros adversarios. —Mientras hablaba le entregó a cada uno de los hombres una carpeta y apoyó la tercera sobre el escritorio por si llegara a ser necesaria como referencia—. Probablemente saben ya que el equipo de investigación sobre el caso Manning está formado por cuatro miembros.

A Michael le dijo:

—Mencionaste a Samantha Littleton, de modo que empezaremos con ella. Tiene treinta y tres años y recibió su escudo dorado hace apenas un mes. Por lo que sé, lo que le falta en cuanto a experiencia se ve compensado por una inteligencia innata y una fuerte intuición. Si decides mandarla a la mierda —agregó con humor—, procura estar a cubierto. Ella es brava y obtuvo su cinturón negro en kárate cuando era todavía adolescente. Su padre —agregó con intención— era Ethan Littleton.

—¿El entrenador de fútbol? —preguntó Buchanan. Cuando Wallbrecht asintió, Buchanan dijo—: ¿O sea que es hermana de Brian y Tom Littleton?

—Correcto nuevamente: dos ganadores de Trofeos Heisman y un legendario entrenador en la familia. De los otros hermanos restantes, dos son entrenadores de equipos de fútbol de la secundaria, uno sigue jugando al béisbol en ligas menores y el restante es dueño de un gimnasio aquí, en Nueva York. Samantha era la menor de siete hijos y, según algunos miembros de la familia, los varones tienen todos los músculos, pero ella recibió mucho más cerebro. Cuando el padre murió, la madre volvió a casarse.

Hizo una pausa para lograr efecto y después dejó caer una pequeña bomba verbal.

—El senador Hollenbeck es el padrastro de la detective Littleton.

—Ojalá lo hubiera sabido —dijo Buchanan con pesar—. Habría sido un poco menos ofensivo con ella. Hollenbeck y yo estamos en una misma comisión y tenemos amigos en común.

Sonó el teléfono de Wallbrecht y él extendió el brazo por encima del escritorio y oprimió un botón para silenciarlo. Sin hacer ningún comentario con respecto a las palabras de Buchanan, dijo:

—Cuando Samantha se hizo detective y dijo que quería trabajar en Homicidios, el senador tiró de los hilos necesarios para ubicarla en la comisaría más segura de Manhattan, que es la Dieciocho. Me dijeron que hubo un «pacto especial» entre el senador y el capitán Holland, y que la detective Littleton no sabe nada al respecto. No tiene una relación demasiado estrecha con su padrastro, posiblemente porque es un hombre tan dominante como lo eran su padre y sus hermanos. A propósito, esto último es un rumor sin confirmación que recogí para ustedes, pero que no necesariamente es un hecho.

Buchanan había abierto la carpeta de Sam, y Wallbrecht aguardó cortésmente hasta que el abogado terminara de examinar su contenido; después pasó al siguiente miembro del equipo policial de investigación.

—Malcolm Shrader es un detective experimentado con uno de los porcentajes más elevados de «arresto terminado en condena» de la totalidad del departamento. Es mucho más inteligente de lo que parece, de modo que no se le debe subestimar. Se dice que se puso furioso cuando le impusieron a Littleton como su compañera temporal, pero ahora él la apoya mucho, así que mi consejo para ustedes dos es: tampoco subestimen a Shrader.

Puesto que ninguno de los dos hombres había abierto el expediente de Shrader, Wallbrecht pasó a Womack.

—El detective Womack no es tan inteligente como Shrader, pero es excelente en su tarea. Es un trabajador empecinado pero también meticuloso. Por el momento, eso es todo lo que necesitan saber sobre él.

Hizo una pausa, a la espera de preguntas, pero como no le hicieron ninguna, dijo:

—Llegamos ahora a Mitchell McCord y allí, señores, reside nuestro desafío más interesante. —Se inclinó hacia atrás en su asiento, miró a Michael y dijo, sin vueltas—: Según mis fuentes, el jefe Trumanti eligió a McCord a dedo y le encargó una única misión: acusarte a ti del homicidio de Manning o de cualquier otra cosa que pudiera salir a relucir durante la investigación de McCord sobre ese asesinato.

—Trumanti debería haber elegido a alguien que entendiera mejor su misión —dijo Michael, enojado—, porque el muy hijo de puta que eligió no se limita a mi persona: también está tratando de incriminar a Leigh Manning.

Wallbrecht hizo rodar su bolígrafo entre los dedos y observó con curiosidad la cara de Michael Valente; después ofreció su propia evaluación de McCord.

—Mitchell McCord es un misil humano tipo serpiente de cascabel, con un intelecto en pleno funcionamiento y un doctorado en psicología criminal —dijo—. Si Mack decide que tú eres culpable, se aferrará a ti, permanecerá junto a ti y nada que hagas logrará sacártelo de encima. Él seguirá cerrando la distancia que lo separa de ti... *y te derrotará.*

Wallbrecht aguardó alguna reacción a esas palabras, pero no la hubo. Sonriendo apenas, reconoció:

—Sin embargo, creo que tienes razón en lo que dijiste, Trumanti eligió al hombre equivocado para este trabajo. No se puede enviar a Mack tras el blanco equivocado y ordenarle que siga por ese camino por alguna razón personal. Si se intenta hacer eso, lo que se obtiene es un fracaso embarazoso, porque Mack no sólo irá tras el blanco correcto por su cuenta, sino que lo abatirá y después irá tras de ti. Y ésa —terminó sonriendo hacia Buchanan— es la razón por la que Mitchell McCord no es el siguiente en la lista de sustitutos de Trumanti. Es el mejor detective que el Departamento de Policía de Nueva York ha tenido jamás, pero no se meterá en política ni le besará el trasero a nadie.

»He estado tratando de atraer a Mack aquí ofreciéndole ser socio mío y un sueldo gigantesco, pero en cada ocasión en que está listo para presentar su renuncia, alguien del departamento le asigna un caso al que él no puede resistir. —Wallbrecht inclinó la barbilla y miró a Michael—. Esta vez, el caso irresistible fue... el tuyo.

Una vez terminado el repaso de los principales jugadores en el caso, Wallbrecht dijo:

—Fuera de eso, lo único que puedo decirte en este momento es que tus teléfonos están intervenidos y que alguien te sigue, pero eso ya lo sabías. A la señora Manning también la siguen, pero todavía no tiene intervenidos los teléfonos. Ahora bien, dime qué quieres que yo haga ahora.

—Quiero que encuentres al que mató a Logan Manning. Quienquiera que lo haya hecho está caminando en completa libertad, mientras que la viuda de Logan no puede siquiera comer en un restaurante sin que la gente hable de ella. Además, a ella la perseguía alguien. Gordon te dará todos los detalles. Sea que esté o no involucrado en el homicidio de Manning, quiero que lo encuentres y lo saques de escena para que ella ya no tenga que seguir preocupándose por su presencia.

Wallbrecht se echó hacia atrás en su sillón y lo miró, sorprendido.

—¿De modo que así están las cosas? —preguntó—. ¿No te interesa protegerte tú mismo, a quien quieres proteger es a la señora Manning?

—Exactamente así están las cosas —dijo Michael lisa y llanamente. Abrió su maletín, arrojó adentro los expedientes y a continuación lo cerró con llave.

Wallbrecht tomó una hoja de papel de una bandeja que tenía sobre el escritorio y sostuvo un bolígrafo, preparado para tomar notas.

—Muy bien, ¿qué puedes decirnos sobre Logan Manning que nos resulte útil?

—Muy poco, pero tú ya tienes un registro sobre él. Manning quería hacer negocios conmigo y, en el curso normal de esa clase de operaciones, no sólo le pedí un detalle de su estado financiero sino que hice que uno de los tuyos lo verificara. Revisa el informe que vosotros me disteis y busca algo irregular en sus finanzas.

El bolígrafo de Wallbrecht se detuvo.

—Yo habría empezado buscando al marido o novio furioso de alguna de sus compañeras de cama. ¿Por qué, en cambio, sus finanzas?

—Por varias razones —respondió Michael y se puso de pie—. Yo tiré las copias de sus declaraciones financieras, pero recuerdo haber pensado que él no era tan solvente como esperaba, considerando lo que yo sabía de su estilo de vida.

Wallbrecht hizo una anotación.

—¿Qué más?

—La noche previa a su desaparición le regaló a su esposa un collar de rubíes y diamantes de doscientos cincuenta mil dólares, en un estuche de Tiffany's. Por razones obvias, más tarde ella decidió que no lo quería, pero cuando su secretaria trató de devolverlo a Tiffany's, le informaron que no había sido comprado allí. Las dos mujeres buscaron un registro de a quién se lo había comprado entonces, pero no encontraron nada... ningún registro de un cheque extendido para su compra, ningún recibo de tarjeta de crédito, ninguna factura... nada.

La expresión de Wallbrecht se volvió recelosa.

—¿Él pagó en efectivo?

—Evidentemente. Hay otra cosa: durante una de las veces en que nos reunimos para cenar, él alardeó de conocer una manera inteligente de gastar en Estados Unidos dinero depositado en un banco extraterritorial sin atraer la atención de Hacienda. No llegó a decir que lo estaba haciendo, pero es posible que sí lo hiciera. Si estaba lavando dinero sucio, entonces quienquiera que lo haya matado puede haber querido conseguir algo de ese dinero. —Sacudió la cabeza con disgusto mientras se encogía de hombros—. Cuando Manning no apareció al cabo de algunos días, supe que nunca lo iban a encontrar con vida. Además de lo que me dijo sobre el dinero en un banco extraterritorial, también me mencionó que había comprado un arma.

Wallbrecht apoyó el bolígrafo en el escritorio y miró a Michael, perplejo.

—¿Por qué habría de decirte a ti, un casi desconocido, que tenía un arma y que conocía una manera de gastar dinero depositado en una institución extraterritorial?

—Porque creía que yo quedaría impresionado y que me interesaría —dijo Michael y tomó su maletín de la silla—. Después de todo, yo soy el recio ex convicto que no hace más que ganarle al sistema en los juzgados. —Listo ya para irse, inclinó la cabeza hacia Buchanan, quien iba a tomar un taxi para regresar a su oficina; entonces miró a Wallbrecht y dijo—: No me importa cuánta gente debas poner a trabajar en esto ni cuánto puede costarme: por favor, encuentra al que mató a ese hijo de puta inservible.

Enfiló hacia la puerta, pero de pronto se detuvo y giró, con la mano sobre el picaporte.

—Una cosa más —le informó a Wallbrecht—. Quiero que le digas a McCord que si alguna vez llega a usar de nuevo el nombre de Leigh Manning frente a mí en conexión con ese homicidio, lo *haré pedazos*, y en la ciudad de Nueva York no hay suficientes policías para impedírmelo.

Cuando él salió, Wallbrecht y Buchanan se miraron, atónitos y en silencio.

—No puedo creer esto —dijo por último Wallbrecht—. Que éste sea el mismo hombre que se limitó a encogerse de hombros cuando el estado de Nueva York presentó seis cargos de fraude contra él.

Buchanan no sonrió.

—Háganos un favor a todos: encuentre una pista del verdadero asesino, y hágalo pronto. Porque si su amigo McCord trata de implicar a Leigh Manning, le garantizo que Michael Valente será incontrolable.

## 58

Shrader y Womack bajaban por los escalones de la comisaría cuando Sam se apeaba de la limusina de Valente y su chófer le sostenía abierta la puerta. Sin prestar atención a sus sonrisas despectivas, Sam pasó corriendo junto a ellos con los brazos apretados contra el cuerpo para resguardarse del frío.

—¿Por qué no le dijiste a Valente que querías un abrigo de piel en lugar de un coche? —bromeó Womack, quien la siguió hacia dentro seguido por Shrader.

—¿Conseguiste sonsacarle algo a Valente? —preguntó Shrader.

Sam asintió, pero hizo un gesto hacia los ascensores.

—Subamos hacia donde hace menos frío y se lo contaré a McCord y a vosotros dos.

—McCord ya se fue —dijo Shrader—. Tenía compromisos.

—¿Con quién? —preguntó Sam, demasiado decepcionada como para ocultarlo.

—No lo sé, pero su agenda quedó sobre su escritorio, donde siempre está. Te dejó una nota junto a tu teléfono. ¿Qué averiguaste de Valente?

Sam se lo dijo, pero la información perdió gran parte de su importancia en ese piso ruidoso y lleno de gente, donde no era posible poner en contexto los hechos y los tiempos, y mucho menos analizarlos y evaluarlos a fondo.

Como es natural, la reacción de Shrader fue de no compromiso.

—No sé qué pensar. ¿No puede haberle pagado a alguien para hacerlo? —Distraído, consultó su reloj—. Womack y yo vamos a empezar a verificar a Solomon y su amigo. Nos veremos por la mañana.

Frustrada por tener que esperar para hablar con McCord, Sam subió las escaleras hasta el segundo piso y se dirigió a su escritorio. McCord se había enojado tanto consigo mismo por haber manejado mal la entrevista con Valente que Sam no podía creer que no la hubiera esperado para enterarse de lo que ella había averiguado. Por otro lado, McCord siempre cumplía con sus compromisos y esperaba que los demás hicieran lo mismo.

Apoyado en su teléfono había un papel plegado con su nombre escrito con la letra ahora familiar de McCord. Tenía una letra notablemente legible para ser hombre, pensó Sam con afecto, y en ese momento recordó algo sorprendente que él le había dicho esa mañana camino a la sala de entrevistas. En medio de todo ese lío ella había olvidado por completo que McCord había tenido celos de Valente y que ella no había podido tolerarlo. Sin embargo, recordó ahora la escena en todos sus detalles, hasta la semisonrisa que él tenía en los labios cuando le dijo que acababan de superar bastante bien la primera pelea de enamorados.

El corazón le dio un vuelco ante ese recuerdo, así que con firmeza lo apartó de su mente. No pensaba recorrer ese camino con Mitchell McCord... al menos no deseaba internarse más en ese sendero.

Con mucha calma, abrió la nota.

Sam:
En el cajón del centro de mi escritorio está la carpeta con notas que tomé esta mañana durante la entrevista con Valente. Puesto que todavía no ha vuelto, supongo que habló con él. Agregue sus propias notas a las mías, mientras las tiene frescas en su mente. Yo estaré de vuelta a eso de las cinco y media. Hablaremos entonces si yo no lo hice antes por teléfono.

MACK

Por primera vez él había firmado la nota con su sobrenombre y todo el sistema nervioso de Sam sufrió un derretimiento momentáneo. Por lo que ella sabía, muy pocas personas se sentían con derecho a usar ese apodo. El alcalde lo había llamado «Mack» cierto día al pasar por allí durante una reunión de estrategia; el doctor Niles, el jefe de médicos forenses, lo llamaba «Mack», y también lo había hecho su hermana cuando un día le dio un mensaje para él. Todos los demás lo llamaban «teniente», que era una forma respetuosa y apropiada.

Sam no era pariente de él, ni antigua amiga suya, ni líder político. Si ella usara ese apodo para dirigirse a él, estaría dando a entender una familiaridad fácil y distendida que no tenían. Sam no sabía bien si, al firmar con su apodo, le estaba diciendo sutilmente que ella *podía* tener esa familiaridad con él. O... ¿que *debería* tenerla? ¿O que... *ya* la tenía?

Sam sacudió la cabeza en un intento de despejársela y se encaminó a su oficina. Ese hombre la estaba volviendo loca. Daba por sentada una relación que no existía, y después la hacía reaccionar como si realmente existiera. Esa mañana la había mirado con una expresión de enojo en sus ojos azules porque estaba celoso, pero no tenía ningún derecho de estar celoso, y *ella* no tenía por qué derretirse y arrepentirse de haberle hecho sentir celos.

El problema era que McCord era tan engañosamente *sutil*, tan brillantemente imperturbable y tan suavemente indomable, que Sam en ningún momento se percató de que él la estaba conduciendo a un terreno muy incierto, hasta que de pronto ella se encontró allí.

Sam había estado teniendo una visión recurrente de sí misma siendo conducida dócilmente por un sendero entre los bosques, unida a McCord por un hilo sutil que no alcanzaba a ver ni a sentir y, mientras paseaba la vista por los alrededores admirando las flores —y la espalda musculosa de McCord y sus caderas estrechas—, estuvo a punto de caerse por un acantilado.

Una vez dentro de la oficina de McCord, Sam estudió su agenda, que era, en realidad, un planificador diario espiralado de veinte centímetros por treinta, con toda una página para cada día. Pensando que él podía volver antes de lo previsto, Sam miró solamente lo que había escrito en el espacio reservado a esa tarde.

Sus mañanas por lo general estaban ocupadas por las tareas que podía cumplir en su oficina, sea por teléfono o a través del ordenador, y por las reuniones intensas que sostenía con Sam, Womack y Shrader.

Las tardes las reservaba para los compromisos, las entrevistas y los trabajos en la calle que decidía realizar. McCord resolvía por teléfono todo lo referente a cuestiones departamentales y administrativas, pero casi todo lo demás lo hacía cara a cara, y esto requería una cantidad sorprendente de tiempo y de salidas.

El día anterior él mencionó que había procurado reunirse con todos los agentes de las fuerzas del orden que pudo encontrar y que habían tenido contacto de tipo personal con Valente y, al examinar su lista de citas, Sam comprobó que McCord ya había iniciado ese proceso. Cuatro tardes consecutivas estaban cubiertas con esas reuniones, empezando ese mismo mediodía con Duane Kraits, el agente que había arrestado a Valente con el cargo de homicidio impremeditado.

A McCord le interesaba ese caso de manera particular por la misma razón por la que a Sam le había resultado importante: porque tenía que ver con el único crimen violento de Valente y era el único caso en que los cargos contra él no habían sido refutados. Mientras miraba los muchos compromisos que McCord tenía para esa tarde, Sam se dio cuenta de que de ninguna manera podría terminar y estar de regreso antes de las cinco y media.

Decepcionada, se sentó en el sillón giratorio que había detrás del escritorio, abrió el cajón del centro y sacó la carpeta con el expediente de Valente. Escribió algunas notas apropiadas en él, pero cuando terminó y volvió a poner la carpeta en el cajón del escritorio, se sintió curiosamente deprimida.

Se puso de pie y paseó la vista por esa oficina limpia y prolija mientras deslizaba las puntas de los dedos por el escritorio frente al que él se sentaba y sobre el que escribía sus copiosas notas. Ella le había hecho bromas acerca de su compulsión por el orden, pero lo cierto era que a ella le gustaba mucho esa oficina prolija y esos hábitos organizados.

Sam había crecido junto a seis hermanos varones y, hasta su adolescencia, no había podido caminar por su casa sin recibir un almohadonazo... bueno, por lo general, un verdadero ataque de almohadones lanzados hacia ella desde diferentes direcciones.

Sus hermanos organizaban concursos para ver cuál de ellos podía ser más repugnante. Si los padres de Sam no estaban allí, jugaban a quién eructaba más fuerte durante la cena. Y... ¡Dios santo...! ¡Lo que eran los concursos de pedos!

Se quitaban las zapatillas con una sacudida en cuanto entraban en el hall, y ningún gimnasio del mundo podría tener un olor más asqueroso que esa habitación. Y no se podía creer lo que eran sus calcetines para gimnasia. Cuando se sentaban en círculo y en calcetines para ver televisión, el hedor hacía que a Sam le picaran los ojos y se le saltaran las lágrimas. Ella se quejó de ese olor nauseabundo solamente una vez, cuando tenía ocho años. A la mañana siguiente, cuando despertó, comprobó que sus almohadas estaban cubiertas con calcetines hediondos.

Sam aprendió temprano a simular que no advertía cosas, porque si los varones se daban cuenta de que algo le caía mal, enseguida encontraban la manera de torturarla precisamente con eso.

Cuando era pequeña, ellos parecían considerarla un juguete animado y parlante con múltiples usos. Si jugaban al béisbol en el terreno baldío contiguo a la casa, la ponían en los perímetros del campo de juego, con su muñeca en las manos y la nombraban «juez de línea». Durante las prácticas de fútbol en el terreno del fondo, Brian y Tom la obligaban a tener los brazos levantados como los postes de un arco mientras ellos pateaban la pelota hacia ella para hacer un gol.

Eran capaces de matar a cualquiera que tratara de lastimarla, pero, al mismo tiempo, la torturaban incesantemente y le hacían bromas que no siempre eran divertidas.

El padre de Sam pensaba que a los varones que eran deportistas se les debía permitir ser sucios y revoltosos; pero, bueno, ¿qué se podía esperar de un hombre cuyos hijos lo llamaban «entrenador» en lugar de «papá»? Las sirvientas de la familia, de las cuales hubo todo un ejército, nunca duraban más de un año.

La madre de Sam discrepaba con su marido con respecto a muchas de las cosas que se les permitían hacer a los varones, pero era vencida por ser minoría y, además, adoraba a su marido y a sus hijos.

Al salir de la oficina y luego detenerse junto al marco de la puerta y volver la cabeza para recorrerla visualmente con ternura, Sam comprendió que el orden y la prolijidad de McCord le agradaban. Lo cierto era que todo lo referente a Mitchell McCord le agradaba. Incluso su apodo tenía un sonido agradable.

Cuando finalmente llegó a su propio escritorio descubrió que estaba hambrienta e inquieta y que realmente necesitaba alejarse de allí por un rato.

El horario normal de trabajo de los detectives en el turno de día era de las ocho de la mañana a las cuatro de la tarde, pero Shrader, Womack y ella habían estado trabajando hasta tarde casi todos los días y haciéndolo también los fines de semana. Sam sabía que esa noche trabajaría de nuevo, puesto que McCord no regresaría hasta las cinco y media. Así que ahora se merecía de sobra tomarse algunas horas libres como «tiempo perdido».

Tomó el bolso, se puso la chaqueta y decidió ir a la liquidación posnavideña de Bergdorf's.

Se aseguró de que su móvil estuviera encendido y lo deslizó de nuevo en el bolso que llevaba colgado del hombro. McCord era previsible y cumplía a la perfección con los horarios previstos, así que no tenía que preocuparse por volver hasta las cinco y media.

A las tres de la tarde, Sam se dirigía al probador con un fabuloso traje tejido de falda y chaqueta color arándano cuando sonó su móvil. Lo sacó del bolso y la sorprendió comprobar que en la pantalla del identificador de llamadas apareciera el número de la oficina de Mack. La sorprendió incluso más el sonido ominoso y lacónico de su voz.

—¿Dónde demonios está?

—Decidí tomarme algunas horas libres. Estoy en el centro, concretamente en la calle Cincuenta y Siete y la Quinta Avenida —dijo ella.

—Acaba de estar de nuevo en servicio. Venga enseguida para aquí.

—¿Qué sucede? —preguntó Sam mientras arrojaba el traje color arándano a los brazos de una vendedora azorada, que justo en ese momento pasaba junto a ella.

—Se lo diré cuando llegue aquí. ¿Dónde está el resumen que hizo esta mañana de todos los cargos presentados alguna vez contra Valente?

—Está en mi escritorio —dijo Sam, lista para salir corriendo—. Ya voy para allá.

## 59

Sam se detuvo junto a su escritorio apenas lo suficiente para arrojar el bolso en un cajón, cerrarlo con llave y quitarse el abrigo, después de lo cual se encaminó deprisa a la oficina de McCord y se detuvo junto a la puerta abierta.

McCord estaba de pie detrás del escritorio, mirando hacia la pared, con las manos metidas en los bolsillos del pantalón y la cabeza gacha, como si estuviera mirando el ordenador que tenía sobre el anaquel, salvo que la pantalla estaba apagada y el torso de McCord estaba tan tenso que la correa de cuero marrón de la pistolera que llevaba en el hombro le arrugaba la tela de la camisa en la espalda.

La carpeta con el resumen hecho por ella de los arrestos de Valente se encontraba, abierta, sobre su escritorio, y la cazadora de cuero estaba tirada como al descuido sobre una silla; otra señal de que algo estaba alarmantemente mal.

Sam decidió interrumpirlo y dijo en voz baja:

—¿Qué sucede?

—Cierre la puerta —contestó él.

Sam cerró la puerta y su zozobra aumentó. McCord jamás cerraba la puerta de su oficina cuando los dos estaban solos. Todos en el segundo piso podían ver el interior de su oficina porque la mitad superior de las paredes, que daba a la sala del escuadrón, era de vidrio y desde el principio Sam intuyó que McCord era suficientemente astuto como para darse cuenta de que las frecuentes reuniones a puertas cerradas entre Sam y él serían notadas y mal interpretadas, en detrimento de la relación futura de ella con sus compañeros.

Sin dejar de darle la espalda, McCord dijo:

—¿El nombre William Holmes significa algo para usted?

—Desde luego. Fue la víctima en la condena de Valente por homicidio no premeditado.

—¿Qué recuerda de ese caso, basándose en la información oficial que existe en nuestro expediente?

Las corazonadas de Sam comenzaron a agravarse cuando él tampoco se volvió mientras ella le contestaba:

—La víctima, William Holmes, era un joven de dieciséis años, no armado, sin antecedentes policiales, que participó de una pelea con Michael Valente en un callejón por un tema desconocido —respondió Sam—. Durante la pelea, Michael Valente —un joven de diecisiete años con copiosos antecedentes policiales— le disparó a Holmes con un arma semiautomática calibre cuarenta y cinco, de su propiedad. Un policía, Duane Kraits, oyó el disparo y un momento después estaba en la escena, pero Holmes murió antes de que llegaran los sanitarios. El agente Kraits arrestó a Valente en la escena del crimen.

—Prosiga —dijo McCord sarcásticamente cuando ella calló—. Quiero estar seguro de que lee lo mismo que yo en ese expediente.

—El informe del forense señalaba como causa de muerte un proyectil calibre cuarenta y cinco que rompió la aorta de la víctima. Balística confirmó que la bala provenía de una semiautomática calibre cuarenta y cinco, no registrada, propiedad de Valente. Las huellas dactilares de Valente estaban en el arma. Los informes de toxicología no exhibieron ninguna señal de drogas ni de alcohol en Holmes o en Valente.

Sam calló un momento mientras trataba de imaginar qué otros puntos importantes quería él que detallara, y mencionó sólo los que se le cruzaron por la mente.

—Valente estuvo representado por un abogado designado por la corte y él se declaró culpable. El juez que entendía en la causa tomó en cuenta la edad de Valente, pero lo envió a la cárcel debido a sus antecedentes y la malignidad del acto de Valente sin que existiera provocación alguna.

Entonces McCord giró sobre sus talones y Sam mentalmente retrocedió ante el brillo amenazador que vio en sus ojos color azul acero.

—¿Le gustaría saber lo que realmente sucedió?

—¿Qué quiere decir con eso de «lo que realmente sucedió»?

—Hoy estuve media hora con Kraits. Está jubilado y vive solo con la compañía de una botella de Jack Daniel's y sus recuerdos de «los viejos y buenos tiempos en la fuerza policial». Ya tenía el tanque lleno hasta la mitad cuando llegué, y se mostró especialmente contento de hablar conmigo acerca de su participación en el arresto de Valente por homicidio no intencional porque —en sus propias palabras— él es un gran admirador mío. Parece que el informe que presentó sobre la muerte de Holmes estaba un poco falseado porque su capitán necesitaba que estuviera así, y «en los buenos y viejos tiempos» los policías se mantenían unidos y se hacían favores mutuamente. ¿Adivina quién era el capitán de Kraits?

Sam negó con la cabeza.

—William Trumanti —dijo—. Ahora, adivine quién era la víctima.

—William Holmes —respondió Sam sin vacilar.

—William *Trumanti* Holmes —la corrigió McCord. Demasiado alterado como para sentarse, se pasó una mano por la nuca y se recostó contra el anaquel—. Holmes era el hijo único de la hermana del capitán Trumanti. Puesto que Trumanti no tenía más hermanos, William era la última rama posible de su pequeño árbol familiar. ¿Comienza a ver el cuadro?

—Todavía no.

—No, por supuesto que no —dijo él y apretó tanto la mandíbula que la delgada cicatriz que tenía en la mejilla se hizo más evidente—. Usted no pertenecía a la policía en «los viejos y buenos tiempos». Permítame que le complete los blancos. Ya verifiqué telefónicamente los puntos importantes con otro policía retirado perteneciente a la antigua comisaría de Trumanti. Esto es lo que el expediente no incluyó: William Holmes era un matón, que solía ser arrestado junto con su amigo, Michael Valente. Cada vez que eso sucedía, su tío lo hacía poner en libertad y eliminaba el hecho de su ficha. Cada tanto el capitán Trumanti —que por ese entonces era el teniente Trumanti— le salvaba también el trasero al joven señor Valente.

Sam se inclinó hacia delante en su silla.

—¿Michael Valente y Holmes eran amigos?

—Eran amigos *íntimos*. De hecho, lo eran desde la infancia.

Lamentablemente, Holmes no era amigo del primo mayor de Valente, Angelo. La noche que Valente se peleó con su amigo y lo mató, fue porque William acababa de matar a Angelo a navajazos. Valente fue entonces a buscarlo y el joven William lo estaba esperando, totalmente drogado, todavía cubierto con la sangre de Angelo y armado con una semiautomática calibre cuarenta y cinco. Esa arma no pertenecía a Valente: era de Holmes, y las huellas de Valente estaban en el cañón, no en la culata. ¿Ahora ve el cuadro completo?

Sam intuyó que McCord necesitaba ventilar su furia.

—Preferiría oírlo de sus labios.

—Trumanti quería vengar a su hermana, de modo que arregló las cosas para que un muchachito de diecisiete años fuera enviado a prisión. Valente no era ningún ángel, pero tampoco era un asesino, no consumía drogas y hacía bastante tiempo que no se metía en líos. Y —agregó enfáticamente McCord— no era en absoluto culpable de homicidio no premeditado.

Volvió a pasarse una mano por la nuca y flexionó sus hombros anchos como si tratara de aflojar la tensión de su cuerpo.

—Si hubiera tenido un abogado decente, el veredicto habría sido de defensa propia y, si ese argumento no hubiera convencido al juez, habría recibido un veredicto de homicidio no premeditado en segundo grado con libertad condicional. En cambio, Trumanti, Kraits y los muchachos de los buenos tiempos de la comisaría local incriminaron a Valente; después lo borraron del mapa por cuatro años. Pero eso fue sólo el principio —añadió con tono mordaz.

—¿Qué quiere decir? —preguntó Sam, pero ya tenía una desagradable premonición con respecto a qué se refería McCord.

—¿Qué recuerda de los siguientes arrestos de Valente? —Se inclinó hacia delante y empujó hacia ella la carpeta con el resumen que estaba sobre el escritorio—. Tome y refrésquese la memoria.

Sam automáticamente estiró la mano para tomar la carpeta porque él se lo había ordenado; después la retrajo porque no necesitaba mirar lo que había en esa carpeta.

—Durante los primeros años después de salir de la cárcel, su ficha se mantuvo limpia. Hubo una serie importante de arrestos por cuestiones menores: exceso de velocidad, posesión de una sustancia que resultó ser un calmante recetado.

—¿Y después de eso? —insistió McCord.

—Hace alrededor de diez años, los cargos ya fueron más graves. El primero fue de intento de soborno a un funcionario municipal: Valente trató de sobornar a un inspector edilicio que iba a acusarlo de violación de algunos códigos edilicios. Hubo varios otros cargos similares de intento de soborno después de eso y, luego, la gravedad y el número de cargos aumentó a medida que pasaba el tiempo.

La expresión de mofa de McCord le indicó que no le daba importancia a esa información.

—La segunda reunión que tuve hoy fue con ese inspector edilicio al que Valente supuestamente trató de sobornar. El señor Franz está ahora en un geriátrico y está un poco preocupado por lo que Dios pensará de algunas de las cosas que él hizo a lo largo de su vida. Bastaron cinco minutos para que se desahogara por completo.

—¿Qué fue lo que dijo?

—Que Valente *nunca* trató de sobornarlo y tampoco trató de sobornar a los otros dos individuos que alegaron que sí lo había hecho. Trumanti los obligó a acusarlo.

McCord se enderezó, se acercó a la mesa, cubierta con enormes pilas de carpetas gruesas con información acerca de las otras causas judiciales presentadas contra Valente. Tomó una y la dejó caer con repugnancia.

—Desde ya puedo decirle por qué estas causas terminaron siendo canceladas «Cargos levantados», «Causa desestimada por pruebas insuficientes» o «Inocente», de acuerdo con su resumen. Es porque son un montón de mierda. Por suerte, en aquel momento Valente podía pagar sus propios abogados para que lo defendieran en lugar de tener que confiar en los defensores públicos que lo dejaron declararse culpable de homicidio no premeditado en primer grado. Yo también apostaría a que Trumanti fue directa o indirectamente responsable de al menos la mitad de esas acusaciones.

—¿Qué quiere decir con eso de «indirectamente responsable»?

—Trumanti construyó algunas pequeñas fogatas con esos primeros cargos fraudulentos, pero también creó mucho humo, y los fiscales tienden a creer en aquel viejo adagio de que «donde hay humo, hay también fuego». Y entonces se lanzaron a la caza de esos fuegos que se les habían escapado la última vez. —McCord tomó otra carpeta y la arrojó a un lado con gesto de desprecio—. Al cabo de algunos años, Valente se transformó en un blanco cada vez más grande para los fiscales.

Sam levantó las manos, confundida.

—¿Cómo lo hizo?

—Convirtiendo en hábito la táctica de aniquilar a sus opositores en los juzgados, y no sólo ganándoles. Cuando leí las presentaciones y las transcripciones que hay en esas carpetas me resultó obvio que el batallón de abogados de Valente tiene dos tareas a cumplir cuando va a un juzgado. Su primera tarea es demoler los cargos, pero la *segunda* es desprestigiar a quienquiera que esté a cargo de la acusación en la causa. Cuando leí los expedientes, no podía creer algunos comentarios que los abogados de Valente hicieron que figuraran en actas. En cada caso, sus abogados comenzaron por propinarles una paliza a los fiscales —menospreciándolos por cosas como errores de ortografía, errores gramaticales, errores tipográficos, llegar dos minutos tarde—, equivocaciones mínimas que, en sus manos, comenzaron a adquirir el aspecto de incompetencia. En varias de las transcripciones los jueces incluso les hicieron el juego y reprendieron a los fiscales.

»Una vez que los abogados de Valente avergonzaban a sus oponentes y los hacían quedar como tontos rematados, se ponían cada vez más agresivos y cáusticos hasta llegar a emplear términos como "una estupidez incurable", "una negligencia imperdonable" y "una total incompetencia".

Se acercó de nuevo a su escritorio y se sentó.

—Los abogados como los de Valente, que cobran dos mil dólares la hora o incluso más, hacen lo que sea necesario para ganar una causa y punto. No pierden el tiempo ni el dinero de sus clientes llevando adelante una venganza, pero los de Valente sí lo hacen todas las veces, y obviamente lo hacen cumpliendo sus órdenes. Valente no prescinde de sus servicios hasta que las caras de los fiscales están enterradas en el barro y él tiene un pie apoyado en sus cabezas. Entonces, y sólo entonces, los deja levantarse.

—Yo no lo culpo por querer vengarse un poco.

—En su venganza no hay nada de «poco». Los fiscales a los que los han hecho quedar como tontos en casos importantes como los de Valente pueden despedirse de las ambiciones que tenían con respecto a su carrera. Pero los fiscales también tienen buena memoria y pueden sentir una gran animosidad. Más aún, cada vez que Valente obliga a algunos a salir corriendo en busca de refugio, con el rabo entre las piernas, hay por lo menos doce más que se mueren por sustituirlos y demostrar su propio valor al ser los primeros y únicos en derribar exitosamente a Valente.

McCord tomó un bolígrafo que había sobre el escritorio y después lo arrojó a un lado con la misma impaciencia con que había arrojado a un lado las carpetas.

—Cuando yo tomé este caso, pensé que Valente no era más que un gran tiburón que con los dientes había estado escapando de nuestras redes durante años. Yo quería arponearlo por la misma razón que los fiscales. No soy muy diferente de ellos.

—¡Eso no es cierto! —saltó Sam y lo dijo con tanta vehemencia que la sorpresa borró un poco de furia de la cara de él.

—¿En qué soy diferente?

—Cuando tomó este caso usted creía que él era culpable de todo lo que se lo acusaba. Algunos de esos fiscales tenían que saber que estaban haciendo una montaña de nada.

En lugar de contestar, McCord sacudió la cabeza por algo más que estaba recordando.

—El día que Trumanti me citó en el One Police Plaza y me dijo que quería que yo pilotara esta investigación como «un favor personal», yo intuí que había algo casi obsesivamente vengativo en su actitud hacia Valente. Además de maldecirlo en todo momento, Trumanti no hacía más que decirme que arrestar a Valente era algo así como el deseo de un moribundo. Creo que el viejo se ha convencido de que Valente es culpable de todo, empezando con el homicidio de Holmes. —Miró con furia la parte superior de su escritorio—. Cuando yo le informé que estaba a punto de pedir el retiro, él me dijo que si yo arrestara a Valente acusado de homicidio en primer grado, me retiraría como capitán.

—¿Eso tuvo algo que ver con el hecho de que haya aceptado el caso?

—Si yo hubiera deseado realmente ser capitán —señaló él con una sonrisa de desprecio—, sencillamente habría dirigido mi carrera de manera un poco diferente. —Con una nueva inclinación de cabeza hacia la mesa, agregó—: Cuando empecé a examinar esa pila de mierda que está allí noté que los fiscales se descontrolaban con algunos de esos cargos. Hasta yo me di cuenta de que no podían tener peso. Valente no es un mafioso con una red de esbirros encargados de hacer sus trabajos sucios de modo que nadie pueda rastrearlos hasta él. Valente dirige una empresa multinacional legítima. Con la clase de escrutinio intenso al que siempre está sometida, su empresa tiene que ser perfectamente limpia, pues de lo contrario algún fiscal podría acusarlo de algo. Lo más grave que le encontraron alguna vez fueron algunas irregularidades menores en la contabilidad interna, como las que se encuentran en cualquier sociedad.

McCord permaneció un momento en silencio y miró hacia la pizarra que tenía a la izquierda y en la que anotaba las pruebas circunstanciales que habían estado reuniendo contra Valente; después sacudió la cabeza y rio con pesar.

—Creo que podemos estar seguros de que Valente no mató a Logan Manning ni contrató a alguien para hacerlo.

—¿Qué lo hace estar tan seguro? —preguntó Sam y tuvo que reprimir una sonrisa complacida.

—Porque, si Valente estuviera dispuesto a cometer un homicidio, el blanco habría sido Trumanti desde hace mucho tiempo. —Entonces se puso de pie y, sin dejar de mirar la pizarra, dijo de Valente—: O sea que ahora tenemos a un hombre que vive siguiendo el principio de «no quejarse nunca, no explicar nunca». Con razón usted le tenía simpatía.

Sam también se puso de pie.

—¿Qué va a hacer ahora?

—Entre otras cosas, voy a averiguar quién mató realmente a Manning. Empezaremos de nuevo mañana por la mañana, en busca de sospechosos alternativos y teorías alternativas. —Rodeó el escritorio, tomó su chaqueta y se la puso—. Póngase el abrigo —le dijo a ella—. La llevaré a su casa.

Él no se había ofrecido nunca a hacerlo. McCord tenía un coche, pero cuando el clima era benévolo Sam volvía caminando a su casa; de lo contrario, tomaba el metro. Al principio ella pensó rechazar su ofrecimiento, pero luego no lo hizo. Se dijo que era porque él ya había tenido un día suficientemente difícil como para sumarle un rechazo a un ofrecimiento agradable. Lo cierto era que McCord parecía tan cansado y desalentado que sintió pena por él.

## 60

Una pequeña multitud estaba esperando los ascensores, así que McCord se dirigió a la escalera y Sam lo siguió. Estaba dos escalones delante de ella, lo cual le permitía observar el pelo corto de su nuca.

La mente de McCord seguía centrada en el papel que inadvertidamente él había desempeñado en tratar de achacarle el crimen al hombre equivocado.

—Estoy tan contento de haberle dado a Valente el beneficio de la duda cuando esta mañana lo interrogué —le dijo McCord a Sam sarcásticamente—. Hace años que ellos tratan de encerrarlo, pero yo iba a ayudarlos a que lo crucificaran por algo que él no hizo. ¿Hasta qué punto puede agravarse el abuso del poder y de la autoridad?

—Creo que, en realidad, él es un hombre muy afortunado —contestó Sam detrás de McCord.

—¿Por qué lo dice? —preguntó McCord irónicamente cuando se acercaban al descanso del primer piso.

A Sam se le fue la mano derecha hacia los hombros de McCord, pero enseguida la retrajo. Había sido capaz de resistir su atractivo magnético cuando él se sentía fuerte y seguro de sí mismo, pero no cuando Mitchell McCord estaba atribulado.

—Porque usted nunca permitiría que eso sucediera. No es el esbirro de nadie. Eso es lo que lo hace tan increíble...

McCord se detuvo y giró con tanta rapidez que Sam no pudo frenar el descenso al siguiente escalón ni que su mano chocara con la suya en el pasamanos. Su corazón comenzó a latir frenéticamente cuando descubrió que tenía la cara a centímetros de la de él, y que los dedos de ambos parecían haberse fusionado en el pasamanos de la escalera.

Sam tragó saliva y logró liberarse del hechizo momentáneo y subir un escalón. Él subió al que ella había dejado y le dio así una visión de primer plano de su cuello por la camisa abierta. El miedo de que alguien que caminara por la escalera se enterara del descubrimiento de ambos hizo que su pecho se elevara y bajara con rapidez y la mirada de él se fijó en sus pechos y lo notó. Sin embargo, lo que dijo era exactamente lo opuesto de lo que ella podía imaginar.

—No —dijo él con una risa dura, como si no pudiera creer que hubiera subido ese último escalón—. No. —Dio media vuelta y empezó a bajar la escalera con rapidez seguido por Sam, completamente mortificada y decidida a no demostrarlo. La puerta que daba al exterior se abrió hacia un diminuto sector de aparcamiento mal iluminado.

—Es una bonita noche —mintió ella con voz jovial al salir hacia ese aire helado—. En realidad, me gustaría tomar el metro y detenerme en el camino a casa a hacer unas compras.

Se volvió con una sonrisa luminosa y luego frunció el entrecejo cuando la mano de él la aferró por el codo.

—Suba a mi coche —le ordenó él.

Sam liberó el codo, pero no con rudeza, no de una manera que revelara lo mal que se sentía. Demostrarle a un hombre que una se siente mal lo hace llegar a una serie de conclusiones, ninguna de las cuales es nunca la que una quiere que saque. Sin embargo, reírse de un hombre en la misma situación equivalía a tomarlo con la guardia baja. Sam sonrió de buen grado.

—Agradezco su ofrecimiento, pero en serio preferiría tomar el metro y hacer unas compras.

—Suba al coche —le ordenó él y le puso la mano en la espalda para asegurarse de que lo hiciera.

Sam sabía que el siguiente y grave error que se podía cometer con un hombre con una actitud tan dominante como la que tenía McCord en ese momento era dar demasiada importancia a cosas que no la tenían. Lo cual, por supuesto, lo haría llegar a la conclusión de que, para una, «nada» era «importante».

Sam subió al coche de McCord y él cerró la puerta detrás de ella y después le echó llave.

Ella estuvo a punto de reírse al verlo.

—No sé si sabe que los dos estamos armados —le dijo cuando él se instaló detrás del volante.

—Uno de los dos está mejor armado que el otro —fue la respuesta brusca de McCord.

Sam le lanzó una sonrisa especulativa.

—¿Y cuál de nosotros es ése?

Él se volvió lentamente, pasó un brazo por el respaldo del asiento de Sam y, por un instante fugaz, ella pensó que iba a curvar la mano alrededor de su hombro y abrazarla. En cambio, él retiró el brazo y encendió el motor.

—Usted —respondió, un momento después.

Cuando Sam terminó de decirle lo poco que había sacado en limpio de Valente en la limusina, hicieron el resto del trayecto en completo silencio, un silencio que nunca había estado antes presente entre ellos, porque siempre habían tenido cosas de qué hablar. A Sam eso no le cayó nada bien. McCord no se estaba portando para nada como ella lo había previsto. Desde luego, tampoco ella se había portado previsiblemente en la escalera. No debería haber dicho las cosas que dijo, no debería haber dejado que su voz sonara tan suave, no debería haberse quedado en ese escalón con la mano tocando la suya durante esos segundos.

—Gracias por el viaje —dijo ella cuando se acercaban a su edificio. Sam casi esperaba que él hiciera algún comentario acerca de que ella vivía en un barrio muy elegante para ser una detective del Departamento de Policía de Nueva York, pero no lo hizo. Sam tomó el picaporte de la puerta y, para su sorpresa, McCord apagó el motor del coche—. No hace falta que se baje —dijo ella y se apeó.

Él no le prestó atención y se bajó de todos modos.

El nerviosismo estaba tomando el lugar de la habitual calma racional de Sam con miembros del sexo opuesto.

—¿Qué hace? —preguntó Sam cuando él se reunió con ella junto al bordillo y empezó a acompañarla a su edificio.

—Acompañarla a su puerta.

—¡No puede hablar en serio! —respondió ella, riendo.

—Yo soy un hombre muy serio —dijo él, y la siguió acompañando después de pasar frente al portero.

Sam oprimió el botón del ascensor y decidió que era mejor abordar el problema de frente.

—Espero que no esté disgustado por lo que pasó en la escalera durante ese momento tonto.

Él le lanzó una mirada tan dominante que a Sam se le cayó el alma a los pies.

—Hablaremos de eso cuando estemos arriba.

Sam le dedicó una sonrisa divertida y un poco de soslayo, de la clase que solía enloquecer a sus hermanos y *siempre* desconcertaba hasta a los hombres adultos más seguros de sí mismos.

—¿Acaso supone que lo invitaré a entrar?

—No sólo lo supongo sino que lo sé.

A juzgar por el tono y la actitud de McCord, Sam llegó a la única conclusión a la que podía llegar. Era obvio que él iba a reprenderla por su conducta inapropiada. Decirle a un colega del sexo masculino —y, en especial, a un superior inmediato— que era «increíble» y tocarle la mano demostraba un juicio equivocado que casi podía considerarse una conducta impropia, visto bajo la luz de una interpretación estricta de las reglas, pero, realmente, ¡eso era ir demasiado lejos!

Sam abrió la puerta del apartamento, entró y encendió la luz. Él la siguió pero se detuvo no bien entró. Cruzó los brazos sobre el pecho y se quedó parado con los hombros apoyados en la puerta.

Movida por la necesidad aprensiva de al menos tener un aspecto prolijo, Sam nerviosamente levantó las manos y se acomodó la banda que le sostenía el pelo en un moño. Él se quedó donde estaba y la observó en silencio mientras ella lo hacía. Después, dijo:

—No va a haber ningún beso robado en una escalera ni caricias torpes en un coche estacionado en un callejón oscuro.

Hizo una pausa para darle tiempo a ella a digerir esas palabras, y los labios de Sam se entreabrieron por no poder creer que él se atreviera a exagerar y atribuir unos instantes en la escalera y en el coche, donde en realidad nada pasó, a un intento de ella de seducirlo. McCord no sólo tenía un ego gigantesco, sino que Sam comprendió de pronto que también tenía una pequeña «estrategia» para emplear con las mujeres con las que trabajaba: primero una invitación a cenar; después, mencionar una «pelea de enamorados» y luego firmar una nota con su apodo. ¡Y funcionaba! Hasta había tenido éxito con ella, y eso que en toda su vida ella nunca se había visto reducida a un estado de adoración sensiblera de un héroe.

Todo lo que hasta ese momento la fascinaba de McCord desapareció al descubrir esa estrategia.

—No sólo trabajamos juntos, yo soy tu superior —le recordó él sin necesidad—. De modo que quiero que entiendas que esto nunca afectará nuestra relación laboral ni tu carrera. ¿Está claro?

—Muy amable de su parte —mintió Sam mientras mantenía una perfecta sonrisita helada y también ella se cruzaba de brazos—. Lo entiendo. Gracias, teniente.

Los ojos de él se entrecerraron.

—Estoy tratando de asegurarte de que no tienes por qué temer ninguna repercusión por lo que estoy por hacer.

Sam estaba perdiendo el control de su furia, y eso *nunca* le pasaba.

—¿Le importaría decirme qué es lo que está por hacer?

—Ése era mi plan —dijo él, un poco divertido por el tono de Sam.

—Entonces, ¿cuál es el plan que tiene?

—Primero, voy a sacarte esa banda que tienes en el pelo y dejar que te quede suelto para que yo pueda pasar mis dedos por él y averiguar si me parece satén o seda. Hace semanas que me muero por hacerlo.

Sam descruzó los brazos, que le quedaron caídos a los costados, mientras miraba a McCord boquiabierta.

—Poco después de hacer eso —continuó él con una voz ronca que ella nunca le había oído— voy a empezar a besarte y, en algún momento antes de irme, te voy a aplastar contra esta pared —dijo y movió la cabeza hacia la pared que estaba junto a la puerta—, y entonces haré todo lo posible por imprimir mi cuerpo en el tuyo.

La sangre comenzaba a fluir a toda velocidad por las venas de Sam, pero su cerebro parecía privado de oxígeno, porque no conseguía armonizar esa última parte con sus comentarios iniciales.

—¿*Por qué*? —preguntó y frunció el entrecejo.

Evidentemente él no entendió el alcance de esa pregunta, pero la respuesta que le dio hizo que Sam literalmente se derritiera:

—Porque mañana vamos a fingir que esto nunca sucedió y vamos a seguir simulándolo hasta que el caso Manning haya terminado o a uno de los dos nos asignen a otra parte. Si no esperamos —si permitimos que esto empiece antes de ese momento—, todo terminará como sucedió en aquella escalera sucia y en otros lugares parecidos, tratando de robar algunos momentos juntos y preocupándonos por la posibilidad de que alguien nos pesque. Esto no va a ser una aventura sórdida y yo no pienso tratarte como si lo fuera.

Sam observó sus facciones fuertemente viriles e implacables mientras trataba de adaptarse a la nueva realidad de que Mitchell McCord la deseaba y la había deseado desde el principio y, al mismo tiempo, trataba de salvaguardar su carrera y de asegurarle cuáles eran sus sentimientos hacia ella. Para Sam, él antes había sido algo así como un héroe, pero ahora, todo lo que ella había imaginado parecía mucho menos de lo que en realidad él era.

—Mientras fingimos —continuó él después de darle suficiente tiempo como para seguir su razonamiento—, tendrás tiempo de decidir si quieres o no estar conmigo cuando este caso termine. Si, durante ese tiempo, decides que la respuesta es no, yo lo sabré y ni siquiera hablaremos de ello. Nos separaremos en el mejor de los términos cuando este caso llegue a su fin, y tú podrás sencillamente simular que las cosas que estoy por hacer contigo nunca sucedieron. —Hizo otra pausa para calibrar la reacción de Sam—. ¿Cómo te suena esto hasta ahora?

Era tan típico de él eso de planearlo y organizarlo todo a la perfección hasta el final. Incapaz de controlar la sonrisa temblorosa de su corazón y el brillo de sus ojos, Sam susurró:

—Me suena... algo típico de ti, Mack.

Él rechazó esa respuesta por considerarla nada convincente y levantó las cejas a la espera de una respuesta auténtica, y sus ojos azules se clavaron en los suyos.

Como respuesta, Sam levantó las manos y se soltó la banda y las pinzas del pelo; después se sacudió la cabellera, que cayó como una cascada de color castaño sobre sus hombros.

Él le tomó la cara con las manos y lentamente fue enhebrando los dedos en el pelo de Sam y levantó su boca hasta la suya.

—Sam —le susurró con ternura, como si reverenciara de manera especial ese nombre. Bajó la cabeza y le rozó los labios—. Sam —repitió en voz muy, muy baja, como con dolor.

Cuando él se fue, Sam cerró la puerta, le echó los cerrojos y luego dio media vuelta y se apoyó contra la misma pared contra la que él la había apretujado. Sonriendo, fue deslizándose lentamente hacia el suelo; después flexionó las rodillas, oprimió las piernas contra el pecho y las rodeó con los brazos. Con una mejilla sobre las rodillas, Sam cerró los ojos y saboreó las sensaciones que persistían en ella: la de las manos y la boca de él sobre su piel, la de la excitación del cuerpo de Mack contra el suyo. Su pelo largo, prolijo y bien peinado una hora antes, le cubría la otra mejilla y la otra pierna convertida en una masa enredada, estrujada y peinada por las manos de Mack.

Ella había seguido a Mitchell McCord por ese sendero imaginario, sabiendo perfectamente lo que estaba haciendo.

Y había saltado desde ese acantilado.

¡Oh, pero qué caída tan maravillosa!

## 61

La sala King Cole del St. Regis, ubicado en la calle Cincuenta y Cinco, no era la idea que tenía Michael de un buen lugar para la clase de conversación que pensaba tener con Solomon. Amplia, poco profunda y mal iluminada, tenía un revestimiento de madera oscura. A todo lo largo había un bar con taburetes, todos ya ocupados con la clientela habitual de Manhattan que pasaba por allí para beber un trago después del trabajo.

El único otro lugar para sentarse se encontraba a pocos metros del bar y consistía en una hilera de pequeñas mesas para cóctel alineadas a lo largo de la pared con sillas apretujadas alrededor. En ese lugar no sólo había una oscuridad casi total sino que era tremendamente ruidoso, y con una sonrisa Michael pensó que ésa era probablemente la razón por la que Leigh lo había elegido para su reunión obligatoria con Jason. Con esa mala iluminación ella no sería reconocida, y Jason tendría que levantar la voz para importunarla por no haber reanudado todavía su trabajo en el teatro.

Junto a ese recinto había un discreto y pequeño «salón» con mesas para cóctel, mejor iluminación y sólo unos pocos clientes. Michael eligió una mesa que al menos le permitiera ver a Leigh si ella usara la entrada lateral, que se encontraba en el otro extremo de la habitación y al fondo de una amplia y prolongada rampa; entonces pidió una copa y consultó con impaciencia su reloj.

Solomon llegó quince minutos tarde, exudando excusas y desahogándose con furia por la razón que lo había retrasado.

—¡No sé cómo disculparme! —dijo, le estrechó la mano a Michael y tomó asiento. Puesto que no se conocían personalmente, Michael supuso que empezaría a hablar enseguida de Leigh, ya que era el único tema que tenían en común. Sin embargo, como Michael comprendió enseguida, Solomon sentía ahora otra cosa, algo muy significativo, en común con Michael.

—¡Llego tarde por culpa de los policías! —exclamó Solomon muy enojado—. Dos detectives se presentaron en el teatro, sin una cita previa, y me hicieron muchas preguntas acerca de mi relación con Logan Manning. ¡Y no pude librarme de ellos! Son unos desgraciados muy tenaces, ¿no le parece?

—Eso no se lo discutiré —contestó Michael.

—Usted tiene que enfrentarse a esas personas todo el tiempo —le recordó Solomon—. ¿Cómo controla a los policías cuando se presentan de improviso y empiezan a meter la nariz en sus asuntos?

—Por lo general, los soborno para que se vayan.

—¿Y lo consigue?

—Si no es así, los liquido de un balazo.

Al comprender tardíamente que le estaban informando cortésmente que sus comentarios eran de mal gusto, Jason se echó hacia atrás en su asiento y por un momento cerró los ojos.

—¿Le importaría mucho —dijo sin rodeos— que empezáramos de nuevo?

Michael consultó su reloj.

—Sigamos como estábamos.

—¿Le interesa saber qué me estuvo preguntando la policía?

—¿Debería interesarme?

—Querían saber cómo me pagó Logan por su participación en la obra de teatro.

Eso interesaba mucho a Michael, así que enarcó las cejas como para demostrar su curiosidad y el nervioso dramaturgo le dio todos los detalles.

—Les dije que Logan tenía doscientos mil dólares en efectivo que quería usar como pago de su participación en la obra, así que se los recibí. Firmamos un contrato, yo le di un recibo e ingresó el dinero en la cuenta bancaria principal de la obra. ¿Cuál es el problema? Nosotros ingresamos en esa cuenta quinientos o seiscientos mil dólares por semana por la venta de entradas.

Michael se llevó la copa a los labios para parecer menos intrigado de lo que estaba.

—¿Cuántas de esas entradas son en efectivo?

—Por lo general, una cantidad bastante grande.

—Pero los doscientos mil dólares de Manning no provenían de la taquilla. ¿Por qué no ingresó entonces el dinero de Manning en una cuenta general en lugar de considerarlo proveniente de la venta de entradas e ingresarlo en la cuenta reservada a ingresos de taquilla?

Solomon levantó las manos.

—Eso fue lo que me preguntaron los policías.

—¿Y usted qué les dijo?

—Les dije la verdad. Que yo no soy un contable. Logan me dio efectivo y me sugirió que lo ingresara en la cuenta asignada a las entradas por taquilla, y yo lo hice. Le dije a la contable que era el pago de un accionista y ella hizo los arreglos internos apropiados, cualesquiera que sean. Detesto a los contables.

Jason levantó la vista para llamar a una camarera y pedirle una copa. Michael notó con impaciencia que Solomon era muy quisquilloso con respecto a la manera en que debían prepararle los martinis, así que ese proceso llevó otros dos minutos de tiempo que Michael no tenía para perder.

—¿Manning le dio alguna idea acerca de cómo consiguió ese dinero? —preguntó Michael cuando Jason terminó con su pedido a la camarera.

—Logan me dijo —explicó Jason— que alguien le pagó en efectivo y que él se había quedado con el dinero porque no quería ingresarlo en su cuenta.

—¿Le dijo por qué no lo quería?

—Los policías me hicieron la misma pregunta.

—¿Y qué les contestó usted?

Antes de responder, Solomon hizo una pausa para buscar una nuez en particular en el bol que había en la mesa.

—Logan dijo que no quería ingresar ese dinero en su cuenta bancaria porque tendría que hacer como veinte viajes diferentes a su banco. ¿Sabía usted que si se deposita o se retira un dólar más de diez mil en efectivo, el banco se lo notifica a Hacienda? Quiero decir —le comentó a Michael muy serio—, ¿quién demonios quiere que los de Hacienda metan las narices en su dinero?

—Yo no, por cierto —dijo Michael.

—Son la Gestapo de Estados Unidos.

—No puedo estar más de acuerdo con usted.

—Sin embargo, en mi caso —explicó Jason mientras buscaba otra nuez en el bol—, somos un negocio en efectivo legítimo, debido a nuestras recaudaciones de taquilla, así que Hacienda no nos considera de la misma manera. —Observó a la camarera que le traía su copa y, mientras ella aguardaba, él probó la bebida para estar seguro de que no había sido batida, y de que contenía «una gota y no dos» de vermut—. Está muy bien —le dijo, después de lo cual bebió un buen trago, se distendió en la silla y pareció recordar de pronto que Michael había solicitado tener esa reunión privada con él antes de la llegada de Leigh—. Ahora bien —dijo con tono cordial—, ¿qué puedo hacer por usted, señor Valente? ¿O puedo llamarlo Michael, puesto que Leigh dice que usted es en realidad un viejo amigo de ella?

Absurdamente, Michael se sintió dolido al saber que Leigh no le había contado a Solomon que él era algo más que un viejo amigo. Por otro lado, razonó que una cosa era amarlo en privado, pero que sería difícil para ella explicarles a sus amigos que consideraba la posibilidad de unir su nombre al de Valente, lo usara ella o no. Ni Michael ni su nombre serían bien recibidos por el público. En realidad, todo lo contrario.

—Llámeme como quiera —dijo Michael—. No hay nada que usted pueda hacer por mí, pero sí hay algo que yo tal vez pueda hacer por usted.

Si había una manera de asegurarse la atención de Solomon —notó Michael— era ofrecerle algo que él quería, aunque no supiera de qué se trataba.

—Leigh me dijo que usted quiere que ella vuelva a actuar —dijo.

—¡Dios, sí!

—Ella no lo hará mientras tenga que compartir el escenario con Jane Sebring.

—¡Pero Leigh no tiene opción! Es una profesional...

—Sí tiene opción y la ha tomado —le dijo Michael fríamente—. Como es comprensible, ella tiene la sensación de que se estaría convirtiendo —en particular su vida privada— en un espectáculo público.

Frente al tono implacable de Valente, Jason dejó de discutir y durante varios segundos pareció quedar absorto en la contemplación de las aceitunas que había en el fondo de su copa.

—Le diré la verdad desnuda —dijo por último, mirando a

Michael a los ojos—. Jane Sebring está un poco loca, y conste que no lo digo superficialmente. Tiene la obsesión enfermiza de convertirse en Leigh. Leigh va a tener algo que Jane desea más que nada en la vida.

—¿Qué?

—Inmortalidad teatral.

—¿Qué?

—Los Barrymore y los Sebring, con excepción de Jane, han sido inmortalizados por su actuación en Broadway. Sólo tres actrices han llegado alguna vez al pináculo: Ethel Barrymore, Marianna Sebring y Delores Sebring. Leigh Kendall será la cuarta, pero si voluntariamente se aleja del teatro en este punto de su carrera —y por culpa solamente de un marido infiel—, perderá su lugar en el firmamento. ¡Los actores actúan! —dijo Jason con vehemencia, y de pronto Michael tuvo la sensación de que estaba oyendo el discurso que Solomon había preparado para darle a Leigh—. Actúan cuando están enfermos, cuando su padre agoniza, cuando están borrachos y cuando están casi catatónicos y con depresión clínica. Cuando se levanta el telón, ellos salen a escena *¡y actúan!*

Michael estaba por interrumpir el discurso de Solomon sobre las costumbres teatrales, pero las siguientes palabras del dramaturgo lo cautivaron en el acto.

—¿Tiene usted idea de lo increíblemente talentosa que Leigh es en realidad? —Levantó una mano sin esperar la respuesta—. No trate de contestarme porque usted *no* lo sabe. Nadie lo sabe. En la Universidad de Nueva York la consideraban un prodigio porque no sabían de qué otra manera describir todo lo que ella es capaz de hacer. Los críticos la llaman «mágica» porque tampoco pueden explicarlo. —Se cruzó de brazos, los apoyó sobre la mesa, se inclinó hacia delante y dijo—: La noche del estreno de *Punto ciego*, en el segundo acto, cuando Leigh se inclina hacia el público y dice que conoce un secreto, vi que en el maldito público todos se echaban hacia delante en las butacas para escucharlo.

Michael levantó la vista y, al ver a varias personas que desde la sala se dirigían al bar, de mala gana decidió que se habían terminado las historias que con todo gusto él habría seguido escuchando durante horas.

—Hablemos de Jane Sebring.

Jason se estremeció y volvió a echarse hacia atrás en su silla.

—Ella se trasladó al camerino de Leigh. Al día siguiente de que la aventura de Jane con Logan saliera en los diarios, ella me dijo que Leigh jamás volvería a actuar en la obra y que quería usar el camerino de Leigh. Se lo negué con firmeza. Quiero decir, por el amor de Dios, los dos camerinos son idénticos, pero ella quería usar el de Leigh. Literal y figuradamente, la muerte de Logan se transformó para ella en una auténtica bendición. Leigh no puede volver a escena y Jane obtiene el papel protagonista. Yo no sé qué hacer.

—Despídala.

—Por Dios, nada me gustaría más, pero sus agentes redactaron un contrato que me tiene con las manos atadas.

—Páguele para que se vaya.

—Ojalá pudiera, pero no tengo esa cantidad de dinero. Ya invertí una gran parte de las ganancias de *Punto ciego* en mi próxima obra. Si no estuviera preocupado acerca de cómo haré para financiar esa obra, le juro que le pagaría a Sebring para que se fuera. Su suplente puede encarnar ese papel, y me costaría apenas una fracción de lo que recibe Sebring.

—¿Cuánto dinero necesita para financiar su próxima obra?

Solomon se lo dijo.

Michael metió la mano en un bolsillo de la chaqueta y extrajo un talonario.

—¿Esto va en serio? —preguntó Solomon con incredulidad al mirar la suma escrita en el cheque y luego el rostro de Michael.

—La prueba de que es en serio la tiene usted en la mano —dijo Michael e inclinó la cabeza hacia el cheque—. Mañana, envíe por mensajero los documentos pertinentes a mi oficina. Regístrelo a nombre de Leigh.

—¿A nombre de Leigh?

Michael asintió.

—Creo que me vendría bien otro trago —declaró Solomon, confundido, riendo—. ¿Y usted? —Sin esperar una respuesta, le hizo señas a la camarera de que les sirviera otra vuelta de bebidas. Después, vio que su compañero miraba fijamente algo al otro lado de los ventanales.

Michael miraba a Leigh apearse de la limusina de los Farrell, ataviada con un vestido y chaqueta color azul zafiro intenso. Le sonreía a O'Hara, quien le sostenía abierta la puerta.

Un hombre se bajó de un taxi justo detrás de ella. Al principio permaneció alejado, pero después la siguió lentamente por la acera hasta la entrada lateral. Michael no lo advirtió porque estaba concentrado en Leigh.

—¿Algo está sucediendo allá afuera? —preguntó Jason y volvió la cabeza.

—Sí —respondió Michael y le sonrió—. Acaba de llegar su nueva socia.

Perdido en la emoción del momento, Michael observó a la mujer que amaba, sabiendo que finalmente era suya. Leigh era puro glamour y gracia, y venía a reunirse con él en el St. Regis con un conjunto color azul zafiro.

Ella era una muchacha sonriente con vaqueros y rodeada de naranjas.

Era una muchacha solemne que trataba de darle un regalo a un cínico descortés que estaba loco por ella. *Yo quería agradecerle como es debido... por ser tan galante*, le había explicado.

—*¿Galante? ¿Eso es lo que cree que soy?*

—*Sí.*

—*¿Cuándo la dejaron salir del parque?*

—*Estoy decidida. No trate de cambiarlo, porque no puede. Tome... esto es para usted.*

Ella era la muchachita ingenua que lo había rescatado y había caminado con él hasta su casa dándole un sermón acerca de los deberes cívicos. *¿Cómo espera que la policía nos proteja si los ciudadanos no cooperan? Entre otras cosas, es deber de todo ciudadano...*

Ella era la mujer joven y encantadora que había avanzado por entre una hilera de periodistas que le hablaban a los gritos, armada sólo con su coraje y su lealtad hacia él, y simultáneamente había lanzado un ataque contra la totalidad del Departamento de Policía de Nueva York y el *Daily News*. *Si el jefe Trumanti o cualquiera que esté a sus órdenes aprobó la infamia que ustedes publicaron hoy, entonces él es tan irresponsable como su periódico y debería ser castigado por la ley.*

Ella era el ángel embriagador que había reído en sus brazos la noche anterior, en un supermercado donde las fotografías de ambos se exhibían en la primera plana de los ejemplares del *Daily News*. Juntos por fin, había bromeado él.

Michael la vio trasponer las puertas de la entrada y comenzar a caminar por la larga rampa de mármol. Sonriendo con un placer posesivo, se puso de pie para esperarla. *Juntos al fin*, pensó.

Leigh se sentía excitada, ansiosa y extrañamente nerviosa por ver a Michael después de la noche que habían pasado juntos y las promesas que se habían hecho. Todo había sucedido tan rápido. Si alguien le hubiera contado esa misma historia, ella habría enviado a esa persona a iniciar un tratamiento terapéutico.

Leigh lo vio en cuanto ingresó por la entrada lateral y lo observó ponerse de pie: un hombre de cerca de un metro noventa de estatura, una masculinidad imponente, una fuerza increíble y una dulzura maravillosa. La observaba cruzar la sala, y las cosas tiernas que le había dicho la noche anterior comenzaron a desfilar por su mente: *Yo deseaba para ti alguien mejor que yo... Estoy convencido de que estabas destinada a ser mi guía... y que yo estaba destinado a protegerte y cuidarte.*

Pensó en él esa mañana, sonriéndole a los ojos cuando ella silenciosamente aceptó casarse con él. *Un beso en la mano equivale a dos asentimientos de cabeza. Algo muy, muy comprometido.*

Y después recordó lo que la tía de él había dicho durante la cena la noche antes: *Todas las semanas, Michael iba a Dean y DeLuca a comprarte las peras... Él iba al colegio y no tenía dinero, así que estiraba cada centavo... pero, para ti, sólo quería lo mejor.*

*Michael sabe cómo hacerte feliz y tú sabes cómo hacerlo feliz a él...*

Él estaba de pie a pocos metros de ella, con los ojos sonriéndole a los suyos, atrayéndola hacia sí. Leigh comenzó a caminar más deprisa y, de pronto, descubrió que corría hacia sus brazos. Él la tomó en un abrazo feroz y, riendo, ella le rodeó el cuello con los brazos y oprimió la mejilla contra su pecho. Después se apartó un poco, lo miró y alegremente le dijo:

—Hola.

—Hola —le respondió Michael con una sonrisa.

Ignorando por completo a Jason Solomon, ella siguió abrazada al cuello de Michael y en broma le hizo la pregunta que las esposas les hacen rutinariamente a sus maridos.

—¿Cómo fue tu día?

Michael lo pensó antes de responder. Su día había empezado haciendo el amor y proponiéndole matrimonio a Leigh; después se había reunido con su abogado y voluntariamente fueron a la comisaría, donde un teniente detestable e imbécil los interrogó. Después fue seguido por una detective que terminó viajando con él en su coche y luego lo siguió al interior de un edificio donde él se reunía con investigadores privados. Él había contratado a los investigadores y les había encargado que transmitieran una amenaza verbal al teniente; ahora acababa de arreglar que echaran a la co-estrella de Leigh de la obra de teatro y Leigh sería socia de Solomon en la obra siguiente.

—Lo de siempre —contestó con una sonrisa—. Pero va mejorando muy rápido.

—Jason —dijo Leigh sin mirar a ese dramaturgo boquiabierto—, ¿puedes guardar un secreto?

Él pareció sorprendido por la pregunta.

—¡No! —contestó sin dudarlo.

—Bien. Sólo quería estar segura de que no habías cambiado tanto. —Satisfecha, Leigh le contó cuál era el «secreto» que no quería que guardara. Mirando a Michael Valente a los ojos, le dijo—: Te amo.

Desde una mesa cercana, un nuevo cliente observó escandalizado esa escena llena de ternura. Y después, con furia. Se quedó allí hasta que la pareja comenzó a irse; después arrojó un billete arrugado sobre la mesa y lentamente los siguió.


O'Hara los esperaba con el coche junto al bordillo.

—¿Adónde vamos ahora? —preguntó mientras se introducía en el tráfico y se cruzaba con otro chófer de limusina, que lo maldijo con el claxon—. ¿Quieren comprar algo para la cena? —preguntó, mirando a Michael por el espejo retrovisor.

En lugar de contestar, Michael pasó un brazo alrededor de Leigh, sus dedos subieron hasta sus suaves mejillas y su mirada se fijó en sus labios.

—¿Sabes qué es lo que realmente quiero? —susurró.

Leigh observó esos ojos color ámbar casi incandescentes y rio por lo bajo.

—Apuesto a que puedo adivinarlo.

—Ya adivinaste la primera mitad. La segunda está directamente relacionada con la primera, pero es un «quiero» más a largo plazo. ¿Ya sabes de qué se trata?

Leigh pensó en el hecho de que él había pasado de una amistad platónica al matrimonio en el lapso de doce horas. Después de veinticuatro, parecía obvio por dónde andarían a esas alturas sus pensamientos. Con absoluta seguridad, sonrió y dijo:

—Nietos.

Él echó la cabeza hacia atrás y lanzó una carcajada. Después dijo, con una sonrisa casi adolescente:

—Me encanta tu forma de pensar.

## 62

Sam oprimió de nuevo el botón de subir y miró su reloj mientras aguardaba nerviosamente que el viejo ascensor iniciara su viaje temblequeante hacia la planta baja. Había tomado un taxi en lugar de caminar hacia el metro porque caía una cellisca, pero el coche había quedado atascado en medio de un tráfico intenso. Ella ya llegaba cinco minutos tarde al trabajo y detestaba retrasarse, sobre todo ese día, en que era lógico que Mack pensara que ella estaba tratando de aprovecharse de la nueva situación que existía entre ambos.

Como si eso fuera poco, se suponía que se encontraría con su madre y su padrastro para una pequeña reunión, para conseguir fondos, que se llevaría a cabo en el Four Seasons inmediatamente después del trabajo. Como resultado, ella estaba vestida para la ocasión con una falda de gamuza gris y una chaqueta con cinturón y aplicaciones de gamuza. Estaba a punto de dirigirse a las escaleras y subir los dos tramos con sus tacones altos y la falda angosta, cuando el ascensor finalmente llegó.


Cuando Sam entró corriendo en su oficina a las 8.08, Mack estaba de pie junto a la pizarra, tenía una tablilla con sujetador en la mano izquierda y escribía en la pizarra una nueva lista de posibles sospechosos.

La reunión no había comenzado todavía y Shrader y Womack estaban de pie frente al escritorio de Mack, bebiendo café. Shrader anunció la llegada de Sam de una manera que hizo que ella tuviera ganas de estrangularlo.

—¡Por Dios, Littleton! —exclamó—. ¿Realmente eres tú? ¡Caramba! —dijo y codeó a Womack—. ¿Alguna vez viste mejores piernas que las de Littleton?

—Bueno, tendría que verlas un poco más para poder estar seguro —respondió Womack con una mirada exageradamente lasciva—. ¿Qué opinas tú, Littleton?

Sam puso los ojos en blanco y se acercó a la silla en que siempre se sentaba, la que estaba más cerca de la pizarra. Lamentablemente, Shrader estaba realmente fascinado con su «nuevo look».

—¿Y a qué se debe esto? —preguntó—. ¿Acaso tienes una cita romántica para el almuerzo?

—No, para cócteles después del trabajo —respondió Sam, distraídamente. Detestaba sentirse incómoda y deseó que Mack dijera algo.

Él lo hizo, y en un tono brusco y muy frío.

—Llega tarde, Littleton —dijo mientras seguía escribiendo en la pizarra.

—Sí, ya lo sé. Lo lamento.

—Que no vuelva a suceder.

Eso era injusto y era llevar las cosas demasiado lejos. Durante semanas, Sam había estado llegando temprano, yéndose tarde y trabajando durante los fines de semana. Sintió que la cara se le encendía y, por desgracia, Shrader no sólo lo advirtió sino que le pareció atractivo y, además, lo comentó.

—No es sólo por la forma en que estás vestida, Littleton. Esta mañana hay en ti algo diferente. Tienes... no sé... un rubor especial.

Demasiado incómoda y frustrada para pensar, Sam se vengó del reto de Mack por haber llegado tarde.

—Sucede que hoy me siento más distendida que de costumbre —le dijo a Shrader con tono frívolo—. Anoche mi cuerpo recibió un masaje total.

La tiza de Mack se partió.

Sam reprimió una sonrisa de satisfacción al inclinarse para recoger el trozo de tiza rota que había rodado por el suelo hasta llegar cerca de sus pies. En ese momento, Mack se volvió y caminó en dirección a ella. Con el trozo de tiza en la mano, Sam levantó la vista, lo miró y lentamente se puso de pie.

Él extendió una mano con expresión impasible, pero ella percibió una advertencia en sus ojos, y también algo más... algo parecido a una acusación. Dejó caer la tiza en la palma de su mano, la misma palma que él había introducido la noche anterior debajo de su sujetador y le había acariciado los pechos. Sus dedos largos se cerraron en la tiza; los mismos dedos largos que...

Sam apartó ese pensamiento y lo observó regresar a la pizarra. Llevaba una camisa negra que hacía resaltar sus hombros y su cintura estrecha, y los pensamientos de Sam rápidamente derivaron hacia lo que ella había sentido al recorrer sus músculos fuertes con la yema de los dedos. Mack era tan hermoso...

Sam volvió a sentarse y se obligó a conversar con Shrader y Womack, quienes estaban apoyados contra el escritorio de McCord.

McCord se sacudió el polvo de tiza de las manos, se volvió abruptamente y dijo:

—Valente queda eliminado definitivamente de la lista de sospechosos.

—¿Qué? —exclamó Womack al tiempo que se incorporaba.

—¿Por qué? —preguntó Shrader.

—No puedo darles el motivo porque tiene que ver con algunos asuntos del departamento de policía que necesito gestionar de forma separada y más adelante. Por ahora, quiero que acepten mi palabra de que tengo suficientes razones para descartarlo completamente como sospechoso. Si alguno de ustedes tiene problemas con eso, dígamelo ahora.

Shrader y Womack titubearon apenas un segundo; luego Womack sacudió la cabeza y Shrader dijo:

—Ningún problema. Yo no tengo inconveniente, si usted no lo tiene.

Sam sabía que ellos no vacilarían en aceptar la palabra de McCord, quien los había fascinado a ambos tanto como a Sam.

—Segundo —dijo McCord de manera implacable—, quiero que quede bien claro que *nadie* fuera de los que estamos en esta habitación debe saber que estamos descartando a Valente. Absolutamente nadie —repitió.

Shrader y Womack asintieron.

McCord miró a Sam, pero era sólo una formalidad, y ella también asintió.

—Sólo quisiera hacer una pregunta —dijo Shrader—. ¿La decisión de eliminar a Valente de esa lista tiene algo que ver con lo que Littleton averiguó cuando ayer lo persiguió hasta el centro?

McCord negó con la cabeza.

—No, pero más tarde ella podrá informarles lo que descubrió. En este momento tenemos a un asesino suelto. —Miró los nombres escritos en la pizarra—. Littleton dijo todo el tiempo que creía que había sido una mujer la que lavó esas copas, obviamente con nieve, puesto que la cabaña no tenía agua corriente, y después las puso con mucho cuidado en la pila, donde era menos probable que se rompieran.

»Dado el amor de Manning por las damas, esa teoría encaja. Si es así, entonces el saco de dormir faltante podría indicar que él tuvo relaciones sexuales con alguien que conocía lo suficiente acerca de los métodos de los forenses de la policía como para saber que nosotros revisaríamos el saco de dormir en busca de rastros de pelo y de fluidos.

—Cualquiera que haya visto alguna vez un par de episodios de *La ley y el orden* lo sabe —señaló Shrader.

—Exactamente. Y de alguna película o programa de televisión similar, el asesino podría haberse enterado de que revisaríamos las manos de Manning en busca de residuos de pólvora, de modo que ella —o él— hizo un disparo con la mano de Manning alrededor de la culata del arma.

McCord hizo una pausa y movió la cabeza en dirección a la lista de nombres que había en la pizarra.

—Empecemos con las mujeres con las que sabemos que Manning entró en contacto a través de su esposa, puesto que tenía predilección por acostarse con las amigas y conocidas de ella. Ustedes han verificado sus coartadas, pero no tan a fondo como lo habríamos hecho si no hubiéramos estado tan convencidos de que Valente era nuestro hombre.

Shrader y Womack se instalaron en sus respectivas sillas y Sam movió un poco la suya para que ellos pudieran ver bien la pizarra. Normalmente, estas reuniones en la oficina de Mack eran intensas y a un buen ritmo, pero el hecho de descalificar a Valente como sospechoso había dejado a todos un poco desconcertados y el ambiente de la oficina se había vuelto notablemente desganado. No sólo estaban ahora sin sospechoso, también debían aceptar la inesperada realidad de haber dedicado una enorme energía y tiempo a algo «seguro» que no lo era en absoluto.

—¿Qué sucede con Leigh Manning? —preguntó por último Shrader—. Ella no está en la pizarra.

Por primera vez, la mirada de McCord se fijó específicamente en Sam, pero la sonrisa que asomaba en las comisuras de sus labios era de diversión impersonal.

—Creo que Littleton tuvo razón todo el tiempo acerca de la inocencia de Leigh Manning. Hoy quiero hablar personalmente con la señora Manning, pero basándome en lo que Littleton supo ayer de Valente en la limusina, me parece razonable creer que la señora Manning no tenía idea de que su viejo amigo «Falco Nipote» era en realidad Michael Valente y que lo supo solamente *después* de la muerte de su marido.

—Eso es algo que me cuesta creer —dijo Womack.

En lugar de decirle con impaciencia a Womack que se fiara de su palabra, McCord cambió su decisión anterior y le pidió a Sam que les relatara lo que había averiguado el día anterior sobre Valente. Sam lo admiró por eso. Mack no sólo era un extraordinario líder, sino que era también un decidido miembro del equipo que se daba cuenta de cuándo sus compañeros no podían seguir adelante sin información adicional.

—Tiene bastante sentido —dijo Shrader cuando Sam terminó su relato acerca de la nota que habían confiscado—. Quiero decir, ¿por qué habría alguien de firmar «sobrino» y «Falco» en una nota que ya tenía su nombre impreso en la parte superior del papel?

—También explica por qué no podíamos vincularlo con Leigh Manning antes del homicidio, por mucho que lo intentáramos —dijo McCord—. Ellos *no* estaban vinculados. Si tienen alguna duda acerca de por qué ella no lo reconoció en su fiesta, échenle un vistazo a esta fotografía policial de cuando lo arrestaron por homicidio no intencional. Usaba una barba negra. Demonios, yo tampoco lo habría reconocido.

Sam pensó en la voz de Valente dentro de la limusina, en el timbre de su registro de barítono, y McCord notó que tenía el entrecejo fruncido.

—¿Disiente en algo? —le preguntó.

—No —dijo Sam enfáticamente y llevó una mano hacia su nuca para ajustar el clip que le sostenía el pelo peinado hacia atrás—. Yo vi esa foto antigua en el expediente de Valente. La única cosa que Leigh Manning podría haber reconocido cuando lo vio en la fiesta era su voz. Valente tiene una voz sorprendente. Es muy grave y al mismo tiempo muy suave y melodiosa...

Womack se golpeó la rodilla con una mano.

—¡Lo sabía! Yo te lo advertí: Littleton tiene algo con Valente. Vamos, Littleton, sincérate con nosotros: ¿tu cita romántica de esta noche es con Valente? No se lo contaremos a nadie —dijo—. Puedes confiar en nosotros —añadió, sin advertir que McCord apretaba cada vez más la mandíbula.

Sam comenzaba a perder la paciencia. Miró a Womack atónita y fastidiada y dijo:

—¡Mi «cita» es con mi madre y mi padrastro! Ahora, terminad con eso, ¿vale?

—¿Y a qué se dedica tu padrastro? —preguntó de pronto Shrader.

Sin notar cómo se había ido suavizando de manera casi imperceptible la mirada de McCord cuando ella mencionó la identidad de su «cita», Sam tomó un bloc que había sobre el escritorio de McCord y sacó un bolígrafo de su bolso.

—Trabaja para el gobierno y vive de los contribuyentes, tal como lo hacemos nosotros.

—¿Podemos volver a lo nuestro? —preguntó McCord, pero parecía menos tenso que antes y, varios segundos más tarde, Sam tardíamente se dio cuenta de que tal vez él había supuesto que ella se había puesto tan elegante para salir con otro hombre. Mack era un detective que instintivamente buscaba otras razones, más sutiles, para las cosas que hace la gente; lo cual podría significar que él se había preguntado si ella se había vestido de esa manera y mencionado una salida nada más que para fastidiarlo, para desconcertarlo y hacer que la espera fuera más difícil.

Después de apartar esos pensamientos, Sam miró la pizarra en el momento en que McCord señalaba el primer nombre de la lista y decía:

—¿Qué opinan de Jane Sebring, la coestrella? Ella dijo que había regresado a su casa del teatro, se acostó y más tarde se levantó y miró una película por televisión. ¿Realmente verificaron a fondo su coartada? —les preguntó a Shrader y Womack.

—El portero de su edificio confirmó que ella había vuelto a última hora de la tarde, después de la función de matinée —dijo Womack—. El servicio de taxis confirmó su viaje del teatro al edificio de apartamentos a esa hora. Sin embargo, eso no quiere decir que ella no se haya escabullido después por la puerta trasera, haya alquilado un coche o algo por el estilo y se haya dirigido a las montañas.

—Empiecen a verificarlo en las agencias de alquiler de coches, y también en los recibos de su tarjeta de crédito.

Shrader asintió.

—También verificaré los otros servicios de automóviles...

Womack lanzó una risotada.

—¿Qué? ¿Como si ella hubiera hecho que un chófer la llevara a las montañas y la esperara allí mientras bajaba a la cabaña y liquidaba a Manning?

Shrader se puso rojo. En su cara de aspecto feroz apareció una expresión avergonzada; bajó la vista y sacudió la cabeza con incredulidad.

—Antes de terminar la frase ya me di cuenta de que eso no podría haber sucedido.

—Sigamos —dijo McCord, pero en sus labios luchaba por dibujarse una sonrisa frente a ese extraño lapsus de lógica equivocada de Shrader—. ¿Qué me dicen de Trish Lefkowitz, la publicitaria?

—Su coartada es irrebatible —respondió Womack.

—Una lástima —dijo secamente McCord y tachó su nombre en la pizarra—. Trish tiene coraje suficiente para dispararle a un individuo en la cabeza y recordar después lavar los platos en la cocina.

—¿Lo dice por experiencia propia, teniente? —preguntó Shrader.

Sam se alegró de que Shrader hubiera hecho esa pregunta, pero mantuvo una expresión indiferente mientras aguardaba la respuesta de McCord. La respuesta de él fue reírse y un elocuente estremecimiento.

—No.

Sam le creyó. Sólo deseó no haber utilizado esa broma sugestiva acerca de haber recibido un masaje la noche anterior. Ella era no sólo una novata en cuanto a enamorarse sino que no estaba en absoluto preparada para manejar esa experiencia trascendental con alguien para y con quien trabajaba.

Mack y ella se habían puesto de acuerdo con respecto a cómo sería la conducta de ambos hasta que el caso Manning se resolviera, y ella había roto ese acuerdo minutos después de entrar en su despacho. Lamentablemente, no creía que Mack dejara pasar esa traición sin hacer un comentario al respecto, que era la razón por la que ella se proponía salir volando del despacho en cuanto la reunión llegara a su fin.

—¿Y Sybil Haywood, la astróloga? —preguntó Mack—. Es suficientemente atractiva como para haber interesado a Manning.

—¡Qué tía más chiflada! —dijo Shrader y se golpeó la rodilla para dar más énfasis a sus palabras—. Cuando fui a verla tuve que darle mi fecha de nacimiento antes de que ella me hablara; después ejecutó un programa de ordenador con respecto a mis planetas o a algo parecido. Lo llamó mi carta natal.

—¿Y qué le dijo? —preguntó McCord, refiriéndose a la coartada de la mujer.

Shrader no lo entendió así y creyó que se refería a la carta astrológica.

—Me dijo que una mujer joven que está cerca de mí, pero que no es miembro de mi familia, está en grave peligro, pero no podía ser salvada. Dijo que yo debía recordar que esta vida es sólo un lugar de paso para la siguiente, y que allí volveremos a estar juntos.

—¿Tenía una coartada y era sólida, sin fisuras? —preguntó McCord burlonamente.

—Sí a las dos preguntas. Acabo de recordar algo que me dijo Haywood —añadió Shrader cuando McCord se disponía a tachar también el nombre de esa mujer—. Lo olvidé antes, pero ella me comentó que la noche de la fiesta, Leigh Manning le pidió que entretuviera a Valente. Dijo que la señora Manning estaba disgustada de que lo hubieran invitado, ya saben, por su mala reputación.

McCord asintió.

—Lo cual no hace sino confirmar la idea de que esa noche, Leigh Manning no tenía idea de quién era Valente en realidad. —Miró el siguiente nombre de la lista—. ¿Y Theta Berenson? Es la pintora.

—Ella tiene una coartada irrefutable —dijo Shrader—. De todos modos, seguro que a Manning nunca se le había ocurrido tratar de seducirla. Si ser fea fuera un crimen, todos estarían empeñados en darle caza a esa mujer con helicópteros y sabuesos.

—Shrader —dijo McCord con una leve sonrisa y se volvió para tachar también su nombre—. Detesto ser el primero en decírselo, pero usted no es precisamente un Adonis.

Sam miró su bloc para ocultar su sonrisa. Cuando volvió a levantar la vista McCord se había cruzado de brazos y miraba los nombres que quedaban en la pizarra.

—¿Qué les parece Claire Straight? —preguntó.

—Ella también tiene una coartada sólida —dijo Womack—. Y detesta a los hombres. Su marido la abandonó por una jovencita dulce a quien él doblaba en edad, y la mujer está obsesionada. Si quiere saber mi opinión, ese divorcio la está convirtiendo en una lesbiana.

—¿Eso puede suceder? —preguntó Shrader y miró a Sam en busca de una respuesta—. ¿Te parece que una mujer heterosexual se puede transformar en lesbiana porque un hombre le fue infiel?

Sin darse cuenta de que McCord la estaba mirando por encima del hombro, Sam se inclinó hacia delante, le sonrió a Shrader y dijo:

—Sí, definitivamente. Eso fue lo que me sucedió a mí.

Se echó hacia atrás, volvió la cabeza y vio que McCord la miraba. Tenía en la cara una expresión de risa apenada; después sacudió un poco la cabeza y miró nuevamente la pizarra. Sam también era detective y pescó ese leve movimiento de la cabeza y lo identificó. Era lo mismo que ella había hecho un momento antes, tratando de concentrarse en el trabajo en lugar de pensar en él.

—Erin Gillroy, la secretaria de Manning —dijo Mack golpeando con la tiza junto al nombre.

—Yo no le pregunté si tenía coartada —reconoció Womack—. ¿Lo hiciste tú, Littleton?

—No, aunque debería haberlo hecho. En aquel momento no creí que fuera candidata. Sigo pensando lo mismo, pero nunca se sabe.

—Ocúpese de eso, Womack —dijo McCord y después señaló el nuevo nombre que había en la pizarra—. Muy bien, ésta es la última mujer de la lista de hoy, Sheila Winters.

—¿La psiquiatra? —dijo Shrader y frunció la nariz—. Por Dios, ¿se imaginan haciendo el amor con una psiquiatra mientras ella analiza el significado subyacente de cada uno de nuestros gemidos?

—¿Podemos olvidar ese comentario sugestivo y terminar con las referencias de carácter sexual? —dijo Mack, irritado—. ¿Qué demonios está pasando aquí esta mañana?

Shrader y Womack intercambiaron una mirada de sorpresa. McCord mismo había hecho un comentario acerca de Trish Lefkowitz. Las fuerzas del orden eran un campo dominado por hombres recios, y nada era tabú entre los «muchachos». Siempre y cuando el blanco no fuera Sam, solían tener libertad para expresarse como quisieran incluso bajo las normas del departamento.

—Littleton y yo entrevistamos a la doctora Winters —continuó Mack—, pero no como a una sospechosa potencial, así que no le pedimos una coartada. Es una mujer rubia y atractiva, y a Manning le gustaban las rubias atractivas. En mi opinión, es una probabilidad remota que sea sospechosa, pero igual volveremos a visitarla. Eso nos lleva a los tres hombres que están en la lista —dijo—. El primer nombre es George Sokoloff, el arquitecto. Littleton verificó su coartada y es creíble pero no del todo carente de fisuras.

—¿Motivo? —preguntó Womack.

McCord estaba callado, pensando.

—Tendremos que verificar la veracidad de sus reclamos, pero si dice la verdad, él era el verdadero talento detrás de varios de los proyectos más exitosos de Manning. Manning le había prometido un crédito total y una responsabilidad mayor en el proyecto Crescent Plaza. Tal vez Manning le dijo que no pensaba cumplir esas promesas.

Señalando los dos últimos nombres, Mack dijo:

—Eso nos lleva a Jason Solomon y su pareja, Eric Ingram.

—Cada uno es la coartada del otro —dijo Womack; luego tardíamente recordó lo que habían sabido acerca de los doscientos mil dólares en efectivo que Manning había empleado para comprar acciones en la obra de Solomon.

—Sigamos escarbando allí —dijo Mack—. Creo que el camino a nuestro asesino probablemente estará pavimentado con billetes verdes. Necesitamos averiguar de dónde demonios sacaba Manning todo ese efectivo ilegal para cubrir los gastos no sólo de su oficina adicional y de su modo de vida sino también para comprarse coches y acciones en una obra teatral de Broadway, para mencionar sólo algunas de las cosas que ya sabemos. A juzgar por la forma en que él lo estaba gastando, parecía estar seguro de que seguiría recibiendo mucho más.

Womack bebió un sorbo de café frío y después volvió a poner la taza sobre el escritorio.

—¿Podría ser que estuviera traficando con drogas?

Mack se encogió de hombros.

—Cualquier cosa es posible, pero no lo veo arriesgando su pellejo en algo tan peligroso. Yo lo asociaría más bien con algo un poco más furtivo.

—¿Robo? ¿Manejo de propiedad robada? —propuso Womack.

Mack sacudió la cabeza.

—La misma respuesta que lo de las drogas.

—¿Chantaje? —sugirió Shrader—. ¿Extorsión?

—Ésa sería mi apuesta, pero haré que nuestros encargados de trazar perfiles psicológicos lo examinen y veremos qué dicen. Leigh Manning probablemente tiene la respuesta, lo sepa o no —concluyó Mack y se alejó de la pizarra—. Quiero interrogarla hoy, pero trataré de ser cortés y de hacerlo con la aprobación de Valente. Eso es todo por esta mañana —dijo.

Sam había estado esperando esas palabras. Tomó su bolso del suelo, se puso de pie y colocó la silla en su lugar.

—Empecemos a trabajar con las pistas que tenemos... —agregó McCord y Sam enfiló hacia la puerta, con Womack y Shrader entre McCord y ella, confiando en que ellos le bloquearían la vista. Ya casi había llegado a la puerta cuando una orden implacable de McCord la detuvo.

»Detective Littleton, me gustaría hablar un momento con usted.

## 63

Sam maldijo en silencio, se volvió y dio un paso al costado para permitir que Shrader y Womack salieran. Con el bolso colgado del brazo derecho y el bloc de notas contra el pecho, de mala gana Sam se acercó al hombre que se había sentado detrás del escritorio y la miraba con un silencio especulativo.

—¿Por qué? —le preguntó bruscamente.

Varias reacciones posibles desfilaron en un instante por la mente de Sam, todas excelentes tácticas de distracción y métodos sumamente eficaces para quitarle el poder a un hombre que lo tenía y que se proponía demostrarlo. Sam decidió no echar mano de ellas y optó por la sinceridad.

—¿Te estás refiriendo al comentario sobre «masajes»?

Él asintió en silencio.

—Ojalá pudiera decirte el porqué —reconoció ella—, pero no estoy completamente segura de la razón. Creo que me sentía un poco insegura. Probablemente tú has estado antes en situaciones como la nuestra, pero para mí es algo nuevo.

—¿Por casualidad tu comentario acerca de los masajes estaba relacionado con el hecho de que yo te hubiera reprendido por llegar algunos minutos tarde?

Ella lo pensó y asintió.

—Sí. Lo siento. No volveré a reaccionar de esa manera.

En ese momento ella lo vio: un brillo de afectuosa diversión en los ojos de él.

—Tampoco lo haré yo —prometió Mack.

Pensativa y en silencio, Sam tomó en cuenta la confusa respuesta de Mack y su expresión divertida.

—¿Acaso —preguntó— lo hiciste porque creíste que yo voy vestida así por una cita importante con alguien?

Él le lanzó una mirada de incredulidad, como si la pregunta sobrara.

—Por supuesto.

Sam reprimió una sonrisa y por un momento se perdió en los ojos de Mack. Luego se volvió para irse.

Detrás de ella, Mack tomó un bolígrafo y dijo:

—Yo no le he quitado la vigilancia a Valente. Cuando sepa que está en su oficina, quiero ir a verlo y persuadirlo de que le permita a Leigh Manning hablar con nosotros... abiertamente, sin ningún abogado que obstaculice las respuestas. Si es necesario, haré que la traigan aquí, pero me gustaría hacer esto de modo más civilizado. Tú eres mi mejor esperanza para conseguir hablar con Valente.

—No cifres tantas esperanzas en mí —dijo Sam—. Yo metí la pata al preguntarle si estaba en casa de la señora Manning la noche en que fuimos a comunicarle que su marido estaba muerto. Él sabía que seguramente nosotros ya lo sabíamos, de modo que cuando le hice la pregunta él enseguida me rebajó al papel de otro policía mentiroso y conspirador.

—Por curiosidad, ¿qué te hizo preguntarle eso? —preguntó Mack mientras hacía garabatos en el bloc amarillo.

—Quería comprobar si trataría de mentirme.

Recostado en su silla, Mack la miró.

—A él le conviene dejar que hablemos con Leigh Manning. Si yo consigo verlo, creo que puedo convencerlo de ello. Si hago que lo traigan aquí, vendrá con un abogado y tendremos un público de curiosos. Lo que yo tengo que decirle no se lo puedo decir delante de ninguna otra persona.

Mientras meditaba, Sam pasó el bloc a su mano derecha y lo sostuvo contra su bolso.

—A fin de convencerlo de que te vea, sobre todo sin la presencia de su abogado, necesitarás convencerlo de que has cambiado completamente de idea y que lo que piensas ahora es auténtico y definitivo.

En los labios de McCord se dibujó una sonrisa sardónica.

—A través de un amigo mío en Interquest, él me mandó ayer una advertencia muy clara. Y mi amigo dice que el señor Valente «lo dijo muy en serio».

Sam puso los ojos en blanco.

—Fantástico —dijo y de pronto se le iluminó la cara—. Yo conozco una manera en que esto podría funcionar, pero a ti no te gustará nada.

—Inténtalo.

—Devuélvele la única prueba incriminatoria que tenemos sobre él. Devuélvele su nota.

—Tienes razón, no me gusta nada. Sería violar completamente las reglas en materia de pruebas.

Sam inclinó la cabeza y dijo:

—Ésa es tu posición. La posición de él será la de que yo confisqué algo que no nos pertenecía, y que lo conservamos con la esperanza de poder colgarle a él y/o a Leigh Manning otro cargo criminal. Él sabe que esa nota es muy valiosa para nosotros si nos proponemos seguir acosándolos a ambos. También debe de saber todo lo referente a «nuestras reglas» en materia de pruebas, porque es indudable que muchas veces tuvo que esperar a que le devolvieran cosas de su propiedad. Devuélvele la nota —dijo Sam— y habrás conseguido una gran ventaja.

Por un momento, Mack vaciló; luego capituló.

—Está bien, pero manda hacer media docena de copias y que las autentiquen. Después llama al senador —añadió— y dile que es posible que llegues tarde para los cócteles.

Sam se dio cuenta entonces de que él lo sabía. Pero, bueno, desde luego que él la había hecho investigar a fondo antes de permitirle formar parte del equipo. Mack era muy minucioso con respecto a todo lo que hacía. Incluyendo besar.

—Muy bien, teniente —bromeó ella—. Lo haré.

Detrás de ella, Mack habló de nuevo, con voz solemne y ronca.

—Sam... —Ella volvió la cabeza.

—¿Sí?

—Estás muy guapa.

Sam sintió que el corazón le golpeaba en el pecho.

—¿No es extraño? —dijo y soltó una risita—. Yo estaba pensando lo mismo de ti.

McCord la observó alejarse; después al tomar el teléfono, vio los garabatos que había estado haciendo en el bloc amarillo. La página sólo contenía una palabra, escrita varias veces con diferentes tipos de letras. *Mía.*

## 64

A las tres en punto, el automóvil policial de vigilancia que seguía a Michael Valente informó que él había regresado a las oficinas centrales de su compañía ubicadas en la Sexta Avenida, en pleno centro de Manhattan.

A las tres y treinta y cinco, McCord y Sam abrieron las puertas altísimas que ostentaban el letrero de «Alliance-Crossing Corporation. Oficinas Ejecutivas», en el piso cuarenta y ocho.

El escritorio de la recepcionista era de cristal grueso y se encontraba situado en el centro de un sector amplio y alfombrado rodeado de grupos de sillas dispuestas a una distancia discreta unas de otras. Preciosas esculturas de vidrio, algunas de ellas grandes y abstractas, brillaban debajo de spots que iluminaban distintos lugares.

Varias puertas de despachos, todas ellas cerradas en ese momento, daban al sector de recepción. Dos hombres y una mujer se encontraban sentados cerca el uno del otro y hablaban en voz baja; otro hombre hojeaba una revista cerca de los ventanales y tenía su maletín apoyado en el suelo, cerca de sus pies.

McCord le mostró su tarjeta a la recepcionista y pidió ver al señor Valente. Por lo general, al ver la «tarjeta de visita» oficial de un detective del Departamento de Policía de Nueva York, el empleado de una oficina respondía con alarma, con curiosidad, con susto o, cada tanto, con cautela. Pero nunca con burla o desprecio. La recepcionista de las oficinas centrales de Valente fue una notable excepción. Era una mujer atractiva de poco más de treinta años y miró la tarjeta de McCord, luego a McCord y literalmente puso los ojos en blanco con una mueca de aversión antes de ponerse de pie y desaparecer por un largo pasillo.

—No me parece que haya quedado muy impresionada —bromeó Sam.

—Ya lo noté —dijo McCord y después bajó la voz hasta convertirla en apenas un susurro—. Si llegamos a ver a Valente, él tratará de grabar la reunión para su propia protección por si esto es una suerte de trampa. No es ningún novato en las triquiñuelas empleadas por la policía. No digas nada importante hasta que yo lo haya persuadido de que no registre lo que hablamos. Si él no cree lo que yo le estoy diciendo o si opta por la revancha en lugar de la cautela, no quiero que tenga una cinta grabada para darles a sus abogados.

La recepcionista volvió enseguida, seguida por una mujer cuarentona e impecablemente vestida con un traje de lana color rosa pálido. Tenía pelo oscuro y corto y el porte de una reina... de una directora de colegio. Su voz estaba exquisitamente modulada.

—Soy la señora Evanston, la asistente del señor Valente —enunció—. Por favor, síganme.

McCord y Sam la siguieron por un largo pasillo, traspusieron una puerta y luego otro hall hasta una puerta sin inscripciones en el fondo. Cuando ella abrió la puerta y dio un paso atrás, le dedicó a McCord una fugaz y eficiente sonrisa y dijo, con su dicción perfecta:

—El señor Valente le sugiere que se vaya a la mierda.

La puerta abierta daba a los ascensores principales.

—Yo sabía que las cosas estaban saliendo demasiado bien —dijo McCord poco después de que enfilaran nuevamente por el pasillo hacia las puertas principales que conducían a la suite ejecutiva de Alliance-Crossing—. Inténtalo tú esta vez.

—Tendré que devolverle su nota a la señora Manning o esto será una pérdida de tiempo.

McCord vaciló, pero después asintió.

La recepcionista los fulminó con la mirada cuando ellos se acercaron de nuevo a su escritorio, pero Sam le sonrió. De su bolso sacó un bolígrafo y la nota de Valente, que todavía estaba dentro de uno de los sobres de pruebas del Departamento de Policía de Nueva York. En ese sobre escribió: «En el interior del sobre va nuestro billete de entrada. Es suyo para que se lo quede, acepte o no vernos. Por favor, concédanos algunos minutos. Tiene que ver con L.M. y es urgente.»

Sam le entregó el sobre a la recepcionista, junto con una de sus tarjetas personales y dijo:

—Por favor, llévele esto a la asistente del señor Valente y si es preciso sosténgalo delante de sus ojos para asegurarse de que lo lea.

Era obvio que la recepcionista sabía que la asistente de Valente los había echado por la puerta de atrás y tomó una actitud parecida. Se encogió de hombros, empujó el sobre y la tarjeta hacia un extremo del escritorio y volvió la cabeza hacia la pantalla de su ordenador.

—Ningún problema —dijo Sam con tono agradable y estiró el brazo para tomar esas dos cosas descartadas—. Voy a dar por sentado que está demasiado ocupada y prefiere que yo le lleve estas cosas directamente a la señora Evanston.

La recepcionista se volvió enseguida, tomó el sobre y la tarjeta, miró a Sam con furia y se alejó en la misma dirección en que lo había hecho momentos antes.

—Valente parece inspirar mucha lealtad en su personal —comentó Sam mientras ambos se sentaban a esperar.

McCord no dijo nada; estaba analizando la nota que Sam había escrito en el sobre y sonreía un poco. Ella había escrito cuatro frases cortas, pero cada una transmitía una significativa carga explosiva psicológica:

«En el interior del sobre va nuestro billete de entrada»... *Si usted es un hombre razonable, comprenderá que el hecho de que nosotros le hayamos devuelto esta nota representa un significativo gesto de buena fe de nuestra parte.*

«Es suyo para que se lo quede, acepte o no vernos»... *No hay segundas intenciones en esto. No estamos tratando de obligarlo a nada, y desde ya reconocemos que no podríamos hacerlo aunque lo intentáramos.*

«Por favor, concédanos unos minutos»... *«Por favor»: ésta es una palabra que usted nunca ha oído de labios de alguien del Departamento de Policía de Nueva York, pero ahora comprendemos cuáles son sus derechos.*

«Tiene que ver con L.M. y es urgente»... *Usamos solamente las iniciales de Leigh Manning porque también nosotros queremos proteger su privacidad de los ojos de cualquiera que pueda ver esta nota.*


Michael cortó la comunicación y miró a la señora Evanston, quien le entregó un sobre y una tarjeta que ostentaba el nombre de la detective Littleton.

—Han vuelto —dijo ella con el entrecejo fruncido.

Con impaciencia, Michael tomó el sobre para pruebas del Departamento de Policía de Nueva York; luego miró el mensaje manuscrito de Littleton. Abrió el sobre, extrajo el sobre blanco que había dentro y desplegó la nota que él le había escrito a Leigh junto con las peras que le había enviado al hospital.

*El sábado por la noche me costó mucho más de lo que suponía simular que no nos conocíamos.*

Si su intención hubiera sido tratar de incriminarse a sí mismo y a Leigh en el homicidio de Logan, no podría haber elegido mejores palabras, pensó Michael con fastidio.

Miró de nuevo las palabras de Littleton y no se le escapó, por cierto, el mensaje subyacente, pero la frase que más lo impactó fue la referencia a Leigh y la palabra «urgente». Si Littleton era lo suficientemente inteligente como para echar mano de lo que él sentía por Leigh, entonces era también lo suficientemente inteligente como para haber guardado copias de esa nota. Por otro lado, las copias nunca tienen el mismo efecto sobre un jurado que un original, de modo que ella se estaba arriesgando al devolvérsela, obviamente con el consentimiento de McCord.

Michael vacilaba y golpeteaba un extremo del sobre contra el escritorio. La idea de permitir que McCord entrara en su despacho lo hacía apretar los dientes. De pronto se le cruzó por la mente el comentario de Wallbrecht... *Trumanti eligió al hombre equivocado para este trabajo. No se puede enviar a Mack tras el blanco equivocado y ordenarle que siga por ese camino por alguna razón personal... porque Mack no sólo irá tras el blanco correcto por su cuenta, sino que lo abatirá y después irá tras de ti... Es el mejor detective que el Departamento de Policía de Nueva York ha tenido jamás, pero no se meterá en política ni le besará el trasero a nadie.*

Personalmente, Michael no soportaba a ese bribón arrogante, pero Wallbrecht lo tenía en la más alta estima, y Wallbrecht era el mejor en su campo.

—¿Quiere que llame a Bill Kovack, de seguridad, y le diga que venga y les recuerde a los detectives las implicaciones de estar aquí sin una orden judicial?

—No —respondió secamente Michael—. Hágalos pasar, pero primero tráigame una grabadora.

Ella asintió.

—Entendido.

## 65

Aunque Valente había aceptado verlos, Sam no esperaba una cálida recepción de su parte y tampoco la recibió. Valente estaba de pie detrás de su escritorio y su expresión era fría y amenazadora.

De todos modos, Sam lo saludó con una sonrisa.

—Gracias por recibirnos —dijo y luego trató sin éxito de inyectar un poco de humor en ese momento de tanta tensión haciendo un gesto hacia McCord, que estaba a la izquierda de ella, y agregando—: Lamentablemente, ustedes dos ya se conocen.

La mirada de Valente pasó sobre McCord como una navaja.

—El «billete de entrada» de ustedes les significa tres minutos de mi tiempo —le advirtió. Después agregó—: Supongo que sabe que está infringiendo la ley al intentar interrogarme sin que esté mi abogado presente.

En ese momento, lo que más le importaba a McCord era la grabadora que veía sobre el escritorio de Valente.

—Voy a apagar esto por un momento —dijo con mucha calma—. Si usted quiere volver a encenderla después de que yo empiece a hablar, puede hacerlo, y entonces nos iremos.

Valente se encogió de hombros.

—Mientras usted sea el que hable, no tengo ningún problema.

McCord oprimió la tecla *off* y dio un paso atrás.

—Ahora bien, la situación es la siguiente: no estamos violando ninguna ley al estar aquí, porque yo lo he eliminado como sospechoso en el homicidio de Manning. De momento, usted está bajo vigilancia, algo que estoy seguro que sabe, y sus teléfonos están intervenidos, pero dejaré que las cosas sigan de esa manera...

Valente se echó a reír y su risa fue dura y despectiva.

—Por supuesto que sí, hijo de puta.

—Creo que sabe —dijo McCord— que a una parte mía le gustaría rodear este escritorio y darle una buena tunda por hacer que esto sea tan difícil.

Valente miró el suelo y dijo con voz suave y letal:

—Considérese invitado.

Sam se tensó durante ese intercambio de palabras, pero McCord, una vez que disparó su tiro de advertencia, se volvió y se acercó a las ventanas. Mirando hacia la línea de edificación, dijo con voz pareja:

—Pero otra parte mía se siente obligada a responder con respecto a cómo me sentiría yo si estuviera en su lugar. Cómo me sentiría si hubiera pasado cuatro años en prisión pagando por un crimen que la policía sabía que yo no había cometido, todo porque el matón *dopado* que yo maté *en defensa propia* con su arma y no la mía resultó llamarse William *Trumanti* Holmes.

McCord se metió las manos en los bolsillos y estudió el reflejo de Valente en el cristal al proseguir:

—¿Cómo me sentiría yo si, después de salir de la cárcel y empezar a construir un negocio honesto, Trumanti enviara tres de sus esbirros a seguirme, y cada uno jurara en falso que en tres ocasiones consecutivas yo traté de sobornarlo?

Por el rabillo del ojo Sam vio que Valente apoyaba la cadera derecha en los anaqueles que había detrás de su escritorio, se cruzaba de brazos y su expresión era fríamente especulativa más que ominosa.

—Esos casos de intento de soborno fueron sólo el principio —dijo McCord y pasó a su propio punto de vista en lugar de seguir hablando del de Valente—. A medida que pasaban los años, cuanto más edad tenía, mayor era el arsenal que Trumanti reunía para abatirlo. La ciudad involucró al estado y entonces los del FBI intervinieron. Usted se transformó en el blanco de la totalidad de las fuerzas del orden y, que yo sepa, usted no ha violado ninguna ley.

Con una sonrisa sombría, añadió:

—Pero usted no es ningún mártir. Los querellantes que lo han perseguido terminaron yaciendo ensangrentados en el campo de batalla, con sus carreras y reputaciones destrozadas. Ésa es su venganza. Por supuesto, le cuesta millones en honorarios legales, a pesar de lo cual no consigue recuperar la reputación que ellos le robaron.

McCord se volvió lentamente y lo miró a la cara, todavía sin sacar las manos de los bolsillos.

—¿Entendí bien la historia?

—No pude contener las lágrimas —se burló Valente.

McCord no le contestó y Sam estudió, fascinada, la escena protagonizada por esos dos hombres. Todavía eran cazador y depredador, todavía antagonistas instintivos —astutos, cautelosos y agresivos— pero, por el momento, cada uno mantenía una actitud deliberadamente no combativa: Mack con las manos en los bolsillos; Valente con los brazos cruzados sobre el pecho y una cadera apoyada en los anaqueles.

Separados por algún silencioso acuerdo en una zona neutral de alrededor de unos dos metros y medio, la actitud de Valente ya no era ofensiva, pero se negaba a entrar en la contienda. McCord calculaba cuál sería la mejor manera de comprometerlo, pero no a través del ataque.

Pasando a un tono informal y casi cordial, dijo:

—Tengo un cuadro muy claro de lo que sucedió en todos esos otros casos, pero ahora llegamos al caso Manning —mi caso— y en algunas zonas ese cuadro es un poco brumoso. Ésta es la forma en que creo que usted se involucró, pero me gustaría que me corrigiera si me equivoco.

En respuesta a esa petición, Valente, evasivamente, levantó las cejas, pero al menos estaba escuchando y los tres minutos que les había concedido ya habían pasado.

—Creo que se involucró en el caso el 28 de noviembre —comenzó a decir McCord—, cuando asistió a una fiesta en la casa de una muchacha que usted conocía. Creo que la última vez que le había hablado, ella era todavía una jovencita universitaria y usted era un tipo con barba y sin dinero, que trabajaba en la tienda de su tía e iba al colegio. Pero la noche de esa fiesta las cosas eran muy diferentes para ustedes dos. Ella era ya una estrella de Broadway y usted, un hombre muy rico, un magnate en realidad, pero un magnate con una fea historia. También creo —y aquí lo mío son puras conjeturas— que a usted le gustaba mucho ella ya por aquellos días. ¿Tengo razón?

Sam contuvo la respiración a la espera de la respuesta de Valente: que aceptara participar.

—Sí, fue una buena época —finalmente confirmó Valente.

Mientras Sam lanzaba vivas mentales, McCord continuaba con su trama.

—Ahora bien, en la fiesta ella no lo reconoce. Lo toma por lo que parece: un famoso multimillonario con una reputación deshonrosa, y por lo tanto no se muestra muy cordial con usted. Aun así, usted está deseando estar un rato con ella. Lamentablemente, ella no le concede mucho tiempo. Mientras usted todavía trata de decidir si le dirá quién es realmente y cuándo lo hará, ella se aleja y lo deja en manos de una amiga —una astróloga— y su oportunidad se esfuma. Y he aquí lo que realmente sucede —especuló Mack—, aunque sólo pasó algunos minutos con ella en la fiesta, volvió a quedar prendado de ella, ¿no es así?

Sam vio que un esbozo de sonrisa se hacía más evidente en las comisuras de la boca de Valente, y dio por sentado que Valente descartaba la presunción de McCord por ser descabellada... hasta que lentamente asintió y Sam sacó la única otra conclusión posible: que a Valente le había impresionado, muy a pesar suyo, que un «tipo recio» como McCord hubiera hecho semejante suposición acerca de otro hombre, sobre todo de un hombre con la reputación de Valente.

—Un par de días más tarde —continuó Mack—, se entera de que ella tuvo un accidente automovilístico y de que está en el hospital. Usted sabe que a ella le encantan las peras, porque solía comprarlas en la tienda de su tía. De modo que le envía un canasto lleno de peras con una nota escrita en un papel con su membrete y lo firma con los únicos nombres por los que ella solía conocerlo. Pero ella no recibe la nota porque nosotros lo impedimos. Algunos días más tarde, cuando ella vuelve a su casa del hospital, usted va a su apartamento para ver cómo se encuentra...

McCord se detuvo en ese momento para hacer otra pregunta:

—¿Cómo hizo para lograr que ella le permitiera subir a su apartamento si todavía no sabía quién era realmente usted?

—Le dije que su marido tenía algunos documentos que me pertenecían y que yo los necesitaba.

McCord asintió.

—¿Y eso era cierto?

—No.

—Pero la estratagema funcionó —continuó McCord—. Como resultado, usted estaba allí cuando la llamamos para avisarle que habíamos encontrado su coche, y usted se ofreció a llevarla al lugar en su helicóptero. Demonios, ¿por qué no habría de hacerlo? —preguntó Mack y se encogió de hombros. Era una pregunta retórica, una pregunta que se respondió él mismo en beneficio de Valente—. Usted la amaba, no sabía que su marido estaba muerto y no tenía nada que ocultar. De hecho, su helicóptero aterrizó en la carretera, justo delante de una hilera de patrulleros policiales.

»Incluso después de enterarse de que Manning estaba muerto, usted siguió yendo a verla... y lo hizo sabiendo perfectamente bien que el Departamento de Policía de Nueva York trataría de encontrar pruebas contra usted con la excusa más trivial que les diera. Pero a usted eso no le preocupaba porque no sabía que nosotros teníamos una excusa... y que no era nada trivial. Teníamos la nota que usted le había mandado a Leigh Manning; una nota tan concluyente que *cualquiera* que la hubiera escrito se convertiría en el sospechoso número uno en un caso de conspiración para cometer un homicidio.

Cuando McCord llegó al punto en que él entraba en escena, se acercó al escritorio de Valente, tomó un pisapapeles y lo examinó mientras hablaba.

—Pero usted no es «cualquiera» —dijo—. Usted es el blanco de la *vendetta* de Trumanti y, desde el momento en que él se enteró de la existencia de la nota que usted le escribió a Leigh Manning, su única meta ha sido vivir el tiempo suficiente como para sentarse frente a los ventanales cuando a usted le apliquen la inyección letal. Es allí donde entro yo —agregó McCord; puso el pisapapeles en su lugar y miró a Valente a los ojos—. Yo soy el asistente del verdugo elegido expresamente por Trumanti, cuya misión es ayudar a clavarle la aguja en el brazo.

Sam no alcanzaba a verle la cara a McCord porque él le daba la espalda, pero sí veía la cara de Valente, quien escudriñaba con mucha atención a McCord cuando éste concluía.

—No voy a cancelar la vigilancia que tenemos sobre usted y la señora Manning ni interrumpiré la intervención sobre su línea telefónica. No puedo arriesgarme a darle motivos a Trumanti para reemplazarme por otra persona que cumpla su misión. Lo mejor que puedo hacer en este momento es devolverle a usted la nota que le escribió a Leigh Manning como señal de tregua... de buena voluntad.

—¿Con cuántas copias se quedaron ustedes? —preguntó Valente.

—Con seis —respondió McCord—. Sin embargo, las tengo yo en custodia y permanecerán en mi poder a menos que descubra que estoy equivocado y que usted mató a Manning. Eso es todo lo que puedo hacer ahora. Lo lamento, pero tendrá que tolerarlo.

Como respuesta, Valente oprimió un botón en los anaqueles y un panel de vidrio oscuro se deslizó. Detrás de él brillaban pequeñas luces rojas de un elaborado sistema de sonido.

—Yo podré tolerarlo —dijo él y extrajo un casete de la grabadora—, siempre y cuando usted pueda tolerar esto.

McCord entrecerró los ojos, fijó la mirada en la cinta y luego en la cara de Valente.

—Por pura curiosidad, ¿qué se propone hacer con esa grabación?

—Permanecerá en custodia —contestó Valente, repitiendo las palabras pronunciadas un momento antes por McCord—, a menos que usted cambie de idea y decida que Leigh Manning o yo matamos a su marido.

El día antes, McCord no habría creído ni una sola palabra salida de la boca de Michael Valente. Ahora, le tomó la palabra con respecto a una cinta grabada muy peligrosa y miró a su antiguo enemigo con una renuente admiración.

—Excelente truco —comentó.

Sam se mordió el labio inferior para no reír y simuló estar buscando algo en su bolso.

—Ahora tenemos que hablar de la señora Manning —explicó McCord—, porque creo que el asesinato puede haber estado relacionado con los negocios financieros de su marido. Naturalmente, usted puede estar presente cuando hablemos con ella.

—Naturalmente —coincidió Valente secamente; abrió un cajón del escritorio y extrajo un móvil. Lo miró por un momento como si le resultara desconocido y después lo encendió.

—¿Un nuevo teléfono? —especuló McCord con una leve sonrisa.

Valente lo miró como si la respuesta fuera obvia.

—Uno de varios —afirmó y presionó varios números en el teclado.

—Supongo que probablemente es también uno de los nuevos modelos digitales, esos que nos cuesta tanto controlar. E imagino que están registrados a nombre de otra persona, ¿no es así?

—Comienzo a entender cómo llegó a ser teniente —dijo Valente con tono de burla divertida, y después calló un momento cuando le contestaron la llamada—. O'Hara —dijo—, ¿Leigh puede tomar la llamada telefónica en este momento?

Mientras esperaba que O'Hara le llevara el teléfono a ella, Valente explicó:

—Leigh está en el teatro, ensayando, pero calculo que debe de estar terminando. Vuelve a aparecer en escena esta noche...

Sam percibió un orgullo inequívoco en su voz al hacer ese anuncio, pero un momento más tarde, cuando Leigh Manning tomó su llamada, la voz grave de Valente se dulcificó y sus facciones se suavizaron tanto que Sam quedó impresionada por el cambio.

—McCord y Littleton están en mi oficina —le dijo Valente a Leigh. Rio por lo bajo frente a su respuesta; después miró a Sam y a McCord al decir—: Yo les hice la misma sugerencia cuando llegaron, pero ellos fueron muy insistentes. —Con tono de broma agregó—: ¿No fuiste tú la que me dijo en una oportunidad que el deber de todo ciudadano era cooperar con la policía?

Cuando cortó la comunicación, su actitud volvió a ser brusca y formal.

—Leigh estará aquí dentro de media hora. Yo ya le pregunté acerca de las finanzas de Logan, pero ella no está enterada de nada fuera de lo común, salvo el hecho de que él parece haber pagado en efectivo una alhaja muy costosa que le regaló la noche de la fiesta.

—Tal vez se le ocurrirá algo cuando hablemos con ella —dijo McCord y se puso de pie—. Esperaremos en la recepción hasta que ella llegue.

Valente miró a McCord durante un buen rato.

—¿Por qué no está tratando de endilgarle a Leigh el crimen?

—Siempre existe la posibilidad de que ella lo haya matado —dijo McCord—, pero lo único sospechoso que ella ha hecho fue parecer estar teniendo una relación extramatrimonial clandestina con usted, un hombre que tiene antecedentes por un crimen violento. Y una vez que yo elimino por completo esa ecuación, ella me parece una viuda como cualquier otra.

Mientras aguardaban la llegada de Leigh Manning, McCord le pidió a Sam que arreglara una cita con Sheila Winters ese mismo día, si fuera posible. Sam llamó por teléfono a la psiquiatra y, después de una que otra discusión, la doctora Winters aceptó recibirlos a las cinco menos cuarto de la tarde, después de su último paciente.

## 66

La recepcionista de Sheila Winters ya se había ido, y la elegante sala de espera se encontraba vacía cuando Sam y McCord llegaron unos minutos antes de la hora prevista.

Puesto que la puerta que daba al consultorio de la doctora Winters estaba cerrada, se sentaron en un par de sillones de cuero verde para esperar a que Winters terminara con quienquiera que estuviera con ella. McCord tomó una revista de la pila que había en la mesa baja con lámpara que estaba entre los dos, apoyó un tobillo sobre la rodilla de la otra pierna y comenzó a hojearla.

Sam tomó un ejemplar de *Vanity Fair* y lo abrió, pero su mente estaba en la entrevista que acababan de tener con Leigh Manning. La actriz había tenido tan mala experiencia con la policía en las semanas previas que estuvo de pie detrás de la silla de Valente, con la mano sobre su hombro, durante todo el tiempo en que respondió a las primeras preguntas de McCord.

Al principio, Sam pensó que, de manera sutil, ella buscaba la protección de Valente. Pero debieron transcurrir otros diez minutos para que Sam comprendiera que lo que sucedía era todo lo contrario: Leigh Manning tenía miedo por Valente, y se aliaba con él contra McCord y Sam.

McCord también pensó lo mismo y lo comentó cuando estuvieron en el coche camino al consultorio de Winters.

—¿Notaste que Leigh Manning no se apartó de Valente hasta que comprendió que nuestras preguntas serían exclusivamente para ella?

—Me recordó a un precioso setter irlandés que trata de proteger a una peligrosa pantera —dijo Sam y McCord rio frente a esa analogía—. Yo suelo equiparar a la gente con su contraparte animal —confesó Sam—. Por ejemplo, Shrader me recuerda a un rottweiler. Lo apodé «triturador»...

La carcajada de McCord resonó como un disparo de pistola.

Sonó el teléfono que había en el escritorio de la recepcionista de la doctora Winters y el contestador automático tomó la llamada. McCord se puso de pie y nerviosamente comenzó a examinar un cuadro que había en la pared, detrás de su silla.

—Me sorprende que la doctora Winters no tenga un servicio encargado de tomar las llamadas —comentó Sam en voz baja.

—Lo más probable es que derive las llamadas a uno de esos servicios cuando se va del consultorio —respondió McCord, también en voz baja—. Al menos, eso es lo que suelen hacer mis cuñados.

—¿Son médicos?

—Dos de ellos lo son.

—¿Dos de ellos? ¿Cuántas hermanas tienes?

Divertido, él la miró de reojo y silenciosamente levantó una mano con el pulgar plegado contra la palma.

—¿Tienes *cuatro* hermanas?

Él asintió, se metió las manos en los bolsillos, su cara hacia el cuadro, su mirada levemente hacia ella.

—Hasta los diez años, pensé que las cortinas de baño siempre parecían piernas con pies.

Sam sonrió. «Pantis», pensó, pero luego dijo:

—¿Esa chaqueta marrón de tweed que usabas el primer día realmente era de tu cuñado?

Él asintió de nuevo y dijo:

—El apartamento de arriba del mío se incendió mientras yo estaba de vacaciones. Cuando llegué a casa, todo tenía olor a humo y era preciso limpiarlo. La ropa que tenía en la maleta era lo único propio que podía usar.

Volvió a sonar el teléfono y McCord giró, consultó con impaciencia su reloj y luego miró el contestador.

—La doctora Winters va retrasada casi diez minutos. Los psiquiatras suelen ser muy puntuales y estar pendientes del reloj... —Mientras lo decía, se acercó a la puerta del consultorio.

Golpeó.

No hubo respuesta.

Tomó el pomo de la puerta y lo giró mientras Sam bajaba su revista.

—No hay nadie... —comenzó a decir, de pie en el centro del consultorio; después giró hacia la derecha y desapareció de la línea de visión de Sam—. *¡Mierda!* ¡Pide una ambulancia! —gritó.

Sam tomó su móvil y corrió hacia el consultorio, pero lo único que vio fue la espalda de McCord, que estaba acurrucado cerca del rincón más alejado del escritorio de la psiquiatra.

—¡Olvídate de la ambulancia! —le dijo a Sam con tono sombrío por encima del hombro—. Llama a la central y diles que envíen aquí a la Unidad de Escena del Crimen.

Inclinada sobre él, con el móvil contra el oído, Sam hizo lo que se le pedía y de pronto vio el cadáver de la mujer con la que había hablado apenas horas antes. Sheila Winters estaba despatarrada cabeza abajo sobre el suelo, su cuerpo oculto por el escritorio, su cara asomando por un rincón con los ojos abiertos de par en par, como si estuviera mirando hacia la puerta. Su vestido color amarillo vivo tenía manchas rojas en la espalda, allí donde la sangre había fluido por una herida abierta.

Procurando no alterar la posición del cuerpo, McCord levantó el hombro izquierdo de Winters de manera de poder ver la herida desde el frente; después lo soltó y se incorporó.

—El de la espalda es el orificio de salida —le dijo a Sam. Después señaló las salpicaduras de sangre que había en la pared, detrás del escritorio—. Probablemente estaba de pie junto a su sillón cuando le dispararon, y el impacto la arrojó contra la pared. Después cayó boca abajo.

Sam estaba a punto de contestarle cuando sonó el móvil de McCord. Él lo tomó, lo abrió y luego escuchó por un momento y en su cara apareció una expresión extraña.

—¿Cuál es su dirección particular? —preguntó. Luego dijo—: Yo estoy en el consultorio de Sheila Winters, y ella es un cadáver. Vengan y quédense aquí hasta que lleguen los de la Unidad de Escena del Crimen. No quiero que hombres de uniforme pisoteen el lugar y destruyan pruebas.

Cerró con rabia el teléfono y miró a Sam con sus ojos azules inquietos e intensos.

—Shrader obtuvo una pista sobre Jane Sebring. Ella alquiló un coche el domingo y lo devolvió el lunes. ¿A que no sabes cuántos kilómetros recorrió?

—¿Suficientes para llegar a los Catskills y volver? —especuló Sam y su corazón comenzó a latir con fuerza.

Él asintió, miró con impaciencia el cuerpo de Sheila Winters y cambió su decisión de esperar allí hasta que Shrader llegara. Abrió su teléfono y ordenó que el coche patrullero más cercano fuera enviado a esa dirección.

Dos agentes entraron corriendo en la sala de espera pocos minutos después y McCord los hizo salir al vestíbulo.

—Quédense del otro lado de esta puerta —les ordenó— y no le abran a nadie salvo al detective Shrader o a los de la Unidad de Escena del Crimen. ¿Entendido?

—Sí, teniente.

Sam trató de mantenerse a la par de él, pero incluso con sus pasos largos no le resultaba fácil por los tacones altos, y se maldijo por habérselos puesto justamente ese día.

Una vez en el coche, McCord encendió la luz de emergencia en el tablero y arrancó el vehículo.

## 67

Una vez que Leigh, dos noches antes, anunció públicamente que iba a cenar con Michael, el número de los periodistas que montaban guardia en el exterior de su edificio con la esperanza de conseguir algún notición para publicar decreció en forma abrupta. Ella misma les había entregado un notición y ellos habían corrido a publicarlo.

Sólo había dos periodistas acurrucados en sus abrigos al otro lado de los ventanales de la recepción, cuando Joe O'Hara detuvo la limusina a las cinco de la tarde, pero igual él la escoltó hasta el interior del edificio.

—¡Hola, Leigh! —gritó Courtney Maitland corriendo detrás de ella. Cuando Leigh se giró para hablarle, O'Hara le tocó un codo y le dijo:

—Hilda necesita que yo vaya a comprar algunas cosas. Subiré al apartamento, tomaré su lista y haré las compras para poder volver a tiempo para llevarla al teatro a las seis y media. ¿El señor Valente va a ir con nosotros?

—No, él irá más tarde desde su casa. Yo tengo que estar en el teatro a las siete, y no tiene sentido que él esté allá de plantón hasta que se levante el telón. Jason Solomon nos volvería locos a los dos. Hoy está muy raro. Ah, Joe... —dijo Leigh un momento después cuando él se dirigía a los ascensores—, tengo una entrada también para usted para la función de esta noche.

Él le sonrió y la saludó y Leigh se volvió para hablar con Courtney, quien usaba un abrigo que le quedaba grande y parecía proceder de una tienda de artículos de segunda mano y una bufanda roja de lana que le llegaba hasta más abajo del dobladillo de la falda.

—Decididamente voy a tomar a Michael Valente como tema

de mi entrevista —le explicó Courtney, muy excitada—. ¿Te parece que podrás convencerlo de que hable conmigo acerca de cosas realmente importantes? Quiero decir, yo ya tengo algunas historias personales de él, pero en su mayor parte son de cosas que escuché furtivamente o de la noche que jugué a las cartas con él. Me gustaría escribir una nota acerca del hombre que en realidad es, en lugar de la manera en que otras personas lo ven...

Una vez arriba, Joe abrió con su llave la puerta de servicio del apartamento y entró en la cocina.

—¿Hilda? —dijo, sorprendido al ver que el apartamento estaba a oscuras—. ¿Hilda? —repitió, mientras caminaba por el pasillo que conducía a la habitación de ella. Llamó a su puerta—. Si quieres que te haga las compras, será mejor que me des tu lista.

Cuando ella no contestó, O'Hara se dirigió a la cocina, encendió las luces, después hizo lo mismo con la araña del comedor y vio a Hilda tendida en el suelo, cerca de la mesa, con sangre que le salía de la cabeza y manchaba la alfombra.

—Hilda, ¡oh, no! —Joe se agachó, le tomó el pulso; luego se incorporó y corrió hacia la cocina. Tomó el teléfono y marcó el número de emergencias...

De pronto todo su cuerpo pareció explotar con un dolor que le irradiaba del pecho. Con un gemido, Joe O'Hara se deslizó hacia abajo por la pared, con el teléfono todavía en la mano, mientras el mundo se sumía en la oscuridad.


Leigh introdujo su llave en la puerta principal, la abrió, entró en el living y se detuvo para colgar su abrigo. Deseando acostarse unos minutos antes de ducharse y prepararse para salir hacia el teatro, enfiló directamente hacia el dormitorio.

Al entrar notó que la cama ya estaba preparada. Con una sonrisa, pensó que Hilda jamás olvidaba nada, incluyendo la costumbre de Leigh de dormir una pequeña siesta por la tarde cuando tenía una función de teatro. Con la intención de desvestirse y ponerse una bata, pasó junto a la cama y observó su imagen en el gran espejo que tenía sobre el tocador. Una mujer se abalanzaba hacia ella desde el espejo, una mujer que usaba el mismo vestido rojo y el mismo colgante de rubíes que Leigh había usado en su fiesta. Sólo que la mujer se encontraba de pie detrás de ella y sostenía en alto un pesado florero de piedra...

# 68

McCord se dirigió al portero del edificio de apartamentos donde vivía Jane Sebring.

—¿Ha visto hoy a la señorita Sebring? —le preguntó.

—Sí, señor. Salió hace algunas horas.

—¿Podría haber vuelto sin que usted la viera?

—No es probable.

—«Probable» no me sirve —dijo McCord mientras entraba en el edificio.

Un guardia de seguridad de uniforme color granate parecido al del portero se encontraba, sentado frente a un escritorio. McCord le mostró su placa.

—Necesito subir al apartamento de la señorita Sebring.

—Es el apartamento veinticuatro A —le dijo el guardia de seguridad, quien enseguida se puso de pie y lo acompañó hasta el ascensor. Puso su llave en la cerradura y las puertas se abrieron.

—Envíe enseguida a alguien con una llave al apartamento veinticuatro A —agregó McCord cuando las puertas del ascensor se abrían.

Sam entró en el ascensor con él y su nivel de adrenalina comenzó a aumentar a medida que el ascensor subía, pero nada en sus facciones revelaba su estado de ánimo. Ella conocía bien esa rutina; la había llevado a cabo antes. Reconoció el miedo que le oprimía el estómago; tuvo plena conciencia de él y lo aprovechó para mantenerse enfocada en su trabajo. Metió la mano en su bolso, abrió la pistolera que contenía su Glock de nueve milímetros y apoyó apenas la mano en la culata.

Nadie respondió a los golpes repetidos de McCord a la puerta del apartamento veinticuatro A. Oprimía una vez más el timbre cuando el encargado del edificio bajó del ascensor con una llave en la mano.

—¿Está seguro de que está bien... quiero decir, que yo lo deje entrar en el apartamento? —preguntó ese hombre corpulento.

—¿Acaso yo le mentiría? —dijo McCord, tomó el codo del individuo y le movió el brazo hacia la cerradura de la puerta.

La cerradura se abrió con un «clic» y McCord apartó al hombre de la puerta con un empujón.

—Usted quédese aquí —le advirtió McCord, metió la mano en el interior de la chaqueta, desabrochó la pistolera que llevaba sujeta al hombro y extrajo una Glock calibre cuarenta.

—¡Dios santo! —farfulló el hombre—. ¿Qué está haciendo? —Su mirada pasó a Sam, como si esperara que una mujer joven y bien vestida, con un costoso traje de gamuza, aportara cordura a la situación. En silencio, ella se quitó los zapatos, extrajo la Glock de su bolso y la sostuvo con las dos manos.

—¿Lista? —dijo McCord en voz baja, se puso a un costado de la puerta y tomó el pomo con la mano izquierda. Miró a Sam sin rastros de vacilación, como si supiera que su vida estaba en manos de ella.

Sam asintió, se apretó contra la pared y se preparó a actuar mientras McCord empujaba la puerta con fuerza y la hacía golpear la pared.

Una oscuridad y un silencio totales los recibieron.

Manteniendo su cuerpo fuera de la línea de fuego, McCord tocó la pared en busca de un interruptor de luz.

Las luces del techo se encendieron y revelaron un living al frente y un comedor a la izquierda. No se veía a nadie, ni vivo ni muerto.

En silencio, él le hizo señas a Sam de que lo siguiera hacia la derecha.

Habitación por habitación, fueron registrando el apartamento de punta a punta.

—Ella debe de estar en el teatro —dijo McCord y guardó su arma en la pistolera—. Vámonos.

—Primero échale un vistazo a esto —dijo Sam y lo condujo a uno de los armarios que había revisado mientras él revisaba otro. Con un pie apartó una bata larga, con lo cual quedó a la vista un bulto color verde oscuro, bien enrollado y atado—. El saco de dormir que faltaba —dijo.

Él ya le daba instrucciones al encargado del edificio mientras Sam se ponía los zapatos.

—Quédese en recepción durante quince minutos y si la señorita Sebring llega a aparecer, no le mencione que estuvimos aquí, pero llámeme inmediatamente. Después de eso, haré que un coche estacione frente a la puerta del edificio y entonces usted podrá continuar con su tarea.

—Sí, muy bien. De acuerdo, teniente —dijo ansiosamente el hombre y tomó la tarjeta que le entregaba McCord. Al igual que la mayoría de los civiles en circunstancias similares, el encargado había reaccionado primero con horror frente a la vista de personas que empuñaban armas, y luego con fascinación cuando el peligro había pasado—. Mire, no es mi intención decirle cómo hacer su trabajo —dijo mientras esperaban el ascensor—, pero ¿ustedes dos no olvidaron algo cuando extrajeron las armas?

—¿Como qué? —preguntó secamente McCord, pero tanto Sam como él sabían perfectamente bien adónde quería ir a parar ese individuo.

—Ya sabe, algo así —dijo, e hizo un movimiento como alguien que toma la corredera de la parte superior de un arma semiautomática e introduce un proyectil en la recámara.

—Eso sólo sucede en las películas —le dijo McCord cuando llegó el ascensor y ellos subieron.

—Queda muy bien —dijo el hombre.

—Por eso lo hacen —dijo Sam.

Él la miró con cierta incredulidad y entonces ella le dijo con una sonrisa:

—Ese movimiento que usted hizo envía una bala a la recámara. —Como si estuviera revelando un secreto, bajó un poco la voz y le dijo—: En la vida real, preferimos tener ya una bala en la recámara cuando extraemos un arma.

—¿En serio? —exclamó él.

Junto al escritorio del frente, McCord se detuvo el tiempo suficiente para impartirle al guardia de seguridad las mismas órdenes que le había dado al encargado.

Ya estaba hablando por teléfono antes de trasponer las puertas que daban a la calle, y hacía los arreglos necesarios para que la entrada del edificio estuviera vigilada inmediatamente.

## 69

Jason Solomon estaba reprendiendo a un tramoyista cuando vio a Sam y a McCord avanzar rápidamente por el pasillo de la sala hacia él, y entonces volcó su ira sobre ellos.

—¿Qué demonios les pasa? —estalló mientras se acercaba al borde del escenario—. ¿Nunca han oído hablar de concertar una cita? Es una actitud cortés, es...

—¿Dónde está Jane Sebring? —le preguntó McCord.

—¿Cómo demonios quiere que lo sepa? Probablemente está en su casa.

—No está en su casa. Venimos de allá. ¿A qué hora suele llegar aquí?

—Más o menos a esta hora, pero esta mañana la despedí. Dios, ¡qué día está resultando ser! Tengo problemas de sonido y el telón se levantará dentro de una hora y media.

—Cállese y escuche —saltó McCord—. ¿Dónde está el camerino de Sebring?

—Por allí... —dijo Solomon, sorprendido y furioso.

Las cosas de Sebring seguían allí, pero ella no estaba.

—¿Se molestó cuando usted la despidió? —preguntó Sam—. Quiero decir, ¿era algo que ella esperaba o la sorprendió?

—¿Si se molestó? —repitió Jason con tono sarcástico—. Enloqueció por completo. Vaya si es una mujer lunática —agregó y se dirigió a una pequeña oficina que había en el fondo del hall, acompañado por McCord y Sam.

—¿Por qué la echó? —insistió Sam—. Las críticas fueron favorables para ella.

—La eché porque Leigh Kendall se negó a estar en el mismo escenario que ella. ¿Y quién podría culpar a Leigh por eso?

—¿Jane Sebring sabía cuál era la razón por la que usted la despedía? —preguntó McCord con impaciencia.

—Sí, desde luego. Esta mañana le expliqué la situación a su agente por teléfono cuando comencé a negociar la compra de su contrato. El tipo es un buitre; él...

—Si la despidió a través de su agente —lo interrumpió Sam—, ¿cómo sabe que la noticia la volvió loca?

—Porque hoy se presentó aquí, tan pronto Leigh salió del teatro para ir a la oficina de Valente y, después, a su casa para descansar un rato. —Solomon se detuvo frente a su escritorio y dio media vuelta para enfrentarlos al agregar—: Le dije a Jane que se llevara sus cosas del camerino de Leigh, pero ella dejó todo como estaba y se fue corriendo de aquí. Esa mujer está loca.

—¿A qué hora fue eso? —preguntó McCord.

—¿Qué demonios importa...? —Solomon no terminó la frase y rodeó su escritorio en el momento en que McCord daba un paso largo hacia él—. Creo que entre las tres y las cuatro.

—Llame a Leigh Kendall por teléfono —dijo McCord—. Llámela al número que suele emplear para comunicarse con ella.

—¿Ustedes no pueden esperar aquí hasta que...?

McCord se inclinó sobre el escritorio, tomó el teléfono y lo empujó hacia él.

—¡Llámela!

En el primer número que Solomon marcó no hubo respuesta, así que lo intentó con otros dos.

—Qué extraño —dijo, preocupado, al cortar la comunicación—. Nadie contesta los teléfonos particulares de Leigh y ella tampoco lo hizo con su móvil.

—¿Acaso hoy no le dio a usted un número de móvil para Valente?

—Sí. ¿Cómo supo que...?

—¿Cuál es ese número?

Solomon buscó entre sus papeles diseminados en la superficie del escritorio y finalmente encontró lo que buscaba.

—Leigh me dijo que no debía darle este número a nadie... —comenzó a decir, pero vio la expresión amenazadora de McCord y le dictó el número para que Sam lo anotara—. ¿Adónde van? —preguntó, siguiendo a los dos detectives que corrían hacia la salida—. Lo más probable es que Leigh esté con Valente. No sé si saben que están enamorados...

## 70

Una vez en la acera, McCord le arrojó las llaves del coche a Sam y se instaló en el asiento del acompañante. Tomó el radiotransmisor y llamó al coche de vigilancia asignado a Leigh Manning mientras Sam encendía el motor, la luz de emergencia y la sirena.

—¿Dónde están? —preguntó McCord cuando el agente de vigilancia contestó.

—Frente al edificio de apartamentos de los Manning. Ella llegó a casa un poco antes de las cinco, estuvo un momento en recepción hablando con una adolescente y después subió a su apartamento.

—¿Sabe dónde está Jane Sebring?

—La estrella de cine que hizo la escena de desnudos en...

—Sí, ésa —lo interrumpió McCord—. ¿Entró en el edificio de los Manning desde que la señora Manning subió?

—No, y no la he visto. Tengo una buena línea de visión hasta las puertas principales del edificio.

—Si llega a ver a la Sebring, arréstela. Está armada y es peligrosa.

El agente de vigilancia tomó muy en serio la advertencia, pero al mismo tiempo lo fascinó esa tarea.

—Entonces tendré que cachearla dos veces, ya sabe, una para comprobar si está armada, y la otra para comprobar si es peligrosa.

—Sólo mantenga los ojos bien abiertos —volvió a advertirle McCord.

—Hablando de eso, hay un tipo que aparece todo el tiempo en un taxi adonde sea que vaya la señora Manning. En este momento anda dando vueltas alrededor del edificio con un ramo de flores.

—Arréstelo. Alguien la ha estado siguiendo, y tal vez ése es el individuo. Lo que es más importante, manténgase cerca de Leigh Manning adondequiera que ella vaya.

—Sí, señor. Pero esta noche no irá a ninguna parte. Por lo menos, no con su chófer chiflado al volante.

—¿Por qué es eso?

—Porque hace un rato una grúa se llevó la limusina.

Sam sintió el mismo temblor de alarma que hizo que McCord apretara las mandíbulas frente a la noticia de que una grúa se había llevado la limusina. Sin embargo, sólo se animó a mirarlo de reojo cuando él bajó el radiotransmisor. El tráfico era denso y los vehículos se hacían a un lado para permitir que Sam avanzara con su coche, pero ella lo hacía abriéndose paso con apenas un par de centímetros libres a cada lado.

—Haré que Shrader y Womack se reúnan conmigo allá —dijo McCord y tomó su móvil.

Sonó en su mano cuando lo sacó del bolsillo de su chaqueta y él aumentó el volumen para que también Sam pudiera oír por sobre el ulular de la sirena. La voz grave y tensa de Michael Valente vibró con suficiente furia como para llegar hasta los oídos de Sam.

—Solomon acaba de llamarme y me dijo que ustedes estuvieron en el teatro buscando a Sebring y tratando de localizar a Leigh. Ella tampoco contesta mis llamadas. ¿Qué está sucediendo?

McCord hizo una inspiración profunda y vaciló un momento.

—¿Dónde se encuentra usted?

—Contésteme la pregunta. ¿Qué está sucediendo?

—En este momento nos dirigimos al apartamento de la señora Manning —explicó McCord con voz calma y profesional—. Esta tarde Sheila Winters murió de un disparo en su consultorio. Creemos que Jane Sebring la mató a ella y también a Manning. Estamos tratando de localizarla. Sebring sabe que Solomon la despidió porque la señora Manning se negó a trabajar junto a ella, y eso la puso en un estado de terrible agitación.

—¡Dios santo! —explotó Valente, interpretando correctamente «en un estado de terrible agitación» por «totalmente loca y probablemente violenta»—. Voy ya mismo a lo de Leigh. ¿Dónde están ustedes?

McCord se lo dijo y Valente señaló:

—Yo estoy más cerca. Llegaré allí antes que ustedes.

—Usted no puede avanzar por el tráfico tan rápido como nosotros, pero si llega antes, espérenos en la recepción —le advirtió McCord.

Valente no se molestó en contestar.

—O'Hara está con ella y se encuentra armado... —dijo, con un dejo de esperanza.

—Hace un momento una grúa se llevó la limusina —dijo McCord—. Le repito: no suba al apartamento hasta que lleguemos nosotros. —Apartó el teléfono de la oreja y comenzó a marcar el número de Shrader—. Valente me colgó —le dijo a Sam.

Sam asintió, pisó el acelerador a fondo y después apretó el freno, cruzó en diagonal una bocacalle y patinó alrededor de la esquina en una maniobra tan perfectamente ejecutada que hizo que McCord riera mientras esperaba que Shrader contestara la llamada.

—¿Dónde está? —le preguntó a Shrader y a continuación le informó lo que estaba sucediendo. Cuando McCord cortó la comunicación, dijo:

—Shrader y Womack llegarán unos diez minutos después que nosotros.

## 71

En el límite de la conciencia de Leigh, un extraño zumbido se fusionó con un martilleo en su cráneo, el sonido del teléfono y la sensación de estar paralizada. Sintió náuseas y tragó saliva, obligó a sus párpados a abrirse y automáticamente buscó algo donde enfocar su mirada para estabilizar sus sentidos.

Los párpados parecieron obedecerla, pero lo que Leigh vio frente a sus ojos abiertos no significaba nada para ella. La totalidad de su campo visual estaba obstaculizado por dos tonalidades distintas del color crema: una parecía ser plana y la otra, vertical y ondulante.

Parpadeó varias veces tratando de volver a enfocar la imagen, y en el proceso cobró conciencia de las diferentes texturas de esos dos matices. La horizontal de color crema contra su mejilla era áspera... una alfombra. La vertical, de color crema y ondulante... era una tela... como ¡los volantes de la colcha de su cama! Era obvio que estaba tendida en el suelo, junto a la cama, con las manos detrás de la espalda. Trató de moverlas, pero parecía tenerlas atadas en las muñecas, y también parecía tener las piernas sujetas en los tobillos.

Con esfuerzo levantó la cabeza y volvió la cara en dirección opuesta, y lo que vio la obnubiló. Jane Sebring estaba sentada frente al tocador, con el vestido rojo que Leigh había usado para la fiesta posterior al estreno de la obra de teatro. La actriz tarareaba y se aplicaba la barra de labios de Leigh, pero se embadurnaba grotescamente alrededor de la boca y, parcialmente, en las mejillas. Diseminados por el piso cerca de sus pies, estaban los restos rasgados de varios vestidos de Leigh.

Sobre la mesa, cerca del codo izquierdo de Jane, había un revólver.

Sebring miró hacia abajo y vio la cara de Leigh reflejada en el amplio espejo iluminado del tocador.

—¡Estás despierta! —exclamó—. Estás despierta. Mi público está despierto...

Leigh cerró enseguida los ojos.

—No, no, no, no finjas estar dormida...

Leigh mantuvo los ojos cerrados y oyó un chirrido de la banqueta tapizada que había frente al tocador cuando Sebring la giró y se puso de pie.

—¡Despierta, hija de puta! —dijo con furia junto al oído de Leigh. Luego tomó un mechón de pelo de Leigh y casi se lo arrancó de raíz—. Así está mucho mejor —exclamó su pintarrajeada boca roja apenas abierta por una sonrisa frente a los ojos aterrorizados de Leigh. En la otra mano Sebring empuñaba unas tijeras largas y afiladas.

»Deja que te ayude a sentarte en la cama. No me gusta que mi público se duerma —dijo y pegó un tirón al pelo de Leigh para «ayudarla» a deslizarse torpemente sobre la cama. En el proceso, las tijeras de Sebring abrieron un doloroso camino en el brazo de Leigh, pero ella casi no lo sintió. El miedo, el mayor de los anestésicos naturales, fluía con fuerza por sus venas. Tenía los pies atados con una de sus chalinas de seda, y lo que le sujetaba las muñecas parecía ser también otra chalina, pero ésta estaba bien ajustada.

»Tu sangre hace juego con mi vestido —dijo Sebring al ver la sangre que brotaba del tajo que le había hecho a Leigh. Frotó los dedos en la herida de Leigh y con esa sangre se embadurnó su propio brazo.

Cada terminación nerviosa del cuerpo de Leigh daba alaridos de terror, pero su mente comenzaba a buscar desesperadamente explicaciones y soluciones. De alguna manera tenía que ganar tiempo hasta que Joe o Hilda o alguien fuera a buscarla. Tratando de mantener una voz serena, dijo:

—¿Qué estás haciendo, Jane?

—Estoy preparándome para ir al teatro, desde luego —respondió Sebring y observó con atención la cara de Leigh—. Te noto pálida. Necesitas pintarte los labios. —Se acercó al tocador, tomó una barra de labios y volvió junto a Leigh, quien apartó la cara, pero eso no pareció amilanar a Sebring. Con la barra bien sujeta en su puño cerrado, la aplastó contra un lado de la cara de Leigh y empezó a frotársela con fuerza, mientras prometía entre dientes—: Antes de que pase mucho tiempo voy a cortarte en pedacitos... Esto que hago ahora es sólo marcar el lugar por el que comenzaré.

Dio un paso atrás y evaluó su trabajo; después volvió al tocador y se sentó en la banqueta. Con la tijera en la mano derecha, observó a Leigh con atención por el espejo, luego tomó un mechón de su propio pelo rojizo y se lo cortó a la altura del hombro... como el de Leigh.

—Logan me amaba —le informó a Leigh—. Un día encontramos juntos esa cabaña en la montaña. Él quería separarse de ti, pero esa desgraciada de la psiquiatra lo convenció de que no lo hiciera. —Inclinó la cabeza hacia un lado, después al otro, y estudió el efecto de su extravagante peinado mientras le preguntaba a Leigh con tono informal—: ¿Te gustaría saber lo que estaba haciendo tu marido justo antes de morir?

Esa pregunta estremeció a Leigh de la cabeza a los pies. Después de tragar una bocanada de bilis que le había subido a la garganta, se obligó a contestar:

—Sí.

—Me estaba haciendo el amor en tu saco de dormir, frente al fuego de la chimenea. Al llegar a la cabaña yo lo sorprendí llevando una botella de vino, y la bebimos juntos e hicimos el amor. Y entonces... —tomó la tijera y se cortó otro mechón de pelo— entonces ese maldito hijo de puta me dijo que había terminado conmigo para siempre. Me dijo que tenía que dejarme porque ella iba a ir a la cabaña.

—¿Quién iba a ir? —preguntó Leigh en un susurro tembloroso.

Sebring dejó la tijera y abrió un pequeño estuche con sombra para párpados. Puso sombra en un pequeño pincel, se inclinó apenas hacia el espejo y se pintó un párpado con sombra color verde jade.

—Sheila Winters —contestó como si Leigh debiera haber adivinado de quién se trataba—. Y después de decirme eso, se le ocurrió que podía llevarme hasta la carretera en su coche y despacharme de vuelta en el mío. —Riendo por lo bajo, se puso sombra verde en el otro párpado—. Deberías haberle visto la cara cuando tomé su revólver de debajo de mi asiento y le apunté.

El cuerpo de Leigh se movió cuando ella comenzó a tratar de soltar el nudo ajustado que le ataba las manos.

—¿Cómo... cómo sabías que el arma estaba allí?

—Él me la mostró una vez —respondió Sebring, que dejó esa sombra y se puso a examinar otros colores que había desparramado por la superficie del tocador—. Él nunca pensó que yo sabría usarla. Si realmente hubiera sido un gran admirador de mis películas, como aseguraba ser, me habría visto usar revólveres en ellas. No mentía nada bien —dijo con furia.

El nudo de la chalina no cedía y Leigh comenzaba a no poder controlar el terror que sentía. La primera vez que vio el arma sobre el tocador no había creído que Jane Sebring fuera capaz de usarla... no había querido creerlo, pero ahora sabía que sí. Miró por encima del hombro la puerta que estaba a su derecha. Muy pronto Joe o Hilda vendrían a buscarla, pero si alguno de ellos llegaba a dar uno o dos pasos hacia el dormitorio, Sebring los vería por el espejo del tocador.

—¿Acaso esperas ser rescatada? —dijo Sebring mientras la miraba por el espejo.

Leigh miró hacia delante.

—No vendrá nadie —dijo Jane con otra sonrisa grotesca—. Están muertos. Tu criada gorda está muerta, lo mismo que tu chófer.

Los ojos de Leigh se llenaron de lágrimas y la obligaron a parpadear con fuerza y las uñas de sus dedos se clavaron en el nudo que le ataba las muñecas.

—Y también tu amiga Sheila.

—¿Sheila está muerta? —repitió Leigh con voz ronca, tratando de que Sebring siguiera hablando.

—Logan y ella estaban chantajeando a sus pacientes —le confió Sebring con total certeza.

—¿Logan te lo dijo?

—No, me lo dijo Sheila, justo antes de que yo le disparara. Las personas dicen cualquier cosa que queramos saber si les apuntas con un arma —dijo con desprecio—. Aunque me aseguró que no había estado teniendo una aventura con Logan; mintió para tratar de salvar el pellejo.

—¿Cómo sabes que mentía?

Sebring advirtió el creciente temor en la voz de Leigh y sonrió al inclinarse hacia delante para ponerse un poco de sombra azul sobre la verde.

—¿De modo que ahora empiezas a asustarte? Deberías tener miedo, ¿sabes? Voy a matarte también a ti. Y entonces —agregó con una sonrisa mientras tomaba las tijeras y se cortaba un poco más un mechón del lado derecho—, entonces iré al teatro y tomaré tu lugar.

—¿Cómo sabes que Sheila mentía cuando aseguró que no tenía una aventura con Logan? —insistió Leigh con desesperación.

—Porque —afirmó ella suavemente— Logan reconoció que sí tenía una aventura con ella. Y entonces —terminó—, ¡yo le volé los sesos!

## 72

A tres calles del apartamento de Leigh Manning, por el radio-transmisor, McCord les ordenó a los agentes que estaban en el coche de vigilancia que se reunieran con él junto a la entrada principal y que tuvieran un ascensor esperando. Sam encontró un hueco en el tráfico, apagó la sirena y clavó los frenos frente al edificio.

Mientras corrían por la acera, un Bentley oscuro también frenó y Valente saltó del coche y echó a correr.

Estaba muy cerca cuando ellos irrumpieron en el edificio. McCord le gritó al guardia de seguridad que llamara a los sanitarios y que les dijera que permanecieran en el hall, y Valente llegó al ascensor en el momento en que las puertas comenzaban a cerrarse, su rostro blanco y tenso.

—Espere aquí abajo —le ordenó McCord.

—Ni loco —respondió Valente, alcanzó a trasponer las puertas y sacó una llave del bolsillo.

En lugar de discutir, McCord les dio instrucciones a los dos agentes de vigilancia mientras se soltaba la traba de la pistolera y extraía su Glock.

—Hay un vestíbulo privado para el ascensor en el piso de los Manning. No permitan que nadie entre ni salga del piso. Hay dos empleados, un hombre y una mujer, que no contestan el teléfono del apartamento. Cuando nosotros hayamos dado un vistazo en el interior y sepamos a qué nos enfrentamos, ustedes pueden empezar a buscar a los empleados, pero manténganse fuera de nuestro camino.

Entonces miró a Valente.

—Usted conoce la disposición del apartamento. Descríbamela.

—El living y el comedor se ven al abrir la puerta principal —le contestó Valente—. La cocina y las habitaciones de servicio están en el extremo izquierdo. El dormitorio principal, en el extremo derecho, al fondo de un largo pasillo.

—Deme la llave del apartamento —dijo McCord con firmeza cuando el ascensor se detuvo.

Valente pidió un precio por la llave y la sostuvo por encima de la palma abierta de McCord.

—Déjeme entrar detrás de usted.

Sam esperaba que McCord se lo discutiera, pero era obvio que debió de haber pensado que era inútil. Asintió.

—Pero manténgase fuera de nuestro camino.

Valente dejó caer la llave en su mano.

Junto a la puerta del apartamento, McCord insertó la llave en la cerradura y apoyó la oreja contra la puerta tratando de oír voces, mientras Sam se apretaba contra la pared, descalza y empuñando el arma.

—¿Lista? —preguntó en voz baja.

Sam asintió.

La puerta se abrió silenciosamente. Más allá, el living se extendía en la oscuridad, salvo por la luz proveniente de la araña del comedor a la izquierda y de la cocina, un poco más allá.

Entraron usando la pared de la derecha como protección mientras tenían el oído alerta a cualquier ruido que les indicara qué dirección tomar. Sam vio el cuerpo de la asistenta tendido cerca de la mesa de comedor y le dio un codazo a McCord para que le prestara atención; después levantó el brazo, señalándole así al agente de vigilancia que estaba de pie junto a la puerta que se dirigiera a esa zona tan pronto ellos la abandonaran.

McCord avanzó en silencio por los escalones del living y empezó a caminar hacia la izquierda, en dirección al comedor y la cocina, pero Valente tomó el brazo de Sam con fuerza y señaló hacia la derecha. Él conocía los sonidos y las sombras del apartamento mucho mejor que ellos, y la casi imperceptible luz que brillaba en el extremo de la derecha le resultó significativa. Sam no se lo discutió. Se acercó a McCord y le hizo un gesto por encima del hombro.

Valente ya estaba por la mitad del pasillo cuando ellos lo detuvieron y tomaron la delantera. Para entonces, también Sam advirtió la voz de una mujer, muy suave y como con sordina, procedente de una puerta abierta a la izquierda, al final del pasillo.

McCord se deslizó a lo largo de la pared y se aplastó contra ella hasta estar suficientemente cerca como para espiar hacia dentro; entonces se movió rápidamente hacia el otro lado. Les hizo señas a Sam y a Michael de que Leigh lo había visto y Sam se puso en posición en el centro del portal, pero lo suficientemente atrás como para cubrir a McCord cuando entrara en la habitación. Más que ver, intuyó la presencia de Valente a su izquierda y un poco más adelante, pero estaba concentrada en mantener las manos firmes y en escuchar la voz de Sebring para poder juzgar la ubicación precisa del blanco y calcular el ángulo de su disparo si llegara a ser preciso hacerlo.

McCord levantó tres dedos para indicar entrar corriendo en el dormitorio a la cuenta de tres; después inició la cuenta. Un dedo levantado... dos dedos levantados.

—Llegó la hora de que vaya al teatro —le dijo Sebring a Leigh al salir del vestidor usando uno de los abrigos de Leigh. Se detuvo junto al tocador, tomó el arma y la apuntó hacia Leigh.

McCord detuvo la cuenta por pensar que el blanco estaba a punto de salir de su alcance.

Leigh había visto a McCord, pero no sabía si él podría salvarla, así que trató desesperadamente de salvar a Michael mientras le era posible hacerlo.

—Jane, por favor —le rogó temblando—, dime de nuevo que *tú* mataste a Logan. Eso es todo lo que te pido. ¡Quiero morir oyéndote decir eso!

Michael entendió perfectamente lo que Leigh estaba haciendo y lo que estaba a punto de suceder en ese dormitorio. Mientras Littleton se movía hacia la puerta abierta, Michael lanzó un aullido de furia y se lanzó hacia delante, convirtiéndose en blanco mientras volaba horizontalmente hacia la cama, golpeaba a Leigh hasta hacerla caer de espaldas y la cubría con su cuerpo mientras en sus oídos explotaban disparos, gritos y un aullido.

Permaneció en esa posición hasta oír que McCord les gritaba a los otros policías:

—¡Se terminó! ¡Aquí dentro todo fuera de peligro!

Entonces se apoyó en los codos, mientras uno de los policías gritaba:

—¡Tenemos signos vitales en el hombre y la mujer de aquí fuera, y los sanitarios ya vienen para aquí!

La cabeza de Leigh estaba doblada hacia un lado, y su mejilla pálida estaba embadurnada con rojo. Tenía los ojos cerrados y no se movía. El miedo convirtió la voz de Michael en un susurro áspero.

—¿Leigh?

Los ojos de ella se abrieron y se enfocaron en la cara de Michael; ojos parecidos a circones húmedos, en los que brillaban las lágrimas. Michael estaba tan aliviado, tan absoluta y abrumadoramente aliviado que no se le ocurrió nada que decir, así que se le acercó y le desató las muñecas, después la dejó caer de nuevo de espaldas y miró esos ojos que había amado desde el primer momento en que los vio.

Leigh miró su rostro desolado y le deslizó los brazos alrededor del cuello y sus dedos acariciaron el pelo corto de su nuca.

—Hola —susurró ella con una sonrisa llorosa—. ¿Cómo fue hoy tu día? —Michael dejó caer su frente en la de ella, sus hombros se sacudieron con la risa y sus ojos se nublaron con lágrimas de alivio.

—Como siempre —logró mascullar al cabo de algunos momentos—. Pero pinta mejor.

Cerca de la puerta, Sam se apoyó en la pared con el arma colgando flojamente de la mano y la vista apartada del cuerpo de Jane Sebring. Mirar cadáveres y después tratar de cazar a los asesinos era su trabajo. Era el servicio que ella brindaba..., pero, oh, Dios, era algo completamente distinto saber que ella era la que le había quitado la vida. McCord había necesitado entrar en la habitación en un ángulo, pero Sam tenía una línea de disparo recta, y la había aprovechado en el instante en que Sebring disparó.

A su derecha, McCord terminó de examinar el cuerpo de Sebring en busca de signos vitales, se levantó y se acercó a Sam.

—La señorita Sebring ya no hará más presentaciones en ninguna parte —le dijo en voz baja—. Buen disparo, Sam.

—Habría sido muy difícil errar el tiro —dijo Sam y lo miró a los ojos—. Ella estaba a sólo tres metros.

Él comprendió lo que había en aquella mirada y le deslizó una mano en la nuca, llevó la cara de Sam a su pecho y le rodeó la cintura con un brazo.

—Sólo se me ocurre una cosa tranquilizadora para decirte en este momento —le susurró.

—¿Cuál?

—Mejor ella que yo.

Sam sonrió un poco.

—Todo el mundo siente eso la primera vez —agregó él con tono sombrío—. Con un poco de suerte, será también tu última vez.

Fue en ese momento que Shrader entró trotando en la habitación y frenó en seco y sonrió desconcertado al ver la escena que tenía delante.

—¿Qué hubo aquí, un tiroteo o una orgía? —preguntó, pasando la mirada de los tobillos de Leigh al brazo de McCord alrededor de la espalda de Littleton—. Veo algunas pruebas de sadomasoquismo, pero lo que no veo es una víctima. ¿Alguien ha visto una víctima en alguna parte?

—Por allá —dijo mansamente McCord.

Shrader pescó su tono y correctamente dio por sentado que Sam había disparado el tiro fatal. Se acercó al cuerpo de Sebring y silbó por lo bajo al mirar la cara de la víctima.

—¡Dios! ¡Y después hablan de peinados estrafalarios!

Regresó junto a Sam, quien ahora estaba de pie sola, le palmeó el hombro y le ofreció la única clase de consuelo que conocía por lo que sabía que ella estaba sintiendo.

—Escucha, Littleton, le hiciste un favor. Esa mujer no habría querido seguir viviendo con ese horrible corte de pelo.

Cuando Sam sonrió, él giró hacia la cama, donde Michael Valente estaba desatando los tobillos de Leigh.

—Buenas tardes, señor Valente —dijo cortésmente—. Buenas tardes, señora Manning.

Valente no le prestó atención, pero Leigh estaba impaciente por establecer buenas relaciones con la policía pensando en el futuro de Michael.

—Buenas tardes, detective Shrader —dijo—. ¿Cómo está?

—Bastante bien. Le alegrará saber que los muchachos de allá abajo apresaron al hombre que la ha estado siguiendo. Él se ofreció a someterse a un tratamiento, pero vamos a examinarlo bien antes de dejarlo en libertad.

Satisfecho con su visita a la escena del crimen, Shrader traspuso la puerta con las manos en los bolsillos; luego se echó hacia atrás y dijo:

—A propósito, el chófer fue herido y sufrió un ataque cardíaco, pero los sanitarios dicen que se encuentra bastante bien. La sirvienta sin duda tiene conmoción cerebral y perdió mucha sangre, pero ya le están haciendo una transfusión camino al hospital.

Leigh bajó de la cama y se puso trabajosamente de pie, procurando apartar en todo momento la vista del cuerpo de Jane Sebring.

—Yo iré con ellos al hospital —le dijo a Michael.

—Sí que lo harás —dijo Michael enfáticamente y la rodeó con un brazo cuando se encaminaron al hall— y, mientras estás allí, quiero que te tomen también algunas radiografías.

—Las mujeres que sospechan que están embarazadas deben de tener mucho cuidado con los rayos X —le dijo Leigh.

Michael sonrió, pero sacudió la cabeza.

—¿No es un poco pronto para que lo sepas?

—Sería un poco pronto para otras mujeres, pero no para mí.

—¿Por qué?

Ella sacudió la cabeza y sonrió.

—Porque tú eres... tú.

—En ese caso —dijo él después de pensarlo una fracción de segundo—, tendremos que adelantar la fecha de la boda.

Ella rio con ternura.

—Debería haber sabido que irías derecho al grano.

Michael detuvo a Leigh y la abrazó con fuerza; su mandíbula apoyada en la coronilla de Leigh; su mente centrada en la manera en que ella había tratado de lograr que Sebring confesara haber matado a Logan mientras esperaba recibir ella misma un tiro. Su voz, ronca por la ternura, dijo:

—Es que tú has entrado directamente en mi corazón.

## 73

De pie en el living, esperando la llegada de los de la Unidad de Escena del Crimen, McCord puso al día a Womack y Shrader de lo sucedido a lo largo de la última hora. La puerta del apartamento se encontraba abierta y en el vestíbulo había agentes de uniforme, de modo que lo hizo en voz baja, pero igual Sam pudo oírlo desde el sofá en que estaba sentada, tomando notas para el informe que tendría que presentar.

En mitad de una frase, McCord de pronto dejó de hablar y Sam levantó la vista a tiempo para verlo sacar su móvil del bolsillo de la chaqueta. Vibraba y él miró con impaciencia el nombre del autor de la llamada; después maldijo por lo bajo y tomó el mando del televisor que estaba en la mesa para café ubicada cerca de la rodilla de Sam. Al pasar por los distintos canales, sacudió la cabeza hacia las ventanas del living y le dijo a Shrader:

—¿Qué aspecto tiene la calle allá abajo?

Shrader se acercó a las ventanas y miró hacia abajo.

—Es un zoológico —contestó—. Hay ambulancias, patrulleros y docenas de...

—... camiones de los medios —concluyó McCord la frase con fastidio—. Ya deben de estar transmitiendo la noticia, y Trumanti acaba de llamarme por ese motivo. —Mientras lo decía, el canal de televisión que había sintonizado interrumpió su programa habitual y un locutor anunció:

—*Tenemos novedades de último momento en el homicidio de Logan Manning. Nuestro periodista, Jeft Corbitt, se encuentra ahora en la escena, donde las ambulancias han abandonado poco antes el edificio de apartamentos de la Quinta Avenida donde Logan*

*Manning residía con su esposa, la actriz Leigh Kendall. Jeft, ¿qué está pasando por allí?*

—*Esto es un verdadero caos* —respondió el periodista, de pie frente al edificio y con un micrófono en la mano—. *La policía ha cercado la entrada y la acera con cintas. Tres ambulancias partieron de aquí hace un minuto y la calle está llena de vehículos de emergencia. Michael Valente estuvo aquí y se fue en una de las ambulancias.*

—*¿Él tenía custodia policial?* —preguntó con ansiedad el presentador.

—*No, subió a la ambulancia con la señora Manning. Parece que Valente puede haber escapado una vez más de la red policial, esta vez con Mitchell McCord a cargo del caso. Se informa que McCord se encuentra en este momento arriba, en el apartamento de los Manning.*

El presentador del informativo pareció sorprendido y disgustado por la noticia de que obviamente Valente había sido dejado en libertad.

—*Acabamos de ponernos en contacto con la oficina del jefe de policía* —dijo—. *Y nos aseguraron que el jefe Trumanti nos dará muy pronto un comunicado oficial.*

Antes de la finalización de ese anuncio de televisión sonó el móvil de Sam, y también los de Shrader y Womack.

—No contesten esas llamadas —dijo McCord con severidad cuando Shrader comenzaba a hacerlo.

Shrader obedeció enseguida, pero pareció preocupado.

—Mi llamada era del capitán Holland.

—También la mía —dijo Womack.

El teléfono de Sam vibraba por segunda vez.

—Y la mía también —dijo ella.

—¿Quién la llama ahora? —le preguntó McCord.

—Mi padrastro —respondió Sam con cierta ironía después de volver a mirar su teléfono.

—Yo responderé a su llamada por usted en un minuto —dijo McCord—. Él tiene un número de teléfono que yo necesito. —Extendió la mano en busca del móvil de Sam y ella se puso de pie y se lo dio; entonces él les habló a los tres escuetamente y con tono autoritario—: No quiero que ninguno de ustedes devuelva a nadie ninguna llamada telefónica referente a este caso. Dentro de un minuto llamaré al alcalde Edelman y trataré de persuadirlo de que dé él la conferencia de prensa de esta noche y de que trate de impedir que Trumanti participe. No importa qué decida hacer Edelman, yo daré un breve comunicado a la prensa abajo exonerando a Valente de toda participación en el homicidio de Manning. Eso debería desalentar transitoriamente a Trumanti de dirigirse esta noche a la prensa por su cuenta y tratar de incriminar a Valente de alguna manera.

Sam entendió enseguida que lo que Mack necesitaba de su padrastro era el número de teléfono de Edelman, y ella habría podido llamarlo frente a Shrader y Womack, pero era obvio que Mack estaba decidido a proteger en ese momento a su equipo. Él se puso las manos en los bolsillos y les dijo:

—De ahora en adelante, solamente yo me ocuparé de este caso. Quiero que ustedes tres permanezcan al margen. Mañana, escriban sus informes, pero procuren limitarse a los hechos esenciales y evitar toda mención del razonamiento lógico que ustedes pueden haber seguido durante la investigación. Yo dirigí las actividades de ustedes, de modo que, cuando los interroguen acerca de por qué hicieron determinada cosa, échenme la culpa a mí.

—¿Por qué demonios deberíamos preocuparnos por culpar a alguien? —preguntó Shrader—. Nosotros trabajamos según las reglas, resolvimos el caso y, al ocuparse de esa mujer chiflada que mató a Manning, Sam le ahorró una fortuna al estado en gastos de encausamiento y de prisión.

En la pantalla del televisor, el canal volvió a pasar el mismo flash informativo y McCord tomó el mando oprimió el botón de *off*. Inclinó la cabeza hacia atrás y Sam vio cómo elegía con cuidado las palabras que iba a pronunciar.

—En el curso de la investigación del homicidio de Manning, yo personalmente descubrí una cantidad de pruebas irrefutables que incriminan a miembros del Departamento de Policía de Nueva York en una *vendetta* eficaz librada contra Michael Valente, echando mano de una variedad de medidas ilegales. —Bajó la vista, los miró y dijo—: Me propongo llevarle estas pruebas al alcalde y, si él no hace nada al respecto públicamente, entonces yo mismo las haré públicas.

Shrader y Womack intercambiaron miradas tristes, y Shrader habló por los dos:

—No me gusta nada ver la ropa sucia del Departamento de

Policía colgada en público, teniente. ¿Por qué no deja que la policía se ocupe de limpiar todo esto en forma privada? En todo caso, encárgaselo a Asuntos Internos, o...

—Ésa no es una opción —le informó secamente McCord—. Valente ha sido injustamente atormentado durante décadas por miembros de altos cargos del Departamento de Policía y algunos de sus camaradas. Cuando un ciudadano privado se convierte en víctima intencional del Departamento, entonces eso ya no es un asunto que competa a Asuntos Internos... ni a mí. En este caso yo deseo que haya un poco de justicia pública, y luego quiero un poco de venganza pública. Valente tiene derecho a las dos cosas.

—¿Quién es el miembro de alto rango? —preguntó Womack, bastante incómodo.

—Trumanti —dijo McCord sin vacilar, después de una pausa.

—Mierda —masculló Womack en voz baja—. Tenía miedo de que dijera precisamente eso.

Para Sam, la alarma de Womack tuvo como efecto hacer que Mack estuviera más fríamente decidido que nunca. Él se encogió de hombros y dijo:

—El alcalde Edelman heredó a Trumanti como jefe de policía, de modo que no está políticamente atado a él, pero después de que le informe por teléfono lo que sé, es posible que nuestro nuevo alcalde quiera evitar un escándalo público que involucre al Departamento de Policía de Nueva York. Quizá prefiera tratar las acciones de Trumanti como cuestiones internas del Departamento de Policía que deben ser manejadas en forma privada. Estoy bastante seguro de que exigirá la inmediata renuncia de Trumanti, pero yo quiero más que eso.

Cuando dejó de hablar, Womack preguntó:

—¿Exactamente qué es lo que quiere?

Mack lo miró como si la respuesta debiera ser obvia.

—Quiero que el trasero desnudo de Trumanti sea colgado en un lugar público junto con los de todos los que, a sabiendas, colaboraron con ese hijo de puta loco y vengativo.

—¿Qué fue, exactamente, lo que hizo Trumanti?

—Eso no necesita saberlo. —Y no continuó porque en ese momento llegaban los de la Unidad de Escena del Crimen, y él dejó a Sam con Womack y Shrader, mientras se dirigía a hablar con el jefe del equipo.

—Muy bien, Littleton, oigámoslo —dijo Shrader—. Womack y yo tenemos derecho a saber lo que sucede. Tenemos derecho a saber a qué nos enfrentamos.

Sam vaciló y miró por la ventana las luces titilantes de la majestuosa edificación de la ciudad. Entendía la razón por la que Mack quería proteger a Womack y a Shrader de los detalles, pero también entendía por qué ellos sentían que tenían derecho a conocerlos. La única cosa acerca de la cual ella no estaba segura era si su decisión de confiarles esos detalles nacía más que nada de su convicción de que Shrader y Womack tenían razón... o si se debía a que ella no podía tolerar que ellos pensaran que la decisión de Mack de hacer público el asunto era algo desleal, poco ético o caprichoso. Puesto que Mack no le había ordenado específicamente no revelar los detalles, Sam les habló rápidamente a Womack y a Shrader de la condena injusta a Valente por homicidio culposo y todo lo que Trumanti urdió después contra él. Cuando terminó, los dos parecían sorprendidos y enojados.

Lamentablemente, cuando Mack regresó al grupo le bastó mirar las caras de Shrader y Womack. Enseguida miró a Sam y dijo:

—Les ha contado —comentó y pareció disgustado y decepcionado de ella.

Interiormente, Sam se estremeció al ver esa expresión de condena en la cara de Mack, pero asintió.

—Ellos necesitaban entenderle.

En lugar de contestar, él miró a los tres con severidad.

—Ahora que conocen los detalles, nada cambia. Lo que dije antes sigue teniendo validez. No necesito ni quiero la lealtad de ustedes; lo que necesito es saber que están fuera del camino cuando comience la batalla. Quiero que mañana se dediquen a sus cosas y que guarden para sí sus opiniones con respecto a mí, a este caso y a todo lo que tenga que ver con este caso. ¿Entendido? —preguntó.

Shrader asintió de mala gana, lo mismo que Womack. Entonces la mirada penetrante de Mack se centró en Sam.

—Lo que acabo de dar es una orden. No lo confunda con una petición —le advirtió con la mandíbula apretada.

Sam no pensaba de ninguna manera obedecer esa orden si se daba el caso de tener que elegir entre serle leal a Mack o a su propia carrera. De pronto cayó en la cuenta de que su carrera era mucho menos importante que la ética involucrada en ella... y, por cierto, mucho menos importante que el hombre ético del que estaba enamorada y con quien estaba dispuesta a jugarse el todo por el todo por aquello en lo que él creía.

—No lo confundiré —fue su respuesta.

Él asintió con frialdad y equivocadamente creyó que, después de haber entendido su orden, Sam la obedecería. Entonces dijo:

—Voy a llamar al alcalde. Cuando ustedes tres se vayan de aquí, no hagan ningún comentario a la prensa.

Se encaminó a la cocina y los tres se quedaron allí durante diez minutos, pero Mack permaneció en la cocina, fuera de la vista y sin poder oír lo que decía. Por último, Shrader dijo:

—Tengo la impresión de que él quería que nos fuéramos.

Sam tenía la misma impresión, pero le habría gustado quedarse para oír lo que Edelman le decía a Mack.

—Vamos, Littleton, puede llevarle como una hora localizar al alcalde —dijo Womack cuando ella vaciló un poco y miró en dirección a la puerta abierta que daba a la cocina—. Él ya está enfadado contigo. Será mejor que nos marchemos antes de que decida enviarte de nuevo a patrullar las calles.

—A mí no me pareció que estuviera terriblemente enfadado —murmuró Sam, ansiosa, mientras hacía una pausa junto a la puerta del apartamento y se ponía sus zapatos de gamuza gris. Fulminó con la mirada a un joven agente que estaba en el vestíbulo del ascensor y que le estaba dando un codazo a otro agente para que no dejara de mirarle las piernas.

Womack la vio, pero seguía pensando en la furia de McCord.

—Yo diría que sí estaba furioso. Diría que lo único que nos salvó el trasero fue el hecho de que con los disparos de esta noche usted le salvó el suyo.

—Nada de eso —dijo Shrader al subir al ascensor—. Él no estaba tan enojado; sólo estaba enfocado en lo suyo. En este momento, McCord es como un tren de carga que baja a toda velocidad por una montaña y sin frenos, y Littleton por un momento estuvo demasiado cerca de las vías.

Con Womack de un lado y Shrader del otro, se abrieron paso a codazos por entre la multitud de periodistas que los interrogaban a los gritos y a través de enceguecedoras luces de las cámaras dirigidas hacia ellos en el exterior del edificio.

Estuviera o no Mack furioso con ella, a Sam le habría gustado encontrar una manera de esperar allí y verlo hablar con la prensa. Pero, más que nada, le habría gustado permanecer en algún lugar en las sombras, y silenciosamente brindarle su apoyo. Pero, ya fuera que Mack estaba simplemente «enfocado» o «terriblemente enojado» con ella, Sam decidió que probablemente lo más sensato era hacer esta vez lo que él le había ordenado e irse a su casa. Podría ver por televisión cómo se desarrollaban las cosas.

## 74

Acurrucada en el sofá y cubierta con una bata de color celeste con cuello de satén que su madre le había regalado para Navidad, Sam se cepillaba el pelo húmedo con aire ausente mientras veía una vez más el vídeo que había grabado de las declaraciones de Mack a la prensa en el exterior del edificio de apartamentos y, luego, las palabras del alcalde Edelman una hora después de las de Mack.

Era obvio que Mack había logrado persuadir al alcalde de que Michael Valente era inocente y de que el alcalde debía distanciarse enseguida de Trumanti. Sonriendo, vio a Edelman hacer una vez más su declaración:

—La investigación con respecto a la muerte de Logan Manning llegó a una conclusión final pero triste esta noche, cuando el teniente Mitchell McCord y su equipo interrumpieron el intento de Jane Sebring de asesinar a la señora Manning en el apartamento de la señora Manning —dijo Edelman—. Al parecer, antes de que la señorita Sebring disparara su arma contra el policía que entró en el apartamento, ella confesó haber asesinado a Logan Manning, así como también a la psiquiatra Sheila Winters, cuyo cuerpo fue descubierto esta tarde en su consultorio. Según la policía, ellos devolvieron los disparos de la señorita Sebring, quien murió en forma instantánea.

La primera y única pregunta que el alcalde Edelman respondió después de su breve declaración fue, inevitablemente, la referente a la participación de Michael Valente. Frente a esa pregunta, el alcalde respondió enfáticamente:

—Michael Valente no tuvo absolutamente nada que ver con la muerte de Logan Manning. Pero sí fue responsable de haber asistido al equipo del teniente McCord en la investigación, y tengo entendido que, esta noche, el señor Valente arriesgó su propia vida para salvar la de la señora Manning cuando hubo disparos.

»Mañana por la mañana mi oficina iniciará una investigación acerca de todos los cargos anteriores contra Michael Valente por parte de la ciudad de Nueva York. Le he pedido al teniente Mc-Cord que encabece dicha investigación y estoy esperando su respuesta. Mientras tanto, he solicitado —y recibido— la renuncia del jefe de policía William Trumanti, efectiva de manera inmediata.

»Mi oficina no hará más declaraciones sobre este tema hasta que la investigación se haya completado. Sin embargo, en este momento estoy en posesión de suficiente información como para estar seguro de que se le debe una disculpa a Michael Valente por algunas injusticias graves que se han cometido contra él en nombre de "la justicia". Cuando yo hacía campaña para este cargo, les prometí a los ciudadanos de Nueva York que aplicaría todo mi rigor contra los abusos de poder y los privilegios por parte de funcionarios de la ciudad en todos los niveles, y esta noche estoy haciendo honor a esa promesa.

Sam oprimió la tecla *rewind*, rebobinó la cinta hasta el principio y luego vio a Mack haciendo una declaración mucho más corta y más directa a la prensa en el exterior del edificio de los Manning. Se mostró brusco y tan letal y ásperamente apuesto que Sam pensó que, en comparación, el alcalde parecía insignificante y pequeño.

Con su chaqueta de cuero y su camisa negra de cuello abierto, Mack miró directamente a las cámaras y dijo lo que tenía que decir.

—Esta noche Jane Sebring fue muerta de un disparo en el apartamento de los Manning cuando intentaba asesinar a la señora Leigh Manning. Antes de morir, la señorita Sebring se declaró culpable de los homicidios de Logan Manning y la doctora Sheila Winters. Dos de los empleados de la señora Manning tuvieron más suerte. Joseph O'Hara y Hilda Brunner fueron trasladadas al hospital hace un momento y se confía en que se recuperarán por completo.

Hizo una pausa, esperando que los agitados periodistas guardaran un silencio completo; entonces agregó:

—Durante la totalidad de nuestra investigación, Michael Valente fue incorrectamente considerado y tratado como principal sospechoso. A pesar de ello, esta noche nos ayudó en nuestra investigación y, después, arriesgó su vida para salvar la de la señora Manning. Y, al hacerlo, puede muy bien haber salvado la vida de aquellos que estábamos presentes durante el intercambio de disparos. Tengo entendido que el alcalde está preparando una declaración con respecto al señor Valente, que hará pública dentro de poco. Mientras tanto, me gustaría expresar mi gratitud por la ayuda del señor Valente... y mi admiración por su increíble tolerancia. —Después, miró hacia el gentío y dijo—: Tengo tiempo para tres preguntas y ni una sola más.

—Teniente McCord —gritó un periodista—, ¿está tratando de decirnos que Michael Valente no debería haber sido nunca sospechoso del asesinato de Logan Manning?

Sam rio al ver la respuesta rápida e incisiva de Mack. En lugar de contestar, Mack miró a su público y dijo, con cierto disgusto divertido:

—¿Alguno de ustedes tiene una pregunta *inteligente*?

—¿Exactamente cuál fue la participación de Michael Valente en el asesinato de Manning? —gritó otro periodista.

—¿Alguien de aquí conoce la definición de «inteligente»? —le retrucó Mack—. Última pregunta —advirtió.

—Teniente McCord —se oyó decir a una voz de mujer—, ¿podría aclararnos cuál es la relación actual entre Michael Valente y Leigh Manning?

La sonrisa de Mack fue perezosa, desconcertada y burlona.

—¿Se le ocurre alguna razón por la que yo aceptaría hacerlo?

Y, con eso, se apartó de los micrófonos y se alejó por entre la multitud, y sus hombros anchos fueron abriendo un camino entre periodistas, fotógrafos y curiosos.

Sam oprimió de nuevo la tecla *rewind* mientras contemplaba esa reciente prueba de que Mack no toleraba las tonterías. La sonrisa de Sam se desdibujó un poco al pensar que quizás era igualmente intolerante e implacable con un subordinado suyo —concretamente, con ella— que, esa noche, había burlado sus deseos al darles a Shrader y Womack los detalles del conflicto Trumanti-Valente.

Seguía preguntándoselo cuando sonó el timbre de la puerta de su apartamento. Tenía que ser Mack, pensó mientras atravesaba corriendo el living. Su portero habría detenido a cualquiera que no tuviera una placa e insistido en llamarla primero por teléfono antes de permitir que alguien subiera a su apartamento.

Olvidando que sólo llevaba puesta una bata, observó por la mirilla mientras le quitaba la llave a la puerta y, después, la abrió de par en par.

Mack se encontraba allí de pie, su mano derecha apoyada contra el marco de la puerta y su expresión tan enigmática como el primer comentario que le hizo:

—¿No sueles verificar primero quién está del otro lado de la puerta antes de abrirla?

—Yo sabía que eras tú —explicó Sam.

—Me alegro, porque detestaría pensar que le abres la puerta a cualquiera llevando... —su mirada bajó a la piel desnuda que asomaba por entre las solapas de satén— eso.

Sam, cohibida, cerró las solapas sobre sus pechos y se ajustó más el cinturón.

—Es una bata —explicó tontamente y a la defensiva. Después sonrió frente a lo absurdo de su respuesta y dio un paso atrás—. ¿No quieres pasar? —preguntó, segura de que él diría que sí.

—No —respondió él.

Sam lo miró, sorprendida.

—¿Entonces por qué estás aquí?

Él apartó la mano del marco de la puerta y Sam vio su móvil en la mano de Mack.

—Vine a devolverte esto —dijo—. Y también a comprobar si estabas bien después de lo que pasó esta noche.

Sam no estaba segura de si se refería a lo que le había pasado a Jane Sebring o a la actitud de él después de que ella confesó que les había contado a Shrader y Womack todo lo referente a Trumanti. Sam lo observó en silencio y se preguntó por qué toda la experiencia que tenía con los hombres nunca funcionaba cuando de Mack se trataba. El caso Manning había terminado, por consiguiente ellos podían iniciar una relación, pero era evidente que Mack quería pensarlo mejor o, quizá, seguía enojado por lo que ella había hecho. También podía ser que sencillamente estuviera agotado por un día increíblemente largo y lleno de tensiones. Cualquiera que fuera la causa, ella le dio la única respuesta que le pareció apropiada.

—Estoy muy bien —le aseguró y tomó el móvil de su mano tendida, pero hizo un último intento de entablar una conversación—. Vi tu entrevista con la prensa y la declaración del alcalde —dijo en voz baja y sonriendo—. Me parece que ya ganaste tu batalla con el ayuntamiento.

Él asintió y su mirada pasó por un momento al pelo de ella, que le caía sobre el hombro. Después, se apartó un poco de la puerta.

—Sí, esa impresión tengo —dijo.

Mentalmente, Sam decidió dejar que ese hombre imprevisible que estaba en el rellano de su piso se fuera y al diablo con estar enamorada de él, así que era comprensible que se desconcertara al oírse decir:

—¿Estás enojado conmigo por haberles contado lo de Trumanti a Shrader y Womack?

—Lo estaba —reconoció él.

Eso fue definitivo. Sam nunca se enojaba... salvo con él. Cruzó los brazos sobre el pecho y se apoyó en el marco de la puerta.

—Entonces me alegro de que no hayamos iniciado una relación, Mack, porque hay algo con respecto a mí que no sabes.

—¿Qué es?

—Que tengo cerebro —le informó—. Todas las mañanas él también se despierta y empieza a funcionar. No sé por qué, pero eso es lo que sucede. Puesto que tú no me habías ordenado específicamente que no les hablara a Shrader y Womack de lo hecho por Trumanti, esta noche mi cerebro decidió —acertada o desacertadamente— que era lo correcto. Lo lamento —dijo y se sintió de pronto descompuesta e impaciente por entrar en su apartamento—. De veras. Gracias por venir a devolverme esto... —Sacudió el móvil en la mano, sonrió para demostrarle a él que no estaba enfadada y después dio un paso atrás y empezó a cerrar la puerta.

Él se lo impidió con la mano.

—Ahora permíteme hacerte una pregunta. En realidad, tengo dos preguntas que hacerte. Primero, ¿acaso estás molesta porque yo no quiero entrar?

—No —mintió Sam enfáticamente.

—Bien —dijo él—. Porque estoy haciendo todo lo posible por cumplir con el trato que hicimos ayer. Yo te di tiempo hasta que terminara el caso Manning para que decidieras si querías estar conmigo, pero nunca imaginé que todo llegaría a su fin tan pronto. Y, ya que estamos en el tema, creo que después de lo que pasó entre nosotros anoche, tu comentario de que «te alegras de que no hayamos empezado una relación» fue o bien despiadadamente petulante o, de lo contrario, una decisión final. ¿Cuál de las dos cosas fue? —preguntó Mack.

Sam sintió la necesidad casi incontrolable de echarse a reír histéricamente porque no lograba captar del todo lo que estaba pasando.

—Estoy esperando una respuesta, Sam.

—En ese caso —contestó ella—, yo me inclinaría por «cruelmente petulante».

La mandíbula de Mack se distendió un poco.

—No lo vuelvas a hacer —le advirtió él.

—No me des órdenes, teniente —replicó ella—. No en cuestiones personales. Dijiste que tenías dos preguntas. ¿Cuál es la segunda?

—¿Estás desnuda debajo de esa bata?

Sam parpadeó, más desconcertada y más divertida que nunca.

—Sí, ¿y qué importancia puede tener eso?

Él sacudió la cabeza y retrocedió un paso.

—No puedo creer que me preguntes eso. Anoche me costó una barbaridad mantener el control cuando tenía varias razones importantes para detenerme. Ahora no existe ninguna de esas razones, salvo que teníamos un trato y me propongo cumplirlo. Tómate tu tiempo para decidir sobre nosotros, Sam, y cuando lo hayas decidido, entonces podrás invitarme a entrar.

—¿Eso es todo? —preguntó Sam secamente—. ¿O tienes otras órdenes que darme?

—Una —dijo él—. La próxima vez que me invites a pasar cubierta sólo con una bata, será mejor que estés muy segura de que quieres que yo me quede. —Su mirada bajó hasta sus labios y luego hacia el espacio que había entre las solapas de la bata; después levantó la vista, la miró y sacudió la cabeza—. Ahora me iré a casa, mientras todavía estoy en condiciones de conducir un coche.

Finalmente, Sam entendió del todo lo que él estaba diciendo... y haciendo. La mirada que ella le devolvió fue tan tierna e íntima como había sido la suya, e igualmente intencionada.

—Buenas noches —dijo ella en voz baja y se mordió el labio

inferior para reprimir una sonrisa—. Te avisaré cuando lo haya decidido y esté lista para invitarte a pasar, Mack —le prometió con dulzura y cerró la puerta.

Con su móvil en la mano, Sam oprimió los números del móvil de Mack, pero no la tecla que enviaría el mensaje y haría que su teléfono vibrara. Esperó más de un minuto para hacerlo... lo suficiente para que él hubiera tomado el ascensor hacia la planta baja... y entonces oprimió la tecla *send*.

Él contestó casi enseguida y dijo con su voz grave y formal:
—McCord.
—¿Mack?
—Sí.
—He tomado una decisión.
—Abre la puerta.

Sam giró el pomo de la puerta y luego dio un paso atrás, sorprendida. Él seguía en el mismo lugar y en la misma posición: con una mano apoyada en lo alto del marco, sólo que esta vez en la mano tenía su propio móvil. No reía sino que la miraba con intensidad, y Sam sintió que su propia voz le temblaba frente a la enormidad de lo que él le estaba diciendo solemnemente con los ojos.

—¿Te gustaría pasar? —preguntó ella con voz trémula.

Él bajó el brazo del marco de la puerta y asintió, lentamente, dos veces.

Sam dio un paso atrás y él dio un paso adelante.

Él cerró la puerta. Ella abrió su bata y dejó que cayera al suelo.

La mirada fogosa de él siguió ese recorrido; después, la atrajo fuertemente a sus brazos.

—Se te acabó el tiempo, Sam —le advirtió él mientras sus labios descendían lentamente sobre los de ella.

—¿Tiempo para qué? —susurró Sam y deslizó las manos sobre los hombros de Mack y alrededor de su cuello.

—Para cambiar de idea con respecto a nosotros.

—No pienso cambiar nunca de idea —le prometió ella, apenas un instante antes de perder la capacidad de usar su cerebro.


En la sala de espera del hospital, Michael estaba parado frente al televisor, las manos metidas en los bolsillos del pantalón, y veía la retransmisión de la breve conferencia de prensa de McCord en el informativo de la medianoche:

—*Tengo entendido que el alcalde está preparando una declaración con respecto al señor Valente, que ofrecerá dentro de muy poco* —dijo McCord—. *Mientras tanto, quisiera expresar mi gratitud por la ayuda que nos prestó el señor Valente... y mi admiración por su increíble tolerancia.*

Junto a él, Leigh le pasó una mano por el brazo y, sonriendo, dijo:

—Creo que deberíamos enviarles a él y a Samantha Littleton entradas para la función de la semana que viene y, después, invitarlos a cenar, ¿no te parece?

—En París —convino Michael riendo por lo bajo.

## 75

—¡Qué lugar tan fantástico! —exclamó Courtney cuando O'Hara la hizo pasar al living del ático de Michael, ubicado en Central Park Oeste. Después de la muerte de Jane Sebring, tres semanas antes, Leigh se había mudado y había insistido en que O'Hara y Hilda se instalaran con ella para que pudiera controlar la recuperación de ambos—. Esta mañana telefoneé a Leigh y le pregunté si podía venir a verla. ¿Está aquí?

—Está en la cocina, tratando de convencer a Hilda de que deje el polvo sobre la parte superior de los marcos de las puertas hasta que se sienta mejor —respondió Joe con cierta irritación.

—¿El señor Valente no tenía una sirvienta?

—Por supuesto, pero Hilda la despidió hace una semana. Esa mujer es capaz de detectar polvo donde no lo hay.

—¿Cómo te sientes tú? —le preguntó Courtney.

—Muy tonto —respondió O'Hara—. Esa bala apenas me rozó y tuve un infarto del susto.

—No es así —le discutió Courtney y con una rara mezcla de afecto le pasó una mano por el brazo mientras caminaban hacia el comedor—. Tuviste un infarto porque creíste que Hilda estaba muerta. Creo que le tienes mucho afecto.

—De ninguna manera. Ella es la mujer más mandona que conozco. Pero, al menos, me deja cortar el mazo cuando jugamos al gin.

—Tú nunca te molestaste en cortarlo cuando jugamos nosotros, así que dejé de pedírtelo.

—Eso fue porque estaba ansioso por perder todo mi dinero en tus manos y terminar con eso de una buena vez —bromeó él—. Con Hilda, al menos tengo alguna oportunidad de ganar.

Courtney asintió, pero su mente estaba en otra parte y se puso seria.

—Recibí la invitación al casamiento de Leigh y Michael. Todavía faltan tres semanas, pero igual traje hoy mi regalo de bodas. Les encantará o me odiarán por el resto de mi vida.

Joe se detuvo.

—¿Qué quieres decir? ¿Qué clase de regalo es?

—Es un periódico —respondió Courtney vagamente; después puso cara de contenta y entró en la cocina, donde le dijo a Hilda—: O'Hara me dijo que ha descubierto la manera de hacer trampa en las partidas de gin cuando corta el mazo.

Hilda dio media vuelta muy despacio, las manos en jarras, las cejas unidas en una expresión de furia que no le llegó a los ojos.

—Después de lo que me acabas de decir, lo vigilaré bien de cerca.

—Buena idea —dijo Courtney y se sentó en una silla frente a la mesa de la cocina, donde Leigh revisaba la correspondencia—. ¿Dónde está Brenna? ¿Por qué no se ocupa ella de la correspondencia?

Leigh la envolvió en un rápido abrazo y apartó las cartas.

—Ella tenía una cita para almorzar.

—¿Cómo andan los planes para la boda?

Leigh se echó a reír.

—Invitamos a cien personas y todo parece indicar que vendrán ciento ocho. El alcalde y la señora Edelman y el senador y la señora Hollenbeck estarán aquí, y el gerente del Plaza está decidido a proporcionar un servicio especial de seguridad, algo que el alcalde y el senador no desean. El director del banquete está convencido de que deberíamos trasladar la fiesta a un recinto más amplio, cosa que yo no quiero. El chef se está tirando de los pelos con algunos de mis pedidos especiales y la tía de Michael nos amenaza con ocuparse personalmente de la comida. —Como Courtney no sonrió ni dijo nada, Leigh la observó durante un momento y luego dijo—: ¿Qué te pasa?

—Nada. Bueno, sí, algo. —Metió la mano en la enorme cartera que llevaba colgada del hombro y sacó varias hojas mecanografiadas y un ejemplar del *USA Today*. Le pasó a Leigh las hojas escritas a máquina, pero mantuvo el periódico plegado sobre la falda—. Hace dos semanas —explicó—, después de que entrevisté al teniente McCord, terminé mi artículo sobre Michael para mi clase de periodismo de investigación. Pensé que te gustaría leerlo.

—Me encantaría —dijo Leigh, desconcertada por la actitud insólitamente temerosa de la adolescente. Leigh se echó hacia atrás en la silla y leyó el artículo escrito por Courtney para una clase especial de periodismo para los intelectualmente dotados:

Entre los ciudadanos de Estados Unidos existe la creencia de que el sistema de justicia criminal tiene como finalidad proteger a los ciudadanos respetuosos de la ley, y de que cuando este sistema falla, lo hace mostrando indulgencia para con los culpables, más que persiguiendo deliberadamente a los inocentes.

Casi todos nosotros creemos en esta premisa en la misma medida en que creemos que una persona debe ser considerada inocente hasta que se pruebe que es culpable más allá de toda duda razonable; ese «doble riesgo» impide que alguien sea juzgado una y otra vez por el mismo crimen y asegura que, una vez que una deuda ha sido pagada a la sociedad, esa deuda ha quedado saldada en forma definitiva.

Pero entre nosotros hay quienes tienen razón en dudar de esos conceptos, y sus dudas se basan en una experiencia amarga más que en una decepción intelectual y una filosofía llena de nostalgia. Michael Valente es una de esas personas.

Michael Valente no es un hombre fácil de conocer. Y, hasta que se lo conoce, no suele caer demasiado bien. Pero, al igual que cualquier otra persona que lee los diarios o mira los informativos por televisión, yo creí saber todo lo referente a él antes de conocerlo personalmente. Y, por lo tanto, no me cayó nada bien.

Ahora sí me cae bien.

Más aún, lo admiro y lo respeto. Desearía que fuera mi amigo, mi hermano o mi tío. Desearía tener más años o que él fuera más joven porque, y lo he visto con mis propios ojos, cuando Michael Valente ama a una mujer, lo hace generosamente, con galantería y de manera incondicional. Lo hace definitivamente, para siempre.

Desde luego, ser amada por él tiene una desventaja: al parecer le otorga permiso a la totalidad del sistema de justicia penal de espiar, difamar, tergiversar y perseguir, no sólo a él sino también a la persona que él ama. Les permite violar todos los derechos civiles que la Constitución promete y que ellos han jurado respetar.

A partir de allí, el artículo de Courtney era objetivo más que emotivo, y documentaba varias de las causas presentadas contra Michael. Cuando Leigh terminó de leer la nota, Courtney había tomado una manzana y la comía mientras miraba con preocupación a la anfitriona.

Leigh estaba tan conmovida por el artículo que extendió un brazo y apoyó una mano sobre la de Courtney.

—¿Qué te pareció? —preguntó Courtney.

—Me pareció maravilloso —dijo Leigh con ternura—. Y también tú me pareces maravillosa.

—No lo digas todavía —dijo Courtney evasivamente.

—¿Por qué?

Cuando Courtney titubeó, Leigh pensó que el problema debía de residir en que al profesor de periodismo de la muchachita no le había gustado, así que Leigh le preguntó qué había opinado él.

Antes de contestar, Courtney le dio otro mordisco a la manzana.

—Bueno, él no se mostró tan entusiasmado como tú. Me acusó de exhibir una flagrante parcialidad hacia mi entrevistado y de usar un estilo de escritura tan melosamente sentimental que era imposible digerirlo con el estómago vacío. Dijo que la única relación entre el periodismo de investigación y lo que yo escribí era que usé papel para hacerlo.

—Eso no me parece justo —exclamó Leigh con lealtad.

—¿Por qué no? Tenía toda la razón del mundo. Yo sabía que diría algo así.

—Entonces, ¿por qué escribiste de esa manera el artículo?

Courtney le dio otro mordisco a la manzana y la masticó un momento mientras pensaba en la respuesta.

—Quería aclarar bien las cosas con respecto a Michael Valente.

—Lo hiciste y te lo agradezco. Pero también recuerdo que tu profesor sólo iba a dar un sobresaliente en la clase, y sé cuánto deseabas recibir esa calificación.

—Pero la conseguí.

—¿En serio? ¿Cómo?

—Recibí una excelente calificación por «Grado de dificultad de acceso al entrevistado» y por «Un punto de vista nuevo».

—No puedo creerlo —dijo Leigh con una sonrisa.

—Pero hubo otro pequeño detalle que prácticamente me garantizaba un sobresaliente.

—¿Cuál era? —preguntó Leigh, tratando de descifrar la expresión vacilante de Courtney.

Como respuesta, Courtney tomó el ejemplar del *USA Today* que tenía sobre la falda, lo abrió en una página interior, lo plegó y lo deslizó sobre la mesa hacia Leigh.

—Hasta conseguí firmar el artículo.

Los ojos de Leigh se abrieron de par en par con una mezcla de alarma y diversión al transferir la vista a la página abierta del periódico.

—Oh, Dios.

—Honestamente, no me di cuenta de que nuestro profesor iba a someter todas las notas a los servicios de noticias, sólo para ver qué ocurriría —explicó Courtney—, pero cuando supe que mi artículo era el que ellos eligieron, realmente sentí que puesto que Michael había sido difamado en los medios nacionales, era precisamente allí donde debía ser corregida la situación. Quiero decir, él ya es una suerte de héroe en la ciudad de Nueva York para cualquiera que alguna vez ha sido fastidiado por un policía agresivo por una multa de tráfico. Pero yo quería aclarar bien las cosas en todas partes.

Courtney pareció quedarse sin palabras en su propia defensa, y sus hombros se encorvaron.

—¿Qué crees que dirá Michael? Quiero decir, es una especie de invasión de su privacidad, sobre todo cuando en realidad yo nunca lo entrevisté... quiero decir, formalmente.

Sin advertir que Hilda y O'Hara también la miraban con preocupación, Leigh trató de imaginar qué sentiría Michael con respecto al artículo.

—A él nunca le importó lo que los demás pensaban de él —dijo al cabo de un momento—. No le importó que los periódicos ensuciaran su reputación, de modo que dudo mucho de que le preocupe que tú se la hayas lustrado.

## 76

Con la mejilla apoyada sobre el pecho musculoso de Michael, Leigh miró el reloj que había en la mesa de noche y comprendió que era hora de comenzar a vestirse para la boda. Pero primero tenía algo que decirle, y se decidió por un enfoque indirecto.

—Hay algo muy hedonista en hacer el amor justo antes de ir a casarse —comentó ella con suavidad.

Michael sonrió, completamente satisfecho, mientras deslizaba los dedos por la curva del hombro y el brazo de Leigh.

—Bonita palabra, «hedonista».

—En realidad, hay una cláusula en nuestro contrato que se relaciona con ese tema.

—¿La búsqueda del placer?

Ella asintió y frotó la mejilla contra el pecho de él.

—Yo no recuerdo esa cláusula —bromeó Michael—. ¿Exactamente qué dice?

—Dice que en la búsqueda diligente del placer pueden ocurrir ciertos resultados que requieren modificar una de las otras cláusulas.

—¿Qué cláusula necesita ser modificada?

—Creo que tú dijiste que era la Cláusula 1, Inciso C, la que lleva por encabezamiento «*Alguien que me proteja*».

—Mmm —respondió Michael—. ¿Acaso he dejado de cumplir con esa cláusula?

—De ninguna manera —se apresuró a decir Leigh—. Pero es necesario modificar esa cláusula porque el pronombre ya no es el correcto.

—¿En serio? —preguntó Michael mientras su sonrisa se iba

haciendo más ancha al adivinar la respuesta de Leigh—. ¿Qué debería decir ahora esa cláusula?

—Debería decir «*Alguien que nos proteja*».

Leigh le estaba diciendo que estaba embarazada, y la felicidad de Michael hizo que su voz fuera ronca.

—Renegociar un contrato que antes era valedero puede ser un trámite complicado y largo. ¿Cuándo será preciso cambiar esa cláusula en concreto?

—Dentro de alrededor de siete meses y medio.

Él miró el cielo raso por un momento, calculando fechas, y su sonrisa se convirtió en una mueca de satisfacción.

—¿Realmente? ¿La primera noche?

—Es probable.

—Un bebé —dijo él y suspiró—. ¡Qué regalo de bodas perfecto!

Leigh sepultó su cara sonriente en el pecho de Michael.

—Sabía que lo tomarías así.

—¿Ya elegiste el nombre?

Ella rio más todavía.

—No, ¿y tú?

—Tampoco —reconoció él—, pero anticipándome a este momento... —hizo una pausa para estirar el brazo hacia la mesa de noche y abrir el cajón— compré esto hace un par de días. —Y puso en la mano de Leigh un escarpín diminuto delicadamente tejido al croché. Era amarillo, con cintas celestes adelante y círculos entrelazados de color rosado y verde al costado.

—¿Sólo compraste uno? —preguntó Leigh y lo miró con los ojos llenos de lágrimas de felicidad.

Él asintió.

—¿No te parece que deberías haber comprado dos?

—Tiene algo dentro —le explicó Michael.

Entonces Leigh lo palpó... era un objeto duro.

—Por favor, dime que no es un dedo —bromeó.

Debajo de su mejilla, el pecho de Michael se sacudió de la risa cuando ella puso el escarpín boca abajo.

En sus manos cayó una réplica exacta del escarpín, perfecta en cada uno de sus detalles y sus colores. Era de diamantes.

## 77

Con la chaqueta del esmoquin sobre el hombro, Michael enfiló hacia el bar con la intención de abrir una botella de champán mientras Leigh se vestía para la boda. Todavía faltaban dos horas y el Plaza quedaba a pocas calles de allí, pero Jason Solomon había telefoneado un rato antes para decir que necesitaba que alguien lo llevara desde el teatro en Broadway al Plaza. Por alguna razón, Leigh había aceptado ir hasta el distrito de los teatros para recogerlo en lugar de decirle que tomara un taxi o pidiera un coche por teléfono.

Michael estaba a punto de abrir una botella de Dom Pérignon cuando oyó que O'Hara contestaba el teléfono de la cocina. Un momento después, O'Hara apareció y dijo:

—El teniente McCord está abajo, con la detective Littleton. ¿Está bien que les permita subir?

—Sí, está bien —contestó Michael, pero como era natural le intrigó la llegada a su casa de dos de los invitados a la boda, a quienes esperaba ver, en cambio, más tarde en el Plaza.

Tal como Leigh le había sugerido en el hospital, le habían enviado a McCord dos entradas para la obra de teatro de Leigh, y McCord había llevado a Samantha Littleton como compañera. Después de la función, Michael llevó a todos al Essex House para cenar en Alain Ducasse, y durante la comida que duró tres horas se había creado una repentina amistad entre las dos mujeres. Superficialmente parecían tener muy poco en común salvo dos cosas: ambas tenían aproximadamente la misma edad y las dos estaban enamoradas de hombres que a todas luces estaban enamorados de ellas. Minutos después de sentarse a cenar Michael había notado que McCord estaba prendado de la detective trigueña, y cuando Michael hizo un comentario en broma sobre ese tema, McCord no lo negó.

Al menos eso le dio a Michael algo en común con McCord, lo cual fue bueno, porque Michael tenía la clara impresión de que Leigh y Sam querían que McCord y él fueran amigos, aunque, en ese momento, él no podía imaginar por qué razón dos mujeres inteligentes y hermosas podían pensar que él y McCord tuvieran siquiera algo en común. Sin embargo, Michael les siguió la corriente porque intuía que Leigh quería forjar nuevas amistades como parte de su vida con él, en lugar de acercarlo a sus amistades antiguas, muchas de las cuales estaban teñidas con recuerdos de Logan.

Puesto que McCord dirigía la investigación del alcalde en todos los cargos presentados contra Michael por la ciudad de Nueva York, McCord y él estaban obligados a verse periódicamente para hablar del tema, de modo que en realidad se habían visto mucho en las últimas tres semanas. Para su gran sorpresa, Michael comenzaba a sentir un afecto cauteloso por su antiguo enemigo, y sabía que a McCord le pasaba lo mismo con él.

Mientras pensaba en ese hecho, oyó que O'Hara los hacía pasar y entonces él sirvió cuatro copas de champán. Le entregó la primera a Sam Littleton, quien le brindó una sonrisa y un abrazo.

—Estás muy guapo —le dijo—. No sé cómo lo hacéis, pero tú y Mack os las ingeniáis para tener un aspecto bien rudo y varonil con el esmoquin, en lugar de parecer un par de pingüinos.

—Gracias —contestó Michael con una sonrisa perezosa—. Y permíteme que te diga que tú estás muy femenina con ese traje, aunque sepa que el bulto que se nota en tu bolso probablemente es un arma automática cargada.

—Tienes razón, lo es —dijo ella y se echó a reír—. ¿Dónde está Leigh? —preguntó y aceptó la copa de champán que él le entregaba.

—Se está vistiendo —respondió Michael.

—Iré a ver si necesita ayuda —dijo Sam y Michael le dio otra copa para Leigh.

Le dio la última copa a McCord con una mirada inquisitiva, que McCord entendió.

—Estoy aquí para entregar un regalo de bodas de parte del alcalde —explicó.

Puesto que McCord tenía una copa de champán en la mano derecha y la izquierda estaba en el bolsillo de los pantalones negros del esmoquin, Michael preguntó:

—¿Cuál regalo?

—Para verlo tienes que mirar por la ventana —contestó McCord y se acercó a la pared de cristal que daba a Central Park Oeste—. Mira allá abajo, en la calle.

Michael lo hizo y lo que vio, veintiocho pisos más abajo, era una limusina rodeada por un grupo de agentes de policía uniformados montados en motocicletas.

—Oh, Dios —dijo—. Policías. Justo lo que siempre quise.

—Es una escolta policial —le aclaró McCord sonriendo—. Con las felicitaciones de Su Señoría, el alcalde.

—¿En serio? Desde aquí arriba, con los cascos puestos, pensé que eran blancos de arcilla y estaba por pedirte prestada tu arma.

Juntos volvieron a acercarse al bar. El mostrador de granito era suficientemente alto como para que Michael apoyara cómodamente allí el antebrazo derecho, cosa que hizo mientras su campo visual incluía el living, ya que esperaba ver en cualquier momento a Leigh con su vestido de bodas.

—Tenemos que salir temprano —dijo Michael y bebió un sorbo de champán—. Pasaremos primero por el teatro para recoger a Solomon y Eric Ingram y llevarlos al hotel.

McCord se acercó al otro extremo del bar y apoyó el antebrazo izquierdo en la superficie de granito.

—¿Por qué? —preguntó mientras se llevaba la copa a la boca.

Michael sacudió la cabeza una mezcla de diversión y tolerancia.

—No tengo idea de por qué Leigh aceptó pasar a buscarlos por allí, pero lo cierto es que lo hizo. ¿Vosotros queréis acompañarnos?

—No, gracias —contestó McCord—. Solomon está furioso porque Hacienda le está haciendo una auditoría. Él cree que se debe a que nosotros lo interrogamos sobre el ingreso en efectivo de doscientos mil dólares hecho por Manning, y que fuimos los que le enviamos a los de Hacienda. Incluso le escribió una severa carta de protesta al gobernador.

Michael rio por lo bajo y dijo, sardónicamente:

—Vaya si eso le servirá de mucho.

—Sam y yo vamos a casarnos —dijo McCord en voz baja.

Michael lo miró por encima del hombro y frunció el entrecejo para simular sorpresa.

—¿Qué droga le diste para que aceptara hacer una cosa así?

—Supongo que una un poco menos potente que la que usaste tú con tu futura esposa —respondió McCord.

—Yo tengo un *château* en Francia. Si realmente consigues que esa muchacha preciosa se case contigo en lugar de derribarte de un tiro, podrían usarlo para la luna de miel.

—Sam tiene una excelente puntería —comentó McCord con orgullo y bebió otro sorbo de champán.

—En ese caso, procura asegurarte de que nunca se acueste contigo cuando está enojada —dijo Michael muerto de risa y también bebió un sorbo de champán.

—A ella le encantaría pasar la luna de miel en un *château* francés, creo, y a mí también.

Michael asintió.

—Decidme las fechas en que lo queréis y yo me aseguraré de que esté listo y con todo el servicio a vuestra disposición.

Sam y Leigh emergieron del dormitorio, avanzaron hacia el living y se detuvieron con divertida sorpresa al ver a los dos hombres junto al bar. Los dos se apoyaban en el antebrazo, bebían champán y se miraban por encima del hombro.

—¡Se parecen tanto! —susurró Sam entre risas—. Hace mucho que me di cuenta.

—Yo también —dijo Leigh—. Pero ellos no lo creen.

Sam permaneció callada un momento, tratando de encontrar una analogía que los describiera.

—Son como un par de leones —dijo en voz alta.

Leigh asintió y miró a Michael.

—Habrían sido enemigos terribles.

Al oír el sonido de sus voces, Michael levantó la vista y se quedó sin habla al ver a Leigh caminando hacia él con una túnica color crema, larga y sin breteles, cubierta con encaje francés. En el cuello llevaba la gargantilla de diamantes y perlas que él le había regalado. Y, en lo más profundo de su cuerpo esbelto, cobijaba a su hijo.

Ella le dio la capa de terciopelo color aguamarina que llevaba sobre el brazo y se volvió. Michael se la puso sobre los hombros y después deslizó la mano con actitud protectora sobre el abdomen plano de Leigh.

—Gracias —le susurró.

Ella le cubrió la mano con la suya y le dedicó una sonrisa derretida por encima del hombro.

—Yo te iba a decir lo mismo.

Estaba oscuro cuando la caravana de automóviles dobló hacia Broadway y O'Hara redujo la velocidad de la limusina. En la calle, los peatones giraban la cabeza para verlos pasar y trataban de espiar a través de los vidrios polarizados de las ventanillas del larguísimo Mercedes.

En el asiento de atrás, Michael miró por la ventanilla y automáticamente esperó ver el nombre de «Leigh Kendall» iluminado en la marquesina del teatro de Solomon. Lo había hecho durante años, consciente o inconscientemente, cada vez que estaba en Broadway. Invariablemente, el hecho de ver su nombre allí le provocaba una oleada de nostalgia seguida de otra de fatalismo por haber perdido, mucho tiempo antes, la oportunidad de acercarse a ella.

Pero el destino le había dado una segunda oportunidad, pensó Michael con una sonrisa interna, y esta vez no la había dejado pasar ni había perdido un instante. Tres meses antes Leigh era la esposa de Logan Manning. Desde entonces, Michael la había hecho pasar de viuda a futura esposa y, entre las dos cosas, a futura madre.

Apenas doce semanas antes ella había estado de pie frente a él en una fiesta, llevando un vestido rojo y tratando de ocultar con una máscara de cortesía el desprecio que sentía hacia él. Ahora, Leigh estaba sentada junto a él en su coche, llevando un precioso vestido de novia y con su mano entrelazada con la suya. Dentro de poco más de una hora iba a estar de pie junto a él frente a un juez y voluntariamente uniría su vida con la suya. Y dentro de siete meses y medio, iba a darle su primer hijo.

Desde luego, en todo eso había ayudado, y mucho, la atracción que surgió entre ambos, que era tan intensa y tan vital que había brotado a la vida después de permanecer en estado latente durante catorce años.

—¿En qué piensas? —le preguntó Leigh.

—En las segundas oportunidades —respondió él con una sonrisa y la miró—. Pensaba en el destino y en la maravilla de que a uno se le brinde una segunda oportunidad. También pensaba que si Solomon no está listo y esperándonos en la puerta del teatro, lo arrastraré a este coche cualquiera que sea la etapa de vestirse —o de desvestirse— en que esté cuando lo encuentre.

Leigh se echó a reír frente a esa amenaza y miró por la ventanilla.

—Ya casi llegamos al teatro y veo a Jason en la acera, pero parece que de nuevo tiene problemas con las luces.

Michael miró por la ventanilla y vio que en la marquesina brillaba el nombre de la obra pero que el nombre de Leigh estaba a oscuras. Solomon se encontraba de pie en la acera, de esmoquin, la cabeza echada hacia atrás, la vista fija en la marquesina y un móvil contra su oreja. Eric Ingram se encontraba algunos metros más atrás, también de esmoquin, y miraba la marquesina. Frente a la taquilla, la gente comenzaba a formar cola con la esperanza de comprar entradas para la función que tal vez habían sido devueltas, y que podrían quedar disponibles a último momento.

—Pobre Jason —dijo Leigh con un pequeño suspiro de comprensión—. No ha hecho más que tener problemas con las luces desde la noche del estreno.

Pero Michael pensaba en la boda y no en las marquesinas, así que se le pasó por alto el tono tierno de Leigh cuando le dijo:

—¿Podríamos por un minuto? De lo contrario él se quedará allí para siempre, frustrándose y gritándole por teléfono al supervisor de la iluminación.

Michael asintió, resignado y casi divertido al pensar que, cuando se trataba del mundo de la farándula, por lo visto los problemas con las luces tenían más importancia que cualquier otra cosa, incluyendo la inminencia de una boda. Levantando un poco la voz, le dijo a O'Hara:

—Aparca frente al teatro lo más cerca que puedas del bordillo. Vamos a bajar un momento. Solomon tiene problemas con las luces.

—¿Bromea usted? —exclamó O'Hara y miró, boquiabierto, a Michael por el espejo retrovisor—. Ustedes ya están vestidos para la ceremonia y tengo cuatro policías en motocicleta delante de mí y otros cuatro atrás. ¿Acaso Solomon no puede llamar a un electricista como lo haría cualquier otra persona?

—Evidentemente, no —fue la respuesta seca de Michael.

Un momento después, cuatro motocicletas policiales y una limusina que conducía a una novia y un novio ceremonial aparcaron junto a la acera... porque Jason Solomon tenía problemas con las luces.

La maniobra produjo un atasco en el tráfico cuando los otros vehículos trataron de rodear esa caravana y, al mismo tiempo, ver quiénes eran los protagonistas del hecho y por qué se producía frente a un teatro dos horas antes de que comenzaran la mayoría de las funciones en Broadway.

Michael ayudó a Leigh a apearse; luego los dos se acercaron a Solomon y permanecieron junto a él en la acera, los tres mirando la marquesina.

—El problema estará solucionado en un minuto, al menos eso creo —les aseguró Solomon.

En la calle, los policías montados en sus motocicletas comenzaron a mirar también hacia la marquesina, igual que los peatones, que empezaron a agruparse. La gente que hacía cola frente a la taquilla no podía ver qué miraban todas esas personas, así que comenzaron a observar el espectáculo que tenía lugar en la acera.

De pronto, una de las mujeres de la cola reconoció a Leigh y gritó su nombre:

—¡Señorita Kendall! —gritó, muy excitada—. ¿Podría darnos un autógrafo a mí y a mi hija?

—Enseguida vuelvo —le dijo Leigh a Michael con una mirada de disculpa, y se acercó a la mujer para firmarle los autógrafos.

Él consultó su reloj. Todavía tenían bastante tiempo, gracias a la escolta de los policías en motocicleta, pero a él se le estaba acabando la paciencia con Solomon.

—¿Qué demonios pasa con las luces? —preguntó.

Solomon le sonrió, miró hacia la marquesina y retrocedió unos pasos para verla mejor.

—Ahora ya está bien —le dijo a quienquiera que estuviera del otro lado de la línea telefónica. Jason agregó—: Enciéndelo. De una en una letra.

Un momento después, Michael vio que el nombre de Leigh comenzaba a encenderse con intensas luces blancas.

L-E-I-G-H
V-A-L-E-N-T-E

Michael bajó la vista de la marquesina y sintió que se le formaba un nudo en la garganta.

Junto a él, Solomon dijo:

—Hay algo que debes saber... algo que hace que la decisión de Leigh de llevar tu apellido sea muy significativa.

—No puedo imaginar nada que tenga más importancia que lo que estoy viendo en este momento —dijo él con tono áspero.

—Ya cambiarás de idea —predijo Solomon— cuando te diga que Leigh tomó esa decisión la noche que nos conocimos en el St. Regis. Tú te alejaste a hacer una llamada telefónica y ella insistió en que yo estuviera dispuesto a cambiar su apellido por el tuyo.

El nudo en la garganta de Michael se hizo más intolerable.

—En aquel momento —le recordó Solomon innecesariamente— tu apellido no era algo que pudiera enorgullecer a nadie, pero a ella sí la enorgullecía, incluso entonces.

Michael no oyó que otra persona gritaba y preguntaba si podía sacarle una fotografía con Leigh, y tampoco vio a la mujer levantar la cámara. Lo único que vio fue a Leigh que caminaba hacia él, sonriéndole y con los ojos llenos de amor.

Él la abrazó casi con rudeza y le apretó la cara contra su corazón.

—Te adoro —le susurró con voz ronca por la emoción.